Hildegard Liebl

Liebe und Schatten
Jene Jahre in Lalimete

Roman

Copyright: © 2016 Hildegard Liebl
Lektorat: Friederike M. Schmitz - http://www.prolitera.de
Umschlaggestaltung & Satz: Erik Kinting - www.buchlektorat.net
Titelbild: © quickshooting (fotolia.com)

Verlag: tredition GmbH, Hamburg
Printed in Germany

Das Werk, einschließlich seiner Teile, ist urheberrechtlich geschützt. Jede Verwertung ist ohne Zustimmung des Verlages und des Autors unzulässig. Dies gilt insbesondere für die elektronische oder sonstige Vervielfältigung, Übersetzung, Verbreitung und öffentliche Zugänglichmachung.

Bibliografische Information der Deutschen Nationalbibliothek:
Die Deutsche Nationalbibliothek verzeichnet diese Publikation in der Deutschen Nationalbibliografie; detaillierte bibliografische Daten sind im Internet über http://dnb.d-nb.de abrufbar.

1977

Prolog

Maggie blickt auf das zerknüllte Taschentuch in ihren Händen, wischte sich die Tränen ab. Verzweifelt schaute sie in die Nacht hinaus. Das Firmament leuchtete mit seinen Millionen Sternen. Wie sehr hatten sie es geliebt, in Lalimete auf der Terrasse zu sitzen und diesen Sternenhimmel zu bewundern. Der Nachtflug nach Westafrika war lang gewesen, sie hatte keine Ruhe finden können. Wie gut, dass der Sitz im Flugzeug neben ihr leer geblieben war. Immer und immer wieder sah sie Patricks Gesicht vor sich. Sie konnte ihn sich überhaupt nicht in einem Krankenhausbett vorstellen. Diesmal war der Doktor der Patient. Sie fühlte sich hilflos wie noch selten in ihrem Leben. Nur ein einziges Mal hatte sie sich ähnlich gefühlt, das war, als sie Lilli verloren hatten. Ihr Magen krampfte sich zusammen. Was würde sie im Hospital erwarten? Nichts war mehr wie zuvor. Vielleicht wäre alles nicht passiert, wenn sie nicht so egoistisch gehandelt hätte. Schuldgefühle plagten sie. Maggie hatte reagiert, wie sie es selber nie für möglich gehalten hatte.

Sie wühlte in ihrer Tasche, zog den Brief von Patrick heraus.

Die Nachbarn tanzen noch immer für deine Rückkehr, für Lilli und Lillis Vater, hatte er geschrieben.

Überraschen hatte er sie wollen, zu ihr kommen nach München. Seine Frau zurückholen in ihr gemeinsames Leben. Auch sie hatte ihn überraschen wollen, als sie endlich, endlich gelernt hatte, sich wieder zu vertrauen. Hoffentlich war es nicht zu spät.

Das Schicksal durfte ihn ihr nicht wegnehmen. Sie konnte, nach Lilli, keinen weiteren Verlust ertragen.

Maggie nahm ihren Taschenspiegel, schaute sich an. Sie sah furchtbar aus. Eine müde, erschöpfte Frau. Heute sah man ihr die 34 Jahre an.

Ihre Gedanken wanderten viele Monate zurück, flatterten herum wie aufgescheuchte Fledermäuse. Wann war das gewesen, dass Patrick und sie miteinander glücklich waren und oft die Nacht zum Tag gemacht hatten? Damals trug die Liebe sie durch das Müdesein. Sie steckte den Spiegel weg und kauerte sich in den Sitz. In ihren Schläfen pochte die Angst.

„Meine Damen und Herren, die Landung erfolgt in etwa dreißig Minuten", ertönte die Stimme des Kapitäns.

Draußen hatte die Morgendämmerung den Himmel mit goldenem Leuchten überzogen, die Sonne ging auf. Plötzlich war der Tag da, aus den Schatten der Nacht geboren. Üppig grün zeigte sich die afrikanische Landschaft beim Landeanflug. Hart setzte die Maschine auf, rollte aus. Als die Türen sich öffneten, wurde Maggie von der feuchten, schwülen Luft der Tropen überflutet. In der Nähe der Landebahn blühten Bougainvilleen und Hibiskus in leuchtenden Farben. Auf einmal war da so etwas wie ein gutes Gefühl spürbar. Tief atmete sie den Duft Afrikas ein. Wie sehr liebte sie es, hier anzukommen.

1974

1

Maggie erwachte früh im Haus ihrer Freundin Lina. Sie stand auf, trat ans fliegenvergitterte Fenster. Das Licht verriet, dass der Tag eben erst geboren wurde. Hinter den sanften Berghügeln, weit entfernt, erhellte sich das Firmament. Sonnenstrahlen näherten sich dem Tal. Die von Tau bedeckten Felder glänzten, als hätte jemand Silberperlen über sie geworfen. Dick und prall ragten die Knollen der Jamswurzeln aus den Erdhügeln. Maggie reckte und streckte sich, sah zu, wie sich der mächtige Sonnenball ganz plötzlich über das Land ausbreitete. Grau, Weiß und zartes Rosa verwandelten sich in leuchtendes Orange. Im palmenumsäumten Garten blühten zwei Pampelmusenbäume. Kolibris, heftig mit den winzigen Flügeln schlagend, steckten ihre langen Schnäbel in die Blütenkelche. Maggie dachte an ihre zerbrochene Beziehung. Ach, Matthias!

Als sie sich entschieden hatte, nach Afrika zu fahren, ging es ihr endlich besser. Wie leicht hatte es sich angefühlt, diesen Mann zu lieben. Und dann: nichts als Lügen und Ausweichen. Wie oft hatte sie geschwankt im Auf und Ab ihrer Gefühle. Maggie atmete tief durch. Sie genoss es, wieder viel vom Himmel wahrnehmen zu können. Die Farben Afrikas taten ihr gut, sie fühlte sich lebendig. Ihr Weg war wieder breiter geworden. Die Verwundung schmerzte nicht mehr.

Maggie wickelte sich ein Tuch um, ging in die Küche, kochte starken Kaffee, setzte sich hinaus auf die Terrasse und nahm einen großen Schluck. Miranda kam angesprungen. Mit ihrer feuchten Hundeschnauze beschnupperte sie Maggie.

„Na meine Süße, du undefinierbare wunderbare Mischung", sagte Maggie sanft und streichelte sie.

Miranda wedelt mit dem Schwanz und legte sich neben den Stuhl. Die Luft liebkoste Maggies Haut, die Weite des Himmels glich ihrer Vorstellung von Unendlichkeit.

„Dank sei Allah für deine sichere Rückkehr", rief einer der afrikanischen Nachbarn, als er den kleinen Weg an der Gartenmauer entlangging. „Er schenke dir einen guten Morgen, einen guten Tag und ein langes Leben."

„Das wünsche ich dir auch, Immanuel", grüßte Maggie zurück.

Als sie einander zuwinkten, knurrte Miranda, sprang mit einem Satz auf und verzog sich in den Garten unter ihren Lieblingsbaum.

***

Maggie hing ihren Gedanken nach. dachte an die erste Reise zu ihrer Freundin Lina, die in Westafrika als Entwicklungshelferin arbeitete. Wie verzaubert war sie gewesen von ihrem ersten afrikanischen Morgen, als noch die Dunkelheit den Tag verbarg, der plötzlich hervortrat, fast ohne Dämmerung aus den dunklen Schatten der Nacht. Nun bin ich schon das dritte Mal hier, dachte Maggie. Alles war vertraut. Linas Zeit als Entwicklungshelferin war bald vorbei, und ihre, Maggies, lange Sommerferien waren auch bald vorbei. *Meinen Kinder in der Schule werde ich viel zu erzählen haben.* Maggie trank ihren Kaffee aus, ging zurück ins Haus und stellte sich unter die Dusche. Sie ließ sich benetzen vom kostbaren Wasser. Schon mit dem ersten Morgen hier war etwas von ihr abgefallen, das mit einem ganz anderen Leben zu tun hatte. Allzu lange hatte sie sich selber leid getan, als sie von der anderen Frau erfuhr. Sie schüttelte ihre nassen Haare, trat aus der Dusche. Sie wusste nicht einmal, wie viel Uhr es war, die Armbanduhr hatte sie fortgelegt.

Es gab keinen Ort, wo sie jetzt lieber gewesen wäre als hier in Lalimete. Sie fühlte sich gut. Die Träume vom Leben mit Matthias waren vergangen und schmerzten nicht mehr. Maggie spürte, wie ein Glücksgefühl sie überflutete, während sie draußen Lina mit dem Hund sprechen hörte.

„Liebe Miranda, leider kannst du diesmal nicht mit. Wir werden zum Wochenende weit in den Norden fahren. Meine Freundin Ella hat Geburtstag."

Lina stand in der Küche mit einem Stückchen Wurst in der Hand. Miranda saß brav vor ihr, blickte ihr Frauchen mit großen Augen an und wartete sehnsüchtig darauf, dass sie die Wurst bekam.

„... und es gibt dort ein wunderbares Hotel, wo ich mit Maggie wohnen werde. Das hat sie mir nämlich geschenkt."

Als Lina Maggie kommen sah und sich ihr zuwandte, schnappte Miranda nach der Wurst und verschwand.

Lina und Maggie luden ihr Gepäck in den Renault und fuhren gegen acht Uhr los. Überall hatte der afrikanische Alltag begonnen. Viele Menschen waren an der nach Norden führenden Straße unterwegs. Die Landschaft im Süden zeigte sich überall grün und blühend. Trotz Trockenzeit hatte es immer wieder heftig geregnet. Die Straße war an machen Stellen ziemlich holprig. Lina musste viele Schlaglöcher umfahren. Wenige Autos kamen den beiden Frauen entgegen.

„Zünde mir mal eine Zigarette an", bat Lina.

Maggie nahm einen Zug, bevor sie ihrer Freundin die Zigarette reichte.

„Oh wie scheußlich. Wie gut, dass ich dieses Laster nicht mehr habe."

„Dafür hast du andere", sagte Lina und lachte.

„Da hat du recht – viele."

„Sag mal, Maggie, ist es mit Matthias wirklich aus?" Lina betrachtete ihre Freundin von Seite.

„Ja, das ist es." Maggie nickte bestätigend. „Er hat sich ganz schön schäbig verhalten. Verdammt feige und verlogen. Er hatte schon lange diese andere Frau. Als es mit der vorbei war, stand er vor meiner Tür und wollte, dass ich ihm verzeihe. *Ich will dich zurückgewinnen, ich habe einen Fehler gemacht.* Von sich überzeugt ist er vor mir gestanden. Er hat überhaupt nicht begriffen, dass ich ihm nicht mehr vertraue."

„Ja, ja, gewinnen war immer schon Matthias' Sache", stellte Lina fest und inhalierte den Zigarettenrauch tief. „Aber Hauptsache dir geht's wieder gut und du hast diesen Betrug verkraftet."

„Sehe ich genauso."

Die beiden Frauen hingen ihren Gedanken nach. Maggie sprach als Erste wieder.

„Wie geht Lukas damit um, dass du zurück nach Europa gehst?"

Lina schüttelte den Kopf. Mit ernstem Gesicht wandte sie sich kurz Maggie zu, konzentrierte sich dann wieder auf die Straße.

„Wir vermeiden es, über dieses Thema zu sprechen."

Lina stieß einen tiefen Seufzer aus.

„Ich habe mir nie vorstellen können, wie schwer es ist, mit einem anderen Kulturkreis zurechtzukommen. Ein Libanese hat eine völlig andere Sicht der Dinge. Dabei ist Lukas in Frankreich aufgewachsen, hat als angehender Jurist eine ausgezeichnete Bildung bekommen, dennoch ist sein Denken so anders als meins ..." Lina schwieg eine Weile und fuhr dann fort: „Obwohl jeder weiß, dass wir liiert sind, hält er immer eine gewisse Distanz, wenn wir mit anderen Leuten zusammen sind. Du hast das doch viele Male selber erlebt, nicht wahr?"

Maggie nickte. „Vielleicht liegt das an seiner Jugend?"

„Ach was. Durch mein idiotisches Verliebtsein nehme ich Dinge in Kauf, die mich letztlich an mir zweifeln lassen", fuhr Lina fort. „Kürzlich haben wir über die gescheiterte Ehe seines Bruders mit einer Französin gesprochen. Er findet ganz normal, dass das Kind aus dieser Beziehung hier in Afrika bei seiner Familie aufwächst. Ich habe ihn gefragt, ob die Mutter nicht um ihre Tochter gekämpft hat. Doch, meinte Lukas, aber in Afrika und im Libanon gehören die Kinder stets dem Vater. Ich lebe ja wirklich gern hier und habe auch viele Kontakte – aber die Beziehung mit Lukas ist immer wieder schmerzlich. Ich weiß, dass er mich auf seine Art liebt, aber zu mir stehen, wenn ich ihn brauche, das tut er nicht. Immer wieder wollte ich das Verhältnis beenden, aber dann war es wieder besonders schön mit ihm."

„Immer ist das, was man nicht haben kann am aufregendsten, was?"

„Du sagst es."

„Ich denke, wenn ich fort bin, ist es vorbei."

Lina nahm einen letzten tiefen Zug und reichte Maggie die Zigarette zum Ausdrücken.

Jeder Mensch hat ein inneres Zimmer, in dem seine Dämonen lauern, dachte diese. Erst wenn er es öffnet und sich ihnen stellt, ist er frei.

„Wie lange werden wir noch brauchen?", wollte Maggie wissen, als sie schon fast drei Stunden unterwegs waren.

„Ich hoffe, wir sind am frühen Nachmittag da", meinte Lina und legte eine Musikkassette ein. Don McLeans Stimme erklang – American Pie ...

Laut sangen die beiden mit.

„Wie ist es überhaupt für dich, dass du nur noch wenige Monate in Lalimete sein wirst?", wollte Maggie wissen, als sie ausgesungen hatten.

„Frag mich was Leichteres", meinte Lina. „Wie oft bin ich in den fünf Jahren hier der Verzweiflung nahegewesen, wenn wieder mal so gar nichts bei der Arbeit klappte. Es gab und gibt immer wieder Tage, wo ich alles hinschmeißen will, aber dann ..."

„Afrikaner scheinen eine Begabung zu haben, mit jedem neuen Tag Kummer und Sorgen von gestern abzuschütteln, davon kann ich nur lernen."

Lina schwieg.

„Afrika ist für mich immer noch ein Kontinent voller Magie, voller Schönheit", fuhr Maggie fort.

„Ich denke, jeder hat an dem Platz wo er arbeitet, seine eigenen Probleme. Lehrerin zu sein, ist auch nicht immer leicht, oder?"

„Das stimmt bedingt. Du weißt, ich liebe meinen Beruf. Wenn mich meine Zweitklässler mit ihren vertrauensvollen Kinderaugen ansehen, wird mein Herz berührt. Sie wollen immer alles von Afrika wissen. Vor allem, was ich mit wilden Tieren erlebt habe. Sie können gar nicht begreifen, dass in Westafrika der Tierbestand ziemlich ausgerottet ist."

„Übrigens", Lina sah zu Maggie hinüber. „Kürzlich bin ich einer Frau begegnet, die aussah wie unsere Kindergärtnerin Bärbel. Erinnerst du dich an sie?"

„Und ob. Sie wollte immer, dass du ihr das Lied von Caterina Valente ins Ohr singen solltest: Ganz Paris träumt von der Liebe!"

Maggie begann laut zu singen, und Lina stimmte ein:

Ganz Paris träumt von der Liebe
denn dort ist sie ja zu Haus
Ganz Paris träumt dieses Märchen, wenn es wahr wird
Ganz Paris grüßt dann das Pärchen, das ein Paar wird
Ganz Paris singt immer wieder,
immer wieder nur vom Glück
Wer verliebt ist
wer verliebt ist in die Liebe
kommt nach Paris zurück

Singend fuhren die Frauen durch die Landschaft. Und dann lachten und lachten sie. Maggie legte ihre Hand auf Linas Hand.

„Ich hatte den Text von Tante Ursula, sie liebte dieses Lied auch."

„Ach, ja, deine Tante Ursula. Das war schon eine Verrückte. Wir mochten sie alle sehr mit ihren langen, rot lackierten Fingernägeln und den Lippenstiften in goldenen Hüllen."

„Einmal am Heiligen Abend, ich war noch ganz klein, da spielte sie das Christkind, ich erkannte sie an den rot lackierten Nägeln."

Beide hingen ihren Erinnerungen nach.

„Lina, erinnerst du dich noch, wie wir Kinder waren und ihr bei uns gewohnt habt?"

„Und ob. Wie man uns für Zwillinge gehalten hat."

„Die gleichen Sommersprossen, die gleichen rötlichen Haare. Die gleichen grünen Augen."

„Nur warst du viel wilder als ich, Maggie. Ich wurde bestraft für Taten, die du begangen hast."

„Ich weiß, aber ich habe immer zu dir gehalten."

„Das stimmt."

Lina bat erneut um eine Zigarette. Lina nahm einen tiefen Zug, hustete und gab sie Maggie zurück.

„Drück sie aus, die schmeckt mir heute nicht."

Lina tätschelte Maggies Arm, sah zu ihr hinüber.

„Du hast doch vorhin wissen wollen, was ich empfinde, bei dem Gedanken, von Lalimete wegzugehen?"

„Und?"

„Ich gehe schweren Herzens von hier fort, das stimmt, aber ich freue mich doch wieder sehr auf meine Heimat am Starnberger See. Das hat vielleicht auch mit der Sehnsucht nach der Zeit zu tun, als ich Kind war."

Sie war sechs Jahre alt und der Mann, der sie hielt, war ihr Vater. Ein lachender Riese, der sie in seinem Armen wiegte und immer wieder in den Starnberger See plumpsen ließ, um sie sofort wieder hochzuziehen und in die Luft zu werfen. Ihr Vater war es, der sie auffing, während sie lachte und aufschrie vor Glückseligkeit. In dem Armen ihres Vaters wusste sie nicht, was Angst bedeutete. Angst fühlte Maggie zum ersten Mal, als er sie und ihre Mutter verließ.

Je weiter die Frauen in den Norden kamen, desto flacher und trockener zeigte sich die Landschaft. Zwischen Flamboyant- und Mangobäumen standen kleine Rundhütten mit konischen Dächern. Gegen Mittag erreichten sie die muselmanische Stadt Solodole. Die Straßenszenerie bot ein noch bunteres Bild als in Lalimete. Majestätisch, würdevoll schritten die Menschen die Straßen entlang. Männer trugen lange Gewänder mit Kopfbedeckung und einen Schirm in der Hand. Die Frauen trugen schwere Lasten auf Schleiern, die bis zur Schulter herabfielen. Ihre Gesichter waren unbedeckt. Sie begrüßten einander, indem sie die Knie beugten. So ehrerbietig begrüßten sie auch die ohne Lasten dahinschreitenden Männer. Viele der kleineren Kinder waren nackt. Überall luden Plätze mit schattigen Bäumen zur Rast ein. Solche Plätze gab es überall dort, wo man anderen Menschen begegnen konnte, wo man sie vorbeigehen sah. Wo es Dinge zu beobachten gab, über die man sich unterhalten konnte. Jede Straße, jeder Weg führte an einem Ruheplatz vorbei. Die Menschen hatten an diesen Plätzen ihre täglichen Begegnungen.

Am frühen Nachmittag endlich erschien am Straßenrand das Schild Lala-Kala. Lina bog von der Hauptstraße ab, überquerte eine wacklige Brücke über den Fluss Kala, der trotz Trockenzeit Wasser führte. Überall am Fluss waren Frauen und Kinder damit beschäftigt, Wäsche zu waschen. Sie taten dies, indem sie die bunten Tücher immer wieder durchs Wasser zogen und anschließend auf die Steine schlugen. Als sie das Auto bemerkten, winkten sie.

„Jovo, Jovo, Weißer, Weißer!", riefen sie lachend.

Lina und Maggie winkten zurück. Bald schon bogen sie in eine schmale, staubige Piste. Nach wenigen Minuten erreichten sie Ellas Haus.

Von einer weißen Steinmauer umgeben stand der Bungalow allein, zwischen blühenden Bougainvilleen, Hibisken, Jacarandabäumen und Palmen. Das Sonnenlicht malte Schattenspiele an die Hauswand. Eine kleine Treppe führte zum Eingang. Dort saß ein älterer Afrikaner barfuß am Boden und schnitt Stöckchen zurecht. Lina hupte und fuhr mit großem Schwung vors Haus.

„Und jetzt, Maggie, freuen wir uns auf das Geburtstagsfest bei Ella und lassen es uns gut gehen!", rief sie fröhlich.

Noch während des Aussteigens kam ihnen, übers ganze Gesicht strahlend, der Afrikaner entgegen.

„Guten Tag, Napo", rief Lina. „Wie geht es dir?"

Die beiden drückten einander fest die Hand.

„Sehr, sehr gut, Madame." Dabei schwenkte Napo noch immer lachend Madames Hand hin und her.

Zwei kleine Jungs und ein Mädchen kamen gelaufen, schauten aufmerksam zu. Das Mädchen trug in einem Pagne ein Baby auf dem Rücken. Napo begann mit der langen Begrüßung.

„Wie geht es dir?"

„Wie geht es deiner Familie?"

„Wie geht es deiner Mutter, deinem Vater?"

„Wie geht es den Frauen deines Vaters?"

Schließlich wurde Maggie auf die gleiche Weise begrüßt. Als die Begrüßung zu Ende war, fragte Lina nach Ella.

„Sie holt die Frauen ab, die für das Fest kochen", erklärte Napo.

Als er das Gepäck aus dem Auto nehmen wollte, wehrte Lina ab.

„Meine Freundin hat mich ins Hotel eingeladen. Es ist ihr Abschiedsgeschenk an mich, sie fährt bald wieder heim."

Napos Miene drückte Bedauern aus. Lina nahm ein schön verpacktes Geschenk aus dem Auto, pflückte eine Hibiskusblüte, legte sie auf das Päckchen und überreichte es Napo.

„Von uns für dich und deine Familie."

Sprachlos betrachtete er dieses Geschenk. Was man ihm da wohl überreicht hatte? Es sah kostbar aus.

„Vielen Dank, Madame Lina, vielen Dank Madame Maggie!"
Immer wieder rief er, vor Freude strahlend, dieselben Worte.
„Willst du es nicht aufmachen?", fragte Lina
Er zögerte, betrachtete das schöne, mit einer großen Schleife verzierte Geschenk. So was hatte er noch nie bekommen, die Familie würde Augen machen. Er schüttelte den Kopf.
„Ich werde es mit meinen Leuten auspacken."
Die Kinder traten näher, große Bewunderung stand in ihren Augen. Verlegen lachten sie.
„Dann werde ich für Madame Ella eine Nachricht schreiben", meinte Lina zu Napo.
Zusammen gingen sie ins Haus. Maggie wartete draußen.

Das Hotel, wenige Fahrminuten von Ellas Haus entfernt, lag in einem üppig blühenden tropischen Garten. Es bestand aus einem einstöckigen weißen Haupthaus im maurischen Stil und zehn weit verstreut liegenden Gästebungalows. Über dem Eingang wehte die Landesflagge. Sie fuhren auf den Parkplatz, wo zwei Afrikaner saßen. Diese standen sofort auf, übernahmen das Gepäck.
„Purer Luxus!", rief Maggie begeistert, als sie zur Rezeption gingen.
„Ja, und ab und zu wichtig", antwortete Lina vergnügt.
„Das Hotel gehört übrigens dem Staat. Von Zeit zu Zeit verirren sich kleine Touristengruppen hierher. Ansonsten ist nie viel Betrieb. Die wenigen Gäste sind vorwiegend portugiesische und spanische Geschäftsleute."
„… und Entwicklungshelfer, die sich mal ein schönes Wochenende gönnen wollen", erwiderte Maggie.
„Genau. Dann noch die Ärzte und Piloten vom Flying Service Doctors Help und … reiche Einheimische."

Ein distinguiert aussehender Afrikaner mittleren Alters stand hinter dem Tresen und machte Notizen. Als er aufsah, ging ein Strahlen über sein Gesicht.

„Oh, Madame Lina de Lalimete", rief Monsieur Tsogbe. „Gute Ankunft, gute Ankunft!" Er kam um den Tresen herum, schüttelte Linas Hände und wollte sie gar nicht mehr loslassen. „Oh, oh", rief er, „Sie sind wieder hier. Welche Freude, Madame, welche Freude."

Dann wandte er sich Maggie zu, um sie ebenfalls zu begrüßen.

„Das ist meine Freundin Maggie. Wir sind sozusagen Schwestern. Im gleichen Jahr geboren, im gleichen Ort:"

„Aha!", rief er, „das ist gut, das ist gut. Schwestern also. Gute Ankunft, Madame Maggie, gute Ankunft."

Die Gepäckträger hatten sich im Hintergrund gehalten. Monsieur Tsogbe gab ihnen Anweisung, wohin das Gepäck gebracht werden sollte. Anschließend wandte er sich wieder den beiden Frauen zu.

„Gestatten Sie mir", dabei legte er mit einer leichten Verbeugung die Hand auf sein Herz, „die Damen draußen am Swimmingpool zu einem Willkommensdrink einzuladen?"

„Vielen Dank, Monsieur Tsogbe, das nehmen wir gerne an", meinte Lina.

„Bitte folgende Sie mir, meine Damen."

Lina hängte sich bei Maggie ein. Sie folgten Monsieur Tsogbe Richtung Swimmingpool. Er führte sie an einem großen Speisesaal vorbei, der halb drinnen, halb draußen lag. Überall blühte es in verschwenderischer Fülle.

„Ich bin überwältigt", rief Maggie. „Was haben wir`s doch gut getroffen."

Mit einladender Geste zeigte Monsieur Tsogbe auf zwei weiße Stühle, die an einem Bistrotisch unter einem Sonnenschirm standen.

„Bitte nehmen Sie Platz, meine Damen."

Er verbeugte sich und ging zurück zur Rezeption.

An einem der anderen Tische saß ein afrikanisches Paar. Beide sehr dick, bunt gekleidet, sie mit üppigem Kopfputz und viel Goldschmuck. Vor sich auf dem Tisch hatten sie zwei mit Blüten dekorierte Gläser stehen. Genüsslich tranken sie davon. Lina und Maggie grüßten und wurden freundlich zurückgegrüßt.

Um den Swimmingpool herum standen weiße Holzliegen. Drei südländisch aussehende Männer und zwei Frauen saßen dort, unterhielten sich groß gestikulierend in Englisch miteinander. Auf kleinen Beistelltischen standen Gläser und Flaschen. Ihre Unterhaltung wurde immer wieder von lautem Lachen unterbrochen. Einer der Männer stand auf, sprang in den Pool und tauchte wieder auf.

„Hallo, Lina!", rief er.

„Conzales, was machst du denn hier?" Überrascht stand Lina auf und ging zu ihm hin.

Conzales hatte seine Arme auf den Rand des Pools gestützt.

„Ausspannen!", rief er und blickte zu Maggie.

„Meine Freundin Maggie", stellte Lina ihre Freundin vor.

Maggie stand auf und kam zum Swimmingpool.

Conzales sprang mit einem gekonnten Satz aus dem Pool heraus. Ein nicht sehr großer, dennoch überaus attraktiver Mann mit durchtrainierter Figur und einer stark behaarten Brust. Ich schätze ihn so auf Mitte vierzig, stellte Maggie für sich fest.

Conzales reichte erst Maggie, dann Lina die Hand.

„Herzlich willkommen."

Dabei betrachteten seine Augen Maggie besonders aufmerksam.

„Und was führt euch hier her?"

„Ellas dreißigster Geburtstag. Wir bleiben bis Montag."

„Ich bin mit Geschäftsfreunden hier. "

Conzales zeigte mit dem Kopf in Richtung der anderen Gäste. Die beiden Frauen grüßten hinüber, man winkte sich zu.

„Sind Sie das erste Mal hier?", wandte sich Conzales an Maggie und warf ihr dabei einen glutvollen Blick zu.

„An diesem zauberhaften Ort war ich noch nie. Allerdings bei Lina in Lalimete schon öfter."

„Du hast sie mir vorenthalten, Lina!", meinte Conzales gespielt vorwurfsvoll und machte einen Kopfsprung zurück in den Pool.

„Wir sehen uns!", rief er, als er wieder auftauchte.

Maggie und Lina gingen zurück an den Tisch, nahmen Platz. Ein Kellner brachte frisch gepresstem Papayasaft.

„Ein heißer Blick aus südländischen Augen, was, Lina?" meinte Maggie, während sie genüsslich an ihrem Strohhalm zog.

„Conzales ist Chef der portugiesischen Ölfabrik in Lalimete. Erinnerst du dich an das schöne Haus auf der Anhöhe oben bei der Moschee? Ich hab's dir mal gezeigt."

„Das mit den prächtigen Jacarandabäumen?"

„Genau dort wohnt er. Es ist wunderschön eingerichtet. Conzales verfügt über einen erlesenen Geschmack."

„Und das entsprechende Geld."

„Conzales ist schwer in Ordnung", antwortete Lina. „Ich kenne keinen großzügigeren Menschen als ihn. Er ist immer da, wenn Hilfe gebraucht wird. Der neue Jeep der Nonnen ist auch von ihm und so manche Operation wäre ohne seine Hilfe nicht möglich gewesen. Die Schwestern von Bethlehem lieben ihn, die Oberin ist seine Vertraute. Manchmal bringt er den Nonnen besondere Delikatessen mit, wenn er mal wieder auf Tour im Ausland war."

„Lebt er allein?"

Lina lachte. „In Portugal hat er eine Ehefrau und zwei große Töchter. In den Ferien kommen alle zu Besuch und zwischendurch besucht er die Familie. Im Übrigen ist er auch berüchtigt für die Saufgelage, die er vor allem mit den Ärzten vom Hospital abhält."

„Du magst ihn sehr?"

„Ja, sehr, sehr. Solche Männer, wie er einer ist, findest du nur an besonderen Orten."

„Er hat so was an sich, was die Frauen anzieht, seine Stimme hat einen tollen Klang."

„Dass er nichts anbrennen lässt, ist bekannt."

Maggie stellte sich lange unter die Dusche. Statt sich abzutrocknen, band sie sich ein Tuch um und setzte sich vor ihren Bungalow. Am

Firmament trieben weiße Federwölkchen. Ein Äffchen huschte vorbei. Sie schloss die Augen. Außer dem Gurren der Tauben war nichts zu hören. Die späte Sonne legte sich zart auf ihr Gesicht. Intensiver Jasminduft lag in der Luft.

Nach einer Weile stand Maggie auf und ging zurück ins Haus, um sich für den Abend zurechtzumachen. Sie legte Lidschatten auf, umrandete ihre Augen mit Kajal, tuschte die Wimpern, benützte Rouge und Lippenstift. Sie streifte ihr aprikotfarbenes Trägerkleid über den Kopf, betrachtete sich im Spiegel. Ihre halblangen Haare zupfte sie mit den Fingern zurecht. Durch die Feuchtigkeit in der Luft lagen sie so gut, wie kein Friseur sie hinbekommen würde. Ihr gefiel, was sie sah.

„Du eitle Person. Aber für deine 34 Jahre siehst du ganz passabel aus."

Hier in Afrika konnte sie ihren Körper so viel besser annehmen als daheim in München. Sie fühlte sich ausgesprochen wohl in tropischen Ländern.

Ein Blick auf die Uhr zeigte, dass noch Zeit blieb, den Hotelgarten anzusehen. Im Hinausgehen pflückte Maggie eine cremefarbene Hibiskusblüte und steckte sie sich hinters Ohr. Sie freute sich wie ein Kind auf den Geburtstagsabend. Überhaupt konnte sie wieder viel mehr Freude empfinden als noch vor Monaten. Dieses Mal würden die Sommerferien anders enden als im letzten Jahr.

Maggie schlenderte durch den großen Garten, zu einem von Schwertlilien umsäumten Teich. Unter einem violett blühenden Jacarandabaum entdeckte sie, fast versteckt, eine weiße Holzbank. Dort saß ein Mann. Er wirkte ganz in sich versunken, Ob ich ihn wohl störe? In dem Moment drehte er seinen Kopf in ihre Richtung, lächelte, stand auf und forderte sie auf, näher zu kommen. Er hatte einen deutschen Akzent.

„Darf ich mich zu Ihnen setzen?", fragte Maggie.

„Ah, eine Deutsche! Bitte, setzen Sie sich."

Als Erstes fielen Maggie seine türkisfarbenen Augen auf. Seine dunkelblonden Haare waren ziemlich zerzaust. Er war hoch gewachsen, besaß einen kräftigen, dennoch schlanken Körper, trug verwaschene Jeans, ein gestreiftes Hemd mit hochgekrempelten Ärmeln und Slipper.

Ich reiche ihm gerade mal bis zur Schulter. Sie setzte sich, dann erst nahm er wieder Platz. So saßen sie ein Weilchen nebeneinander, wussten nicht so recht was sagen. Sie bemerkte, dass er sie verstohlen betrachtete.

Was sie wohl hierher verschlagen hat, diese hübsche Person? Aber das ging ihn nichts an.

„Woher in Deutschland kommen Sie?", fragte Maggie ihn.

„Vom Ammersee."

„Ach, ich bin in Possenhofen am Starnberger See aufgewachsen."

Er ging nicht näher darauf ein. Stattdessen meinte er fast wehmütig:

„Manchmal vermisse ich den Ammersee. Überhaupt – die wundervollen bayerischen Seen."

Wieder saßen sie stumm nebeneinander, dennoch war es keine unangenehme Stille.

„Sind Sie oft hier?" Maggie sprach als Erste wieder.

„Oft – nein, ab und zu, ja. Ich bin immer wieder glücklich, dass es mitten in einer trockenen Region so etwas Wunderbares wie diesen Ort hier gibt."

Unvermittelt streckte er Maggie seine Hand hin „Patrick Stern."

„Maggie Neumaier."

Sein Händedruck war ziemlich fest.

Patrick, so hieß ihr Freund im Kindergarten. Von ihm hatte sie ihren ersten Kuss bekommen. Ganz zart auf den Mund. Sie hatten sich im Klostergarten bei strömendem Regen unter großblättrigen Pflanzen versteckt. Dort hockten sie und gaben keine Antwort, als man sie suchte. Wenn wir

groß sind, heirate ich dich, hatte er ihr zugeflüstert und sie war begeistert damit einverstanden gewesen. *Einmal fanden sie eine Schere und schnitten allen Kindern einen Pony. Als man es bemerkte, war es zu spät. Die Haare waren ab.*
Ihre Liebe zu Gärten kam aus dieser Zeit. Besonders zu Klostergärten. Sie hatten so etwas Stilles, Verwunschenes, Geheimnisvolles, waren stets Orte der Freude für sie.

„Für viele mag es wie Verschwendung aussehen, für mich bedeutet es jedes Mal: auftanken, um all die schwierigen Umstände besser meistern zu können."

Patrick hatte unvermittelt gesprochen und sie damit aus ihren Kindheitserinnerungen gerissen. Sie kamen miteinander ins Gespräch und Maggie erfuhr, dass Patrick Stern für die internationale Ärzteorganisation FSDH Flying Service Doctors Help arbeitete.

„Eine ähnliche Organisation wie die Flying Doctors in Kenia", erklärte er ihr.

Wieder schwiegen beide, Maggie fühlte sich seltsam berührt von diesem Fremden. Wie alt mochte er sein – 35, 40 vielleicht, oder älter? Er war schwer zu schätzen. Unvermittelt stand Patrick Stern auf, lächelte Maggie an.

„Auf Wiedersehen", sagte er und ging.

Lange schaute Maggie ihm nach, wie er dahinschlenderte, die Hände in den Hosentaschen vergraben. Es hatte ihn offenbar gar nicht interessiert, was sie hier tat. Plötzlich drehte er sich um und winkte ihr. Fast fühlte sie sich wie ertappt bei etwas Verbotenem.

Patrick spürte, wie lange unterdrückte Gefühle sich in ihm breit zu machen suchten. Aber das ließ er nicht zu. So einfach war es nicht, war es niemals. Wie idiotisch von ihm, dieser Frau zuzuwinken.

Die Sonne begann schnell zu sinken, färbte den Himmel leuchtend rot. Maggie stand auf, um Lina abzuholen. Auf halbem Weg kam diese ihr entgegen.

„Hab mir gedacht, dass du im Garten herumschlenderst, du ewiges Blumenkind."

***

Laute afrikanische Musik war von Weitem zu hören. Lina und Maggie betraten Ellas großen Garten, wo bereits eine ausgelassene Stimmung herrschte. Entlang der halbhohen Gartenmauer waren Öllämpchen aufgestellt. Flackernde, bewegliche Schattenbilder. Zwei Afrikanerinnen grillten Fleischspieße am offenen Feuer, eine andere bereitete traditionelle Brotfladen in großen Tongefäßen zu. Einige aus der bunt gemischten Gästeschar saßen überall verstreut schon beim Essen, andere tanzten. Mitten unter ihnen das Geburtstagskind. In ein afrikanisches Gewand mit Kopfputz gehüllt und langen Ohrringen, kam Ella auf die beiden Frauen zu.

„Wie wunderschön, euch zu sehen!", rief sie und breitete ihre Arme weit aus.

Maggie und Lina glitten hinein, fielen in den Rhythmus mit ein, zusammen tanzten sie.

„Du wirst ja immer jünger statt älter", rief Maggie bewundernd.

Maggie kannte Ella seit ihrem ersten Besuch vor einigen Jahren. Lina und Ella waren zusammen ausgereist.

„Das macht das freie Leben", rief Ella, „und …!"

Die drei lachten, umarmten und küssten einander immer wieder.

Als die ersten Sterne und ein großer, runder Mond am Himmel erschienen, spannte ein Gast ein dünnes Seil kreuz und quer durch den Garten. Daran wurden Hunderte von Wunderkerzen gehängt.

Die Musik hatte für eine Weile pausiert. Maggie war gerade mit Ella in ein Gespräch vertieft, als drei Männer und eine Frau in den Garten kamen.

„Großartig, dass ihr kommen konntet!", rief Ella und ging auf die Neuankömmlinge zu.

Ein leichtes Prickeln überfiel Maggie, als sie erkannte, dass Patrick Stern dabei war.

„Alle mal herhören!", rief Ella laut in die Runde. „Ich stelle vor: Guidetta Marrozzi, Italien, Adame Loma, Ghana, Mark Seeberger, Amerika, Patrick Stern, Deutschland. Allesamt vom Team der fliegenden Ärzte. Da kann uns ja nichts mehr passieren."

Die Gäste lachten, winkten den Neuankömmlingen zu. Maggie betrachtete die Italienerin. Die Frau sah unglaublich gut aus. Eine rassige, schlanke Person um die vierzig mit bis zur Schulter reichenden, schwarzen, glänzenden Haaren. Sie trug ein korallenfarbenes schickes Seidenkleid, dazu kostbare goldene Ohrringe. Sie hatte Stil.

„Guidetta Marrozzi ist die neue Gynäkologin und Chirurgin im Team."

Lina stand jetzt neben Maggie.

„Seit letzten September ist sie in Lalimete. Ich glaube, die anderen kennst du."

Maggie hörte gar nicht zu. Sie war mehr damit beschäftigt, eine Erklärung dafür zu finden, warum Patrick Stern sie offenbar nicht wahrgenommen hatte. War das Absicht?

Wenig später stand er allein an die Wand gelehnt und trank aus einer Bierflasche, während seine Kollegen sich unter die Tanzenden gemischt hatten. Maggie betrachtete ihn verstohlen. Attraktiv war er, stellte sie erneut fest.

In diesem Moment fiel sein Blick auf sie. Ihre Augen begegneten sich. Patrick bemerkte ein Flattern in Maggies Blick. Sie gefällt mir, dachte er wieder, aber das würde er nicht zulassen. Keine Weibergeschichten, das konnte er nicht gebrauchen. Er hatte schon Ärger genug in seinem Leben. Aufgeregt spürte Maggie, dass er sie erkannt hatte, und war sicher, dass er auf sie zukommen würde. Doch das tat er nicht. Er nickte ihr nur grüßend zu. Die Frau vom Schwertlilienteich hat was, dachte Patrick und wandte den Blick von ihr ab. Lass nicht zu, sie besser kennenzulernen, sonst bist du verloren, ermahnte er sich. Noch während Maggie die Enttäuschung in sich spürte, dass er sie ignorierte, waren die Wunderkerzen angezündet worden und hatten alles in einen illuminierten Wundergarten verwandelt. Auf der Steinmauer ringsherum saßen die staunenden Kinder aus dem Dorf.

Auf einmal fühlte Maggie Patricks Blick ganz stark auf sich. Sie sah zu ihm hinüber. Er kam direkt auf sie zu, stellte sich neben sie, ohne ein Wort zu sagen. Schweigend betrachteten sie den erleuchteten Garten.

Als er sich schließlich zu ihr umdrehte, starrte er wie hypnotisiert auf ihre Halskette.

Diese Kette, sie erinnerte ihn an eine andere Frau, ein anderes Leben.

Britta steht aufgebracht vor dem zerwühlten Bett. Sie trägt eine Halskette aus kleinen, in Gold gefassten Perlen und Muscheln. Ich hatte sie ihr als Geschenk mitgebracht. Fast wie diese Kette …
Ich mag deine Perlen nicht mehr, schreit sie. Hau doch ab, hau endlich ab, du mit deinem Afrika-Wahn! Selbstverwirklichung nennst du das. Ich nenne das Flucht. Ich glaube, ich lasse mich von dir scheiden. Ihr herzzerreißendes Weinen, ich kann es noch immer hören.

„Ist was mit meiner Kette?" Irritiert griff Maggie an ihre Kette.

„Nein, nein." Patricks Stimme klang seltsam. „Nur … eine ähnliche Kette habe ich mal verschenkt."

„Alle mal die Augen schließen und sich bei diesem Mond was wünschen", ertönte die Stimme von Mark Seeberger. „Geht garantiert in Erfüllung."

Lachend folgten die Gäste der Aufforderung.

„Ich wünsche mir ab und zu Eishockey zu spielen und ich wünsche mir eine neue Frau", ertönte Marks Stimme. „Jetzt die Augen wieder öffnen. Zum Wohl!"

Mark prostete den Gästen mit seiner Bierflasche zu.

„Mit der neuen Frau meinst du wohl deine Schwester Anna, die du anschmachtest wie ein Primaner."

Erschrocken schaute Mark Seeberger Guidetta an. Er legte den Finger auf seinen Mund und schüttelte verärgert den Kopf.

„Ist doch wahr, du idiotischer Träumer", rief sie und ließ ihn stehen. Dieser Mistkerl. Manchmal ging er ihr gehörig auf die Nerven mit seiner Schwärmerei für diese Nonne. Trotzdem, sie mochte diesen 37-jährigen Jungen mit seinen goldgrün gesprenkelten Augen und dem unbändigen Lockenkopf. Sie war immer wieder fasziniert, wie sicher seine Hand operierte, wie liebevoll er sein konnte – und wie gemein. Aber so waren alle Männer, sie kannte sie zur Genüge. Trotzdem. Die Nonne würde sie ihm schon austreiben! Besser, *sie* würde mit ihm im Bett liegen.

Kopfschüttelnd sah Mark ihr nach. Verdammt noch mal, dieses Biest.

„Was haben Sie sich gewünscht?", fragte Maggie Patrick, der noch immer neben ihr stand.

„Das sage ich nicht."

Die Musik wurde noch lauter gestellt. Ella lud die Dorfkinder ein, mitzufeiern. Das ließen die sich nicht zweimal sagen. Rhythmisch fielen ihre kleinen Körper in den Tanz ein. Sie hatten die Musik im Blut, lachten und freuten sich, dass sie heute was besonders Gutes zum Essen bekamen. Der Tisch mit Ellas Geburtstagsgeschenken war im Laufe des Abends immer voller geworden. Neue Gäste kamen, andere gingen.

Irgendwann mischte Maggie sich unter die Tanzenden. Als sie zu Patrick hinsah, bemerkte sie, dass er sie beobachtete. Wieder spüre sie dieses seltsame Prickeln. Er hatte etwas an sich ... Doch da winkte er ihr zu und verließ die Geburtstagsfeier.

***

Maggie ließ sich im Pool auf dem Rücken treiben, die Augen geschlossen. Wie wunderbar, einen solch trägen Sonntagnachmittag in einem so schönen Hotel genießen zu können. Das einzig Störende war die laute Diskussion, die Conzales und seine vielen Gäste führten. Sie versuchte, sich Patrick Stern vorzustellen. Warum nur musste sie ständig an ihn denken? Etwas zog sie zu ihm hin. Du dumme Nuss, schalt sie sich. Was hatte sie denn erwartet? Dass er sich auf wunderbare Weise in sie verlieben würde? Dass sie sich wieder einlassen könnte – nach der schmerzhaften Erfahrung mit Matthias?

Jemand sprang in den Pool und spritze sie nass. Sie rieb sich die Augen. Es war Patrick, der neben ihr auftauchte

„So, da bin ich wieder", lachte er die überraschte Maggie an.

Irritiert schwamm Maggie an den Rand, lehnte sich mit dem Rücken dagegen. Sie breitete ihre Hände aus und hielt sich fest. Patrick schwamm zu ihr hin und lehnte sich ebenfalls mit dem Rücken an die Poolwand. Seine Hand lag neben ihrer Hand, ganz nah, berührte sie aber nicht. Maggie gefiel ihm wie seit Langem keine Frau mehr. Wie gerne würde er sie berühren. Ihr Haar, ihren Mund ... Wie soll ich mich nur verhalten. Er hatte einfach Angst, was falsch zu machen. Maggie betrachtete seine Hand. Wie gerne würde sie sie berühren.

Da war es wieder, dieses Kribben in ihrem Bauch. Aber ich mache mich doch nicht lächerlich!

„Sie hatten einen Noteinsatz?", hörte sie sich fragen. Das war ihr so rausgerutscht.

„Zum Glück ganz in der Nähe", antwortete er.

Er konnte diese Frau nicht einschätzen. Ihm war bei der Geburtstagsfeier aufgefallen, wie sehr auch sie ihn verstohlen beobachtet hatte. Ob sie ein gebranntes Kind war wie er?

Was für einen Quatsch er da dachte. Jeder Mensch hatte eine

Vergangenheit. Laut sagte er. „Waren wir nicht schon beim Du angekommen?"

Dabei sah er sie so intensiv an, dass sie den Blick senkte.

So wie wir uns eben angesehen haben, dachte Patrick, war dies ein Blick zwischen Mann und Frau, die etwas suchten. Er hatte Brücken hinter sich abgebrochen, war nach Afrika gegangen. Nichts war wirklich gut in seinem Leben. Na ja, außer vielleicht helfen zu können ...

„Mir fällt es immer schwer, irgendwelche Fremden zu duzen", antwortete sie.

Hörte er da eine gewisse Ironie heraus. Irgendwelche Fremde? Vergiss sie einfach, sie wird sowieso bald wieder abhauen. Doch tief in seinem Herzen spürte er, dass er Maggie nicht vergessen wollte.

„Na, ihr zwei", rief Conzales ihnen zu. „Ich spendiere eine Runde!"

Er hatte am Poolrand gestanden und alles genau beobachtet. Endlich, endlich zeigte der Kerl wieder Interesse für ein weibliches Wesen. War ja auch nicht zu verachten, diese Maggie.

Sein Freund schien fast immun gewesen zu sein in dem halben Jahr, seit sie sich kannten. Kaputte Ehe hin oder her. Frauen waren das Elixier des Lebens. Ohne sie war alles trostlos. Sie brachten die notwendige Farbe ins Dasein. Und wofür schließlich malochte ein Mann? Es gab doch nichts Schöneres, als sich in einer Frau zu verlieren. Na ja, die Skatrunden und Saufgelage mit seinen Kumpels waren auch nicht zu verachten.

„Maggie, die machen hier tolle Cocktails", rief Conzales. „Nach zwei Gläsern fällst du um, also raus aus dem Wasser."

Maggie lachte und schwamm an die kleine Leiter, ohne Patrick weiter zu beachten. Doch dieser kam zu ihr und half ihr fürsorglich aus dem Pool.

***

Conzales hatte zum Abendessen geladen. Eine große Tafel war im Garten gedeckt, der Tisch geschmückt mit weißen Gardenien. Kerzen in Glasgefäßen verbreiteten mildes Licht. Überall an den Wegen brannten Fackeln. Es wurde ein heiterer, ausgelassener, langer Abend mit gutem Essen und viel zu viel Wein. Conzales und die meisten Gäste hatten sich bald nach dem Essen zurückgezogen, nachdem schon ihr Nachmittag ziemlich alkoholreich abgelaufen war. Schließlich bestand die Runde nur noch aus Maggie, Patrick, Guidetta, Mark und Lina.

Maggie bemerkte Patricks Blick. Er flirtet mit mir, dachte sie und spürte, wie unendlich gut ihr das tat. Sie fühlte sich wieder als Frau, als begehrenswertes Wesen, was so lange nicht der Fall gewesen war.

„… und das war Patricks erster Einsatz und er ist fast verzweifelt dabei."

Guidettas laute Stimme riss die Beiden aus ihren Träumereien.

„Stimmt's, Patrick?" Sie stupste ihn dabei an.

„Stimmt", meinte dieser. „Wenn man plötzlich unter primitiven Umständen operieren muss, geht einem ganz schön die Muffe …"

Alle lachten zustimmend.

„Und jetzt kann er gar nicht mehr genug davon bekommen", warf Mark ein.

„Spinner", antwortete Patrick liebevoll und legte ihm den Arm um die Schulter.

Mark sah auf seine Armbanduhr.

„Schon so spät", murmelte er und stand auf. „Meine Lieben, ich verschwinde jetzt, viel Zeit zum Schlafen bleibt sowieso nicht mehr. War schön mit euch." Er klopfte mit der Faust auf den Tisch und verschwand.

„Warte, ich komme mit." Guidetta stand ebenfalls auf.

„Ich gehe auch schlafen", meinte Lina. „Gute Nacht allerseits."

Plötzlich saßen nur noch Maggie und Patrick am Tisch. Für einen Moment wussten beide nicht so recht, was sagen, bis Patrick vorschlug, einen Spaziergang zu machen. Maggie nickte. Patrick stand auf, nahm Maggies Hand und zog sie zu sich hoch. Mein Gott, fühlt sich das aufregend an, dachte sie. Schon lange nicht mehr habe ich so empfunden.

Sie schlenderten durch die afrikanische Nacht. Über ihnen leuchtete ein unsagbar schöner Sternenhimmel. Patrick hielt noch immer ihre Hand, als sie am Schwertlilienteich ankamen und sich hinsetzen. Aufgeschreckte Enten flatterten davon, verschwanden im Gebüsch. Von irgendwoher hörte man dumpfe Trommelschläge. Eine ganze Weile saßen sie stumm nebeneinander. Es ist schön hier mit dieser Frau, dachte Patrick. Er fühlte sich aufgehoben in der ewigen Sommernacht wie seit Langem nicht mehr. Auch Maggie fühlte sich großartig. Ihr war, als würde sie sich selber dabei beobachten, glücklich zu sein.

„Was hat dich eigentlich bewogen, nach Afrika zu gehen?" wollte Maggie wissen und Patrick begann zu erzählen.

„Nach dem Abitur hatte ich von zwei Schweizer Nonnen gehört, die im Massai-Land eine Krankenstation führten und die jemanden brauchten, der ein Auto fahren und reparieren kann. Ich verbrachte acht Monate bei ihnen, bevor ich mit dem Medizinstudium begann. Nach dem Examen habe ich, wie üblich, in verschiedenen Kliniken gearbeitet. Aber die Sehnsucht nach Afrika war immer in mir." Dabei wandte er ihr sein Gesicht zu.

„Ich habe hier das Gefühl, Sinnvolles zu leisten."

„Und in Deutschland hattest du das nicht?"

„Doch, schon, anders halt."

Er schwieg eine Weile, dann fuhr er fort. „Afrika ist gewiss kein Paradies, aber ich lebe gerne hier."

Dass er auch fort wollte von seiner gescheiterten Ehe mit Britta, behielt er für sich. Hier und jetzt wollte er gar nicht daran denken, es würde den Zauber dieser Begegnung stören.

„Nie werde ich meinen ersten afrikanischen Morgen vergessen, er hat mich tief berührt", hörte er Maggie erzählen.

Ihre tiefe, weiche Stimme war ihm von Anfang an aufgefallen. Wie ein Mensch sprach, das war für ihn der erste prägende Eindruck.

„Als ich zum ersten Mal frühmorgens in der Dunkelheit ankam und sich die Türen des Flugzeugs öffneten, da atmete ich einen ganz bestimmten Geruch ein. Es war der betörende Atem Afrikas." Sie lachte. „… und Lina stand direkt am Flugzeug und holte mich ab."

Sie unterhielten sich über Patricks Einsätze überall im Land, seine Operationen für die Missionsstation Bethlehem, Maggies Tätigkeit als Lehrerin in München. Den Ammersee und den Starnberger See, wo sie gelebt hatten, streiften sie kurz. Beiden war, als führten sie zwar ein Gespräch, aber tief innen wollten sie was anderes.

Wie gerne möchte ich sie in meine Arme nehmen und küssen, wünschte sich Patrick, aber was wäre damit gewonnen? Er würde sich Vorwürfe machen. Andererseits, was ist schon ein Kuss?

Dieser Mann da neben ihr war ihr nah und fern zugleich. Ich komme mir vor wie eine Vierzehnjährige, die zum ersten Mal verliebt ist, dachte Maggie. Sie wünschte sich, dass diese Stunde hier am Teich nie enden würde.

Patrick schaute auf seine Armbanduhr.

„Schon so spät!", rief er, sprang auf und blieb vor Maggie stehen.

„Ich muss noch etwas Schlaf bekommen, sonst bin ich erledigt. Wir haben einen harten Arbeitstag vor uns."

Er reichte Maggie die Hand, zog sie hoch. „Ich bringe dich zu deinem Bungalow", sagte er.

Schweigend, Hand in Hand, liefen sie den schwach beleuchteten Weg zurück.

„Kann ich dir was zu trinken anbieten?", fragte Maggie, als sie an ihrem Bungalow ankamen. Es war ein letzter Versuch, den schönen Abend nicht so abrupt enden zu lassen. Patrick schüttelte den Kopf, sie standen einander gegenüber und schauten sich an. In diesem Moment wünschte Maggie sich, mehr über diesen Mann zu wissen. Er hatte nicht viel von sich preisgegeben, und doch spürte sie seine Präsenz. Könnte sie doch die verschwiegenen Dinge erfahren, die sich hinter seinen Augen abspielten!

Wenn sie nur ahnen könnte, wie sehr ich mich von ihr angezogen fühle, dachte Patrick.

Er nahm Maggie sanft in seine Arme, küsste sie zart auf den Mund. Sie schmiegte sich fest an ihn, legte ihren Kopf an seine Schulter. Wie gut es tat, sie im Arm zu halten. Er hob ihr Gesicht zu sich hoch.

„Sieh mich an, Maggie. Glaub mir, ich würde nichts lieber tun, als jetzt bei dir zu bleiben. Aber ..." er zögerte, ... ich bin verheiratet."

Das war es also, was sie gespürte hatte. Das Trennende, was zwischen ihnen stand. Zart strich er ihr über die Augenbraue. Dann küssten sie sich heftig. Schließlich war es Maggie, die sich von ihm löste.

„Ich wünsche dir alles Gute", sagte Patrick und ging.

Maggie schaute ihm nach und fühlte einen tiefen Schmerz. Aber auch Patrick litt. Wie gerne hätte er seine Qualen zurückgelassen und sich auf ihren Körper eingelassen. Doch er hatte das Lieben, zusammen mit dem, was ihm fehlte, tief in sich verschlossen und spürte jetzt mit aller Macht diesen Pfropf aus verklumpter Angst. Was hatte er denn erwartet? Dass er nach Afrika gehen würde und damit sich seine verkorkste Ehe auf wundersame Weise auflösen würde? Er war ein Idiot.

Maggie war zu aufgewühlt und verwirrt, um zu schlafen. Sie setzte sich an den kleinen Tisch vor der Türe, schrieb in ihr Tagebuch und wartete auf den Morgen. Als die kurze Dämmerung sich auszubreiten begann, sah sie Mark und Patrick des Weges kommen. Mark winkte ihr und ging weiter. Er sah mitgenommen aus. Patrick kam zu ihrem Tisch, beugte sich zu ihr hinunter und gab ihr einen Kuss auf den Mund. Wortlos schaute sie ihn an.

Oh Gott, was tue ich denn da, dachte Patrick, genau das wollte ich doch nicht. Ich muss wahrhaftig verrückt sein. Vielleicht sollte ich ihr sagen, dass meine Ehe zu Ende ist. Warum sage ich das nicht, sie gefällt mir doch. – Hör auf alter Junge, wenn du das zulässt, bist du erst recht verloren.

„Bist wohl nicht im Bett gewesen?", stellte er mit müder Stimme fest.

Maggie nickte. Was hätte sie sagen sollen. Ihre Verwirrung war jetzt komplett. Sie wurde nicht schlau aus ihm.

„Wir sehen uns in Lalimete", damit drehte Patrick sich um und verschwand aus ihrem Leben.

Maggie sah ihm nach. Er war also verheiratet. Sie fühlte sich todmüde, aufgewühlt und durcheinander. Alles war richtig, alles war falsch.

Ach Schicksal, lass ihn ziehen. Vielleicht sah sie ihn nie wieder.

„Du meidest seit Langem alles, was mit Frauen zu tun hat", konstatierte Mark, als Patrick am Parkplatz ankam. „Nur weil deine Ehe zu Ende ist. Menschenskind, jeder hat das Recht auf Vergnügen", redete er auf ihn ein.

„Ich sage dir, alter Kumpel, eine aufregende Affäre hat auch was. Bei dem, was wir leisten müssen, haben wir uns das doch verdient."

Er stupste ihn an.

„Trau dich. Sie gefällt dir doch."

„Vielleicht hast du ja recht", meinte Patrick nachdenklich.

„Und ob ich das habe", lachte Mark.

„So, und jetzt vergessen wir die Frauen und eilen zu unserer Pflicht."

Patrick sah sich um, sog tief die Luft ein, bevor er ins Auto stieg. In seinem Herzen spürte er, dass er Maggie weder vergessen wollte noch vergessen konnte.

„Patrick hat dir also erzählt, dass er verheiratet ist", stellte Lina fest.
Die beiden Frauen waren früh losgefahren. Bis Mittag würden sie zurück in Lalimete sein.
„Erzählt hat er gar nichts, nur erwähnt."
„Ich kann verstehen, dass er dir gefällt", fuhr Lina fort. „Er hat so was Feinfühliges, Sensibles an sich und auch etwas männlich Beschützendes. Allerdings wenn da eine Ehefrau ist, lass die Finger davon. Es wird übrigens gemunkelt, dass Patrick ein Verhältnis mit seiner italienischen Kollegin hat."
„Sah aber gar nicht danach aus." Spürte sie eine gewisse Eifersucht?
„Aber Maggie, du kennst doch die Männer, immer auf der Suche nach einem Abenteuer."
„Vielleicht hast du ja recht und ich sollte ihn vergessen. Diese Guidetta Marrozzi ist schließlich eine wunderschöne Frau, ich könnte ihn verstehen."
„So, so, könntest du. Eine heißblütige Italienerin, eine attraktive Frau. Schon zwei Gründe für einen Mann, sich verführen zu lassen", lachte Lina und fasste hinüber zu Maggies Arm.
„Ich bin jedenfalls froh, dass du wieder Gefühle entwickelst und den Idioten Matthias vergisst. Genieße deine Gefühle, die waren dir doch ziemlich abhanden gekommen. – Im Übrigen, ich würde Patrick nicht von meiner Bettkante stoßen."
„Ich auch nicht."
Jetzt konnten die Freundinnen wieder herzlich miteinander lachen. Singend und erzählend fuhren sie heim nach Lalimete.

***

Die Cessna hüpfte und wackelte. Der Pilot musste auf Sicht fliegen. Mark döste neben ihm vor sich hin. Unter ihnen lag trockenes Buschland, das überging in ein großes Waldgebiet. In Spiralen stieg der Rauch von Holzfeuern aus dem Frühnebel nach oben. Guidetta saß mit zurückgelehntem Kopf und geschlossenen Augen hinter dem Piloten, neben Patrick, der aus dem Fenster blickte.

„Ich gehe jetzt runter", kündigte Ronny an.

Erste Rundhütten waren zu erkennen. Das Flugzeug setzte auf der holprigen Buschpiste zur Landung an. Die Cessna rollte aus und kam zum Stehen. Am Rande der Piste warteten ein alter weißer Mann, Pater Meinhard, und vier jüngere, bunt gekleidete Afrikaner mit einem Schwerverletzten. Sie hatten geholfen, ihn auf einer provisorisch zusammengebundenen Tragbahre herzubringen. Der Patient war übel zugerichtet und nicht ansprechbar.

„Was ist passiert, Pater?" fragte Patrick, während sie den Patienten vorsichtig umlagerten.

„Er ist von einem Waldelefanten angegriffen und niedergetrampelt worden."

Sofort begann Patrick mit der Untersuchung, Guidetta assistierte.

Sie diagnostizierten starke innere Verletzungen und massive Knochenbrüche. Das Ärzteteam versorgte den Schwerverletzten notdürftig, Mark legte eine Infusion. Die Afrikaner brachten den Kranken ins Flugzeug. Alles lief routiniert ab. In diesem Moment erschien eine junge Frau, die auf ihrem Rücken ein Baby trug. Mit sorgenvollem Blick beobachtete sie das Geschehen. Pater Meinhard erkannte die Frau des Verletzten und winkte sie zu sich. Doch sie schüttelte den Kopf, wischte sich die Tränen mit ihrem Pagne aus dem Gesicht, drehte sich um und verschwand wieder.

„Wir werden das Missionskrankenhaus in Lalimete anfliegen", meinte Guidetta zu Pater Meinhard, während schon der Motor lief.

„In etwa einer Stunde sind wir dort. Die Schwestern werden Ihnen über Funk Bescheid geben."

Patrick schob die Türe zu, schon setzte sich die Cessna in Bewegung und hob bald ab. Die Zurückgebliebenen winkten ihnen lange nach.

„Warst du überhaupt im Bett?" Guidetta warf Patrick einen prüfenden Blick zu. Es hörte sich an wie ein Vorwurf.

Patrick ging nicht darauf ein. Stattdessen sprach Ronny.

„Patrick, ich habe gehört, du hast jemand kennengelernt? Es soll ganz schön geknistert haben."

„Wer sagt das?"

„Guidetta hat's mir gesteckt."

„Spricht aus dir die Eifersucht, Guidetta?", rief Mark, der hinten beim Patienten saß.

„Halt's Maul", wies sie ihn schroff zurecht.

„Und, wer ist sie?", wollte Ronny wissen.

„Sie ist zu Besuch in Lalimete bei ihrer Freundin Lina. Die vom Entwicklungsdienst."

Patrick schloss die Augen. Guidetta ging ihm ganz schön auf die Nerven. Sie erinnerte ihn an seine Frau.

Du mit deinem Afrikawahn. Er konnte Brittas Stimme noch immer hören. *Du fliehst vor unserer Ehe.*

Schon bei der Unterschrift am Tag der Hochzeit hatten ihn Zweifel geplagt.

Aber sie trug unser Kind, war glücklich in dieser neuen Rolle. Auch ich freute mich darauf. Doch seit ihrer Schwangerschaft war alles wie verwandelt. Ich fand keinen Platz mehr in ihrem Leben. Und dann, als das Kind zu früh kam und nicht lebensfähig war, machte sie mir Vorwürfe, weil ich nicht an ihrer Seite war. Die endgültige Talfahrt unserer Beziehung begann. Gewiss, es hat auch gute Zeiten gegeben. Beide liebten wir das Land, die Natur, den herrlichen Ammersee, wo wir lebten. Wir fuhren Rad, erlebten die Jahreszeiten miteinander. Jeder interessierte sich für den anderen. Gemeinsame Pläne, Gespräche über die Zukunft, über

den Sinn des Lebens. Mit dem Tod des Kindes war alles zerbrochen, was uns verbunden hatte, und wir fanden keinen Weg mehr zueinander.
Und doch will sie noch immer festhalten an dieser Ehe, die keine ist. Ich bin vor allem über mich selbst enttäuscht, dass nicht wenigstens ich einen Schlussstrich ziehe.

Maggie. Er sah sie vor sich. Diese hübsche, rothaarige Person mit den vielen Sommersprossen. Er hatte sich wohlgefühlt mit ihr. Sie hatte etwas in ihm ausgelöst, was lange verschüttet war. Es war aufregend gewesen, sie zu küssen. Nur allzu gerne wäre er mit ihr ins Bett gegangen, so wie sie ihn angesehen hatte ... Zum ersten Mal seit ewigen Zeiten hatte er wieder fühlen können, sich fühlen können und doch war er zerrissen, wenn er an Britta dachte. *Wir sollten einen Weg finden, diese Ehe zu beenden.* Er wollte wieder ein freier Mann sein. Frei von den Fesseln einer nicht gelebten Ehe. Und doch war er sich nicht klar darüber, ob er Maggie wirklich wiedersehen wollte. Noch mehr Komplikationen konnte er momentan nicht gebrauchen.
„Wir landen in wenigen Minuten."
Die Stimme des Piloten brachte Patrick in die Realität zurück. Er öffnete die Augen, setzte sich auf. Erstaunt stellte er fest, dass Guidetta ihn unverhohlen betrachtete.

2

Anna schlug die Augen auf. Draußen war alles dunkel. Gewohnt, immer sehr früh aufzustehen, hatte sie gelernt, die Zeit einzuschätzen. Vier Uhr. Sie schaltete die Nachttischlampe an. Ein Blick auf ihre Armbanduhr, die auf dem Nachttisch lag, bestätigte dies. Bald würde sie, wie jeden Morgen, zusammen mit den anderen Nonnen in der Kirche das Morgenlob beten. Dieses Ritual gab ihr Kraft und Halt, bereitete sie vor auf den oft schwierigen Tag. Die Nacht war sowieso kurz gewesen, um Mitternacht war sie zu einer Geburt gerufen worden. Gott sei Dank hatte es keine größeren Komplikationen gegeben; für den Fall der Fälle gab es meist einen Arzt, der ihr zur Seite stand. Diesmal hatte Guidetta Marrozzi Bereitschaft gehabt.

Anna knipste das Licht wieder aus, schloss die Augen, hörte auf die lebendigen Geräusche der afrikanischen Nacht. Die Gebärende heute Nacht hieß Hannah. So wie sie. Anna leitete sich von dem hebräischen Vornamen Hannah ab und bedeutete Liebreiz, Anmut, Gnade. Sie konnte die Worte immer noch hören, als sie ihren neuen Namen bekam, damals, als sie endgültig ins Kloster eintrat. Zwei Monate arbeitete sie jetzt schon in Lalimete im Missionshospital Bethlehem. Seit sie als angehende Hebamme und OP-Assistentin drei Monate in einem tansanischen Hospital lernen durfte, hatte sie sich danach gesehnt in Afrika leben zu dürfen. Doch wollte man sie zunächst nicht gehen lassen.

Der Weckruf der Glocke ertönte. Anna knipste das Licht an, stand auf, tauchte ihre Hände in die große Schale mit Wasser und wusch sich das Gesicht. Schnell zog sie sich an. Sie brauchte keinen Spiegel, jeder Handgriff saß. In letzter Zeit ertappte sie sich dabei, dass sie sich wünschte, was Hübsches, Weibliches zu tragen. Lippenstifte und persönliche Kleidung hatte sie abgeben müssen, als sie Nonne wurde. Gewiss, diese Dinge zählten nicht wirklich, hatten keine Bedeutung – und doch war die Frau in ihr immer noch da. Manchmal meldete sie sich mit aller Macht. Dann versuchte Anna, das zu ignorieren, aber so ganz gelang es nicht und … sie war auch nicht geschlechtslos. Manchmal, wenn Dr. Seeberger sie auf eine bestimmte Weise ansah, fühlte sie tief innen eine Resonanz. Sie wollte dies nicht zulassen. Sie durfte nicht. Schließlich war sie kein junges Mädchen mehr, sondern eine Frau von 36 Jahren, die Verantwortung trug. Ihr Entschluss, ins Kloster einzutreten, war ehrlichen Herzens getroffen worden.

Unter einem riesigen Schatten spendenden Baum im Dorf Azamo warteten die Kranken geduldig, bis sie an die Reihe kamen. Auf einem großen Holztisch hatte Lina ihre Behandlungsutensilien ausgebreitet. Die Untersuchung fand nach strengen Regeln statt: Ganz vorne saßen die älteren Männer, in ihrer Mitte der Dorfchef, sie wurden zuerst behandelt. Es folgten die jüngeren Männer, dann die älteren Frauen, zuletzt die jüngeren Frauen mit ihren Kindern.

Maggie und Komla, Linas afrikanischer Mitarbeiter, saßen seitlich auf zwei Stühlen. Komla übersetzte während der Behandlung in die Einheimischensprache. Aufmerksame Augen verfolgten das Geschehen, viel wurde gelacht. Hier oben, in den Bergen von Alou, zeigte sich auch während der Trockenzeit im August eine üppige Vegetation. Überall wuchsen Kaffeesträucher und Kakaopflanzen. Traditionelle Rundhütten durchzogen die weitläufige Landschaft. Es ging bereits auf elf Uhr zu und wurde unerträglich heiß. Lina war mit der letzten Patientin fertig und wollte einpacken. Der Dorfchef, ein würdiger alter Mann, der in ein traditionelles, kostbares Gewand gekleidet war, stand auf und bat Komla, zu übersetzen.

„Madame, es gibt eine Frau in unserem Dorf, die ist sehr krank, ich möchte dich bitten, sie jetzt anzusehen."

„Lass sie kommen", antwortete Lina.

Ein Raunen ging durch die Menge, sie teilte sich. Eine junge Frau humpelte nach vorne an den Tisch. Hände und Füße waren notdürftig mit Lappen verbunden. Auf dem Rücken trug sie einen Säugling. Das Gesicht der Frau zeigte Angst.

„Monsieur Komla, kann ich bitte Ihren Stuhl haben?"

Komla stand auf, winkte einen der jüngeren Afrikaner zu sich und gab ihm Anweisung, den Stuhl zu der kranken Frau zu tragen. Eine alte Afrikanerin trat nach vorne und nahm der Kranken den Säugling ab. Das Kind begann zu weinen. Die alte Frau beruhigte es. Lina half der Patientin vorsichtig sich zu setzen..

„Wie heißt du?"

„Aisha." Ihre Stimme war sehr leise.

Lina wickelte den Verband an einem der Füße auf und hielt erschrocken inne. Alles war vereitert. Ein penetranter Geruch breitete sich aus. Auch der andere Fuß sowie die Hände der Frau sahen nicht besser aus. Lina wickelte alles sofort wieder ein.

„Wie alt bist du, Aisha?", dabei hielt Lina ihre Hand.

„Die Patienten ist achtzehn Jahre alt", übersetzte Komla.

Lina überlegte eine Weile.

„Aisha, ich möchte dich gerne mitnehmen in das Hospital nach Lalimete. Dort können wir dir besser helfen."

Die Patientin nickte ergeben

„Wo ist deine Familie?"

Die junge Frau schaute zu Boden und gab keine Antwort. Fast sah es so aus, als würde sie sich schämen.

Der Dorfchef sprach: „Ihr Mann hat sie hergebracht und ist fortgegangen. Sie hat kein Geld. Das Dorf hilft ihr."

Lina nickte. „Ich werde mit dem Doktor und den Schwestern vom Missionshospital sprechen."

„Nimm die Frau mit und lass sie wiederkommen, wenn sie gesund ist", antwortete der Dorfchef. „Das Dorf sorgt für das Kind."

Ergeben saß die Frau da, als würde die Entscheidung sie nicht betreffen. Ihr Blick war immer noch auf den Boden gerichtet.

Lina ging in die Hocke, nahm die beiden verbundenen Hände in ihre. „Aisha, hat du alles verstanden, was wir gesprochen haben?"

Aisha nickte.

„Hab keine Angst. Wir wollen dir helfen. Du kannst wieder ins Dorf zurück, wenn alles gut ist, das verspreche ich dir."

Die Kranke begann leise zu weinen. Maggie und Lina wechselten einen vielsagenden Blick. Auch Maggie hatte Tränen in den Augen, während die anderen Afrikaner still beobachteten, was vor sich ging.

Lina ließ die Frau los, erhob sich.

„Geh und hole deine Sachen", forderte der Dorfchef die Frau auf.

Diese nickte, wischte sich die Tränen ab, stand auf, nahm ihr Kind und ging.

Als Linas Arbeit beendet war, lud der Dorfchef in seine Hütte ein. Im Halbdunkel standen geschnitzte Hocker und ein Tisch. Er bat alle, Platz zu nehmen. Wie auf Kommando erschienen drei Frauen; zwei brachten Gläser, die dritte traditionell gebrautes Hirsebier in einer Kalebasse. Zuerst füllte sie Linas Glas, dann das des Dorfchefs, das von Maggie und zuletzt das von Komla. Der Dorfchef erhob sein Glas, schüttete dreimal etwas von dem Inhalt auf den Boden.

„Für meine Ahnen, für mich und für die Erde, die mich aufnimmt."

Dann trank er alles in einem Zug auf. Lächelnd ermunterte er die Anwesenden, nun auch zu trinken. Nach angemessener Pause erhob er sich.

„Madame", sagte er zu Lina gewandt, „ich brauche etwas für meine Manneskraft und bitte dich, mir diese Stärkung zu geben."

Lina stand auf, nahm ein Päckchen Vitamintabletten aus ihrer Handtasche.

„Ich habe dir etwas Gutes mitgebracht, was dir hilft, viel Kraft zu empfinden."

„Ich danke dir."

Der Dorfchef verneigte sich und nahm das Geschenk in Empfang.

Der Dorfchef, die Kinder und Erwachsenen geleiteten Lina, Maggie und Komla zum Auto. Ein junger Mann trug Linas Behandlungstasche. In der Nähe des Wagens wartete die junge Frau mit gesenktem Kopf und einem Stoffbündel in der Hand.

„Komm, Aisha."

Lina nahm ihre Hand und ließ sie, zusammen mit Maggie, hinten einsteigen.

Der Dorfchef ergriff Linas Hände.

„Auf Wiedersehen, Madame. Guten Weg, und komm schnell zurück."

Lange noch liefen die Kinder neben dem Auto her und winkten. Die junge Frau begann leise vor sich hin zu weinen. Maggie legte ganz zart einen Arm um die zerlumpte Gestalt.

***

Die festliche Sonntagsmesse neigte sich dem Ende zu. Seitlich standen die Kirchentüren weit offen. In der ersten Kirchenbank saßen zehn Nonnen, dahinter die große afrikanische Gemeinde. Unter ihnen vereinzelt weiße Gesichter. Die meisten Afrikanerinnen waren prächtig bunt gekleidet, mit hoch aufgetürmtem, kunstvoll verschlungenem Kopfputz. Einige der Kirchenbesucher waren barfuß, andere trugen Sandalen aus alten Gummireifen. Wohlhabende Männer trugen Anzüge und geschlossene Schuhe, trotz der großen Hitze. Pater Nikolas spendete den Schlusssegen: „Gehet hin in Frieden, Alleluja."

Das Schlusslied wurde angestimmt, begleitet von Trommeln, Pauken, Trompeten, Kalebassen. Alle sangen aus voller Kehle mit, bewegten sich rhythmisch dazu. Als Erstes erhoben sich die weiß gekleideten Nonnen. In Zweierreihen verließen sie die Kirche, die Gottesdienstbesucher folgten.

Mit heiteren Gesichtern überquerten Schwester Anna und Schwester Clara aus der Sonntagsmesse kommend den Platz vor dem Hospital. Die Sonne tauchte die Landschaft in das goldene Licht des noch frühen Morgens. Im Hof herrschte buntes Treiben. Frauen kochten an offenen Feuern. Mütter stillten ihre Babys. Es wurde gelacht, gestikuliert, palavert. Die beiden Nonnen blieben ab und zu bei den Menschen stehen, unterhielten sich, streichelten den Kindern über den Kopf. Inmitten der wunderbar grünen Landschaft von Lalimete lag am Fuß der Alou-Berge die Missionsstation Bethlehem, mit ihrem Kloster und dem Hospital als einzigem für ein großes Gebiet.

„Lina kommt nachher vorbei", wandte sich Schwester Anna an Schwester Clara. „Sie wird dir ein paar deiner geliebten Kitschromane mitbringen." Sie schüttelte den Kopf. „Wie du diesen Quatsch nur lesen kannst!"

Schwester Clara fächelte sich mit der Hand Luft zu, wischte sich mit dem Rockzipfel übers Gesicht. Ihre olivfarbene Haut stand voller Schweißperlen. Ihr schwarzer, zu kurz geschnittener Pony gab ihr ein verschmitztes Aussehen. Schwester Anna und sie waren Freundinnen. Mit Anna konnte Clara über alles reden, besonders wenn sie mal wieder Heimweh nach Sizilien hatte. Die junge Schwester liebte Afrika, genau wie Anna. Sie konnte gut Gitarre spielen und hatte eine wunderbare Sopranstimme.

„Manchmal habe ich das Gefühl, hier ist es noch heißer als im Sommer in Sizilien", stöhnte sie. „Und was diesen Quatsch betrifft, wie du ihn nennst: Ich liebe ihn, da kommt meine schwülstige süditalienische Seele durch."

Schwester Anna lachte.

„So hat jeder seine kleinen Verrücktheiten. Ich habe manchmal immer noch Lust auf eine Zigarette. Ich stibitze mir sogar hie und da eine von Lina."

„Wenn das unsere Ehrwürdige Mutter wüsste", neckte Clara.

„Aber sie weiß es nicht", antwortete Anna, während sie ihren Weg zum Hospital fortsetzten.

Die beiden Frauen erreichten die Wöchnerinnenstation. An beiden Seiten eines großen Raumes standen jeweils vier Betten nebeneinander, in jedem lag eine Afrikanerin mit einem Neugeborenen. Schwester Anna trat an das Bett einer sehr jungen Frau, fast noch ein Kind, die ein winziges Baby neben sich liegen hatte.

„Wie geht es dir heute, Naomi?"

Naomi lächelte verlegen, blieb aber stumm.

Schwester Anna nahm das Neugeborene und wiegte es in ihren Armen.

„Du bist ein so süßes, schönes Baby", rief sie „und was hast du deiner Mutter für Schmerzen bereitet!" Dabei streichelte sie ihm übers Köpfchen.

Schwester Anna gab den Säugling der Mutter zurück. Verlegen und doch neugierig hatten die anderen Wöchnerinnen zugesehen. Sie konnten gar nicht verstehen, dass sie so im Mittelpunkt standen. Und schon gar nicht, wie sie untergebracht waren: in einem weichen, sauberen Bett. Im Dorf war das Gebären eine natürliche Sache. Niemand machte davon viel Aufhebens, und wenn Komplikationen auftraten, nun, dann hatten die Ahnen es so gewollt.

Die beiden Nonnen wandten sich dem nächsten Bett zu, als am offenen Fenster der Kopf einer Frau erschien. Mit beiden Händen hielt sie eine Schale mit Essen hoch, die sie einer der Wöchnerinnen brachte. Schwester Clara nahm sie ihr ab und brachte sie der Frau, für die das Essen bestimmt war. Diese bedankte sich und begann sofort zu essen, wozu sie ihre Finger benützte. In diesem Moment ging die Türe auf, Schwester Kordelia, die Oberin, betrat das Zimmer. Eine streng aussehende, dickliche Frau von 61 Jahren. Energisch winkte sie Schwester Anna zu sich.

„Dr. Stern hat soeben angerufen, sie müssen dringend operieren, eine Bauchoperation. In etwa einer Stunde werden sie hier sein."

„Gut, ehrwürdige Mutter", antwortete Schwester Anna. „Ich bereite alles vor."

Was für ein schönes Gesicht diese Schwester hat, dachte die Priorin. Doch so feingliedrig und zart alles an ihr war, konnte sie tüchtig zupacken. Auf Schwester Anna war Verlass. Seltsam, dass eine so schöne Person den Weg ins Kloster gefunden hatte. Nun ja, Gottes Wege waren seltsam, aber … immer gut. Sie wandte sich den Neugeborenen zu, dabei wich alle Strenge aus ihrem Gesicht.

Ob Mark Seeberger bei der OP dabei sein würde?, fragte sich Schwester Anna, als die Oberin das Zimmer verlassen hatte. Einerseits wünschte sie es, andererseits machte es sie unruhig. Er hatte etwas an sich, was sie jedes Mal durcheinander brachte. Und doch genoss sie in seiner Gegenwart dieses Frausein.

„Siehst du, Schwester Anna", hörte sie Schwester Claras Stimme, „so geht es einem, wenn man ausgebildete Hebamme und Operationsschwester zugleich ist. Ich hab's mit meinem einen Beruf da leichter."

„Ja, ich sollte mich vielleicht für einen von beiden entscheiden", seufzte Anna, wusste aber, dass sie beides liebte. Sie wandte sich den Frauen in ihren Wöchnerinnenbetten zu, wünschte ihnen und Schwester Clara einen schönen Sonntag und ging hinüber in den Operationssaal, um alles herzurichten.

3

Es war früher Nachmittag, als die beiden Ärzte den Operationssaal verließen. Alles war gut verlaufen, der Patient stabilisiert. Nun hatten sie großen Hunger. Schwester Mathilda, die Küchenschwester des Klosters, eine ältere, mollige Nonne, deckte unter der überdachten Terrasse des Aufenthaltsraumes den Tisch. Ein schöner Platz, von hier aus konnte man in den blühenden Klostergarten blicken. Fröhlich summte Schwester Mathilda vor sich hin. Die große Standuhr im Eck zeigte 15.00 Uhr. Sie freute sich jedes Mal, wenn sie etwas für ihre Lieblinge tun konnte. Ihr ausgesprochener Favorit war Mark Seeberger, dann folgten Patrick und Conzales. In dieser Reihenfolge. Oft backte sie ihnen einen Kuchen und versteckte ihn vor den anderen Nonnen. Alle wussten Bescheid, schmunzelten und enthielten sich eines Kommentars. Einzig Schwester Anna und Schwester Clara durften den Kuchen überbringen, wenn sie selbst es nicht konnte. Wie sehr freute es sie, wenn einer der Herren ihr eine kleine Notiz zukommen ließ, wie das letzte Mal ihr wunderbarer Doktor Seeberger. Diese nicht zu bändigenden Locken um seinen Kopf, seine gold-grün gesprenkelten Augen, sein Charme …Wie ihr Bruder sah er aus. Ihr geliebter Bruder Heinz, der nicht mehr lebte. Der wäre jetzt allerdings älter als Dr. Seeberger mit seinen 36 Jahren.

„… ohne Sie, liebe Schwester Mathilda", hatte Seeberger geschrieben, „wären wir so manches Mal hungrig und verloren. Ihr Kuchen hat uns gerettet. Danke, danke, danke. Ihr Mark Seeberger"

Diesen Zettel hatte sie dummerweise in ihr Gesangbuch gelegt und beim Beten war er herausgefallen. So was Blödes. Die Oberin hatte ihn aufgehoben und ihn ihr mit einem vielsagenden Blick gereicht.

Von einem fahrbaren Servierwagen nahm sie Platten mit belegten Broten, Gemüse, Obst und Kuchen. In die Mitte des Tisches stellte sie eine Kanne Tee und einen Blumenstrauß. Die Türe öffnete sich, Patrick Stern und Mark Seeberger betraten den Raum. Schwester Mathildas gütiges, rotbackiges Gesicht strahlte.
„Hat länger gedauert, als wir dachten, Schwester Mathilda", erklärte Mark und reichte ihr die Hand.
„Ziemliche komplizierte Operation", meinte Patrick.
Er und die Schwester begrüßten einander ebenfalls mit Handschlag.
„Hauptsache, die Operation ist gelungen."
Schwester Mathilda sagte dies nur so dahin. In Wirklichkeit galt ihr Blick dem Tisch, ob sie auch nichts vergessen hatte.
„Nehmen Sie Platz, langen Sie tüchtig zu, stärken Sie sich", forderte Schwester Mathilda die beiden Männer auf.
Kaum, dass sie saßen, stellte die Nonne fest: Brot fehlte. Sie öffnete die Türe.

„Lucinda!", rief sie, „ich habe den Brotkorb vergessen."

Lucinda, die junge afrikanische Küchenhilfe kam kurz darauf mit dem Korb, reichte ihn Patrick.

„Danke, Lucinda, du hast sicher geholfen, all die guten Sachen für uns herzurichten."

Verlegen lächelnd, ohne ein Wort zu sagen, verließ Lucinda das Zimmer.

Wieso hatte sie nicht geantwortet, dachte sie. Dabei waren die weißen Ärzte stets freundlich zu ihr und den Leuten in ihrem Dorf. Wie gerne würde sie wie Schwester Anna mit diesen Ärzten arbeiten, das würde ihr gefallen! Egal, die Arbeit in der Klosterküche war auch schön und das gute Essen, das sie für ihre Familie meist mitbekam, das war das Beste überhaupt.

„Guten Appetit, langen Sie tüchtig zu", wünschte Schwester Mathilda. „Ich lasse Sie dann mal allein."

Sie verließ das Zimmer.

„Im Kloster müsste man leben", dabei schob Mark sich das dritte belegte Brot in den Mund.

„Wie ein Hamster siehst du aus mit deinen vollen Backen", lachte Patrick. „Ich warte nur, bis du dich verschluckst."

„Ja, ja, ich weiß. Das war schon als Kind so", antwortete Mark mit vollem Mund. „Hab immer gedacht, ich bekomme nicht genug."

In diesem Moment klopfte es, Schwester Kordelia, die Ehrwürdige Mutter, trat ein. Beide hörten zu essen auf und erhoben sich.

„Aber bitte, meine Herren, bleiben Sie doch sitzen", sagte Schwester Kordelia. „Sie haben heute schon genug Schwerstarbeit geleistet."

Die Ärzte setzten sich wieder.

Auch die Oberin nahm Platz.

„Wo haben Sie denn Ihren Piloten gelassen?"

„Der hat was mit Pater Nikolas zu besprechen"

Die Oberin nickte. Dabei steckte sie die Hände in ihren Habit.

„Warum ich hier bin: Kann der Operationsplan diese Woche eingehalten werden?"

„So wie es aussieht, nicht", antwortete Patrick. „Im Norden häufen sich wieder Malariafälle. Wir wollen uns bis spätestens in drei Tagen vor Ort Klarheit verschaffen."

„Keine guten Aussichten ..."

Die Oberin blickte die Männer ernst an. Jetzt erst fiel ihr auf, dass sie nicht weiteraßen.

„Bitte, essen Sie doch. Sie haben sicher großen Hunger, nach all den Strapazen", ermunterte sie die Beiden.

Sie beugte sich vor, nahm die Teekanne und goss ihnen nach.

„Ein Bier würde Ihnen wohl besser schmecken?", fragte sie verschmitzt.

„Könnte nicht schaden", lächelte Mark.

Die Oberin nickte und stand auf. „Dann werde ich umgehend dafür sorgen, dass Sie Ihr Bier bekommen und – bitte entschuldigen Sie, dass ich beim Essen hereingeplatzt bin."

Sie wüsste allzu gerne, was Ronny mit Pater Nikolas zu besprechen hatte, dachte sie, als sie sich zurück in ihr Arbeitszimmer begab. Man wusste so gut wie gar nichts über ihn. Als Pilot war er ein absoluter Könner, er kam mit den schwierigsten Situationen zurecht. Sie hatte gehört, dass es irgendwo eine Familie gab. Keiner wusste Genaueres. Sie stieß einen tiefen Seufzer aus. Es ging sie ja auch nichts an. Trotzdem war das auf Dauer kein Leben für einen Mann.

Lucinda brachte jedem ein Bier. Mark und Patrick tranken es aus, bevor sie sich über den Kuchen hermachten. Danach saßen sie gesättigt, zufrieden und entspannt da. Der Blick in den blühenden Garten tat wohl. Es war so friedlich hier, nichts erinnerte daran, dass wenige Meter weiter eine andere Welt existierte.

Es klopfte, Schwester Anna trat ein. Sie schloss die Türe hinter sich. Blieb dort stehen. Mark betrachtete sie mit großem Wohlwollen, sie vermied es ihn anzuschauen.

„Ich bräuchte Ihren Rat", sagte sie schließlich. „Es gibt da zwei Fälle über die ich sprechen möchte." Sie zögerte. „… falls dies zeitlich für Sie möglich ist."

„Natürlich, wir kommen nachher rüber ins Hospital", antwortete Mark.

„Gut." Schwester Anna hörte sich gehetzt an.

„Möchten Sie sich nicht setzen?", Patrick und deutete auf einen Stuhl.

Ganz unvermittelt sah Schwester Anna Mark in die Augen. Ihre Blicke trafen sich. Verlegen wandte sie sich ab, kam zum Tisch und nahm Platz. Alle schwiegen. Mark sprach als Erster.

„Was täten wir ohne Sie, Schwester Anna, wir wären verloren."

„Er scherzt mal wieder", meinte Anna. „Ich tue nur meine Pflicht, so wie Sie auch."

Wieder herrschte verlegenes Schweigen.

„Was ich immer schon mal wissen wollte…" Marks Stimme klang sonderbar.

„Gab es nie einen Mann, der Ihr Herz entflammen ließ, oder fürchten Sie uns Barbaren?"

Das Gesagte traf Anna unvermittelt. *Nur jetzt nicht aufspringen, nur jetzt nicht dieses Betroffensein zeigen.* Erschrocken versuchte sie, ihrer Stimme einen ruhigen Klang zu geben.

„So etwas sollten Sie eine Nonne nicht fragen. Jeder Mensch hat seine Geheimnisse."

„Dürfen Sie als Nonne denn Geheimnisse haben?"

Marks Stimme klang fast zynisch.

Hatte sein Kumpel den Verstand verloren? Was war denn in den gefahren! Patrick schaute völlig irritiert.

„Jedes Menschenleben birgt Geheimnisse. Glückliche und schmerzhafte, und wenn wir Glück haben, teilen wir sie vielleicht mit einer Person, von der wir glauben, dass diese Person es verdient hat, an unserem Leben teilzunehmen."

Gut geantwortet, aber nichts wirklich gesagt. Mark nickte.

Patrick, dem alles noch peinlicher wurde, räusperte sich und warf Mark einen mahnenden Blick zu. Er musste irgendetwas tun, um dieser unwürdigen Situation ein Ende zu machen.

„Schwester Anna, Ihre Oberin war hier, und es wäre wichtig, dass wir nachher auch über den geänderten Operationsplan sprechen."

Annas Mimik entspannte sich etwas. Was dachte sich dieser verrückte Seeberger …

Laut meinte sie: „Gut, dann gehe ich rüber ins Hospital und erwarte Sie dort."

Damit stand sie auf, öffnete die Tür und ließ sie mit einem lauten Knall hinter sich ins Schloss fallen.

Mein Gott, dieser Kerl hatte sie völlig aus der Fassung gebracht.

„Warum musstest du sie so in Verlegenheit bringen?", warf Patrick Mark vor, als Anna gegangen war. „Lass die Finger von ihr. Sie ist eine Nonne, begreif das doch."

„Und, was heißt das schon? Sie ist auch eine Frau, eine wunderschöne dazu."

Wie sie aussieht, dachte Mark. Diese Rehaugen mit den endlos langen Wimpern, dieser schöne Mund, diese feingliedrigen, zarten Hände. Braunes Haar hatte unter ihrer Haube hervorgeschaut. Seine Fantasie war nicht zu bremsen, er durfte gar nicht an das denken, was er sich schon alles ausgemalt hatte.

„Was soll ich machen, Patrick. Ich bin verliebt in sie", seufzte Mark.

„Das kann ich dir nicht sagen, du Hitzkopf. Lass sie einfach in Ruhe. Bring sie nicht in Schwierigkeiten."

Ganz in seine Betrachtungen versunken, sah Mark durch Patrick hindurch.

„Ich sollte wirklich nicht so mit ihr umgehen", meinte er schließlich einsichtig. „Und doch fühle ich, dass sie etwas für mich empfindet."

„Du bist ein Spinner, der mal wieder auf Eroberung aus ist. Sie ist eine Nonne, sie hat ein Gelübde abgelegt, begreif das doch endlich."

***

Was lässt mich so verwirrt zurück, dachte Anna, als sie mit einem lauten Knall die Türe zugeworfen hatte. Der Blick seiner Augen? Mit seinem dunklen Lockenkopf, seinem forschen Wesen erinnerte er sie in gewisser Weise an ihr früheres Leben mit Martin. Martin hatte nie verstanden, weshalb sie ihre Verlobung plötzlich auflöste. Sie war unfähig gewesen, es ihm wirklich zu erklären. Richtig ehrlich und wahrhaftig hatte sie sich ihm gegenüber nicht benommen.

... gab es nie einen Mann, der Ihr Herz entflammen ließ?

Was wusste dieser Seeberger schon von ihr? Dass sie noch immer eine Frau war und manchmal Sehnsucht hatte? Anna beschleunigte ihre Schritte. Sie konnte jetzt keinen Menschen ertragen, sie musste in die Kapelle. Nur das innige Gebet würde ihr helfen.

In der Kapelle versuchte sie sich der Stille zu öffnen. Anna kniete lange Zeit, doch ihre Gebete waren wirr und fielen ihr schwer. In ihren Anfangsjahren im Kloster hatte sie geglaubt, sie würde sich irgendwie in einen Engel verwandeln. Es gab eine Zeit, da hatte sie geglaubt dort zu sein, wo sie hingehörte. Damals schien alles richtig. Sie war ins Kloster gegangen, weil sie zum Instrument werden wollte für Gottes Liebe. Früher hatte sie sich ganz nach innen gewandt und Gott gestattet, von ihr Besitz zu ergreifen. Und, Anna hatte Antworten erhalten. Sie betrachtete ihre Hände. Es waren schöne Hände gewesen, als sie ins Kloster ging. Hände mit rosa lackierten Fingernägeln. Jetzt konnte sie Schwielen auf ihren Handflächen spüren. Das enge Band über der Stirn schmerzte. In den vergangenen Monaten, hatte sie sich einsam gefühlt. Trotz der Gemeinschaft ging sie an manchen Tagen durch eine Welt voller Fremdheit, unfähig, Balance zu halten. Tief in ihrer Seele war eine Traurigkeit versteckt, die noch keinen Namen hatte. Es war wichtig, dass sie sich das endlich eingestand.

„Herr, ich bin oft so schwach, so müde", betete sie, „und meine Gelübde lasten schwer auf mir. Manchmal habe ich das Gefühl, dass ich unfähig bin, in dieser Klostergemeinschaft zu leben."

„Du begibst dich in ein Gefängnis!", hatte ihr Vater erschüttert ausgerufen, als sie ins Kloster ging. Seine Worte hallten jetzt in ihr wider. Ganz plötzlich wurde ihr klar, was sie die langen letzten Wochen zu unterdrücken suchte. Die inneren Qualen hatten mit ihrem Frausein zu tun. Das war es. Mark Seeberger war nicht schuld, er hatte nur in ihre offene Wunde gestochen.

Mit rasendem Herzen stand sie auf, rannte in den Garten, weit fort von allem. Dort setzte sie sich mit angezogenen Beinen auf die Erde. Sie schlang die Arme um sich und schluchzte. Als sie wieder richtig durchatmen konnte, zog sie ihr großes Taschentuch hervor, wischte sich die Augen, schnäuzte ihre Nase. Anna wusste nicht, wieviel Zeit vergangen war. Sie stand auf und nahm den Weg zurück ins Hospital. Nicht einmal die Schönheit des blühenden Gartens hatte sie wahrgenommen. Unterwegs kam ihr Schwester Cäcilia entgegen.

Auch das noch, dachte Anna, dieses verbiesterte Gesicht kann ich nicht ausstehen. Schnell wollte sie an ihr vorbeieilen, doch die Nonne hielt sie am Arm fest.

„Nicht im Dienst?", frage sie süffisant. „Immer gut für kleine Extras, was?"

Anna schob unsanft den Arm von Schwester Cäcilia weg, ging weiter und ließ die Mitschwester stehen. Diese blöde Kuh, was bildete die sich ein. Sie kam ihr schon immer neidisch und missgünstig vor. Seltsamerweise liebten die Schüler sie, vielleicht war sie als Lehrerin anders.

Mein Gott, dachte Anna, wie konnte ich nur so gemein sein, sie hat mir doch nichts getan. Ich könnte in alles hineinhauen, vor lauter Zorn über mich selber. Noch immer aufgewühlt, spürte Anna, dass sie in diesem Zustand nicht ins Hospital konnte. Alles in ihr war ein Schrei nach Alleinsein, und sie musste sich bewegen.

Schließlich schwang Anna sich auf ihr Fahrrad, trat wie verrückt in die Pedale und fuhr auf den Weg, der aus Lalimete hinausführte. Nichts wie fort vom Klosterleben. An einer großen Platane hielt sie an, legte ihr Rad auf den Boden. Sie setzte sich, lehnte sich an den Baumstamm, schloss die Augen. Wer war diese Frau, die hier saß, diese Schwester Anna? Sie kam sich vor wie jemand, der eine fremde Person betrachtete. In den Augen ihrer Eltern war es eine katastrophale Entscheidung gewesen, ins Kloster zu gehen. Hatten sie Recht gehabt? Während ihrer Ausbildung zur Hebamme und OP-Schwester hatte sie immer wieder viel Zeit in Klöstern verbracht. Seit damals fühlte sie sich hingezogen zu diesem Leben. Ihre Entscheidung war nicht wirklich dramatisch gewesen, sie ergab sich. Am Ende ihrer Ausbildung hatte sie ihren Freundinnen anvertraut, dass sie ins Kloster gehen würde. Man hatte ihre Gründe wissen wollen, ihre Geheimnisse.

„Nie wirst du Kinder haben, hörte sie noch jetzt die Stimme ihrer Mutter. Nie wird ein Kind dich Mama nennen."

Verflucht noch mal. Was war nur los mit ihr. Sie war doch glücklich gewesen im Kloster, sie wurde gebraucht, die Tätigkeiten machten ihr Freude. Und doch fühlte sie mehr und mehr eine tiefe Verunsicherung. Sie sog den Duft der Natur ein. Es war sehr heiß heute. Sie blickte in die sich sanft bewegenden Blätter. Wind war aufgekommen, am Himmel zogen Regenwolken auf. So saß sie lange Zeit nur da und lauschte, bis eine andere Stimme in ihr leise zu sprechen begann.

„Nichts, aber auch gar nichts geschieht ohne Gottes Wille. Seine Liebe umgibt dich. Alles hat einen Sinn. Das ist eine Prüfung, Anna."

Der Wind wurde heftiger, trieb die Regenwolken vor sich her, aber es regnete nicht. Als sie sich endlich besser fühlte, nahm sie das Fahrrad und fuhr zurück.

***

Beim Abendessen im Refektorium begegnete sie den Blicken ihrer Mitschwestern. Konnten die ahnen, was mit ihr los war? Anna fühlte sich unbehaglich. Lediglich Schwester Clara und Schwester Mathilda nickten ihr wohlwollend zu. Als nach dem Abendessen die Klostergemeinschaft sich versammelte, um gemeinsame Zeit zu verbringen, wandte Anna sich an die Oberin.

„Ehrwürdige Mutter, darf ich mich ausnahmsweise früher zurückziehen? Der Tag war schwer."

Die Oberin sah Anna lange an, nickte zustimmend.

„Deine Gesichtszüge sind müde, meine Tochter. Geh nur, wir wollen heute eine Ausnahme gestatten."

Mein Gott, dachte sie, Anna focht einen schweren Kampf aus. Am liebsten hätte sie ihr zugerufen: „Meine Tochter, glaubst du, ich habe nicht gezweifelt, gehadert und tue dies heute noch manchmal? Wir müssen immer wieder einen neuen Pfad zu uns finden. Ob wir Nonnen sind oder nicht." Doch sie spürte, dass Annas Qual sehr tief ging. Hoffentlich trogen sie ihre Befürchtungen ... Sie wollte gar nicht darüber nachdenken. Manifestierte Gedanken konnten Realitäten schaffen. Anna war ihr sehr ans Herz gewachsen, mehr als jede andere Nonne, deshalb ließ sie ihr einiges durchgehen. Und wenn Anna glaubte, sie wüsste nichts von ihrer Flucht mit dem Fahrrad heute, dann täuschte sie sich. Sie war ein alter Fuchs, das Leben hatte sie vieles gelehrt – und sie war nicht immer Nonne gewesen.

4

Lina und Maggie schlenderten über den bunten, lärmenden Markt von Lalimete.

„Madame Lina, herzlich willkommen!", riefen die Verkäuferinnen. „Wie geht es den Frauen deines Vaters?"

„Er hat doch nur eine, wie oft habe ich euch das schon erzählt?", antwortete Lina.

Die Marktfrauen schien das immer wieder zu erheitern. Laut lachend klopften sie sich auf die Schenkel und schüttelten den Kopf. Die weißen Männer waren doch alle reich, wieso sollten sie da nur eine Frau haben.

Ein Muselmane nahm seine rituellen Waschungen mittels eines großen Wasserkessels vor. Bei der Gelegenheit wusch er seine staubigen Füße gleich mit. Bei den Friseurinnen ließen Frauen sich mit schwarzen Garnen kunstvolle Frisuren flechten. Überall standen gemalte Schilder, auf welchen verschiedene Frisuren zu bewundern waren. Neben den Friseurständen wurden kleine Fleischspieße an offenen Feuern gebraten.

„Riecht phantastisch", rief Maggie, „komm, wir kaufen uns einen Spieß!"

„Nicht für mich, die sind in rotem Pfeffer gewälzt", warnte Lina.

„Ich liebe scharfes Essen."

Maggie kaufte sich einen Spieß und konnte es kaum erwarten, hineinzubeißen.

„Oh mein Gott", schrie sie und fasste sich an den Mund, „das brennt wie Feuer. Ich brauche was zu trinken."

Die erschrockenen Marktfrauen konnten nicht nachvollziehen, was passiert war. Lina rannte zu dem Bananenstand, griff eine Banane, schälte sie und presste Maggie das Fruchtfleisch auf die Lippen.

„Das tut gut", stöhnte diese.

„Ich habe dich gewarnt", lachte Lina.

„So was Scharfes habe ich in meinem ganzen Leben noch nicht gegessen."

Schließlich lachten alle miteinander. Als Lina die Banane bezahlen wollte, winkte die Marktfrau ab.

„Geschenk", rief sie fröhlich. „Kauf das nächste Mal bei mir."

„Wie wär's mit einem kühlen Bier, drüben in der Brasserie?", schlug Lina vor, als sie weiter über den Markt schlenderten.

„Nichts wie hin", meinte Maggie.

Unterwegs kamen sie an einem Stand mit bunten Stoffen vorbei. Maggie blieb stehen und zeigte auf einen Stoff mit Kranichen auf türkisfarbenem Grund.

„Den kaufe ich", sagte sie zu der Verkäuferin.

Dann fiel ihr Blick auf den Nachbarstand. Dort gab es noch schönere Stoffe. Allerdings saß die zuständige Frau auf einem Stuhl, schlief tief und fest. Ihre Geldkasse stand offen auf dem Tisch. Maggie zeigte auf verschiedene, sorgfältig aufgereihte Stoffe hinter der schlafenden Marktfrau. Alles kein Problem. Die Verkäuferin nahm geschickt bei ihrer Nachbarin den Stoff herunter und präsentierte ihn. Es wurde gefeilscht, gestikuliert, gelacht. Schließlich war man sich einig. Maggie zahlte. Das Geld für den Stoff der nach wie vor schlafenden Frau, legte die zuerst angesprochene Verkäuferin in deren offene Kasse.

Maggie nahm eine Münze und drückte sie ihr in die Hand.

„Geschenk."

Die Frau bedankte sich, sagte etwas zu den Kindern, die am Stand herumlungerten, und bat die beiden Frauen zu warten. Schließlich brachten die Kinder eine Ananas zum Abschluss des guten Geschäftes.

„Komm bald wieder, Jovo", rief die Marktfrau und legte die Ananas auf den eingepackten Stoff.

Als Lina und Maggie die Brasserie am Markt betraten, war ein einziger Tisch mit einem jungen afrikanischen Paar besetzt, das Cola trank. Nur, die rassige zwanzigjährige Tochter des libanesischen Besitzerehepaares, saß hinter der Theke und feilte ihre Fingernägel. Dazu sang sie laut zu arabischer Musik.

„Oh, guten Tag, ihr zwei!", rief sie erfreut.

Sie legte die Nagelfeile auf die Seite, winkte die Frauen zu sich hinter die Theke und drehte die Musik leiser.

„Ich kann nicht aufstehen", sagte sie.

Ihre Füße standen in einer großen Schüssel mit einer Flüssigkeit, die seltsam roch.

„Was ist das denn?", wollte Maggie wissen

„Mandelöl, Rosenöl, Molke – libanesische Schönheitsmischung."

Die Frauen umarmten einander umständlich.

„Nehmt schon mal Platz", meinte Nur. „Ich bin gleich fertig."

„Übrigens, meine Mutter hat Couscous gemacht. Müsst ihr probieren!"

Sie wartete erst gar nicht ab, ob Lina und Maggie Hunger hatten.

„Bier und Couscous für die Damen", rief Nur dem Kellner zu, der an einem der Tische mehr lag als saß.

Kaum hatten die beiden Frauen Platz genommen, erschien der Bankdirektor von nebenan. Monsieur Jules trug Anzug, geschlossene Schuhe, unter dem Arm eine Mappe. Er steuerte geradewegs auf Lina zu. Nickend, fast beiläufig begrüßte er Maggie.

„Guten Tag, Madame Lina" strahlte er. „Ich habe gesehen, wie Sie in die Brasserie gegangen sind. Ich wollte Ihnen mitteilen, Ihr Gehalt aus Deutschland ist angekommen."

„Vielen Dank, Monsieur, das ist sehr freundlich. Möchten Sie sich zu uns setzen?"

„Oh nein, Madame", verlegen winkte er ab, „ich bleibe stehen." Er überlegte, dann fuhr er fort: „Wenn Sie wollen, Madame Lina, bringe ich Ihnen das Geld in den nächsten Tagen vorbei."

„Das ist nicht nötig Monsieur, ich hole es mir ab."

Monsieur Jules nahm theatralisch Linas Hand in die seine. Tief senkte er seinen Blick in ihre Augen.

„Wenn Sie kommen, Madame, wenden Sie sich an mich, ja?"
Er ließ ihre Hand los. Verabschiedete sich mit einer Verbeugung.
„Da hast du aber mal einen Verehrer", meinte Maggie.
„Der steht echt auf mich", meinte Lina. „Stell dir vor, der hat tatsächlich schon öfter mein Gehalt eigenmächtig abgehoben und in bar vorbeigebracht."
„Persönlichen Service nennt man das in Afrika", lachte Nur, die das Ganze mitbekommen hatte.

***

Schwester Clara und Schwester Anna parkten den Jeep des Klosters vor der Brasserie. Anna stieg als Erste aus, überquerte die Straße und verschwand mit einer großen Tasche im Marktgeschehen. Gerade als Schwester Clara ausgestiegen war und sich anschickte, ebenfalls Richtung Markt zu gehen, hielt ein Motorrad neben ihr.
„Guten Tag, Schwester Clara", begrüßte Patrick sie erfreut und nahm den Helm ab.
„Ah, Dr. Stern, schön, Sie zu sehen, heute ist wohl Ihr freier Tag?"
„Ja, war auch Zeit. Die letzte Woche hat gar kein Ende genommen mit den vielen Einsätzen."
Wohlwollend betrachtete Schwester Clara Dr. Patrick Stern. Er hatte etwas Besonderes an sich, wie es nur wenige Menschen haben. Und er war ein unglaublich engagierter Arzt. Genauso wie die anderen vom Team des FSDH.
„Übrigens, Schwester Mathilda hat heute Morgen einen Marmorkuchen für Sie und Dr. Seeberger gebacken.
Verschmitzt blickte sie Patrick an. Unsere Mathilda und ihre Lieblinge ... Sie streckte ihm die Hand hin.

„Also dann, ich muss weiter, Schwester Anna ist schon beim Einkauf."

Die Brasserie war inzwischen voller geworden. Miriam Makebas bekanntestes Lied Maleika füllte den Raum.
„Deine Mutter hat wunderbar gekocht", meinte Maggie zu Nur, die bei ihnen saß. Dabei wischte sie sich mit einer Serviette den Mund ab. Just in diesem Moment betrat Patrick das kleine Lokal. Er trug eine Lederjacke, Jeans und seinen Motorradhelm unter dem Arm. Maggie erschrak fast, ihn zu sehen. Wie oft hatte sie sich das gewünscht! Aber er hatte sich nicht gemeldet. Als Patrick die Frauen entdeckte überzog ein Lächeln sein Gesicht. Er kam an ihren Tisch, strecke Maggie seine Hand hin.
„So schnell sieht man sich wieder!"
Maggie wusste nicht, was sie antworten sollte. Danach begrüßte er Nur und Lina.
„Ein Bier für den Doktor", rief Nur dem Kellner zu.
Patrick zog vom Tisch nebenan einen Stuhl heran, legte den Helm ab und zog seine Jacke aus. Er setzte sich Maggie gegenüber, blickte sie liebevoll an. Dann schaute er auf die leer gegessenen Teller.
„Gab's was Gutes?"
„Couscous von der Frau des Hauses."
„Soll ich dir auch was bringen lassen?", fragte Nur.
„Gerne!"
Eine Weile herrschte Stille, als wüsste keiner, was sie miteinander reden sollten. Patrick betrachtete die Frau, die so gar nicht aus seinen Gedanken verschwand. Ob sie mich mag?, dachte er. Sicher bin ich mir nicht. Wenn ich nur wüsste, wie ich mich verhalten soll? Gerade heute war wieder einer dieser vorwurfsvollen Briefe von Britta gekommen. Alles war schwierig zwischen ihnen, als würde kein Weg mehr zueinander führen. Sie lebten in zwei ver-

schiedenen Welten, konnten einander nicht erreichen. Nicht einmal mehr in Briefen.

Das Bier wurde mit Glas gebracht. Bedächtig goss Patrick das Getränk ein und nahm einen großen Schluck. Mit der Hand wischte er sich den Schaum von den Lippen. Maggie musterte ihn verstohlen. Sie empfand ein prickelndes Gefühl. War sie etwa verliebt? Nein, nein, nein, schalt sie sich. Was sollte dieser Unsinn. Der war verheiratet. Nicht schon wieder Schwierigkeiten. Außerdem kehrte sie bald heim nach München.

„Na, Patrick, mal wieder über die Felder gepirscht und die Afrikaner erschreckt?"

Nurs Stimme ließ Maggie in die Gegenwart zurückfinden.

Patrick lachte.

„Jetzt hör aber auf. Ich liebe es, an freien Tagen mit dem Motorrad herumzufahren. Das entspannt mich von der Arbeit."

Lina schüttelte den Kopf.

„Männer und Motorräder, das scheint etwas Fundamentales zu sein."

„Und ich kenne keine Frau, die diese Leidenschaft versteht", entgegnete Patrick.

Sein Couscous wurde serviert. Offenbar ziemlich hungrig, machte er sich darüber her. „Phantastisch!", rief er immer wieder.

„Nur, sag deiner Mutter, dass sie eine tolle Köchin ist!"

„Das weiß sie", meinte Nur lapidar.

Sie wandte sie sich wieder Maggie zu.

„Bald ist es so weit und du fährst nach Hause. Schade. Würdest du gerne noch bleiben?", wollte sie wissen.

„Ich glaube, Maggie würde am liebsten hier leben", ergriff Lina das Wort. „Stimmt's, Maggie?"

„Ja, vielleicht."

Maggie spürte, wie Patrick sie ansah. Sie wich seinem Blick aus.

„Ich könnte mir nicht vorstellen, woanders zu leben", sagte Nur. „Im Gegensatz zu meinen Eltern. Die schwärmen davon, später wieder im Libanon heimisch zu werden. Ich bin in Lalimete geboren und aufgewachsen. Hier ist mein Zuhause. Jedes Mal, wenn ich im Libanon bin", lachte sie, „vermisse ich sogar den Ärger mit unseren Angestellten."

„Ich lebe auch gern hier, sehr gern sogar", warf Patrick ein und erhob sein Glas. „Dann trinken wir jetzt auf Maggie. Vielleicht hat das Schicksal ja ein Einsehen und lässt ihre Wünsche wahr werden."

Alle stießen miteinander an. Erstaunt schaute Maggie in Patricks Augen. Das Herz schlug ihr bis zum Hals.

„Wie wär's mit einer Motorradfahrt durchs schöne Lalimete, sozusagen als Abschiedsgeschenk", schlug er vor.

„Jetzt?"

„Ja, jetzt!"

***

Vor der Brasserie luden Schwester Anna und Schwester Clara ihre Einkäufe in den Jeep. In diesem Moment kam ein Fußball angeflogen. Schwester Anna hielt ihn geschickt auf und kickte ihn zurück zu den Jungs, die damit gespielt hatten.

„Danke, Schwester Anna", riefen sie begeistert.

„Das hast du toll hingekriegt, hab gar nicht gewusst, dass du Fußball spielen kannst", meinte Schwester Clara.

„Ich hatte einen total fußballbegeisterten Verlobten."

„Du hattest einen Verlobten?"

„Ja", Schwester Anna nickte. „Nur weil ich Nonne bin, heißt das doch nicht, dass ich nicht ein Leben vor dem Kloster hatte."

„Du hast mir nie von diesem Mann erzählt."

Nachdenklich sah Anna Clara an.

„Stimmt, ich habe dir nie von ihm erzählt."

„Was ist aus ihm geworden?"

„Wir haben keinen Kontakt. Glaub mir, Clara, ich bin eine von denen, die auf eine Menge Dummheiten zurückblicken muss. Mehr als einmal habe ich eine offene Baustelle zurückgelassen."

Clara legte den Arm um ihre Mitschwester.

„In letzter Zeit, Anna, wirkst du oft so traurig, hat das mit ihm zu tun?"

„Ich weiß es nicht, Clara, ich weiß nur, dass das Leben uns immer wieder einholt."

Schweigend stiegen die Nonnen in den Jeep und schweigend fuhren sie zurück ins Kloster. Auch Clara hatte der Weiblichkeit nicht wirklich den Rücken gekehrt, deshalb genoss sie Liebesromane so sehr. Gott sei Dank war das Leben in einem Kloster in Afrika nicht gar so streng und geordnet und doch gab es auch Zeiten, wo ihre Seele tief erschüttert war

***

Maggie hatte die Hände um Patricks Bauch gelegt, schmiegte sich fest an seinen Rücken. So aufgewühlt hatte sie sich seit Langem nicht mehr gefühlt. Sie fuhren über rote Sandwege, vorbei an Feldern und Plantagen, Richtung Berge. Es hatte geregnet, die Landschaft zeigte sich üppig grün. Die Menschen am Wegesrand winkten ihnen zu. Bald bog Patrick in einen schmalen, bergaufwärts führenden Pfad. Oben parkte er das Motorrad vor einem verfallenen Holzhaus. Das ehemals wohl prächtige Anwesen, im Kolonialstil erbaut, war gänzlich überwuchert von üppig lila blühenden Bougainvilleen.

„Da vorne ist ein herrlicher Platz mit einer wunderbaren Fernsicht", meinte Patrick und ging voraus. Maggie folgte ihm. Schweigend saßen sie nebeneinander und blickten hinunter ins Tal. Seine Hand lag dicht bei Maggies Hand. Gerne hätte sie seine berührt, aber sie tat es nicht. Eine Weile hockten sie so da, bis Patrick Maggie ansah und ihren Kopf an seine Schulter zog

„Du bringst mich ganz schön durcheinander, Maggie, weißt du das?"

Sie schmiegte sich an ihn. Wie lange war das her, dass sie sich so gut mit einem Mann gefühlt hatte?

„Gibt es eine feste Beziehung in deinem Leben?", hörte sie Patricks Stimme

„Nicht mehr."

Er ließ sie los. Maggie setzte sich wieder aufrecht hin.

„Ich habe, seit wir uns begegnet sind, ständig an dich gedacht und mich gefragt, ob es dir genau so ergangen ist." Dabei drückte er fest ihre Hand.

Konnte das wahr sein? Eine mahnende Stimme erinnerte sie daran, dass er verheiratet war – und überhaupt, sie verließ Lalimete schon bald. Patrick wartete ihre Antwort nicht ab, sprach über sich, als müsste er alles loswerden.

„Ich könnte dir jetzt viel erzählen. Dass meine Ehe schon lange nicht mehr in Ordnung ist, dass ich deshalb nach Afrika gegangen bin, dass wir an Scheidung denken, und, und, und. Alles würde stimmen und doch trifft es nicht das Wesentliche."

„Habt ihr Kinder?"

„Nein, Anna, wir haben keine Kinder."

„Bedauerst du es?"

„Ein Kind in einer solchen Situation ist ein armes Kind. Glaub mir, ich weiß wovon ich rede."

„Ich auch!"

„Dann sind wir also schon zwei."

Beide hingen sie ihren Gedanken nach, beide hatten sie den Schmerz der Trennung ihrer Eltern erfahren.

„Du bist Lehrerin an einer Schule in München?"

„Wer hat dir das erzählt?"

„Ich habe die Schwester Oberin nach dir gefragt."

„So, so, und die strenge Schwester Kordelia hat dir von mir erzählt."

„Sie schätzt dich übrigens sehr", fuhr er fort „und bedauert außerordentlich, dass Lina bald das Land verlässt. Im Übrigen, so streng ist sie gar nicht. Wenn sie nicht wäre, würde so manches schiefgehen. Sie ist die zentrale Figur in Bethlehem, hält auf unkonventionelle Weise alles zusammen, Was glaubst du, wie oft Conzales sich bei ihr ausweint! Auch mir ist sie in schwierigen Situationen ein guter Gesprächspartner."

Plötzlich hatte ihr Ausflug eine Wende genommen, die sie so nicht haben wollten.

Was tue ich denn hier, dachte Maggie. Er ist ein verheirateter Mann. Wahrscheinlich sehen wir uns heute zum letzten Mal und das war's dann. Die Motorradtour, die so gefühlvoll begonnen hatte, endete mit einem profanen Gespräch. Er hatte nicht einmal eine Antwort von ihr abgewartet. Nähe und Zauber waren dahin. Auch Patrick spürte dies.

„Ich bringe dich jetzt heim", sagte er und stand auf.

Ich kann nicht anders, als an sie denken, dachte Patrick während der Fahrt. Und doch sollte ich damit aufhören. Sie fuhr heim und das war gut so. Nicht noch eine Baustelle in seinem Leben. Als sie das Haus von Lina erreichten, kam diese ihnen entgegen.

„Eine alte Frau in der Nachbarschaft ist gestürzt", erklärte sie, „die Familie hatte mich rufen lassen."

„Ich komme mit", sagte Patrick und stellte sein Motorrad in Linas Hof ab.

Nicht weit von Linas Haus entfernt, in einer traditionellen Hütte, fanden sie auf einer Matte liegend Sarah, eine uralte Afrikanerin. Patrick tastete sie vorsichtig ab. Sie gab immer wieder Schmerzenslaute von sich. Um sie herum standen Mitglieder ihrer Familie.

„Ich denke, sie hat sich die Hüfte gebrochen", meinte er zu Lina. „Wir müssen sie ins Hospital bringen."

Patrick nahm Sarahs Hand in seine, lächelte sie an und streichelte ihr mit der anderen Hand übers Gesicht.

„Keine Angst, wir werden dir helfen", beruhigte er sie.

Die alte Frau lächelte den Arzt unter Schmerzen an.

***

Die Beerdigungsfeierlichkeiten im Geburtsort der alten Sarah hatten schon begonnen, als Lina und Maggie am frühen Vormittag auf dem Dorfplatz ankamen. Friedlich war sie noch vor der anstehenden Operation für immer eingeschlafen.

Für die Ehrengäste hatte man einen Sonnenschutz aus Palmblättern errichtet. Darunter waren vier Stuhlreihen aufgestellt. Auf den Stühlen saßen festlich gekleidete Männer und Frauen, die vorderen Reihen waren nicht besetzt. Die Dörfler standen ringsherum. In der Mitte, in der Nähe eines großen Baumes, hatte der mit kostbarem gelbem Brokat bedeckte Sarg seinen Platz gefunden. Beidseits hielten zwei Urenkelinnen der Verstorbenen Totenwache. Gesichter und Schultern der schönen Frauen waren mit weißer Kultfarbe bemalt, ihre schlanken Körper umwickelt mit golddurchwirkten Tüchern. An Armen und Beinen trugen sie Goldkettchen mit Kaurimuscheln. Unter dem Baum stand der Pfarrer, daneben Musiker und Chor. Alle trugen bodenlange schwarze Talare und Barette. Aus dem Dorf drang Kindergeschrei, Eimerklappern, Fu-Fu-Stampfen.

„… sie ist noch immer jeden Tag auf den Markt gegangen und hat Hirsebier getrunken!", rief der Pastor fröhlich in sein krächzendes Mikrofon.

Dies sorgte für große Heiterkeit unter den Gästen.

„Madame Lina und Madame Maggie, herzlich willkommen, bitte folgen Sie mir."

Ein Mann aus Sarahs Familie führte die beiden zu der ersten Stuhlreihe. Der Pfarrer nickte ihnen wohlwollend zu, ebenso die

Gemeinde. Was Sarah zugestoßen war und wer ihr geholfen hatte, war allen bekannt. Die große Trommel wurde geschlagen. Eine Frau mittleren Alters, in einem weißen Bubu, barfuß, mit aufgelösten Haaren, ohne Schmuck, stand auf, ging auf den Sarg zu. In der rechten Hand trug sie eine Kalebasse. Die zwei jungen Frauen traten zur Seite. Die Trommel hörte abrupt auf zu schlagen. Justine, Sarahs Enkelin, begann mit monotoner Stimme zu singen und um den Sarg herum zu tanzen. Dazu bewegte sie rhythmisch die Kalebasse. Sie umrundete den Sarg siebenmal in beiden Richtungen. Mit einem laut ausgestoßenen Ruf hörte sie abrupt auf, stand ganz still. Nun stand eine uralte Freundin der Verstorbenen auf, tanzte barfuß um den Sarg. In den Händen trug sie einen Pagne. Eine andere Alte folgte. Die beiden Frauen tanzten gemeinsam, dabei heiter eine Geschichte erzählend. Die Gäste lachten laut. Immer wieder winkten die beiden Frauen der Verstorbenen zu. Schließlich legten sie den Pagne von Sarahs schon lange verstorbenem Ehemannes auf den Sarg und tanzten zurück an ihre Plätze.

Aus dem Dorf kamen sechs Männer, die den Sarg aufnahmen. Alle erhoben sich. Der Pastor trat an den Sarg, verbeugte sich. Posaunen ertönten, Trommeln setzten ein, der Chor begann zu singen. Der Trauerzug setzte sich in Bewegung zu dem schönen, friedlichen, grünen Platz am Fuße der Alou-Berge. Riesige Mangobäume mit dichtem Blattwerk säumten den Weg. Zikaden und Grillen wetteiferten um die lautesten Töne, Kapokbäume und Palmen ragten wie Scherenschnitte in den Horizont. Windengewächse kletterten über Steine. In der Ferne konnte man inmitten der Reisfelder den Wasserfall von Jazana sehen. In einer Wiese, umsäumt von rosafarben blühenden Tamariskenbäumen war ein Grab ausgehoben. Dort hinein bettete man die alte Sarah. Justine trat an das Grab und tanzte zum letzten Mal für ihre Großmutter. Kaum, dass sie aufgehört hatte, schaufelten die Sargträger das Grab zu. Der Chor sang, die Trommeln wurden immer lauter, alle tanzten für Sarah. Die

Beerdigung war vorbei. Fröhlich plaudernd schlenderte die Trauergemeinde zurück ins Dorf, wo es zu essen und zu trinken gab. Viele waren gekommen, um Sarah zu ehren, sie alle galt es bestens zu bewirten, das ehrte auch die Tote.

Ganz plötzlich, änderte sich das Wetter. Tief hängende Wolken sprenkelten den Himmel dunkelgrau, flogen wie Rauch vorbei. Schwere, feuchte Luft hing wie eine Glocke über dem Land.

„Kommt mit", wandte sich Justine an Lina und Maggie, die noch am Grab verweilten. „Für Sarah und ihr Dorf ist es eine große Freude, dass ihr gekommen seid. Ich danke euch."

„Hier ist Sarah geboren, hier hat sie Wasser geschöpft und getrunken", erzählte sie, während sie vorausging.

In diesem Moment begann es heftig zu regnen. Justine blieb stehen, hielt ihr Gesicht in den Regen.

„Ein gutes Zeichen", rief sie erfreut. „Großmutter hat den Bund mit der Erde geschlossen. Jetzt ist ihr Lebenskreis vollendet."

Sie wandte Maggie ihr nasses Gesicht zu, eindringlich blickte sie sie an.

„Die Zeichen sagen, du sollst nicht fortgehen. Bald wird Sarahs Seele wiedergeboren werden in einem neuen Kind, ich hoffe du bist dann noch hier."

***

Es war noch dunkel, als Patrick aus kurzem, unruhigem Schlaf erwachte. Vier Uhr. Er stand schwerfällig auf, putzte sich im Bad die Zähne und betrachtete sich. Das Spiegelbild zeigte einen Mann mit dunklen Schatten unter den Augen. Er hatte fast die ganze Nacht wach gelegen und an Maggie gedacht. Sie hatten einander nicht wieder gesehen, seit dieser Motorradfahrt. Was sollte sie nur von ihm denken. Den besten Eindruck würde er so nicht hinterlassen. Einerseits fühlte er sich sehr zu ihr hingezogen, andererseits war da seine problematische private Situation. Noch eine Baustelle konnte er nicht gebrauchen, auf gar keinen Fall.

Ich sperre das Gartentor auf, mache Licht, gehe am Bach entlang zum Haus. Alles ist dunkel. Ich liebe diesen Bach, das Rauschen, es ist mir vertraut. Hier habe ich einen Teil meiner Jugend verbracht. Leise betrete ich das Haus, damit Britta nicht aufwacht. Im Wohnzimmer ziehe ich meine Kleidung aus, lege mich auf die Couch und schlafe vor Erschöpfung sofort ein. „Warum bist du wieder so spät nach Hause gekommen?" Brittas Stimme weckt mich unsanft aus meinem Tiefschlaf. Ruckartig setze ich mich auf. Das Zimmer ist hell erleuchtet.

„Du hast es wohl darauf angelegt, mich immer alleine zu lassen!"

Nicht schon wieder. Ich reibe meine Augen, möchte meine Ruhe haben, fühle mich wie ein gehetztes Tier. „Warum immer wieder diese Vorwürfe, Britta", sage ich leise. „Komm einmal her zu mir." Britta wendet sich ab. „Ich habe in der Klinik angerufen, du bist schon am frühen Abend gegangen ..." „Ich hatte eine Besprechung mit ..."

„Ich will nichts mehr hören, spar dir deine Worte", schrie sie, ging hinaus und schlug die Tür hinter sich zu.

Ich bin ein Schwächling, dachte Patrick. Zu feige, eine Ehe zu beenden, die keine ist. Als er Britta das letzte Mal am Ammersee besucht hatte, war ihr Zusammengehörigkeitsgefühl so fern wie der Mond. Lichtjahre lebten sie voneinander entfernt.

Patrick ging in die Küche, kochte starken Kaffee. Er öffnete die Balkontüre, legte die leuchtende Taschenlampe auf den Tisch und setzte sich hinaus. Weder Mond noch Sterne waren zu sehen, nichts als große Dunkelheit am Firmament, als wäre der Himmel mit dicken Wolken verhangen. Irgendwo rief ein Käuzchen. Miranda kam angerannt und winselte um ihn herum. Er kraulte sie.

„Bin ich froh, dass wenigstens wir zwei uns haben", sprach er beruhigend auf sie ein.

Für ihn war sie der schönste Hund der Welt. So besonders mit ihrem grau, weiß, schwarz gefleckten Fell, den unendlich schönen Augen. Patrick nahm einen großen Schluck vom Kaffee, streckte seine Beine weit aus, behielt die Tasse in der Hand. Was war nur passiert zwischen Britta und ihm? Es hatte doch auch eine wunderbare Zeit der Liebe gegeben. Heute wollten sie nicht mehr das Gleiche. Jeder schien in seiner eigenen Welt zu leben. Selbst die Erinnerungen an die guten Zeiten boten keine Chance mehr. Wann war ihnen die Liebe abhanden gekommen?

„Innerlich zu verhärten ist nichts, worauf man stolz sein kann. Es hat schon gar nichts mit Stärke oder Mut zu tun", hatte die Mutter Oberin gemeint, als er ihren Rat suchte.

„Wenn man die hässlichen, bitteren Gefühle leugnet, sie nicht als Teil des Lebens betrachtet, werden sie stets bleiben."

Was für eine patente Frau sie war. Er trank den Kaffee in einem Zug aus, stellte die Tasse auf dem Tisch ab. Was sollte er machen? In wenigen Tagen fuhr Maggie nach München zurück. Dann war sie fort. Er döste vor sich hin. Die alte Sarah fiel ihm ein. Sie hatte geweint, als man sie im Hospital ins Bett legte. Er hatte ihr ein Papiertaschentuch gereicht und sie hatte es verwundert angesehen. Sie kannte kein Papiertaschentuch, ebenso wenig war sie jemals in einem Bett gelegen. Es war gut, dass sie gestorben war.

Er blickte nach oben. Wind war aufgekommen, die schwarzen Wolken hatten sich verzogen. Funkelnde Sterne überspannten das Firmament. Patrick blickte auf die Uhr. Er hatte fast eine Stunde draußen gesessen. Zeit, sich fertig zu machen. In weniger als einer Stunde flogen sie nach Akotameh, um dort im Buschhospital zu operieren. Wieder betrachtete er die Sterne. Welch erhabener Anblick, dachte er, und mit einem Mal fühlte er ganz tief innen, dass er sich in Maggie verliebt hatte, dass er sie so nicht fortlassen konnte. Er musste sie wiedersehen.

5

Mitternacht war vorbei, Maggie saß allein auf dem Balkon. Von Patrick hatte sie nichts mehr gehört. Schade. Seine blau-grünen Augen hatten etwas lange Verschüttetes in ihr berührt. Ein Teil ihres Wesens fühlte sich mächtig zu ihm hingezogen. Feige war er, wie viele andere Männer auch. Wahrscheinlich hatte er tatsächlich ein Verhältnis mit dieser Dr. Marrozzi.

Maggie sog den süßlichen Duft von Frangipaniblüten ein, der aus dem Dunkel zu ihr herüberwehte. Ihr blieb nur noch ein Tag in diesem Land, das sie so lieb gewonnen hatte. Gewiss, Lalimete war kein Paradies, es gab große Probleme. Dennoch, die Freundlichkeit der Menschen, die Landschaft, alles erschuf in Maggie ein ganz besonderes Lebensgefühl. Sie bewunderte die fliegenden Ärzte aufrichtig für den großen Beitrag, den sie leisteten. Nicht weniger die Nonnen mit dem Hospital, der Schule, den Aktivitäten in den Dörfern.

„Meine Mädels", nannte Conzales die Nonnen.

Ihn hatte sie besser kennengelernt und auch Schwester Anna. Eine attraktive, liebenswerte Person. Warum so jemand in einem Kloster lebte?

Am Horizont blitzte es, Zeichen eines aufkommenden Gewitters. Ein weiterer Blitz erleuchtete die Dunkelheit, weit entferntes Donnergrollen war zu hören. Maggie liebte Gewitter. Sie hatten so was elementar Gewaltiges. Wieder kam ihr dieser Patrick in den Sinn. Wieso musste sie ständig an ihn denken?

„Du bist eine dumme Gans", schalt sie sich. „Mach dich nicht lächerlich, vergiss den Kerl."

Sie hatte ihr Leben wieder im Griff und daran würde kein Mann etwas ändern. Warum nur war sie so durcheinander, jetzt wo sie zurückfuhr in ihr altes Leben? War da vielleicht doch der tiefe Wunsch in ihr, Patrick näher kennenzulernen?

***

Patrick warf einen Blick hinaus zu den Wartenden. Die Sprechstunde sollte jetzt um fünfzehn Uhr vorbei sein, aber es wurden immer mehr Patienten. Seit heute morgen war er in der Ambulanz beschäftigt, während Mark und Guidetta die Operationen übernommen hatten.

Die nächste Patientin war eine ältere Frau, deren linke Gesichtshälfte stark angeschwollen war. Nach der Untersuchung gab Patrick ihr ein Schmerzmittel und ein abschwellende Mittel, mehr konnte er nicht für sie tun. Überglücklich drückte sie ihm die Hand. Die Tabletten knotete sie wie einen kostbaren Schatz in ihren Pagne.

Mark kam ins Behandlungszimmer. Er trug noch die Operationshaube, die er jetzt vom Kopf zog.

„Wie sind die OPs gelaufen?", wollte Patrick wissen.

„Guidetta sollte man die Meisterin der Improvisation nennen. Wenn du mich fragst, die hat einen Orden verdient. Es fehlte mal wieder überall. Manchmal verlässt mich der Mut."

Marks Stimme klang ziemlich kläglich.

„Dabei haben wir doch beim letzten Mal ziemlich aufgefüllt", erwiderte Patrick.

Mark winkte resigniert ab.

„Ich brauche jetzt dringend einen Kaffee, soll ich dir auch einen machen?"

In diesem Moment kam die Hebamme gelaufen und bat um Unterstützung. Es gab Komplikationen im Kreissaal.

„Ich übernehme", beschwichtigte Patrick seinen Kumpel, „geh du Kaffee trinken."

Mark war froh, eine Pause machen zu können. Heute fiel ihm das Operieren so schwer.

Bevor Patrick in den Kreissaal eilte, ließ er den Wartenden ausrichten, dass es noch lange dauern würde.

Die junge Frau lag seit Stunden in den Wehen. Die Geburt ging nicht voran, sie litt unter großen Schmerzen. Patrick begann mit der Untersuchung. Die Herztöne des Kindes waren kaum zu hören.

„Wann wurde das Baby erwartet?"

„Die Frau hat angegeben, dass sie schon eine ganze Mondphase auf das Kind wartet", gab die Hebamme zu Protokoll.

Patrick warf ihr einen skeptischen Blick zu. „Was wohl keine verbindliche Aussage ist."

Er fuhr mit der Untersuchung fort.

„Kaiserschnitt", wandte er sich an die Hebamme.

Die äußerte Bedenken.

„Docteur, diese Frau lebt auf dem Lande. Sie muss viele Kinder kriegen und sie hat noch keines. Nach einem Kaiserschnitt sind die Chancen geringer."

Patrick blickte die Hebamme an, hörte die Schreie der Gebärenden. Das waren jene Momente, wo er verzweifeln konnte. Diese verdammten Traditionen.

„Also gut, einigen wir uns auf einen letzten Einleitungsversuch."

Erleichtert nickt die Hebamme. Aber schließlich war doch ein Kaiserschnitt erforderlich.

Der Rückflug musste immer wieder nach hinten verschoben werden, so viel hatten die Ärzte zu tun. Schließlich legte der Pilot den Rückflug auf den frühen Morgen fest. In der Nacht wurde ein junges Mädchen, fast noch ein Kind, mit heftigen Bauchschmerzen eingeliefert. Bei einem Pfuscher hatte sie abgetrieben, ihre Gebärmutter war durchstochen, die Harnblase zerrissen. Sie musste notoperiert werden. Patrick und Guidetta übernahmen die Operation. Als Patrick in der Nacht über die Station ging, schlief die Nachtschwester tief und fest in ihrem Liegestuhl. Puls und Blutdruckwerte der zu überwachenden Patienten bis morgens um sechs Uhr waren bereits eingetragen. Ärgerlich weckte Patrick sie auf.

„Was soll das?", wies er sie zurecht. „Unter Nachtdienst und Überwachung verstehe ich was anderes."

„Ja, Monsieur Docteur", antwortete sie und senkte schuldbewusst den Blick.

„So was will ich nie wieder erleben, verstanden. Nie wieder!"

Sie nickte.

Gegen 6.30 am Morgen flogen sie endlich zurück nach Lalimete. Guidetta und Mark waren so erschöpft, dass sie in der Cessna sofort einschliefen. Patrick fühlte sich ebenfalls übermüdet und in wenigen Stunden würde es in Bethlehem weitergehen. Er lehnte sich zurück, schloss die Augen. Jedoch er fand keine Ruhe. Heute war Maggies letzter Tag in Lalimete. Verdammt noch mal, warum hatte er sich nicht bei ihr gemeldet?

Maggie stand vor ihrem Hotelbungalow. Um sie herum blühten purpurfarbene Bougainvilleen. Rot und weiß leuchtete der Hibiskus zwischen zartgelbem Oleander. Unter dem leichten Gewicht eines Vogels bewegten sich die Blätter. Regenbäume zeigten rosafarbene Blüten, obwohl noch immer Trockenzeit war. Ihr Herz fühlte sich leicht und schwer zugleich an. Morgen ganz früh würde ein Fahrer sie vom Hotel zum nicht weit entfernten Flughafen bringen. Und in wenigen Wochen würde auch Lina zurückkehren. Langsam schlenderte Maggie den mit Palmen gesäumten Pfad zum Meer hinunter. Violett schimmerte die Bucht an diesem späten Nachmittag. Leichter Wind war aufgekommen, der nicht wirklich Kühlung brachte. Der Strand war menschenleer. Maggie setzte sich in den Sand und blickte aufs Meer.

Diesmal fiel ihr der Abschied besonders schwer. Die Oberin hatte ihr versichert, dass sie in Bethlehem immer willkommen wäre. Zu Schwester Anna hatte sie sich ganz besonders hingezogen gefühlt. Überrascht war sie, als Mark Seeberger und Conzales vorbeigekommen waren, um ihr Auf Wiedersehen zu sagen. Patrick war nicht dabei. Keiner hatte ihn erwähnt und sie hatte auch nicht gefragt, obwohl es sie maßlos enttäuschte. Dennoch dachte sie mit zärtlichen Gefühlen an ihn, diesen offenen und gleichzeitig so verschlossenen Menschen. Ihr Herz hatte Purzelbäume geschlagen, seit sie ihm begegnet war. Aber er war ein verheirateter Mann. Maggie fielen Freundinnen ein, die sich auf verheiratete Männer eingelassen hatten. Sie zogen stets den Kürzeren.

Und was hatte Lina, die sie in die Hauptstadt gebracht hatte, ihr voller Überzeugung mit auf den Weg gegeben?

„Das was geschehen soll, geschieht. Da können wir noch so viel planen."

Maggie legte sich auf den Rücken, blickte hinauf zum Firmament. Der Himmel begann sich zu verfärben, ging in einen Fliederton über. Seine Größe und Weite gaben ihr immer wieder Mut und Stärke. Sie hatte wundervolle Wochen in Afrika verleben dürfen, sie war hier glücklich gewesen, reich beschenkt vom Leben. Und Maggie spürte auch, wie die Freude auf ihr Leben daheim in München zurückkam. Sie setzte sich auf. Wie ein Lampion versank die Sonne im Meer. Sie lief den Pfad zurück zu ihrem Bungalow. Maggie war weder hungrig noch hatte sie Lust, Menschen zu begegnen. Sie würde die letzten Stunden genießen, ganz bei sich sein, draußen Tagebuch schreiben und früh zu Bett gehen.

***

Der Operationstag im Hospital Bethlehem hatte sich wieder einmal heftig gestaltet. Vier Leistenbrüche, zwei Kaiserschnitte, zwei Gallenoperationen. Patrick musste sich sehr anstrengen. Kraftlos und ausgelaugt fühlte er sich. Einzig seine jahrelange Routine half ihm, fehlerfrei zu arbeiten. Immer wieder tauchte Maggie in seinen Gedanken auf und immer wieder verdrängte er sie.

„Ich glaube, du warst heute nicht bei der Sache", meinte Mark. Sie zogen gerade die OP-Kleidung aus. „Bald ist sie fort, deine Maggie", legte er nach.

„Hör mit dem Blödsinn auf, was soll das?"

Patrick funkelte ihn böse an, zog mit einem Ruck die Haube vom Kopf und warf sie ins Waschbecken.

„Dass ich mich so getäuscht habe", meinte Mark ironisch. „Ich dachte, du magst sie."

Mark hatte amüsiert beobachtet, wie sein Kollege seit einigen Stunden immer wieder auf die große Wanduhr geblickt hatte.

„Tu ich auch", grummelte Patrick.

„Sieht aber nicht danach aus."

„Nach was sieht's denn aus?"

Mark fasste Patrick am Arm, der schubste ihn weg.

„Ich mag dich zwar gerne als Freund", sagte Mark, „wenn ich eine Frau wäre, würde ich dich nicht geschenkt haben wollen."

„Wie meinst du das?", schrie Patrick.

„Du brauchst mich nicht so anzuschreien", konterte Mark. „Ich sag dir was. Dein Gelabere über Britta geht mir langsam auf die Nerven. Du ärgerst dich ja nur über dich selber, weil du so ein verdammt, verdammt, verdammt feiger Hund bist."

Schwer atmend und ziemlich wütend setzte Patrick sich in den Hof. Was war nur mit ihm los? Er schien neben sich zu stehen. Fast wäre er seinem Freund an die Gurgel gegangen. Minuten vergingen, flossen in die vielen verlorenen Jahre. Es kam ihm vor, als würde er sich von außen betrachten, als würde er in einem Buch seine eigene Geschichte lesen. Wollte er sich bestrafen, um sein schlechtes Gewissen zu beruhigen? Hatte er aus dem gleichen Grund mit Guidetta geschlafen? Quer durch seine Seele verlief diese tiefe Wunde. Er war auf der Flucht vor seiner Ehe, die keine mehr war, und ließ Maggie einfach gehen. Sie würde aus seinem Leben verschwinden und er hatte ihr nicht einmal Auf Wiedersehen gesagt. Aber er wollte sie doch überhaupt nicht verlieren. Wie durch einen Schleier sah er Maggies Gesicht. Plötzlich brachen alle Dämme. Patrick sprang auf, lief an Mark vorbei. Er konnte nur hoffen, dass sie nicht schon fort war aus seinem Leben.

***

Gedankenverloren saß Maggie in der Nacht vor dem Bungalow. Kein Stern war zu sehen. Wie gerne hätte sie den funkelnden afrikanischen Sternenhimmel mit in ihr anderes Leben genommen. Mit geschlossenen Augen lauschte sie dem Rauschen des Meeres. Sie dachte an Patrick. Er hatte sie auf ganz eigene Weise berührt. Sie öffnete die Augen, nahm ihr Weinglas, trank einen Schluck. Als sie es zurückstellte auf den kleinen Tisch mit dem flackernden Windlicht, glaubte sie jemanden kommen zu hören. Patrick stand plötzlich vor ihr. Mit großen Augen sah sie ihn an. Eine Haarsträhne war ihm in die Stirn gefallen. Sie hob ihre Hand, fuhr über sein Gesicht. Er küsste ihre Fingerspitzen, dann zog er sie fest in seine Arme.

Maggie gab sich den Gefühlen dieser Nähe hin, dem warmen Hauch seines Atems an ihrem Hals, den Lippen auf erhitzter Haut. So hatte sie seit Ewigkeiten niemand mehr berührt. Er hielt sie von sich weg und sah ihr in die Augen, als suchte er sie darin. Die Intensität seines Blickes konnte sie kaum ertragen. Verwirrung und Begehren. Sie wollte etwas sagen, er legte seine Finger auf ihre Lippen. Sein Mund und seine Hände begannen sie zu verführen. Kein Zögern, keine Fremdheit, nichts stand mehr zwischen ihnen. Wild trommelte Maggies Herz gegen Patricks Brust. Sie waren allein auf der Welt, eingehüllt in einen schützenden Kokon aus Lust und Leidenschaft.

Der Wecker klingelte. Viel zu schnell war die Zeit vergangen, es fiel ihnen schwer, sich voneinander zu lösen. Im Eck stand der gepackte Koffer, als würde er nicht zu diesen Stunden gehören. Hastig kleideten sie sich an, setzen sich hinaus. Die Wolken hatten sich verzogen. Eine Nacht voller Sterne empfing sie. Maggie saß auf Patricks Schoß. Zart strich er über ihr Gesicht. Das Leben hatte noch nicht viele Abdrücke hinterlassen auf ihrer zarten Haut.

Sie sah so schön aus, so wild, so glücklich.

Schritte näherten sich.

„Madame, Sie werden abgeholt."

Ein Afrikaner kam, um das Gepäck zu holen. Alles ging sehr schnell. Patrick begleitete sie zur Rezeption. Sie verabschiedeten sich voneinander. Es fiel ihr schwer sich von seinen Augen zu lösen.

„Vertrau mir, ich werde einen Weg finden", sagte er, als er ging. Sie sah ihm nach. Große Nähe war in wenigen Stunden zwischen ihnen entstanden. Er drehte sich noch einmal um, kam zurück, nahm sie in die Arme.

„Wie gerne würde ich meinen vierzigsten Geburtstag mit dir feiern."

Und dann saß sie plötzlich allein zwischen den Menschen in der Abflughalle. Etwas Ernsthaftes war mit ihnen passiert. Ihr Leben fühlte sich richtiger an als je zuvor.

Seit langer Zeit begann Maggie wieder, ihren Gefühlen zu trauen.

Wie so oft in letzter Zeit fand Anna keinen richtigen Schlaf in der Nacht. Sie fühlte große Unruhe in sich. Manchmal konnte sie dieses Aufgewühltsein wie eine drückende Last auf ihrer Brust spüren. Sie war bisher kaum krank gewesen, aber jetzt waren ihre Tage so voller Schwere, dass sie manchmal das Gefühl hatte, nur noch zu funktionieren. Sie betrachtete die Uhr neben der flackernden Laterne auf dem Tisch neben dem Bett. 4.30 Uhr. In einer halben Stunde war es Zeit für das erste Stundengebet und die Frühmesse.

Sie stelle sich ans Fenster, blickte hinaus in die Dunkelheit, lauschte auf die Stimmen der Nacht. Fledermäuse schwirrten umher, stießen seltsame Laute aus. Wie gerne hätte sie geweint, doch es kamen keine Tränen.

Schwerfällig kleidete Anna sich an. Sie öffnete die Türe. Andächtig schritten die Nonnen in einer Prozession hinüber in die kleine Kapelle. Jede von ihnen trug eine Laterne in der Hand. Es war fast kein Laut zu hören, so als würden die Füße der Schwestern den Boden nicht berühren. Anna reihte sich ein, fügte ihren Lichtschein den anderen hinzu. Jeder Tag begann wie der andere. In der Kapelle nahmen alle ihren Platz ein. Hier versammelte sich die Klostergemeinschaft zu den täglichen Gebeten.

Diesen Ort hatte sie vor gar nicht langer Zeit als Zentrum ihres Lebens erfahren. Immer hatte Anna große Freude empfunden, wenn die Laternen gelöscht wurden, sie den Weihrauch einatmete und durch das farbige Glasfenster plötzlich erstes Sonnenlicht den Raum erhellte. Auf einmal schien alles so anders. Um sie herum waren die Mitschwestern in tiefe Kontemplation versunken. Anna beugte den Kopf, versuchte sich zu konzentrieren.

Was wollte Gott von ihr, dass er sie so in Bedrängnis brachte? Als Anna aufblickte, bemerkte sie, dass die Schwester Oberin vor ihr sich umgedreht hatte und sie ansah. Erschrocken senkte Anna den Blick. Ahnte die Ehrwürdige Mutter etwas von ihrer Qual? Mit allergrößter Mühe versuchte sie sich aufs Beten zu konzentrieren, aber da war nichts. Nur stummes Flehen und fast Verzweiflung.

Im Refektorium beim Frühstück hatte Anna das Gefühl, dass auch die Mitschwestern sie auf seltsame Weise musterten. Ihr Blick wanderte zur untersetzten Gestalt der Oberin. Das weiße Band, von dem das Gesicht umgeben wurde, betonte den entschlossenen Mund. Ein Gesicht mit strengen Zügen. Die Oberin spürte Annas Blick, wandte ihr den Kopf zu. Ihre Miene wurde weich und zeigte tiefe Besorgnis. Anna betrachtete den reichlich gedeckten Tisch.

Brot, Butter, Käse, Marmelade, Kaffee, Tee. An Sonntagen gab es sogar Eier und Kuchen. Sie waren hier mit allem versorgt, frei von finanziellen Sorgen, im Gegensatz zu vielen Afrikanern da draußen. Und sie hatte das Armutsgelübde abgelegt, um sich mit den Besitzlosen eins zu fühlen?

Das Frühstück war beendet. Die Schwestern erhoben sich zum Dankgebet. Anna verließ gesenkten Hauptes das Refektorium.

„Schwester Anna, bitte in mein Arbeitszimmer!"

Die Stimme der Oberin klang wie ein Befehl.

Die Türe stand einen Spalt weit offen. Anna klopfte zaghaft.

„Komm herein."

Anna trat ein. „Gelobt sei Jesus Christus."

„In Ewigkeit, Amen."

Die Priorin saß hinter einem großen, alten, mächtigen Schreibtisch, auf einem hohen Lehnstuhl. Sie kam Anna alt wie die Erde selbst vor und gleichzeitig alterslos.

„Setz dich, meine Tochter", forderte sie Anna auf.

Die beiden Frauen sahen einander an. Anna war den Tränen nahe. Um ihren Mund zuckte es verräterisch. Ich will nicht weinen, schon gar nicht jetzt, wehrte sie sich energisch gegen ihre Gefühlsanwandlung.

„Ich möchte dir eine Geschichte erzählen", sagte die Oberin.

Anna blickte die Frau erstaunt an, auf deren Gesicht ein Lächeln lag. Die alte Nonne lehnte sich zurück, verbarg ihre Hände im Habit.

„Da gab es ein großes Weingut in der Pfalz, reiche Bauern, gesegnet mit drei Töchtern und drei Söhnen. Damals war es üblich, ein Kind der Kirche zu geben. Man gab das jüngste Kind, ein Mädchen, mit 14 Jahren ins Kloster, damit es eine gute und fromme Erziehung bekommen würde. Man hoffte darauf, dass Marga Nonne werden würde. Dieses wilde, hübsche Mädchen fühlte sich im Kloster zunächst sehr unglücklich. Nach und nach gewöhnte sie sich ein. Sie hatte einen ganz besonderen, etwas älteren Freund. Wolfgang hieß er. Mit dem hatte sie den Wald erforscht und die wildesten Streiche ausgeheckt. Nun sahen sie sich nur noch selten und Wolfgang verstand nicht, dass ihr Verhältnis sich geändert hatte. Das Mädchen wurde Nonne.

Sie hatte es zunächst mit reinem Herzen gewollt. Und konnte doch zu gewissen Zeiten dieses Leben einer Nonne innerlich nicht leben. Sie traf Wolfgang immer wieder, was sie in Schwierigkeiten brachte. Sie trug sich mit dem Gedanken, das Kloster zu verlassen, brachte aber den Mut dazu nicht auf. Die Schwester Oberin wusste um Margas Qual. Schließlich übertrug der Orden Marga die Leitung eines Heimes für schwer erziehbare Jungs. Kinder, denen das Leben übel mitgespielt hatte. Diese Aufgabe heilte ihr Herz."

Stumm saßen sich die Klosterfrauen gegenüber. Die Schwester Oberin sprach als Erste.

„Gottes Schweigen kann hart sein, meine Tochter. Wir alle kennen die Phasen der Verunsicherung. Aber selbst in schwersten Zeiten tröstet uns der Herr, auch wenn wir das nicht sehen. Man muss zutiefst glauben, dass nichts uns von ihm zu trennen vermag."

„Ich ..." Schwester Anna wollte etwas erwidern, die Oberin unterbrach sie mit einer Handbewegung.

„Worte sind manifestierte Gedanken. Habe Geduld mit dir. Lass Zeit vergehen, bitte."

Anna konnte ihre Tränen jetzt nicht mehr zurückhalten. Sie begann zu schluchzen. Die Ehrwürdige Mutter stand auf, kam um den Tisch herum, zog Anna zu sich hoch und nahm sie in den Arm.

„Wir lieben dich, Schwester, und wir brauchen dich. Die Menschen da draußen, die brauchen dich auch."

Sie ließ Anna los.

Anna trocknete ihre Tränen, schnäuzte die Nase, atmete tief durch.

„Was ist aus Marga geworden?", wollte sie wissen

„In ihren späteren Jahren ist sie in ein Kloster nach Afrika gegangen."

Nun überzog Annas Gesicht ein Lächeln. Sie nickte.

„Und Wolfgang?", fragte sie.

„Wolfgang", antwortete die Ehrwürdige Mutter mit heiterer Stimme, „der ist mit einer wunderbaren Frau glücklich geworden." Als sie dies sagte, überzog ein Lächeln ihr Gesicht. „Mit 75 Jahren ist er letztes Jahr friedlich gestorben."

„Du wirst deinen Weg finden, wie immer der aussieht", sagte die Oberin nach einer Weile. „Und jetzt wünsche ich dir einen wahrhaft guten Tag, meine Tochter."

Dabei zeichnete sie mit dem Daumen ein Kreuz auf Annas Stirn.

Anna machte sich auf den Weg hinüber ins Hospital. Sie hatte keine Ahnung, wie es weitergehen würde mit ihren Gefühlsschwankungen. Sie wusste nicht einmal, was sie sich wünschte. Dennoch ging es ihr nach diesem Gespräch besser. Im Krankenhaus wurde gerade eine Frau mit einer verschleppten Querlage eingeliefert. Das Kind im Mutterleib war bereits tot, die Frau im Schock. Die ganze Nacht waren Angehörige des Dorfes mit ihr unterwegs gewesen. Bereitwillig spendeten sie Blut. Doch es war zu spät, die Frau starb. Die Verstorbene hatte zu Hause noch drei weitere kleine Kinder.

Dr. Stern und Dr. Marrozzi operierten Stunde um Stunde. Schwester Anna assistierte. Sie waren ein eingespieltes Team. Es war später Nachmittag, als sie fertig waren.

„Mark wird seinen Urlaub in USA schon sehr genießen", meinte Guidetta, während sie ihre Hände am Waschbecken schrubbte. „Und wenn der wiederkommt, bist du mit Urlaub dran."

Ihre Stimme klang zynisch. Patrick ging nicht weiter drauf ein.

„Wenn du fertig bist, dann lass mich auch mal ran." Seine Stimme klang gelassen.

Guidetta schrubbte weiter ihre Hände, ließ sich ungewöhnlich viel Zeit.

„Dann kannst du endlich diese Maggie treffen und deine Britta loswerden."

Dabei trat Guidetta provozierend lächelnd zur Seite, trocknete sich langsam die Hände an dem Tuch ab, welches Schwester Anna ihr reichte.

Anna war peinlich berührt, wie Dr. Marrozzi sich Doktor Stern gegenüber verhielt. Was war nur los zwischen den beiden? Patrick sagte zunächst gar nichts. Er begann sorgfältig seine Hände zu waschen. Wie hatte er sich je auf Guidetta einlassen können. Sie hatten sich nie was versprochen, alles war immer klar gewesen.

„Du hast kein Recht, so zu reden." Seine Stimme war leise und gefasst. „Wie oft soll ich dir noch sagen, es ist vorbei."

„Ach, und das aus deinem Munde, du, der die Ehe immer verteidigt." Dr. Marrozzis Stimme überschlug sich fast.

Schwester Anna verließ erschrocken den Raum. Sie wollte das alles nicht hören, sie hatte genug mit sich zu tun. Sie war froh, dass Dr. Seeberger eine Weile fort war, denn auch er schien Teil ihres Problems zu sein.

Schwester Anna war dabei Instrumente zu sterilisieren und aufzuräumen, als Dr. Stern den Raum betrat. Er schloss die Türe hinter sich, sah ihr eine Weile zu.

„Schwester Anna, wie geht es Ihnen?"

Erstaunt blickt Anna ihn an. Sie mochte ihn gerne, sie waren sich in den Monaten, die er hier arbeitete, auch menschlich näher gekommen. Dr. Stern interessierte sich für die Menschen. Dass er ein Verhältnis mit der schönen Guidetta hatte, war bekannt. Hier in Afrika betrachtete man so etwas lockerer. Dr. Marrozzi war eine tüchtige Ärztin, aber sie hatte nicht die menschlichen Qualitäten von Dr. Seeberger oder Dr. Stern.

„Warum fragen Sie mich das?"

Statt einer Antwort betrachtete er aufmerksam ihr Gesicht. Es war ihm nicht verborgen geblieben, dass zwischen der Nonne und seinem Freund Mark bestimmte Gefühle herrschten. Anna spürte, dass da ein ehrlicher Mensch stand, ein Mensch im Zwiespalt, genau wie sie. Einer, dem sie vertrauen konnte.

„Mir geht es besser", antwortete sie, ohne auf das Problem einzugehen.

Und sie wusste auf einmal, dass dies der Wahrheit entsprach.

„Manchmal würde ich gerne so sein können wie die Afrikaner. Bei allen Sorgen scheinen sie die Begabung zu haben, mit jedem neuen Tag Kummer und Sorgen abzuschütteln", sagte Patrick. „Aber – leider, so sind wir nicht gepolt. Sie und ich, Schwester Anna, und viele andere Menschen auch, haben eine Berufung, das dürfen wir niemals vergessen."

Anna nickte zustimmend. Und doch bin ich manchmal ganz schwach, hilflos und wütend, dachte sie. Patrick legte den Arm um ihre Schulter.

„Wir sind keine Helden, nur Menschen."

Patrick ging durch den Hof des Hospitals zu seinem Wagen. Köstliche Aromen wehten zu ihm. Auf einem Rost briet ein Mann Maniokwurzeln, dabei sang er ein wehmütiges Lied. Die Flammen zischten, wenn die Flüssigkeit auf die glühenden Holzkohlen tropfte. Von weit her wehten Trommelrhythmen herüber, verschmolzen mit dem Gesang des Mannes. Wie anders war es hier in Afrika, nach getaner Arbeit hinauszutreten ins Leben. Er öffnete die Autortüre, stieg ein, dreht das Fenster herunter und fuhr nach Hause.

Maggie, Maggie, wie es dir wohl ergangen ist? Er fühlte, sie war nicht ohne Grund in sein Leben getreten. Und er wollte auf gar keinen Fall, dass Maggie wieder aus seinem Leben verschwand. Er würde mit Britta reden, bald. Sie waren viele Jahre des Weges zusammen gegangen. Es hatte schöne Momente gegeben und weniger schöne. Dennoch, es führte kein Weg mehr zu Britta zurück, das war eine Tatsache. Viel zu lange hatte er die Entscheidung hinausgeschoben. Nach so vielen Stunden und Tausenden von Schritten und Gedanken war Patrick an diesem stillen Ort bei sich angekommen; er wusste, die Zeit war reif, von Britta die Scheidung zu verlangen. In Herzensangelegenheiten gab es keine Gerechtigkeit. Manchmal blieb von der Liebe ein Lied, ein Sommeranfang, ein Brief oder nur die zärtliche Erinnerung an bessere Tage. Er wünschte nichts mehr, als dass er ihr gut ginge.

***

Schwester Anna trat auf den Hof hinaus. Die blauvioletten Berge wurden von der untergehenden Sonne angestrahlt. Kapokbäume und Palmen erschienen wie dunkle Scherenschnitte am Horizont. Blüten leuchteten in vielen Schattierungen. Es schien ihr, als würde die verbrauchte Luft des Tages von diesen letzten Sonnenstrahlen rein gewaschen werden. Kindergeschrei, Eimerklappern, Stampfen, lebendiges afrikanisches Leben. Sie sah, wie Dr. Stern in seinem Auto den Hof verließ. Ihr Herz begann ruhiger zu schlagen. Für einen Moment blieb Anna stehen in diesem Kokon aus Wärme und Licht. Ein Kind kam lachend auf sie zugelaufen. Es war Manuel, der mit seiner Mutter seit Tagen hier im Hof lebte, um den Großvater im Hospital zu versorgen. Anna öffnete weit ihre Arme und Manuel rannte mitten hinein. Sie umarmte den Kleinen, er legte seine Ärmchen um sie. Körperkontakt war eine Sprache, die sie nie verlernt hatte. Manuel lief zurück zu seiner Mutter. Zu ihrer Verwunderung stellte Anna fest, dass sie sich plötzlich glücklich fühlte.

Sie eilte hinüber in die Kapelle. Sie war spät dran. Die purpurfarbenen Blätter der mächtigen Bougainvillea am Eingang zum Konvent bewegten sich leicht im Abendwind. Sie betrat die Kapelle, nahm leise ihren Platz ein. Unter gesenkten Lidern heraus beobachtete Anna die Gesichter der Schwestern, die ganz in das Rezitieren eines Chorals versunken zu sein schienen. Anna beugte ihren Kopf, fasste an ihr Kreuz über der Brust. Der Tag mit vielen Pflichten und Aufgaben hatte sie zurechtgerückt.

„Herr vergib mir", betete sie, „dass ich dich manchmal verlassen habe. Ich bin oft schwach. Meine Seele fühlt sich dann an wie ein Schiff, das auf schwerer See treibt."

Beim Abendessen hieß das Lächeln ihrer Mitschwestern sie willkommen. Die Mutter Oberin nickte ihr liebevoll zu. Als Anna in ihre Zelle kam, hatte jemand ihr eine Blüte ins Zimmer gestellt. Sie kniete sich auf den Fußboden.

„Herr, ich danke dir", betete sie, „dass du mir heute geholfen hast. Ich weiß wieder, wer ich bin. Ich weiß um den Weg, den ich gewählt habe, dem will ich gerecht werden."

Trotz ihrer Müdigkeit und obwohl es ihr besser ging, lag sie lange wach in dieser Nacht und dachte über das Leben nach. Die Familie in Afrika gestattete kein eigenes Leben, dachte sie. Genau wie bei uns im Kloster. Aber diese Familie gibt auch Halt, Geborgenheit und fängt auf. Voller Zuversicht drehte sie sich auf die Seite, zog das dünne Laken über sich. Sie wusste jetzt wieder, dass das Leben die Macht hatte, täglich zu verändern und zu erneuern. Ihr Herz fühlte sich leichter an.

6

Mit strahlendem Lächeln betrat Maggie die Ankunftshalle, wo ihre Freundin auf sie wartete. Während des Fluges war sie weit abgedriftet mit ihren Gedanken. Sie hatte sich gefühlt wie in einem

Traum. Patrick, Lalimete, Lina, Schwester Anna, Conzales ... Afrika und seine Menschen ... Als das Flugzeug in München zur Landung ansetzte, war ihr, als beträte sie eine fremde Welt.

Das Erste was Maggie an Carmen entdeckte, waren die leuchtenden Farben ihres Kleides. Dazu trug sie üppigen, phantasievollen Modeschmuck. Carmens Gesicht war überaus fein gezeichnet, dunkle Locken umhüllten es wie eine Aureole, Erbe ihrer spanischen Mutter. Ihre Augen hatte sie mit Kajal schwarz umrandet. Überschwänglich winkend, eilten die beiden Frauen aufeinander zu, umarmten, drückten und küssten sich.

„Bin ich froh, dass du wieder da bist, Maggie! War eine lange Zeit ohne dich."

Carmen hielt Maggie von sich weg, betrachtete sie.

„Wie es dir geht, muss ich wohl nicht fragen. Du leuchtest so."

„Tue ich das?"

„Schon", meinte Carmen.

Sie nahm Maggie den Koffer ab, zog ihn hinter sich her. Die beiden Freundinnen hängten sich beieinander ein.

„Was macht unsere Lina?"

„Viele, liebe Grüße und sie freut sich auf euch. Sie hat mir einen Brief für dich mitgegeben."

Über Lina und Lalimete plaudernd, verließen sie den Flughafen und gingen zum Parkplatz. Maggie fröstelte. Sie trug nur eine leichte Jacke.

„Ziemlich kühl für die Jahreszeit", meinte Maggie.

„Kühl nennst du das? Der ganze Sommer war eine nasse Katastrophe, anders als bei dir."

Auf dem Parkplatz angekommen, suchte Carmen ihren Schlüssel, wie immer.

„Das alte Lied", lachte Maggie fröhlich.

Seit sie sich kannten, und das war über zehn Jahre her, suchte Carmen ihren Schlüssel.

„Verflixt, der muss doch irgendwo sein!"

Dabei kramte sie tief in ihrer riesigen Tasche herum. Endlich fand sie ihn.

„Hab ihn!"

„Auch wie immer!"

Maggie betrachtete Carmen, sie wirkte schlanker als vor fünf Wochen.

„Hast du abgenommen?", fragte Maggie, als sie am Auto ankamen.

„Nur gut kaschiert!", freute sich Carmen.

Seit Maggie Carmen kannte, haderte diese mit ihrem Gewicht. Dabei stand ihr das Molligsein überaus gut und sie verstand es, sich raffiniert zu kleiden.

Carmen öffnete den Wagen, sie stiegen ein und fuhren los. Über das Land hatte sich ein Hauch von Herbst gelegt, der Sommer war Mitte September offenbar vorbei. Die Blätter der großen Kastanienbäume zeigten sich in rötlichem Braun, manche Äste waren schon kahl.

Als sie auf der Autobahn Richtung München fuhren, setzte die Dämmerung ein.

„Du bist verliebt", stellte Carmen fest. „Stimmt's?"

Maggie sah ihre Freundin verschmitzt von der Seite an, antwortete zunächst gar nichts.

„Spann mich nicht auf die Folter." Carmens Stimme klang energisch.

„Ja, ja, ja, ich bin verliebt!"

Dabei reckte und streckte Maggie sich ausgiebig.

„Und, in wen?"

„Du erfährst alles."

„Das hoffe ich doch."

Carmen schlug mit der Hand aufs Lenkrad. „Wie herrlich, verliebt zu sein. So was sollte mir auch mal wieder passieren."

„Aber Carmen, du hast doch eine tolle Familie."

„Stimmt, da fahren wir jetzt hin, die warten schon."

Als sie das in einem Vorort gelegene Haus erreichten, kam Michael, Carmens fast sechsjähriger Sohn, ihnen entgegengelaufen. Er hatte draußen gewartet.

„Maggie, Maggie", rief er begeistert, als er das Auto kommen hörte.

Maggie stieg aus, breitete die Arme weit für ihr Patenkind aus, herzte und drückte es.

„Du musst dich sofort hinsetzen und mir zuhören", rief der Junge und zog sie an der Hand ins Haus. Dort dirigierte er sie ins Wohnzimmer auf die Couch.

„Setz dich!", befahl er.

Maggie setzte sich. Er sah so süß aus mit seinen dunklen zerzausten Haaren. Michael nahm ein aufgeschlagenes Buch und begann stotternd zu lesen:

„… die kleine Afrikanerin Rebecca sollte in Susannas Familie ein neues Zuhause finden, aber das war nicht so einfach. Rebecca fühlte sich fremd …"

Maggie fand es rührend, wie er da saß und mit großem Eifer eine Geschichte aus Afrika vorzulesen versuchte. Mit manchen Worten hatte er große Mühe, aber er gab nicht auf.

„Unser Sohn hat in den Ferien lesen gelernt!"

Klaus, war ins Zimmer gekommen, um Maggie zu begrüßen.

„Er hat sich diese Überraschung für dich ausgedacht, was sagst du dazu?"

„Großartig, Michael. Wie ist dir das gelungen?"

Michael knickte eine Seite in dem Buch ein und klappte es zu.

„Ich habe mit der Oma in Spanien jeden Tag gelesen."

„Hast du gut gemacht."

Klaus beugte sich hinunter zu seinem Sohn und streichelte ihm über die Wange.

Maggie erinnerte sich daran, wie schwer es für Klaus und Carmen gewesen war, überhaupt ein Kind zu bekommen. Mit 34 Jahren erst war Carmen Mutter geworden und Klaus ging schon auf die fünfzig zu. Stolz blickte Michael von einem zu anderen, dann schlug er sein Buch wieder auf und wollte weiter lesen.

„Michael, wir haben doch für Maggie was Tolles gekocht. Das essen wir jetzt. Danach kannst du weiter vorlesen."

„Versprochen, Papa?"

„Versprochen!"

Michael klappte das Buch zu, rutschte von der Couch und lief nach draußen.

„Gut siehst du aus, Maggie", sagte Klaus. „Irgendwie strahlend. Afrika hat dir gut getan."

Maggie nickte. „Sehr gut, Klaus."

Er legte den Arm und sie. Gemeinsam gingen sie hinüber ins Esszimmer.

Carmen hatte Gemüsekuchen mit Salat vorbereitet, danach gab es bayerische Creme. Maggie langte tüchtig zu und erzählte während des Essens viel von Afrika. Patrick erwähnte sie nur am Rande. Wobei Carmen bei dem Namen Patrick aufhorchte und Maggie fragend anblickte. Nach dem Essen überreichte Maggie die mitgebrachten Geschenke. Für Carmen einen Pagne, für Klaus eine Bronzefigur, für Michael eine Giraffe aus Holz. Aufmerksam betrachtete Michael die Giraffe, drehte sie in verschiedene Richtungen.

„Leben die dort, wo du warst?", fragte er.

„Leider nein, Michael, in Westafrika, gibt es nicht mehr so viele Tiere wie früher. Giraffen gibt es mehr in Ostafrika."

Michael überlegte. „Woher wissen die dann, wie die aussehen?"

„Nun, es gibt Zeichnungen und Fotos von den Tieren."

„Und Löwen, Tante Maggie, gibt's die?"

„Nein, Michael, die gibt's auch nicht mehr. Aber Affen, viele verschiedene Arten, und Schlangen und andere Tiere."

„Dann auch keine Geparden, oder?"

„Nein."

Er war ein wissbegieriges Kind. Nächstes Jahr kam er in die Schule. Sie wusste noch genau, wie sie ihn als neugeborenes Baby im Arm hielt, wie glücklich alle waren.

„Hör mal, Michael", Maggie berührte liebevoll seine Hand.

„Deine Tante Maggie ist sehr, sehr müde. Ich bin heute ganz früh in Afrika losgeflogen und möchte bald nach Hause. Das verstehest du doch?"

„Hast du viel vom Flugzeug aus gesehen?"

„Natürlich. Die Wüste, den weißen und den roten Nil und noch viel, viel mehr. Wenn wir uns treffen, zeige ich dir alles auf der Landkarte."

Michael nickte begeistert.

„So, Michael, jetzt ist es genug mit der Fragerei. Mama bringt Tante Maggie nach Hause."

„Und wir beide lesen weiter", erklärte Klaus seinem Sohn.

„Ja!", rief Michael, stand vom Tisch auf und rannte ins Wohnzimmer.

***

„Es ist Patrick", stellte Carmen fest.

Die beiden Frauen hatten es sich in Maggies Wohnung auf der großen Couch bequem gemacht. Maggie saß im Eck zwischen aprikotfarbenen Seidenkissen, Carmen saß an die Wand gelehnt, ein Kissen vor sich auf dem Schoß.

„Ja, Patrick. Richtig geraten."

„Hab ich mir gedacht, so, wie du diesen Namen aussprichst. Und, wer ist er?"

Die beiden sahen sich an.

„Spann mich nicht auf die Folter", rief Carmen und warf das Kissen nach Maggie.

Die fing es spielerisch auf, legte es neben sich.

„Du bist immer so direkt, Carmen."

„Also, leg los, ich bin neugierig."

Maggie erzählte von Patricks Tätigkeit als Arzt und wie sie sich kennen gelernt hatten. Carmen hatte sich inzwischen rücklings auf die Couch gelegt und lauschte mit geschlossenen Augen.

„Wie schön", seufzte sie. „Wie schön, wie schön! Weißt du was, Maggie, ich beneide dich ein wenig um dieses verrückte Gefühl."

„Aber Carmen, du hast doch einen Mann."

„Trotzdem hätte ich gerne mal wieder Schmetterlinge im Bauch."

„Patrick ist verheiratet", warf Maggie unmittelbar in den Raum.

„Was, verheiratet?"

Carmen setzte sich mit einem Ruck auf, öffnete die Augen und schaute Maggie skeptisch an. „Und jetzt?"

„Patrick und seine Frau Britta leben seit Jahren nicht mehr zusammen, sie führen keine Ehe mehr."

„Sagt er?"

„Ja, sagt er."

„Und dein Patrick sagt die Wahrheit?"

„Ich denke schon."

„Maggie, ich weiß nicht, das erzählen doch alle." Ihre Stimme klang skeptisch. Verflogen war mit einem Mal die gefühlvolle Stimmung. Plötzlich hatte sich ihr Gespräch in eine Richtung bewegt, die Maggie so nicht wollte.

„Bitte, Carmen, lass mir meine Illusion", stieß Maggie fast verärgert hervor.

Sie sprang von der Couch auf, lief unruhig umher.

„Ich habe seit Langem wieder Gefühle erlebt, die mir so gut taten. Ich will dieses wunderbare Gefühl behalten, verstehst du. Also, hör auf so zu reden. Ich will mich jetzt nicht mit Problemen belasten und über Eventualitäten spekulieren."

Lange schwiegen die beiden. Carmen tat es leid, ihre Freundin so verunsichert zu haben. Sie erhob sich, fasste Maggie am Arm.

„Bleib mal stehen, du unruhiger Geist. Du hast recht und ich bin ein Dummkopf."

Carmen strich ihrer Freundin eine Strähne aus dem Gesicht, drückte sie an sich.

„Genieße deine Gefühle."

Maggie lehnte sich an Carmens Schulter.

„Das tue ich."

Carmen nahm die beiden Champagnergläser vom Tisch, reichte eines davon Maggie.

„Auf die Liebe, Maggie."

„Ja, auf die Liebe."

Als Carmen ihr Glas absetzten wollte, stolperte sie über die am Boden liegenden Schuhe und verschüttete den Champagner. Beide fingen an zu lachen. Carmen nahm die Flasche und goss den Rest in die Gläser. Sie stießen erneut miteinander an.

„Soll sie leben, diese Liebe! Du und ich, wir glauben doch fest daran, dass es so etwas wie eine Bestimmung gibt. Wenn zwei Menschen zusammengehören, kann niemand auf der Welt etwas dagegen tun. Sie selber am wenigsten."

***

Carmen war gegangen. Mit einer Tasse Espresso trat Maggie auf ihren Balkon. Die purpurfarbenen Glockenblumen standen noch in voller Blüte. Unten im beleuchteten Garten waren die Ebereschen während ihrer Abwesenheit rot geworden. Ein Eichhörnchen sammelte Nüsse als Vorrat für den Winter. Was Patrick wohl gerade tat? Ob er an sie dachte? Wie nah sie sich gekommen waren in wenigen Stunden. Vieles war geschehen in diesen Wochen in Afrika. Tief innen spürte sie mit großer Gewissheit, dass die Begegnung mit Patrick ihr Leben entscheidend verändert hatte. „Vertrau mir", hatte er gesagt. Und das tat sie mit großer Sehnsucht im Herzen.

Sie ging zurück in ihre Wohnung, sie war so müde und gleichzeitig aufgedreht. Sie legte sich auf die Couch, verschränkte die Arme hinter dem Kopf, döste mit geschlossenen Augen vor sich hin. In vier Tagen, am 15. September begann das neue Schuljahr. Sie freute sich auf ihre Schulkinder. Bald schon überfluteten sie andere Bilder. Sie sah dunkelhäutige Frauen, wie sie majestätisch am Straßenrand dahinschritten. In der Art, wie sie die Lasten auf ihrem Kopf balancierten, ihre Kinder in Tüchern auf dem Rücken trugen, wie sie die Wasserkrüge füllten, lag unendlich viel Leben. Maggie spürte noch immer die warmen, schönen Nächte mit dem endlos bestirnten Firmament. Mit einem Lächeln im Gesicht schlief sie ein. Das Letzte, was sie vom Tage mitnahm, waren Gedanken an zwei Liebende unter einem Moskitonetz, die sich irgendwo in Afrika eine Auszeit von der Welt genommen hatten.

***

Patrick schob seinen Stuhl zurück, legte die Beine auf den Schreibtisch und verschränkte die Arme hinter dem Kopf. Mein Gott, war er müde. Diese Nachtdienste laugten ziemlich aus. Nach einem schweren Tag war die Nacht heute ruhiger geblieben als sonst. Dennoch, Mark Seeberger fehlte überall und Guidetta ging ihm langsam auf die Nerven mit ihren Sticheleien. Er sah auf seine Armbanduhr. Gleich Vier. Für kurze Zeit schloss er die Augen und musste sich sehr beherrschen, nicht einzuschlafen. Er dachte an Maggie, an das wunderbare Gefühl, dass es sie gab. Patrick nahm die Füße vom Tisch, stand auf, reckte und streckte sich und trat durch die offen stehende Tür aus der Ambulanz hinaus in den langen Gang. Nur das Surren des großen Deckenventilators war zu hören. Ganz am Ende des Gangs hielt Schwester Veronika Nachtwache. Vertieft in ein Buch, blickte sie fast erschrocken auf, als Patrick sich ihr näherte. Sie legte das aufgeschlagene Buch umgekehrt neben sich auf den Tisch.

„Ich gehe frische Luft schnappen, Schwester Veronika", beruhigte Patrick sie.

„Ist gut, Dr. Stern."

Sie sah ihm nach, wie er die Türe zum Hof öffnete und in die Nacht hinaustrat. Sie mochte ihn gerne, diesen groß gewachsenen, gut aussehenden Mann, der viel für die Menschen tat. Aber Doktor Seeberger, den mochte sie noch lieber. Der war ihr Herzensbube. Einmal hatte er sie hochgehoben, herumgeschlenkert und sie herzlich zum Lachen gebracht. Wenn sie eine junge Frau wäre, würde sie ihn gerne kennenlernen. Aber, was dachte sie denn da? Erschrocken legte sie sich die Hand auf den Mund. Es war nicht recht, so zu denken! Sie war eine Ordensfrau. Schon mit achtzehn hatte sie sich fürs Kloster entschieden. Auf Freuden verzichtet, die sie nicht kannte. Sie hatte die Liebe zu Gott der zu einem Mann vorgezogen. Bei ihrem Eintritt in den Orden vor über vierzig Jahren waren ihre Energien ganz und gar in ihr neues Leben geflossen, und das war noch immer so. Sie hatte es nie wirklich infrage gestellt, so wie etwa Schwester Anna, die darunter litt. Obwohl niemand im Konvent darüber sprach, war dies ein offenes Geheimnis. Hoffentlich tat sie nichts Unüberlegtes. Schwester Anna war manchmal so temperamentvoll.

Patrick setzte sich draußen auf die Treppenstufen. Ein wunderbarer Sternenhimmel schmückte das Firmament. Sein Vater hatte ihm einst die Sterne erklärt. Plötzlich stand ihm seine Kindheit vor Augen. Er sah den lange schon verstorbenen Vater vor sich. Wie sehr war dieser bedacht auf starke Tugenden, wie Leistung, Gehorsam, Zuverlässigkeit. Aber Liebe und Zuneigung, die waren ausgeschlossen, wie sonst hätte er so grausam sein können, ihn der Mutter bei der Scheidung wegzunehmen und ins Internat zu stecken. Er war gerade mal sechs Jahre alt gewesen und hätte seine Mutter sehr gebraucht. Wie gehemmt ich war als Jugendlicher, dachte Patrick. Ständig war da dieses Gefühl, dass alle anderen Personen besser, intelligenter waren als er. Damals habe ich mich entwurzelt gefühlt, wie ein Heimatloser. Da war immer wieder die Angst fühlbar, auch als Erwachsener, nicht der Anständige zu sein. Wie sehr hatte er sich in die Ehe mit Britta gestürzt, beide waren sie verlorene mutterlose Kinder gewesen. Und auch später noch war er immer wieder auf der Flucht. Vor der Vergangenheit, vor seiner vermeintlichen Schuld, vor Verbindlichkeit und Nähe. Aus dem gleichen Grund hatte er sich in eine Affäre mit Guidetta geflüchtet. Doch bevor ihm jemand zu nah kommen konnte, lief er weg. Im Beruf war das etwas anderes. Da galt es, Aufgaben zu meistern.

Die Begegnung mit Maggie hatte vieles in ihm aufgerüttelt. Obwohl sie sich nicht gut kannten, fühlte er, dass sein Leben eine entscheidende Wende erfahren hatte. Mit dem Abstand von Tausenden von Kilometern schien es ihm plötzlich merkwürdig, dass er sich immer noch hilflos fühlte, was Britta anbetraf.

„Britta will mir die Verantwortung für ihr Leben, für ihr Glück und Unglück zuschustern", murmelte er leise vor sich hin, „aber das lasse ich nicht mehr zu."

Wieder sah er hinauf, zu diesem erhabenen Sternenhimmel. Maggie – sie war voller Wärme und Lebendigkeit. Er sah sie vor sich. Die goldenen Sprenkel in ihren Augen, die gekräuselten Linien auf dem Ansatz ihrer kleinen Nase, wenn sie lachte. Der widerspenstige Mund, der ihre Neigung zum Rebellieren verriet. Ich möchte bei ihr sein, sie kennenlernen, dachte er. Es kann nicht einfach aufhören zwischen uns. Ich möchte Maggie nicht verlieren, ich will die Scheidung. Unsere Ehe besteht doch schon lange nicht mehr. Ich muss mich meiner Vergangenheit stellen. Ich habe nur diese eine Chance. Er schloss die Augen, tief innen fühlte sich das gut und richtig an.

„Dr. Stern, bitte kommen Sie schnell!" Schwester Veronikas Stimme klang eindringlich.

Man brachte eine dreizehnjährige, stark blutende Schülerin. Ein Abtreibungsversuch war misslungen. Schwester Veronika rief auch

Dr. Marrozzi zu Hilfe. Als die Nonnen im Dunklen hinüberschritten, um die ersten Morgengebete zu sprechen, schien das Mädchen gerettet.

Nach dieser Notoperation übernahm Guidetta den Dienst, sie beachtete Patrick kaum. Aber das war ihm egal. Er sehnte sich nach Schlaf und Ruhe, obwohl ihn die Sache mit dem Mädchen wütend gemacht hatte. Schutz von Minderjährigen und Abhängigen war in Afrika vielerorts noch ein Fremdwort.

***

Klar und sonnig zeigte sich der frühe Morgen, als Patrick zu seinem Wagen ging und losfuhr. Trotz seiner Müdigkeit fühlte er, dass er noch nicht schlafen konnte. Am Fuß der Alou-Berge stellte er das Auto ab. Ein schmaler Pfad führte nach oben. Gemächlich, achtsam schritt er dahin, langsam einen Fuß vor den anderen setzend. Bunte Vögel schwebten mit ausgebreiteten Flügeln über das Land. Der Himmel zeigte sich azurblau. Korallenrot blühende Büsche setzten leuchtende Punkte. Fröhliche Gesichter kamen ihm entgegen, wollten wissen, wohin er ging, wünschten ihm einen guten Weg.

Sein Pfad wurde breiter, gesäumt von Kasuarini- und Kapokbäumen mit wellenförmig in den Boden auslaufenden Wurzeln. Regen- und Trockenzeiten hatten sich auch in diesem Land verschoben. Bald erreichte er ein Plateau. Felder mit blühenden Kaffeesträuchern breiteten sich vor ihm aus. Kronen afrikanischer Tulpenbäume leuchteten wie Feuer. An einem kleinen Bach setzte er sich auf den Boden, benetzte sein Gesicht. Avocadobäume spendeten leichten Schatten. Mit einem Gefühl tiefer Ruhe blickte Patrick ins Land und sinnierte über die Zeit, die über das Leben der Menschen herrschte. Gefühlte Zeit und nicht gefühlte Zeit, Zeit die wir haben, Zeit die wir nicht haben. Es gibt nur einen Moment, wo die Zeit uns nicht im Griff hat. In den Momenten der Liebe und im

Tod, dachte er. Plötzlich stieg eine seit Langem so nicht mehr empfundene Leichtigkeit in ihm auf. Jahre bedeuteten nichts, nur was in ihnen geschah war wichtig. Es lag an ihm, seine Zeit zu nutzen. Noch nie war ihm ein Mensch so nahe gekommen wie Maggie. Er würde heimfahren und ihr genau das schreiben. Patrick hoffte aus ganzem Herzen, dass es nicht allzu lange dauern würde, bis er sie wiedersah.

7

Die langen Sommerferien waren vorbei. Maggie hatte sich sehr auf ihre Schulkinder gefreut. Sie mochte alle, manche ganz besonders. Sie kannte die Verhältnisse, unter denen sie aufwuchsen. Gleich nach der ersten Pause war Larissa zu ihr gekommen, deren Eltern taubstumm waren. Ein blondes Elfenwesen mit unendlich blauen Augen, welches die Gebärdensprache perfekt beherrschte. Sie hatte in den Ferien ihre Großeltern in Brasilien besucht und wollte unbedingt davon berichten.

„Wir haben als Geschenk eine tolle Überraschung bereitet", hatte sie aufgeregt erzählt. „Meine Mama hat ganz viele Bilder gefotot und daraus ein gefototes Buch als Geschenk gemacht."

Mit großen Augen hatte sie Maggie dabei angesehen, sie war sich der Aufmerksamkeit der anderen Kinder gewiss. Larissa brauchte dieses Beachtetwerden in hohem Maße. Bald wollte jeder was erzählen. Alle redeten durcheinander und Maggie musste Einhalt gebieten.

Als sich nach diesem ersten Schultag das Klassenzimmer leerte, sah Maggie den Kindern versonnen hinterher. Kinder waren schon was Besonderes. Sie sehnte sich danach, selber welche zu haben. Seit Patrick in ihr Leben getreten war, dachte sie unaufhörlich an ihn.

Obwohl sie diesen Mann nicht wirklich kannte, war er kein Fremder. Sie besaß nicht einmal ein Bild von Patrick und er keines von ihr. Mehrere Male hatte sie ihm schon geschrieben. Sie hoffte inständig, dass er bald von sich hören ließ.

Plötzlich bemerkte sie Pelin, die sich immer noch im Zimmer herumdrückte.

„Pelin, warum gehst du nicht nach Hause?"

„Frau Neumaier, ich will dir was sagen."

„Ja?" Maggie ging zu Pelin hin.

Pelin zögerte ein Weilchen, dann sprudelte es nur so aus ihr heraus.

„Meine Mama, die hat in den Ferien in einem Ei ein Kind gehabt. Dann ist das Kind im Ei gestorben. Und die Mama ist in die Klinik gekommen. Und weißt du was, dann ist noch der Fruchtsaft fortgelaufen und das war sehr schlimm."

Maggie schluckte, ging in die Hocke und nahm Pelin in den Arm. Diese Geschichte berührte einen wunden Punkt in ihr. Lange hatte sie nicht mehr daran gedacht.

Als ihre Mutter eine Fehlgeburt erlitten hatte, war ihr Vater gegangen und hatte sie beide alleine gelassen und sie hatte sich schuldig gefühlt.

Maggie erhob sich, nahm Pelins Hand. Diese blickte sie mit großen, braunen, dicht bewimperten Augen an.

„Alles fort", meinte sie ernst und entzog ihre kleine Hand.

„Jetzt ist Mama traurig und ich auch!"

Maggie holte tief Luft.

„Und dein Papa, ist er auch traurig?"

„Sehr. Aber jetzt ist er bei seiner Mama in der Türkei", rief Pelin. Sie drehte sich um, nahm ihre Schultasche. „Ich gehe jetzt nach Hause". rief sie fröhlich und hüpfte aus dem Klassenzimmer, so, als hätte es diese Geschichte nie gegeben.

Maggie stellte ihre Tasche im Wohnzimmer ab, knöpfte sich die Jacke auf, warf sie auf die Couch und ließ sich in einen Sessel fallen. Sie schloss die Augen, lehnte den Kopf nach hinten. Seit Pelin ihr diese Geschichte erzählt hatte, ging es ihr gar nicht gut. Es war, als wäre etwas Elementares in ihr berührt worden, was sie bisher verdrängt hatte, und das tat sie auch jetzt. Fort mit diesen dummen Gedanken, olle Kamellen. Das brachte doch alles nichts. Vergangen ist vergangen.

Entschlossen stand Maggie auf, um sich was zu essen zu machen. Doch was sie auch tat, ihre Betroffenheit hielt lange noch an.

***

Oktober, der Herbst zog ins Land. Die ersten Blätter fielen und mit ihnen die glänzenden Rosskastanien in ihren flaumigen Hüllen. Begeistert klaubten Maggies Schulkinder sie vom Boden auf. Gemeinsam brachten sie die Kastanien zum Förster, der im Winter das Wild damit füttern konnte. Sie erhielten etwas Geld. Davon gingen sie ein letztes Mal für dieses Jahr Eis essen. Den fehlenden Betrag legte Maggie drauf.

An einem stürmischen, ungemütlichen Herbstabend hatte Maggie Kollegen zu sich eingeladen, um Fotos zu zeigen und über ihre Zeit in Afrika zu erzählen. Sie merkte gar nicht, wie begeistert sie von den fliegenden Ärzten sprach und Patricks Namen immer wieder erwähnte.

„Rosige Wangen, leuchtende Augen und ein Männername", zog einer sie auf. „Höre ich da was Bestimmtes heraus?"

„Ja, ja", meinte Carmen. „Ich sehe uns schon alle zu Besuch bei Maggie unter dem afrikanischen Himmel."

„Lehrer brauchen die immer, und Französisch sprichst du ja gut", meinte Christian, einer ihrer liebsten Kollegen.

Sie verbrachten einen fröhlichen Abend miteinander und als sie fort waren, stellte Maggie fest, dass die Kollegen gar nicht so Unrecht hatten. Seit Patrick in ihr Leben getreten war, ertappe sie sich dabei, an eine gemeinsame Zukunft mit ihm zu denken. Und ja, es gab diese Sehnsucht nach der Üppigkeit der Tropen, nach diesem anderen Leben. Als Patricks erster Brief gekommen war, hatte ihr Herz einen Freudensprung gemacht. Er fühlte wie sie. Nur einen einzigen Brief von all ihren Briefen hatte er bisher erhalten. Umgekehrt funktionierte das besser. Er gab die Post jemandem mit, der nach Europa flog. Einmal hatte er versucht sie anzurufen. Zwischen endlosem Rauschen konnten sie sich dennoch spüren. Es war wunderbar gewesen, seine Stimme zu hören. Bald würde er seinen Heimaturlaub antreten und nach Deutschland kommen.

Der November hielt Einzug und mit dem trüben Wetter veränderte sich Maggies Innenleben. Patricks Reise nach Deutschland verschob sich Woche um Woche. Die Zeit seit ihrer Begegnung erschien Maggie plötzlich weit weg zu sein. Hatte sie sich was vorgemacht? Unruhe ergriff sie. Da war eine mahnende Stimme.

Du verrennst dich da in was. Er ist verheiratet, eine Urlaubsliebe ...

Ob sie ihn vergessen sollte? Sie hatte nicht nur einmal erfahren, wie wenig sie Männern vertrauen konnte. Warum sollte es hier anders sein? Seine Ehe ist eine Tatsache, Maggie, hatte Carmen sie ermahnt. Doch da war auch eine andere Stimme in ihr, die flüsterte: „Du willst ihn nicht verlieren. Wie wär's mit Vertrauen."

***

An einem Samstagvormittag Anfang Dezember spazierten Carmen und Magie durch den englischen Garten. Dicke Schneewolken hingen am Himmel Die Bäume waren völlig entlaubt, heftiger Wind blies den beiden Frauen ins Gesicht. Maggie ging es nicht gut. Sie war voller Zweifel, was Patrick betraf. Länger hatte sie nichts von ihm gehört.

„Es bringt kein Glück, wenn du diese Geschichte vorantreibst", sagte Carmen, als sie den Monopteros hinaufstiegen. „Er hat eine Ehefrau. Vielleicht ist er einfach nur klug und hält sich zurück." Maggie blieb stumm. Oben angekommen schauten sie über die Stadt mit den vielen Türmen. Es war einer von Maggies Lieblingsplätzen, sie lebte gerne in München.

„Vielleicht ist er ja auch nur feige", wandte sich Maggie an Carmen und zog ihren Schal fester um sich.

„Ja, vielleicht."

Die beiden Frauen hingen ihren Gedanken nach.

„Ich bin hin- und hergerissen zwischen Vertrauen und Zweifel", rief Maggie aggressiv, dabei stützte sie sich mit beiden Armen auf das Geländer, als wollte sie sich daran festhalten.

„Was schreibt Lina denn?"

„Dass sie ihn zweimal kurz im Hospital gesehen hat."

Carmen betrachtete ihre aufgewühlte Freundin. Lina war kein Maßstab, die hatte genug mit sich und ihrer baldigen Rückkehr zu tun. Jetzt muss Schluss sein mit den düsteren Gedanken, entschied sie.

„Ich lasse mir doch von deinem idiotischen Liebeskummer nicht den Tag verderben", rief sie aufgebracht und zog Maggie energisch vom Geländer weg und hinter sich her den Monopteros hinunter.

„Was hat deine Großmutter immer gesagt?"

Die beiden Frauen waren unten angekommen.

„Je schlechter es dir geht, Kind, desto besser musst du es dir gehen lassen", antwortete Maggie und grinste zum ersten Mal.

„Genau! Nicht umsonst bin ich heute als Mutter, Hausfrau, Ehefrau, Köchin, Lehrerin, Geliebte und was weiß ich noch alles frei von allen Verpflichtungen", rief Carmen. „Das werden wir doch wohl zu nutzen wissen!"

„Die Geliebte hast du zuletzt genannt", lachte Maggie und hängte sich bei ihrer Freundin ein.

Wie recht sie doch hat, dachte Carmen. Der schwierigste Spagat war wohl, wenn die Geliebte zur Mutter wurde.

***

Als Maggie in der nächsten Woche von der Schule nach Hause lief, war es schon dunkel. Leichter Schneefall hatte eingesetzt. Sie hob ihr Gesicht zum Himmel, fühlte die zarten Flocken. Es ging ihr wieder besser. Sie hatte bis jetzt in der Schule Hefte korrigiert und den nächsten Tag vorbereitet. Auf diese Weise blieb ihr daheim mehr freie Zeit. Als Maggie die Haustüre aufsperrte, entdeckte sie einen Aufkleber auf ihrem Briefkasten: *Telegramm*.

Aufgeregt, sperrte sie den Briefkasten auf. Im ersten Impuls wollte sie das neutrale Kuvert aufreißen. Dann besann sie sich. Nein, sie würde das Telegramm in der Wohnung lesen. Sie schloss die Wohnungstüre auf, ging hinein, legte ihre Sachen ab und riss erst einmal Fenster und Balkontüre auf. Sie legte das Telegramm auf den Wohnzimmertisch. Ihr Herz klopfte wie verrückt. Mein Gott, war sie aufgeregt. Nach einer Weile schloss sie Fenster und Türen, zündete eine Kerze an, nahm das Kuvert und öffnete es.

Komme nach Deutschland, würde Dich gerne ab dem 28. Dezember etwa für drei Tage auf neutralem Boden!!! treffen. Möchtest Du? Patrick

8

Patrick hatte viele Stunden in der Nacht wach gelegen. Inzwischen war der Morgen gekommen. Die Uhr zeigte 7.00 Uhr. Draußen war es noch dunkel. Patrick setzte sich auf, rieb die Augen, nahm das Wasserglas vom kleinen Tisch neben dem Bett und trank einen großen Schluck. Seine Stimmung war auf dem Nullpunkt. Er spürte, wie er unbewusst die Hände zu Fäusten zusammengepresst hatte. Wut und Schuldgefühle wechselten sich in ihm ab. Seine Brust fühlte sich eng an. Er griff an sein Herz, jetzt nicht auch noch ein Herzproblem, dachte er, versuchte ruhiger zu atmen und legte sich wieder auf den Rücken. Alles war aus dem Ruder gelaufen gestern Abend. Sie hatten sich angeschrien, ihre Wortgefechte waren immer härter geworden, gingen unter die Gürtellinie. Ich hatte mit ihr ruhig sprechen wollen, dachte er, das war doch der Grund, warum er heimgekommen war. Heim, wie das klang. Nein, ein Heim war es nicht mehr, dieses Haus, das er und Britta vor Ewigkeiten mit großen Gefühlen bewohnt hatten.

Manche gehen los, um irgendwo anzukommen, hatte Britta ihm vorgeworfen. Und manche gehen um des Gehens willen, bis die Nebel sich lichten, die Verzweiflung sich legt oder man weiterdenken kann. Bei dir habe ich das Gefühl, dass du immer nur gehst. Fort, fort, fort.

Mit der Hilflosigkeit der zutiefst verletzten Seele hatte Britta ihm dies entgegengeschleudert.
Dann hatte sie sich umgedreht, die Türe zugeschlagen und war gegangen. Die Waffen der Frauen. Sie hinterließen keine blauen Flecken, dafür tiefe Wunden in der Seele eines Mannes. Warum nur konnte sie nicht akzeptieren, dass ihre Ehe nicht mehr funktionierte. Er hörte, wie Britta drüben aufstand und nach unten ging. Eine Fremde. Sie waren Lichtjahre voneinander entfernt. Wie sollte er heute, unter diesen Umständen, Maggie gegenübertreten? Sie schien so weit weg, als hätte ihre Begegnung in einem anderen Leben stattgefunden. Auch das war jetzt egal, ihm fehlte jeglicher Antrieb. Schwerfällig erhob er sich und ging ins Bad. Er betrachtete sein Gesicht im Spiegel, er sah furchtbar aus. Schon lange hatte er nicht mehr so viel getrunken wie gestern. Er hatte sich davongemacht mit dem Bedürfnis, hemmungslos zu saufen.
Als er nach unten kam, hatte Britta den Frühstückstisch gedeckt. Sie erschrak über sein Aussehen. In diesem Augenblick erkannte sie, dass auch er tief erschüttert war. Er hatte etwas Verlorenes an sich. Langsam, vorsichtig ging sie auf ihn zu und strich zart über

sein Gesicht. Er schreckte nicht zurück, sondern sah sie an mit einem Blick wie früher.

„Wie geht's dir?", fragte er fast schüchtern und hielt ihre Hand auf seiner Wange fest.

Für einen kurzen Moment war da Nähe. Damals vor einer Ewigkeit hatte es Zeiten voller Liebe gegeben, voller Lust und Begehren, Träumen, Weite und Geborgenheit. Britta zuckte zusammen, nahm ihre Hand zurück. Ihr Gesicht zeigte einen fast gleichgültigen Ausdruck, verriet nichts von dem Schmerz, den der Gedanke, ohne ihn hier zurückzubleiben, in ihr hervorrief. Er betrachtete sie. So viel Verletzlichkeit gepaart mit Stolz und Härte. Plötzlich war ihm klar, dass sie oft um ihn geweint hatte. Nicht nur seinetwegen, sondern auch wegen der Einsamkeit, die er ihr zugemutet hatte. Er war verwirrt, beschämt und irgendwie auch besorgt.

Sie setzen sich an den Frühstückstisch, tranken schweigend Kaffee, keiner wollte essen. Britta betrachtete ihn verstohlen. Wie er so dasaß, wirkte er auf sie wie ein einsamer kleiner Junge. Ob die Dinge sich anders entwickelt hätten, wenn sie mit ihm nach Afrika gegangen wäre? Aber die Tropen interessierten sie überhaupt nicht, sie liebte kalte Länder. Schnee und Eis, das waren ihre Elemente. Warum wollte sie noch immer an einer Ehe festhalten, die nicht mehr bestand? Sie war über sich selbst enttäuscht. Und was sollte ihr Theaterspielen an Weihnachten vor den Verwandten, dass sie ein tolles Ehepaar wären.

„Ich werde es mir überlegen, das mit der Scheidung", hörte sie sich laut sagen. Verwundert blickte Patrick sie an. Er stand auf, ging zu ihr hin und umarmte sie. Britta blieb sitzen. Sie legte eine Hand über ihr Gesicht, damit er den Schmerz nicht sehen konnte, den er ihr zufügte, indem er sie verließ.

Als Patrick ging, war es noch viel zu früh für den Zug. Brittas versöhnliches Verhalten hatte alles verwandelt. Ein großer Felsbrocken war von seiner Brust genommen, er konnte wieder freier atmen. Er stellte den Koffer im Kiosk am Bahnhof in Herrsching ab, dort kannte man ihn. Dann ging er hinunter zum Ammersee, der unter einem Nebelschleier lag. Möwen saßen schreiend auf der hölzernen Anlegestelle. Obwohl es kalt war, setzte er sich dort auf eine Bank. Der See war wie ein Mensch mit einer großen Seele. Diesen See würde er immer lieben, dieser See war sein einziges Zuhause. Hier hatte er sich immer finden können, egal wie schwer es war. Er sah Britta vor sich und ein warmes Gefühl für sie stieg in seinem Herzen auf.

Er griff in die Hosentasche, fühlte das Feuerzeug seines Vaters in der Hand. Sein letztes, kostbares Geschenk an ihn. Er hatte es gestern zufällig gefunden und eingesteckt. Plötzlich fühlte er den großen Drang, das Grab seines Vaters aufzusuchen. Normalerweise hielt er nichts davon. Gräber waren für ihn tote Orte. Er stand auf, atmete tief den See ein, drehte sich um und ging zum Friedhof. Lange verweilte er dort, vor diesem winzigen Grab, hielt stumme Zwiesprache mit seinem Vater.

„Vater, du hast vieles nicht richtig gemacht. Du warst immer streng und du hast mir als Kind meine Mutter genommen. Vieles davon hat mein Leben geprägt. Trotzdem, ich sehe dich heute anders. Sehe deine Zwänge, deine Ängste. Ich sollte es mal besser machen als du, das war dein Antrieb."

Es war ihm, als könne sein Vater ihn sehen und hören, als wäre er da. Patrick fühlte sich mit einem Mal leichter. Der Druck auf seiner Brust hatte wirklich nachgelassen

„Diesmal werde ich es besser machen, Vater", verabschiedete er sich und verließ den Friedhof.

Die Toten sind die Schutzengel der Lebenden, hatte sein Lieblingspater im Internat ihn gelehrt. Da schien was dran zu sein.

***

Während der Zugfahrt nach Österreich ließ Patrick das schneebedeckte Land an sich vorbeiziehen. Dicke Wolken hingen am Himmel. Die Schwere in ihm hatte sich aufgelöst, Vorfreude auf Maggie erfüllte ihn. Als er am frühen Nachmittag Bad Gastein erreichte, ging er erst ins Hotel, regelte alles, mietete einen Leihwagen. Maggie würde am Abend eintreffen. Danach spazierte er durch den Ort, setzte sich in das Café, welches er kannte, und aß ein Stück Kuchen. Es kam ihm vor, als würde er eine vor langer Zeit gelesene Geschichte erleben. Er dachte an Maggie. Er hatte nicht damit gerechnet, dass sie ihm so fehlen würde. Fest trug er ihr Bild in seinem Herzen. Er wünsche sich eine gemeinsame Zukunft. Und doch war er nicht sicher, ob er nicht schon wieder einen großen Fehler beging. Sein Bedürfnis nach einer eigenen Familie war schon immer sehr groß gewesen. Plötzlich kam ihm alles ungeheuerlich vor. Ein verrücktes Begehren war dies. Was würden die wenigen gemeinsamen Tage ihnen bringen? Vielleicht war alles gar nicht so, wie er glaubte? Patrick hatte vor nichts mehr Angst, als noch einmal zu versagen wie in der Ehe mit Britta. Bedauerlicherweise ließ sich seine Welt nicht so einfach ins Gleichgewicht bringen. Aber eines wusste er mit großer Klarheit, dass er mit seiner Ehe abschließen musste, damit das Leben neu weitergehen konnte. Endlich war es Zeit, Maggie abzuholen. Gegen 18.00 Uhr zeigt sich der kleine Bahnhof fast menschenleer. Es hatte zu schneien begonnen. Als der Zug aus München einfuhr, begann Patricks Herz wie verrückt zu schlagen. Plötzlich befiel ihn Angst. Was, wenn Maggie gar nicht kam?

Der Zug fuhr langsam in den Bahnhof ein.
„Bad Gastein, hier Bad Gastein."
Die Stimme aus dem Lautsprecher hatte einen angenehmen Klang. Aufmerksam blickte Maggie nach draußen auf den Bahn-

steig. Ihr Herz schlug Kapriolen, sie war sehr aufgeregt. Was, wenn Patrick gar nicht da war? Sie wüsste nicht einmal die Hoteladresse. War sie verrückt, eine Abenteuerin? Was tat sie denn da? Einen verheirateten Mann treffen. Der Zug kam zum Stehen. Wenige Leute stiegen aus. Ein älterer, freundlicher Herr half, ihren Koffer hinauszutragen. Er tat sich schwer damit.

„Frolleinchen", stöhnte er in Berliner Dialekt, „wat ham se denn da eenjepackt?"

Maggie lachte ihn an und bedankte sich. Mein Gott, für wenige Tage hatte sie wirklich viel dabei. All die Wintersachen und überhaupt. Der Mann stellte ihren Koffer auf dem Bahnsteig ab, zog seinen Hut.

„Auf Wiedersehen, gute Zeit!"

„Ihnen auch!"

Er eilte davon. Maggie schob den Koffer auf die Seite, sah sich um. Alles war hell erleuchtet und weihnachtlich geschmückt. Wenige Menschen befanden sich auf dem Bahnsteig. Bisher hatte sie Patrick nicht entdecken können. Dann erblickte sie ihn. Er trug eine dicke Weste, Cordhosen, einen Hut. Um den Hals hatte er einen Schal geschlungen. Er sah überall hin, nur nicht in ihre Richtung. Schließlich entdeckte er sie, winkte. Wie in Zeitlupe sah sie ihn auf sich zukommen. Mit jedem Schritt, den er machte, schlug ihr Herz schneller. Für einen Moment standen sie sich befangen und sprachlos gegenüber. Er küsste sie zart auf beide Wangen, auf die Stirn, auf die Augen, zuletzt auf den Mund.

„So bald schon sehen wir uns wieder", schmunzelte er, hielt sie von sich weg und betrachtete sie. Dann lag sie in seinen Armen und alles, was an zweifelnden Gedanken in ihnen war, fiel ab. Da waren nur noch Patrick und sie und eine unendlich große Freude. Er nahm ihren Koffer, legte den Arm um sie.

„Komm!", sagte er.

Eng umschlungen verließen sie den Bahnhof. Während der Fahrt redeten sie kaum. Es war, als müssten sie diese Momente, in denen sie noch alles neu erfinden konnten, auskosten. Manchmal sahen sie sich an. Worte waren überflüssig. Einmal, während der Fahrt, strich Patrick mit einer Hand über ihre Wange. Weich fühlte sich ihre Haut an. Ihre langen Ohrringe schaukelten in rhythmischen Bewegungen. Sie berührte sein Herz so sehr und sie war so hübsch, so fraulich, so besonders. Die kurze Nacht in Afrika ging ihm durch den Kopf.

Nach zwanzig Minuten erreichten sie das gemütliche Hotel, außerhalb von Gastein in idyllischer Landschaft gelegen.

„Lassen Sie Ihr Gepäck hier", erklärte der Mann an der Rezeption, „wir bringen es Ihnen aufs Zimmer."

„Nicht nötig, danke", meinte Patrick, ließ sich den Schlüssel aushändigen, packte den Koffer und führte Maggie nach oben.

Er öffnete die Türe, ließ sie eintreten. Patrick stellte den Koffer ab. Das großzügige Zimmer war gemütlich eingerichtet, mit Sitzgruppe und einem breiten Doppelbett. Eine Verbindungstüre führte in ein weiteres Doppelzimmer mit Bad.

„Ich habe mir gedacht, dass du vielleicht gerne ein eigenes Zimmer hättest."

Gerührt blickte Maggie ihn an und nickte. Es waren diese warmen Augen, die ihr Kraft gaben. Sie legte ihre Hände um sein Gesicht und schmiegte sich an ihn. Er schlang die Arme um sie. Zwei Verliebte küssten und streichelten sich und wollten sich nie wieder loslassen. Maggie löste sich als erste von Patrick.

„Ich würde mich gerne frisch machen, ein paar Sachen auspacken."

„Tu das, ich gehe nach unten, trinke was Gutes und warte dort auf dich mit dem Essen."

Im Badezimmer betrachtete Maggie sich im Spiegel. So sah eine glückliche Frau aus! Sie wollte nicht an Patricks Ehe denken, nicht jetzt. Ein neues Leben mit ihm würde heute beginnen, sie fühlte dies. Solche Empfindungen konnten nicht einfach wieder vorbeiziehen. Und hatte Patrick sie nicht auch wissen lassen, dass seine Ehe schon lange nicht mehr bestand? Sie duschte, machte sich zurecht, zog das perlgraue Kleid mit dem dezenten Spitzeneinsatz und den angeschnittenen Ärmeln an. So viel hatte sie noch nie für ein Kleid ausgegeben. Schlicht und raffiniert, hatte Carmen gemeint. Aufgeregt ging sie nach unten ins Restaurant.

Weit hinten, an einem der letzten Tische saß Patrick und wartete. Auf dem mit cremefarbenem Damast gedeckten Tisch stand eine Rose in der gleichen Farbe. Wenige Gäste waren da. Im Kamin flackerte ein Feuer. Wie attraktiv sie ist, dachte Patrick, als er sie kommen sah. Mit diesen großen Augen, den sinnlichen Lippen, dem rötlichen Haar – und das Kleid! Sie war ein von innen heraus strahlender Mensch. Genauso hatte er sie wahrgenommen, als er ihr zum ersten Mal in Afrika begegnet war. Er stand auf, rückte ihren Stuhl zurecht, musterte mit skeptischem Blick seine Kleidung. Er trug noch immer die Sachen, in denen er sie abgeholt hatte.

„Da hätte ich mich wohl umziehen müssen?"

Maggie lachte seine Skepsis weg.

„Du weißt doch, dass ein gut aussehender Mann alles tragen kann!"

„Na, ich weiß nicht", lächelte Patrick. „Das sagt man wohl von gut aussehenden Frauen, nicht von Männern."

Beide setzten sich, sahen sich an. Leichte Befangenheit war zwischen ihnen spürbar.

„Wie wär's mit einem Glas Champagner?" fragte Patrick und Maggie nickte.

Er winkte dem Kellner.

„Ich bin so froh, dass du gekommen bist", versicherte Patrick, als der Kellner gegangen war.

Mit großen Augen sah sie ihn an. Er beugte sich zu ihr hinüber, streichelte ihr Gesicht. Sie legte einen Finger auf seine Lippen. Patrick küsst sie zart.

„Ich kann es selber noch gar nicht glauben" sagte Maggie leise. „Als ich im Zug saß, musste ich mich in den Arm zwicken, weil ich dachte …das wäre ich nicht."

Der Kellner brachte den Champagner.

„Auf uns, Maggie!" Sie stießen miteinander an.

„Auf uns!"

„Du weißt, dass ich als Kind öfter in Bad Gastein war, und zwar mit meiner Mutter", erzählte Patrick. „Das war das Einzige, was mein Vater damals zugelassen hat. Eine Woche im Winter mit Mutter. Manchmal war der Stiefvater dabei."

„Dann ist dir vieles vertraut?"

„Kann man so sagen, obwohl ich lange nicht mehr hier war."

„Vor vielen Jahren war ich mit meiner Tante auch in Bad Gastein", erinnerte Maggie sich. „Was sich mir eingeprägt hat, war der tosende Wasserfall im Ort."

„Vielleicht sind wir uns da ja schon begegnet?", lachte Patrick.

So kamen sie miteinander ins Gespräch. Er streichelte ihre Hand und dieses herrliche Gefühl der Geborgenheit zwischen ihnen breitete sich immer mehr aus. Nach und nach, während des Essens, fiel jede Befangenheit von ihnen ab. Alles, was sie einander mitteilten, war eingebettet in diese großen Gefühle, die sie füreinander hegten.

Patrick erzählte von Afrika und Maggie von ihrem Leben in München. Zwischenzeitlich waren fast alle Tische besetzt. Doch sie nahmen dies kaum wahr, als trenne sie eine Nebelwand von der übrigen Welt. Über Britta zu sprechen vermieden sie vorerst, obwohl beide ständig daran dachten. Maggie schätzte sehr, mit wie viel Feinfühligkeit und Respekt er das zweite Zimmer bestellt hatte. Sie spürte, dass sie ihm vertrauen konnte. Zu fortgeschrittener Stunde sahen sie sich mit einem ganz bestimmten Blick an. Es brauchte keine Worte. Patrick verlangte die Rechnung. Zum Abschluss tranken sie Espresso mit einem Schuss Calvados. Danach gingen sie sich wortlos an den Händen haltend nach oben.

Sensible Hände streichelten Maggies Körper. Sie gab sich den Gefühlen der Nähe hin, dem warmem Hauch seines Atems an ihrem Hals. Es kam ihr vor, als wären sie alleine auf der Welt. Sie nahm nichts wahr außer der Intensität seiner Gegenwart. Seit Ewigkeiten hatte niemand sie so berührt. Sie hatte keinen Zweifel daran, dass Patrick ein erfahrener Liebhaber war. Dennoch ging eine ungeahnte Sanftheit von ihm aus. Kraftvoll und zärtlich zugleich. Jede Liebkosung bahnte sich ihren Weg. Sie entdeckten einander. Zeit existierte nicht, sie hatten keine Eile. Jede Umarmung floss unter die Haut. Alles erwachte zum Leben, als wären sie neu geboren. Schön fühlte sie sich in seinen Armen. Als Maggies Hand Patricks Brust streichelte, konnte sie seinen Herzschlag spüren.

„Ich habe jeden Tag an dich gedacht", gestand Patrick ihr.

Dabei sah er ihr in die Augen, als suche er etwas darin. Tief, fest und aufmerksam. Maggies Herz trommelte in wildem Aufruhr gegen seine Brust.

„Ich auch an dich."

Sie fühlte sich unbeschreiblich glücklich.

***

Patrick erwachte am Morgen zuerst und fand Maggie eng in seine Arme gekuschelt. Er zog sie noch ein wenig fester an sich. Sie blinzelte ihn an, öffnete die Augen. Ihre Lippen streiften einander. Maggie reckte und streckte sich, atmete tief ein und aus. Patrick betrachtete sie. Von Anfang an war diese Nähe zwischen ihnen, ohne große Mühe. Maggie stand auf, ging ins Bad. Patrick verschränkte die Arme hinter dem Kopf. Er wusste, alles würde gut werden.

In flauschige Bademäntel gehüllt öffneten sie die Balkontüre, traten hinaus, betrachteten die tief verschneite Landschaft. Als es ihnen zu kalt wurde, ließen sie sich Kaffee aufs Zimmer bringen, setzen sich in die Sessel, scherzten miteinander. Doch fühlten beide, dass etwas unausgesprochen geblieben war.

„Oh, ich habe völlig vergessen dir dein Geschenk zu geben."

Patrick sprang auf, verschwand im anderen Zimmer und kam mit einer wunderschönen Bronzefigur zurück. Die Figur zeigte eine Afrikanerin mit einem Gefäß auf dem Kopf, auf der rechten Hüfte trug sie ein Baby.

„Entzückend!"

Maggie streichelte mit ihren Fingern darüber. „Wirklich besonders schön."

Voller Freude betrachtete sie die kleine Figur. Schließlich stellte sie das Geschenk auf den Tisch, stand auf, ging zu Patrick und umarmte ihn.

„Damit du noch mehr an mich denkst, bis wir eine endgültige Möglichkeit für uns gefunden haben", dabei hielt er sie ein wenig von sich weg.

Jetzt war es heraus. Patrick wusste nicht wirklich, ob Britta ihn endgültig frei gab, aber er wollte Maggie nicht hinhalten. Sie war die Frau seines Lebens, das fühlte er. Er wollte sie nicht verlieren, komme was da wolle. Ihm war es ernst mit dieser Beziehung. Alles in ihm sehnte sich nach ihr. Er wünschte sich ein Leben mit Maggie und das ging nur mit großer Ehrlichkeit.

„Britta hat ihr striktes Nein zur Scheidung aufgegeben und mir signalisiert, dass sie es sich überlegen wird", hörte er sich sagen und betrachtete dabei Maggies Gesichtsausdruck.

Er bewunderte die Würde mit der sie ihn ansah. Patrick ergriff Maggies Hände.

„Könntest du dir vorstellen, mit mir in Afrika zu leben?"

Sie sah ihn an, tief und ernsthaft mit all der Liebe in ihr, und sie wusste, dass sie genau das wollte. „Und könntest du dir auch vorstellen dass wir heiraten, wenn ich geschieden bin?", fragte er. Plötzlich weinte Maggie, sie konnte ihre Tränen nicht zurückhalten. Patrick fand ein Taschentuch, reichte es ihr. Auf einmal ging das Weinen über in ein Lachen und Patrick lachte mit und wischte sich dabei verstohlen seine vor Rührung nass gewordenen Augen.

Alles fühlte sich selbstverständlich, so richtig an. Für die Liebenden gab es eine Zukunft.

***

Die nächsten Tage genossen Patrick und Maggie die wunderschöne Umgebung des Gasteiner Tals. Dick vermummt stapften sie durch die tief verschneite, blütenweiße Landschaft mit Blick auf die beeindruckenden Bergkulissen. Sie liefen dort, wo niemand war, genossen die Stille. Oft lauschten sie nur dem Geräusch ihrer eigenen Schritte. Sie bewarfen sich mit Schneebällen, fuhren Schlitten. Dazwischen wärmten sie sich im Hotel auf, tranken Glühwein, liebten sich und gehörten einander ganz.

Während einer Kutschfahrt unten im Tal kamen sie an einer Metzgerei vorbei.

„Die gibt's noch?", rief Patrick erstaunt aus und zeigte lachend auf das Haus. „Die sieht ja noch genauso aus wie damals!" Er konnte es kaum glauben. „Als ich mit meiner Mutter und meinem Stiefvater hier Ferien machte", erzählte er, „sollte ich morgens ins Dorf laufen, um Brötchen und Wurst zu kaufen."

Eine Haarsträhne war ihm in die Stirn gefallen. Er sah aus wie der kleine Junge von damals. „Hier an dieser Metzgerei hing ein großer Zettel, auf dem stand: *Wir verkaufen Hundewurst.* Ich war so entsetzt, dass ich ohne einzukaufen zurücklief. Meine Mutter klärte mich auf, dass der Metzger auch Wurst für Hunde verkaufte."

„Oh je, du hast gedacht, dass die Hunde verwurstet würden?", lachte Maggie und schmiegte sich an ihn.

„Meine kindliche Seele war außer sich bei diesem Gedanken" meinte Patrick, legte den Arm um Maggie und drückte sie fest an sich.

„Wäre mir genauso gegangen."

Patrick zeigte ihr auch den Lastenlift, mit dem er als Jugendlicher mit seiner Mutter auf die Hütte gebracht worden war, wenn sie dort oben Quartier bezogen hatten.

„War das nicht gefährlich?", wollte Maggie wissen.

„Doch. Wenn ich mir das jetzt so betrachte, kann ich nur noch den Mut meiner Mutter bewundern. Wir legten uns zwischen die Waren flach auf den Boden, ein großer Gurt wurde von außen festgezurrt und ab ging's nach oben. Teilweise über ziemliche Abgründe hinweg. Eiskalt war's auch!"

Noch jetzt leuchteten Patricks Augen bei der Erinnerung. *Er hatte hier eine Mutter gehabt, eine richtige Mutter für sich ganz allein.*

„Es war großartig, Maggie, einfach toll", rief er begeistert und gab Maggie einen Kuss.

Die gemeinsamen Tage einschließlich Silvester waren von großer Nähe, Freude und Verständnis geprägt, sie vergingen allzu schnell. Sie stellten fest, dass sie große Individualisten waren und dennoch ihre Vorstellungen vom Leben sich glichen. Herrlich miteinander lachen konnten sie. Und so sehr ihnen auch die Landschaft gefiel, so liebten sie beide die Tropen mehr. Sie erzählten sich ihre Sehnsüchte und Wünsche, versuchten ganz ehrlich miteinander zu sein. Zwei reife Menschen, in der Mitte ihres Lebens, die das Leben einiges gelehrt hatte. Diesmal wollten sie es besser machen. Ihre Welt war voller Vertrauen, alles war richtig, so wie es war. Aus Verliebten waren Liebende geworden, die begannen Pläne zu schmieden. Das war ihre Wahrheit, ihr Wunder. Und als die Tage zu Ende gingen, zeigte sich glasklar, dass sie miteinander leben wollten. Amüsiert betrachtete Patrick das zweite, nicht benütze Doppelzimmer, als sie das Hotel verließen. Sie hatten einfach ihre Kleidung dort auf das Bett geschmissen.

Zum Abschluss fuhren sie ins Mozarthaus nach Salzburg, von wo aus sie gemeinsam die Heimreise antreten würden. Maggie nach München, Patrick zunächst nach Herrsching am Ammersee, anschließend nach Hamburg zur Zentrale der fliegenden Ärzte für Westafrika. Von dort aus würde er nach Lalimete zurückkehren.

1975

9

Am frühen Abend fuhr Patrick zu Conzales. Er hatte alle Fensterscheiben heruntergedreht, eine Kassette mit afrikanischer Musik eingelegt. Obwohl er gerade im Hospital geduscht hatte, fühlte er sich schon wieder völlig verschwitzt. Er bog in die Hauptstraße ein. Die Flamboyants und Bougainvilleen leuchteten in schönsten Farben, ihnen schien die Trockenheit gut zu bekommen. Patrick fühlte sich als glücklicher Mann. Die Formalitäten für die Scheidung waren eingeleitet. Alles in ihm sehnte sich nach einem Leben mit Maggie. Er hatte das Empfinden, er würde allmählich das einsame Kind in sich bezwingen.

Ein strammer Arbeitstag lag hinter ihm. Jetzt konnte er durchschnaufen. Mark und Guidetta hatten oben im Norden zu tun, so war das meiste im Hospital an ihm und Dr. Loma hängen geblieben. Loma war ein verdammt guter Arzt. Von ihm konnte er noch so manches lernen. Seine Ausbildung in Russland schien sehr fundiert gewesen sein. Als er heute, früh am Morgen, in die Ambulanz gekommen war, wartete dort bereits Augustin, Conzales' Koch, auf ihn. Ein Skorpion hatte ihn in den großen Zeh gestochen. Normalerweise bevorzugte Augustin den Féticheur, so wie die meisten Afrikaner. Diesmal hatte er wohl Muffensausen bekommen. Patrick konnte sich eines Lächelns nicht erwehren, wenn er an den jungen Mann dachte, wie dieser, das Gesicht schmerzvoll verzerrt, jämmerlich klagend dort saß.

Nach Augustin war ein Ehepaar gekommen. Er ungefähr 80 und sie 20 Jahre alt. Wann er geboren war, wusste er nicht. Der Alte hatte sich beklagt, dass ihm seine jüngste Ehefrau bisher noch kein Kind geschenkt hatte. Stolz berichtete er, dass er 16 Kinder von drei Ehefrauen hatte, das jüngste sei fünf Jahre alt. Sie war seine vierte Frau. Eine Situation, die in Afrika keine Seltenheit war. Von der Potenz der Männer hing Sein oder Nichtsein ab.

Es hatte Patrick viel Fingerspitzengefühl gekostet, die Situation zu entschärfen. Schließlich einigte man sich darauf, dass der Mann mit einer seiner anderen Frauen ein Kind zeugen sollte, um damit seine Zeugungsfähigkeit zu beweisen. Nicht sehr begeistert von diesem Vorschlag hatte das Paar die Ambulanz verlassen.

Danach war ein alter Mann mit großen Bauchschmerzen an die Reihe gekommen. Er hatte sich mühsam allein den weiten Weg ins Hospital geschleppt. Er besaß keinen Pfennig. Ein Glück, dass in Bethlehem niemand abgewiesen wurde, dafür sorgten schon die Nonnen. Angestellte spendeten Blut, die Schwestern versorgten ihn mit Essen. Bevor Patrick losgefahren war, hatte er noch einmal nach dem Mann gesehen. Dieser hatte seine Hand genommen und gesagt:

„Docteur, so gut ist es mir in meinem ganzen Leben noch nicht ergangen. Ihr arbeitet mit Gott zusammen, das weiß ich."

Noch jetzt konnte Patrick seine strahlenden Augen vor sich sehen.

Mit zärtlichen Gedanken dachte er auf einmal an Britta. Auf verschwommene Weise erkannte er, dass er sie trotz allem gern hatte, dass er sie um ihrer selbst willen und nicht um seinetwillen mochte. Erst jetzt, nachdem so vieles gemeistert war, konnte er sich eingestehen, sie oft verletzt zu haben.

Patrick bog von der Hauptstraße ab Richtung Moschee. Der Weg führte über eine staubige, rote Piste voll tiefer Gräben. Vorsichtig jonglierte er den Wagen. Bald kam Conzales' Haus in Sicht. Von prächtigen, azurblau blühenden Jacarandabäumen umgeben, lag es auf einem Hügel. Rosablühende Tamarisken, Bougainvilleen, Frangipani und Hibisken blühten im Garten. Dahinter zog sich tropisches Grün die Hügel hinauf. Conzales liebte Pflanzen. Runako, sein alter Gärtner und Nachtwächter, kannte sich gut aus, und was er nicht wusste, beriet er mit Schwester Paulina, die für den Klostergarten in Bethlehem zuständig war.

Der Hausherr stand, genüsslich eine Zigarre paffend, vor seinem Haus. Er war kräftig gebaut, mit strengen Gesichtszügen und durchdringenden, dunklen Augen. Conzales trug ein blütenweißes, exakt gebügeltes, vorne offenes Hemd. Auf seiner behaarten Brust glänzte ein Goldkettchen mit Kreuz. Obwohl der Portugiese nicht wirklich groß gewachsen war, kam er stets als Respekt einflößende Persönlichkeit rüber. Er verfügte über einen eisernen Willen und einen wachen Verstand. Ihn umgab die Aura des Erfolgs. Heute, mit fast fünfzig Jahren, war er Chef einer großen portugiesischen Ölfabrik in Lalimete.

Conzales hatte eine Schwäche für hübsche Frauen. Viele fanden ihn unwiderstehlich, und er konnte ihnen sowieso nicht widerstehen. Er war ein ausdauernder Jäger. Mit dem Heiraten hatte er sich Zeit gelassen. Filomena, seine Ehefrau, war zehn Jahre jünger, seine beiden Töchter Amelia und Eleanor 18 und 16 Jahren alt. Wie alle Südländer liebte er seine Familie über alle Maßen. Strikt trennte er sein Eheleben von seinem Leben hier. Er lebte gewissermaßen zwei Leben. Das eine mit der Familie in Portugal, das andere in Afrika – und alles ohne größere Konflikte. Für Romanzen blieb ihm immer Zeit. Wie die meisten Südländer war er sehr katholisch. Nicht nur deshalb verehrte er die Nonnen in Bethlehem. Er schätze, was sie taten, und er half ihnen, wo er nur konnte. Er war fair zu seinen Angestellten, ehrlich gegenüber seinen Kunden. Den Männern war er ein treuer, verlässlicher, großzügiger Freund. Wenn ein Lächeln über sein Gesicht ging, sah er aus wie ein großes Kind. Tief in ihm war ein weiches Herz versteckt. Aber er konnte auch anders.

Patrick hupte, winkte, parkte das Auto in der Nähe des Hauses und stieg aus.

Die beiden Männer umarmten einander.

„Endlich sind wir mal wieder beisammen", rief Patrick und überreichte Conzales eine Flasche Calvados.

Conzales betrachtete die Flasche. „Einen besonders guten Tropfen hast du da mitgebracht, mein Freund. Ich danke dir!"

„Wie geht's deiner Familie?", fragt Patrick, während sie ins Haus gingen.

„Bestens, bestens, alle wohlauf. Ich bin erleichtert, dass die Feiertage in Portugal vorbei sind. Obwohl ich sie alle liebe, bin ich froh, die ganze Bande dort zu wissen."

Conzales zog genüsslich an seiner Zigarre.

„Meine Ehefrau ist zufrieden, mich nicht allzu oft sehen zu müssen. Geld bekommt sie auch genug", verkündete er lachend.

„Wie geht's Augustin?"

„Der humpelt herum, ich glaube, er übertreibt."

„Na, ich weiß nicht, ein Skorpionstich kann verdammt weh tun, Conzales."

„Er hat trotzdem was zu essen vorbereitet."

Die beiden Männer betraten den großen Salon. Die Flügeltüren zur Terrasse standen weit auf. Ein großer Deckenventilator spendete Kühle. Die geschmackvolle, gemütliche Einrichtung trug die Handschrift von Conzales' Ehefrau.

„Und, alter Haudegen, wie ist es dir mit deiner Maggie ergangen?", fragte Conzales.

Noch bevor Patrick antworten konnte, rief jemand:

„Überraschung!"

Mark Seeberger trat von der Terrasse ins Zimmer.

„Ja, wie das?", rief Patrick erfreut und ging begeistert auf Mark zu.

Beide Männer klopften einander auf die Schultern.

„Wir konnten früher zurück."

„Was war los?"

Mark berührte Patricks Arm.

„Keine Erklärungsversuche. Ich muss runterkommen."
Patrick nickte. „... hab dein Auto gar nicht gesehen?"
„Guidetta hat mich hergebracht, und mit dir fahre ich heim."
Augustin humpelte ihnen aus der Küche entgegen.
„Guten Abend, Docteur."
Patrick und Augustin reichten einander die Hand.
„Wie geht's dir?"
„Besser, Docteur." Augustin konnte schon wieder lächeln.
„Habe gehört, was passiert ist, Augustin", meinte Mark. „Wird schon wieder!"
„Das Essen steht fertig im Kühlschrank, Monsieur le Patron", wandte sich Augustin an Conzales.
„Danke, Augustin. Wenn du willst, kannst du für heute Schluss machen. Makumba ist da."
Augustin zögerte. Wie sollte er mit diesem Bein laufen?
„Komm, Augustin, ich fahre dich nach Hause", schlug Patrick vor.
Augustin nickte begeistert. Die Leute würden Augen machen, wenn der Docteur ihn heimbrachte. Welche Ehre! Sie hatten es alle gut beim Patron, außer wenn Madame Filomena aus Portugal in Lalimete weilte, dann herrschte Disziplin.

Conzales, Mark und Patrick saßen am großen Wohnzimmertisch und droschen Skat. Als eine weitere Runde zu Ende war, ergriff Mark die Whiskyflasche, wollte nachgießen – die Flasche war leer.
„Makumba!", rief er.
Barfuß erschien Conzales' Hausboy. In der Hand hielt er ein Geschirrtuch.
„Makumba, kannst du uns noch eine Flasche Whisky bringen?"
„Ja, Monsieur Docteur."
Makumba verschwand. Patrick streckte sich wohlig, er sah auf seine Armbanduhr.

„Zeit, heimzufahren", wandte er sich an Mark. „Ich meine, wir haben für heute genug."

„Ich kann noch was vertragen", konterte dieser und ging hinaus auf die Terrasse.

Patrick sah ihm nach. Mark hatte etwas Verlorenes an sich.

„Lass ihn", meinte Conzales mit glasigen Augen. „Unser Sensibelchen leidet wegen seiner Anna. Kann nicht jeder so ein Glück haben wie du mit deiner Maggie."

In Mark brodelte es gewaltig Er hatte Schwester Anna gesehen. Am liebsten wäre er ihr nachgelaufen, hätte ihr diesen blöden Schleier heruntergerissen, ihre Haare durchwühlt. Er wollte diese Gefühle finden, die sie ihm nicht zeigte, die irgendwo unter ihrer abweisenden Haltung verborgen lagen. In ihm war das Bedürfnis, sich hemmungslos zu besaufen. Leider schien ihn der Whisky heute überhaupt nicht zu betäuben.

Der Schein des Mondes ließ die mannshohen Hibiskussträucher an der Seite der Terrasse in gedämpftem Rot erscheinen. Im diffusen Licht tanzten Staubpartikel. Das leise Trippeln eines Nagetieres war zu hören.

„Was für eine wunderbare Farbe", sagte Patrick, der still neben Mark getreten war.

Bald gesellte sich auch Conzales dazu. Schweigend standen die drei Männer auf der Terrasse. Schließlich fasste Conzales Mark sanft am Arm. „Wohin soll das führen, wenn du wegen Anna so viel säufst?"

„Hör auf!" Mark stieß Conzales' Arm weg.

„Sachte, sachte", meinte Conzales und hob theatralisch die Hände. Auch er lallte etwas.

„Schwester Anna muss für dich tabu sein, hast du gehört, Mark. Tabu."

„Was regst du dich so auf, Conzales", sagte Patrick, „die erhört ihn sowieso nicht!"

„Wie gemein!", rief Mark.

„Tut mir leid, mein Freund, so habe ich das nicht gemeint."

Die drei Männer schwiegen betroffen und gingen zurück in den Salon.

Makumba brachte eine neue Flasche Whisky. Patrick öffnete sie.

„Makumba, hol dir auch ein Glas", sagte Conzales.

Makumba tat dies sofort. Patrick goss jedem ein. Er erhob sein Glas.

„Auf die tollsten Frauen dieser Welt, ohne sie wären wir nichts."

Gläser klirrten.

„Ohne Weiber wären wir Männer besser dran", lallte Mark, „und ich bin ein verdammter Idiot."

Damit trank er sein Glas in einem Zug leer. Makumba lächelte verlegen und tat es ihm nach.

***

Anna schreckte hoch. Wild pochte ihr Herz, sie hatte einen Albtraum gehabt.

Für einen Moment wusste sie nicht, wo sie sich befand. Erstaunt spürte sie Tränen ihre Wangen hinunterrollen. Ihr Mund war trocken. Was hatte sie denn geträumt? Draußen war es finster, ein Blick auf die Uhr zeigte zwei Uhr. Sie knipste die Nachttischlampe an, wischte die Tränen mit dem Handrücken ab, schnäuzte ihre Nase und trank einen großen Schluck Wasser.

„Mutter Gottes, beschütze mich", betete sie.

Ein Teil des Traumes fiel ihr wieder ein. Mark Seeberger hatte zu ihr gesagt: „Sie kommen mir vor wie ein mitleidsvoller Engel." Sie hatte ihn ausgelacht, dabei war ihr Gesicht zu einer Fratze geworden. Wie war möglich, dass er in ihren Träumen herumgeisterte? Seit er aus dem Heimaturlaub zurück war, hatten sie sich wenige Male flüchtig gesehen. Dr. Seeberger war fast nur im Außeneinsatz.

Anna fühlte sich unbehaglich, die Hitze staute sich im Zimmer. Sie stand auf, zog ihr Nachthemd über den Kopf, ließ es auf den Boden fallen. Mit nackten Füßen schob sie es beiseite. Sie ging zur Waschschüssel, nahm einen Waschlappen und begann, ihren Körper abzureiben. Als sie ihre Brüste berührte, stellten sich ihre Brustwarzen auf. Sie streckte die Arme aus, betrachtete ihre Handflächen, sah an sich hinunter. Auch ein dem Zölibat unterworfener Körper blieb ein weiblicher Körper. Anna löschte das Licht, stellte sich mit feuchter Haut ans Fenster. Worte der Ehrwürdigen Mutter kamen ihr in den Sinn.

„Unser Gelübde ist kein Mittel zum Zweck, damit gewinnen wir nicht das ewige Leben. Es ist ein Weg. Wir haben uns mit dem Gelübde dazu verpflichtet, der Welt unsere Liebe zu geben."

Auch sie hatte sich frohen Herzens für den Weg entschieden. Nicht nur damals, auch jetzt. Es ging ihr gut. Sie konnte wieder Freude an ihrem Leben empfinden. Wieso dann dieser Albtraum, was hatte das zu bedeuten? Anna zog ihr Nachthemd nicht wieder an, ließ es auf dem Boden liegen. Nackt legte sie sich aufs Bett, lauschte den Stimmen der Nacht und schlief wieder ein, bis der Wecker sie unsanft zum Morgengebet weckte.

10

Festen Schrittes, in Begleitung einer Afrikanerin, schritt Anna am frühen Vormittag zum Parkplatz. Die junge Frau trug ein Bündel mit ihren Habseligkeiten unter dem Arm. Gleich würden sie zur Leprastation Alala aufbrechen. Die Dorfältesten hatten Naomi gestern nach Bethlehem gebracht, bei ihr bestand Verdacht auf Lepra.

Heute stand die monatliche Untersuchung der Leprösen in Alala an, so konnte Naomi gleich getestet werden. Alles, was die Schwestern ihr zu essen gegeben hatten, trug Naomi in ihrem Bündel. Nichts hatte sie angerührt.

Schwester Anna freute sich darauf, Schwester Kreszentia wiederzusehen. Diese lebte das ganze Jahr über mit den Leprakranken zusammen, kam nur ab und zu nach Bethlehem. Auf der Hebammenstation war alles in Ordnung, so konnte Anna ruhigen Gewissens losfahren. Sie wischte sich den Schweiß von der Stirn. Dieser Februar war entsetzlich heiß. Mehr und mehr hingen dicke Regenwolken am Himmel, obwohl die Regenzeit erst in zwei Monaten kommen würde. Vor Tagen hatte es tatsächlich kurz und heftig geregnet. Manchmal donnerte und blitzte es gewaltig, doch meist verzog sich das Gewitter wieder.

Radschiff, der Fahrer des Klosters, wartete in dem fast neuen Jeep, den Conzales dem Kloster überlassen hatte. Als Conzales das Auto der Schwester Oberin übergab, hatte Anna zum ersten Mal die Furchen in seinem Gesicht bemerkt, eine tiefe Müdigkeit darin wahrgenommen. Sie mochte ihn gerne. Sie wusste, dass er sie und Schwester Clara für die hübschesten Nonnen hielt. Eitelkeit, Anna, ist nicht gerade die Tugend einer Nonne, sagte sie sich. Dennoch, ihr gefiel es, und sie hatte es auch genossen, heute Nacht nackt auf ihrem Bett zu liegen. Das würde sie von nun an öfter tun.

Gerade als die beiden Frauen einsteigen wollten, kam die Ehrwürdige Mutter zum Parkplatz.

„Ich fahre mit!", erklärte sie, begrüßte Radschiff und stieg vorne ein. Anna und Naomi nahmen hinten Platz. Das Gesicht der Oberin wirkte traurig, um die Auge lagen tiefe Schatten. Radschiff fuhr los. Aufgeregt schaute Naomi nach draußen. Auf der Hauptstraße angekommen drückte Radschiff aufs Gas. Dieser Jeep war großartig. Was für ein Auto! Naomi drückte sich ängstlich an Anna.

Diese nahm deren Hand. Verschämt lächelte Naomi sie an, dankbar für so viel Zuwendung.

„Radschiff, wir sind nicht auf der Flucht", mahnte die Schwester Oberin.

„Ja, Mutter!"

Sofort drosselte er die Geschwindigkeit – um sie bald schon wieder zu erhöhen. Nach ungefähr einer halben Stunde bog der Jeep ab und fuhr in großen Windungen eine Anhöhe hinauf. Die ziemlich ausgedörrte Landschaft veränderte sich in sattes Grün, weil es hier oben immer wieder regnete. Nach einer weiteren halben Stunde erreichten sie, auf einem blühenden Plateau gelegen, die Leprastation Alala.

Sofort waren sie von lachenden Kindern umringt. Verstümmelte Hände streckten sich ihnen zur Begrüßung entgegen. Von der Krankheit entstellte Gesichter hießen sie mit einem Lächeln herzlich willkommen. Radschiff fuhr mit dem Wagen ins Dorf weiter, die Mutter Oberin hatte ihm erlaubt, Besuche zu machen. Begleitet von den Kindern, gingen die Mutter Oberin, Anna und Naomi zur abseits auf einem Hügel gelegenen Krankenstation. Der Weg dorthin war mit winzigen Kieselsteinen gesäumt.

Das große, von blühenden Hibiskussträuchern umgebene Gebäude bestand aus einem weiß getünchten, offenen, überdachten Flachbau und einem Anbau. Über zwei Seiten erstreckten sich Holzbänke. Alle waren besetzt mit Kranken, die auf ihre Behandlung warteten. Viele waren zum ersten Mal da, Angehörige oder Dorfbewohner hatten sie hergebracht. Blinde wurden an einem Stock geführt. Alle begrüßten einander laut und ausgiebig.

„Du kannst hier warten", wandte sich die Schwester Oberin an Naomi.

Sofort rückten die Wartenden zusammen und machen Platz. Scheu, kaum hörbar bedankte sich Naomi mit ängstlichem Gesicht. Sie setzte sich und hielt dabei ihr Bündel fest an sich gedrückt.

Schon kam ihnen Schwester Kreszentia, die Leiterin des Leprosoriums, mit lachendem Gesicht entgegen. Sie war eine ältere, rundliche Nonne, die in ihrer Aufgabe aufging. Sie lebte das ganze Jahr über mit den Kranken, die hier eine neue Heimat gefunden hatten.

Damals vor über 15 Jahren war das Projekt auf Initiative ihres Ordens ins Leben gerufen worden. Zunächst war dies eine Nebentätigkeit für Schwester Kreszentia gewesen, die das Labor von Bethlehem leitete. Irgendwann wurde aus der Nebentätigkeit ihre Lebensaufgabe.

So war die aus der Not heraus entstandene Aussätzigensiedlung zu einem vorbildlichen Zentrum geworden. Ein kleines Dorf mit traditionellen Lehmhütten und kleinen Steinhäusern war entstanden. Schwester Kreszentia kannte alle Patienten und ihre Geschichte. Sie umfing jeden mit bodenständiger, unsentimentaler Herzlichkeit.

„Eine Heimstatt ist das Wertvollste, was ich ihnen bieten kann", war Schwester Kreszentias Devise.

Viele Leprakranke waren alt, allein, von der Krankheit schwer gezeichnet, obwohl sie als geheilt galten. Deshalb benötigten sie weiterhin Hilfe. Afrikaner fürchteten die Lepra, sodass die Kranken nach wie vor von ihrer Dorfgemeinschaft ausgeschlossen wurden. Im Laufe der Jahre war neben Ambulatorium und Akutabteilung eine orthopädische Werkstatt entstanden. Schwester Kreszentia hatte es sogar geschafft, kleine Verdienstmöglichkeiten für ihre Schützlinge zu finden. Jeder der konnte, musste seinen Beitrag leisten. Von den Verkäufen wurde zusätzliches Essen gekauft. Deshalb erwartete sie von jedem, der hier lebte, auch so viel Eigenständigkeit wie möglich. Seit einigen Jahren wurde die Behandlung der Leprösen, die Diagnosen und die Versorgung mit Medikamenten, über ein weltweites Hilfsprogramm sichergestellt.

„So eine Freude", rief Schwester Kreszentia und umarmte die Ehrwürdige Mutter.

„Wie schön. Kordelia, dass du mal wieder mitkommen konntest. Schwester Anna habe ich erwartet, aber dich nicht!"
Ein Leuchten erhellte das Gesicht der Oberin, sie sah plötzlich aus wie eine andere Frau. Alle Strenge war von ihr gewichen. Schwester Kreszentia und die Mutter Oberin kannten sich seit ihrem Noviziat. Ihr verändertes Gesicht ließ Anna die Großmut ahnen, zu der diese resolute Frau fähig war. Anna musste sich ein Lächeln verkneifen. Wäre die Ehrwürdige Mutter draußen in der Welt geblieben, sie hätte sicher Karriere gemacht. Dass sie seit fast fünfzehn Jahren Oberin war, sprach für ihre Führungsqualitäten. Ihr allein war es auch zu verdanken, dass die Ordensgemeinschaft durch neue Novizinnen wiederbelebt wurde.
„Kommt mit", meinte Schwester Kreszentia, „ihr habt sicher Durst!"

Ein schmaler, mit Mustern verzierter Sandweg führte zu einem Altar im Freien. Auf einem Hocker stand eine junge Afrikanerin und schmückte die große Madonnenfigur. Drei Frauen mit entstellten Gesichtern reichten ihr Blüten und Palmwedel. Die Frauen grüßten heiter.
„Das wird sehr schön", rief Schwester Kreszentia begeistert.
„Wir feiern heute Abend den Geburtstag von einigen Bewohnern", meinte sie, zu Anna und der Oberin gewandt.
Die drei Nonnen schlenderten weiter zu einem kleinen Steinhaus mit Blechdach, in welchem Schwester Kreszentia wohnte. Links daneben lud eine offene Rundhütte mit vier Holzsesseln und einem großen Tisch zum Verweilen ein.
„Setzt euch!"
Schwester Kreszentia verschwand im Haus und kam mit einem Krug selbst gemachter Limonade und drei Gläsern zurück.
„Ihr zwei habt doch sicher Durst", meinte sie und goss die Gläser voll.

Anna nahm einen großen Schluck.

„Schmeckt köstlich!"

Die Schwester Oberin nickte, trank ihr Glas mit einem Zug leer, stellte es zurück auf den Tisch und wischte sich den Mund ab. Alle schwiegen, betrachteten die schöne Landschaft. Ein junger Mann in einem Rollstuhl kam des Weges, er hatte nur noch ein Bein. Geschickt bewegte er den Rollstuhl mit seinen Händen vorwärts. Bei den Nonnen blieb er grüßend stehen.

„Das ist Olakunde", stellte Kreszentia ihn vor. „Olakunde heißt in seiner Sprache: Der Tapfere ist angekommen."

Olakunde lachte verschmitzt.

„Hast du einen Mann?", fragte er Schwester Anna

„Ja, ich habe einen Mann", sagte sie, „aber der ist nicht hier."

Olakunde nickte. „Wie viele Frauen hat dein Mann?"

„Mehrere Frauen."

„Dann ist er wohl sehr reich", stellte Olakunde fest.

Ein weiterer Rollstuhl, in dem eine alte Frau saß, wurde von zwei jüngeren Afrikanerinnen geschoben. Auf ihrem Schoß saß ein kleines Mädchen mit einem Äffchen im Arm. Alle machten einen überaus fröhlichen Eindruck.

„Na, meine Kinder, wohin geht ihr?", fragte Schwester Kreszentia.

„Zum Markt nach Poli", antwortet Olakunde.

„Ist es nicht zu spät für den Markt, es ist schon sehr heiß!"

Anstatt einer Antwort lachten alle und fuhren winkend weiter. Die primitiven Rollstühle waren aus alten Fahrrädern aus Europa in Bethlehem zu Rollstühlen umgebaut worden. Die Oberin ergriff wieder das Wort.

„Kreszentia, die junge Frau, die wir gebracht haben, muss getestet werden. Wir befürchten, dass sie ansteckend ist."

„Dann würde ich sagen, bevor der Arzt kommt, beginnen Schwester Anna und ich damit."

„Macht das", meinte die Ehrwürdige Mutter. „Ich bleibe hier sitzen."

Dabei bediente sie sich von der Limonade und goss ihr Glas erneut voll.

Die beiden Nonnen gingen vor zur Krankenstation. In der Zwischenzeit waren noch mehr Patienten gekommen. Eine lange Schlange hatte sich gebildet. Die Nonnen grüßten alle. Viele kannten Schwester Anna.

„Der Doktor wird bald da sein", sagte Schwester Kreszentia zu Anna und wandte sich Naomi zu. Diese stand sofort auf, blickte zu Boden

„Wie ist dein Name?"

„Naomi", flüstert die junge Frau leise.

„Und wie alt bist du?"

„Sechzehn."

Neugierig betrachten die anderen das Geschehen. Schwester Kreszentia hob liebevoll Naomis Gesicht hoch, sodass sie einander ansehen konnten.

„Meine Kleine, du musst keine Angst haben. Wir werden dir helfen, damit es dir wieder besser geht."

Fürsorglich legte sie den Arm um das junge Mädchen. Naomi hatte sich ganz steif gemacht, weil sie so viel Aufmerksamkeit nicht gewohnt war. Verstohlen wischte sie sich Tränen aus den Augen. Anna griff in ihre Tasche und reichte ihr ein Papiertaschentuch. Die junge Frau blickte Anna erstaunt an, sie wusste nicht, was sie ihr da gegeben hatte. Als Anna dies bemerkte nahm sie ihr eigenes Stofftaschentuch und trocknete Naomis Tränen.

„Komm, Naomi!"

Schwester Kreszentia nahm sie bei der Hand und zog sie mit sich fort. Wie kostbaren Besitz hielt Naomi das Papiertaschentuch und ihr Bündel fest, als hätte sie Angst, jemand würde es ihr wegnehmen.

Es war später Vormittag, als der Arzt kam, aber es war nicht Doktor Stern, sondern Dr. Seeberger. Er stieg aus und stand ruhig da, als er Anna entdeckte. Seine Augen blickten sie gelassen an. Wenn er überrascht war, Anna zu sehen, so zeigte er dies nicht. Sie besaß für ihn eine so natürliche Anmut, wie er das nie bei einer anderen Frau gesehen hatte.

Wie entspannt er wirkt, dachte sie. Sie wollte seinem Blick nicht begegnen und sah zu Boden.

„Conzales hat einige Sack Reis mitgegeben, sie liegen im Auto", wandte er sich an Schwester Kreszentia.

Die nickte erfreut. „Können wir gut gebrauchen, ich lasse sie ausladen."

Mark begann zügig mit den Untersuchungen, Schwester Kreszentia und Anna assistierten. Anna sah in sein mitfühlendes Gesicht, er war ganz dem jeweiligen Patienten zugewandt. Manchmal streifte sie sein Blick. Sie bemühte sich, seine Augen nicht zu beachten. Als Schwester Kreszentia einmal kurz wegging, hätte er gerne ihre Hand genommen. Aber er fürchtete, dass dies zu viel Nähe für sie bedeuten würde.

Am frühen Nachmittag waren die Behandlungen zu Ende. Dr. Seeberger trank mit den beiden Nonnen ein Glas Limonade, besprach Wichtiges und fuhr anschließend zurück. Naomi musste fürs Erste hier bleiben.

Vor der Rückkehr nach Bethlehem machte Schwester Kreszentia zusammen mit den beiden Nonnen einen Rundgang durch das Dorf. Die Häuser lagen ziemlich verstreut in der üppig blühenden Landschaft. Traditionelle Rundhütten wechselten sich ab mit kleinen, wellblechgedeckten Steinhäusern. Vor den Häusern saßen die Menschen im Halbschatten auf dem Boden und arbeiteten. Manche flochten Matten aus Palmgras. Andere wickelten elastische Binden auf Handspulen. Zwischen pickenden Hühnern und kleinen Äffchen liefen Kinder herum und spielten mit selbst gebastelten Spielzeugen. Alle freuten sich, die drei Nonnen zu sehen. Eine alte, fast blinde Frau stand auf, streckte ihre verstümmelten Arme aus.

„Schwester Anna!", rief sie, „Schwester Anna, herzlich willkommen!"

Anna nahm sie in den Arm.

„Du hast mich gleich erkannt, Elisabeth?"

Die Frau lachte glucksend und alle anderen lachten mit.

Über dem Lepradorf lag eine große Fröhlichkeit. Nie kam ein wirkliches Gefühl von Elend auf.

Es war fast Abend, als die Ehrwürdige Mutter, Anna und Radschiff nach Bethlehem zurückfuhren. Anna war aufgewühlt. Es war verwirrend gewesen, Mark zu sehen. Sie hätte nicht sagen können, was sie fühlte. Sie betrachtete die Landschaft draußen und nahm sie dennoch nicht wahr. Die Schwester Oberin unterhielt sich während der Fahrt angeregt mit Radschiff. Einmal hatte sie sich umgedreht und Anna schweigend angesehen. Als sie in Bethlehem ankamen und Anna zur Wöchnerinnenstation hinüberging, fühlte sich diese noch verwirrter als Stunden zuvor.

Ich weiß nicht, wer ich überhaupt bin, in manchen Stunden nicht einmal, wer ich sein möchte, stellte Anna fest. Und sie hatte geglaubt, dass alles einfacher geworden wäre. In Wirklichkeit saß sie auf einem Vulkan.

***

Die nächsten Tage stürzte Anna sich wie eine Verrückte in die Arbeit. Zusätzlich zu ihren vielen Pflichten übernahm sie weitere. Sie schlief schlecht, hatte dunkle Augenringe, machte Fehler. An einem Abend ließ die Oberin sie zu sich rufen. Mit bangem Herzen klopfte Anna an die Türe des Amtszimmers.

„Herein!"

Anna trat ein, die Ehrwürdige Mutter bedachte sie mit einem Lächeln und deutete auf einen Stuhl. Anna setzte sich, senkte den Kopf. Der große Holztisch erschien ihr wie eine schützende Barriere. Die Oberin betrachtete Anna, wie sie mit gebeugtem Rücken vor ihr saß und auf ihre zusammengepressten Hände starrte. Sie war eine junge Frau, gerade mal 36 Jahre alt, sie hatte Gefühle. Wie sollte sie es Anna sagen, ohne sie zu verletzten... Sie liebte diese Schwester ganz besonders, erkannte sich in ihr wieder. Andererseits wusste sie um ihre Verantwortung. Wer konnte wissen, was aus ihrer Gemeinschaft werden würde, wenn sie jetzt nicht durchgriff.

Die Zeit erschien Anna unendlich lang, bis die Oberin zu sprechen begann.

„Ich weiß, liebe Schwester, hinter dir liegt ein langer Tag, aber ich muss mit dir reden"

Anna richtete sich auf, saß da mit geradem Rücken. Ihre Blicke begegneten sich.

„Du hast eine gefühlsbetonte Zeit hinter dir, du brauchst Frieden, um wieder Kraft für dein klösterliches Leben zu gewinnen."

Anna erschrak zutiefst.

„Gewisse Umstände lassen es angeraten sein, dass du für eine angemessene Zeit Bethlehem verlässt."

Die Ehrwürdige Mutter machte eine Pause, sprach weiter.

„Deshalb möchte ich, dass du für drei Monate ins Mutterhaus nach Deutschland gehst um dich zu erholen. Wir haben bereits alles veranlasst."

„Aber Ehrwürdige Mutter...", wandte Anna ein.

Die Oberin schnitt ihr das Wort ab, legte den Finger auf ihren Mund, stand auf und kam um den Tisch herum. Anna sprang auf, fast warf sie den Stuhl um. Verzweiflung stand in ihrem Gesicht.

„Sei nicht verzweifelt, meine Tochter, fuhr die Oberin fort, du hast eine Berufung. Du hast dich entschieden, dein Leben Gott zu weihen."

„Ich habe gedacht, dass Gott es mir leichter machen würde", flüsterte Anna unter Tränen.

„Ich auch, Schwester Anna, ich auch."

Die Stimme der Oberin klang sanft.

„Du bist unsere geliebte Tochter. Wir sollten das, was entschieden worden ist, nicht weiter erörtern. Damit werden wir nur von unseren Pflichten abgelenkt."

Anna wischte sich mit einem Taschentuch die Tränen ab, die nicht aufhören wollten zu fließen. Sie kniete nieder, legte ihre gefalteten Hände zwischen die der Ehrwürdigen Mutter. Diese strich ihr über den Kopf. Aus eigener, schmerzlicher Erfahrung wusste sie, dass die Liebe Gottes sich dem Verstand und dem Herzen manchmal entzog. Sie vermochte nicht immer das Sehnen des Herzens zu stillen, auch nicht das einer Nonne und oft auch nicht das ihre. Wer im Zölibat lebte, litt oft an großer Einsamkeit.

Die Oberin spendete Anna ihren Segen.

Anna stand auf, durch tränenverschleierte Augen sah sie die Priorin an. In deren Augen konnte sie Mitgefühl lesen. Anna drehte sich um und verließ das Zimmer.

„Komm heil zu uns zurück", hörte sie wie aus weiter Ferne die Stimme der Ehrwürdigen Mutter.

Vor Gott haben wir keinen Partner, da sind wir alle allein, dachte diese, als sie Anna betrübt nachschaute. Jeder einzelne von uns. Tief in ihrem Herzen war sie überzeugt, dass wahre Liebe niemals davon abhängig war, ob sie Erwiderung fand. Anna war stärker, als sie selber wusste, daran musste und wollte sie glauben. Annas Schmerz zerriss ihr fast das Herz.

Anna war nach diesem Gespräch völlig aufgewühlt, es fiel ihr schwer durchzuatmen. Das Weinen hatte zwar aufgehört, sie fühlte gar nichts mehr. Da war eine fremde Person namens Anna, der sie aus der Distanz zusah. Sie lief hinüber zur Kapelle. Wenige Kerzen brannten. Gott sei Dank war sie allein. Heute konnte sie keinen Menschen mehr ertragen. Mit ausgestreckten Armen legte sie sich vor dem Altar auf den kalten Steinboden. „Mutter Gottes, hilf mir!"

So hatte sie auch vor vielen Jahren gelegen, als sie ihre Gelübde ablegte. Damals waren keine Zweifel in ihr. Sie versuchte, sich auf das Gebet zu konzentrieren. Vergebens. Anna fröstelte.

Verlor sie am Ende gar ihre Berufung? Ein schrecklicher Gedanke. Fast hysterisch sprang sie auf. Sie brauchte frische Luft. Wie automatisch lenkte sie ihre Schritte in den Klostergarten. Kleine Laternen spendeten Licht. Dort setzte sie sich auf eine Bank und schaute hinauf in den mit schweren Regenwolken verhangenen Himmel. Ab und zu tauchte der hervorlugende Vollmond den Garten in ein diffuses Licht. Das, was jetzt mit ihr geschah, hatte schon lange vor der Begegnung mit Mark Seeberger begonnen. Martin fiel ihr ein. Sie hatte ihm damals nie wirklich erklärt, warum sie ihn nicht heiraten konnte. – Anna wusste nicht, wann sie erneut zu weinen begonnen hatte. Sie hielt ihr Taschentuch vors Gesicht, wiegte sich vor und zurück, ganz ihrem Kummer hingegeben. Sie weinte um alles, von dem sie geglaubt hatte, es gefunden zu haben, obwohl sie es in Wahrheit verloren hatte. Sie schluchzte immer lauter. Anna war nicht in der Lage, den Tränenfluss zu stoppen. Als sie den Kopf in den Nacken legte, fielen kühle, dicke Wassertropfen auf ihr Gesicht, vermischten sich mit den Tränen. Ein Rauschen kam näher. Auf einmal ergoss sich sintflutartiger Regen über das Land. Innerhalb weniger Sekunden war ihre Kleidung durchnässt. Anna blieb sitzen und beobachtete, wie die ausgetretenen Wege sich in schlammige kleine Bäche verwandelten. Der ausgedörrte Boden war nicht in der Lage, die herabstürzenden Wassermassen aufzunehmen. Der Regen hörte genauso plötzlich auf, wie er gekommen war. Triefend nass lief Anna in ihr Zimmer, riss sich die Kleidung vom Leib, trocknete sich ab, legte sich nackt auf ihr Bett und schloss die Augen.

Durch die noch geschwollenen Augen bemerkte Anna, dass sich das blasse Licht der Dämmerung in ihr Zimmer geschlichen hatte. Irgendwann in der Nacht musste sie eingenickt sein, vielleicht hatte sie auch nur geruht. Sie fröstelte, obwohl sie sich in der Nacht mit einem Laken zugedeckt hatte. Die Sonne war noch nicht aufgegangen. Ein Blick auf die Uhr zeigte kurz vor sechs Uhr. Sie hatte das Morgengebet verschlafen, niemand hatte sie geweckt. Zum Teufel mit den Ordensregeln und dem Gehorsam! Mit aller Macht fühlte sie ihren Schmerz wieder. Ihr Herz tat weh. War Gott noch in ihrem Leben? Was war überhaupt eine Nonne? Ein Zwitterwesen? Wie hatte eine Novizin damals zu ihr gesagt, als diese sich letztendlich gegen den Eintritt ins Kloster entschieden hatte:

„Du bist anders als ich, Anna, du stehst so fest auf deinem Platz, als wärst du mit dem Boden verwurzelt. Du fliehst nicht, wenn es schwierig wird. Und bleibst treu bei der Sache, für die du dich entschieden hast."

Anna seufzte, stand auf wickelte das Laken um sich, stellte sich ans Fenster und sah hinaus. Wie mit Diamanten besetzt glänzte der Garten nach dem nächtlichen Regen. Es war, als ob die Natur aufatmen würde. Dann auf einmal war die Sonne da. Rotgolden malte sie das Muster des Fliegengitters auf den Boden. Anna tat einen tiefen Atemzug. Hielt ihr Gesicht in die morgendlichen Sonnenstrahlen, fühlte die Wärme auf ihrer Haut. Sie schloss die Augen. Tief sog sie die vom schweren Duft geschwängerte Luft ein. Es roch nach Orangen, Jasmin, Nelken. Sogar leichten Rosenduft konnte sie wahrnehmen. Und es roch nach feuchter, warmer, afrikanischer Erde. Sie öffnete die Augen wieder. Der Regenbaum vor ihrem Fenster hatte sich seit gestern mit rosafarbenen Blüten geschmückt. Die Hibiskushecken leuchteten in Rotschattierungen. Purpur, rubin, violett, zinnober. Schmetterlinge flatterten umher.

Sie liebte diesen Ort, dieses Afrika! Sie wollte nicht fort. Langsam hob Anna die Hand, fuhr über ihr müdes Gesicht, die Wangen, das Kinn, rieb die schmerzenden Augen. Ganz plötzlich fühlte sie so etwas wie Frieden über sich kommen. Mit dem hellen Licht des Morgens war ihr, als hätte sich der furchtbare Sturm in ihrem Inneren etwas gelegt. Sie konnte sich wieder spüren. Waren ihre Gebete erhört worden? Schritte näherten sich ihrer Tür. Es klopfte.

„Ja?"

„Beeil dich, du wirst dringend im Operationssaal gebraucht!"

11

Maggie schlenderte durch den Englischen Garten. Maiengrün schmückte die Welt. Der Frühling zeigte sich von seiner schönsten Seite. Sie fühlte sich sehr lebendig. Es dauerte nur noch drei Wochen und ihr gemeinsames Leben mit Patrick würde beginnen. Sie hatte sich ihre Entscheidung nicht leicht gemacht. Freunde und Familie hielten sie für verrückt.

„Wie kannst du nur zu einem Fremden nach Afrika gehen, ihr kennt euch doch kaum!", hatte Carmen sie gedrängt, ihre Entscheidung wenigstens hinauszuschieben. „Du gibst deine Stelle als Lehrerin auf, deine Wohnung … Warte wenigstens, bis er geschieden ist."

All die Zweifler und Mahner, die es gut mit ihr meinten! Sie dagegen hörte auf ihre innere Stimme, die eindringlich sagte. „Geh zu ihm, lebe mit ihm, lass dich auf ihn ein."

Sie spürte die Sonnenstrahlen in ihrem Gesicht, die Wärme auf ihrer Haut und die Sehnsucht nach Patrick in jeder Pore. In seinen Armen musste sie nichts befürchten, sie konnte sie selbst und aus ganzem Herzen lebendig sein. Maggie hatte noch nie an ein ständiges Miteinander von zwei Menschen geglaubt, sondern daran, dass jeder, außer der Gemeinschaft, auch ein eigenes Leben hatte. Nur so konnte für sie eine Beziehung überhaupt lebendig sein. Alles würde sich finden. Gewiss, für einen Außenstehenden sah ihre

Entscheidung wie die Tat einer Abenteurerin aus und es gab durchaus Stunden, wo sie Angst bekam vor ihrer eigenen Courage. An einer schmiedeeisernen Brücke blieb sie stehen. Sie fasste mit beiden Händen das Geländer, beugte sich vor, um dem Lauf des Wassers zuzusehen. Das Ufer des Baches war üppig grün bewachsen, sah fast ein wenig afrikanisch aus. Es war still hier. Sie legte ihre verschränkten Arme auf das Geländer. Tief atmete sie die herrliche Natur ein. Sie lebte gerne in München, das war ihre Heimat. Ihre Entscheidung hatte nichts mit Flucht zu tun. Unentwegt hatte sie ihr Leben reflektiert. Über das, was sie wollte. Und sie hatte gespürt, wie mit jedem Brief und jedem Telefonat mit Patrick eine Verwandlung in ihr vorgegangen war. Alles in ihr fühlte sich hingezogen zu diesem Leben mit ihm in Afrika. Es hatte sich tiefes Vertrauen zwischen ihnen gebildet. Egal wie verrückt sich das anfühlte. Aus dem Fremden war der Mann geworden, mit dem sie ihr Leben teilen wollte. Maggie nahm ihre Arme von Geländer, setzte ihren vertrauten Weg fort. Als sie die Entscheidung für ein Leben mit Patrick in Afrika getroffen hatte, konnte sie auf eindringliche Weise wieder einmal erfahren, wie das Leben funktionierte, wenn man ihm und seiner inneren Stimme vertraute. Ein Telegramm von der Schwester Oberin war gekommen: *Schule in Bethlehem braucht noch eine Lehrerin.*

Lina, die ihre Tätigkeit in Afrika beendet hatte, verstand sie wenigstens, wie auch Schwester Anna, die sie gemeinsam im Kloster am Starnberger See besucht hatten. Auch Anna würde bald nach Lalimete zurückkehren.

Daheim nahm Maggie wieder einmal Patricks letzten Brief zur Hand.

Es ist früher Abend. Ich sitze auf meiner Terrasse und blicke auf die Berge, die sich blauviolett vor der untergehenden Sonne abheben. Kapokbäume und Palmen ragen wie schwarze Scherenschnitte in den Horizont. Die Luft ist erfüllt von schrillem Grillenzirpen. Aus der Nachbarschaft dringen Kindergeschrei, Eimerklappern, Fufu-Stampfen, Tam-Tam. Fledermäuse schwirren über meinen Kopf, die Moskitos fangen an zu stechen.

Im Hospital hat sich einiges noch mehr verbessert. Stell dir vor, wir haben endlich neue Röntgenröhren und ein neues EKG-Gerät. Das Operationsinstrumentarium wurde ergänzt. Laborgeräte sind ersetzt. Das alles haben wir Conzales und seinen Freunden in Portugal zu verdanken.

Mit einem afrikanischen Gruß möchte ich diesen Brief beenden.

Miadugu – gib mir den Weg. Natrowa kaba kaba lo – komm schnell zurück.

Voll verrückter Sehnsucht im Herzen warte ich auf dich!

Seit wir uns kennen, habe ich keinen einzigen Tag ohne dich gelebt.

Patrick

***

In gebückter Haltung rupfte Anna im Klostergarten Unkraut. Sie half Schwester Margarete, die trotz ihrer siebzig Jahre noch immer für den Garten verantwortlich war.

„Das hält mich jung, Anna", hatte sie gesagt.

Anna liebte diese Tätigkeit, so konnte sie ungestört ihren Gedanken nachhängen, da fühlte sie keinen Zwang und keine Forderungen. Anna richtete sich auf. Von hier aus konnte sie über die Gartenmauer hinweg den Starnberger See erblicken. Still, friedlich, unendlich blau lag er da. Über ihr spannte sich der bayerische Himmel. Welch wunderbare Landschaft! Boote mit weißen Segeln waren an diesem frühen Vormittag zu sehen. Weiter hinten am Horizont kreuzte ein großes Schiff den See. Wie jedes Jahr hatte auf den bayerischen Seen am Ostersonntag die reguläre Schifffahrt begonnen. Es brannte Anna in den Fingern, tätig zu sein.

Wie gern hätte sie in der dem Kloster angeschlossenen Klinik geholfen, aber das gestattete man ihr nicht. Sie sollte sich besinnen und erholen. So ein Quatsch! Sie wurde richtig zornig bei dem Gedanken. Manchmal waren ihre Nerven bei so viel Untätigkeit zum Zerreißen gespannt. Gott sei Dank war diese Zeit bald vorbei. Es war nicht immer leicht gewesen, wieder dieses so ganz andere Leben zu führen. Gehorsam und strenge Disziplin wurden gefordert. Man hatte ihr beigebracht, umgehend zu reagieren, wenn eine Glocke ertönte. Achtmal am Tag Gebete in der Kapelle, dreimal Zusammenkommen im Refektorium. Hier war das Leben der Nonnen von der benediktinischen Regel geprägt.

Sie war heilfroh, wenn die Zeit um war. Einmal war ein Brief von der Schwester Oberin aus Afrika gekommen, er war ihr bitter aufgestoßen. Fast fühle sie sich behandelt wie ein ungezogenes Kind. Es hatte lange gedauert, bis sie ihre Wut darüber loslassen konnte. Nun wartete Anna ungeduldig auf die Nachricht, dass sie endlich zurück dürfte. So schön es hier landschaftlich auch war, in Afrika fühlte sie sich lebendiger. Überglücklich hatte sie reagiert, als man ihr gestattete, wenigstens im Garten mitzuhelfen.

Anna drehte sich um. Schwester Margarete saß auf der schattigen Bank unter der mächtigen Kastanie. Wohlwollend betrachtete die alte Nonne Anna. Es ist gut, dass sie mir Vertrauen entgegenbringt, dachte sie. Auch Margarete hatte einst gezweifelt, rebelliert, gehadert. Damals war beim Eintritt in den Orden alles noch viel strenger gewesen als heute. Auch bei ihr hatte es Zeiten gegeben, wo sie sich eingesperrt fühlte in diesem Zyklus von Gebet und Arbeit, der ihr doch tiefste Befriedigung hätte bedeuten sollen. Auch sie hatte Zeiten gekannt, wo sie Dinge, die sie nicht erlebt hatte, bedauerte. Auch bei ihr hatte es Tage gegeben, wo schon das Aufwachen am Morgen ihr die Energie raubte, sodass sie kaum aus dem Bett gekommen war. Doch jetzt waren diese Bilder verblasst, die Erinnerung daran verschwommenen. Im Alter war sie gelassener geworden.

„Komm, Anna, wir ruhen uns etwas aus", rief Schwester Margarete und deutete mit einer Handbewegung auf den Platz neben sich.

Anna nickte, kam zu ihr und setzte sich auf die Bank. Schwester Margarete würde ihr Bestes tun, um diese mutige junge Frau zu unterstüttzen. Sie spürte den inneren Kampf, den Anna lange schon durchmachte. Gewiss, das widerfuhr vielen, das war mit ein Teil der Entscheidung, Nonne zu sein. Die meisten von ihnen kamen darüber hinweg. Bei Schwester Anna spürte sie instinktiv, dass alles tiefer saß. Da war noch mehr, worüber Anna nicht sprach, was sie vielleicht selber gar nicht wusste. Bei Anna war sie sich nicht sicher, ob der Platz im Kloster der richtige war. Die junge Nonne sah Schwester Margarete an. Diese war die Einzige hier, der sie vertraute. Die dicken Gläser über den alten, verbrauchten Augen konnten deren blaue Schönheit nicht verbergen. Die gelassene Miene der alten Nonne verbarg den Kummer, den sie Annas wegen fühlte.

Beide Frauen schwiegen. Anna lehnte sich zurück, blickte hinauf in den rosa blühenden Kastanienbaum. Wie wunderschön die Natur war. Sie dachte an Mark Seeberger. Die ersten Wochen hier war sie manchmal mitten in der Nacht mit Gedanken an ihn erwacht. Seine Aufmerksamkeit war eine besondere. Da wurde etwas angerührt in ihr. Er hatte sie mehr als einmal an ihr früheres Leben erinnert, an ihren Verlobten Martin. Besonders sein dunkler Lockenkopf, sein fröhliches Wesen. Es war wie ein Streicheln, von diesen grüngoldenen Augen angesehen zu werden. Einen Atemzug lang erlaubte sie sich, sich dem wunderbar warmen Gefühl hinzugeben, dann versteifte sich ihr Körper. Und immer, wenn sich ihre Gedanken auf diesen gefährlichen Pfad verirrten, presste sie die Lippen fest zusammen, um die lebhafte Erinnerung zu unterdrücken. Das tat sie auch diesmal. Sie hatte sich für ihr Leben als Nonne entschieden, dem würde sie versuchen gerecht zu werden. Schwester Margarete, die sie beobachtet hatte, nahm ihre Hand.

„Auch ich hatte meine Krisen, Anna, bis ich begriff, dass Christus mein Bräutigam ist, dass er mich liebt und dass ich mit ihm über alles sprechen kann."

Der Ton der alten Nonne verriet Mitgefühl.

„Was immer ich aufgegeben habe, wurde mir stets durch umso größere Liebe vergolten. Du sollst Gott danken, dass er dich als Frau mit allen Gefühlen geschaffen hat. Gott will keine menschlichen Wesen, die ihm nichts zu bieten haben. Je mehr sie opfern, je größer wird die Liebe."

Mit einer mütterlichen Geste strich sie Anna über die Wangen.

„Die Motive für den Eintritt in den Orden sind so unterschiedlich wie die Eintretenden selbst. Die Berufungen unterscheiden sich so vielfältig wie die Steine des Meeres."

Die unerwartete Berührung überraschte Anna, sie fuhr erschrocken zurück. Sie fühlte sich so dünnhäutig, dass sie fürchtete, weinen zu müssen. Da war viel Stolz und gleichzeitig so viel Verletzlichkeit in ihr, so viel Sehnsucht. Diese Sehnsucht war so heftig, dass sie kaum Luft bekam. Mit der Faust klopfte sie sich auf die Brust. Dann flüchtete sie in Schwester Margrets Arme, die sie liebevoll umfingen. Endlich konnte sie weinen.

Durch die hohen Fenster fiel das schräge Licht der schon tief stehenden Sonne und erhellte die Kapelle. Handgezogene Kerzen erfüllten den Raum mit dem Duft von Bienenwachs.

Seite an Seite mit den anderen Schwestern kniete Anna in der Kapelle. Verstohlen betrachtete sie die Gesichter der Nonnen. Einige zeigten eine aus Stille geborene Kraft, als hätte ihr Glaube ihr Leben durch einen Schleier gefiltert. Es waren andere Gesichter als die der Menschen draußen. Sie hatte in der Hauszeitung des Ordens persönliche Berichte über die Berufung der Nonnen gelesen. Das Auffallende war, dass alle darin übereinstimmten, eine höhere Macht hätte für sie entschieden. Als Anna die Kapelle verließ, kam Schwester Jolanda zu ihr.

„Benedicite –"

„Dominus", erwiderte Anna.

„Die Ehrwürdige Mutter möchte dich sprechen."

„Schwester, weißt du, warum?"

Die Nonne legte zwei Finger auf die Lippen, lächelte süffisant, was Annas Zorn hervorrief. Schwester Jolanda hatte sie von Anfang an nicht gemocht, und das beruhte auf Gegenseitigkeit. Anna empfand sie stets als vorwurfsvoll. Aber was konnte sie schon ausrichten, gegen diese blöde Kuh mit dem verbissenen Gesichtsausdruck. Sie schluckte ihre Wut hinunter, nickte und folgte stumm. Du machst dem Kloster keine Ehre, dachte Anna voller Verachtung. So was wie dich will Gott nicht. Kein Wunder, dass es in Deutschland keinen Nachwuchs mehr gibt.

Schwester Jolanda führte Anna hocherhobenen Hauptes zum Zimmer der Oberin. Ihre Hände hatte sie im Habit versteckt. Dort angekommen öffnete sie, ohne anzuklopfen die Türe, ließ Anna eintreten. Das Zimmer war leer.

„Setz dich", sagte die Nonne im Befehlston, „die Ehrwürdige Mutter wird gleich kommen."

Sie drehte sich um, ging und ließ die Türe offen.

Anna sah sich um. Ihre Nerven waren zum Zerreißen gespannt. Der Schreibtisch aus dunklem Ebenholz wirkte mächtig. Dort lagen ordentlich aufgestapelte Akten. Große Bücherregale nahmen zwei Wände ein. Ein Strauß Maiglöckchen auf dem Tisch, milderte die Strenge etwas. Anna fasste ihren Rosenkranz an.

„Gott, hilf mir, ruhig zu bleiben", betete sie.

Kurz darauf betrat die Mutter Oberin das Zimmer. Sie schloss leise die Türe hinter sich, setzte sich Anna gegenüber, grüßte stumm mit einem Kopfnicken. Zwischen ihnen stand wie eine Barriere der mächtige, fast Furcht einflößende Schreibtisch. Streng sah die Oberin Anna an, diese senkte den Blick.

„Bevor wir groß drum herum reden, Schwester Anna, möchte ich dir sagen, du darfst zurück nach Afrika."

Anna hob den Blick, sah in die gütigen Augen dieser Frau. Alles Strenge war verschwunden, sie lächelte. Anna nahm beide Hände vors Gesicht. Sie schloss für einen Moment die Augen, verinnerlichte, was sie gehört hatte. Glücksgefühle überwältigen sie. Tief atmete sie ein und aus. Alles Schwere und die ganze aufgestaute Wut fielen in diesem Moment von ihr ab.

„Danke", stammelte sie, „danke."

Sie sprang auf, lief um den Tisch herum zur Ehrwürdigen Mutter und nahm überschwänglich deren Hand.

„Nun, Schwester Anna, so gefühlvoll muss deine Reaktion nicht sein."

Da stand diese noch junge Nonne mit strahlenden Augen vor ihr. Die Oberin wusste um ihren Konflikt. Vielleicht hatte die Zeit hier was gebracht. Es gab in den letzten Jahren so wenig Nachwuchs für die Klöster in Deutschland, da wäre es schade, jemanden wie Schwester Anna einfach gehen zu lassen. Nicht jede Nonne hatte dieses Strahlen. Sie hatte die Gabe, andere Menschen glücklich zu machen, allein durch ihre Gegenwart. Gewiss, sie musste sich an die Regeln halten, aber solche Frauen wie Anna wurden gebraucht. Man war auch nicht mehr ganz so streng wie früher. Wenn Anna im Kloster blieb, dann würde dies bei einer Frau wie ihr eine Entscheidung des Herzens sein, eine Entscheidung fürs Leben. Und wenn nicht, nun, Anna würde auch draußen ihren Weg gehen.

„Du wirst es schon richten, Vater", betete sie leise, während sie sich für Anna freute. „Deine Wege sind unergründlich und doch immer gut."

„Ich freue mich für dich", betonte sie mit fester Stimme. „Mach das Beste draus, meine Tochter."

„Das werde ich", stammelte Anna und nahm sich vor, Schwester Jolanda heute in ihre Gebete einzuschließen. Aber leid tat ihr nicht, was sie gedacht hatte.

12

Zu Maggies Verabschiedung im Juni hatten Schüler und Lehrer die Aula mit bunten Girlanden geschmückt. Das gesamte Lehrerkollegium, die Direktorin, Frau Zeiler, und alle Schüler waren anwesend. Maggies Schüler standen zusammen mit Herrn Grünes auf der Bühne. Alle hatten sich besonders schön angezogen. Der Lehrer trat ans Mikrofon.

„Liebe Kolleginnen und Kollegen, liebe Kinder, vor allem: liebe geschätzte Kollegin Frau Neumaier! Wir wundern uns als Erwachsene manchmal, wohin unsere Träume verschwunden sind. Deshalb ist es großartig, wenn jemand sich aufmacht, um etwas Neues zu erleben. Du machst es uns vor. Wir bewundern deinen Mut, Maggie!"

Maggie lächelte still vor sich hin. So manches Mal hatte sie Angst vor ihrer eigenen Courage gehabt. Sie und Patrick kannten sich kaum. Aber wann kannte man einen Menschen schon? In ihrem Herzen war sie sich sicher, dass er der Richtige für ihr Leben sein würde. Und – sie hatte schon immer längere Zeit in den Tropen leben und arbeiten wollen.

„Und jetzt, liebe Maggie, wollen dir deine Schüler etwas mit auf den Weg geben."

Er ging zum Kassettenrekorder, der an der Seite auf einem Tisch stand, und drückte eine Taste. Laut ertönte der bayerische Defiliermarsch, Alle im Saal klatschen begeistert mit.

Yashpret und Erman, ein indischer und ein türkischer Junge aus Maggies Klasse, trugen zusammen einen kleinen Karton auf die Bühne und stellten ihn neben dem Mikrofon ab. Das Klatschen hörte auf. Die beiden öffneten den Karton, holten etwas heraus, hoben es hoch, damit alle es sehen konnten.

Die Musik setzt aus.

„Bleistifte von uns für deine Schüler in Afrika!", rief Erman.

„Ganz großartig", rief Maggie, „können wir gut gebrauchen."

Die beiden Jungs legten die Bleistifte in den Karton zurück, schoben ihn auf die Seite.

Lisa im Dirndl, mit rund um den Kopf geflochtenen Zöpfchen und roten Schleifen im Haar, trat jetzt ans Mikrofon.

„Dieses war der erste Streich und der zweite folgt sogleich", rief sie.

Lisa war sonst ein stilles, leises Kind, das nie hervorgetreten war. Maggie freute sich über ihren Mut. Die Musik setzte ein, wieder klatschten alle mit. Die überaus zierliche Noah aus Indien brachte zusammen mit Suzanna in serbischer Tracht einen weiteren Karton auf die Bühne. Wieder setzte die Musik aus. Sie öffneten den Karton, nahmen Buntstifte und Radiergummis heraus, hoben sie hoch.

„Von uns für deine Schüler in Afrika", riefen alle gemeinsam.

Maggie winkte ihnen mit beiden Armen zu und sie winkten zurück. Florian in bayerischer Tracht trat ans Mikrofon.

„Dieses war der zweite Streich", rief er aufgeregt, „… und, Frau Neumaier, du sollst jetzt mal nach oben kommen." Unsicher sah er Herrn Grünes an.

„Ich glaube du wolltest sagen, ich darf nun unsere Lehrerin heraufbitten", flüsterte ihm der Lehrer leise zu.

Florian nickte und rief ins Mikrofon „… ich möchte, dass unsere Lehrerin heraufkommt."

Alle lachten.

„Ich komme", rief Maggie laut, stand auf und eilte unter lauten Zurufen aufs Podium. Sie wusste, wie oft ihre Schüler ins Du verfielen mit ihrem kindlichen, ehrlichen Gemüt. Das hatte nichts mit mangelndem Respekt zu tun. Sie mochte alle und manche ganz besonders. Sie hatten eine wunderbare Vielfalt in ihr Leben gebracht mit all den verschiedenen Nationalitäten.

„Wie habt ihr denn das alles zusammenbekommen?", fragte eine zutiefst gerührte Maggie.

„Das verraten wir nicht", meinte Lisa, „aber du siehst, manchmal sind wir auch fleißig."

Alle Anwesenden lachten und klatschten Beifall. Mit großen Augen blickte Florian sie an.

„Es gibt ganz große Kisten davon", flüsterte er. „Wir haben extra alles klein gemacht, damit du es sehen kannst."

Maggie nickte, nahm seine Hand, drückte sie kurz und trat ans Mikrofon.

„Ich kann euch nur ein großes Danke sagen, liebe Kinder. Ich verspreche, dass ich bald schreiben werde und ihr schreibt mir hoffentlich zurück."

Große Zustimmung erfolgte. Kindergesichter, auf denen sich die Freude zeigte, schauten sie mit strahlenden Augen an. Die Direktorin, Frau Zeiler, kam nach oben, hielt eine kleine Ansprache.

„Lieber Frau Neumaier. Wir hoffen alle, dass Ihnen Ihr neues Leben gefallen wird. Wahrscheinlich ist es dort immer so heiß wie heute in München."

Tatsächlich war es ungewöhnlich heiß für Mitte Juni. Maggie liebte Hitze, da war sie in ihrem Element, das tat ihr gut.

„Wir wissen, dass Sie auf einer Missionsstation an einer Grundschule arbeiten werden. Deshalb haben wir uns überlegt, wie wir ihr neues, sicher aufregendes Leben ein wenig unterstützten könnten. Das Kollegium hat gesammelt. Herausgekommen ist ein hübsches Sümmchen."

Sie hielt einen Scheck hoch. „Eintausend Mark", rief sie und überreichte Maggie den Scheck. „Viel, viel Glück, im Namen von uns allen."

Die beiden Frauen reichten sich die Hand, schließlich umarmten sie einander herzlich. Maggie konnte nicht verhindern, dass ihr Tränen der Rührung über die Wangen liefen. Und auch Frau Zeiler wischte sich Tränen aus dem Augenwinkel. Maggie bedankte sich für die gelungene Überraschung.

„Wie schön, so verabschiedet zu werden, und wie hilfreich, dass ich mitten im Schuljahr freigestellt worden bin. Jetzt bitte ich alle nach draußen. Es gibt was Gutes zu essen und zu trinken."

Alle klatschten Beifall, und die Kinder redeten wild und laut durcheinander. Als die Türen der Aula von draußen geöffnet wurden, erklang afrikanische Musik.

Maggies Worte – „Das Buffet ist eröffnet!"– „waren bei diesem Lärmpegel kaum zu hören.

***

Als Maggie viele Stunden später mit ihrem Kollegen Herrn Grünes und ihrer Freundin Carmen das Schulhaus verließ, sah sie auf der gegenüberliegenden Seite neben dem Brunnen vor der Kirche einen Mann stehen, der ihr bekannt vorkam.

„… was bleibt, wenn man nie was Abenteuerliches macht, nichts sage ich euch, gar nichts …"

Maggie hörte nur mit halbem Ohr zu, worüber der Kollege redete. Ihre Aufmerksamkeit war ganz auf diese Person gerichtet, die ihr jetzt entgegenkam. Auf Maggies Gesicht machte sich Erstaunen breit. Mit pochendem Herzen lief sie Patrick entgegen. Carmen und der Kollege blieben stehen. Maggie und Patrick fielen einander in die Arme. Hingerissen betrachtete er Maggie, wie sie mit geröteten Wangen vor ihm stand. Ihre Augen leuchteten, das Haar war zerzaust. In diesem Moment empfand er die Liebe zu ihr so heftig, dass sich eine Faust um sein Herz zu schließen schien. Sie legte den Kopf in den Nacken und sah in seine Augen, die so tiefgründig waren wie der Ozean. Langsam hob sie die Hand und fuhr über sein Gesicht. Seine Finger umschlossen ihre Hand mit zärtlichem Griff. Sie legte ihre Finger auf seine Lippen und er küsste diese Finger, einen nach dem anderen.

„Ja, hast du geglaubt, dass ich dich ganz alleine dein neues Leben beginnen lasse?", sagte Patrick.

Er wusste, er hatte sie gefunden, seine Frau fürs Leben. Kinder wollte er mit ihr haben. Er ahnte auch, dass die Liebe zwischen ihnen eine immerwährende Herausforderung bedeuten würde. Er wusste, dass sie stolz und auch starrköpfig war. Aber das war er genauso. Diesmal würde er alles besser machen als bei Britta. Mit Maggie würde er immer einen Weg finden können. Er fühlte diesen Überschwang, der dem Glücksgefühl, dem Rausch entsprang. Er hielt sie ein wenig von sich weg.

„Die Scheidung ist durch", sagte er, „und in sechs Wochen rechtskräftig. Ich wollte dich überraschen."

Maggie hielt sich eine Hand vor den Mund, sah ihn an.

„Britta hat unterschrieben, dass wir lange schon getrennt leben, was ja auch stimmt. Ich hoffe, du heiratest mich."

Um sie herum schien die Welt still zu stehen, bis sie Carmens Stimme hörte.

„Guten Tag, Patrick, du siehst, ich habe nichts von deinem Kommen verraten."

13

Der Himmel zeigte sich noch immer wolkenverhangen. Aber das machte Anna nichts aus. Gott sei Dank darf ich wieder hier sein, in meinem geliebten Afrika, dachte sie, als sie beschwingt durch den Innenhof vom Hospital hinüber ins Kloster ging. Sie fühlte sich gut. In schweren Stunden hatte sie befürchtet, in Deutschland bleiben zu müssen. Nicht, dass es ihr dort nicht gefiel. Die Landschaft war wunderbar, die Natur blühte in verschwenderischer Fülle. Trotzdem, ihr Lebensgefühl hier in den Tropen war ein anderes.

Gestern um 5.00 Uhr früh war das Flugzeug gelandet. Patrick Stern war mit ihr zurückgeflogen. Conzales' Chauffeur hatte sie abgeholt. Schade, dass Maggie noch nicht hatte mitfliegen können.

Die Mutter Oberin hatte sie überaus herzlich willkommen geheißen, sie umarmt, auch gleich in die Pflicht genommen. So hineingeworfen zu werden in den Alltag war eine gute Möglichkeit, sich ganz schnell wieder heimisch zu fühlen und Verantwortung zu übernehmen. Die Mitschwestern hatten sie ebenfalls mit einem Lächeln begrüßt. Besonders Schwester Clara hatte sie angestrahlt und geflüstert:

„Du hast mir vielleicht gefehlt! Hoffentlich kommt der Drache nicht noch mal auf die Idee, dich fortzuschicken."

Anna hatte es genossen, mit Dr. Stern zurückzufliegen. Der befand sich im Glückszustand, weil seine Maggie bald kam. Er hatte ihr von seinem Leben erzählt, von seiner Ehe mit Britta und seiner Liebe zu Maggie. In Patrick erkannte sie eine vertraute Seele. Obwohl er um die Schwierigkeiten seiner Aufgaben in Afrika wusste, um das manchmal verzweifelte Ringen auf so vielen Ebenen, so wusste er doch genau, warum er hier war. Seine Tätigkeit machte ihm Freude und auch Maggie hatte das Herz auf dem rechten Fleck. In der kurzen Zeit, die sie und Maggie sich kannten, war eine Art Vertrauensbasis zwischen ihnen entstanden. Sie freute sich, dass Maggie hier leben würde. Sie hatte so eine Ahnung, dass sie gute Freundinnen werden könnten. Der Flug war im Nu vorbei gewesen, so intensiv hatten sie sich unterhalten. Über Mark Seeberger zu sprechen hatten sie vermieden.

Anna sah auf ihre Armbanduhr. Der Vormittag war so schnell vergangen, es blieb vor dem Mittagessen noch etwas Zeit, den Garten aufzusuchen. Eine alte Frau kam ihr im Hof entgegen. In der Hand trug sie ein Körbchen. Ihre Tochter war mit einer Gebärmutterzerreißung eingeliefert worden. Man hatte sie sofort operiert. Vergebens. Das Kind war tot, die Mutter starb kurz nach der Operation. Mit großen Augen blickte die Frau Anna an.

„Ein Geschenk für das Krankenhaus", sagte sie.

Ein Lächeln überzog ihr runzeliges Gesicht, als sie das Körbchen mit fünf winzigen Eiern überreichte. Anna nahm das Geschenk dankend entgegen.

„Es tut mir so leid", meinte diese gerührt, „dass wir deiner Tochter nicht haben helfen können."

„Das war Gottes Wille", meinte die Frau, „ihr habt euch bemüht."

Anna umarmte die Frau, bedankte sich noch mal und geleitete sie zum Tor. Es ist die Dankbarkeit dieser Menschen, dieses Vertrauen, das so tief unsere Herzen berührt, dachte sie, als sie mit hochgerafftem Rock durch den Garten zur Statue des heiligen Josef lief. Jemand hatte sie mit einer Blumengirlande geschmückt. Wie gut das tat, wieder hier zu sein! Wie schön war alles um sie herum, trotz des trüben Wetters. Für einen kurzen Moment dachte sie an Dr. Seeberger. Gott sei Dank war er irgendwo weit weg im Einsatz. Denn ein wenig spürte sie Befangenheit bei dem Gedanken, ihm gegenüberzutreten.

„Heiliger Josef", murmelte sie, „du weißt, dass ich mich wieder ganz auf meine Berufung einlassen möchte. Hilf mir dabei."

Eine Glocke ertönte. Sie eilte hinüber ins Kloster. Ein Blick durch die offene Tür zum Refektorium zeigte ihr, dass an dem langen Tisch fürs Mittagessen gedeckt war. Sie lächelte, alles war so vertraut. Hurtig lief sie hinüber in die Kapelle, reihte sich ein zu den Betenden. Sie war mal wieder zu spät.

***

Tief in der Nacht betrat Dr. Seeberger eines der überfüllten Krankenzimmer. Überall – auf Matten, auf dem Boden – lagen Patienten mit Atemwegsinfektionen und Brechdurchfällen. Auf der Kinderstation hingen immer noch zehn kleine Patienten am Tropf. Guidetta Marrozzi war bei ihnen. Er betrachtete die Schlafenden und hielt Ausschau nach seinem Sorgenschäfchen. Layla lag friedlich schlafend an der Seite ihrer Mutter, ihr Kindergesichtchen war gänzlich mit weißer Farbe beschmiert. Mark schüttelte ärgerlich den Kopf, er hatte so was befürchtet. Er weckte die Mutter, zeigte ihr, dass sie mitkommen sollte.

„Was hast du mit Layla gemacht?", ließ er sie draußen im Gang durch den Übersetzter Herrn Kozdo fragen.

Die Frau blickte auf den Boden. „Layla hat Puder im Gesicht", antwortete sie mit leiser Stimme.

„Das ist kein Puder!" Dr. Seebergers Stimme klang ärgerlich. Er wurde lauter. „Was hast du gemacht?"

Schließlich gab die Frau zu, dass sie mit dem Kind beim Medizinmann gewesen war. Mark blickte die Frau lange an.

„Normalerweise habe ich nichts dagegen, dass du den Féticheur aufsuchst. Der kann vieles heilen, das weiß ich. Aber wenn du dein Kind zu uns bringst, dann dulde ich nicht, dass du während meiner Behandlung aus dem Hospital verschwindest, zum traditionellen Medizinmann gehst und dann wieder hierher kommst." Er klang sehr ärgerlich.

Die Frau nickte, vermied es nach wie vor, ihn anzusehen.

„Entschuldigung, Docteur", murmelt sie.

„Wenn du das noch mal machst, bekommt dein Kind keine Behandlung mehr. Sag das auch den anderen."

In einer versöhnlichen Geste berührte Dr. Seeberger dann die Schulter der Frau, die blickte kurz auf.

„Du kannst jetzt wieder schlafen gehen", meinte er etwas sanfter.

Kopfschüttelnd sah er ihr nach, während der Übersetzer laut die Spucke durch die Zähne zog, zum Zeichen seiner Irritation.

Erst heute Morgen, bei der Untersuchung eines Dorfchefs, der über Impotenz klagte, hatte Mark ein Cri-cri, ein magisches Band, um seinen Unterleib geschlungen gefunden. Alles hatte sich entzündet. Das war der Grund, warum er nun doch ins Hospital gekommen war. Manchmal machte ihn das Verhalten der Afrikaner so wütend, dass er am liebsten alles hingeschmissen hätte. Aber Mark war müde, zu müde, um noch weiter zornig zu sein. Er besprach sich kurz mit seinem afrikanischen Kollegen Dr. Loma und ging anschließend durch den Hof hinüber zu dem kleinen Anbau, wo sie schlafen konnten, wenn sie hier im Buschhospital Bokoto behandelten und operierten.

Im karg eingerichteten Zimmer stand ein breites Bett mit einem zusammengefalteten Laken und einem kleinen Kissen. Darüber hing ein an der Decke befestigtes Moskitonetz. Auf einem Schemel brannte ein Öllämpchen, in der Ecke glühte eine Spirale gegen Moskitos. Mark legte sich in Unterhose und Shirt auf Bett. Das Netz ließ er fürs Erste noch oben. Gerade, als er seine Augen geschlossen hatte und im Begriff war einzuschlafen, klopfte es.

Dr. Marrozzi trat unaufgefordert ein. Sie war völlig fertig von der frustrierenden Arbeit. Einige Kinder waren heute gestorben. Was tat sie überhaupt in Afrika? War doch sowieso alles umsonst! Sie konnte nicht mehr, war völlig überdreht. Sie wollte jetzt nicht alleine sein, sehnte sich nach Trost. Sie wünschte sich, dass ein Mann sie im Arm halten würde. Mark setzte sich auf, rieb seine Augen.

„Was willst du?"

Sie schloss die Türe hinter sich, kam zu ihm ans Bett. Sie fasste unvermittelt nach seiner Hand, schaute ihn intensiv an, betrachtete seinen Körper. Draufgängerische Frauen können schrecklich sein, dachte Mark. Dennoch fühlte er sich gefangen von dieser Hand, die auf seiner lag. Ihm wurde seltsam heiß. Er fühlte sich verunsichert. Guidetta war eine Schönheit, Sie roch nach Parfum, trug ein ausgeschnittenes T-Shirt und einen kurzen Rock.

„Hören wir auf, Zeit zu vergeuden, ja?", flüsterte sie ihm ins Ohr.

Mark schwindelte. Er dachte an Anna.

„Glaubst du, das geht so einfach?"

„Pst", sie legte den Zeigefinger auf ihre Lippen. „Ich glaube nichts, ich weiß es."

Sie wirkte entschlossen. Die Erkenntnis, dass er seine Nervosität zu verbergen suchte, war beruhigend für Guidetta, ließ sie mutiger werden. Sie wollte seine Haut spüren, seine Liebkosung, seine Kraft, seine Zärtlichkeit vielleicht. Patrick Stern und diese Maggie sollten sich zum Teufel scheren. An diese Beziehung glaubte sie sowieso nicht. Maggie würde schon sehen, was es hieß, mit einem von den fliegenden Ärzten zu leben. Irgendwann würde sie ihm heimzahlen, dass er zwar mit ihr geschlafen hatte, aber nicht wirklich an ihr als Frau interessiert war. Dieser Mistkerl!

Mark bemerkte Guidettas verführerisches Lächeln, fühlte wie die Erregung in ihm aufstieg. Nichts war unwiderstehlicher als eine Frau, die Lust hatte. Sie löste das Band aus ihrem Haar. Plötzlich waren ihre Lippen auf seinen Lippen. Sie hatte Recht, worauf nahm er Rücksicht. Sie rissen sich die Kleider vom Leib. Wild und heftig fielen sie übereinander her. Es war wie ein Kampf, jeder wollte gewinnen.

Danach lagen sie für kurze Zeit atemlos erschöpft nebeneinander.

„Ich muss gehen", flüsterte Guidetta, „Dr. Loma ist allein."

Guidetta erhob sich, klaubte ihre auf den Boden liegenden Kleider auf und zog sich an. Sie band ihr Haar zusammen. In einer fast verlegenen Geste strich sie mit ihren Händen über den Rock. Sie blickten sich an, da war eine gewisse Zärtlichkeit für sie in ihm.

„Hör mal", setzte Mark an.

„Es hat uns beiden gut getan", fiel sie ihm ins Wort. „Wir sind erwachsene Menschen mit Bedürfnissen, zerreden wir es nicht."

Hinter ihrer fast spöttischen Miene nahm Mark mit einem Mal einen Ernst wahr, der sein Herz berührte.

Dr. Marrozzi war gegangen. Mark reckte und streckte sich wie eine Katze nach dem Essen.

Er hatte das Gefühl, nach diesem überaus frustrierenden Tag wieder freier atmen zu können. Komisch, er hatte immer geglaubt, dass Guidetta auf Patrick stehen würde. Und was das Beste überhaupt war, er hatte bei diesem wilden Sex nicht an Schwester Anna gedacht. Das war die Sache wert. Er drehte sich auf die Seite und schlief augenblicklich ein.

14

Das Flugzeug landete gegen 5.30 Uhr. Maggie sah aus dem Fenster. Noch war es dunkel, die Außenwelt nur schemenhaft erkennbar. Die Maschine rollte vor bis zu dem flachen Steinhaus, welches als Abflug- und Ankunftshalle diente, und kam zum Stehen. Als sich die Türen öffneten und sie nach draußen ging, schlug ihr als Erstes die feuchte, heiße afrikanische Luft entgegen. Maggie liebte diesen Geruch, es war wunderbar in den Tropen anzukommen. Beim Umsteigen heute Nacht in Nigeria war nichts davon zu spüren gewesen.

Ein Mann holte die wenigen Fluggäste an der Gangway ab, um sie in die Halle zu geleiten. Vier bunt gekleidete Afrikaner, zwei Araber in langen weißen Gewändern und drei müde aussehende Weiße folgten ihm. Alles wirkte primitiv an diesem kleinen Flughafen. Maggie war aufgeregt. Ihr Herz schlug heftig. Bald würde sie Patrick in die Arme schließen, ihren zukünftigen Ehemann.

Kaum, dass sie die Halle betreten hatte, entdeckte sie eine weiß gekleidete Nonne, die ihr zuwinkte. Schwester Anna kam ihr lächelnd entgegen. Maggie schaute sich um. Wo war Patrick? Anna bemerkte ihren suchenden Blick.

„Liebe Maggie", rief sie und breitete ihre Arme weit aus, „bevor du nach Patrick fragst, er war im letzten Moment verhindert!"

Enttäuscht schaute Maggie die Nonne an. Wie blumig hatte sie sich ihre Ankunft ausgemalt und jetzt so was. Das fing ja gut an. Anna berührte Maggies Arm. Spürte ihre Unsicherheit.

„Er war oben im Norden, der Rückflug hat sich im letzten Moment verzögert. Ich kann dir nur versichern, dass du ihn bald siehst."

Mein Gott, dachte Maggie, wie kleinlich sie sich aufführte. Ein ganzes gemeinsames Leben lag vor ihnen ... Sie sollte sich zusammenreißen.

Endlich fielen die beiden Frauen einander in die Arme, küssten sich auf beide Wangen, sahen sich an.

„Wie schön, dass du endlich bei uns bist, Maggie. Ich kann dir gar nicht sagen, wie ich mich freue."

„Und ich erst. Anna, ich bin wirklich froh, dass du hier stehst."

Anna betrachtete Maggies Gesicht. Trotz Nachtflug sah sie wunderbar aus mit diesem rötlichen, zerzausten Haar, den grünen Augen und den Sommersprossen. Das machte die Liebe, die ließ die Menschen leuchten. Die Afrikaner würden sie mögen und ihre Haare berühren wollen.

„Was glaubst du, wie ich mich erst gefreut habe, als die Ehrwürdige Mutter mich beauftragte, mit Radschiff zum Flughafen zu fahren." Anna machte eine kurze Pause. „Und was deinen zukünftigen Ehemann betrifft, den wirst du bald in die Arme schließen können."

Schwester Anna drehte sich um.

„Radschiff", rief sie einem Mann zu, der in eine Unterhaltung mit anderen Afrikanern vertieft war. Sie winkte ihn zu sich.

„Maggie, du kennst doch unseren Fahrer?"

Vor ihnen stand ein hoch gewachsener Afrikaner um die vierzig in einem quittengelb gemusterten afrikanischen Anzug. Um den Kopf hatte er einen weißen Turban geschlungen.

„Natürlich, wir kennen uns."

Maggie und Radschiff begrüßten einander herzlich.

„Der Doktor ist sehr froh, dass seine Frau kommt, er hat so lange auf Sie gewartet. Und wir", er unterstrich dies mit einer Verbeugung und großen Gesten, „haben mit ihm gewartet!"

„Das freut mich, Monsieur Radschiff, jetzt bin ich ja da."
Er nickte. „Gott ist groß."

Bis die Koffer ausgeladen waren, würde es lange dauern. Die beiden Frauen gingen vor die Türe, setzten sich dort auf eine niedrige Steinmauer. Tief sog Maggie die Luft ein. Es war schön hier draußen. Das Firmament zeigte sich blutrot, die Sonne ging auf. Ganz plötzlich war der Tag da, aus den Schatten der Nacht geboren. Um den Flughafen herum blühten Bougainvilleen und Hibiskus. Ein großer Affenbrotbaum hing voller Früchte, Palmen säumten die Zufahrtsstraße. Maggie hatte sich wieder gefangen. Nur weil Patrick verhindert war, konnte sie doch nicht enttäuscht sein. Ihr afrikanisches Leben begann doch erst.

„Ich liebe diese Morgenstunden sehr", flüsterte Anna ihr zu. „Aber mehr noch liebe ich die Abendstunde. Was mir tagsüber auch an Schwierigkeiten passiert sein mag, der Abend mildert alles, gibt mir neue Kraft, es gelöster anzusehen."

Maggie betrachtete Anna. Sie hatte vage von deren Konflikt gehört, weswegen man sie ins Mutterkloster verbannt hatte. Lina und Patrick hatten ihr davon erzählt. Niemand wusste Genaues, das ging ja auch keinen was an. Sie jedenfalls war froh, dass es Anna gab. Es war wie ein Heimkommen, sie zu sehen, sie hier zu wissen. Sie machte einen gefestigten Eindruck und – sie war eine so aparte, hübsche Person, dass Maggie auch Dr. Seeberger verstehen konnte und jeden anderen Mann auch.

Es dauerte fast eine Stunde, bis das Gepäck geholt werden konnte. Der Flughafendirektor, den Anna kannte, kam zu ihnen vor die Türe, um ihnen dieses mitzuteilen. Anna stellte ihn Maggie vor, danach Maggie ihm.

„Das ist die Frau von unserem Doktor Stern. Sie ist Lehrerin und wird an unserer Schule unterrichten."

„Wie schön, Madame, herzlich willkommen", rief Monsieur Tschogbe und schüttelte begeistert Maggies Hand.

Radschiff kam mit Maggies Gepäck und brachte es zum Auto, das ganz in der Nähe geparkt war. Der Direktor wünschte gute Fahrt. Anna und Maggie folgten Radschiff zum Wagen.

„Mit Radschiff sind wir sehr zufrieden", sagte Anna. „Er ist absolut zuverlässig. Jeden Monat, wenn er seinen Lohn bekommt, gibt er der Ehrwürdigen Mutter einen Teil davon, damit sie die Summe für ihn spart. Er verbraucht nicht viel, wohnt umsonst in dem kleinen Häuschen neben dem Krankenhaus. Seit Kurzem besitzt er Hühner und einen Hahn. Schon betreibt eine seiner Frauen Handel und verkauft Eier."

„Wie viele Frauen hat er denn?", wollte Maggie wissen.

„Zwei. Eine von ihnen lebt momentan mit den Kindern bei ihrer Familie. Sein größter Traum ist es, ein Moped und eine Farm zu besitzen."

„Bei der Geschäftstüchtigkeit, Anna, wird er das wohl erreichen."

Die beiden Frauen stiegen ein, Radschiff fuhr los. Nach wenigen Minuten verließen sie die palmengesäumte Straße zum Flughafen und nahmen die Route nach Lalimete. Draußen blühen Magnolienbäume, Jasmin, Flamboyantes und riesige Mimosenbäume. Die Landschaft zeigte sich üppig grün, es hatte viel geregnet. Majestätisch schritten die Menschen am Straßenrand dahin. Viele balancierten Lasten auf ihren Köpfen, trugen Früchte, Wurzeln, Hölzer, lebende Tiere in Körben. Die meisten von ihnen waren barfuß. Einige der Frauen trugen, eingebunden in einen Pagne, ihre Babys auf dem Rücken, und an den Händen führten sie die größeren Kinder mit sich. Ihre Haare waren kunstvoll zu Zöpfchen geflochten. Manche von ihnen trugen Schleier bis zu den Hüften oder kunstvoll geknüpfte Kopftücher. Keines der Gesichter war verhüllt. Der Saum der bunten Tücher, die sie umgeschlungen hatten, berührte manchmal das Gras. Überwältigt ließ Maggie das Schauspiel auf sich einwirken.

„Wie verzaubert war ich, als ich meinen ersten afrikanischen Morgen erlebte", wandte sich Maggie an Anna. „Als ich aus dem Flugzeug stieg, war es genauso dunkel gewesen wie heute, und plötzlich hörte ich Linas Stimme, die meinen Namen rief. Sie stand unten an der Gangway und nahm mich in Empfang. Plötzlich, ohne Dämmerung war der Tag da. Das war ganz neu für mich. Ich war überwältigt von diesem Leben da draußen auf den Straßen und neugierig auf alles."

Anna nickte zustimmend. „Afrikanische Frauen erwecken, wenn ich sie so dahinschreiten sehe, ein tiefes Gefühl der Achtung in mir. Es liegt große Würde in Gangart und der Haltung des Kopfes, findest du nicht?"

„Doch, als bewegten sie sich im Einklang mit der Landschaft."

„Hinzu kommt, Maggie, das jede von ihnen eine Aufgabe hat, eine Struktur, in der sich ihr Leben abspielt."

„Und ich, Anna, muss mir eine Strukturen erst schaffen", lächelte Maggie

„Das wirst du, das wirst du ganz gewiss." Anna griff nach Maggies Hand und drückte sie.

„Wie geht's überhaupt unserer Lina mit ihrer neuen Aufgabe?", wollte Anna wissen. Sie hatten die Fahrt fast hinter sich.

„Nun, die Arbeit im Krankenhaus gefällt ihr und Avignon scheint eine wunderbare Stadt zu sein."

„Wie ich Lina kenne, wird sie bald zu Besuch kommen", lächelte Anna. „Die lebte gerne hier, genau wie wir."

Je näher sie Lalimete kamen, desto üppiger zeigte sich die Landschaft. Sie passierten Bananen- und Palmölplantagen. Überall führten von der Straße kleine Pfade in traditionelle Dörfer mit Lehmhütten. Das Leben spielte sich draußen ab. Wann immer man ihr Auto entdeckte, winkten ihnen die Afrikaner zu.

Maggie griff nach Annas Hand.

„Ich kann dir gar nicht sagen, wie froh und dankbar ich für mein neues Leben bin. Nicht, dass mein Leben daheim schlecht gewesen wäre. Ich hatte ein gutes Leben, aber jetzt freue ich mich auf mein Leben mit Patrick in Afrika."

„Danke nicht mir, danke dem da oben", erwiderte Anna und drückte fest Maggies Hand.

„Das tue ich, Anna, jeden Tag!"

„Alles hat seine Zeit unter dem Himmel, deine Zeit ist jetzt hier."

Beide Frauen schwiegen, hingen ihren Gedanken nach. Sie mochten sich, das war von Anfang an so gewesen. Sie waren auf dem besten Weg, Freundinnen zu werden. Anna sprach als Erste.

„Obwohl vieles, wirklich vieles in diesem Land im Argen ist, lebe ich gerne hier. Es gibt Elend und schlimme Krankheiten. Die Frauen müssen sich einiges gefallen lassen. Trotzdem lebe ich lieber hier als in einem Kloster in Deutschland."

Maggie nickte. Sie konnte Anna das nachfühlen, ging es ihr doch ähnlich.

Radschiff verlangsamte die Fahrt, die Ausläufer der Alou-Berge kamen in Sicht.

„Da oben behandle ich viel." Anna zeigte Richtung Berge. „Die Leute von den Bergdörfern nennen mich seit Kurzem die fliegende Nonne."

„Wie das?"

„Wenn ich in ihren Dörfern behandle, sause ich hinterher ziemlich schnell mit dem Fahrrad den Berg hinunter." Sie zögerte eine Weile. „Ach Maggie, wie ich das liebe, so fahren zu können", schwärmte sie.

„Ich habe nicht nur ein neues Fahrrad bekommen", fuhr sie fort, „sondern auch einen neuen Namen. Die Schwester Oberin hat nur den Kopf geschüttelt, als sie davon hörte", meinte Anna und lächelte.

Der Ortsname LALIMETE erschien am Straßenrand.

„Bald sind wir in deinem neuen Zuhause", rief Anna, kurbelte das Fenster herunter und winkte den Leuten zu.

Der Chauffeur bog in eine breite, rotsandige Piste ein. Nach etwa fünf Minuten erreichten sie die Missionsstation Bethlehem. Wie war es schön, hier anzukommen. Alles schien Maggie vertraut. Die Missionsstation bestand aus größeren und kleineren weiß gekalkten Häusern arabischer und europäischer Architektur. Integriert waren Kloster, Kirche, Gästehäuser, und Hospital. Von den Veranden, die sich auf weiße Säulen stützten, rankten vielfarbige Blüten herab. Ihr war, als sei sie nie fort gewesen. Radschiff fuhr in den Hof, hupte laut und hielt neben den breiten Treppenstufen, die zum Haupteingang des Hospitals führten. Zwei Männer, die dort saßen, sprangen sofort auf, liefen zum Auto, öffneten die hinteren Türen, um Schwester Anna und Maggie aussteigen zu lassen.

„Herzlich willkommen, herzlich willkommen", riefen sie.

Im Hof herrschte reges Treiben. Angehörige der Kranken saßen vor offenen Feuerstellen und bereiteten Essen zu. Kinder spielten mit aus leeren Dosen gebastelten Autos, die sie mit einem langen Stock vorwärts bewegten. An der Seite, auf den weiß gekalkten Steinen, die den Hof umgrenzten, saßen Kinder der Grundschule mit ihrer Lehrerin, Frau Musanga. Alle trugen Schuluniformen und Palmwedel in ihren kleinen Händen. Vier von ihnen hatten eine Trommel vor sich. Vor der Lehrerin befand sich ein großer Korb mit Früchten.

Am offenen Eingangstor hatte ein kleiner Junge gestanden. Als er die beiden Frauen ankommen sah, hatte er sich blitzschnell umgedreht und war zu den Kindern im Hof gelaufen. Die stellten sich umgehend in Hufeisenform auf. Frau Musanga, eine kräftig gebaute Frau um die Dreißig, gekleidet in ein zweiteiliges buntes afrikanisches Gewand mit dazu passendem Kopfputz, gab ihnen ein Zeichen. Trommeln setzten ein, die Kinder begannen rhythmisch in die Hände zu klatschen und zu singen. Über Maggies Gesicht ging ein Strahlen, das hatte sie nicht erwartet.

„Willkommenslied für die neue Lehrerin und die Frau vom Docteur", flüsterte Anna.

Die Leute aus dem Hof waren näher gekommen, um dem Schauspiel beizuwohnen. Die meisten fielen auf ganz natürliche Weise mit ihren Körpern in den Rhythmus ein.

Die Schwester Oberin kam zusammen mit Schwester Clara aus dem Hospital, beide blieben oben auf der Treppe stehen. Die Ehrwürdige Mutter rief Radschiff etwas zu, er nickte daraufhin und verschwand im Haus. Als das Lied zu Ende war, überreichten die Kinder Maggie die Palmwedel. Der kleine Junge, der am Tor gewartet hatte, trat vor, überreichte ihr den Korb mit den Früchten.

„Immer sollst du gute Wege haben", rief er lächelnd.

Er trat zurück in die Reihe. Frau Musanga begrüßte Maggie herzlich, schüttelte lange ihre Hand.

„Gute Ankunft, willkommen, willkommen!"

„Ihnen und den Kindern von ganzem Herzen Dank", erwiderte Maggie gerührt und wischte sich mit dem Handrücken ein paar Freudentränen ab, die über ihre Wange kullerten.

Die beiden Nonnen kamen die Treppe herunter, um Maggie zu begrüßen.

„Meine liebe Maggie Neumaier", sagte die Schwester Oberin, hielt ihre Hände und schaute ihr tief in die Augen. „Herzlich willkommen im afrikanischen Zuhause. Sicherlich haben sie Ihren zukünftigen Ehemann erwartet. Er wurde mal wieder gebraucht. Ich habe gerade über Funk erfahren, dass er bald hier sein wird."

„Danke, Ehrwürdige Mutter."

Maggie wird sich hier wohl fühlen, dachte die Oberin. Und sie würde Dr. Stern gut tun. Er war bei ihr gewesen, hatte über vieles gesprochen. Sie war erstaunt, wie sehr er sein Herz geöffnet hatte.

Er war in seiner ersten Ehe nur standesamtlich verheiratet gewesen. Die beiden konnten also kirchlich heiraten. Gott sei Dank. Denn ohne den Segen Gottes war alles nichts. Es war schön zu sehen, wie glücklich sie ihr gemeinsames Leben begannen. Nie hatte sie das so vor Augen gehabt wie diesmal. Hoffentlich ging diese Ehe gut. In der heutigen Zeit zerbrach manche Beziehung nach kurzer Zeit. Die Menschen gaben zu schnell auf, anstatt erst einmal abzuwarten. So wie auch das Abwarten bei Schwester Anna sie wieder zurückgeführt hatte in ihre Klostergemeinschaft. Das hoffte sie jedenfalls. Gewiss, es war nicht immer leicht für sie als Oberin, sie musste streng sein, obwohl sie das in ihrem Herzen manchmal gar nicht war. Das wiederum wusste nur Schwester Kreszentia in Alala. Sie war ihre Vertraute – und der da oben. Niemand ihrer Klostergemeinschaft ahnte, dass es auch bei ihr so manche Stunde gab, wo sie dem Namen Ehrwürdige Mutter keine Ehre machte.

***

Patrick stand an der offenen Türe und blickte zum Himmel. Da braute sich was zusammen. Schwül und drückend war es heute. In der kleinen Außenstation im Busch, die sie diesmal aufgrund der akuten Fälle außerplanmäßig angeflogen hatten, war alles gut gelaufen. Seit gestern waren sie hier. In Bälde würden sie zurückfliegen. In wenigen Stunden würde er Maggie in den Armen halten. Seine Maggie. Heute begann ihr gemeinsames Leben. Er schloss die Augen, sah sie vor sich, wie sie nach der Liebe eng umschlungen und schläfrig mit ihm dagelegen war, ihre Wange an seine Brust schmiegte und er aufgeregt sein eigenes Herz hatte schlagen hören. Wenn sie ihn ansah, hatte er das Gefühl, der Mittelpunkt ihrer Welt zu sein. Zwischen ihr und ihm bestand diese Vertrautheit, die aus einer aufrichtigen Liebe erwuchs. So war es von Anfang an gewesen. Noch jetzt staunte er darüber, wie alles gekommen war. Und er musste ihren Mut bewundern, mit welcher Entschlossenheit sie ihm nach Afrika folgte. Die letzten Tage hatte es ihn Mühe gekostet, sich zu konzentrieren. Was half, war die jahrelange ärztliche Routine. Kaum zwei Stunden Schlaf hatte er abbekommen letzte Nacht, dennoch fühlte er sich nicht müde. Er öffnete die Augen, drehte sich um und ging zurück zu Augustin, der die letzten Patienten verband und mit Tabletten versorgte. Auf diesen Krankenpfleger konnte er sich verlassen, gäbe es nur mehr von seiner Sorte.

Patrick sah auf seine Armbanduhr. Sie zeigte kurz vor 10.00 Uhr. Es war die Uhr, die sein Vater ihm vor vielen Jahren geschenkt hatte. Du lieber Himmel, vor einem ganzen Menschenleben! Sein Vater hatte sich Schwächen und Krankheiten gegenüber stets ungeduldig gezeigt. Alles Körperliche konnte in seinen Augen gemeistert und überwunden werden, wenn man nur wollte. Dass er gerade in diesem Moment an ihn dachte, wo ein ganz neues Leben für ihn begann. Er hätte Maggie gemocht, da war er sich sicher.

Heute fühlte er, dass sein Vater immer sein Bestes gewollt hatte. Und doch hatte er Vaterliebe vermisst. Sie nie gefühlt. Wie unglücklich war er gewesen, als er schon als kleiner Junge ins Internat gesteckt wurde. Starre Stunden, Schlafsäle mit dreißig Betten, schmale Kost. Zwischen den anderen Schülern war er oft ein Außenseiter. Um der schrecklichen Realität zu entfliehen, träumte er sich in andere Welten. Dort wurde er angenommen und geliebt. Viele Jahre später, noch als junger Erwachsener erzählte er Leuten begeistert von dieser Zeit, bis er irgendwann begriff, dass er sich im Rückblick eine Jugend konstruiert hatte, die es in Wirklichkeit nie gegeben hatte.

Er wünschte sich so sehr eine Familie, Kinder mit Maggie. Diesmal würde er es besser machen als bei Britta. Wie sehr hatte sein Leben sich zum Guten verändert. Ach Vater, schade, dass du an meinem Leben nicht mehr teilhaben kannst.

Just als Patrick die Ambulanz betrat, wurde ein Vierzehnjähriger mit einem Schlangenbiss eingeliefert. Es gab eine kleine Bissstelle über dem rechten Außenknöchel. Dieses Bein war doppelt so dick wie das linke. Er war schon fast bewusstlos. Dennoch schrie das Kind bei jeder Berührung, als Patrick sich das Bein näher ansah. Sein Vater stand völlig erschöpft neben der Liege. Er hatte sein Kind sechs Stunden lang von seiner kleinen Farm bis hierher getragen.

„Habt ihr die getötete Schlange mitgebracht?", ließ Patrick über den Pfleger fragen, der ein Serum brachte.

Ratlos schüttelte der Vater den Kopf.

Patrick injizierte es langsam. Hoffen wir, dass es das richtige ist und es nicht zu einer Blutgerinnungsstörung kommt. Tatsächlich, nach circa zwanzig Minuten ging die Schwellung etwas zurück. Patrick atmete auf.

„Gott sei Dank, Docteur, haben wir Schlangenserum, weil Sie da sind!"

„Das kannst du laut sagen, Augustin."

Patrick betrachtete den Jungen, der leise vor sich hin wimmerte. Er strich ihm über den Kopf, lächelte ihm zu.

„Jetzt wird alles gut, du musst ein paar Tage zur Beobachtung hier bleiben."

Erleichtert atmete der Vater auf, griff nach Patricks Hand und bedankte sich weinend.

Nun war es so weit, die Patienten waren versorgt, die Ärzte konnten zurückfliegen. Maggie war sicher schon auf dem Weg nach Lalimete. Patrick gab Augustin letzte Anweisungen für die nächsten Wochen. Danach erst würden sie wieder turnusmäßig hier im Einsatz sein. Er nahm seine Tasche, ging zum Flugzeug. Die Regenwolken hatten sich verdichtet. In diesem Moment zuckten mächtige Blitze durch die Landschaft, Donnerschläge folgten unmittelbar, Regenmassen begannen niederzuprasseln. Innerhalb weniger Sekunden war Patricks Kleidung durchnässt. Der Regen lief ihm in breiten Streifen übers Gesicht, kühlte ihn ab an diesem heißen Vormittag. Er genoss es. Aus Erfahrung wusste Patrick, dass das Unwetter bald enden und die Sonne die Pfützen in atemberaubender Schnelle trocken würden. Wild und pochend fühlte er die Sehnsucht nach Maggie. Er hatte sich noch niemals so lebendig gefühlt. Bald würde er bei ihr sein.

„Die Götter haben noch viel zu sagen", rief Augustin, der unter dem Hausdach stand, Patricks Tasche neben sich, die dieser ihm gereicht hatte.

Die Weißen sind schon seltsame Menschen, dachte er. Stellen sich mitten in den Regen und lachen auch noch dabei. Aber der Docteur, der war in Ordnung. Er konnte immer viel von ihm lernen. Vielleicht durfte er mal mitfliegen, das war sein Traum. Bisher hatte er sich nicht getraut zu fragen. Aber irgendwann, da würde er sich trauen. Dann wäre er der Einzige weit und breit, der viel zum Erzählen hätte abends auf dem Dorfplatz unter dem Sprechbaum. Die Frauen würden ihn mit ganz anderen Augen betrachten. Er wäre begehrt und könnte sich die Schönste von ihnen aussuchen.

Nach etwas zehn Minuten hörte der Regen genau so plötzlich auf, wie er begonnen hatte. Die Wolken verzogen sich, der Himmel klarte auf, die Sonne schien wie zuvor. Wassertropfen blieben an Stirn und Wange hängen, benetzten Patricks Lippen. Er fuhr mit der Zunge darüber und leckte sie ab. Im blendenden Licht der Tropen begleitete Augustin ihn zum Flugzeug, wo der Pilot in der Cessna wartete.

„Na, wie fühlt man sich so, wenn die Liebste auf einen wartet?", rief Ronny ihm zu.

„Verdammt gut", antwortete Patrick und zog sein nasses Shirt über den Kopf. Aus seinem Gepäck kramte er ein trockenes heraus, zog es sich über und stieg ein.

Ronny startete ziemlich holprig. Die Cessna nahm Fahrt auf, erhob sich. Der kurze Schauer hatte dem Boden nicht wirklich was anhaben können. Patrick saß neben Ronny und streckte die Beine aus. Entspannt lehnte er sich zurück. Jetzt konnte nichts mehr schiefgehen. Er stieß einen kurzen Freudenschrei aus. Er war in Afrika und sein wahres Leben mit Maggie begann heute.

Ronny betrachtete ihn von der Seite. Eigentlich hatte Patrick Maggie am Flughafen abholen wollen, dachte er. Aber bei dem gingen die Kranken vor. War ja ein guter menschlicher Zug. Hoffentlich verstand Maggie das. Wenn ich sie wäre – nun ja. Vielleicht gewöhnte sie sich so auch gleich dran. Was soll's, mich geht das nichts an.

„Wie ich das göttliche Empfangskomitee kenne", wandte er sich an Patrick, „wird deine Maggie sich gut aufgehoben fühlen in Bethlehem."

„Da bin ich mir sicher!"

Die beiden Männer lächelten einander zu. Das kleine Flugzeug gewann an Höhe, flog eine Schleife. Das Letzte was die beiden sahen, war ein winkender Augustin, umringt von vielen Kindern.

15

Maggie und Patrick fuhren die Hauptstraße entlang. Überall zeigte sich pralles, buntes, lautes Leben. Bald bog Patrick auf eine rotsandige, unebene Piste ab. Zu beiden Seiten breiteten sich Ölplantagen aus. Die Landschaft zeigte sich üppig grün. Mit leuchtenden Augen fasste Maggie nach Patricks Arm, drückte ihn.

„Ich bin so aufgeregt!", rief sie.

Er sah zu ihr hinüber, lächelte ihr zu, schaute aber gleich wieder auf den Weg. Die Schlaglöcher erforderten seine ganze Geschicklichkeit. Bald bogen sie erneut ab, diesmal in eine noch schmalere

Piste. Überall standen kleine Steinhäuser und traditionelle Lehmhütten. Patrick hupte dreimal. Kurz darauf erschien auf dem Weg ein Afrikaner, der mit beiden Händen winkte.

„Da ist Mafunde, unser Hausboy."

Kaum, dass Patrick den Namen ausgesprochen hatte, war Mafunde verschwunden. Sie hielten vor Patricks Haus.

Umgeben von einer weiß gekalkten Steinmauer, stand der Bungalow allein inmitten eines blühenden Gartens. Das Eingangstor war mit Blüten und Palmwedeln geschmückt. Fasziniert betrachtete Maggie ihr neues Zuhause. Sie kannte das Haus, Lina hatte es ihr gezeigt. Damals hatte sie nicht ahnen können, dass sie in diesem schönen Haus einmal leben würde. Und jetzt war sie hier. Sie konnte es kaum glauben. Das Leben ging schon seltsame Wege. Mafunde öffnete an der rechten Hausseite das große Tor. Patrick fuhr in den Hof und stellte das Auto ab. Beide stiegen aus.

Miranda kam angerannt. Der Hund lief sofort zu Maggie und beschnupperte sie. Schön sah er aus, wie eine Mischung aus Schäferhund und Collie. Sie streichelte seinen Kopf. Mit großen Augen blickte er sie an. Dann lief er zu Patrick, sprang an ihm hoch. Der packte seinen Liebling bei den Vorderpfoten.

„So Miranda, das ist dein neues Frauchen!"

Mafunde hatte das Tor geschlossen, stand abwartend, etwas verlegen da. Maggie ging zu ihm, streckte ihm die Hand entgegen.

„Ich freue mich sehr, Sie zu sehen, Monsieur Mafunde. Der Doktor hat mir erzählt, was Sie alles für ihn tun."

Mafunde nahm ihre Hand, drückte sie fest.

„Gute Ankunft, gute Ankunft, Madame Docteur!", rief er immer wieder. Dabei senkte er den Blick und wollte gar nicht mehr Maggies Hand loslassen.

„Haben Sie das Haus geschmückt?"

„Ja, Madame."

„Sie haben mir eine große Freude gemacht. Ich danke Ihnen sehr, wir werden uns bestimmt gut vertragen."

„Ja, Madame Docteur", antwortete Mafunde, noch immer nach unten blickend.

„Monsieur Mafunde, bitte nennen Sie mich Madame Maggie. Mein Mann ist der Docteur, nicht ich."

„Ja, Madame Docteur."

Zwischenzeitlich waren die Bewohner der umliegenden Häuser näher gekommen. Neugierig, mit gebührendem Abstand beobachteten sie das Geschehen.

„Das ist meine Frau", rief Patrick.

Alle lachten und winkten.

„Gute Ankunft", rief es von überall her.

„Ich bin mir sicher, der ganze Ort weiß bald Bescheid, dass die Frau vom Doktor angekommen ist. Hier spricht sich alles schnell herum. Du wirst sie noch kennenlernen, deine vielen Nachbarn."

Maggie bedankte sich für das herzliche Willkommen.

„Auf gute Nachbarschaft", rief sie. Alle freuten sich.

„Glückliche Ankunft", riefen sie immer wieder, „glückliche Ankunft, Madame."

Mit so einem herzlichen Willkommen hatte Maggie nicht gerechnet. Ihr Herz war voller Freude. Es fühlte sich wunderbar an, hier leben zu dürfen. Kein bisschen fremd fühlte sie sich. Ihr war, als wäre sie nach Hause gekommen. Bald schon würde sie die Gegend erkunden und sich bei den Leuten vorstellen. Ach, es gab so viel Wunderbares zu entdecken.

***

Patrick betrachtete Maggie, wie sie dastand, als hätte sie immer schon in Lalimete gelebt. Er fühlte sich glücklich, dass sie jetzt bei ihm war. Was für ein Tag! Gott sei Dank hatte jeder begriffen, dass er mit Maggie erst einmal alleine sein wollte. Am liebsten wäre

Conzales heute schon vorbei gekommen, und alle anderen auch. Wie sehr liebte er diese Frau!

„Jetzt komm erst einmal ins Haus", schlug Patrick vor.

Er ging durch den blühenden Vorgarten voraus und öffnete die Haustüre. Er ließ Maggie in den großen Salon eintreten, ging zur Terrasse, öffnete beide Flügeltüren und trat hinaus. Maggie warf einen flüchtigen Blick ins Wohnzimmer. Gemütlich sah es aus. An der Decke zirkulierte ein großer Ventilator. Sie folgte auf die Terrasse und schaute sich begeistert um. Der große Innenhof war entlang der Gartenmauer mit blühenden Hecken bepflanzt. Weiter hinten wuchsen zwei Akazienbäume und eine Palme. Der sandige Boden im Innenhof war fein säuberlich gerecht, zeigte ein aufwendiges Muster.

„Wie schön!", freute sich Maggie.

„Mafunde kehrt morgens und abends den Hof, so kann man gleich feststellen, ob eine Schlange darüber gehuscht ist."

„Ist das schon passiert?"

„Noch nie." Patrick lachte und zog Maggie an sich.

Auf der mit einer Balustrade eingefassten Terrasse stand ein großer Holztisch mit vier Stühlen. Zwei Stufen führten hinunter in den Garten. Der Hund rannte an den beiden vorbei und legte sich unter einen Hibiskusstrauch.

„Das ist sein absoluter Lieblingsplatz", meinte Patrick.

Maggie ging hinunter in den Garten zu einer gelb-orange blühenden Pflanze und roch daran.

„Das riecht ja herrlich!, Wie heißt diese Pflanze?"

„So was darfst du mich nicht fragen, da wendest du dich an Schwester Pauline, die kennt sich bestens aus."

Über die Gartenmauer hinweg konnte man die Plantagen sehen, an denen sie vorbei gekommen waren, und die grünen Ausläufer der Berge von Alou. Dazwischen wie hingetupft, die Runddächer traditioneller Lehmhütten.

Patrick blickte nach oben. Kein Wölkchen war zu sehen, kein Lufthauch zu spüren. Heute war es besonders heiß. Die Häuptlinge und Ältesten in den Dörfern hatten ihm sorgenvoll berichtet, dass seit einigen Jahren Regen und Trockenzeiten sich völlig verschoben hätten. Früher war Regenzeit, Regenzeit. Jetzt dagegen gab es selbst während der Regenzeit lange, trockene Perioden.

„Wie schön es hier ist!" Voller Begeisterung war Maggie zurück auf die Terrasse gekommen.

Patrick legte den Arm um seine Maggie und drückte sie fest an sich. Sie lehnte ihr Gesicht an sein Gesicht.

„Ich bin überwältigt, ich kann dir gar nichts sagen, wie berührt ich mich fühle."

Sie dachte daran, wie sie heute einen Moment lang befangen waren, als sie sich wiedersahen. Sie musste sich in den Arm zwicken, weil sie es noch immer nicht glauben konnte. Und auch er hatte manchmal befürchtet, dass sie nicht kommen würde. Dass sich alles verflüchtigen würde, wie so vieles im Leben.

„Du wirst dich sicher frisch machen wollen?", hörte sie Patricks Stimme. „Aber bevor du das tust, stoßen wir an."

Patrick ging in die Küche, kam mit einer Flasche Champagner und zwei Gläsern zurück. Sie setzen sich an den Tisch. Patrick öffnete die Flasche, goss ein, reichte Maggie ihr Glas. Sie stießen miteinander an, sahen sich in die Augen.

Bin ich es wirklich, die hier sitzt? Ich, Margarete Neumaier, genannt Maggie? Ihr war, als ob sie träumte.

Wie scheu sie mir gegenüber war, heute, als wir uns begrüßten, dachte Patrick. Ich begehre sie so sehr, ich kann an nichts anderes mehr denken, aber ich lasse ihr Zeit. Alles in ihm war in Aufruhr. Hatte es je eine Britta gegeben, mit der er verheiratet war? Das alles war so weit weg. Maggie war da, mit ihr würde er Kinder haben, eine richtige Familie gründen. Etwas, was er sich immer gewünscht und nie bekommen hatte. Er wusste, Maggie wollte das Gleiche, sie hatten darüber gesprochen. Erstaunlich, über was sie alles geredet hatten. Patrick stellte sein Glas ab, stand auf, zog Maggie zu sich hoch, nahm sie ganz fest in seine Arme. Überaus zärtlich küsste er sie.

„Unser gemeinsames Leben, Maggie, das soll richtig gut anfangen."

Still spürten sie die Gegenwart des anderen. Schön hatte er das gesagt, genau so wollte Maggie es auch. Sie hatten ein ganzes Leben miteinander vor sich. Es fühlte sich wunderbar an, zu jemandem zu gehören.

„Möchtest du etwas essen?", fragte Patrick nach einer Weile.

„Um Gottes Willen, die Schwestern haben mich so abgefüllt, dass ich nichts runterbekomme, aber wie ist es mit dir?"

„Ich habe während des Flugs gegessen, mich quält ein ganz anderer Hunger."

„So, so", meinte Maggie.

„Komm, ich zeig dir das Haus."

Patrick nahm Maggie an die Hand und zog sie hinter sich her. Sie folgte ihm lachend.

„Den Salon hast du ja schon inspiziert. Das riesige Sofa mit den bunten Kissen und der Tisch mit den zehn Stühlen, das war schon im Haus. Alles andere ist von mir. Und jetzt folgen Sie mir bitte, Madame Docteur, wie Mafunde dich nennt."

An der rechten Seite des Hauses lagen die Küche, Patricks Arbeitszimmer, sein Schlafzimmer, ein Gästezimmer. Dazwischen gab es zwei Duschen und zwei Toiletten.

„Ganz schön groß", rief Maggie. „Man sieht von außen gar nicht, wie geräumig das Haus ist."

Ihr gefiel, was sie sah, wobei die Atmosphäre sehr männlich war.

„Wenn wir zurück sind, kannst du alles umkrempeln, wie du möchtest. Außer mein Zimmer, das muss genauso bleiben."

„Zurück sind?" Maggie sah Patrick fragend an.

„Jetzt komm erst mal an, mach dich frisch und dann erzähle ich dir von meiner Überraschung. – Noch was: Wenn du Mafunde

Monsieur Mafunde nennst, ist er verlegen, nenne ihn einfach Mafunde, das gefällt ihm."

„Ich möchte mit dir verreisen, Maggie."
Erwartungsvoll schaute sie ihn an.
„Wir fahren ans Meer. Ich konnte eine Woche frei bekommen."
Sie spürte, wie sehr er sich freute, ihr dies bieten zu können, aber wenn sie ehrlich war, wäre sie viel lieber hier geblieben.
„Nur so entgehe ich irgendwelchen eingeschobenen Diensten. Man kann mich dort nicht erreichen."
„Das ist natürlich ein schlagendes Argument."
„Ich habe über Conzales ein Haus am Strand mieten können, du wirst Augen machen."
Seine Begeisterung kannte keine Grenzen. Gut, dass sie nichts gesagt hatte.
„Flitterwochen am Meer, ohne Störung!", rief Patrick.
Er hatte ja recht. Nun freute sich auch Maggie.
Sie unterhielten sich, tauschten sich aus. Maggie erzählte von ihrem Abschied in München von den Geschenken der Schule, die bald eintreffen würden. Von ihrer Vorfreude auf die Arbeit als Lehrerin in Bethlehem. Bald war jede Befangenheit, einem tiefen Verständnis gewichen, so als wären sie schon lange ein Paar. Und doch fieberten beide dem Moment entgegen, wo sie sich auch körperlich lieben würden. Es war, als zögerten sie es bewusst hinaus, jeder auf seine Art.
Sie hatten eine zweite Flasche Champagner geöffnet, Maggie saß auf Patricks Schoß. Zwischen dem Anstoßen und Trinken küssten sie sich. Der Hund lag am Boden und schaute zufrieden zu.
„So schnell wirst du mich nicht mehr los, Miranda", sagte Maggie zu ihm.
„Und so was sagst du zu meinem Hund?"
„Soll ich es etwa zu dir sagen?"
„Kannst du, das würde mir gefallen."

Patrick wiegte Maggie hin und her, strich ihr die Haare aus dem Gesicht, streichelte sie. Er hielt es fast nicht mehr aus, er wollte unbedingt mit ihr zusammen sein. Patrick sprang auf, zog sie mit einem Ruck hoch.

„Wie wär's mit einem Nachmittagsschlaf?"

Statt einer Antwort streckte Maggie ihm ihre Arme entgegen.

***

Gefiltertes Sonnenlicht drang durch das Moskitonetz. Patrick lag aufgerichtet neben der schlafenden Maggie und betrachtete sie. Sie öffnete die Augen, blinzelte ihn an. Da war so viel Liebe in ihrem Blick. Sie warf sich ihm in die Arme.

„Ich bin unbeschreiblich glücklich", flüsterte sie.

Langsam hob sie die Hand, strich über sein Gesicht. Erst über die Wangen, dann über das Kinn. Seine Haut war von der vielen Sonne gegerbt. Maggie streichelten seine Brust, konnte seinen Atem fühlen, seinen Herzschlag. Die Sehnsucht nach einander war immer noch da.

Genüsslich und sinnlich zogen die Stunden dahin. Sie schliefen ein und kaum, dass sie erwachten, liebten sie sich erneut mit großer Neugier aufeinander. Patrick hatte das Gefühl, nicht nur sie zu umarmen, sondern in ihr die ganze Welt. Niemand hatte ihn seit Ewigkeiten so berührt. Zum ersten Mal erfüllte eine Frau sein Herz und seinen Geist. Mit jedem Zusammensein wurde alles kostbarer. Sie fühlten sich einander nah. Da gab es viele gleiche Gedanken, Wünsche, Zukunftsträume. Wie von selbst, war aus ihnen ein Liebespaar geworden.

Als der Horizont sich am Abendhimmel zu färben begann, rosa, perlgrau, orange, setzten sie sich wieder hinaus auf die Terrasse. Nun waren beide hungrig. Patrick servierte ein wunderbares Essen, das Madame Faruda, die Libanesin am Marktplatz, als Willkommensgruß für Maggie zubereitet hatte. Genüsslich tunkten sie den Rest der roten scharfen Soße mit Brot auf. Dazu tranken sie Bier. Die Nacht kam schnell. Erste Sterne erschienen am Firmament. Die Blätter der Bäume und Büsche wurden dunkler und dichter, allerorts raschelte es. Als sie fertig gegessen hatten, trugen sie das schmutzige Geschirr in die Küche, spülten und trockneten es ab, damit keine Ameisen über die Speisereste herfallen würden. Danach setzten sie sich wieder hinaus.

Das Rufen unzähliger Fledermäuse und das rhythmische Schlagen der Trommeln erfüllte die Luft. Patrick beugte sich zu Maggie. Seine Lippen küssten die Stellen unterhalb ihres Halses. Maggie verharrte still, sie fürchtete, mit der kleinsten Bewegung den Zauber des Augenblicks zu durchbrechen. Gesättigt von so viel körperlicher Liebe blickten sie einander an, schweigend und glücklich. Sie fühlten sich vollkommen entrückt von der Welt. Seite an Seite lauschten sie der afrikanischen Nacht.

Maggie erwachte von dem gleichmäßigen Summen des Deckenventilators und Patricks Küssen auf ihrem Rücken. Sie drehte sich zu ihm um. Auf die Ellbogen gestützt betrachtete er sie. Die Sonne schien durch die Vorhänge, tauchte den Raum in flüssiges Gold. Das Moskitonetz hatten sie nicht benützt. Wie ein Baldachin schwebte es zusammengebunden an der Decke. Maggie rieb sich den Schlaf aus den Augen, dehnte genüsslich ihren Körper. Sie hatte wenig, aber herrlich geschlafen. Weit streckte sie ihre Arme nach Patrick aus. Worte, Mund und Hände verführten sie erneut. So begann ihr erster Morgen im gemeinsamen Leben.

Nachdem sie sich geliebt hatten, war Patrick aufgestanden und in die Küche gegangen. Maggie legte sich auf die Seite, bedeckte sich mit dem zerwühlten Baumwolllaken. Sie fühlte sich so glücklich, wie man nur sein konnte. Plötzlich hörte sie sehr laute Reggae-Musik. Mit einem Ruck setzte sie sich auf. Die Musik kam von draußen.

Patrick brachte ein Tablett mit zwei Tassen Kaffee, einem Teller frischer Ananas und vielen Servietten. Um seine Hüften hatte er ihren Pagne gebunden. Er zog einen Hocker heran, stellte das Tablett ab.

„Frühstück", rief er.

So plötzlich wie die laute Musik alles beschallt hatte, verstummte sie wieder.

„Was war denn das?", fragte Maggie, während sie zufrieden von dem Kaffee schlürfte.

„Du meinst die laute Musik?, lächelte Patrick verschmitzt.

„Daran musst du dich wohl gewöhnen. Eine unserer Nachbarinnen ist seit Tagen im Besitz eines Kassettenrecorders. Seitdem kommen alle in den Genuss ihrer Errungenschaft."

Patrick saß auf dem Bettrand, nahm ein Stück Ananas und biss hinein. Rechts und links lief ihm der Saft herunter. Er nahm eine Serviette, wischte sich über den Mund.

„Afrikaner stört laute Musik überhaupt nicht", fuhr er fort. „Im Gegenteil! Ich habe schon mal gebeten, die Musik leiser zu stellen, wenn ich vom Nachtdienst komme. Darauf ist sie sofort eingegangen. Für eine Weile jedenfalls", sagte Patrick lachend. „Offenbar hat sie sich gerade darauf besonnen, dass ich daheim bin."

Als Patrick Teller und Tassen zurück in die Küche brachte, kam Miranda angelaufen. Aufgeregt dreht sie einige Runden. Dann kam sie zu Maggie ans Bett, ließ sich von ihr streicheln.

„Du musst mich jetzt mit ihm teilen", flüsterte Maggie dem Hund zu und war sicher, dass der sie verstand. Miranda lief nach draußen. Maggie hörte, wie Patrick die Terrassentüre öffnete und sie raus ließ.

Als Patrick zurückkam, war Maggie wieder eingedöst.

„Maggie, aufwachen!"

Mit überaus verschmitzter Miene stand Patrick vor ihrem Bett. Die Hände auf dem Rücken, als ob er was verstecken würde.

„Aufgepasst", rief er und verbeugte sich.
„Madame, vor sich sehen Sie einen Magier."
Schlaftrunken setzte Maggie sich auf. Was war das denn?
Schon begann Patrick, verschiedenfarbige Tücher aus seinem Ärmel zu zaubern. Maggie hielt sich die Hand vor den Mund, so sehr musste sie lachen. Er ließ eine Münze hinter seinem Ohr verschwinden. Plötzlich war da eine Zigarette, dann war ein Finger seiner Hand verschwunden. Marktschreierisch untermalt, bot er allerlei Zauberkünste dar. Griff immer wieder in die Kiste, die hinter ihm stand.
„Wahrhaftig, ich lebe im Hause eines Zauberers", rief Maggie, die jetzt ganz wach war und sich herrlich amüsierte.
„Da staunst du, was?"
„Ja, da staune ich."
Der Schalk eines kleinen Jungen blitzte aus seinen Augen.
„Das hättest du nicht erwartet, oder?"
„Nein, wirklich nicht."
„Meine zukünftige Frau muss doch wissen, was ihr Mann alles kann."
„Ich bin begeistert."
„Das dachte ich mir. Jede Frau sollte von ihrem Mann begeistert sein."
Damit warf er sich aufs Bett. Lachend wälzten sie sich herum, bis sie unsanft auf den Steinboden fielen und dort eine Zeitlang miteinander weiterlachten.

16

Es war später Nachmittag. Mark verarztete den letzten Patienten. Mit dem Handrücken wischte er sich den Schweiß von der Stirn. Mein Gott, war das schwül heute. Guidetta und er hatten einige besonders schwierige Fälle gehabt. Manchmal hatte er so richtig die Schnauze voll von allem. Und gar hier in diesem verdammten kleinen Buschhospital im Norden, wo so vieles an Material fehlte. Angeblich wusste niemand, wohin immer wieder alles auf seltsame Weise verschwand. Sein Verdacht ließ sich kaum beweisen. Die zwei Mitarbeiter und die Hebamme waren tüchtige Menschen, aber was nützte ihnen das, wenn sie nicht behandeln konnten, weil manchmal sogar Verbandsmaterial fehlte. Als die Ärzte das letzte Mal hier behandelt hatten, war die Apotheke noch besser bestückt gewesen. Zum Glück waren sie über die Flying Doctors bestens ausgerüstet, sonst wäre ihre Arbeit überhaupt nicht möglich.

„So, nun sind wir fertig", meinte Mark zu seinem letzten Patienten.

„Danke, Docteur, großen Dank."

Stolz betrachtete der junge Mann seinen verbundenen Arm. Heiter und frohen Schrittes verließ er die Krankenstation.

„Komisch." Mark bemerkte, dass seine Hände zitterten. Ihm war auch ein wenig schwindelig. Seit heute Morgen hatte er nichts gegessen. Er atmete tief durch und war froh, den Tag überstanden zu haben. In dem Moment ging die Türe auf, Guidetta kam herein.

„Mein lieber Mark", sagte sie, „wir müssen hier übernachten, sie haben einen Sandsturm gemeldet. Wir können frühestens morgen zurückfliegen."

„Verdammt noch mal", fluchte Dr. Seeberger, „auch das noch!"

„Was ist denn mit dir los?", wunderte sich Guidetta. „Seit wann reagierst du so aggressiv auf eine völlig normale Situation? Das ist doch nichts Neues!"

Sie drehte sich um, verließ den Raum und schloss die Türe mit einem lauten Knall.

Seit jener Nacht damals hatten Mark und sie nicht mehr miteinander geschlafen. Er wich ihr aus. Im Grunde genommen war es ihr egal. Sie glaubte sowieso nicht an Liebe und Treue.

Bevor sie es zuließ, dass ein Mann sie benützte, benütze sie ihn. Einer hatte ihr mal sehr wehgetan, das war viele Jahre her. Treue hatte er ihr geschworen, heiraten hatte er sie wollen, wenn er geschieden wäre. Er hatte sich nie scheiden lassen und ihre eigene italienische Mutter hatte sie zur Abtreibung gezwungen.

Guidetta stand im zweiten Behandlungsraum. Die Arbeit war getan, alles aufgeräumt und wieder an seinem Platz. Sie sah auf die Uhr. Gleich würde es dunkel werden. Efia, die Hebamme, brachte ein Tablett mit drei geöffneten Flaschen Bier und drei Gläsern. Sie stellte das Tablett auf einem Tischchen ab, reichte Guidetta eine Flasche und ein Glas.

„Vielen Dank, Efia, das kommt wie gerufen."

Guidetta trank die Flasche in einem Zug leer, ihr Glas blieb unbenutzt. Efia schmunzelte. Sie selbst trank nie Alkohol. Sie nahm Guidetta die Flasche ab, stellte sie zurück auf das Tablett.

„Madame Docteur, wir haben Zimmer für Sie, den anderen Doktor und den Piloten hergerichtet, ich möchte es Ihnen zeigen."

Guidetta folgte ihr zu den zwei strohgedeckten Rundhütten hinter der Krankenstation. Sanitäre Anlagen gab es nicht, dafür eine Kalebassendusche.

Da blieb wohl nichts anderes übrig, als sich abzufinden, dachte Mark, als er das Bier, das Efia auch ihm gebracht hatte, austrank. Es schmeckte gut, beruhigte ihn; er hätte noch eins vertragen können.

„Efia, hast du noch ein Bier für mich?"

„Leider nein, Monsieur Docteur."

Efia lächelte verlegen. Sie war eine tüchtige, liebenswerte Person, das Bier hatte sie extra für die beiden Ärzte und den Piloten besorgt. Mark ging zu seiner Tasche, die im Eck auf dem Steinfußboden lag, nahm einige Scheine heraus und reichte sie ihr. Er war sich bewusst, dass dies viel zu großzügig bemessen war, aber auf diese Weise konnte er ihr wenigstens ein bisschen unter die Arme greifen.

„Danke, Docteur."

Efia steckte die Scheine ein. Sie mochte diesen Doktor sehr, meist gab er ihr was für ihre große Familie. Und Docteur Patrick hatte ihr auch schon viel geschenkt. Sie hatte gehört, dass dieser Doktor sich eine Frau aus der Heimat genommen hatte. Das war bestimmt eine große Ehre, die Frau eines solchen Mannes zu sein. Vielleicht brachte er sie einmal mit, dann würde das Dorf für diese Frau singen, tanzen und ihr ein Geschenk machen.

Wohlwollend betrachtete Mark Efia. Ihn berührte die Selbstverständlichkeit, mit der diese Menschen in Afrika, die selber nur wenig besaßen, einem Fremden was abgaben. Bier in Flaschen war ein großer Luxus, den sich die meisten nur ab und zu gönnen konnten. Diese heitere Großzügigkeit versöhnte ihn immer wieder mit den Stunden, wo er fast verzweifelt war, weil nichts klappte. Er wusste, dass Efia viele Münder von ihrem Gehalt stopfen musste und es Zeiten gab, da die kargen Gehälter von der Regierung nicht einmal bezahlt wurden.

Es war spät in der Nacht, als Mark und der Pilot zurück zur Buschstation stapften. Ihre Taschenlampen ließen den kleinen Pfad nur schwer erkennen. Am wolkenverhangenen Himmel waren kaum Sterne zu sehen. Ab und an lugte ein fahler Mond hervor, beschien die trockene Landschaft. Ronny und er hatten in der schäbigen Kneipe ziemlich viel Bier getrunken, fünf Tüten Chips gegessen, weil es nichts anderes gab, und die anwesenden Afrikaner dazu eingeladen. Sein Zittern hatte völlig aufgehört, er fühlte sich wieder besser. Die Übelkeit war weg. Der erwartete Sandsturm hatte sich auch verzogen.

Guidetta war nicht mitgekommen. Sie war wohl sauer auf ihn. Die schöne Guidetta! Ein Rasseweib! Viele standen auf sie. Gewiss, der Sex mit ihr war toll gewesen, aber an einem tiefen Punkt in seinem Herzen wusste er, dass es nicht richtig war. Nun es war eben passiert. Sie sah das genauso. Es war ja auch nicht gut, ein Verhältnis mit einer Kollegin zu haben, das brachte Verdruss. Sie mochten sich. Sehr sogar. Ihre täglichen Zankereien gehörten dazu, wie das Salz in der Suppe.

„Ich schlafe im Flieger", meinte Ronny, als sie bei der Buschstation angekommen waren. „Gute Nacht, schlaf gut, Mark."

„Du auch."

Damit trennten sich ihre Wege.

Auf einem kleinen Hocker vor der Rundhütte flackerte ein Petroleumlämpchen. Dort stand Guidetta und rauchte eine Zigarette. Sie trug ein tief ausgeschnittenes T-Shirt und eine lange Leinenhose. Mark kam näher.

„Kannst du nicht schlafen?"

„Die Hitze macht mir zu schaffen und die verdammten Fliegen!"

Sie fuhr sich mit der Hand über den Hals, wischte sich den Schweiß ab.

Er stand nun vor ihr. Sie hob ihren Kopf und sah ihn an. In ihren Augen standen Tränen

„Manchmal finde ich unseren Job ganz schön beschissen", flüsterte sie.

Guidettas Kummer berührte Mark. Einem Impuls folgend nahm er sie in seine Arme, zog diesen bebenden Körper an sich. Halbherzig versuchte sie sich ihm zu entziehen. Auf einmal war er sich nicht mehr sicher, ob zwischen ihnen nicht doch mehr war, als er sich eingestand.

„Da haben wir heute wohl beide einen schlechten Tag, was, Guidetta?"

Sie nickte. Sein Ton machte ihr klar, dass er es nicht herablassend meinte. Tief in ihrem Innern spürte sie, wie sich etwas zusammenkrampfte und plötzlich begann sie laut zu schluchzen. Sie wollte nicht, dass er sie so sah. In seinen Armen empfand sie

Scham. Er griff in seine Hosentasche und reichte ihr ein Taschentuch. Sie wischte ihre Tränen ab. Zärtlich küsste er ihr Gesicht. Sie ließ es geschehen. Bald reagierte ihr ganzer Körper, sie schmiegte sich an ihn. Er ließ seine Fingerspitzen in den tiefen Ausschnitt ihres Shirts gleiten, spürte, wie sie erbebte. Zu aufgewühlt, um zu sprechen, beobachtete sie seine Hände. Ihre Küsse wurden heftiger.

Kurz darauf stürzten sie sich in den Sex. Wild fielen sie übereinander her, suchten das Vergessen der mühevollen Tagesstunden. Sie genossen ihre Körper. Für ein paar Stunden schliefen sie und als der Morgen kam und die Hütte sich in ihrer ganzen Schäbigkeit zeigte, empfanden sie keine Nähe mehr zueinander, auch keine Freude über die lustvollen Stunden der Nacht. Als sie sich küssten, geschah dies rasch und flüchtig.

Was hatte Guidetta nur, dass sie ihn mit einem fast verachtenden Blick betrachtete?, dachte Mark. Ihm war nicht bewusst, dass er im Moment höchster Lust Annas Namen gerufen hatte. Guidetta war es, als hätte er eine alte Wunde berührt, die nun wieder anfing zu schmerzen. Energisch entriss sie ihrem Leben die Freuden der Nacht. Aufgewühlt stand sie auf, wandte sich von Mark ab und suchte nur noch das Vergessen.

Beide verabschiedeten sich von Efia. Die anderen Mitarbeiter waren bereits in den Dörfern unterwegs. Kinder liefen lachend neben ihnen her, als sie zum Flugzeug gingen.

„Wie geht's Schwester Anna?" Guidettas Stimme klang beiläufig.

„Wie soll es ihr gehen?", antwortete Mark erstaunt, „ich habe sie noch nicht wieder gesehen, seit sie zurück ist."

Guidetta holte tief Luft, fuhr sich mit dem Handrücken über den Mund und schüttelte den Kopf.

„Wieso fragst du ausgerechnet jetzt nach Schwester Anna?"

Mark sah sie von der Seite an, ihr Blick war starr nach vorne gerichtet.

„Ich habe sie wirklich noch nicht gesehen. Glaubst du, dass ich dich belüge, Guidetta?"

„Ich frage mich, ob du dich nicht selber belügst." Sie zögerte, dann fuhr sie fort. „Irgendwie habe ich gedacht, das mit uns ..."

Aufgewühlt fiel er ihr ins Wort. „Wir haben uns nie etwas versprochen."

„Halt dein verdammtes Maul", schrie sie ihn plötzlich an. „Du bist scharf auf sie, das ist alles. Ist doch toll, eine Nonne flachzulegen und dazu noch eine hübsche."

Die Kinder wussten nicht so recht, was sie von den Ausbrüchen halten sollten. Erschrocken, mit großem Abstand blieben sie zurück. Sprachlos blieb auch Mark stehen, mit einem solchen Ausbruch hatte er nicht gerechnet.

„Ich glaube, die ist cleverer als du, die spielt mit dir."

Guidetta konnte sich gar nicht beruhigen. Sie schlug mit beiden Händen auf Marks Brust. Der wehrte sich nicht, schüttelte nur immer wieder den Kopf.

„Hör auf, Guidetta, hör auf", schrie er sie schließlich an und versuchte vergebens, ihre Hände festzuhalten.

Sie riss sich los.

„Ist doch aufregend, den Doktor bis zu einem gewissen Grad zu verführen und dabei unantastbar zu bleiben."

Ihre Stimme überschlug sich fast. „Du bist ein verdammter Narr."

Sie schlug sich an die Stirn, drehte sich um und eilte zum Flugzeug. Er war genau wie alle Männer. Verlogen und feige.

„Scheißkerl. Die blöde Guidetta, die kann ja zwischendurch mal herhalten", murmelte sie.

„Du machst alles kaputt!", schrie Mark ihr hinterher.

Mit einem Mal war die letzte Nacht zerstört. Und er hatte geglaubt, sie zu kennen. Er hatte sich getäuscht.

Ronny wartete mit einem Kaffee auf sie. Schweigend reichte er ihnen die Tassen. Er hatte einiges von diesem Streit beobachten können und fragte lieber nicht nach. Zwischen den beiden hatte es mal wieder gekracht.

Bevor sie abflogen, ging er noch einmal prüfend um die Cessna herum. Als er einstieg, sahen zwei missmutige Gesichter durch ihn hindurch. Guidetta saß neben ihm, Mark hatte sich in den hinteren Sitz fallen lassen. Hoffentlich stritten die beiden Hitzköpfe nicht während des Fluges weiter.

Als Ronny startete, betrachtete Mark seine Hände. Sie zitterten wieder und ihm war unglaublich heiß. Als die Cessna sich erhob, sah er unten noch die Kinder winken. Er fühlte sich so unendlich müde, dass er kaum die Augen offen halten konnte. Sie hatten die Flughöhe noch nicht erreicht, da schlief er schon tief und fest.

„Mark, Mark?"

Es war Guidettas Stimme, die wie aus weiter Ferne zu ihm vordrang. Jemand befühlte seine Stirn. Er öffnete die Augen.

„Ich glaube, dir geht's nicht gut."

Sie war auf dem Sitz neben ihm, betrachtete und befühlte ihn. Er versuchte sich aufzusetzen. Mein Gott, fühlte er sich zerschlagen, so als wäre ein Auto über ihn gefahren. Er schloss seine Augen.

„Ich tippe auf Malaria", hörte er sie sagen.

„Na bravo, hat mich eh gewundert, alter Knabe, dass du noch nie was abbekommen hast", hörte er die heitere Stimme von Ronny. „Ich dachte schon, du wärst resistent."

Ronnys Heiterkeit war vorgetäuscht. In Wirklichkeit sorgte er sich um seinen Freund. Aber Gott sei Dank würden sie in weniger als einer halben Stunde in Bethlehem landen.

***

Zusammen mit vier Trägern wartete Schwester Anna an der Landepiste des Hospitals.

Als die Nachricht über Funk gekommen war, dass Dr. Seeberger erkrankt sei und stationär aufgenommen werden müsse, hatte sie gedacht, ihr Herz würde aussetzen. Genaues wusste man nicht. Er war seit Beginn seiner Tätigkeit in Lalimete noch nie krank gewesen. Ihre Hände griffen zum Rosenkranz.

„Mutter Gottes, hilf ihm und mir", betete sie. Mach, dass er nicht schwer erkrankt ist, und lass unser Wiedersehen gut verlaufen."

Wie oft hatte sie ihn in den vergangenen Monaten aus ihren Gedanken verdrängt. Sie war so durcheinander.

Am Himmel tauchte die Cessna auf. Der Pilot flog eine Schleife, landete, ließ das Flugzeug langsam ausrollen. Es kam fast dort zu stehen, wo die Helfer warteten. Alles ging schnell und routiniert vonstatten. Schon lag Mark zugedeckt auf der Trage. Dr. Marrozzi hatte ihm während des Fluges eine Infusion gelegt. Mark hielt die Augen geschlossen, er wirkte apathisch, obwohl sein Körper von Schüttelfrost befallen war. Anna betrachtete ihn mit bangem Herzen. Mit schnellen Schritten trugen die vier Männer Dr. Seeberger ins Hospital. Dr. Marrozzi und Schwester Anna folgten. In einem der Behandlungszimmer bettete man ihn auf eine Liege. Dr. Marrozzi begann umgehend mit der Untersuchung und den Tests. Anna war mit ins Behandlungszimmer gekommen. Mark lag ziemlich mitgenommen da, er hatte hohes Fieber. Als Dr. Marrozzi etwas aus einem der Schränke holte, befühlte Anna Marks Gesicht. Er glühte.

„Doktor Seeberger", flüsterte Anna immer wieder leise, „hören Sie mich?"

Er aber schien nichts zu hören. Erkannte er denn ihre Stimme nicht mehr? Das Wiedersehen mit Mark hatte sie sich anders vorgestellt. Sie ertappte sich dabei, dass sie sich immer ausgemalt hatte, wie er sie nach ihrer Rückkehr aus Deutschland begrüßen würde. Sie war wirklich völlig durcheinander.

„Ich schaffe das allein, Schwester Anna." Dr. Marrozzis Stimme klang entschieden. „Sie haben doch sicher zu tun?"

„Ist gut", nickte Anna. „Sie halten mich auf dem Laufenden?"
„Aber ja, Sie hören von mir."

Anna ging, Guidetta sah ihr nach. Seltsam hatte sie sich benommen, diese Anna. Als wäre noch kein Kranker hier eingeliefert worden. Sie hatte doch tatsächlich alles stehen und liegen lassen, um bei Mark zu sein, das war doch sonst nicht ihre Art. Gerade am Vormittag gab es Arbeit ohne Ende für sie. Benahm sich so eine Nonne? War da doch mehr, als sie bisher vermutet hatte? Unterhielten die beiden vielleicht sogar ein Verhältnis? Nein, schalt sich Guidetta, sie ging zu weit in ihrer Fantasie. Sicher hatte Schwester Anna ihre Begierden besser im Griff als sie.

Anna musste sich tagsüber sehr beherrschen, nicht doch zu Mark zu laufen. Mit eiserner Disziplin schaffte sie es, ihre Pflichten wahrzunehmen. Sie war heute so fahrig gewesen, so unkonzentriert. Es war schon spät am Abend, als Dr. Marrozzi endlich Entwarnung gab.
„Keine schwere Form von Malaria", berichtete sie. „Der Gute liegt jetzt für ein paar Tage flach. Morgen können Sie ihn besuchen."
Anna wäre so gerne gleich zu ihm gegangen, den ganzen Tag hatte sie sich auf diesen Moment gefreut.
„Morgen?" Anna sah Dr. Marrozzi an.
„Ja", nickte diese, „er schläft jetzt. Wir wollen ihn doch nicht stören. Ich sehe heute Nacht nach ihm."
Hörte Anna da so etwas wie Schadenfreude aus Dr. Marrozzis Stimme heraus?

In dieser Nacht wurde Anna zu zwei schwierigen Geburten gerufen, was ihr gerade recht kam, denn sie konnte keinen Schlaf finden. Bei der zweiten Frau musste sie Dr. Marrozzi für einen Kaiserschnitt hinzuziehen. Diese war dann gleich im Hospital geblieben, bewohnte das Zimmer neben Mark. Anna bewunderte Dr. Marrozzi, was ihre Professionalität bei der Arbeit betraf. Nichts konnte sie aus der Ruhe bringen. Eine tüchtige Person, diese Guidetta, und eine äußerst attraktive Erscheinung. Und doch auch unnahbar, was ungewöhnlich war für eine Italienerin. Anna konnte nie mit ihr warm werden. Da war etwas an ihr, was keine Nähe zuließ.

Am Morgen ging Anna als Erstes nach den Babys sehen, die in der Nacht auf so dramatische Weise das Licht der Welt erblickt hatten, und nach ihren Müttern. Als sie in das Zimmer kam, untersuchte Dr. Marrozzi gerade eine der Wöchnerinnen.

„Guten Morgen, Schwester Anna", grüßte sie fröhlich, „Seeberger geht's besser. Er ist schon wieder unverschämt zu mir, ein gutes Zeichen. Sie können ihn heute besuchen."

Sie hatte momentan ein enormes Pensum alleine zu bewältigen, da ja auch Patrick nicht anwesend war. Die Schwester Oberin hatte eindringlich darum ersucht, dass man Dr. Stern nicht zurückrief.

Anna freute sich und beschloss, sobald sie etwas Luft hätte, würde sie für einen Sprung zu Dr. Seeberger laufen. Doch es wurde ein überaus turbulenter Tag. Zwei weitere Notoperationen mussten eingeschoben werden, bei denen Anna Dr. Marrozzi assistierte. Als sie endlich fertig waren, war es schon Abend.

Anna stand im Vorraum des Operationssaals und sterilisierte diverse Bestecke. Sie hätte auf der Stelle einschlafen können. Aber sie wollte unbedingt Mark Seeberger besuchen. Es war ihr, als könne sie nicht hinübergehen ins Kloster, bevor sie ihn nicht gesehen hätte. Sie sah auf ihre Armbanduhr. Schon fast 19.00 Uhr. Wieder einmal hatte sie alle klösterlichen Gebetszeiten verpasst. Wie gut, dass sie aufgrund ihrer Tätigkeit nicht den starren Regeln des Klosterlebens unterworfen war. Sie wusste von anderen Oberinnen, die nicht so tolerant waren wie die ihre.

Zaghaft klopfe Anna an Marks Türe.

„Herein", rief eine Frauenstimme.

Dr. Marrozzi saß an Marks Bett, sie hängte gerade die Infusion ab, dabei schäkerten sie miteinander. Seeberger und Marrozzi! War da etwas zwischen den beiden? Anna grollte mit sich selbst, weil es ihr im ersten Moment nicht gelang, ihre Enttäuschung zu verbergen.

Als Mark Anna sah, ging ein Leuchten über sein Gesicht.

„Geht es Ihnen besser?", hörte Anna sich fragen.

„Ihr Anblick allein, Schwester Anna, ist mir schon große Heilung."

Anna schüttelte verlegen den Kopf.

„Dann geh ich mal lieber", meinte Dr. Marrozzi sarkastisch und stand auf.

Guidetta hatte sich umgezogen. Sie trug ein korallenrotes Leinenkleid, in dem sie überaus fraulich wirkte. Anna hatte genau dieses Rot immer geliebt. Es gehörte zu den Farben, die sie im Habit am schmerzlichsten vermisste.

„Danke, Guidetta, für alles."

Sie nickte. „Schlaf gut, du ungeduldiger Zappelphilipp."

„Gute Nacht, Schwester Anna", sagte sie freundlich und verließ das Krankenzimmer.

Anna trat zum Bett, Mark saß aufgerichtet darin. Das Kissen hinter ihm war völlig zerknautscht.

„Warten Sie, Dr. Seeberger", sagt Anna", ich richte Ihnen Ihr Kissen, damit Sie besser sitzen können."

Als Anna ihre Hand nach dem Kissen ausstreckte, hielt Mark sie am Arm fest und blickte sie an. Er griff nach ihrer Hand, drehte sie um und – unfassbar – drückte einen Kuss auf die Innenseite ihres Handgelenks. So leicht, dass sie nicht einmal sicher sein konnte, ob dies überhaupt passiert war. Für einen kurzen Moment ließ sie ihre Hand bei ihm. Es war die erste gefühlsbetonte Geste, die er an ihr beobachtet hatte, der erste Hinweis darauf, dass sie gar nicht so beherrscht war, wie sie immer tat. Mit einem Ruck zog sie ihre Hand dann zurück. Sie wich seinem Blick aus. Das war alles zu viel für sie. Plötzlich stellte sich wieder dieses Gefühl ein, hilflos durch den Nebel zu tappen.

„Du Närrin, zerstör diesen Moment nicht!" Mark war zum ersten Mal ins Du verfallen.

Eine Weile herrschte Stille zwischen ihnen.

„Anna, es tut mir leid, wirklich, ich weiß nicht, was mich getrieben hat, Sie so in Verlegenheit zu bringen. Ich muss mich entschuldigen."

Durch das Sie war die Intimität durchbrochen. Sie atmete auf. Mein Gott, was geschah mit ihr?

„Wie lange kennen wir uns schon, Schwester Anna?"

Sie antwortete nicht.

„Wenn ich Sie verletzt haben sollte, bitte ich um Verzeihung. Ich möchte Sie nicht beunruhigen."

„Warum tun Sie es dann?"

„Wie lange kennen wir uns?" Er ließ nicht locker.

„Ich zähle die Zeit nicht."

„Warum sind Sie so schroff zu mir, was habe ich Ihnen getan?"

Kerzengerade stand sie neben Marks Bett. Ihre Nerven waren zum Zerreißen gespannt, ihr Herz war entblößt. Sie fühlte diese lange unterdrückten Impulse, unmissverständlich körperlicher Natur, dass sie fast Angst empfand. Sie hatte das Gelübde der Keuschheit freiwillig abgelegt. Es gehörte zu den Bedingungen, eine Nonne zu sein, und es war mehr als nur körperliche Zurückhaltung. Sie hatte wirklich geglaubt, es sei eine Zierde der Seele. Und jetzt. Sie kam sich vor wie eine Reisende in einem fernen Land, die nur herumirrte. Er hatte ihr Herz zu einer offenen Wunde gemacht und sie wusste jetzt, diese Wunde war schon lange offen und konnte so nicht heilen. Und da war sie wieder, diese unbändige Sehnsucht in ihr.

„Bitte, bleiben Sie nicht so stumm und so unnahbar", hörte sie Marks Stimme.

Anna war jetzt zum Fenster gegangen, drehte ihm den Rücken zu. Wie Scherenschnitte wirkten die Silhouetten der großen Palmen draußen. Abrupt drehte sie sich zu ihm um.

„Lassen Sie mir meinen Frieden!" Sie schrie es fast hinaus. „Lassen Sie mir meinen teuer erkämpften Frieden."

Bewegt sah er sie an. Er musste immerzu an sie denken. Wenn sie nicht da war, fehlte ihm was. Er liebte sie, das wusste er jetzt, aber das durfte nicht sein. Er konnte die Frau, die er liebte, doch nicht so in Bedrängnis bringen.

„Anna, ich …"

Noch bevor Seeberger ausgesprochen hatte, verließ Anna den Raum. Hilflos und betrübt, mit dem schmerzlichen Gefühl, von der Frau die er liebte auf Distanz gehalten zu werden, sah Mark ihr nach. Ihre hartnäckige Entschlossenheit nötigte ihm Respekt ab. Aber, sie entfernte sich dadurch auch weiter von ihm. Gefangen in einem Schutzpanzer, aus dem sie ihre Kraft bezog, der sie aber auch isolierte und für ihn unerreichbar machte.

Fluchtartig, völlig aufgelöst, verließ Anna das Hospital, eilte hinüber in den Konvent. Wie konnte sie in diesem Gefühlsaufruhr ihren Mitschwestern gegenübertreten? Aber sie musste dorthin, man erwartete das. Im Refektorium begegnete sie den seltsamen Blicken ihrer Mitschwestern. Die Mutter Oberin sprach gerade das Tischgebet.

Als diese geendet hatte, nahm Anna ihren Platz ein. Plötzlich empfand sie den Druck des Gemeinschaftslebens fast unerträglich. Die Ordensregeln erschienen ihr völlig bizarr.

Annas Krise ist nicht überwunden, dachte die Mutter Oberin, als sie Anna betrachtete. Sie hatte ein gutes Gespür für ihre Kinder und Anna lag ihr besonders am Herzen. Sie konnte nur für sie beten, darauf vertraute sie. Auf die Macht des Gebetes. Und doch gab es auch bei ihr Stunden, wo sie zweifelte, wo sie verzagt war und wo kein Gott ihr beistand. Stunden, wo sie ihre Berufung nicht mehr finden konnte. In solch schweren Momenten war es die Pflicht und Verantwortung, die man ihr auferlegt hatte, die ihr half.

„Ehrwürdige Mutter, darf ich mich heute etwas früher zurückziehen?", bat Anna ihre Vorgesetzte nach dem Essen.

„Ich weiß, meine Tochter, du hast letzte Nacht viel leisten müssen und der Tag hat dich auch nicht geschont", antwortete die Oberin, nachdem sie eine Weile überlegt hatte, ob sie Anna dies wirklich gestatten sollte.

Ihr war zu Ohren gekommen, dass manche Mitschwester glaubte, dass Anna sich alles herausnehmen könnte. Und in gewisser Weise stimmte es, dass sie einen Narren an Anna gefressen hatte. Sie sah sich selber als junge Nonne, in all ihren Schattierungen. Gut, dass sie in Afrika waren. Hier stellten sich ganz andere Herausforderungen im medizinischen Bereich, und Anna verstand ihr Handwerk. Als sie fehlte, was das eine mittlere Katastrophe gewesen. Und sie kannte Annas Konflikt. Sie hoffte und betete, dass Anna ganz zu ihrem Leben als Nonne zurückfinden würde, und das konnte bei einem Menschen wie ihr niemals mit Druck und Verboten geschehen. Wenn die im Mutterhaus auch nur eine Ahnung davon hätten, würde dies sicherlich Konsequenzen auch für sie bedeuten. Sie blickte in Annas große Augen, konnte darin lesen wie in einem Buch.

„Wir wünschen dir eine gute Nacht, Schwester Anna. Mögen Engel über dich wachen."

Anna wälzte sich unruhig hin und her, fühlte sich unendlich erschöpft, ausgelaugt. Es dauerte lange, bis sie einschlafen konnte. Als sie in den frühen Morgenstunden erwachte, erfüllte Blumenduft ihre Zelle und sie ertappte sich bei dem Gedanken, wie es sein würde, Marks Körper zu spüren.

17

Die Sonne war gerade aufgegangen. Maggie und Patrick saßen am weitläufigen Strand und blickten aufs Meer. Wie ein endloser Teppich aus Smaragden glitzerte die Wasseroberfläche. Nur das leichte Auslaufen der Wellen war zu hören. Ein Vogelschwarm formierte sich, zog in einer eleganten Kurve einen Kreis. Seit fast einer Woche bewohnten sie die Strandvilla. Die Tage waren ausgefüllt mit Liebesstunden, Erzählen und Pläneschmieden für die gemeinsame Zukunft. Es war ein so gutes Ankommen miteinander, beide fühlten, es richtig gemacht zu haben.

Patrick legte sich auf den Rücken, schloss die Augen. Maggie saß neben ihm, betrachtete sein Gesicht. Es wirkte weich, das Leben hatte bisher wenig Spuren darin hinterlassen. Seine jetzt etwas längeren Haare verstärkten diesen Eindruck. Wie er so dalag, glich er einem Jungen. Froh war sie, dass er ein Mann war, der Gefühle zeigen konnte und – einer mit großem Humor. Sie lachten gerne miteinander. Aus dem Fremden in Afrika war ihr Mann geworden. Sie fühlte große Freude, hier mit ihm leben zu dürfen. Sie stand auf, zog ihn am Arm.

„Komm!", rief sie, „lass uns spazieren gehen, bevor wir frühstücken."

Abrupt öffnete Patrick die Augen, sprang auf.

„Aber zuerst werfe ich dich ins Wasser", rief er heiter.

Schon nahm er Maggie auf seine Arme und trug sie ins Meer.

„Mein Gott", stöhnte er, „du bist ganz schön schwer. Ich dachte, dass das viele Liebemachen zehrt", dabei ließ er sie ins Wasser plumpsen.

Er selber schwamm kraulend weit hinaus bis zu den Korallenbänken. Prustend tauchte Maggie auf, folgte ihm eine kurze Strecke und drehte wieder um. Allzu weit traute sie sich nicht. Zurück am Strand wechselte Maggie den Badeanzug. Patrick tauschte seine nasse Badehose gegen T-Shirt und kurze Hose. Sie warfen die nassen Sachen in Maggies Strandtasche. Maggie wickelte sich einen Pagne um die Hüften, sie nahmen sich bei der Hand und liefen den Strand entlang. Die Tasche ließen sie liegen, sie würden sie auf dem Rückweg mitnehmen.

Fischerboote kehrten vom nächtlichen Fang zurück. Ansonsten war es ganz still. Nicht ein fliegender Händler war zu sehen. Die wussten, dass sie um diese Zeit nichts verkaufen konnten. Maggie und Patrick liefen etwa eine halbe Stunde, bis Mangrovenbäume eine natürliche Grenze bildeten und es nicht mehr weiterging.

„Mangroven sind besondere Bäume", erklärte Patrick. „Sie wachsen dort, wo die Bedingungen für gewöhnliche Bäume tödlich sind: in salzigem Wasser, unter sengender Sonne, dem Wechsel der Gezeiten ausgesetzt. Sie halten auch Fluten ab, schaffen Lebensräume für viele Tierarten."

„Sozusagen Lebenskünstler zwischen Land und Meer", meinte Maggie beeindruckt.

Schwer und feucht hing die Luft über dem indischen Ozean, als sie zur Villa zurückschlenderten. Der kurze Weg vom Strand zum Haus war von Palmen gesäumt. Das zweistöckige, mit weißem Muschelkalk verputzte Haus im maurischen Stil lag versteckt zwischen hohen Bäumen, inmitten eines blühenden Gartens. Es gab Nelken- und Zimtbäume, Pfeffersträucher mit roten Früchten, Vanillepflanzen mit trichterförmigen, gelben Blüten.

Hinter dem Haus, zur Landseite hin, erstreckten sich endlose Reihen von Kokospalmen. Als Maggie das Anwesen mit seinen leuchtenden Farben zum ersten Mal gesehen hatte, konnte sie gar nicht glauben, dass sie hier wohnen durften. Violett- und gelbfarbene Bougainvilleen rankten sich am Haus empor, dazwischen leuchtete aprikotfarbener Hibiskus. Es fühlte sich an wie ein wahr gewordener Traum.

„Unser Flitterwochenrefugium" hatte Patrick gemeint, als er ihre Freude sah. „Ich dachte mir, dass es dir hier gefällt."

Patrick war schon mehrmals mit Conzales hier gewesen. Dessen Freunden gehörte das Anwesen.

Farida, eine mollige, überaus herzliche Afrikanerin in mittleren Jahren, lebte hier das ganze Jahr über, kümmerte sich um alles, auch um die portugiesische Familie, wenn sie anwesend war. Zu Maggies und Patricks Ankunft hatte sie sich in ein wunderbares afrikanisches Festtagsgewand gekleidet, dazu trug sie Goldschmuck und den passenden Turban.

„Herzlich willkommen, Monsieur und Madame Docteur, glückliche Ankunft", hatte sie immer wieder lachend gerufen.

Auf der Terrasse im oberen Stock hatte Farida den Frühstückstisch gedeckt. Es gab Tee, Kaffee, frische Croissants, Baguette, Marmelade, Butter, Früchte, Rühreier. Es schmeckte köstlich. Während des Frühstücks tauschten sie sich aus über Patricks Arbeit, Maggies zukünftige Tätigkeit als Lehrerin in Bethlehem. Sie fühlten sich eingehüllt in den Zauber der Liebe wie in einen Kokon. Sie lebten losgelöst von der Welt, die war irgendwo, aber nicht bei ihnen. Am späten Vormittag gingen sie erneut zum Schwimmen. Jetzt hielten sich mehr Menschen am Strand auf.

Nach einem leichten Imbiss aus Früchten und Crevetten, den Farida für sie zubereitet hatte, hielten sie während der heißesten Zeit des Tages Mittagsschlaf. Die gleißende Nachmittagssonne tauchte das Zimmer durch die orangefarbenen Vorhänge in mildes Licht. Außer dem Summen des Ventilators war nichts zu hören.

Patrick war sofort eingeschlafen. Er hatte sich mit einem Pagne zugedeckt und lag auf der Seite mit unter dem Kopf verschränken Armen. Maggie betrachtete ihn. Er atmete leise wie ein Baby. Seine Haut hatte schon viel Farbe bekommen, ihre dagegen war nur leicht getönt.

Maggie hatte sich vorhin im Badezimmerspiegel betrachtet und zu sich selber gesagt:

„So sieht eine glückliche Frau aus, eine Frau, die sich geliebt, begehrt und angenommen fühlt, eine Frau mit strahlenden Augen." Das war nicht immer so gewesen. Bei Matthias hatte sie manchmal das Gefühl gehabt, neben ihm vorzeitig zu altern. Und wie er sie belogen hatte. So lange schon hatte es eine andere Frau gegeben. Ich halte ihn immer noch für einen Dreckskerl, dachte Maggie, für einen Feigling und Lügner, und sie wünschte sich, er könnte sie jetzt sehen. „Ach was, das ist Vergangenheit", schalt sie sich. Es tat nicht mehr weh, hatte keine Bedeutung mehr in ihrem Leben. Alles hatte sich auf wunderbare Weise verwandelt. Sie legte sich, genau wie Patrick in einen Pagne gehüllt, neben ihn und schlief auf der Stelle ein.

Zärtliche Hände streichelten sie. Traum oder Wirklichkeit? Sie öffnete die Augen und blinzelte Patrick an.

„Mach deine Augen wieder zu,", sagte er, wickelte sie aus dem Pagne und begann sie von Kopf bis Fuß zu küssen. Er musste sie immer wieder ansehen, sie berühren. Wieder liebten sie sich leidenschaftlich. Träge und lustvoll zogen sich die Stunden dahin, sie gehörten nur einander. Maggie betrachtet Patricks Gesicht, sah die Liebe in seinen Augen. So glücklich war sie noch niemals in ihrem Leben gewesen.

„Bist du auch davon überzeugt, dass wir zusammen gehören?"
„Das glaube ich nicht nur, das weiß ich."
Patrick hatte das Gefühl, als sei alles, was hinter ihm lag an Beziehungen, nur eine Vorbereitung gewesen für diese Liebe zu Maggie. Es war wirklich so: Wenn ein Mann eine Frau wollte, holte er ihr die Sterne vom Himmel. Kein Termin, kein Weg, nichts war ihm zu weit. Wie hatte er je ohne Maggie leben können? Mit keiner Frau was er so gewesen wie mit ihr.

„Du forderst mich sportlich ganz schön heraus", sagte er lachend, als sie am Spätnachmittag auf der Terrasse Kaffee tranken. Maggie trug einen Badeanzug, sie wollten gleich runter zum Strand.

„So, dann möchte ich doch mal genau wissen, wie sportlich du wirklich bist", rief Maggie. „Komm mal mit!"

Sie stand auf, ging in den Salon und versuchte dort einen freien Kopfstand zu machen. Sie fiel immer wieder um, schließlich schaffte sie es. Patrick sah ihr interessiert zu.

„Großartig!"

„Kannst du das auch, Patrick?"

„Ich versuche es."

In diesem Moment betrat Farida den Salon. Sie stieß erschrockene Laute aus, als sie Maggie so sah. Maggie fühlte sich dadurch völlig irritiert, fiel um und blieb lachend am Boden liegen. Die Hausbetreuerin schüttelte den Kopf.

„Diese verrückten Weißen", murmelte sie und verließ fluchtartig den Salon. Jetzt kannte sie Dr. Stern schon lange, aber so was hatte er noch nie gemacht.

Maggie stand auf und Patrick wollte es Maggie nachtun. So sehr er sich auch bemühte – es klappte nicht.

„Dafür kann ich was anderes", rief er.

Von der großen Couch holte er sich Kissen, breitete sie auf den Boden aus und begann Purzelbäume zu schlagen.

„Au!", rief er plötzlich.

Er war unsanft auf dem Boden gelandet und stützte mit beiden Händen seinen Rücken.

„Wenn ich so weitermache mit dir, muss ich bald in Behandlung."

„Das wollen wir aber nicht, Monsieur Docteur. Wir gehen jetzt ins Meer und heilen die kleine Verrenkung."

Die kurze Dämmerung verwandelte den Himmel von dunklem Schiefergrau zu Violett. Unmittelbar danach begann er sich orange zu verfärben. Maggie und Patrick saßen am Strand, beobachteten, wie sich der Ozean in glühendes Gold verwandelte. Wie ein brennender Ball zeigte sich noch einmal die Sonne, danach versank sie im Meer. Die hinausfahrenden Fischer in ihren Dhaus wirkten wie Nussschalen auf schwankendem Grund.

Als sie zur Villa zurückkamen, hatte Farida, wie jeden Abend, zwei brennende Öllämpchen beim Hauseingang auf die Mauern gestellt. Im Garten leuchteten bunte Lampions. Patrick und Maggie zogen sich um und fuhren mit dem Auto in das Dorf in der Nähe, wo es tagsüber einen Markt gegeben hatte.

Jetzt saßen die Händlerinnen mit großen Körben voller frischer Fische im Schein flackernder Petroleumlampen. Mit monotonen Rufen priesen sie ihre Waren an. Überall, an offenen Feuern, wurde Essen zubereitet. Erste Sterne sprenkelten das Firmament.

Ein langer Tisch mit zwei wackligen Bänken und zwei Stühlen lud zum Verweilen ein. Dort saßen Einheimische laut und genüsslich schmatzend beim Essen

„Wie wär's, wollen wir uns hier was holen und es hier essen?", schlug Patrick vor.

„Das würde ich gerne", erwiderte Maggie begeistert.

„Setz dich erst mal, dann hole ich uns was."

Maggie fragte an dem Tisch, ob sie sich dazu setzen dürften. Sofort standen alle auf und boten ihren Platz an.

„Vielen Dank", antwortete Maggie. „Bitte bleiben Sie sitzen, es gibt genug Platz."

Lachend und hocherfreut setzten sich die Afrikaner wieder hin. Sogleich boten sie Maggie von ihren Essen an. Maggie zeigte auf Patrick

„Wir holen uns was zum Essen, aber danke."

Gerührt betrachtete Maggie diese Menschen. Sie, die oft wenig hatten, teilten mit größter Selbstverständlichkeit. Gastfreundschaft war ihnen heilig.

Patrick brachte ein Bananenblatt mit vier kleinen Fleischspießchen in etwas roter Soße.

Er legte das Essen vor Maggie auf den Tisch, ging noch einmal zurück, um gleich darauf mit zwei großen Flaschen Bier und zwei Gläsern zurückzukommen. Eine der Flaschen stellte er den Afrikanern hin.

„Geschenk."

Sie bedankten sich und tranken gleich davon.

„Oh Gott", rief Maggie, als sie von dem Fleisch probierte, „ich habe Feuer im Mund!"

Sie trank lachend ein Glas Bier in einem Zug leer, amüsiert beobachtet von den Afrikanern.

Das Fleisch, obwohl sehr scharf gewürzt, war gut im Geschmack, aber ziemlich zäh. Patrick und Maggie kauten lange darauf herum, im Gegensatz zu den Afrikanern, denen weder Schärfe noch Zähigkeit etwas auszumachen schien. Schließlich hatten sie es geschafft, das Fleisch klein zu bekommen.

„Geht's uns gut!", rief Maggie und wischte sich den Mund mit einem Papiertaschentuch ab.

„Was für ein köstliches Mahl!"

Entspannt saßen sie am Tisch. Patrick hatte seine Sandalen ausgezogen und seine nackten Füße auf Maggies Füße gelegt. Er betrachtete sie. Dieses rosa Leinenkleid stand ihr großartig. Immer trug sie die passenden langen Ohrringe dazu.

„Du liebst Ohrringe über alles, stimmt's?, stellte er fest.

Er würde ihr sehr oft schöne Ohrringe kaufen, wann immer er welche entdeckte. Er wollte sie beschenken, sie verwöhnen, ihr so viel geben von sich.

„Ohrringe waren schon immer meine Leidenschaft."

„Du siehst sehr hübsch aus, wenn ich dich irgendwo sehen würde, nun, dann ..."

„Dann was?" Sie sah ihn liebevoll an.

„Ich würde alles dransetzen, um dich kennenzulernen."

Sie beugte sich zu ihm hinüber und gab ihm einen zarten Kuss auf die Wange, was mit großer Heiterkeit von den Afrikanern beobachtet wurde. Diese Jovo traute sich was, küsste ihren Mann in der Öffentlichkeit, einfach so.

Als sie später über den Markt schlenderten, hatte sich der zärtliche Atem der tropischen Nacht mit einem prächtigen Sternenhimmel über Gesänge, Lachen und Sprachgewirr gelegt. Die Hitze des Tages war zurückgegangen. Melodien afrikanischer Flöten ertönten, das stete Schlagen der Trommeln ließ die Körper der Afrikaner in den Rhythmus einfallen. Alles atmete Lebendigkeit.

An einem besonders hell erleuchteten Platz war ein Mann damit beschäftigt, Frauen die Haare zu färben. Er hatte verschiedene Flaschen und Töpfe neben sich auf einem Tisch stehen. Eine dicke, ältere Marktfrau hatte gerade auf einem winzigen Hocker Platz genommen.

„Ob der das aushält?", meinte Patrick zu Maggie.

„Du bist gemein", lachte sie.

Mit geübten Griffen löste die Frau ihre mit Fäden geflochtenen Haare. Der Mann legte ihr ein schmutziges Tuch um die Schultern, nahm eine große Bürste, tauchte sie in schwarze Farbe, die aussah wie Schuhcreme, und bestrich damit ihre Haare vom Haaransatz her. Dabei spuckte er immer wieder auf ihren Kopf, damit sich die Farbe besser verteilte. Während er dies tat, pries er seine Produkte an und verkaufte sie auch. Schließlich war die Frau fertig, die nächste wartete schon. Die Kundin bedankte sich überschwänglich, drückte ihm ein paar Münzen in die Hand. Hochzufrieden, bewundert von den Umstehenden, ging sie zurück zu ihrem Stand.

Patrick betrachtete die neben ihm schlafende Maggie. Er liebte sie so sehr. Ganz unschuldig lag sie da. Kaum zu glauben, wie leidenschaftlich sie sein konnte. Viel zu schnell waren die gemeinsame Tage vergangen. Heute würden sie heimfahren. Für gestern Abend hatten sie geplant, in diesem wundervollen französischen Restaurant hier ganz in der Nähe zu speisen. Aber stattdessen hatten sie sich auf die Eingangsmauer gesetzt, den Sternenhimmel betrachtet, später zu afrikanischer Musik getanzt und noch viel später in groben Zügen ihre Hochzeit geplant.

„Diesmal werde ich es besser machen", flüsterte Patrick, „du bist die Richtige für mich."

Wie sehr hatte er sich immer gewünscht, eine Familie zu haben. Nie hatte er wirklich zu jemandem gehört. Auch nicht zu Britta. Quer durch seine Seele verlief noch immer eine tiefe Wunde. Wie oft hatte er Nähe gesucht, sie letztendlich aber nicht ausgehalten. Wie oft auch war er auf der Flucht gewesen vor sich selber. Manchmal hatte er Liebe durch Sex ersetzt, auch mit Guidetta, das würde er Maggie nicht erzählen, das gehörte der Vergangenheit an. Zart hauchte er ihr einen Kuss auf die Stirn. Mit Maggie war alles anders. Mit ihr konnte er heil werden.

Mit Freuden würde er Verantwortung für ihr gemeinsames Leben übernehmen. Patrick stand leise auf, öffnete die Vorhänge. Das Sonnenlicht malte helle Streifen auf den Steinboden. Er ging in die Küche, kochte Kaffee, nahm zwei Kekse aus einer Dose und setzte sich hinaus auf die Terrasse. Mit dem hellen Morgenlicht empfing ihn der Farbenrausch von blühenden Bougainvilleen, Oleander und Hibiskus. Längst war der Mond hinter den Palmen verschwunden. Kaum hatte er ein kleines Tellerchen mit den Keksen hingestellt, war eines dieser frechen Äffchen gekommen und hatte die Kekse stibitzt.

Auf einmal verdunkelte sich der Himmel. Tief hängende Wolken fegten wie dunkler Rauch vorbei. Ganz plötzlich ging ein heftiger Tropenschauer nieder. Trommelte gegen die Fenster, plätscherte aufs Dach und lief an den Hauswänden entlang. Er flüchtete in den Salon. Genauso schnell wie das Unwetter eingesetzt hatte, klarte es wieder auf. Die graue Wolkendecke teilte sich, ließ die ersten blauen Himmelsflecken sehen. Bald zeichnete sich das grüne

Blattwerk der Bäume vor einem blauen Himmel ab. Von Blättern und Palmwedeln fielen die letzten Tropfen. Vögel zwitscherten wieder.

Patrick ging ins Schlafzimmer und konnte kaum glauben, dass Maggie immer noch tief und fest schlief. Die vielen Liebesstunden hatten sie wohl völlig geschafft. Er zog eine Badehose an, lief hinunter zum Meer. Stürzte sich in die Wellen, auf denen noch immer weiße Schaumkronen tanzten.

Am frühen Nachmittag, als sie alles eingepackt hatten, setzten sie sich mit Farida zusammen, um ihr zu danken. Diese trug zur Feier des Tages ihr schönstes Kleid. Maggie hatte einen großen Blütenzweig mit Geldscheinen dekoriert. Sie wusste, wie sehr Farida auf jeden Pfennig angewiesen war. Farida, die diese Art, Geschenke zu verpacken, nicht kannte, nahm die Blüten gerührt entgegen.

„Oh, oh, oh", rief sie immer wieder, als sie die Scheine bemerkte, und schüttelte lächelnd den Kopf.

„Großes Danke, großes Danke."

Sie würde im Laufe des Jahres vielleicht zu Besuch kommen.

„Monsieur Conzales und seine Frau haben mich auch eingeladen", beteuerte sie aufgeregt.

Mit traurigem Gesicht sah sie ihnen nach, als sie abfuhren. Verstohlen wischte sie sich die Tränen von den Wangen. Dieser Docteur und seine Frau, die waren nicht wie die anderen, sie respektieren sie und es war schön mit ihnen zu sein. Aber, es war schon eigenartig, wie die Weißen ihre Liebe zeigten. Wenn sie davon in ihrem Dorf erzählte, würden die meisten das gar nicht glauben. Viele von den Leuten dort hatten noch nie Kontakt mit einem Jovo gehabt.

Während der Heimfahrt sprachen Patrick und Maggie kaum, beide waren angefüllt mit den reichen Empfindungen der letzten Tage. Ab und an warfen sie sich einen verliebten Blick zu. Als das Schild

Lalimete am Ortseingang erschien, hing die Sonne als blassgoldener Ball an einem wie mit Flammen getuschten Himmel. Mafunde wartete winkend auf sie, mit einem strahlenden Lächeln und einem großen Blumenstrauß aus dem Garten.

„Gute Ankunft, gute Ankunft", rief er glücklich und hielt mit Schwung das Gartentor auf, während Miranda aufgeregt herumsprang.

Bewegt betrat Maggie ihr neues Zuhause. Sie öffnete die großen Türen zum Balkon und trat hinaus. Das Abendrot war in einen Fliederton übergegangen, der Himmel begann sich lavendelblau zu verfärben. Musik durchdrang die Dämmerung. Stimmen waren zu hören. Fledermäuse huschten umher. Patrick war hinter Maggie getreten, legte die Arme fest um sie. Sie schmiegte ihre Wange an sein Gesicht. Beide fühlten, dass sie angekommen waren.

18

Mark stöhnte über die Hitze. Nach seinem Malariaanfall hatte er sich gut erholt. Die Erkrankung war glimpflicher abgelaufen als befürchtet. Conzales hatte ihn im Hospital abgeholt und in seinem Haus verwöhnen lassen. Conzales, der selber zu viel trank, verbot ihm den Alkohol, aber Mark hielt sich nicht daran. Sein Freund gab es schließlich auf, ihn ständig zu ermahnen. Beide genossen es, zusammen zu sein. Nach einer trägen Woche mit nächtlichen Skatspielen und Alkoholexzessen hatte Mark genug vom Ausruhen und Verwöhntwerden. Sein Leben brauchte wieder eine Struktur. Nicht zuletzt deshalb, weil immer wieder Schwester Anna in seinem Kopf herumgeisterte und er sich nur mit Arbeit betäuben konnte. Mit Conzales hatte er vermieden über seine Gefühle für Anna zu sprechen, die stand für den auf einem Heiligenpodest, obwohl dieser Schweinehund nichts anbrennen ließ. Patrick war da viel aufgeschlossener. Er fühlte mit ihm. Aber was auch immer, Conzales war ein toller Kumpel, einer der besten, die er je hatte.

***

Schwester Anna war ziemlich außer Puste, als sie ihr Fahrrad langsam den steilen Berg hinaufschob. Heute Morgen wollte sie im Dorf Alupeme nachschauen, ob es der alten Frau des Dorfchefs mit ihren Herzbeschwerden besser ging. Sie würde zudem einige Verbände wechseln und nach den Neugeborenen sehen. Mein Gott, war das heiß heute, obwohl am Berg immer ein kleines Lüftchen wehte. Ab Juli würde es noch heißer werden.

Ihre Kleidung war nicht gerade leicht, der Rucksack auch nicht. Sie blieb einen Moment stehen, nahm ein großes Taschentuch aus ihrem weißen Habit und wischte sich über das Gesicht. Das Taschentuch sah richtig verschmutzt aus. Sie steckte es wieder ein, blieb stehen und beschloss, als sie oben war, ein wenig auszuruhen. Sie legte ihr Fahrrad auf die Seite, nahm den Rucksack vom Rücken, setzte sich zwischen die hohen Farne und blickte übers Land. Die Vegetation zeigte sich üppig grün. Von hier aus konnte sie weit unten in der Ebene die Palmölplantagen sehen.

Keiner verstand, dass sie sich die Strapazen mit dem Fahrrad antat. Es war ihre Art, sich eine gewisse Freiheit zu bewahren. Eine der wenigen Möglichkeiten, die ihr blieben, wirklich alleine zu sein. Anna war der Oberin dankbar, dass sie sie gewähren ließ. Sie wusste, dass in anderen Ordensgemeinschaften dies niemals gestattet würde. Sie wusste auch, dass manche Schwester ihre Aktionen mit großem Argwohn beobachtete.

Heute Morgen war es ihr wieder schlecht gegangen. Als die erste Stunde in Stille vorüber war und die Nonnen ins Refektorium zogen, hatte sich wieder diese bohrende Stimme gemeldet. „Ist das hier wirklich dein Leben Anna?"

Sie hatte die Nonnen betrachtet, ihre zufriedenen Gesichter. Wo war die Zeit, als sie bei diesem Anblick ein Gefühl von Hingabe und Einheit empfunden hatte? Wo die Stunden, in denen sie sich in zeitlosen Gesängen versenken konnte? Anna legte sich auf den Rücken, schloss die Augen. Wie leicht hatte sie vor Jahren ihr altes Leben aufgegeben. Wie willig diesen Weg ins Unbekannte angetreten, voller Gewissheit, dass Gott sie führen würde. Doch jetzt?

Sie presste sich so fest in den Boden, dass es fast schmerzte. Ich bin eine Sünderin, dachte Anna, ich sündige ständig. Mehr durch Gedanken und Sehnsüchte als durch Taten. Mark war wieder auf den Beinen und im Dienst. Wie sollte sie ihm nur begegnen? Manchmal durchfuhr ihre Schuld sie wie mit Messerstichen. Als Mark sie berührte, hatte es wie Feuer auf ihrer Haut gebrannt. Immer wieder schob sich da eine Sehnsucht in ihren Körper. Verloren in etwas, das jenseits ihrer selbst lag. Aber sie war sich nicht sicher, ob es wirklich mit ihm zu tun hatte, oder ob Mark nur der Auslöser für diese so anhaltende Krise war. Es gab Stunden, da glaubte sie ausbrechen zu müssen, glaubte, den Tag nicht überstehen zu können, und dann wieder ging's ihr besser und sie fand neuen Mut.

Sie war gerne Nonne gewesen, jetzt wusste sie es nicht mehr. Etwas in ihr hatte sich verändert. Etwas, was sie nicht wirklich verstand. Gewiss, sie funktionierte noch immer, aber war das genug? An manchen Tagen fragte sie sich, ob sie nicht jede Unbefangenheit verloren hatte? Dann hielt sie sich an ihrem Kruzifix fest, kämpfte darum, den verborgenen Platz im Innern wieder zu finden, dort, wo ihre Seele eine klare Antwort gab. Anna hörte, wie ein Vogel aufgeschreckt davonflatterte. Sie blieb noch einen Moment liegen, bevor sie die Augen öffnete und sich langsam aufrichtete. Alles war wie zuvor. Die Schönheit der Landschaft, die üppige Vegetation. Sie liebte es, die auf den bewaldeten Abhängen des Berges liegenden kleinen Dörfer zu besuchen.

„Gib mir Kraft, o Herr", betete sie, „denn ich bin immer wieder so durcheinander."

Auf einmal hörte sie laute Kinderstimmen. Schon kamen sie gelaufen, ihre Kinder. Anna musste lächeln. Sie nahm einen tiefen Atemzug.

„Mama", riefen sie, „Mama Anna", und einige riefen „Bonjour Monsieur".

Obwohl sie ihnen schon oft erklärt hatte, dass mit Monsieur ein Mann gemeint war, so hatte für sie der Name Monsieur mit Autorität zu tun, genauso wie das Wort Mama. Mama nannten sie Frauen, egal welchen Alters, vor denen sie Respekt hatten. Anna streckte den Kindern ihre Hand hin. Sie zogen sie hoch. Alle zusammen umschlangen sie Anna mit ihren Armen. „Mama, Mama Anna, hast du uns was mitgebracht?"

… nie wird dich ein Kind Mama nennen. Ach Mutter, wenn du mich jetzt sehen könntest.

Plötzlich konnte Anna wieder freier atmen. Der Druck in ihrer Brust hatte nachgelassen. Ein Glücksgefühl durchströmte sie trotz der zuvor so tief empfundenen Zwiespältigkeit. Da war sie wieder, die Freude. Sie kam mit diesen Kindern. Kinder, die hier noch traditionell mit ihrem ersten Namen gerufen wurden, der den Tag bezeichnete, an dem sie geboren waren. Hier wurde sie gebraucht, hier war sie richtig. Hier konnte sie etwas bewirken, das wollte sie doch. Anna nahm Bonbons aus ihrem Rucksack und verteilte sie. Das tat sie immer, obwohl auch das vom Kloster nicht gebilligt wurde.

„Wir wecken Wünsche, meine Tochter, und das ist nicht gut", hörte sie die mahnende Stimme der Oberin.

Nun wollten alle ihren Rucksack tragen. Schließlich stritten sich die Kinder mit großem Palaver, wer das Fahrrad schieben durfte.

„Stellt euch im Kreis um mich herum auf", sagte Anna.

Sie taten wie geheißen. Anna schloss die Augen, streckte beide Arme aus, drehte sich, blieb stehen und zeigte auf zwei Kinder. Sie öffnete die Augen.

„Ihr beide", sagte sie.

Stolz bückten sie sich, nahmen das Fahrrad vom Boden und schoben es neben Anna her. Hand in Hand gingen Anna und die Kinder hinauf nach Alupeme.

Der ältesten Frau des Dorfchefs ging es besser. Sie saß in ihrer Hütte, dort untersuchte Anna sie und ließ ihr Medikamente da. Glücklich über so viel Aufmerksamkeit ließ die alte Frau Anna zwei große Papayas als Geschenk bringen.

Schwester Anna säuberte Wunden, wechselte Verbände, sah sich dann die Babys an. Sie sprach mit den Müttern, erklärte, beriet, hatte für jede ein aufmunterndes Wort. Stolz brachte auch die jüngste Frau des Dorfchefs das vor Kurzem im Hospital Bethlehem geborene Baby. Normalerweise wenn eine Frau ein Baby bekam ging sie nach der Geburt mit dem Kind für eine Weile zu ihrer Familie und kam erst zurück, wenn das Kind aus dem Gröbsten heraus war. Diese junge Frau blieb. Offenbar wollte der Dorfchef sie um sich haben. Sie war eine besonders schöne Afrikanerin, hoch gewachsen mit stolzen Gang. Er, der die Sechzig schon überschritten hatte, besaß noch zwei weitere junge Frauen. Jede von ihnen bewohnte mit ihren Kindern eine eigene Hütte. Die Hütten dieser Frauen waren um die Hütte des Dorfchefs gruppiert.

Als Annas Arbeit beendet war lud der Dorfchef sie in seine Hütte ein. Er ging voran. Gläser standen umgedreht auf dem Tisch und eine Flasche Bier. Er öffnete die Flasche, füllte zwei Gläser bis zum Rand voll, dass sie überschwappten. Er erhob sein Glas, schüttete dreimal ein wenig von dem Bier auf die Erde.

„Für meine Ahnen, für mich, für die Erde, die mich aufnimmt." Ehrfurchtsvoll sprach er diese Worte und verneigte sich dabei.

Anna tat es ihm nach. „Für meine Ahnen, für mich, für die Erde, die mich aufnimmt."

Der Mann trank einen großen Schluck. Dann erst trank Schwester Anna. Das tat gut, obwohl es nicht kalt war. Genüsslich wischte sie sich mit dem Handrücken den Schaum von den Lippen, schließlich trank sie das Glas leer. Sie amüsierte sich bei dem Gedanken, was die Nonnen wohl sagen würden, wenn sie sie so sehen könnten.

***

Als Anna gegen Mittag mit dem Rad sehr schnell den Berg hinunterfuhr, ging es ihr richtig gut. Es waren immer wieder die Afrikaner, die ihr halfen, ihre Mitte zu finden. Die Landschaft zeigte sich von einer überwältigenden Schönheit. Der Fahrtwind ließ ihren Schleier flattern. Im Rucksack trug sie die Papayas. Als sie unten ankam und nach Bethlehem abbog, schien ihr, als würde die vor Stunden empfundene Unsicherheit zu einer anderen Frau gehören.

Kaum war Anna in Bethlehem angekommen, wurde sie in den Operationssaal gerufen. Dr. Loma, der afrikanische Arzt, hatte heute Dienst. Annas Hilfe wurde so sehr gebraucht, dass sie auch diesmal nicht dazu kam, an den Stundengebeten teilzunehmen. Müde und ausgelaugt ging sie am frühen Abend hinüber ins Kloster. Sie wollte sich rasch etwas frisch machen und fand, als sie in ihr Zimmer kam, eine Nachricht: Bitte bei der Schwester Oberin melden.

Anna betrachtete den Zettel. Ein mulmiges Gefühl beschlich sie, eine gewisse Unsicherheit, ja Ängstlichkeit.

Die Oberin arbeitete wie fast immer bei offener Tür. Anna hielt einen Moment inne, klopfte an.

„Herein."

Mit gebeugtem Oberkörper saß die Ehrwürdige Mutter über einem Schriftstück. Anna hatte das Gefühl, dass sie sich krampfhaft mit etwas beschäftigte, als wollte sie den Augenblick des Sprechens hinausschieben. Sie spürte Annas Blick auf sich und sah auf. Ihre Augen drückten Wachsamkeit und Argwohn aus. Sie lehnte sich auf ihrem Stuhl zurück, holte tief Luft, so, als wollte sie ihren Körper mit neuer Energie füllen.

„Setz dich, meine Tochter."

Ihre Stimme klang angespannt. Anna nahm Platz, faltete die Hände im Schoß und neigte den Kopf. Da war es wieder, dieses ängstliche Gefühl. Die Oberin betrachtete die Nonne, die sie so gern hatte. Ein wenig erkannte sie sich in ihr, damals, als sie noch jung war. Trotzdem, so durfte es nicht weitergehen. Anna litt, war in Aufruhr, das spürte sie nicht nur, das wusste sie. Sie litt unter diesen Gefühlen für Mark Seeberger. War es nicht schon genug, dass sich da was angebahnt hatte? Und jetzt auch noch dieses Relikt aus Annas Vergangenheit. Annas Leben war jetzt schon durcheinander gerüttelt und ihres auch. Ihre schlimmsten Befürchtungen waren eingetreten.

„Gott helfe mir!", seufzte sie innerlich. Wer weiß, wofür es gut war. Gott hatte sicher eine Antwort, darauf musste sie vertrauen.

„Meine Tochter, hinter dir liegt ein arbeitsreicher Tag. Wir möchten gerne etwas darüber hören."

Anna schluckte. Sie hob den Kopf, blickte die Oberin an. Diese wusste doch, dass sie oben am Berg behandelt und danach den restlichen Tag im Hospital verbracht hatte.

„Ich verstehe nicht ganz, Ehrwürdige Mutter?"

„Nun, ich möchte wissen, was sich in Alupeme getan hat", entgegnete die Oberin.

Anna fühlte Beklemmung in sich aufsteigen.

„Schwester Anna, ich höre."

Anna fing sich wieder, begann zu berichten. Die Ehrwürdige Mutter hörte aufmerksam zu. Dabei beobachtete sie Anna schweren Herzens. Anna war ein so liebevoller Mensch, wie sie das selten erlebt hatte. Ihr Wesen öffnete ihr Türen, ohne dass sie was dafür tun musste. Sie war etwas ganz Besonderes. Keine der anderen Nonnen konnte sich mit ihr messen. Sie hatte dieses innere Leuchten. Eine Art Reinheit, die gar nichts damit zu tun hatte, dass sie Nonne war. Kein Wunder, dass sie den Menschen, besonders den Männern gefiel. Wie konnte sie ihr helfen, wie? Wenn eine Nonne das Kloster verließ, bedeutete das eine Katastrophe für alle Nonnen. Hoffentlich, hoffentlich kam es nicht so weit. Noch war nicht alles verloren.

„Und, haben die Kinder wieder Bonbons bekommen?", wollte sie wissen.

Ihre Stimme klang sanfter als zuvor. Anna nickte. Ihr war jetzt wieder wohler. Die Oberin lächelte, dann sagte sie unvermittelt etwas, das Anna genau dort traf, wo sie dieses Unbehagen spürte.

„Heutzutage ermutigen wir Mädchen nicht zum Eintritt ins Kloster, ehe sie das Leben nicht kennen."

Urplötzlich hatte die Ehrwürdige Mutter das Thema gewechselt. Überrascht versteifte Anna sich, sie war auf der Hut. Die Oberin zögerte, dann sprach sie weiter.

„Tritt man aus den falschen Gründen ein, kann man sicher als Ordensschwester leben, aber man kann keine glückliche Ordensfrau sein, obwohl man dies möchte."

Plötzlich fühlte Anna eine Riesenwut in sich aufsteigen. Sie musste um ihre Beherrschung kämpfen. Lang unterdrückter Zorn suchte sich einen Weg. Was sollte das alles?

Als sie etwas erwidern wollte – ihre Stimme klang gereizt – unterbrach die Oberin sie mit einer entschiedenen Handbewegung.

„Jeder Mensch sieht sich zuweilen großen Problemen gegenüber", fuhr die Ehrwürdige Mutter fort. „Uns allen fällt mitunter etwas sehr schwer. Dennoch müssen wir immer wieder täglich neu lernen, Schwierigkeiten auf gute Weise zu lösen. Davonlaufen bringt nichts. Wir werden auf vielerlei Arten geprüft. Prüfungen zeigen, wer wir sind."

Nun konnte Anna ihre Wut nicht mehr unterdrücken. Was schwafelte sie denn da! Was nahm sich diese Frau heraus? Sie war immer noch ein freier Mensch. Dieses Getue und Herumgerede. Und diese Befehlshaltung, mit einer Handbewegung ihr das Sprechen zu verbieten. Im Grunde genommen hieß das, halt ja nur dein dummes Maul ... Aber sie ließ sich nichts mehr verbieten. Sie hatte die Nase voll von allem hier. Plötzlich fühlte sie nichts als Verbitterung.

Sie blickte in die Augen der Oberin. Diese hielt ihrem Blick stand. Anna sah zwei senkrechte Falten, wie Ausrufungszeichen, die sich zwischen den Augen der Oberin vertieft hatten. Es war wie ein Kräftemessen. Auf einmal war Stille zwischen ihnen, eine Stille, angefüllt mit zerstörerischer Energie. Diese Stille machte alles nur noch schlimmer. Dann brach es aus Anna heraus.

„Ich kann dieses Leben nicht mehr ertragen." Sie schrie es fast. „Ich habe es immer wieder versucht." Sie begann zu schluchzen. „Ich weiß jetzt, dass es die falsche Entscheidung war. Es war ein Irrtum, ein schrecklicher Irrtum."

Tränen liefen ihr übers Gesicht.

„Ich bin im Kloster nicht mehr glücklich", stammelte sie unter Tränen. „Am liebsten würde ich davonlaufen."

Um Gottes willen, was sagte Anna denn da? Die Oberin sprang auf, kam um den Tisch herum und zog Anna zu sich hoch. Heilige Madonna, hilf uns, das war ja noch schlimmer, als sie befürchtet hatte. Sie umarmte Anna, streichelte ihren Rücken. Etwas, was sie sonst nie tat. Anna ließ es geschehen, ihr Kopf ruhte an der Schulter der Mutter Oberin. Es dauerte ein paar Minuten, bis Anna sich wieder gefasst hatte. Sie nahm ein Taschentuch, wischte sich über das verheulte Gesicht.

„Vielleicht ist mein Eintritt ins Kloster ja doch nur eine Rebellion gewesen", hörte sie sich sagen.

Die Oberin ließ Anna los, stand vor ihr, nahm Annas Hände in ihre.

„Anna, hör mir zu. Man kann niemals vollkommene Erfüllung erwarten. Egal, welches Leben man lebt."

Mit großen Augen sah Anna die Oberin an. Diese ließ Annas Hände los, ging um den Tisch und setzte sich wieder. Sie legte ihre gefalteten Hände auf den Tisch. Diese Hände sehen wie verwittertes Holz aus, dachte Anna und setzte sich auch wieder hin.

„Menschen brauchen Zuneigung, auch Nonnen. Die Liebe Gottes mag von einer Art sein, die sich dem Verstand entzieht, und doch vermag das alles nicht das Sehnen unserer Herzen nach einem anderen Menschen völlig zu stillen. Ich trage dir deinen Gefühlausbruch nicht nach, obwohl es mich schmerzt, wie du leidest."

Anna nickte, musste sehr darum kämpfen, nicht wieder zu heulen. Was hatte sie nur getan, welche Teufel hatten sie geritten? Die Ehrwürdige Mutter machte eine längere Pause.

„Ich musste dich sprechen, meine Tochter", sagte sie nach einer Weile. „Martin Taylor, dein ehemaliger Verlobter, ist hier."

Erschrocken sprang Anna auf.

„Martin? Nein, nein", stammelte sie und schüttelte dabei den Kopf. Ihre Stimme überschlug sich fast. „Ich verstehe nicht, wieso er hierher kommt?"

„Er war auf einem internationalen Juristenkongress in Ghana. Und wir sind nicht weit weg. Ist es da nicht naheliegend, dass er dich sehen möchte?"

Stumm stand Anna da, so holte sie also die Vergangenheit ein.

„Ich glaube an deine Berufung", hörte sie die Stimme der Oberin. „Du bist uns teuer, du bist unsere Schwester, wir sind deine Familie. Was dir geschieht, geschieht allen anderen auch. Ich bin überzeugt, dass dein Weg hier ist. Gott will dich an diesem Ort haben. Nicht wir treffen Entscheidungen, sondern ER!"

In ihren müden Augen brannte die Kraft einer Überzeugung, die sie nicht wirklich fühlte. Aber sie musste Anna beistehen. Und das tat sie, egal wie Anna sich entscheiden würde.

„Ungelöste Konflikte belasten dein Leben. Du musst dich deiner Vergangenheit stellen. Ich bin sicher, das wird helfen. Du wirst dadurch verstehen lernen, was aus deinem alten Leben noch in dein neues gehört und was nicht. Finde es heraus."

Sie machte eine kurze Pause fuhr fort

„Er ist ein feiner Mann, dieser Martin Taylor. Er hat mit mir gesprochen, mir einiges erzählt. Und, er hat ein Recht darauf, dich zu treffen."

Wieder war es eine ganze Zeit lang still zwischen den beiden Frauen. Anna sprach als Erste.

„Ich glaube, ich habe ziemlich versagt."

„Nein, meine Tochter, du hast nicht versagt. Gehe und halte Einkehr, bete um Erkenntnis. Du bist heute von jeglicher weiteren Arbeit befreit.

19

Am frühen Abend saß Mark am Schreibtisch und füllte Formulare aus. Seit drei Tagen waren sie nun unterwegs, um turnusmäßig in mangelhaft ausgestatteten kleinen Buschhospitälern zu behandeln. Er fühlte sich unendlich müde, Patrick und er kamen nicht zum Ausruhen. Hier in Tsevoto war es auch nicht schlimmer als anderswo, trotzdem war ihm heute seine Arbeit sehr, sehr schwergefallen. Vielleicht noch die Nachwehen der Malaria.

Der Gestank flüssiger Ausscheidungen steckte immer noch in seiner Nase. Er musste raus, brauchte frische Luft und ein Bier. Er lehnte sich auf dem Stuhl zurück. Mark hatte sich niemals vorstellen können, was hier wirklich los war. Mit großem Enthusiasmus war er nach Afrika gegangen. Gewiss, sie konnten manches bewegen. So viele Menschen benötigten Hilfe. Blauäugigkeit war eine ziemlich beschönigende Einschätzung seiner Annäherung an diese Tätigkeit.

„Einsatz, Docteur Seeberger", hörte er die Stimme von Adam, dem Leiter von Tsevoto.

Träger hatten eine Frau mittleren Alters eingeliefert. Beim Wasserholen am Fluss war ein Baum auf sie gestürzt. Ihr Zustand war erbärmlich, sie klagte über heftige Leibschmerzen. Patrick punktierte durch die Bauchdecke und zog dunkles Blut in die Spritze.
„Leber- oder Gebärmutterzerreißung?" Patrick und Mark schauten sich an. „Wir müssen operieren. Sofort."

Ruhig und erfahren, narkotisierte Adam mit Evipan und Äther. Er hatte in Frankreich eine Ausbildung zum Krankenpfleger gemacht, danach eine intensive Zusatzausbildung zum Narkosepfleger und Anästhesist. Seit über vier Jahren arbeitete er mit dem Team des FSDH zur vollen Zufriedenheit aller. Nie gab es irgendwelche Zwischenfälle. Stets erwachte der Patient nach dem letzten Stich. Adam war die gute Seele dieses Hauses, es gab wenige wie ihn.

Die Leber der Frau hatte einen großen Riss. Die Ärzte schöpften fast zwei Liter Blut aus der Bauchhöhle, von dem der größere Teil, der noch nicht geronnen war, durch eine Kompresse gefiltert der Patientin rücktransfundiert wurde. Allen dreien lief der Schweiß in Strömen den Körper herab, tropfte von der Stirn. Sie atmeten auf, als die Blutung endlich gestillt war. Adam holte die beiden letzten Flaschen Blutersatzlösung für die Patientin. Völlig unafrikanisch sorgte er vor. Immer hatte Adam irgendwo noch eine Reserve. Es war nach 21.00 Uhr, als Patrick die Bauchhöhle zunähte. Zufriedenheit spiegelte sich auf den Gesichtern der drei Männer.

Seitlich vom Eingang zur Krankenstation döste der Nachtwächter in seinem Sessel vor sich hin. Ein Petroleumlämpchen spendete diffuses Licht. Auf dem Boden neben ihm lagen Pfeile und Bogen.

Der Wächter dreht sich um, als er Patrick kommen sah, hob die Hand zum Gruß und stand auf.

„Guten Abend, Lulele."

„Guten Abend, Docteur."

Patrick hatte zwei geöffnete Flaschen Bier bei sich. Eine gab er dem Nachtwächter.

„Oh, merci, merci bien."

Lulele und Patrick stießen miteinander an. Patrick trank einen großen Schluck. Lulele dagegen nahm nur einen kleinen. Er wollte lange genießen, schließlich gab es so ein Bier nicht alle Tage. Die zwei Männer unterhielten sich über Luleles Familie. Stolz erklärte der Nachtwächter, dass alle wohlauf seien. Er nahm wieder Platz in seinem Sessel. Patrick setzte sich auf die Bank unter der Pergola, wo sonst die Kranken warteten.

In breiten Bahnen fiel das Mondlicht bis hierher, ließ die Blätter der Palmen glänzen. Unaufhörlich ertönte der heiser krächzende Ruf eines Vogels. Er dachte an Maggie, fragte sich, was sie wohl gerade tat. Als er fort musste, hatte sie noch fest geschlafen. Zärtlichkeit für sie überflutete ihn, verbunden mit großer Sehnsucht. Er fühlte sich angekommen, bei der Frau, die er liebte. Seit sie in seinem Leben war, hatte er manchmal das Gefühl, als hätte die langjährige Beziehung mit Britta in einem anderen Leben stattgefunden.

Mit nassen Haaren kam Mark dazu. Auch er hatte eine Flasche Bier in der Hand und trank sie gierig im Stehen aus.

„Bin ich durstig", stöhnte er.

Mark setzte sich zu Patrick auf die Bank, verschränkte die Arme hinter dem Kopf, streckte seine Beine weit aus, atmete tief durch. Seit Tagen setzten ihm die Gedanken an Anna ziemlich zu, obwohl sie sich aus dem Weg gingen. Werde ich je auf ihrer Spur sein und sie auf meiner?

Als sie plötzlich nicht mehr da war und er erfahren hatte, dass sie sich in Deutschland aufhielt, war er vor Angst, sie würde spurlos aus seinem Leben verschwinden, fast vergangen. Er hatte nicht damit gerechnet, dass sie ihm so fehlen würde. Ihr freundliches Wesen, ihr hübsches Gesicht mit den fröhlichen Augen, ihre Stimme, ihre Tatkraft. Ohne sie hatte Bethlehem leer gewirkt. Verlassen und einsam hatte er sich gefühlt.

„Was ist nur los mit mir, Patrick?", seufzte er. „Ich kann Anna nicht aus meinen Gedanken verbannen. Sie beherrscht mein Denken."

„So schlimm?"

„Noch viel schlimmer, mein Freund."

Patrick und Maggie war es nicht verborgen geblieben, dass auch Schwester Anna in Mark verliebt war, dass diese unendlich litt.

„Zum Teufel mit dem Ordensleben!"

Mark stand auf.

„Ich hole mir noch eine Flasche von dem scheußlich warmen Bier. Dir auch eine?"

„Warum nicht."

Ich würde so gerne zur Ruhe kommen, zur Ruhe kommen mit Anna, dachte Mark, als er ins Haus ging. Trotzdem schliefen er und Guidetta ab und an miteinander. Sie brauchte es genauso wie er. Sie war eine Frau mit leidenschaftlichen Bedürfnissen. Und sie hatte ihm immer wieder versichert, dass es auch ihr nur um Sex ging. War das Betrug an Anna? Zum ersten Mal gestand er sich ein, dass er viel verlieren könnte, wenn Anna davon wüsste.

„Hast du je mit Anna über deine Gefühle gesprochen?", fragte Patrick, als Mark zurückkam und sich wieder neben ihn auf die Bank setzte.

„Immer, wenn ich versuche ihr näher zu kommen, tritt sie zumindest äußerlich den Rückzug an. Trotzdem, in mir ist eine große

Gewissheit, dass sie weiß, wie sehr ich sie liebe – und dass sie mich auch liebt."

Der Ausdruck von Marks Augen bei dem schwachen Lichtschein war nahezu unergründlich.

„Eine heikle Angelegenheit, Mark, eine Nonne zu lieben."

„Dessen bin ich mir durchaus bewusst, Patrick, aber Gelübde können aufgelöst werden."

„Ich weiß. Während meiner Internatszeit ist dies öfter passiert. Und es waren immer die, die uns besonders am Herzen lagen, die austraten. Trotzdem, wenn eine Nonne das Kloster verlassen will, handelt es sich um eine schwerwiegende Entscheidung, die muss von ganzem Herzen getroffen werden."

Die beiden schweigen. Mark war es, der als Erster sprach.

„Vielleicht ist alles ja nur die dumme Illusion eines verzauberten Mannes."

Jetzt musste Patrick sehr lachen. „Ich fürchte, du redest großen Unsinn."

Als Mark und Patrick ihr Dreibettzimmer zum Schlafen aufsuchten, schlief ihr Pilot schon tief und fest. Ronny konnte jederzeit und überall schlafen. Trotz enormer Schwüle und der Mücken fielen auch die beiden Ärzte sofort in einen Tiefschlaf. Sie wussten, Adam würde sie nur wecken, wenn es wirklich wichtig war.

***

Als das Team nach nur fünfzehnminütigem Flug in Lagambo zur Landung ansetzte, erblickten sie viele Menschen, die auf sie warteten. In farbenprächtigen Gewändern standen die Häuptlinge von Lagambo und den umliegenden Dörfern als Begrüßungskomitee an der extra für das neue Buschhospital gerodeten Piste. Kaum waren sie ausgestiegen, begannen die Trommeln zu schlagen. Frauen tanzten zum Willkommen. Ein junger Mann, der auf einer

Missionsschule Französisch gelernt hatte, fungierte als Dolmetscher. Nach ausgiebiger Begrüßung und großem Dank für die Hilfe des Flying Service Doctors Help, setzte sich die Prozession in Bewegung, begleitet vom Gesang und Tanz der Dorfbewohner. Zwischen grünem Buschwerk erstreckten sich weitläufige Maniokfelder. Affenbrotbäume säumten den Weg. Schafe und Ziegen sprangen zur Seite, Hühner liefen gackernd davon. Das kleine Hospital lag inmitten grüner Palmenhaine. Bougainvilleen warfen purpurfarbenen Kaskaden bis auf den Boden.

Vor dem Eingang des Hospitals war ein Band gespannt, das Doktor Seeberger unter großer Begeisterung durchschneiden musste. Nun folgte, gemeinsam mit den stolzen Häuptlingen und Dorfältesten, die Besichtigung des aus fünf Räumen bestehenden Hauses. Geschlossene Fensterläden sorgten für dämmriges Licht. Es duftete angenehm nach Zitronelle. Türen und Fenster hatte man den schiefen Rahmen angepasst, die gemauerten Tische waren etwas zu hoch geraten, im Entbindungsraum fehlten die Kacheln. In der noch nicht bestückten Apotheke standen auf langen Regalreihen leere Glasflaschen und Gefäße aus Ton in verschieden Größen.

Als die Besichtigung vorbei war, ging man nach draußen, wo die Menschen immer noch feierten. Der Häuptling von Lagambo hob die Hand. Tam-Tam und Gesang verstummten. Aufmerksam schauten ihn alle an. Er sah prächtig aus in seinem königsblauen Gewand mit goldenen Streifen.

„Liebe Doktoren, lieber Pilot, liebe Menschen aus meinem Dorf und den umliegenden Dörfern. Wir alle sind heute versammelt, um unser Hospital einzuweihen. Mit unseren Händen haben wir Lehm aus der Erde unserer Ahnen geholt. Aus diesem Lehm haben wir Steine geformt, sie in der Sonne trocknen lassen. Damit haben wir das Haus gebaut. Fleißige Hände aus den Dörfern haben Stühle, Tische, Regale angefertigt."

Mit großen Gesten unterstrich er seine Rede. Ehrfürchtig lauschten alle seinen Worten. Dann hob er einen Schlüssel hoch.

„Dies ist der Schlüssel zum Hospital, in das die Bewohner gehen können, wenn sie krank sind."

Alle klatschten begeistert.

„Ich habe mit der Regierung gesprochen, sie wird uns Personal und alles, was wir benötigen, schicken.

Der Häuptling ging zu Mark, Patrick und Ronny, drückte ihnen erneut die Hand.

„Großes Danke, großes Danke!"

Die anderen Häuptlinge und Dorfältesten traten ebenfalls vor, taten es ihm nach. Es folgten weitere ausgeschmückte Reden. Auch Patrick drückte im Namen von FSDH seine Bewunderung aus, verbunden mit der Bereitschaft, weiterhin zu helfen. Schließlich ergriff der Häuptling noch einmal das Wort.

„Zum Abschluss möchten wir die Bewohner von Lagambo und den anderen Dörfern einladen, mit uns ein würdiges Einweihungsfest zu feiern. Mögen die Ahnen uns behüten und an diesem Fest teilnehmen."

Unter einem großen Baum auf dem Dorfplatz waren Stühle für Häuptlinge, Dorfälteste und Ehrengäste aufgestellt. Hirsebier wurde gebracht. Zuerst goss man die Gläser von Patrick, Mark und Ronny bis zum Rande voll, dann erst die der anderen. Ganz zuletzt bekamen die Frauen was zu trinken. Danach gab es reichlich zu essen.

Es war schon Mittag, als die drei Männer von der Dorfgemeinschaft verabschiedet und singend und tanzend zum Flugzeug gebracht wurden. Avocados, Pampelmusen und eine ganze Bananenstaude überreichte man als Geschenk. Nach dem Start flog Ronny zwei Ehrenrunden, bevor er abdrehte und Kurs nahm auf ein weiteres kleines Buschhospital, wo man sie heute noch erwartete.

***

Eine halbe Stunde später landeten sie in Sukunda. Zwischen zwei hoch gewachsenen, in rostrote Tücher gehüllten jungen Männern stand mit lachendem Gesicht Schwester Rosalie. Nicht sehr groß, mit freundlichen wachen Augen, leitete die aus dem Elsass stammende Nonne, zusammen mit zwei weiteren Nonnen, seit über zwanzig Jahren diese Station. Die Männer hatten zur Feier des Tages ihre Gesichter geschminkt, in der Hand trug jeder einen Speer.

„Guten Tag, Dr. Stern, ich freue mich immer, Sie zu sehen."

Mit ausgestreckten Armen ging Schwester Rosalie auf Patrick zu, der als Erster ausgestiegen war.

„Ganz meinerseits", antwortete er.

„Und, Schwester Rosalie?", fragte Mark, der jetzt auch ausgestiegen war, „gibt's heute wieder was von ihrem köstlichen Kuchen?"

„Gewiss, Dr. Seeberger. Ich kenne doch meine Schleckermäuler."

Schwester Rosalie mochte Dr. Seeberger besonders gerne. Er hatte so was Verschmitztes, Jugendliches an sich. Dass der keine Ehefrau hatte, sie verstand es nicht. An Chancen würde es ihm sicher nicht mangeln. Man munkelte, dass er mit Dr. Guidetta Marrozzi ein Verhältnis hatte. Hier blieb nichts verborgen, auch wenn man so weit voneinander entfernt lebte. Aber sie hatte eine ganz andere Befürchtung, nämlich, dass er in Schwester Anna verliebt war. So wie er von ihr sprach ... Sie griff nach ihrem Kreuz auf der Brust.

„Vater, verzeih mir meine Gedanken, ich versündige mich gerade." Gleichzeitig wusste sie, dass ihr inneres Gefühl sie noch selten betrogen hatte.

Ronny stieg als Letzter aus dem Flugzeug.

„Schwester Rosalie, wir haben eine ganze Ladung Medikamente und Verbandsmaterial dabei", rief er ihr zu.

„Vergelt's Gott, das können wir gut gebrauchen."

Er und Schwester Rosalie umarmten einander herzlich.

Die drei Männer begrüßten jetzt auch die beiden Krieger, die sich im Hintergrund gehalten hatten.

„Geht schon mal vor", meinte Ronny, „ich komme mit den beiden nach, wir bringen alles mit!"

„Dann machen wir das so, meine Lieben" antwortete die Nonne und ging voran.

Mark und Patrick folgten ihr. Nach Sukunda kamen sie besonders gerne. Sie waren immer wieder überrascht, was die Nonnen bei der Behandlung von Kranken alles zu leisten imstande waren. Sie hatten sich im Laufe der Jahre viel von den Ärzten abgeschaut und sich einiges selber beigebracht, einfach aus der Not heraus. Schwester Kunigunde und Magdalena waren heute unterwegs auf Krankenbesuch in weit entfernt liegenden Dörfern.

Patrick sah auf die Uhr. 16.00 Uhr. Zeit, heimzufliegen. Gerade waren sie fertig geworden, obwohl das Wort fertig nicht passte – es gab immer so viel zu tun, nur das Notwendigste konnte bewältigt werden. Die Kleidung klebte ihnen am Leib. Die Nonne hatte ihnen einen Eimer mit Wasser hingestellt, dankbar wuschen sie sich.

Vor dem Abflug saßen Ronny, Mark und Patrick wie jedes Mal im Wohnzimmer der Schwestern an dem großen, runden Tisch und ließen es sich schmecken. Es gab belegte Brote, Tee, Kaffee und Kuchen. In der Mitte des Tisches, in einem schönen Glasgefäß, stand ein Strauß Rosen. Ihre pfirsichfarbenen großen Blüten hingen fast bis auf den Tisch. Draußen vor dem mit Fliegengitter bespannten Fenster wiegten sich Palmen sanft im Wind, trotz flirrender Hitze.

„Hab ich Hunger", stöhnte Mark und langte noch immer kräftig zu.

„Du hast dich doch schon in Lagambo vollgefressen", zog Ronny ihn auf.

In diesem Moment betrat Schwester Rosalie den Raum.

„Na, schmeckt es?"

Alle nickten.

„Ich packe euch was ein für unterwegs."

„Geniale Idee", lachte Mark, „ich leide heute unter Fresssucht."

„Das gibt's manchmal", schäkerte Schwester Rosalie mit ihm. „An manchen Tagen geht's mir genauso, sieht man mir auch an."

Manchmal konnte sie sich einfach nicht beherrschen. Schon als Kind hatte sie ihren Frust mit Essen versucht zu bewältigen. Hier verfiel sie noch genauso in dieses Verhalten, wenn mal wieder nichts klappte. Nun, auch Nonnen waren schließlich nur Menschen und keine Heiligen. Doch egal wie schwierig es war, hier fand ihr Leben statt, an diesem Platz war sie richtig, hier wurde sie gebraucht. Und sie konnte freier als in einem Konvent leben. Um Gottes Willen, da würde sie es nicht mehr aushalten. Sie würde eingehen wie eine Primel, die man vergessen hatte zu gießen.

„Wo wachsen diese wunderbaren Rosen, Schwester?"

Patricks Stimme holte sie aus ihren Gedanken.

„Herrlich, was? Die sind mein ganzer Stolz", antwortete die Nonne begeistert. „Schwester Kunigunde hat mir vor Jahren aus der Heimat eine ganz alte Züchtung mitgebracht. Angeblich stammt sie noch aus Malmaison, sozusagen aus Napoleons Zeiten. Wenn Sie möchten, zeige ich Ihnen das Plätzchen im Garten, wo sie wachsen."

Doch daraus wurde nichts. Ein Funkspruch kam herein. Notfall! Oben im Norden war ein Dorf von einem rivalisierenden Stamm überfallen worden. Man hatte es auf die Rinder abgesehen, es gab schwere Verletzungen.

Als sie sich auf den Weg zur Cessna machten, entdeckten sie eine alte Frau, die sich mit einer Hand an der Hauswand abstützte. Leise wimmerte sie vor sich hin. Unter ihrem Pagne, am Bauch, zeichnete sich eine riesige Geschwulst ab. Mark, Patrick und Schwester Rosalie brachten sie sofort auf die Krankenstation. Bei der Untersuchung zeigte sich ihr Bauch aufgebläht wie ein riesiger Luftballon, darüber hingen ausgemergelte, lange Brüste. Die Haut unter dem Bauch war eingerissen, Eiter quoll heraus. Die Ärzte versorgten sie notdürftig. Zusammen mit der Nonne kamen sie zu dem Schluss, dass die Frau dringend operiert werden müsste.

„Wir sollten sie mitnehmen."

Schwester Rosalie sprach mit der Frau. Die Alte hörte mit ängstlichem Gesicht zu, überlegte eine Weile. Dann ergriff sie Patricks Hand.

„Wir werden dir helfen", sagte dieser und drückte ihre Hand.

Mit großen Augen sah sie ihn an, schließlich nickte sie.

„Ich werde ihre Familie informieren", erklärte Schwester Rosalie, als man die Patientin auf einem Stuhl sitzend zum Flugzeug brachte.

20

Mit einer Tasse Kaffee in der Hand ging Maggie am frühen Morgen durchs Wohnzimmer. Sie öffnete die Türe zum Garten, trat hinaus auf die Terrasse. Miranda kam angerannt, sprang an ihr hoch, wedelte begeistert mit dem Schwanz. Immer wieder versuchte sie die Pfoten auf Maggies Schultern zu legen.

„Jetzt reicht es aber", versuchte Maggie sie lachend abzuwimmeln. Miranda gab ein undefinierbares Geräusch von sich, verschwand beleidigt im Garten. Maggie setzte sich auf einen Stuhl, stellte den Kaffee auf dem Tisch ab, lauschte diesem herrlichen Morgen. Von überall her hörte man Stimmen, Eimergeklapper, das Stampfen von Fufu. Einige der Nachbarn hatte sie schon kennengelernt. Manche hatten ihr Geschenke gebracht, Obst, Blumen, Palmwein. Maggie reckte und streckte sich. Wie schön es hier war, wie lebendig und wie wohl sie sich fühlte.

Viele Wochen lebte sie nun schon in Lalimete. Patricks Freunde waren vorbeigekommen, um sie in ihrem neuen Heim willkommen zu heißen. Conzales, Mark, Guidetta. Die Schwester Oberin hatte ihr die Schule gezeigt, zusammen mit Frau Musanga, ihrer zukünftigen Kollegin. Auch Männer und Frauen vom Lalimete hatten ihre Aufwartung gemacht. Der Bankdirektor Monsieur Jules, der Polizeichef des Ortes Monsieur Tumba. Guidetta Marrozzi, hatte etwas seltsam gewirkt, als hätte man sie aufgefordert vorbeizukommen. Als sie dies Patrick gegenüber erwähnte, meinte dieser lapidar: „… die war ziemlich müde." Maggie brauchte ja nicht alles zu wissen, es hatte doch überhaupt keine Bedeutung, jenes kurze Intermezzo mit Guidetta.

Wenn Patrick von seinen tagelangen Einsätzen zurückkehrte, gaben Maggie und er sich der Liebe hin. Voller Leidenschaft genossen sie die Stunden. Ausgelassen tanzten sie an den Abenden wild zu afrikanischer Musik. Voller Freude, auch ein wenig verwundert, betrachtete Maggie in manchen Stunden ihr Leben und konnte kaum glauben, dass sie es war, die so viel Neues und Schönes erleben durfte. Sie litt kein bisschen unter Heimweh. Maggie ging zurück ins Haus, begutachtete zufrieden ihr neues Heim. In kurzer Zeit hatte sie ein richtig schönes Zuhause geschaffen. Es war nicht so, dass es ihr vorher nicht gefallen hätte, nein. Aber das Weibliche war zu kurz gekommen. Männer waren was die Einrichtung betraf, meist sehr nüchtern. Patricks Räuberhöhle, wie er sein Zimmer nannte, hatte sie allerdings nicht angetastet.

Als Maggie sich gegen neun Uhr auf den Weg zum Markt machen wollte, klatschte draußen jemand in die Hände. Sie öffnete die Türe.
„Schwester Anna?"
Mit hochrotem Kopf stand die Nonne vor ihr. Maggie erschrak. Hinter ihr entdeckte sie Mafunde, der stolz deren Fahrrad hielt.
„Ist was mit Patrick?"

„Nein, nein, ich ..." Anna zögerte eine Weile, „hast du einen Moment Zeit, Maggie?"

„Aber natürlich habe ich Zeit für dich, Anna."

Die beiden Frauen waren ins vertraute Du gefallen.

„Komm rein."

Maggie ließ Anna vorausgehen, schloss die Türe. Anna wirkte ziemlich aufgelöst. Im Wohnzimmer ließ Anna sich auf die große Couch fallen.

„Mein früherer Verlobter Martin Taylor ist aufgetaucht und möchte mit mir reden."

Fast klangen ihre Worte wie ein Schrei. Maggie konnte kaum glauben, was sie da hörte.

„Du wolltest mal heiraten?"

Überrascht setzte sie sich Anna gegenüber in einen Sessel.

„Ja, wollte ich."

Annas Stimme klang fast aggressiv.

„Glaubst du, Nonnen hätten kein Vorleben gehabt oder Sex? Warum glauben alle nur, Nonnen leben hinterm Mond?"

„Entschuldige, Anna, so habe ich das nicht gemeint."

„Ich weiß, ich weiß, Maggie, ich bin völlig durcheinander", dabei sprang sie auf, lief unruhig im Zimmer auf und ab.

„Er war bei der Ehrwürdigen Mutter."

Sie stieß einen Seufzer aus, griff wie haltsuchend nach dem Kreuz auf ihrer Brust.

Völlig perplex betrachtete Maggie diese aparte, liebenswürdige, tüchtige Anna. Sie war nicht nur von außen schön, sie war von innen noch schöner. Sie strahlte Liebe aus, Menschen fühlten sich bei ihr aufgehoben und froh.

„Warum habt ihr damals eure Verlobung gelöst?"

„Warum, warum, warum?"

Anna stellte sich an die offene Terrassentür, blickte in den Garten. Und betrogen habe ich ihn während der Verlobungszeit auch noch, dachte sie. Mit Martin war alles so selbstverständlich gewesen, so ohne Überraschung. Dann war Fabio gekommen. Die Nächte und Tage in seinem Hotelzimmer, diese leidenschaftlichen Stunden hatten ihr gezeigt, was möglich war. Damals hatte sie keine Schuld empfunden, auch nicht, dass er verheiratet war. Sie hatte es Martin nie gebeichtet. Gewiss, das alles lag lange zurück, dass es ihr vorkam, als sei es einem anderen Menschen widerfahren. Und nie hatte sie für Martin Taylor empfunden, was sie empfand, wenn sie Mark Seeberger sah. Sie drehte sich um, wandte sich wieder Maggie zu.

„Ich habe mich Martin gegenüber schuldig gemacht. Ich habe einfach so die Verlobung gelöst, um den Wunsch, Nonne zu werden, zu erfüllen. Er hatte keine Chance. Nie habe ich ihm eine Möglichkeit gegeben, dass er wenigstens hätte verstehen können."

Annas Gesicht wirkte angespannt, sie kniff die Augen zusammen. Sie kam zu Maggies Sessel, schlug die Hände vors Gesicht, ließ sich auf die Couch fallen und fing bitterlich an zu weinen.

„Schuld, Schuld, Schuld", schluchzte sie. „Mein Gott, was ist denn nur los mit meinem Leben?"

Instinktiv spürte Maggie, dass da noch viel mehr war, als nur der Konflikt, dass ihr früherer Verlobter zu Besuch gekommen war. Maggie stand auf, setzte sich zu Anna. Anna nahm die Hände vom Gesicht, tränenüberströmt schaute sie Magie an.

„So viele Jahre, Maggie, habe ich zutiefst menschliche Bedürfnisse geleugnet. Ich habe meinen Körper verhüllt, versucht meine Gefühle zu neutralisieren, und darüber habe ich auch noch Stolz empfunden. Ich hochmütige Idiotin habe geglaubt, dass mit dem Eintritt ins Kloster das große Erlebnis meines Lebens beginnen würde. Nichts davon ist wahr. Ich merke jetzt, wie ich mich manipuliert habe."

Maggie sah Anna mitfühlend an. Wie ein Häufchen Elend kam sie ihr vor. Sie stand auf, ging in die Küche, um etwas zu trinken zu holen. Anna legte sich der Länge nach auf die Couch, verschränkte die Arme hinter ihrem Kopf, starrte an die Decke. Wie erschüttert waren damals ihre Eltern gewesen, als sie von dem Wunsch, ins Kloster zu gehen, erfuhren. Ihre Eltern hatten sie mit einer Eindringlichkeit angesehen, die sie bei ihnen noch nie bemerkt hatte. „Mädchen wie du gehen nicht in ein Kloster, das ist ein Gefängnis. Und … Martin ist wie ein eigener Sohn für uns!"

Als alles nichts half, hatten sie auf die Tränendrüsen gedrückt. „Du bist unsere einzige Tochter, du hast eine Verpflichtung uns gegenüber, wir wollen dich nicht verlieren."

Aber, sie hatten nicht mit Annas Beharrlichkeit gerechnet.

Maggie brachte ein Tablett mit einer Karaffe Wasser und zwei Gläsern, stellte es auf dem Tisch ab, setzte sich wieder hin. Sie goss die Gläser voll, reichte eines davon Anna. Diese richtete sich auf, trank es in einem Zug aus. Die Vergangenheit holte sie ein. Martin war hier, sie konnte ihm nicht mehr ausweichen. Die Welt hatte ihr ein Zeichen gegeben.

„Es ist alles so sinnlos", stammelte sie.

„Nein, Anna, sinnlos ist gar nichts, das brauche ich dir doch nicht zu sagen. Was ich spüre, ist deine Verzweiflung. Hast du nie daran gedacht, dass ein anderes Leben für dich vielleicht doch richtiger wäre?"

Anna stand auf, goss sich ihr Glas erneut mit Wasser voll. Wieder trank sie es gierig aus, stellte es aufs Tablett zurück. Sie nahm ein großes Taschentuch aus ihrem Habit, putzte sich die Nase. Plötzlich fühlte sie einen solchen Zorn über sich kommen, wie sie ihn seit Jahren nicht empfunden hatte. Wieder lief sie unruhig hin und her, dabei schlug sie sich mit beiden Händen an die Stirn.

„Du blödes, dummes Weib", schrie sie. „Du wolltest eine ganz besondere Nonne sein, du Närrin!"

Maggie, die solche Reaktionen bei Anna nicht erwartet hatte, sprang ebenfalls auf, blieb vor Anna stehen und nahm sie ganz fest in den Arm. Anna ließ es geschehen. Ihr Atem ging heftig, noch bebte sie voller Zorn. Maggie streichelte ihr den Rücken und Anna legte ihren Kopf auf Maggies Schulter. Nach und nach beruhigte sich Anna. Schließlich fasste sie sich wieder.

„Eins steht fest, Maggie. Die leidenschaftliche Überzeugung, die mich zum Ordensleben geführt hat, ist tot."

„Du wirst einen Weg finden."

Anna hob und senkte fast hilflos ihre Schultern.

Inzwischen war es später Vormittag geworden. Die beiden Frauen saßen draußen auf der Terrasse, tranken starken Espresso.

„Der tut gut, Maggie."

Anna war wieder gefasster. Endlich gab es einen Menschen, dem sie alles erzählen konnte. Egal, auch wenn sie als Nonne ein Tabu verletzt hatte, sie konnte nicht alles mit sich selber abmachen.

Anna nahm Maggies Hand.

„Ich danke dir. Mir ist jetzt leichter. Ich weiß nicht, wie sich alles entwickeln wird, aber mich dir anzuvertrauen hat gut getan."

Die beiden Frauen schauten sich an. Maggie nickte.

„Ich bin froh, dass du zu mir gekommen bist, Anna."

„Manchmal liege ich nachts wach, Maggie, und wünsche mir sehnlichst, ein eigenes Kind in den Armen zu halten. Es gibt mehr und mehr Stunden, in denen ich nicht mehr weiß, ob ich Nonne bleiben soll. Mir ist klar geworden, dass ich die Forderung nach Keuschheit als Vorwand genommen habe, um den Komplikationen der menschlichen Liebe zu entfliehen – mein Gott", sie sah auf die Uhr, „schon fast elf!"

Maggie brachte Anna vor die Türe. Mafunde präsentierte stolz ihr Fahrrad. Er hatte es auf Hochglanz poliert.

„Was für eine schöne Überraschung. Danke, Mafunde."

Sie wandte sich noch einmal Maggie zu.

„Wir sind Freundinnen, ja?"

Maggie nickte. Noch einmal umarmten sich die beiden Frauen. Dann schwang Anna sich aufs Rad und fuhr in dieser Affenhitze zu Krankenbesuchen in der Nähe.

***

Maggie schlenderte über den Markt. Wie war das heiß heute! Ihr lief der Schweiß in Strömen den Rücken hinunter. Den Marktfrauen schien das nichts auszumachen. Auf engstem Raum saßen sie beieinander, verkauften, handelten, plauderten. Zwiebeln, Tomaten, Erdnüsse, Pfefferschoten und Süßkartoffeln wurden, kunstvoll aufgeschichtet, auf geflochtenen Korbtabletts angeboten. Einige Frauen trugen riesige Hüte als Sonnenschutz, die auch ihren Babys auf den Rücken Schatten spendeten.

„Herzlich willkommen", riefen sie.

Maggie grüßte überallhin, wurde freundlich zurückgegrüßt.

„Wie geht es den Eltern, Papa, Mama, wie den anderen Frauen deines Vaters, den Geschwistern?"

„Gut, sehr gut."

„Aha", sie lachten und freuten sich.

„Wie geht es den Tanten, den Onkeln, den Leuten zu Hause?"

„Alle sind wohlauf."

Maggie beteuerte dies immer wieder. Wie oft schon hatte sie zu erklären versucht, dass die Männer in Deutschland nur eine Frau hatten. Es nützte nichts. Maggie liebte diese Zurufe, dieses lebendige Treiben. Sie lebte so gerne hier. Allerdings, das mit Anna machte ihr zu schaffen. Hoffentlich bahnte sich nicht noch ein größeres Drama an. Nicht auszudenken, wenn Anna plötzlich nicht mehr in Lalimete wäre.

An einem Stand bereitete eine Frau am offenen Feuer Sauce zu. Es roch köstlich. Die Frau daneben briet Maisbällchen in rotem Palmöl.

„Guten Tag, Madame. Bitte zwei davon." Maggie zeigte auf die Maisbällchen. Geschickt nahm die Frau mit einer Abtropfkelle das Gebäck heraus, legte es auf ein großes Bananenblatt, rollte dieses ein und reichte es ihr. Kaum hatte Maggie gezahlt, schöpfte eine der Marktfrauen Palmwein aus einem großen Bottich in eine Kalebasse und reichte sie Maggie zum Probieren. Der Wein schmeckte ziemlich säuerlich, Maggie verzog keine Miene und lobte ihn.

„Sehr, sehr gut, Madame."

Maggie wickelte die Teigbällchen aus, biss genussvoll hinein. Alle freuten sich mit ihr. „Guten Appetit!"

Gerade als sie den letzten Bissen in den Mund gesteckt hatte, kam eine ausgemergelte, sehr alt aussehende Afrikanerin auf sie zu. Auf dem Rücken, in ihrem Pagne, trug sie ein kleines Mädchen. Sie blieb stehen, band das Kind vom Rücken, reichte es Maggie mit einem Lächeln. Maggie nahm das Kind, während die Frau auf Maggie einredete. Diese verstand gar nichts. Mit großen, ängstlichen Augen blickte das Kind Maggie an und begann zu weinen.

„Du sollst sie mitnehmen", rief eine der Marktfrauen, „bei dir hat sie es gut."

Die Alte schaute sie unentwegt an. Da war nichts Schweres in ihrem Blick, es erschien Maggie mehr wie eine freundliche Geste. Maggie streichelte dem Kind über das Köpfchen und gab es zurück. Sofort klammerte es sich an die Frau und hörte zu weinen auf. Die Alte nickte fröhlich, band das Kind wieder auf ihren Rücken und ging weiter.

„Guten Weg", riefen die Marktfrauen mit großer Heiterkeit der Alten nach.

Auch Maggie setzte ihren Weg fort.

Kleine Ziegen, Hammel, Schafe, denen jeweils ein Fuß an einem Strick festgebunden war, fraßen an Grasbüscheln. In unglaublicher Enge lagen von der Hitze stark mitgenommene Hühner in großen Körben. Nur die weißen Hühner für Opferungszeremonien durften mehr Platz beanspruchen. Auf den getrockneten Fischen saßen Fliegen, die die Marktfrauen immer wieder mit einem Wedel verscheuchten. Am Rande des Marktes saßen riesige Geier, die auf die wenigen Abfälle warteten.

„Es ist, wie es ist", war die Antwort der Schwester Oberin gewesen, als Maggie mit ihr darüber gesprochen hatte, wie hier Tiere behandelt werden.

„Nicht nur Tiere", hatte die Nonne gemeint. „Trotzdem müssen wir uns davor hüten, alles durch unsere europäischen Augen zu betrachten. Denken Sie doch mal an unsere Entwicklung, wie lange wir gebraucht haben, um halbwegs zivilisiert zu werden."

Wie recht sie hatte, hier galten andere Maßstäbe als im wohlgeordneten Europa.

Bevor Maggie zur Brasserie hinüberging, kaufte sie Stoffe und etwas Obst.

„Zwei Ananas und zwei Papayas." Maggie zeigte auf die ausgewählten Früchte.

Die Marktfrau nahm Maggies Korb, legte das Obst sorgfältig hinein. Nachdem Maggie gezahlt hatte, nahm die Marktfrau zwei Bananen, legte sie obenauf.

„Geschenk, Madame."

Sie winkte einen Jungen herbei, zeigte auf den Korb, gab ihm Instruktionen.

„Der kann ihren Korb nach Hause bringen", meinte sie.

„Das wäre gut."

Der Junge nahm den Korb.

„Du weißt, wo ich wohne?"

„Ja, Madame."

Maggie nahm eine Münze und gab sie dem Jungen. Freudestrahlend ging er neben Maggie her, begleitete sie bis zur Brasserie. Dort spendierte sie ihm eine Limonade, bevor er die Sachen „ins Haus des weißen Docteurs" trug.

In der Brasserie unterhielt sich Maggie mit Nur, die heute, mit ihren schwarzen wilden Locken und den Kirschenaugen besonders attraktiv aussah. Als Kind libanesischer Eltern, in Afrika geboren, ging sie so gut wie nie auf den Markt. Sie lachte jedes Mal fast ungläubig, wenn Maggie begeistert von ihren afrikanischen Erlebnissen sprach. Für Nur war das nicht nachvollziehbar. Sie lebte in ihrer eigenen, behüteten Welt. Irgendwann würde sie einen gut situierten Mann heiraten, sich täglich schön machen für ihn und an den Wochenenden mit ihm in der Stadt ausgehen. Zweimal im Jahr fuhr die Familie in den Libanon zum Verwandtenbesuch und anschließend nach Paris zum Einkaufen.

Ihre Schränke waren voller exklusiver Kleidung französischer Modehäuser. Hosein, Nurs Vater, trieb regen Handel in ganz Westafrika, man sah ihn so gut wie nie. Nurs Mutter, Madame Faruda, verwöhnte Familie und Freunde mit hoher Kochkunst der arabisch-französischen Küche. Wenn besondere Gäste in ihrer Brasserie einkehrten, ließ sie ihnen etwas von diesen Speisen servieren. Conzales, Patrick und Mark kamen stets in den Genuss und jetzt auch Maggie. Madame konnte weder lesen noch schreiben. Wenn sie einkaufen ging, tat sie dies in Begleitung eines Vertrauten. Die Familie behandelte ihre afrikanischen Angestellten mit Respekt, zahlte pünktlich die Löhne. Sie fühlte sich verantwortlich, wenn einer von ihnen krank war. Größere Hilfe aber gewährten sie selbstverständlich den hier lebenden Weißen.

„Wann beginnt deine Tätigkeit als Lehrerin?"

Nur hatte ein libanesisches Gericht mit Grüßen ihrer Mutter gebracht und setzte sich zu Maggie an den Tisch.

„Ab September nach den Ferien."

„Freust du dich?"

„Sehr!"

„Und dein Mann, was sagt er dazu?"

„Ihn freut es, Nur, außerdem ist er doch viel unterwegs."

„Und das macht dir nichts aus?"

„Nein, ich habe gerne viel Zeit für mich."

Nur sah Maggie skeptisch an. Diese deutschen Frauen waren schon sehr eigen. Die passten überhaupt nicht auf, was ihre Männer taten.

„Iss, Maggie." Nur nickte. „Du kannst noch mehr davon haben."
Maggie begann zu essen.
„Köstlich", rief sie begeistert. „Sag das deiner Mutter, sie ist eine großartige Köchin!"
Nur freute sich und strahlte übers ganze Gesicht.

Nach dem Essen zeigte Maggie Nur die Stoffe, die sie gekauft hatte.
„Ich möchte Tischdecken nähen lassen, zu welcher Schneiderin soll ich gehen?"
Nur rief laut nach einem der Angestellten, der kam sofort. Sie redete afrikanisch auf ihn ein. Schließlich überreichte sie ihm einen Schlüssel.
„Komm, Maggie, ich bringe dich zu einer guten Schneiderei", meinte Nur.
Draußen hängte Nur sich fröhlich bei Maggie ein.
Nicht weit von der Brasserie, in einem größeren, einstöckigen Steinhaus, befand sich die Schneiderwerkstatt. Beim offenen Eingang stand eine von Hand beschriebene, ornamentengeschmückte Tafel.

Preise ...
für Leute von hier
für Leute von auswärts
für weiße Leute von hier
für weiße Leute von auswärts –
fragen Sie Madame Adjoa

In einem großen Raum bot sich ein buntes Bild. Zwölf junge Mädchen hatten Stoffe über den Nähmaschinen ausgebreitet. Barfüßig bedienten sie die Pedale. An der Decke surrten große Ventilatoren. Alle lächelten und grüßten freundlich. Eine von ihnen stand auf, verschwand im hinteren Teil des Hauses.

„Die Besitzerin bildet aus", erzählte Nur. „Es ist eine Ehre für die Mädchen, hier lernen zu dürfen. Sie nähen sehr, sehr gut."

Eine attraktive, hoch gewachsene schlanke Afrikanerin mittleren Alters kam nach vorne.

„Ah, Madame Adjoa!"

„Guten Tag, Mademoiselle Nur", sagte die Frau. „Guten Tag, Madame Docteur."

Sie reichten einander die Hand.

Maggie musste lächeln, dieses Madame Docteur war nicht rauszubekommen. Wie würde man sie wohl demnächst nennen – Madame Lehrerin?

Madame Adjoa führte Nur und Maggie in einen abgedunkelten Raum. Dort stand eine bequeme Couch mit Sesseln und kleinen Beistelltischchen.

„Bitte, nehmen Sie Platz!"

Mit einer eleganten Handbewegung unterstrich sie diese Einladung. Sogleich wurde eine Glaskaraffe mit Wasser gebracht, dazu drei Gläser. Madame schenkte ein, wartete, bis Nur und Maggie getrunken hatten.

„Wie geht es Ihnen, Madame, und dem Monsieur Docteur?", wandte sie sich an Maggie.

Sie war wohl eine moderne Frau, denn die traditionelle Begrüßung fand nicht statt. Die Frauen plauderten ein Weilchen miteinander. Schließlich trug Maggie ihren Wunsch vor und zeigte die Stoffe. Aufmerksam hörte die Schneiderin zu, stand auf und rief zwei der Mädchen. Sie erklärte ihnen, was zu tun sei. Die beiden nickten immer wieder, schließlich übergab man ihnen den Stoff.

„Vielen Dank", wandte Maggie sich an die beiden.

Die Mädchen strahlten übers ganze Gesicht. „Wir möchten ihnen einen schönen Tag wünschen, Madame."

Sie entfernten sich. Madame Adjoa begleitete Nur und Maggie bis hinaus auf die Straße. Sie bedankte sich für den Auftrag und wünschte „ihren Schwestern" einen guten Tag.

Wann die Decken fertig sein würden, konnte sie nicht sagen. „Man wird sehen!"

21

Schwester Anna stand in dem karg eingerichteten Besucherzimmer und blickte durch das Fliegengitter in den prächtigen Klostergarten. Alles in ihr war in Aufruhr. Die Oberin betrat den Raum. Sie schloss die Türe hinter sich, schaute Anna mit einem undefinierbaren Blick an. Kein Wunder, dass dieser Martin Taylor sie nicht hatte verlieren wollen. Sie war schon ein besonderes Menschenkind. Aber es war nicht recht von ihr gewesen, ihn damals nicht genügend aufgeklärt zu haben. Das war auch der Grund, warum sie Anna gestattete, jetzt eine Klärung herbeizuführen.

Die Ehrwürdige Mutter kannte sich bald selber nicht mehr. Unter normalen Umständen durfte sie so etwas gar nicht gestatten. Aber was waren schon normale Umstände in der heutigen Zeit, wo alles drunter und drüber ging, auch in den Klöstern. Ich weiß, was in ihr vorgeht, dachte sie. Auch ich hatte eine Beziehung, bevor ich mich fürs Kloster entschieden habe. Allerdings nicht ganz so dramatisch. Haltsuchend griff sie nach ihrem Rosenkranz.

„Gott, hilf uns allen, dass Anna bald wieder auf den rechten Weg findet." Sie musste ein Seufzen unterdrücken.

„Meine liebe Tochter, Gott verlangt von uns manchmal, etwas ganz Praktisches zu tun. Er verlangt es, damit wir frei werden."

Ihre Stimme klang sanft.

„Vor allem müssen wir die Dinge, die unser Leben belasten, in Ordnung bringen, und zwar da, wo wir dies können."

Anna schluckte, spürte einen Kloß im Hals.

„Ich weiß, Ehrwürdige Mutter."

„Für den heutigen Nachmittag bist du von all deinen Pflichten befreit", fuhr die Oberin fort. Allerdings ...", jetzt glich ihre Stimme wieder mehr einem Befehlston, „erwarte ich dich zur Abendmesse."

„Danke, Ehrwürdige Mutter."

„Wir werden nicht als Nonnen geboren, Schwester Anna, wir sind auch noch ganz normale Frauen."

Mit diesen Worten verließ die Oberin das Zimmer. Leise schloss sie die Türe hinter sich.

Annas Herz meldete sich heftig. Mit geballter Faust schlug sie sanft auf die Brust, das half ihr meistens, ruhiger zu werden. Kurz danach klopfte es.

„Herein."

Weit öffnete Schwester Cäcilia die Türe. Ausgerechnet sie, die immer an ihr herumzumeckern hatte.

„Ihr Besuch ist da."

Dann stand Martin vor ihr. Schlank, groß, dunkelhaarig. Eine Strähne war ihm in die Stirn gefallen. Er sah attraktiv aus mit seinen regelmäßigen Zügen, dem eigensinnigen Kinn. Schon damals standen die Frauen auf ihn. An den Schläfen wurde er grau. Er erinnerte sie ein wenig an Mark, nur dass Martin seine Haare kürzer trug. Wenn er wüsste, wie aufgewühlt sie war? Schwester Cäcilia ließ sie allein, zog die Türe hinter sich zu. Für einen Moment standen Martin und Anna sich wie zwei Fremde gegenüber.

„Guten Tag, Elisabeth, da staunst du?"

Sie sah so ganz anders aus als damals und doch würde er sie überall erkennen.

„Wie geht es dir?" Er streckte ihr beide Hände entgegen

Anna nickte, legt ihre Hände in seine und entzog sie ihm gleich wieder. Sie wirkte sehr beherrscht.

„Den alten Namen gibt es nicht mehr. Ich bin jetzt Schwester Anna", wies sie ihn zurecht.

„Ich weiß. Wie geht es dir, Schwester Anna?"

Für Martin fühlte sich das total fremd an, sie so zu nennen.

Eine ganze Weile verging, jeder von ihnen war darauf bedacht, Abstand zu halten. Plötzlich überzog ein Lächeln Martins Gesicht und Schwester Anna lächelte zurück.

„Bitte setze dich, Martin."

Anna deutete auf einen Sessel.

Beide setzten sich.

In diesem Raum gab es als Mobiliar nur zwei Korbsessel, einen kleinen runden Tisch, ein Kreuz an der Wand. Auf dem Tisch stand eine Karaffe Wasser mit zwei Gläsern.

„Darf ich dir ein Glas Wasser anbieten?"

„Vielleicht später."

Er sah sie an, sie wich seinem Blick aus. Keiner wusste so recht etwas zu sagen.

„Es ist schon seltsam", Martin hatte als Erster die Sprache wieder gefunden.

„Tausendmal habe ich mir ausgedacht, wie es sein würde, dich wieder zu sehen. Jetzt sitzen wir einander gegenüber und es fühlt sich ganz anders an. Fast, als wären wir das nicht."

Sie ging nicht weiter darauf ein. Stattdessen meinte sie:

„Die Ehrwürdige Mutter hat mir erzählt, dass du einen Kongress in Ghana besucht hast."

Ihre Stimme klang fast emotionslos.

„Ja, habe ich."

Martin versuchte sich in dem Korbstuhl bequemer hinzusetzen. Er schlug die Beine übereinander. Seine cremefarbene Leinenhose und das weiße Hemd wirkten zerknittert.

„Deine Schwester Oberin ist eine patente Frau, gar nicht engstirnig", fuhr Martin fort. „Ich glaube, da gibt es andere, die dir nicht gestatten würden, den ehemaligen Verlobten zu treffen."

Anna nickte zustimmend, schluckte. Innerlich bebte sie, sie wusste nicht, wie sie Martin begegnen sollte.

„Also, wie gesagt, ich war ganz in der Nähe und da dachte ich, dass es eine gute Gelegenheit wäre, meine Elisabeth …"

Sie konnte nicht mehr an sich halten, fiel ihm ins Wort.

„Martin, ich weiß, dass ich nicht richtig gehandelt habe, als ich unsere Verlobung löste. Ich war damals nicht imstande, mit dir wirklich zu sprechen. Dafür habe ich ausführlich geschrieben. Also, was willst du hier?" Sie stieß diese Worte hervor.

„Ach, und du meinst, damit lässt sich alles entschuldigen? Weißt du, wie ich mich gefühlt habe? Hast du nur eine Ahnung davon?"

Seine Stimme klang vorwurfsvoll.

„Wir hatten uns ein Versprechen gegeben und erklärt hast du gar nichts. Du bist abgehauen, Lissy, so sieht's aus. Verstanden habe ich es nie. Du bist mir immer noch eine ehrliche Erklärung schuldig. Warum hast du unsere Verlobung so abrupt gelöst? Um ins Kloster zu gehen?"

Anna sprang aus dem Sessel. Plötzlich waren sie genau an dem Punkt, den sie hatte vermeiden wollen.

„Um mir das zu sagen bist du gekommen?"

Mit verschränkten Armen ging sie aufgeregt in dem kleinen Raum herum. Das war alles lange her. So viele Jahre waren vergangen. Er forderte eine Art Rechenschaft, die sie ihm nicht geben konnte. Martin war auch aufgestanden, ging ganz nah zu ihr hin.

„Bleib stehen, du unruhiger Geist!"

Sie blieb stehen. Beide blickten sich an. Plötzlich hingen ihre Arme wie leblos an der Seite, fast wirkte sie wie eine Marionette.

„Was hast du nicht alles weggeworfen für ein Leben wie dieses …" Seine Stimme entbehrte nicht einer gewissen Schadenfreude. „Was darfst du denn schon, was gibt es außer Regeln und Verboten?"

Martin fasste sie fast grob am Arm. Mit einer energischen Bewegung schob Anna seinen Arm weg.

„Ja, lästere nur", schrie sie ihn an. „Du bist genau wie mein Vater. Immer wollte er mir sagen, was ich zu tun habe, und jetzt kommst du und versuchst mir klarzumachen, wie falsch es war, ins Kloster zu gehen. Du, du, du, immer nur du. Nennst mich ständig Elisabeth, oder Lissy, aber mein Name ist Schwester Anna. Du Narr, du blöder."

Ihr Gespräch war aus dem Ruder gelaufen. Martin ging zum Tisch, schenkte sich ein Glas Wasser ein, trank es aus, füllte erneut nach und setzte sich. Er atmete schwer. Anna stellte sich ans Fenster, wandte ihm den Rücken zu. Plötzlich tat sie ihm leid.

„Verdammt noch mal, ich weiß auch nicht, wieso ich das gesagt habe, es ist mir herausgerutscht. Entschuldige bitte, Elisabeth."

„Dann überlege dir das nächste Mal gut, was du sagst."

Sie drehte sich zu ihm um.

„Und im Übrigen du hast auch ohne mich erreicht, was du wolltest. Du bist Richter geworden, hast eine Familie gegründet. Genau wie mein Vater es dir prophezeit hat. Genügt das nicht?"

Betroffen sah Martin Anna an, er ließ sich viel Zeit mit der Antwort.

„Eine Familie habe ich schon lange nicht mehr, die beiden Kinder hat meine Frau nach der Scheidung mitgenommen. Ich bin der Versorger, zahle, das ist alles."

„Wahrscheinlich hast du bei deiner Frau auch immer versucht zu sagen, wo es langgeht. Sicher hat sie dich deshalb verlassen." Anna wollte ihn treffen, ihm wehtun.

Betroffen von ihrer Feindseligkeit schüttelte Martin den Kopf.

„Ganz schön unter der Gürtellinie, Schwester Anna. Ich wusste nicht, wie gemein du sein kannst."

Er stand auf, ging zu ihr hin. Fasste sie am Arm. Diesmal schüttelte sie ihn nicht ab.

„Ich weiß vielleicht nicht, wie man mit Nonnen redet", meinte er mit einfühlsamer Stimme, „aber wir haben uns doch mal geliebt, oder etwa nicht?"

Anna schlug die Hände vors Gesicht und begann zu weinen.

„Mein Gott, Martin, wie habe ich mich so hinreißen lassen können", stammelte sie unter Tränen, „wie konnte ich so gemein zu dir sein, was ist bloß in mich gefahren?"

Umständlich suchte sie nach ihrem Taschentuch. Sie wischte die Tränen ab, schnäuzte sich. „Zorn und Hochmut", stammelte sie. „Ich bin noch genauso zornig wie damals."

Martin betrachtete die Frau, die er hatte heiraten wollen, und ein Teil von ihm liebte sie noch immer. Dennoch, welcher Teufel hatte ihn geritten, hierher zu kommen. Er war nichts anderes als ein Idiot.

„Mein Gott Martin, es tut mir leid."

„Mir auch, Anna, mir auch."

Dabei nahm er ihre Hand und drückte sie an sein Herz. Plötzlich musste Anna lachen, genauso hatte er immer einen Streit mit ihr schlichten wollen, er hatte ihre Hand genommen und sie an sein Herz gepresst.

„Du verrückter Kerl, du hast noch immer die gleichen Methoden."

Jetzt lachte auch Martin und durch das Lachen löste sich die Spannung zwischen ihnen, sie fühlten sich lockerer.

„Komm, Martin" meinte Anna, „im Garten lässt es sich besser reden."

Sie betraten den ummauerten Garten durch den von rosafarbenen Bougainvilleen umsäumten Eingang. Prunkwinden in tiefem Purpur kletterten die Mauer entlang, rankten hinein in Oleander und Hibiskus. Friedlich lag eine Katze auf der Mauer. Als sie die beiden kommen sah, reckte und streckte sie sich und legte sich unbekümmert wieder hin. Azurblau dehnte sich der Himmel über ihnen aus.

Palmen leuchteten mit ihren sonnenbeschienenen Wedeln. Außer ihnen schien niemand da zu sein. Während die beiden durch den blühenden Klostergarten schlenderten, kamen sie einander wieder näher. Anna redete und redete und er hörte ihr zu. Verstehen würde er sie nie, das aber behielt Martin für sich. Er betrachtete Anna von der Seite, dabei gestand er sich eine noch immer große Zärtlichkeit für sie ein. Was für eine wunderbare Mutter wäre sie geworden. Sie hätte ihm die Kinder nicht entfremdet, so wie seine geschiedene Frau es tat. Sie war eben kein gewöhnliches Mädchen, seine Lissy.

Voller Begeisterung schilderte Anna ihre Arbeit, ihr Freiheitsgefühl, wenn sie mit dem Fahrrad unterwegs war.
„Die Afrikaner oben in den Bergen nennen mich die fliegende Schwester. Ich habe wunderbare Aufgaben, ich werde gebraucht, das ist mehr, als die meisten Menschen haben. In Afrika fühle ich mich wohl."
„Hast du deinen Klostereintritt niemals bereut?", wollte Martin wissen.
Sie waren an dem kleinen, idyllisch gelegenen Friedhof angekommen, wo alle Schwestern beerdigt wurden. Auf einem Grabkreuz saß eine gurrende Taube. Anna sah ihn an, sein besorgter Blick machte sie verlegen. Er kannte sie noch immer gut und spürte instinktiv, dass ihr was fehlte und dass sie dies zu verbergen suchte. Sie sah zu Boden. Martin blieb vor ihr stehen. Mit der Hand fuhr er sich über das Kinn. Seine grün-goldenen Augen blickten sie gelassen an. In diesem Moment war ihm klar, Anna stand unter großer Anspannung, und zwar nicht nur seinetwegen. Sie hatte den Namen von einem der Ärzte zu oft erwähnt, ohne es zu bemerken.
„Komm – gehen wir weiter." Sie zog ihn vom Friedhof fort.
In dem Moment stolperte Anna und wäre fast hingefallen. Gerade noch konnte er sie auffangen.
„Verdammt noch mal", fluchte sie.

„Ich dachte, Nonnen fluchen nicht."

„Ich bin auch nur ein Mensch", flüsterte sie rau.

Er roch ihr Parfum und lächelte. Eitel war sie also auch noch.

„Was ist wirklich los, Lissy? Willst du es mir sagen?"

Sie blieb vor ihm stehen. Seine Finger zeichneten den Bogen ihrer Augenbrauen nach. Dann nahm er sie in seine Arme. Seine spontane Berührung tat ihr wohl. Sie konnte sich nicht daran erinnern, wann sie sich dermaßen umsorgt gefühlt hatte. Sie lehnte sich an ihn, löste sich gleich wieder aus seiner Umarmung. Die beiden setzen ihren Weg fort, während Martin den Arm um sie legte. Sie kamen zu einer Bank und setzen sich.

„Bist du wirklich glücklich?"

Die Frage stellte er unverblümt und überrumpelte sie damit.

„Sei ehrlich zu mir, Anna, ich spüre doch, dass du Kummer hast."

„Ach Martin, ich weiß nicht mehr, was richtig und was falsch ist in meinem Leben."

„Sag's mir, Elisabeth, sag's mir."

Dass sie fest an ihn geschmiegt saß, schien sie nicht zu kümmern. Und dann sprudelte es nur so aus ihr heraus. Es fiel ihr erstaunlich leicht, plötzlich Martin zu erzählen, was ihr auf dem Herzen lag, genau so wie bei Maggie.

Er hörte ihr zu, fühlte sich in seiner Intuition bestätigt. Lehn dich an mich, dachte er, ich bin bei dir, so wie früher.

„Ich fürchte nichts mehr, als dass ich mein Versprechen, eine Nonne zu sein, zurücknehmen muss."

Anna sah ihn dabei mit schimmernden Augen an. Er brauchte einen Moment, um zu erkennen, dass sie erneut voller Tränen waren. Er drückte ihre Hand.

„Ich glaube, dass dieser Mark, von dem du mir erzählt hast, nur ein Auslöser für deine eigentliche Krise ist."

Sie nickte und betupfte dabei mit ihrem Taschentuch die Augen.

„Deshalb bin ich ja so zerrissen."

Sie saßen beisammen, als wären sie noch immer ein Paar. Aber dem war nicht so. Martin spürte dies genau. Es bedeutete für ihn dennoch eine große Kraftanstrengung, sich endgültig von ihr zu lösen.

„Komponierst du noch?" Anna sah ihn liebevoll an.

„Was du alles wissen willst?"

Er zögerte mit der Antwort, fuhr sich durchs Haar.

„So viele Träume habe ich unter der Arbeit begraben. Ich bin oft geflüchtet, habe mich betäubt."

„Schade, du hattest großes Talent, bist ein begabter Pianist."

„Meinen Flügel besitze ich noch."

Nach einer Weile sah Martin auf die Armbanduhr. Es war an der Zeit zu gehen. Er stand auf, zog Anna mit sich hoch.

„Wann fährst du zurück, Martin.?"

„Übermorgen."

Anna nickte

Beide fühlten sich viel besser als vor Stunden, ein Kreis hatte sich geschlossen. Liebevoll betrachteten sie einander.

***

Martin war gegangen. Morgen würde er für das Kloster ein kleines Konzert geben, er hatte es der Oberin versprochen.

Bevor Anna die Abendmesse besuchte, ging sie für ein Weilchen zurück in den Garten.

Sie setzte sich in die Nähe der Statue des Heiligen Josef. Am Wegrand blühten gelbe Calla und blauen Hortensien. Durch das dichte Blattwerk üppiger Pflanzen zeichnete die Sonne Muster auf die Wege. Die kurze Abenddämmerung setzte ein. Das Licht veränderte sich, wurde rauchfarben, rotgold, dann malvenfarben. Es umhüllte den Garten wie eine Aura. Als die Dämmerung mit riesigen Zyklopenhänden das Land in eine fantastische Schattengestalt verwandelte, schritt Anna frohen Schrittes zur Abendmesse. Tief innen fühlte sie große Erleichterung, das Martin und sie endlich miteinander gesprochen hatten.

22

Guidetta wischte sich den Schweiß von der Stirn, ging hinaus in den Hof des Hospitals, um sich die Beine ein wenig zu vertreten. Heute waren alle Operationen schwierig gewesen. Und gerade, als sie dachte, es wäre geschafft, waren erneut Schwierigkeiten bei der Frau mit der großen Geschwulst aufgetreten. Ob sie durchkommen würde, war fraglich. Sie sollte nachher mit der Oberin reden, was man sonst noch für diese arme Kreatur tun könnte. Vor allem Schwester Rosalie in Sukunda musste benachrichtigt werden.

Heute empfand sie es als besonders heiß, obwohl es schon fast Abend war. Guidetta fächelte sich Luft zu.

Ach, war das nicht Schwester Anna, die sich dort von einem Mann verabschiedete? Verdutzt beobachtete sie die Umarmung der beiden. Sieh an, diese Heuchlerin! Guidetta konnte sich ein hämisches Grinsen nicht verkneifen. Die macht auf Rühr-mich-nicht-an und der blöde Mark nahm ihr das ab. Wenn der jetzt sehen könnte, was sie sah. Diese Verabschiedung und dieses Sich-Ansehen, Küsschen hier, Küsschen da. Jetzt wurde einiges klarer von dem Gespräch der beiden Nonnen, welches sie unfreiwillig mitbekommen hatte. Diese ließen sich darüber aus, dass Schwester Anna Besuch von einem Mann aus ihrer Heimat bekommen hätte. „Ich glaube, es ist ihr früherer Verlobter", hatte eine der Frauen geflüstert. Guidetta hatte auch herausgehört, dass es im Kloster nicht gut ankam, dass Anna sich immer mehr herausnehmen durfte als die anderen Schwestern.

Guidetta beobachtete, wie der Mann ins Auto stieg, losfuhr und Anna ihm nachwinkte.

Diese verlogene Unschuld. Ganz schön raffiniert. Dr. Marrozzi trat ein wenig zurück, sodass Anna sie nicht entdecken konnte.

Mark, Mark, Mark, dachte sie. Ihre Affäre mit ihm war eine Art Zuflucht. Mächtige Begierde zog sie immer wieder zueinander. Beide brauchten sie das ab und zu, die tief aus dem Leib aufsteigende Erregung. Dann hatten sie wilden Sex miteinander, obwohl sie wusste, dass Marks Herz bei Anna war. Dieser Narr! Sie spürte regelrecht einen Stich im Unterleib, fühlte, wie ihre tiefe, eifersüchtige Zerrissenheit sich wieder meldete. Ihrer Affäre haftete stets eine Art Flüchtigkeit an. Oder war Mark doch mehr für sie?

Mark trat ebenfalls hinaus in den Hof des Hospitals. Er fühlte sich unglaublich kaputt. Vor wenigen Stunden war ein 35-jähriger Mann gestorben, der vor zwei Tagen mit einem Schlaganfall eingeliefert worden war. Es nahm ihn immer mit, einen jungen Menschen sterben zu sehen. Der Verstorbene stammte aus der großen Familie des Oberpflegers. Da für die Beerdigung die ganze Sippe versammelt werden musste, war die Leiche soeben in die Hauptstadt in eine Kühlkammer gebracht worden. Es war immer wieder verblüffend, wie offen man hier mit dem Tod umging. Der Leichnam wurde mit einem Tuch über dem Kopf auf den Rücksitz eines Autos gesetzt, rechts und links gestützt von einem Verwandten. Das war die übliche Methode für einen längeren Totentransport. Manchmal auch beförderte man den Toten auf einem Mofa, Fahrer und Leiche fest miteinander verknotet.

Er entdeckte Guidetta, wie sie da stand mit steifem Rücken. Eine attraktive Frau. Selbst der Kampf im afrikanischen Alltag, Staub und Hitze hatten ihrer schönen Haut nichts anhaben können. Außer ein paar Lachfältchen an ihren Augenwinkeln wies nichts darauf hin, dass sie demnächst ihren 41. Geburtstag feiern würde.

Guidetta drehte sich um, sah Mark kommen und hielt für einen kurzen Moment seinem Blick stand. Dann überzog ein Lächeln ihr Gesicht. Sollte sie ihm von Anna berichten? Nein, er würde noch früh genug davon erfahren.

„War ganz schön viel heute, was?", meinte sie und legte ihm dabei eine Hand auf die Schulter.

„Das kann man wohl sagen, Guidetta."

Gemeinsam gingen sie zurück ins Hospital, um mit Patrick einiges zu besprechen. Der hatte heute Bereitschaft.

In dieser Nacht konnte Mark nicht alleine sein. Schon als er die Wohnung betrat, fiel ihm die Decke auf den Kopf. Nein, hier wollte er nicht bleiben. Vielleicht in die Brasserie fahren? Conzales besuchen? Eventuell wäre es ganz gut, wenn er und Guidetta miteinander reden würden. Es war schon spät, als er sich ins Auto setzte und zu ihr fuhr. Er war ein Mann, er hatte Bedürfnisse und Guidetta hatte auch Bedürfnisse. Langsam glaubte er nicht mehr daran, dass er Anna je wirklich näher kommen könnte. Zum Teufel mit dieser Nonne.

Guidetta öffnete ihm die Türe, sie schien gar nicht erstaunt.

„Komm rein und setzte dich auf den Balkon, ich komme gleich."

Sie brachte zwei Gläser Palmschnaps, reichte ihm eines.

„Trink und entspann dich."

Er trank es in einem Zug leer. Sie sahen sich an.

„Komm", sagte sie, fasste ihn bei der Hand und führte ihn ins Schlafzimmer.

Er sah ihr zu, wie sie begann, sein Hemd aufzuknöpfen. Wollte er das wirklich? Betrog er nicht schon wieder Anna?

„Ich kann das nicht", flüsterte er nicht sehr überzeugend.

Guidetta sah ihm forschend ins Gesicht.

„Wir alle brauchen ein bisschen Wärme und Zärtlichkeit. Ich bin kein Teil deines Problems. Es wird uns guttun, zusammen zu sein."

Sie streifte ihm das Hemd von den Schultern, streichelte seinen Oberkörper. Er gab sich ganz diesem Gefühl hin. Sie schob ihn sanft aufs Bett. Für einen Moment schloss er die Augen. Als er sie wieder öffnete, war sie nackt. Sie sah phantastisch aus. Ihre Augen sprühten vor Erregung. Sie kam zu ihm ins Bett, beugte sich über ihn. Sogleich fing er an, an ihren Brüsten zu saugen. Eine Weile ließ sie es geschehen. Dann öffnete sie geschickt seine Hose, zog sie ihm über die Beine. Sie streichelte über seine Unterhose, er stöhnt auf. Mit einem Ruck streifte er sie ab. Sie schmiegte sich an ihn. Ihre Finger massierten ihn geschickt. Er fühlte, wie er nur noch eins wollte – sie besitzen. Er drehte sie auf den Rücken und drang ohne sie zu streicheln in sie ein. Offenbar war es genau das, was sie wollte. Wild und heftig genossen sie den Sex. Danach schmiegte sie sich an ihn und er begann sie zärtlich zu streicheln. Er war immer wieder erstaunt, wie ihre Sinnlichkeit imstande war, ihm eine Art Frieden zu schenken. Es war sogar so, dass er alles um sich herum vergaß, wenn er mit ihr schlief.

„Ich mag dich sehr, Guidetta", sagte er sanft.

Unter ihrer harten Schale spürte er eine zutiefst verletzliche Frau. Überrascht stellte er fest, wie befreiend es war, dies zuzugeben.

Guidetta sah Mark an. Zu lange schon fehlte ihr ein Mensch, dem sie eine Stütze hätte sein können, was wiederum ihr selbst eine Stütze gewesen wäre und ihrem Leben eine andere Richtung gegeben hätte. Sie wollte jetzt alleine sein und bat ihn liebevoll zu gehen.

Als er fort war brach die Einsamkeit heftig über sie herein. Immer wieder erlebte sie solche Augenblicke tiefster Niedergeschlagenheit. Nur wenn sie wie jetzt mit Mark zusammen war, ihn fühlen konnte, dann spürte sie sich. Lange lag sie wach, während das Windspiel über dem Hauseingang seine liebliche Melodie begann.

Mark fuhr nicht gerne nach Hause, respektierte aber Guidetta Wunsch. Er nahm es ihr nicht übel. Sie war schon eine besondere Frau. Vor allem ungemein tüchtig in ihrem Beruf. So manch einer konnte von ihr lernen, besonders was Operationstechnik anbelangte. Selbst die kompliziertesten Geburten meisterte sie mit Bravour. Kurz streifte ihn der Gedanke an Anna, sie schien so weit weg zu sein. Das hatte sowieso alles keinen Sinn. Die Probleme würden sich nicht wie durch ein Wunder lösen. Warum nur kam er sich dennoch vor wie ein Schwein?

***

Martin stand neben dem Flügel, blickte sich um und betrachtete den mit afrikanischen Skulpturen und Pflanzentöpfen gestalteten Raum. Einzig ein großes Kreuz an der Wand verwies auf den christlichen Hintergrund. Die Flügeltüren zum blühenden Garten standen weit offen. In der Nähe des Flügels hatte man Stühle aufgestellt. Vier Reihen mit je fünf Stühlen. Dort saßen weiß gekleidete Nonnen und begutachteten ihn eingehend, wie ihm schien. Keine von ihnen machte den Eindruck, als hätte sie große Zweifel an ihrem Ordensleben. Im Gegensatz zu Anna, die verloren auf ihn wirkte, wie sie vollkommen in sich gekehrt in der ersten Reihe saß. Der Platz zu ihrer Rechten war frei. Die Ehrwürdige Mutter, die neben Martin stand, begann mit einer kleinen Rede.

„Liebe Mitschwestern. Es ist mir eine große Freude, dass Herr Taylor uns etwas vorspielt. Er bereitet uns damit ein köstliches Sonntagnachmittagsvergnügen, bevor er nach Europa zurückkehrt. Martin Taylor und unsere Schwester Anna", dabei zeigte sie auf die Nonne, „kennen sich von früher."

Sie hielt einen Moment inne, fuhr dann fort.

„Da Herr Taylor auf einem Kongress in Ghana weilte, sah er darin eine gute Gelegenheit, unsere Mitschwester zu besuchen."

Anna nickte, dabei wurde ihr Gesicht von einer leichten Röte überzogen. An Martin sah sie geflissentlich vorbei.

„Herr Taylor möchte uns auch was sagen. Herr Taylor, bitte."

Die Oberin nahm neben Anna Platz, drückte kurz deren Arm und wandte ihre ganze Aufmerksamkeit Martin zu. Dieser räusperte sich, zögerte. Er fühlte sich ein wenig nervös..

„Wissen Sie", seine Stimme klang fest. „Als ich vor nunmehr zwei Wochen nach Ghana fuhr, da konnte ich erst nicht abschalten. Mein europäischer Geist ratterte in mir herum wie ein Hamster im Tretrad. Die Hitze machte mir zu schaffen."

Einige der Nonnen nickten zustimmend. Er machte eine kleine Pause.

„So ein Juristenkongress ist eine trockene Sache", dabei lächelte er den Schwestern zu und die Nonnen lächelten zurück. So was kam ja nicht oft vor, dass ein attraktiver Mann für sie Klavier spielte.

„Ich hatte Zeit, in Ghana durch die Straßen zu schlendern, dieses so ganz andere Leben zu beobachten", fuhr Martin fort. „Was ich entdeckte, war eine bunte Vielfalt. Die Menschen lachten mich an und ich fühlte mich lebendig."

Martin machte wieder eine kleine Pause, fuhr fort.

„Sie werden denken, der schwärmt nur von den schönen Seiten Afrikas. Sie haben Recht. Es gibt das andere Gesicht, die vielen, vielen Probleme. Deshalb auch dieser Kongress. Davor verschließe ich mich nicht. Das eine schließt das andere nicht aus. Aber – ich entdeckte zum ersten Mal seit langer Zeit wieder Freude in mir, tiefes Berührtsein. Ich ganz persönlich, der trockene Richter. Plötzlich konnte ich wieder still sein, in mich hören, was mir in den letzten Monaten einfach nicht mehr gelingen wollte."

Die Gesichter der Nonnen waren ihm ganz zugewandt.

„Letztendlich konnte ich auch sehen, wie Sie an Orten wie Bethlehem sich einbringen. Menschen, die ohne Wenn und Aber zupacken und nicht auf ideale Bedingungen warten. Die nicht wegschauen. Die ihren Platz da, wo sie sind, auszufüllen versuchen. Wahre Menschen eben."

Martin sah zu Anna hin. Die hatte den Kopf gesenkt, hielt sich wie hilfesuchend an ihrem Rosenkranz fest.

„Genug der Worte. Anlässlich meines Besuches bei Schwester Anna führte mich die Oberin in diesen Raum und ich bewunderte den Flügel. Die Situation erinnerte mich stark an Albert Schweitzer, der auch seinen Flügel in Afrika hatte. Ich habe lange nicht mehr für andere gespielt, was ich zutiefst bedauere und ändern werde. So wie ich überhaupt noch mehr ändern muss. Denn wer nichts ändert, obwohl er fühlt, dass er es ändern sollte, der verpasst sein Leben. Danke, dass ich hier sein durfte."

Er verbeugte sich, setzte sich an den Flügel, begleitet vom begeisterten Klatschen der Schwestern, und begann zu spielen. Zunächst improvisierte er. Nach und nach fanden seine Hände ganz von selbst zu seinem geliebten Mozart. Er wechselte über zu Schubert. Als er „Der Wanderer an den Mond" spielte und erneut zu Anna hinsah, bemerkte er, dass sich ihre Lippen dazu bewegten.

„Der Himmel endlos aufgespannt – ist mein geliebtes Heimatland –"

Sie schien ganz entrückt zu sein. Es war wunderbar zu spielen, die Musik packte ihn wieder. Große Dankbarkeit breitete sich in ihm aus. Martin fühlte sich auf einmal glücklich.

Die Ehrwürdige Mutter beobachtete Anna.

„Gott, du willst uns nur freiwillig", betete sie. „Du trennst nicht, du verbindest. Anna ist zerrissen. Sie flüchtet vor ihrer eigenen Wahrheit. Hilf meiner geliebten Tochter, endlich Klarheit zu finden, damit sie wieder Halt bekommt und nicht herumirren muss."

Dabei fasste sie an ihren Rosenkranz.

„Herr, auf dich vertraue ich, in deine Hände lege ich ihr Leben und das unserer Gemeinschaft. Und du, Gottesmutter, du hast mir immer geholfen, du bist meine Mutter, so wie ich die Mutter für all diese Kinder hier bin. Wir sind eine Gemeinschaft, wenn eine von uns geht, betrifft das alle."

Als Martin sich zum Schlussapplaus verbeugte, bemerkte er, dass Anna ihn ansah. Für einen kurzen Moment verharrte sie in seinem Blick, wachsam und still, als wären sie allein auf der Welt. Wie verletzlich sie ist, dachte Martin. Sie erschien ihm heute wie ein sehr schönes Mädchen, das lernen musste, erwachsen zu werden. Der Habit war die Hülle, die sie beschützt hatte, für eine lange Zeit. Wer weiß, ob das so bleiben würde?
 Das Leben ging seltsame Wege. Gewiss, sie hatten auch diesmal nicht alles geklärt. Aber was hieß das schon? Sie hatten Vorwürfe und falsch verstandene Schuld hinter sich gelassen. Zwei gebrannte Kinder, die sich auf ihre Art wichtig blieben. Er sah jetzt auch in aller Deutlichkeit, wie sehr er seine Frau verletzt hatte und es immer noch tat mit diesen vielen Vorwürfen. Auch das würde er ändern.
 Begeisterte Ausrufe der Nonnen und ihr enthusiastisches Klatschen holten ihn aus seinen Gedanken zurück. Solche Emotionen hatte er nicht erwartet. Auch Anna klatschte begeistert.
 „Ich danke der Schwester Oberin, dass ich hier sein durfte, und nicht zuletzt auch meiner alten Freundin Lizzy, jetzt Schwester Anna, die ich nie vergessen werde."

Dann ging alles schnell. Die Schwester Oberin dankte ihm, wünschte eine gute Heimkehr. Eine der älteren Nonnen geleitete ihn hinaus. Martin spürte fast körperlich, wie die Türe hinter ihm geschlossen wurde. Etwas Altes war zu Ende gegangen, etwas Neues würde beginnen, da war er sich sicher.

Anna war ebenfalls dabei, den Raum verlassen. Sie fühlte sich aufgewühlt, den Tränen nahe. Es waren keine Tränen der Trauer, mehr des tiefen Berührtseins. Es tat gut, dass Martin und sie miteinander gesprochen hatten. Eine große Last war von ihr gewichen.

„Schwester Anna, auf ein Wort."
„Ehrwürdige Mutter?"
„Anna, ich hab's mir anders überlegt. Ich glaube, es wäre gut, wenn du deinem Martin Taylor noch einmal Auf Wiedersehen sagen würdest."

Martin befand sich plötzlich wieder mittendrin in diesem lärmenden, bunten, afrikanischen Leben. Eindringlich wurde eine Trommel geschlagen. Es klang wie der Schlag eines großen Herzens. Gerade wollte er in sein Auto steigen, da hörte er Annas Stimme.
„Martin."
Sie kam auf ihn zugelaufen, im Gesicht eine gewisse Wehmut. Er streckte ihr die Hände entgegen, sie nahm sie. So standen sie voreinander und sahen sich an. Er wollte etwas sagen, sie aber legte einen Finger auf seine Lippen und nickte ihm zu. Er verstand. Martin stieg ein und fuhr los. Lächelnd, mit einer Hand auf ihrem Herzen, sah ihm Anna nach. Seine Lissy!

23

Am frühen Morgen, die Sonne war gerade aufgegangen, schlang Maggie sich einen Pagne um, schritt barfuß über die lehmroten Fußbodenkacheln zur Haustüre, öffnete sie und ging hinaus in den Vorgarten. Mafunde kehrte in gleichmäßigen Bewegungen den sandigen Boden, sang vor sich hin.
„Guten Morgen, Madame", rief er freundlich, als er sie sah.
„Guten Morgen, Mafunde, wie geht es dir heute?"
„Sehr gut", dabei lachte er und ließ seine blendend weißen Zähne sehen.
„Deine Frau, dein Kind, sind sie wohlauf?"
„Alle gesund, Madame, die ganze Familie gesund."

Der Hund kam angerannt, wuselte aufgeregt um Maggie herum, wollte spielen.

„Nun lass mich mal vorbei, du ungestümes Mirandamädchen, sonst falle ich noch über dich. Ich will nur eine Papaya ernten."

Miranda gab undefinierbare Laute von sich, verschwand beleidigt. Bunt gekleidete Frauen mit Eimern auf ihren Köpfen, liefen an der Gartenmauer vorbei zur Wasserstelle. Maggie und die Frauen winkten einander zu, grüßten sich. Viele der Gesichter waren ihr vertraut. Maggie sah sich um. Ihr Blick ging weit über die Felder. An diesem klaren Morgen konnte sie die grünen Alou-Berge erkennen. Dort gab es das ganze Jahr über Wasser. Ansonsten hatte sich große Trockenheit ausgebreitet. Leichter Windhauch kam auf, bewegte sanft die Sträucher. Bunte Falter taumelten sonnentrunken umher. Bald sollte die Regenzeit beginnen, heiß ersehnt von allen.

Maggie ging zum Papayabaum, pflückte eine reife Frucht und brachte sie in die Küche. Sie schnitt die Papaya in zwei Teile, löffelte die Kerne heraus, legte sie auf einen Teller, beträufelte sie mit Zitrone. Maggie fühlte sich glücklich hier, hatte sich richtig gut eingelebt. Gewiss, Patrick war viel unterwegs, nur allzu oft verzögerte sich die Rückkehr, manchmal tagelang, so wie auch diesmal. Er übernahm sich ständig, genauso wie Mark und Guidetta. Oft gerieten sie an ihre körperlichen Grenzen. Aber – was sollten sie tun? Dafür waren sie schließlich Ärzte geworden. Nicht selten kamen sie von langen Touren zurück und es standen weitere Notoperationen in Bethlehem an. Wie oft auch wurde Patrick nachts gerufen, selbst wenn er keinen Dienst hatte. Zur Entspannung setzte er sich, wann immer möglich, auf's Motorrad und fuhr durch die Gegend. Er brauchte das. Sie stand jedes Mal Ängste aus, was alles passieren könnte bei den unebenen Wegen und den überall frei herumlaufenden Tieren. Er lachte dann nur.

Maggie fühlte sich hier nie allein oder gar einsam. Da gab es viele Menschen, die für sie da waren und umgekehrt. Bei kleineren

Wehwehchen hatte sie schon helfen können. Patrick und Anna hatten ihr gezeigt, was zu tun war. Sie besuchte regelmäßig Alte, Blinde und Kranke, brachte Lebensmittel vorbei. Es war schon vorgekommen, dass die Beschenkten nach noch mehr fragten. Am Anfang hatte sie das irritiert, als unverschämt empfunden.

„Sie versuchen es halt", hatte Patrick ihr erklärt. „Sie denken, dass alle Weißen reich sind, sie meinen es nicht böse. Könnte doch sein, dass man noch ein bisschen mehr bekommen kann. Was wohl würden wir in der gleichen Situation tun, wir verwöhnten Europäer?"

Man konnte dieses Afrika lieben oder es ablehnen. Sie liebte es. Gewiss, es gab viele Probleme, wo gab es die nicht.

„Afrika ist auf einem guten Weg, denk nur an unsere Entwicklung in den vorigen Jahrhunderten", hatte Schwester Anna bei einer Diskussion gemeint und sie hatte recht.

Maggie setzte sich in einen der Sessel im Salon, verspeiste genüsslich die Papaya. Die Einrichtung wirkte inzwischen weiblicher, mit bunten afrikanischen Accessoires. Für den großen Esstisch hatte sie neue Stühle bestellt. Die sollten heute fertig sein. Sie duschte, zog sich an, ging zu Fuß zur Schreinerwerkstatt. Nach kurzer Zeit war sie schweißgebadet, dennoch – sie liebte es, am Morgen durch Lalimete zu laufen, mitten ins Leben hinein. Auf ihrem Weg passierte sie die Klosterschule. Auf ihre Tätigkeit als Lehrerin freute sie sich.

Sie erreichte das muslimische Viertel, wo die Schreinerei lag. Aus einem verrosteten Lautsprecher klang der krächzende Ruf des Muezzin zum Gebet. Ein Junge saß dort, vor der kleinen Moschee Auf seinen Knien lag der aufgeschlagene Koran. Stolz rezitierte er laut aus dem heiligen Buch. Neben ihm war, an einem in die Erde gerammten Pflock, ein Hammel festgebunden. Das Tier schrie jämmerlich.

„Es gibt keinen Gott außer Allah", grüßte er Maggie.

„Allah sei mit dir."
„Und mit dir."

Die Schreinerei bestand aus einem großen überdachten, offenen Raum. Drei junge Afrikaner waren fleißig bei der Arbeit. Es gab kaum Maschinen. Das meiste wurde in Handarbeit gefertigt. Als sie Maggie kommen sahen, lief einer der Arbeiter den Patron holen.

Freudestrahlend kam Hasim, ein Mann mittleren Alters mit dunkler Sonnenbrille, auf Maggie zu.

„Friede sei mit dir."

Er verbeugte sich tief.

„Und mit dir."

„Seien Sie gegrüßt, Madame Docteur, herzlich willkommen in meinem bescheidenen Haus."

Der Mann richtete sich wieder auf. Maggie und er reichten einander die Hand.

Die Sonnenbrille nahm er nicht ab, galt sie doch in Afrika als Statussymbol. Wer Brille trug, musste keine körperliche Arbeit verrichten. Sogleich wurden zwei Stühle gebracht.

„Bitte, nehmen Sie Platz, Madame."

Erst als Maggie saß, nahm auch Monsieur Hasim Platz. Er klatschte dreimal in die Hände, rief eine Anweisung in den Raum. Dann wandte er sich Maggie zu, erhob und verbeugte sich erneut.

„Großes Willkommen, Madame. Wie geht es dem Docteur, wie Ihrer Familie?"

„Gut, Monsieur, alle sind wohlauf. Und Ihrer Familie, geht es der auch gut?"

„Ja Madame, sehr, sehr gut. Allah sei Dank, Allah sei gepriesen."

Auf einem Kupfertablett wurde eine Karaffe Wasser mit zwei Gläsern gebracht. Monsieur schenkte persönlich ein.

„Danke." Maggie nahm das Glas, trank, stellte es zurück auf das Tablett.

Der Patron setzte sich, rührte sein Glas nicht an. Die Fingernägel an seinen kleinen Fingern waren sehr lang, ebenfalls ein Zeichen, dass er nicht körperlich arbeiten musste. Bedächtig nahm er die Sonnenbrille ab, nickte Maggie huldvoll zu.

„Ihre Stühle sind fertig, Madame, sie sind prächtig geworden. Ihre Familie wird erfreut sein."

Die Angestellten brachten acht Stühle, die sie nebeneinander aufstellten. Sie waren wirklich schön gearbeitet. Maggie erhob sich, der Patron ebenfalls. Mit einer eleganten Handbewegung forderte er Maggie auf, die Stühle auszuprobieren, was sie auch tat. Man saß gut auf ihnen, sehr bequem.

„Wunderbar, Monsieur. Ich nehme sie, aber sie müssen noch gestrichen werden, die Farbe hatten wir besprochen."

Ein lang gezogenes „Ah!" folgte. Monsieur Hasim überlegte. Mit ernstem Gesicht und hinter dem Rücken verschränken Armen ging er langsam im Raum hin und her. Schließlich blieb er vor Maggie stehen.

„Madame Docteur", flüsterte er mit verschwörerischer Stimme „Diese Stühle sind verzaubert. Sobald sie in Ihrem Salon stehen, wechseln sie zu der von Ihnen gewünschten Farbe."

Maggie, die schon einiges von Afrika kennengelernt hatte, reagierte innerlich mit einem Schmunzeln. Dachte er tatsächlich, er könne sie überlisten.

„Monsieur, Sie können zaubern?"

„Nein, Madame, ich nicht." Dabei hob er theatralisch die beiden Hände hoch, dass sie seine bemalten Handflächen sehen konnte.

„Ich arbeite mit einem Zauberer."

Maggie nickte verständnisvoll.

„Nun gut, Monsieur, ich bin einverstanden. Ich werde die Stühle abholen lassen und Ihnen die Hälfte des Preises bezahlen. Wenn sie zur gewünschten Farbe gewechselt haben, bezahlte ich die andere Hälfte."

Irritiert stand der Patron da, überlegte. Damit hatte er nicht gerechnet. Diese Jovo war ganz schön schlau. Nun galt es, sein Gesicht für künftige Geschäfte zu wahren.

„Wissen Sie, Madame", meinte er theatralisch, „ so ein Zauber kann lange brauchen. Niemand kann einen Zauber beschleunigen. Niemand."

Mit großen Gesten unterstrich er seine Aussage.

„Deshalb biete ich in diesem besonderen Fall für die Familie unseres Docteurs eine Lösung an. Ich lasse die Stühle streichen."

„Gut, Monsieur. Ich danke Ihnen für diese weise Entscheidung und erwarte Ihre Nachricht. Ich zahle dann alles zusammen."

„Allah ist groß. Möge er Ihrer Familie ein langes Leben schenken."

Mit ehrerbietiger Verbeugung entließ Monsieur die schmunzelnde Maggie.

***

Maggie trank einen Café in der Brasserie am Markt, plauderte ein wenig mit Nur und erzählte von dem Besuch in der Schreinerei. Nur bekam einen Lachanfall.

„Afrika, mein Afrika", rief sie. „Hasim ist so ehrlich oder auch so verschlagen wie wir Menschen eben sind."

Nun bekam auch Maggie einen Lachanfall. Die beiden Frauen lachten und lachten und die Afrikaner, die sie sahen, lachten einfach mit und freuten sich. Auch wenn sie nicht wussten, warum die Frauen lachten, so war es doch schön, die Jovos fröhlich zu sehen.

Auf dem Nachhauseweg schaute Maggie bei der Schneiderin vorbei. Viele Male hatte sie vergeblich nachgefragt, ob die Tischdecken fertig seien. Jedes Mal war sie mit den herrlichsten Ausreden vertröstet worden.

„Madame Docteur, es ist so ein wunderbarer Stoff, den sie gebracht haben, das braucht Zeit. – Madame Docteur, das Nähgarn passt nicht, wir machen es neu für Sie, es soll doch besonders aussehen im Hause des Docteurs. – Madame Docteur, ein großes Fest in meinem Heimatdorf verlangte meine Anwesenheit …"

Maggie hatte mit großem Schmunzeln schon viel von den afrikanischen Gepflogenheiten der Umschreibung gelernt. Es wäre unhöflich gewesen, dem Kunden zu sagen: „Die Decken sind noch nicht fertig, leider!" Also schmückten sie alles aus und jeder wahrte sein Gesicht. Man konnte sich weiterhin unbeschwert gegenübertreten. Sie war gespannt, was diesmal als Entschuldigung gelten würde. Doch – welch ein Wunder, die Tischdecken waren fertig, besonders akkurat genäht und würdevoll präsentiert von Madame Adjoa, die heute eine abenteuerliche Hochsteckfrisur auf der linken Kopfseite trug. Die Kreation war mit Glasperlen und bunten Bändern geschmückt. Ihre Lippen leuchteten korallenrot.

„Kann ich mich bei den Näherinnen bedanken?", fragte Maggie.
„Gewiss, Madame."
Sie ließ die Näherinnen rufen. Scheu, aber auch stolz standen zwei Schneiderinnen vor Maggie und freuten sich über Maggies Extralohnung und Lob.
„Ihr habt meine Tischdecken schön genäht, genau so, wie ich es wollte."
„Danke, Madame."
Schließlich wurde sie in einen kleinen Raum geführt. Dort stand eine übergroße Geldkasse. Maggie bezahlte, eine Quittung gab es nicht.
„Ich werde Ihnen die Tischdecken bringen lassen, Madame."
„Danke."
„Immer zu Ihren Diensten, Madame Docteur. Beehren Sie mich und meine Werkstatt bald wieder."

Die Chefin der Schneiderei geleitete Maggie hinaus bis auf den Weg.

„Ich möchte mir demnächst ein besonders schönes Kleid nähen lassen!"

Madame Adjoa nickte und verbeugte sich mit einer Hand auf ihrem Herzen.

„Mit sehr großer Freude werde ich persönlich dieses Kleid nähen."

***

Es war Mittag, als Maggie gemächlich heim schlenderte. Ganz Lalimete schien unterwegs zu sein. Frauen balancierten riesige Emailleschüsseln auf ihren Köpfen, gefüllt mit Bananen, Pampelmusen, Erdnüssen und Flaschen, die mit rotem Palmöl gefüllt waren. Männer transportierten auf Fahrrädern kleine Tiere, eingepfercht in unglaubliche Konstruktionen. Sie glichen Zirkusakrobaten.

„Wesolo – Yoo", man grüßte sich freundlich.

Nachdem Maggie von der Hauptstraße abgebogen war, entdeckte sie einen Afrikaner, der vor einer hohen Gartenmauer auf einem Holzschemel saß. Vor ihm standen zwei mit Wasser gefüllte Eimer. Vorbeikommende Männer blieben stehen, zogen sich bis auf die Unterhose aus, ließen ihre Kleidung kurz durchspülen. Sie zogen die nasse Kleidung wieder an, überreichten dem Mann eine Münze und setzten ihren Weg fort.

Als Maggie völlig verschwitzt daheim ankam, überreichte Mafunde ihr stolz einen Korb mit winzigen Auberginen, Tomaten, Kartoffeln. Ein Bauer hatte das Geschenk für den Docteur vorbei gebracht. Sie gab Mafunde einen Teil davon – in seinen riesigen Händen verschwand das Gemüse vollends.

„Merci, Madame, grand merci. Ich werde für meine Familie ein gutes Essen zubereiten."

Sie standen noch immer im Vorgarten, als eine Autohupe ertönte.

„Der Docteur!", rief Mafunde erfreut.

Er legte das Gemüse auf die Erde und ging das Tor öffnen. Tatsächlich, es war Patrick. Ein Glücksgefühl durchströmte Maggie.

„Der tapfere Krieger hat nach vielen Tagen Abwesenheit einen Riesenhunger und ist todmüde", rief Patrick, als er mit heruntergedrehten Fenstern in den Hof fuhr. Als er ausstieg, kam Miranda angerannt, bellte laut, sprang an ihm hoch. Er tätschelte sie.

„Na mein Mädchen, hast du gut aufgepasst?"

„Willkommen, willkommen."

Mafunde schlug immer wieder die Hände zusammen, während Maggie und Patrick sich umarmten.

„Gut siehst du aus", rief er, „besser als ich."

Er gab ihr einen zarten Kuss auf den Mund.

„Wie schön, dass du zurück bist, Patrick."

Eng umschlungen betraten sie das Haus, während Miranda sich auf ihren Schattenplatz verzog. Mafunde nahm Arzttasche und Rucksack aus dem Auto, trug alles ins Haus, stellte es im Eingangsbereich ab.

Patrick hatte geduscht und sich mit einem kalten Bier hinausgesetzt auf die Veranda. Miranda hockte neben ihm, wedelte mit dem Schwanz und schaute ihn auffordernd an. Ihre wunderbaren Augen schienen zu sagen – ich bin auch noch da. Er kraulte sie, sprach mit ihr. Es war so schön heimzukommen, zu seiner Maggie, zu Mafunde, zu Miranda ... Was für ein Glück er doch hatte.

Die letzten Arbeitstage waren wieder einmal heftig gewesen. Besonders die Situation in Tsevoto. Auf der Station hatten drei Wundstarrkrampfpatienten gelegen. Zwei waren bald gestorben.

Der dritte Patient war eine junge Frau, im sechsten Monat schwanger. Adam hatte sich ihrer besonders angenommen. Immer wenn die Atmung unter den krampflösenden Mitteln schlechter wurde, hatte er sich an ihr Bett gesetzt und die Frau mit einem Atembeutel beatmet. Allmählich schien es der Patientin besser zu gehen, sie konnte langsam flüssige Nahrung zu sich nehmen. Und dann war Adams Hilferuf gekommen. Nach einer halben Stunde mussten sie aufgeben.

Das waren jene Momente, wo Patrick am liebsten alles hingeschmissen hätte. Die ganze beschissene Arbeit, die manchmal so sinnlos erschien. Aber das würde er Maggie nicht sagen. Er wusste, wenn er übermüdet war wie jetzt, konnte er solche Situationen schwer wegstecken. Er wusste aber auch, dass durch genügend Schlaf sich alles wieder relativierte und er neuen Mut für seine Arbeit fand.

Er trank sein Bier, wischte sich den Schaum vom Mund, stellte die Flasche zurück auf den Tisch. Von überall her drang der laute afrikanischen Alltag auf ihn ein, aber das störte ihn nicht. Er reckte und streckte sich. Mein Gott, war er geschafft. Hauptsache, er war daheim. Daheim, wie das klang, aber genau so fühlte er. Bei Maggie war seine Heimat.

Maggie brachte Rühreier, aufgeschnittene Tomaten, Brot und Kaffee. Hungrig fiel er über das Essen her. Sie setzte sich zu ihm. Er sah unendlich müde aus. Sie konnte nur ahnen, was alles passiert war. Er wischte mit einer Serviette den Mund ab, lehnte sich zurück, fast fielen ihm die Augen zu.

„Ich muss jetzt schlafen!"

Abrupt stand Patrick auf, verschwand ins Schlafzimmer. Sie räumte das Geschirr zusammen, trug es in die Küche zum Abspülen. Das Glas, das sie ihm hingestellt hatte, war unbenützt geblieben. Als Maggie ein paar Minuten später nach ihm sah, schlief er bereits tief und fest. Sie setzte sich an seine Seite, küsste ihn zart. Er schlief wie ein Kind mit dem Gesicht in der Armbeuge. Sie empfand tiefe Liebe für diesen Mann. Wenn sie manchmal zusammenrempelten oder jeder vehement eine andere Meinung vertrat, waren sie doch stets imstande, die Dinge aufzulösen. Immer gab es Verständnis für den anderen, für seine Betrachtungsweise. Nie litt ihre Liebe unter einem Streit.

Als der Tag sich verabschiedete, schlief er noch immer. Maggie setzte sich mit einem Glas Wein hinaus. Der Himmel verfärbte sich violett, dann verblassten die Farben, um einem bleiernen Grau Platz zu machen. Die dünne Sichel des Mondes schimmerte ab und an zwischen Wolken hindurch, zeichnete Konturen in die Landschaft. Fledermäuse schwirrten durch den Garten. Ob der ersehnte Regen bald kommen würde?

Maggie glaubte, etwas gehört zu haben. Schon legten sich zwei Arme um sie. Patrick zog sie vom Stuhl hoch, drückte sie an sich. Er hatte ein Tuch um die Hüften geschlungen. Er begann sie wild zu küssen. Worte, Mund und Hände verführten Maggie.

Zu fortgeschrittener Stunde tanzten die Beiden wild zu afrikanischer Musik durch das ganze Haus. Weit hatten sie die Flügeltüren zur Terrasse geöffnet. Maggie wechselte die Musik zu sanfteren Klängen. Patrick ergriff ihre Hand.
„Darf ich bitten, meine Schöne?"
Er zog sie an sich. Sie gaben sich der Musik hin. Nach dem Tanzen lagen sie auf der breiten Wohnzimmercouch und Patrick erzählte Maggie einiges von dem, was er in den letzten Tagen erlebt hatte. Von den Schwierigkeiten, den Belastungen, aber auch von der Dankbarkeit der Menschen.
„Siehst du heute einige Dinge anders als am Anfang deiner Tätigkeit?", wollte Maggie wissen.
Er überlegte. „Weniger verklärt, würde ich sagen, was aber

nichts an meiner Liebe zu Afrika geändert hat. Ich glaube, ich bin ernsthafter und bescheidener geworden."

Maggie berichtete ihm von den Zauberstühlen und den endlich fertigen Tischdecken. Schließlich sprachen sie über ihre Hochzeit. Dass sie heiraten würden, war keine Frage. Sie wussten, dass sie zusammengehörten.

24

Am nächsten Morgen, als Patrick und Maggie im Bett Kaffee tranken, ließ Patrick sich über Marks Betroffenheit aus, weil dieser von Schwester Annas früherem Verlobten erfahren hatte.

„Wer hat es ihm erzählt?", wollte Maggie wissen.

„Guidetta hat's ihm gesteckt. Sie hat wohl irgendwelche Nonnen belauscht."

Mark und Guidetta – das war eine Art Hassliebe, dachte Patrick. Wenn Schwester Anna, Mark und Guidetta zusammen arbeiteten, lag eine unglaubliche Spannung im Raum. Patrick wurde das Gefühl nicht los, dass Guidetta eifersüchtig auf die Nonne war. Aber das alles ging ihn nichts an. Auch nicht, dass sein Kumpel auf Anna stand. Patrick wusste, dass Mark und Guidetta ab und zu miteinander schliefen. Sie war ein raffiniertes Menschenkind. Ein wunderschönes noch dazu.

Maggie erzählte von Martin Taylors kleinem Konzert im Kloster. Von dem, was Anna ihr anvertraut hatte, ließ sie nichts verlauten. So viel stand für sie fest: Anna steckte in einer schweren Krise.

„Ich muss zur Ruhe kommen", hatte Anna ihr gestanden. „In diesem Durcheinander kann ich nichts mehr wirklich erkennen."

Anna wusste, dass sie jederzeit auf Maggie zählen konnte, sie waren echte Freundinnen geworden. Maggie kuschelte sich in Patricks Armbeuge. Er zog sie fester in seine Arme, unendlich froh, dass sie sich verstanden. Heute begann Gott sei Dank das freie Wochenende, die Probleme der anderen konnten ihm gestohlen bleiben.

Am Vormittag fuhren Maggie und Patrick mit dem Motorrad zu Patricks Lieblingscafé nach Agome. Maggie fühlte sich nicht sehr wohl auf einem Motorrad, Patrick zuliebe hatte sie zugestimmt. Sie fühlte sich dabei einfach unsicher, während Patrick das Motorradfahren leidenschaftlich liebte. Er fuhr langsam. Der heiße Wüstenwind, der an manchen Tagen die Landschaft stundenlang in eine Staubwolke hüllte, war heute völlig verschwunden. Der Himmel strahlte blau, die Konturen der Landschaft zeigten sich überaus klar. Wenige Autos waren auf der Hauptstraße unterwegs, dafür umso mehr hoch beladene Fahrräder und Prozessionen von Menschen. Heute fand, wie jeden Samstag, in Lalimete der große Markt statt. Nach weniger als einer Stunde erreichten sie Agome.

Das Café lag an einem schönen, runden Platz mitten im Ort. Um den offenen Platz herum gruppierten sich verfallene Häuser aus der Kolonialzeit, kündeten von besseren Zeiten. „Palmiras Gartencafé" war auf einem großen, handgemalten Schild zu lesen. Das Café bestand aus drei Tischen mit jeweils vier Stühlen. Schwarze Schweinchen und Hühner liefen herum. Die Tiere flüchteten, als Maggie und Patrick an einem der Tische Platz nahmen. Schon kam die indische Inhaberin aus dem Haus gelaufen, um ihre Gäste zu begrüßen. Eine junge Frau um die dreißig, gehüllt in einen türkisfarbenen Sari. Ihre Augen waren stark mit Kajal umrandet. In einem Nasenflügel trug sie einen kleinen Stein, ihre Gesichtshaut war stark von Hautunebenheiten gezeichnet, trotzdem war sie schön.

„Oh, le Docteur!", rief sie, wobei ihr Gesicht vor Freude strahlte.
„Madame Palmira."

Patrick stand auf, streckte ihr seine Hand hin. Sie lachte und schlug mit ihrer Hand fest in seine. Wo sie herkam, war dies eine vertraute Begrüßung zwischen Männern. Danach reichte sie Maggie die Hand.

„Willkommen Madame, herzlich willkommen."

„Meine Frau", stellte Patrick Maggie vor.

Patrick nahm erneut Palmiras Hand, betrachtete ihr Gesicht.

„Wieder einmal Paste benützt?"

Es war mehr eine Feststellung als eine Frage. Palmira lächelte verlegen, senkte den Blick.

„Ich sage ihr jedes Mal, dass sie schön ist", meinte Patrick zu Maggie gewandt und hielt noch immer die Hand der Frau fest, „aber, sie glaubt mir nicht. Sie möchte lieber eine weiße Haut haben, schmiert sich gefährliche Paste ins Gesicht."

Die wissen ja gar nicht, wovon sie reden, dachte die Inderin. Sie waren weiß, ihnen ging es gut. Sie dagegen musste hart um alles kämpfen. Sie war hier nur geduldet. Zu jeder Zeit konnten ihr Neider das mit Mühe aufgebaute kleine Café wegnehmen. Das geschah oft. Besonders, wenn eine Frau keinen Mann hatte, so wie sie. Yashpret war gegangen, hatte sie mit drei Kindern alleine gelassen. Für eine in Ostafrika geboren Inderin war es schwer, in Westafrika Fuß zu fassen. Sie hatte gelernt, wie ein Mann zu handeln, sich einen gewissen Respekt verschafft. Und – sie war sehr stolz auf ihr Café, das ihr die Möglichkeit bot, ihre Kinder zu ernähren. Männern, nein, denen vertraute sie nicht mehr. Sie wies jeden Mann ab, der ihr zu nahe kam, na ja – fast jeden. Am wohlsten fühlte sie sich mit Frauen. Viel Solidarität erfuhr sie von ihnen. Man half sich gegenseitig, vor allem mit den Kindern, nur das zählte wirklich. Frauen machten doch sowieso fast die ganze Arbeit. Sie zog zart, dennoch energisch ihre Hand zurück.

„Ich bringe den Joghurt", sagte Palmira freundlich, drehte sich um und ging ins Haus.

„Sie hat gar nicht gefragt, ob wir Joghurt wollten?", meinte Maggie als Patrick Platz nahm.

„Sie hat nichts anderes, außer manchmal ein paar Flaschen Bier oder Limonade, je nach Tageseinkünften. Aber der Joghurt, den macht Palmira vorzüglich."

„Frauen wie sie kaufen auf dem Markt Paste, die ihre Haut angeblich weiß werden lässt", klärte Patrick Maggie auf. Was glaubst du, was skrupellose Händler da hineinmischen? Ich habe schon völlig entstellte Gesichter gesehen. Du kannst es ihnen nicht austreiben. Sie sehen, welcher Wohlstand bei den Weißen herrscht, glauben, dass der Jovo alles hat, weil er weiß ist."

Ein Mercedes kam auf den Platz gefahren und parkte. Ein afrikanisches Paar mit vier Kindern stieg aus. Sie setzen sich auch ins Café. Man grüßte sich freundlich mit einem Kopfnicken. Ein kleines Mädchen kam von der Straße her. Auf ihrem Köpfchen trug sie ein Tablett mit frisch gebackenem Brot und einen Topf Margarine, darin steckte ein Messer. Der Afrikaner winkte das Mädchen an seinen Tisch. Geschickt nahm es das Tablett herunter, stellte es auf dem Tisch ab. Dann schnitt das Mädchen von dem Brot vier Scheiben herunter, bestrich sie mit Margarine, reichte jedem Kind eine Scheibe. Der Mann bezahlte. Geschickt zählte die Brotverkäuferin die Münzen mit einem Blick ab. Offenbar war er großzügig. Sie lächelte ihn an, bedankte sich, wobei eine Reihe weißer, ebenmäßiger Zähne zu sehen war. Sie nahm den Zipfel ihres Pagne, tat die Münzen hinein, verknotete ihn geschickt. Sie nahm das Tablett vom Tisch, stellte es auf ihren Kopf und ging.

Madame Palmira brachte den mit Minzblättchen verzierten Joghurt. Sie nickte den neuen Gästen freundlich zu.

„Ich komme gleich zu Ihnen!", rief sie.

Wenn sie den Docteur und seine Frau sah, wie sie miteinander plauderten und lachten, dann wünschte sie sich auch so einen

Mann. Einen weißen Mann, der für sie und ihre Kinder sorgte. Einer, den sie respektieren könnte. Das wäre schon was. Da würde sie ihr Misstrauen gegen die Männer aufgeben. Einmal war sie im Hospital Bethlehem gewesen, eines ihrer Kinder war schwer krank. Dort hatte sie Hilfe erfahren, und dieser Docteur und der andere, sie wusste den Namen nicht mehr, hatten ihr einen Sack Reis geschenkt und nichts für die Behandlung verlangt. Sie hatte den Reis mit ihren Freundinnen geteilt und zum Dank sprachen sie immer wieder Gebete für dieses Hospital.

Palmira seufzte, stellte vor jeden ein Schälchen mit Joghurt.

„Guten Appetit", wünschte sie freundlich „und viel Glück."

„Köstlich!", rief Maggie, als sie den Joghurt probierte.

Verliebt sah sie Patrick dabei an. Sie bewunderte ihn für das, was er für die Menschen tat.

Aus der Türe eines der verfallenen Steinhäuser am Platz trat ein alter afrikanischer Herr im schwarzen Anzug. Auf dem Kopf trug er einen Hut, in der linken Hand einen Aktenkoffer.

Mehrere Kinder schleppten einen großen, schweren Koffer auf die Straße. Zwei Frauen mit Babys auf dem Arm folgten in gebührendem Abstand. Ein zerbeultes Taxi kam angefahren, hielt an. Der Mann griff in seine Hosentasche, teilte Münzen aus. Einer nach dem anderen durfte vortreten und bekam das Geschenk, zuletzt die Frauen.

Mit glücklichen Gesichtern bedankten sie sich. Eine der Frauen öffnete die hintere Türe des Autos. Bedächtig stieg der Mann ein. Der Fahrer stieg aus, ging um das Auto herum, schloss die hintere Tür. Dann luden er, die Kinder und die Frauen das Gepäck ein. Alle winkten dem Taxi nach.

Auch die afrikanische Familie aß jetzt Joghurt. Genüsslich löffelten alle aus einer größeren Schale. Die Kinder verspeisten dazu ihr Brot. Entspannt streckte Patrick seine Beine aus. Was für ein schöner Tag, dachte er, welch seltenes Vergnügen, so viel Zeit zu haben.

***

Am frühen Sonntagmorgen fuhren Maggie und Patrick zur Lulele-Farm, um den Gottesdienst zu besuchen, den Pater Nikolas einmal im Monat dort abhielt. Die große Farm gehörte Monsieur Morani, einem afrikanischen Freund von Conzales. Weitläufig angelegt, bestand sie aus vielen Feldern und dem gleichnamigen Dorf Lulele. Als die beiden von der Hauptstraße abbogen, konnte man das Läuten der Kirchenglocken hören. Viele Menschen waren zum Gottesdienst unterwegs. Zu Fuß, auf Lastwagen, mit Fahrrädern, Buschtaxen, eigenem Wagen, manche sogar mit Chauffeur.

Als sie ankamen, war die Kirche schon voll besetzt mit festlich gekleideten, fröhlichen Menschen. Viele Frauen trugen kunstvoll drapierte, farblich passende Turbane. Andere hatten sich die Haare auf vielerlei Arten gestalten lassen. Es gab Frauen mit hochhackigen Schuhen, abgewetzten Sandalen, nackten Füßen. Kleine Mädchen trugen Hibiskusblüten und Bänder im Haar. Mütter mit Babys auf dem Rücken standen ganz hinten. Gut situierte Männer trugen Anzug und geschlossene Schuhe. Andere wiederum waren barfuß, oder trugen aus alten Reifen angefertigte Sandalen. Über allem lag eine erwartungsfrohe Stimmung.

Maggie und Patrick fanden vorne in der zweiten Reihe Platz. Conzales hatte ihnen diesen Platz frei gehalten. Er trug eine lange, helle Hose und ein exakt gebügeltes, dazu passendes kurzärmeliges Hemd. Er ließ Patrick vorbei, sodass Maggie zwischen den beiden zu sitzen kam.

„Schön, dich zu sehen, Maggie."

Conzales streifte Maggies Wange mit einem zarten Begrüßungskuss.

„Geht's dir gut?", dabei küsste Maggie ihn auf beide Wangen.
„Sehr gut."
„Na, du alter Haudegen, heute tun wir zwei was für unser Seelenheil", flüsterte er Patrick zu und streckte ihm die Hand hin.
Maggie schaute sich um. Die Säulen der Kirche waren mit Palmwedeln und Plastikblumen geschmückt. In der ersten Reihe auf der anderen Seite entdeckte sie den Bankdirektor Monsieur Jules im karierten Jackett. Dazu trug dieser ein weißes Hemd mit orangenfarbener Fliege. In der Hand hielt er andächtig einen Rosenkranz. Huldvoll nickte er ihr zu.
Diese Madame Docteur gefiel ihm. Aber das ging ja nicht, dass er mit ihr was anfing. Weiße Männer waren so eifersüchtig! Innerlich schüttelte er den Kopf. So was Verrücktes, als ob ein Mann mit einer einzigen Frau zufrieden sein könnte. Es gab viele Dinge zu tun, die gar nicht von einer Frau allein bewältigt werden konnten. Diese Madame Docteur, sie hatte so schöne Haare. Einmal diese Haare anfassen und direkt in diese Augen sehen ... Aber, da war nichts zu machen. Ein bisschen glich sie Lina, sie könnten Schwestern sein. Bei der hatte er auch nicht landen können.

Aus der Sakristei kam der Chor und nahm still seinen Platz an der Seite des Altars ein, wo schon die Musiker saßen. Alle Sänger trugen lila Talare mit passendem Barett.
„Wie amerikanische Collegestudenten sehen die aus", flüsterte Conzales Maggie zu.
„Wenn du nur lästern kannst", stupste Maggie ihn an.
Conzales lächelte vergnügt.
Eine Glocke ertönte, Musik setzte ein. Erst das Harmonium, dann Flöten, Posaunen, schließlich die Trommeln. Alle erhoben sich. Der Chorleiter stimmte ein Lied an, die Kirchenbesucher sangen und tanzten begeistert. Feierlich zogen weiß gekleidete Messdiener vor zum Altar. Dahinter folgten rot gekleidete Messdiener. Einer von ihnen trug, überaus stolz, ein weißes Jesuskind aus Gips

auf den Händen. Würdevoll bildete Pater Nikolas in einem prächtigen, grüngoldenen Messgewand den Abschluss dieser kleinen Prozession. Als alle sich um den Altar gruppiert hatten, begann die Messe. Die gesamte Feier wurde sowohl in französischer als auch in einheimischer Sprache abgehalten, wohingegen alle Lieder nur in der einheimischen Sprache gesungen wurden. Ob Groß oder Klein, alle sangen und beteten mit großer Begeisterung.

Wenn sie sangen, wiegten sich ihre Körper auf ganz eigene Weise. Auch Pater Nikolas konnte nicht still stehen. Seine fast 80 Jahre würde ihm keiner geben, wenn man sah und spürte, wie lebendig er war. Sein Aussehen mochte das eines weißen Paters sein, sein Rhythmus war der eines Afrikaners. Eine wundervolle Stimmung lag über diesem lebendigen Gottesdienst. Maggie war berührt von der Fähigkeit dieser Menschen, Gefühle auszudrücken, dass sie fast ein Weinen unterdrücken musste.

Weit offen standen die Seitentüren. Palmen wiegten sich sanft im leichten Windhauch. Frauen saßen auf den Stufen und säugten ihre Babys. Auch sie wünschte sich ein Kind. Als hätte Patrick ihre Gedanken gelesen, blickte er sie an. In stillem Einvernehmen drückten sie einander die Hand. Beide fühlten sie eine Art Zeitlosigkeit an diesem herrlichen Sonntagmorgen.

Verstohlen betrachtete Maggie die Frauen in der Kirche. Wie anders war ihr Leben! Sie glaubten nicht an die absolute Liebe zwischen Mann und Frau. Die Freundschaft zwischen ihnen hatte beständigere Gesetze als die Liebe zu einem Mann. Sie hatten ihren frühen Tagesbeginn, ihre Gespräche auf langen, heißen Wegen. Sie erfüllten ihre Aufgaben inmitten anderer Frauen und Kinder. Auf diese Weise nahmen sie ihren Platz im Leben ein.

Als sie hinüberblickte zu Monsieur Jules, nickte dieser ihr zu. Hinter ihm war eine Mutter mitsamt ihrem Baby auf dem Rücken fest eingeschlafen. Ihr Kopf ruhte auf der Schulter des Bankdirektors. Jeder sanfte Versuch, sie abzuschütteln, misslang. Maggie stupste Conzales an, machte ihn darauf aufmerksam. Der amüsierte sich.

„Geschieht ihm recht, dem alten Gauner."

Mit großen Gesten beendete Pater Nikolas seine Predigt. Er genoss diese Lebendigkeit, die Freude auf den Gesichtern. Viele seiner Schäfchen lebten weiterhin den animistischen Glauben. Nach wie zuvor verehrten sie in Zeremonien ihre Götter in Bäumen, Pflanzen und Höhlen. Männer und Frauen lebten zusammen nach traditionellen Gesetzen. Gleichzeitig waren manche auch getaufte Christen, welche die christlichen Rituale über alles liebten. Mit aufrichtigen Herzen verbanden sie alles. Das war sein geliebtes Afrika, trotz aller Probleme. Deshalb war er auch hier geblieben. Was sollte er in Norddeutschland, wo sein Orden ihm einen schönen Altersplatz angeboten hatte? Ruhestand! So was Abartiges! Nichts für ihn! Mitten aus der afrikanischen Lebendigkeit heraus wollte er abtreten, wenn sein Schöpfer ihn rufen würde, und hier in afrikanischer Erde da wollte er ruhen. Am liebsten ohne Sarg, nur mit einem Tuch umhüllt, so wie es die Muslime taten. Aber noch war es nicht so weit, er hatte Aufgaben zu erfüllen und … er wurde gebraucht.

Nach der Predigt tanzen die Gottesdienstbesucher, im Rhythmus klatschend, vor zum Altar, um ihre Gaben niederzulegen. Jeder gab von dem Wenigen, das er hatte. Eine Münze, eine Papaya, Erdnüsse, Palmwein. Ganz am Ende der langen Reihe tanzte ein alter Mann, der eine kleine meckernde Ziege am Strick mit sich führte. Einer der gut gekleideten Afrikaner in Anzug mit geschlossenen Schuhen trat aus der Kirchenbank, tanzte zu diesem Mann hin und gab ihm Geld für das Tier. Der alte Mann übergab die Ziege einem jungen Mann, der sie nach draußen führte. Begeistert tanzte nun der Alte als Letzter vor zum Altar und gab freudig, was ihm der Reichere für das Tauschgeschäft gegeben hatte.

Als die Menschen nach der Messfeier hinaustraten in den späten Morgen, hatte der Tag sich völlig von dem Dunst befreit. Lichtüberflutet bot er sich dar. Drei Stunden hatte die Messfeier gedauert, was keinen zu stören schien, im Gegenteil. Bevor die Kirchenbesucher sich auf den Heimweg machten, gab es Fufu, Limonade, Wasser und Palmwein für alle.

Conzales, Maggie und Patrick warteten vor der Kirche auf Pater Nikolas. Dieser, jetzt wieder in Zivil, kam inmitten seiner Messdienerschar aus der Kirche. Einige von ihnen hielten seine Hand. Andere Jungs stürzten sich gleich aufs Essen.
„Ist es nicht wunderbar, zu sehen, wie die sich freuen können!", lachte der Pater. „Deine Wohltätigkeit, Conzales, wird hier sichtbar."
Verlegen wehrte Conzales ab.
„Ein Tropfen auf den heißen Stein, weiter nichts, Pater."
Pater Nikolas erinnerte sich, wie grundfalsch sein erster Eindruck vor langer Zeit von diesem Mann war. Ohne ihn könnten die Nonnen nicht so vielen Menschen helfen. Pater Nikolas begrüßte zuerst Maggie und Patrick, dann reichte er Conzales die Hand.
Gemeinsam gingen sie hinüber zur Farm, um dort zu Mittag zu essen.

Der private Bereich der Familie war ein großes Anwesen, bestehend aus Haupthaus, sechs weiteren Häusern, einem Gästehaus mit Swimmingpool. Überall im weitläufigen Garten verstreut standen Payotten, offene, strohgedeckte Rundhütten, durch korallenbegrenzte Wege miteinander verbunden. Monsieur Morani, der Patron der Farm und Conzales' Freund, hieß die Gäste herzlich willkommen. Er war ein hoch gewachsener Afrikaner um die fünfzig. Alles an ihm strahlte Autorität aus. Er genoss großen Respekt. Pater Nikolas zog sich zunächst mit Maggie und Patrick zurück, um das Datum ihrer Hochzeit zu besprechen. Die standesamtliche

Trauung würde im Besucherraum des Klosters Bethlehem durch den Präfekten stattfinden und gleich anschließend die kirchliche Trauung.

Unter einer Payotte war ein Tisch für sechs Personen gedeckt. Gäste und Gastgeber trafen sich hier zum Mittagessen. Madame Falala, die Ehefrau von Monsieur Morani, war ebenfalls anwesend mit ihrer entzückenden fünfjährigen Enkelin Vanessa, einem Mischlingskind. Einer ihrer Söhne hatte eine Französin geheiratet, was von der Familie nicht gebilligt worden war. Prompt ging die Ehe schief. Die Mutter ging nach Frankreich zurück. Vanessa blieb hier. In Afrika gehörten die Kinder ab einem gewissen Alter dem Vater.

Als das Essen gebracht wurde, kam das Kindermädchen und nahm Vanessa mit sich fort.

Afrikanische und französische Speisen wurden aufgetragen. Limonade, Wasser, Bier, Wein dazu gereicht. Man unterhielt sich angeregt. Vor allem war der Patron interessiert an Patricks Arbeit und er interessierte sich auch für Maggies zukünftige Tätigkeit als Lehrerin in Bethlehem.

„So eine große Farm, das bedeutet viele Verpflichtungen, Madame", richtete Maggie das Wort an die Frau des Hauses, die etwa im Alter ihres Mannes sein durfte.

Bisher hatte diese still und freundlich dagesessen, aufmerksam zugehört.

„Sehr viele", antwortete sie, blickte Maggie dabei aus ihren großen, schönen Augen freundlich an.

Sie war traditionell afrikanisch gekleidet, trug ihre Haare glatt nach hinten gekämmt, was ihrem Gesicht einen strengen Ausdruck gab, der sich jedoch sofort milderte, wenn sie lächelte. Sie trug kostbare Ohrringe als einzigen Schmuck.

„Ich bin für unser Haus zuständig. Die Farm leitet mein Mann, zusammen mit meinen Söhnen."

Jeder ihrer drei Söhne bewohnte ein Extrahaus. Keiner von ihnen war verheiratet, wobei einer geschieden war. In diesen Häusern konnten sie tun und lassen, was sie wollten, die Eltern redeten ihnen nicht rein. Nur wenn es darum ging sich zu verheiraten, galten andere Gesetze.

„Madame Falala ist die gute Seele von Lulele", warf Conzales ein. „Sie ist für das ganze Dorf wie eine Mutter."

Verlegen richtete Madame ihren Blick nach unten.

„Das ist meine Pflicht", antwortete sie mit leiser Stimme.

Auf Lulele galten hierarchische Strukturen. Der Patron sorgte für das Wohl des Dorfes. War nicht nur Arbeitgeber, sondern auch, zusammen mit den Dorfältesten, oberster Schlichter bei Streitigkeiten. Wenn jemand schwer krank war, sorgte er für Hilfe. Starb jemand, gab er Geld für eine würdevolle Totenfeier. Er half, wenn jemand in Not geraten war. Der Besitzer von Lulele war reich, besaß viel Grundbesitz, auch in Kenia und im europäischen Ausland. Wie reich, wusste keiner, nicht einmal seine Söhne. Das war sein größtes Geheimnis.

Er hatte einen guten Draht zum Hospital Bethlehem, schätzte die Arbeit der Nonnen, war dankbar dafür, dass es sie gab. Viel unbürokratische Hilfe hatten sie ihm schon zukommen lassen. Er seinerseits ließ den Schwestern kostenlos Gemüse, Obst und Fleisch von seiner Farm bringen.

Das Leben seiner Söhne beobachtete er mit Argwohn – aber – dies war eine neue Zeit. Dass sie immer wieder die Frauen wechselten, blieb ihm nicht verborgen. Gott sei Dank hatten sie endlich kapiert, dass sie keine Frau aus dem Dorf in ihre Häuser nehmen durften. Das hatte er ihnen unter Strafe verboten. Seine Dorfgemeinschaft musste intakt bleiben. Als Afrikaner war es ihm wichtig, dass seine Familie fortlebte. Er hatte, außer Vanessa, bedauerlicherweise noch keine Enkel. Die außerehelichen Kinder zählten nicht, für die sorgte er sowieso.

Er betrachtete seine Frau Falala, die Mutter seiner Söhne. Sie lebten schon fast dreißig Jahre zusammen. Sie war ihm eine gute Frau. Offiziell hatte er nur sie geheiratet, obwohl ihm bei seiner Position mehrere Frauen gut angestanden hätten. Auf zärtliche Weise liebten sie einander. Sie war ihm eine gute Ratgeberin. Dorfangelegenheiten besprach er mit ihr, bevor er dies mit den Dorfältesten tat. Die süßen Stunden aber, die fand er bei einer anderen jungen, schönen Frau. Heute Abend würde sie ihn erwarten. Auch diesmal hatte er ein besonders erlesenes Schmuckstück für sie.

Ein wohliger Schauer überfiel ihn, wenn er an sie dachte. Sie war eine Hexe. Wenn sie ihm gestattete, sich zwischen ihre olivfarbenen Schenkel zu legen, dann wurde er wieder zum jungen Wilden. Er konnte bei ihr eine Leidenschaft an den Tag legen, die er so bisher nicht gekannt hatte. Manchmal, wenn er sie nach der Liebe aus dem Augenwinkel beobachtete, sie mit ihren indischen Augen seine Geschenke bewunderte, befielen ihn leise Zweifel, ob sie ihn wirklich liebte. Aber verdammt noch mal, sie war das Elixier seines Lebens, sie tat ihm gut. Wenn er an die kommende Nacht dachte, war er jetzt schon aufgeregt.

Madame Falala betrachtete ihren Ehemann. Auch ihr war er in all den Jahren; die sie zusammen lebten; ein guter Mann gewesen. Betrübt hatte es sie als junge Ehefrau, wenn er zu anderen Frauen gegangen war. Niemals hatte sie ihm Vorwürfe gemacht, das wäre unmoralisch gewesen, stand ihr nicht zu. Es gab keinen Grund; sich zu beklagen. Ihr Leben war reich. Sie hatte viele Aufgaben und sie hatte gute Söhne, auch wenn ihr Mann dies oft anders sah. Sie würden, wenn sie sich die Hörner abgestoßen hatten, vernünftig sein. Vanessa war die ganz große Freude ihres Lebens. Und dass Morani jetzt diese schöne Geliebte hatte, das machte ihr nichts aus. Nicht mehr. Er nahm ihr nichts weg. Sie freute sich zu sehen, wie aufgeregt er jedes Mal war, bevor er sie traf. Überaus liebevoll und zärtlich ging er mit ihr um, wenn er von *ihr* kam. Nein, sie konnte sich nicht beklagen, ihr Leben war gut, so wie es war. Und ihr überaus stolzer Ehemann glaubte, dass sie von alledem nichts wüsste.

Conzales hatte bemerkt, wie Madame Falala ihren Mann ansah. Sie war eine weise Frau, eine kluge, eine würdevolle Frau. Er war sicher, dass sie von der neuen Geliebten ihres Mannes wusste. Ob seine Frau auch von seinen Affären wusste? Ach was, die lebte weit weg und wenn sie in Lalimete weilte, war auch er ganz für sie da. Er fühlte sich als Familienmensch. Familie war das Wichtigste.

Es war Nachmittag, als die Tafel aufgehoben wurde. Madame Falala wirkte schläfrig, hatte Mühe, ihre Augen offen zu halten. Maggie und Patrick nahmen Pater Nikolas, der ziemlich aufgekratzt war, mit nach Lalimete. Monsieur Morani und Conzales zogen sich zurück, um Geschäftliches zu besprechen.

Daheim präsentierte Mafunde ihnen stolz einen geköpften Python. Maggie grauste vor der toten Schlange.
„Wo hast du die erlegt?", fragte Patrick.
„Ist mir über den Weg gelaufen, einfach so", meinte Mafunde freudestrahlend.
Für ihn waren Schlangen nichts Furchterregendes. Wie in diesem Fall stellten sie ein Festmahl für seine Familie dar.
„Mafunde, wenn du willst, kannst du nach Hause gehen", bot Patrick ihm an.
Mafunde nickte begeistert. „Danke, Docteur."
„Und pass mir gut auf Madame auf, ich bin ab morgen viele Tage fort."
„Ja, Monsieur Docteur, ich werde gut auf ihr Eigentum aufpassen."
Mafunde legte den toten Schlangenkörper über seine Schulter und machte sich fröhlich singend auf den Heimweg.

Die Hitze des Tages war einer angenehmen Kühle gewichen. Conzales saß mit Mark auf der Terrasse, sie tranken Bier, sprachen dem Calvados kräftig zu und labten sich an Erdnüssen. Beide hatten die nackten Füße auf den Tisch gelegt. Conzales zündete sich ein Zigarillo an, betrachtete den Abendhimmel. Die Regenwolken waren weitergezogen. Der Horizont hatte sich in rotes Gold verwandelt. Aus den Bäumen im Garten drang lautes Vogelgezwitscher. Conzales fühle sich müde, er vermisste seinen Mittagsschlaf. Das Gespräch mit Morani hatte sich länger hingezogen als erwartet. Er strich über seinen angespannten Bauch. Viel zu viel hatte er gegessen. Conzales inhalierte den Tabak tief in seine Lungen. Komisch das schmeckte heute gar nicht.

„Du solltest endlich damit aufhören, Schwester Anna so durcheinanderzubringen", setzte Conzales die Unterhaltung fort und drückte das Zigarillo aus.

Er und Mark erörterten mal wieder ausgiebig das Thema Frauen.

„Das sagt genau der Richtige. Was soll ich denn tun, meine Gefühle abstellen, mach mir das mal vor. Du gehst doch ständig fremd." Marks Stimme klang vorwurfsvoll.

„Na, na, na, fremdgehen, nenne ich das nicht. Ich habe Bedürfnisse, wie du auch, und die lebe ich aus, aber ohne diese ewige Gefühlsduselei."

„Anna ist keine Gefühlsduselei" wehrte Mark sich heftig. „Das ist Liebe. Verstehst du, Liebe!"

Mark trank einen großen Schluck Bier aus der Flasche, nahm die Beine vom Tisch, versuchte sich aufrecht hinzusetzen.

„Sie ist immer in meinen Gedanken, immer …"

„Sie ist eine Nonne, Mark, kapierst du das nicht!"

Conzales schlug sich mit der flachen Hand auf die Stirn, als wollte er es Mark einbläuen. „Du machst euch beide nur unglücklich."

Mark trank sein Schnapsglas in einem Zug leer und füllte es erneut.

„Du bist eine Mischung aus Engel und Wildschwein. – Das hat mal eine Frau zu mir gesagt." Mark lächelte dabei vor sich hin, kaum, dass er seine glasigen Augen aufhalten konnte.

Conzales trank von seinem Bier, schmiss Erdnüsse in die Luft, fing sie mit dem Mund auf. Dabei verschluckte er sich ziemlich heftig. Nach Luft ringend sprang er auf. Mark sah ihm eine Weile zu, dann sprang auch er auf und schlug ihm kräftig auf den Rücken.

„Reden, fressen und saufen gleichzeitig, das geht nicht", meinte Conzales kleinlaut, als er endlich wieder atmen konnte..

Beide nahmen Platz, schon lagen ihre nackten Füße wieder auf dem Tisch.

„Sie geht mir aus dem Weg, Conzales." Marks Stimme klang kläglich.

„Sie schützt sich, mein Freund, sie schützt sich", versuchte Conzales ihn zu beschwichtigen.

„Vor wem, vor mir etwa?"

Mark erhob sein Schnapsglas.

„Prost."

Er trank es aus, füllte gleich wieder Calvados nach.

„Eine Frau, die mich so ansieht wie meine Anna, hat kein Herz aus Stein", jammerte er weiter.

„Jetzt ist's aber genug mit der Sauferei." Conzales nahm die Schnapsflasche weg, stellte sie hinter sich auf den Boden.

„Wir saufen beide zu viel", lallte Mark. „Und was ich dir noch sagen wollte." Er erhob seinen Zeigefinger, fuchtelte herum.

„Ein Mann muss immer wieder in die Kampfarena und loslegen. Stimmt's?"

Mein Gott, stellte Gonzales fest, der hat ganz schön getankt. Und morgen früh ging's auf große Wochentour mit Patrick. In diesem Zustand konnte Mark nicht mehr heimfahren. Was er dringend brauchte, war Schlaf. Conzales rief Makumba. Gemeinsam brachten sie Mark ins Gästezimmer. Der Hund sprang aufgeregt zwischen ihnen herum. Fast wären sie über ihn gestolpert.

„Dolores, ab nach draußen."

Der Hund folgte der Aufforderung und verschwand. Conzales und Makumba zogen Mark bis auf die Unterwäsche aus und legten ihn ins Bett. Kraftlos ließ er alles mit sich geschehen. Er lächelte, drehte sich auf die Seite, legte einen Arm unter den Kopf.

„Ein Mann der nicht mehr hofft, ist schon besiegt", lallte er. Noch bevor Conzales die Türe hinter sich zuzog, hörte er lautes Schnarchen.

Draußen im Gang betrachtete Conzales sich im Spiegel. Unter seiner Fassade verbargen sich so manche ungelebten Träume. Welche, wusste er nicht genau. Es hatte eine Zeit gegeben, da hatte er geglaubt, das Leben in vollen Zügen genießen zu können. Seltsamerweise waren Gesichter und Namen vieler Frauen aus seinem Gedächtnis verschwunden. An manchen Tagen fühlte er sich ganz schön ausgebrannt.

Dolores kam angerannt, wuselte um seine Beine herum. Er beugte sich zu ihr hinunter, streichelte ihr schwarzes Fell. Mit großen Augen sah ihn die Labradorhündin an. Er hatte sie benannt nach einer Frau, die er mal geliebt hatte. Schmählich hatte sie ihn sitzen lassen, jene Dolores. Ganz anders als dieses treue, schwarzfellige Wesen vor ihm. Könnte er doch so verliebt sein wie Mark, dieses wahnsinnige Gefühl noch einmal erleben. Am Ende liebte Schwester Anna diesen Kerl tatsächlich. Alles war möglich in dieser verrückten Welt. – Ach was, nächste Woche fuhr er nach Portugal und traf seine Familie, das war doch auch was.

„Ich gehe schlafen, Makumba", rief er seinem Boy zu und verschwand.

Diese Jovos, dachte Makumba, während er das Bier und die Schnapsgläser auf der Terrasse leer trank, so was Gutes ließen die stehen! Die Europäer hatten einfach zu viel Geld. Leise vor sich hin singend räumte er den Tisch ab und trug die Calvadosflasche in die Küche. Er überlegte, ob er noch einen Schluck nehmen sollte, aber er unterließ es. Der Patron war immer großzügig. Nächste Woche, wenn der Patron seine Familie besuchte, dann würde er es sich besonders gut gehen lassen. Er würde sich an einem Nachmittag auf die Terrasse setzen, die Beine hochlegen, Bier trinken, genau wie der Patron. Natürlich so, dass ihn keiner sah. Vor allem nicht Runako, der Nachtwächter. Augustin der Koch hatte sowieso Urlaub.

25

Früh um sieben Uhr stand Maggie zusammen mit den anderen Lehrerinnen, Schwester Constanza, Schwester Cäcilia und Frau Musanga auf dem Schulhof. Die Oberin war ebenfalls anwesend. Alle Schüler, weitaus mehr Mädchen als Jungen, hatten sich in Hufeisenform aufgestellt. Hübsch sahen sie aus, die Mädchen in ihren blauen Kleidern mit weißem Kragen, die Jungs in blauen Hosen, mit weißen Hemden. Das gemeinsame Morgengebet war gerade beendet. Endlich hatte die Regenzeit begonnen. Zu manchen Stunden überzog sich der Himmel ungemein schnell mit dicken Wolken. Kurz danach prasselten enorme Wassermassen aufs trockene Land. Und manchmal, kaum eine halbe Stunde später, erstrahlte das Firmament wieder in schönstem Blau, so wie heute Morgen.

Frau Musanga, die afrikanische Lehrerin, gab ein Zeichen. Trommeln setzten ein, die Kinder begannen zu singen und in die Hände zu klatschen. Sie sangen ein Willkommenslied für die neue Lehrerin. Ihre kleinen Körper bewegten sich rhythmisch zur Musik. Als das Lied zu Ende war, trat eine Schülerin vor und überreichte

Maggie ein gemaltes Schild mit der Aufschrift: Herzlich willkommen an unserer Schule!

Nachdem Maggie sich bedankt hatte, hielt die Oberin eine kleine Ansprache.

„Liebe Kinder. Madame Neumaier ist die Frau unseres Doctors Monsieur Stern. Sie wird uns als Lehrerin unterstützen. Dazu wird sie zunächst in den verschiedenen Klassenräumen dabei sein, um euch nach und nach alle kennenzulernen."

Große Augen blickten auf Maggie, dann wieder auf die Ehrwürdige Mutter.

Wie aufmerksam sie waren! Maggie betrachtete die Kindergesichter. Sie sogen förmlich alles auf, zeigten große Freude.

„Und nun, liebe Kinder, spitzt eure Ohren."

Die Oberin setzte einen Moment aus, sah alle der Reihe nach an. Freudiges Gemurmel war zu hören.

„Unsere neue Lehrerin hat von ihrer Schule in Deutschland, für jeden Schüler Geschenke mitbekommen. Ich sage nicht, was es ist."

Sie machte eine kleine Pause. Alle hingen an ihren Lippen.

„Jeder von euch bekommt heute nach der Schule ein Überraschungsgeschenk."

Begeistert jubelten die Kinder, tanzten, winkten und klatschten, damit hatten sie nicht gerechnet. Wohlwollend betrachtete die Ehrwürdige Mutter ihre Kinder. Welche Freude. Glücklich fühlte sie sich in ihrer Mitte. Da war so viel Reinheit in diesen kindlichen Wesen, dabei hatten viele von ihnen es schwer. Sie war froh, dass sie den Kindern eine Perspektive bieten konnte. Auch wenn es stets nur kleine Schritte waren, Tröpfchen im Ozean. Bildung war überall auf der Welt der Schlüssel zur Entwicklung, das fing in der Grundschule an. Allein schon, dass Kinder verschiedener Ethnien und Religionen an dieser Schule lernten, möglichst friedlich miteinander umzugehen, war doch schon was.

Quasi aus dem Nichts hatten sie die Schule aufgebaut, damals, vor vielen Jahren. Das Grundstück war voller Bäume und Gestrüpp gewesen. Das Land musste erst gerodet, eingezäunt, schließlich mit Wasser und Strom versorgt werden. Nun hatten auch die umliegenden Gemeinden Wasser. Sie hob den Kopf, nahm eine aufrechte Haltung an. Ja, sie war durchaus stolz auf das, was sie und ihre Mitschwestern geleistet hatten und immer noch leisteten. Tag für Tag.

Wohlwollend betrachtete sie Maggie. Welch ein Glück, dass sie da war. Sie hatte ein Gespür für die Menschen, ihr fiel es leicht Herzen zu öffnen, genau wie Schwester Anna. Nicht jede Frau konnte das aushalten, wenn sie ihren Mann ständig mit Kranken teilen musste. Wie oft schon hatte sie einen Boten zu ihr gesandt, dass sich die Rückkehr ihres Mannes verzögern würde.

Auch wie Maggie mit den Kindern umging – sie war die geborene Mutter. Sie freute sich auf die Hochzeit der beiden. Die Schwestern würden die Kirche schmücken, die Schulkinder hatten sich ebenfalls eine Überraschung ausgedacht. Es war einfach schön, Dr. Stern und Frau Neumaier miteinander zu erleben. Der Doktor war ganz verliebt in seine Frau, das konnte man ihm nicht verdenken. Und sie war Maggie dankbar für die tausend Mark, die sie ihr von ihren Münchner Kollegen übergeben hatte.

„Ich wünsche ein gesegnetes Frühstück", rief die Ehrwürdige Mutter, winkte den Kindern, nickte grüßend zu den Lehrerinnen hinüber, drehte sich um und lief wie jeden Morgen durch den Klostergarten hinüber zum Friedhof.

Die Kinder gingen, zusammen mit den Lehrerinnen, zum gemeinsamen Frühstück. Diszipliniert stellten sich alle an. Zwei afrikanische Frauen füllten Schalen mit süßer Maissuppe. Bis auf eine lange Bank war der große, überdachte, offene Raum leer. Zweimal am Tag wurde hier für die Schüler eine warme Mahlzeit ausgegeben. Frühstück, und wenn die Schule vorbei war, Mittagessen. Dieser Raum erfüllte viele Zwecke. Versammlungsraum, Theaterraum,

Essensraum und einiges mehr. Die Schüler verteilten sich, schlürften mit Genuss ihr Frühstück. Wenn sie fertig waren, spülten sie an der Wasserstelle hinten im Hof ihre Schalen aus und legten sie in eine große Plastikschüssel. Nachdem alle ihre Schüsseln abgegeben hatten, klatschte Frau Musanga in die Hände. Die Kinder stellten sich in Zweierreihen auf. Gemeinsam ging es nun in die Klassenräume zum Unterricht.

***

Die Schwester Oberin lief auf ihrem Weg in den Klostergarten am Hospital vorbei. Sie liebte diesen Weg, empfand ihn als ein tägliches, ganz persönliches Privileg. Zeit, die ihr allein gehörte. Das Krankenhaus war erst später entstanden, mit Hilfe vieler Gönner, und die meisten halfen noch immer. Sie fühlte sich gesegnet, auch mit den wunderbaren Ärzten. Gewiss, manchmal waren diese Ärzte völlig überlastet, stießen an ihre Grenzen, aber was sollten sie tun? Die Schwerkranken, die kein Geld hatten, liegen lassen? Nicht behandeln? – So was kam in staatlichen afrikanischen Krankenhäusern durchaus vor.

Manches Frauenleben hatte nur mit Hilfe von Dr. Guidetta Marrozzi gerettet werden können. Gut, dass sie nicht nur Chirurgin, sondern auch Gynäkologin war. Von einer Frau untersucht zu werden, war doch weniger peinlich als von einem Mann.

Am Friedhof hielt sie Zwiesprache mit denen, die damals mit ihr gekommen waren und nun in afrikanischer Erde ruhten. Sie mochte diesen beschaulichen, meditativen Ort. Vieles war auf sie eingestürmt in den letzten Monaten, nicht immer Erfreuliches. Schwester Anna machte ihr nach wie vor Sorgen, auch wenn sie einen viel gefassteren Eindruck machte, seit dieser Martin Taylor da gewesen war. Oft fand sie Schwester Anna in tiefem Gebet versunken. Über Persönliches hatten sie nicht mehr gesprochen. Man konnte etwas auch zerreden. Der da oben würde es schon richten, er hatte noch jedes Mal die beste Lösung gefunden. Manchmal galt es Geduld zu üben, bis die Verwirrung sich von selbst ordnete.

„Hoffnung ist das Licht meines Lebens, oh Herr", betete sie. „Gleich wie dunkel der Weg auch sein mag."

Sie machte ein Kreuzzeichen über die Gräber und schritt frohen Mutes hinüber in ihren Alltag.

Um 14.00 Uhr war der Unterricht beendet. Die Schüler trafen sich zum gemeinsamen Mittagessen. Es gab große Portionen Reis mit Soße. Die Kinder setzen sich mit den Tellern auf den Boden, dorthin, wo gerade Platz war. Geschickt formten sie mit der rechten Hand kleine Reisbällchen, tunkten diese in die scharfe Soße und schoben das Essen genüsslich in den Mund. Viele leckten danach ihre Finger ab. Alle waren aufgeregt, denn nach dem Essen, wartete die große Überraschung auf sie.

Maggie saß mit den anderen Lehrerinnen auf der Bank und sah dem Treiben zu. Der Vormittag hatte ihr Freude bereitet. Diese Kinder sogen alles auf wie ein nasser Schwamm.

„Wie kommt es, dass die Mädchen in der Überzahl sind?, fragte Maggie in die Runde.

„Weil sie am meisten vernachlässigt und gefährdet sind in dieser afrikanischen Gesellschaft", antwortete Schwester Constanza. „Leider werden Mädchen noch immer als Menschen zweiter Klasse betrachtet", fuhr sie fort. „Früher war es üblich, dass Mädchen mit 13, 14 Jahren verheiratet wurden, und zwar nicht selten an ältere Männer, die einen Brautpreis bezahlten. Die Mädchen hatte keine Wahl, die Ehe wurde von ihren Familien arrangiert. Nicht selten stellten sich gesundheitliche Probleme ein. Die Mädchen waren zu jung, um Kinder zu gebären und sich um sie zu kümmern."

„Bildung ist das Einzige, was den Mädchen ermöglicht, diesen Teufelskreis zu durchbrechen", warf Frau Musanga ein.

„Und das fängt mit der Grundschule an. Es hat viel Überzeugungsarbeit den Eltern gegenüber gebraucht, dass auch Mädchen lernen können. Ganz langsam wandelt sich das Denken darüber."

„Frau Musanga leistet immense Überzeugungsarbeit", meinte Schwester Cäcilia und tätschelte Frau Musangas Hand.

Verlegen über das Lob lächelte Musanga.

„Die meisten Eltern sind Analphabeten", meinte sie. „Dies lässt sie die Bedeutung von Schuldbildung nicht erkennen. Wie auch? Doch meist ist es die große Armut, die kein Geld für einen Schulbesuch übrig lässt."

„Wie wahr", beteiligte sich Schwester Constanza an dem Gespräch. „Die Mädchen, die wir aufnehmen, kommen aus einfachsten Verhältnissen. Sie hätten nicht einmal genügend Geld zum Essen, geschweige denn für Schulgeld. Hier bekommen sie zwei warme Mahlzeiten pro Tag und das Schulmaterial wird gestellt."

„Wir machen hier auch keine Unterschiede zwischen den Religionen", sagte Schwester Cäcilia. „Wir sind bemüht ihnen zu vermitteln, dass wir alle Kinder Gottes sind und dass wir füreinander sorgen sollen. So lernen sie jede Religion zu respektieren."

Nachdem alle Teller abgespült und das Dankgebet gesprochen war, wurden die Geschenke gebracht und verteilt. Radiergummis, Buntstifte, Bleistifte. Jedes der Kinder nahm mit leuchteten Augen seine Geschenke in Empfang. Wie einen großen Schatz begutachteten sie immer wieder, was sie bekommen hatten. Als Maggie nach Hause ging, fühlte sie sich ebenfalls reich beschenkt durch all die glücklichen Gesichter. Es war so wenig und doch so viel, was sie geben konnte. Sie dachte an die maroden staatlichen Grundschulen, die sie zwischenzeitlich besucht hatte. Obwohl Schulpflicht bestand, war das Bildungssystem katastrophal. Es fehlte an allem. An Schulräumen, an Lehrern, von Materialien gar nicht zu sprechen.

Daheim fand sie rosafarbene Bougainvilleenzweige auf dem Terrassentisch.

„Herzlich willkommen, Madame", rief Mafunde mit leuchtenden Augen. „Die Blumen sind für Sie."

26

Mark war dabei, die letzte Naht zu setzen. Er hatte Mühe, ein Zittern zu unterdrücken. Patrick und Adam, der Oberpfleger, sahen ihm skeptisch zu.

„Ich übernehme!" Patrick wirkte ungehalten.

„Wenn du es besser kannst, bitte", raunzte Mark.

Adam wandte verschämt den Blick ab. Was war nur los mit dem Docteur? Es war nicht das erste Mal, dass er so zitterte. Die Jovos die tranken ständig zu viel. Schade, dass die schöne Dr. Guidetta nicht dabei war. Mit ihr würde er sich beruhigen. Er wusste, dass Dr. Seeberger und sie öfter zusammen das Zimmer teilten. Auch hatte er gehört, dass die neue Frau von Dr. Patrick jetzt mit ihm in Lalimete lebte, und er hatte auch gehört, dass sie hilfsbereit und freundlich war. Adam schnitt den letzten Faden ab. Geschafft!

Es war gut, dass Dr. Patrick nicht mehr alleine war. Ohne eine Frau zu sein, das war doch nichts. Aber nur mit einer Frau zu leben? Adam liebte die Abwechslung, so wie das normal war für einen Mann. Die Jovos sprachen immer davon, dass sie mit einer Frau leben würden, aber das stimmte ja gar nicht. Er hatte auch bemerkt, dass Dr. Guidetta manchmal auf Dr. Patrick eifersüchtig war. Warum, war ihm schleierhaft. Sie machte immer so komische Bemerkungen. Zu ihm war sie gut. Sie lobte ihn und gab ihm öfter Extrageld für seine Familie, wie die beiden anderen Ärzte und der Pilot, Monsieur Ronny, auch.

Es ging auf den späten Nachmittag zu, als sie für heute Schluss machten. Rheuma, Augenkrankheiten, Epilepsie, Tuberkulose, kleinere Operationen. Es hatte nicht aufgehört. Mark war schon gegangen, Patrick war dabei sich umzuziehen.

„Eine Frau möchte Sie sprechen, Docteur."

Adam stand im Türrahmen der Ordination.

„Kannst du das nicht übernehmen?"

„Docteur, sie war schon viele Male hier und bittet um ein Gespräch."

„Also gut", seufzte Patrick.

Die Frau hielt ein kleines Mädchen mit einer Hasenscharte an der Hand. Als sie Patrick in Begleitung von Adame kommen sah, blickte sie auf den Boden. Patrick begrüßte beide, fragte nach dem Namen des Kindes.

„Lolome."

Der Doktor ging in die Hocke und betastete das kleine, entstellte Gesichtchen.

„Wie alt ist Lolome?", wollte er wissen und richtete sich wieder auf.

Die Frau flüsterte Adam etwas zu.

„Fünf Jahre, Docteur."

„Warum kommt sie erst jetzt?"

Die Frau gab keine Antwort, hielt immer noch den Kopf gesenkt.

„Monsieur Docteur", erläuterte Adam, „die Eltern schämen sich und haben das Kind meistens versteckt."

„Sag ihr, dass sie in das offizielle Krankenhaus in der Hauptstadt gehen kann, dort wird man ihrem Kind helfen."

Mit großen Augen blickte die Frau Adame an, als er dies übersetzte.

„Sie haben uns weggeschickt, weil wir kein Geld haben."

Patrick ging wieder in die Hocke, nahm die beiden Hände des Kindes, lächelte und sprach beruhigend auf es ein.

„Dann werden wir dir helfen, Lolome."

Mit großen Augen sah Lolome den Doktor an, dann lächelte auch sie, intuitiv hatte sie verstanden. Patrick richtete sich auf. Leise begann die Mutter zu weinen. Sie griff nach Patricks Hand und drückte sie. Patrick sah ihnen nach, als Adam die beiden nach draußen begleitete. Das war wieder einer jener Momente, die alle Mühe, alle Strapazen dieser oft frustrierenden Arbeit wettmachte. Er dachte an die alte Frau aus Sekunda, die sein Team nach Lalimete mitgenommen hatte. Die große Geschwulst konnte entfernt werden. Sie hatte tatsächlich überlebt, ihr ging es wieder gut.

Mark hatte sich umgezogen und draußen vorm Hospital auf die lange, überdachte Bank gesetzt, wo sonst die Kranken warteten. Er saß da mit verschränkten Beinen, trank warmes Bier aus der Flasche. Purpurnes Aufleuchten am Himmel zog ein tiefes Orange nach sich, die kurze Dämmerung begann. Heute hatte es zweimal geregnet. Die Luft duftete nach Blüten. Zwei Äffchen rasten durch dichtes Grün. Ihre Umrisse hoben sich scharf gegen den Himmel ab. Im Dorf, das vor ihm lag, liefen kleine Kinder nackt herum und ärgerten die Hühner. Vor den Hütten flackerten kleine Feuer, die Frauen bereiteten Essen zu. Der Geruch wehte zu Mark herüber. Ein paar räudige Hunde saßen in der Nähe der Menschen, hoffen darauf, dass diese etwas für sie übrig hätten.

Mark fühlte sich schrecklich. Nicht nur, wenn er an die langen, arbeitsreichen Tage dachte, die vor ihnen lagen. Heute Nacht würden sie in Tsevoto bleiben, morgen die Tour fortsetzen. Fast hatte er es satt, während ihrer Einsätze so primitiv leben zu müssen. Er dachte an Anna. Als sie in sein Leben gekommen war und er sich in sie verliebt hatte, da hatte er gehofft, dass nun endlich alles für ihn anders werden würde. Dass er angekommen wäre in einem Leben, welches er sich so sehr wünschte. Sie löste Gefühle in ihm aus, die er bisher nicht gekannt hatte. In ihrer Gegenwart fühlte er sich als besserer Mensch. Tief innen war er sich gewiss, dass auch sie so empfand. Und doch hatte sie sich völlig von ihm zurückgezogen. Sie wich ihm aus. Seit diesem Taylorbesuch hatte er Anna nicht mehr gesprochen. Er fühlte sich beschissen. Es war, als kämen all seine schmerzhaften Kindheitserlebnisse wieder hoch. Er trank einen großen Schluck, wischte sich den Mund mit dem Handrücken ab, streckte die Beine weit von sich. Es kam ihm vor, als hätte er mit seinen 38 Jahren keine wirkliche Entwicklung gemacht, als wäre er noch immer der ständig kritisierte Sohn seiner Eltern. Nur wenn er gute Noten vorzuweisen hatte, ließ sich sein Vater dazu hinreißen seinen Kopf zu tätscheln. Nie hatten sie ihm gezeigt, dass sie ihn wirklich liebten.

Als der Himmel nur noch von einer zarten Andeutung von Licht erhellt war, beobachtete er eine Gestalt, die flink wie ein Äffchen den steilen Stamm einer Kokospalme hinaufkletterte. Oben hängte der Mann seine Kannen auf, um den kostbaren Palmsaft zu ernten. Der in der Dämmerung gezapfte Saft ergab einen besonders guten Palmwein.
    Afrika erschien Mark in dieser Stunde als bunte Kulisse für sein Leben, echte Heimat war es nur in Momenten. Wie hatte ein alter weiser Afrikaner zu ihm gesagt, als er seine Traurigkeit spürte:
    „Du bist traurig und einsam, trotz deiner Freunde, der schönen Landschaft und des guten Lebens, das du hast. Du gehörst noch nicht hierher."
    Der hatte wohl die verborgenen Sprünge in seiner Seele wahrgenommen. Ja, er war immer fremd geblieben.

Dunkelheit hatte sich über das Land gelegt. Überall im Dorf brannten kleine Petroliumämpchen, nicht unänhlich den sich am Himmel zeigenden Sternen, die aussahen wie wandernde Fackeln.
    „Wusstest du, dass die Menschen hier glauben, dass die Seelen ihrer Verstorbenen sie manchmal besuchen kommen?", fragte Patrick, der sich neben Mark gesetzt hatte. „Das Licht soll ihnen den Weg zeigen."

Mark erwiderte nichts. Die Stimmung zwischen ihnen war noch immer aufgeladen.

Patrick sprach als Erster wieder.

„Nichts für ungut, Mark, aber so wie du momentan beieinander bist, hättest du heute gar nicht operieren dürfen. Glaubst du, mit der vielen Sauferei änderst du was in deinem Leben?"

Mark dreht sich zu Patrick um, der von ihm abgerückt war. Das konnte er nicht auch noch gebrauchen, dass Patrick ihn kritisierte.

„Du gehst mir gehörig auf die Nerven. Wenn du nichts Besseres zu bieten hast, dann lass mich allein."

Patrick stand auf. „ Ich bin nicht dein Feind, mein Freund, gute Nacht."

„Du hast ja recht." Mark fasste Patrick am Arm. „Setz dich wieder."

Dieser tat wie ihm geheißen.

„Ich kann mich momentan selber nicht leiden."

„Ich weiß."

Niemand konnte ermessen, wie schlecht er sich fühlte. Auf einmal sprudelte es aus ihm heraus. Er sprach in die Nacht hinein, als wollte er es der ganzen Welt mitteilen.

„Meine Eltern haben mich oft verletzt, indem sie mich nicht beachteten. Als ich klein war, hätte ich gerne mit meinen Eltern gespielt, aber sie spielten nicht mit mir. Kindermädchen übernahmen das. Die Bilder, die ich für sie gemalt hatte, die fand ich irgendwo achtlos hingelegt. Als Jugendlicher, mit dieser großen Wut im Bauch, rebellierte ich ständig. Ich rauchte Marihuana, spielte aggressiv Fußball. Im Stadion schlug ich den gegnerischen Spielern meine ganze Wut entgegen, obwohl ich nicht wirklich der gewalttätige Typ bin."

Er machte eine Pause, fuhr fort.

„Materiell fehlte mir nichts. Dennoch litt ich unter Wohlstandsverwahrlosung. Jahrelang hatte ich darauf gewartet, dass meine Eltern mir einmal sagten, dass sie mich liebten."

Mark schüttelte den Kopf.

„Sie haben es nie gesagt. Aus diesen Gefühlen heraus bin ich in diese kurze Ehe geschlittert. Ich wollte zu jemandem gehören. Eine Ehe, die nie eine war. Hochzeit und Scheidung in Las Vegas. Nach der Scheidung habe ich mich in der Arbeit vergraben."

Hastig trank er von dem Bier.

„Deine Mutter, hat sie dir nie gezeigt, wie sehr sie dich liebt? Du warst ihr einziges Kind?"

„Ja, ja, meine Mutter. Eine sogenannte Charity-Lady. Gut gekleidet, gut duftend. Als Kind nahm sie mich mit zu ihren Freundinnen, gab mit mir an. Wenn ich heute an sie denke, sehe ich, wie niedergeschlagen sie damals schon war, wie traurig. Immer hat sie nach außen ihre Verletzlichkeit mit gespielter Stärke zu vertuschen gesucht."

Mark hielt kurz inne.

„Sie hatte zwei Gesichter. Genau wie ich. Ich bin ihr im Grunde genommen gar nicht unähnlich."

Mark sah seine Mutter vor sich, wie sie zerfiel in ihrer Demenz. Sie hatte noch immer was Damenhaftes an sich, obwohl sie sich schon längst in den Tiefen ihrer Seele verirrt hatte.

Patrick betrachtete Mark von der Seite. So hatte er noch nie mit ihm gesprochen. Sie waren beide gebrannte Kinder. Er konnte seinen Freund verstehen, mehr als dieser ahnte.

Aus der Dunkelheit kam der Ruf einer Eidechse, der sich anhörte wie das Knarren einer alten Holztüre im Wind. Beide Männer hingen ihren Gedanken nach.

„Ich glaube, Mark", sagte Patrick, „dass Anna wirklich was für dich empfindet, es ist nicht zu übersehen. Sie spürt, dass du sie liebst – aber Anna ist eine Nonne, an dieser Tatsache kannst du …"

„Sprich nicht weiter!", fiel Mark ihm ins Wort. „Mir ist dies alles bewusst, aber ich bin auch nur ein Mensch. Ich sehne mich wie verrückt nach dieser Frau und alles, was mir davon bleibt, ist dieses schmerzhafte Gefühl der Ohnmacht."

Plötzlich schien sich etwas in Mark zu verändern. Abrupt stand er auf. Trotzig schob er das Kinn nach vorne, aus seinen Augen sprach Willensstärke, seine Stimme klang fest. Er blickte Patrick direkt an.

„Ich habe soeben eine Entscheidung getroffen. Ich werde meine Zeit in Afrika nicht verlängern. Ich steige früher aus dem Vertrag aus!"

Damit ging er und ließ einen betroffenen Patrick zurück. Der schaute Mark nach. Er hoffte, dass dessen Entschluss, fortzugehen, nicht ernst gemeint war. Auch er hatte immer darunter gelitten, nicht wirklich geliebt worden zu sein. Mit Maggie hatte sich das geändert. Von ihr fühlte er sich angenommen und geliebt. Warum nur war sein Herz plötzlich so schwer?

Wider Erwarten gelang es Mark in den Schutz des Schlafs zu entkommen, aber als er am Morgen die Augen aufschlug, holte ihn die Realität ein. So fühlt sich Einsamkeit an, dachte er. Er spürte diesen Schmerz scharf und überwältigend. Ohne Anna war sein Leben sinnlos. Was sollte er mit den vor sich ausdehnenden Jahren anfangen? Quer durch seine Seele verlief eine tiefe, nie verheilte Wunde. Er fing an zu weinen. Das zweite Mal in wenigen Tagen. Mühsam stand er auf, wischte sich die Tränen ab, keiner sollte sie sehen. Er würde fortgehen, auch von Anna.

27

Die nur mäßig ausgefallene Regenzeit, war mit einigen Kapriolen in die Trockenzeit übergegangen. Der Kalender zeigt die erste Dezemberwoche. Gnadenlos brannte die Sonne von einem strahlend azurblauen Himmel. Täglich wurde es heißer. Noch blühte die Landschaft in schönster Pracht. Es gab Tage, da waren die Konturen der Berge klar zu erkennen. Es gab aber auch Tage, da wehte der Harmattan aus der Sahara so heftig, dass die Bäume zu schemenhaften Schattenbildern wurden. Das Land war mit einer roten Staubschicht überdeckt. Tische, Regale und Stühle mussten mehrmals am Tag abgewischt werden. Der feine Sand drang durch Fugen und Ritzen. Er blies die feinen Körnchen in Augen und Ohren. Durch den feinen Sandstaub litten die Menschen an Atemwegsinfektionen. Die gefürchteten Masern brachen aus. Das Hospital Bethlehem war überbelegt. Die Visite wurde zu einem Hindernislauf über Menschen und Matratzen.

Maggie hatte sich in der Schule gut eingelebt. Ihre Kolleginnen zeigten sich freundlich und geduldig. Besonders über Schwester Cäcilia musste sie ihre Meinung revidieren. Die Nonne ging liebevoll mit ihren Schülern um, zu ihr war sie stets hilfsbereit. Anna hatte erfahren, dass sich Schwester Cäcilia bei der Ehrwürdigen Mutter beschwert hatte, man würde ihr zu viele Freiheiten gewähren.

Mit ihrer Kollegin Madame Musanga hatte Maggie sich besonders angefreundet, durch sie andere afrikanische Familien kennengelernt. Kinder zu bekommen war wesentlichster Bestandteil ihres Lebens. Der größte Makel einer Afrikanerin war, unfruchtbar zu sein. Ihr bürdete man dies als Schuld auf und sie nahm diese Schuld an.

Afrikaner fragten niemals „Hast du Kinder?", sie fragten: „Wie viele Kinder hast du?".

Einige Male hatte Maggie Anna zur Leprastation Alala begleitet. Anna kam ihr sehr verändert vor, sie hatte sich entschieden, nicht mehr über ihre Probleme zu sprechen, schon gar nicht über Mark.

Maggie respektierte dies und fühlte doch, dass das eine Annas Worte waren und das andere Annas Gefühle. Beim letzten gemeinsamen Besuch in Alala waren Fahrräder geliefert worden. Conzales hatte bei seinem letzten Besuch in Portugal die Räder samt Ersatzteile, in einen großen Container verladen lassen, zusammen mit einer Lieferung für die Ölfabrik.

Vor der Abendandacht trug die Schwester Oberin ein mit einem Tuch abgedecktes Tablett in ihr Zimmer. Hoffentlich sah sie niemand. Heimlich hatte sie sich von dem Serrano-Schinken abgeschnitten, den Conzales von seinem Heimatbesuch, zusammen mit einer Flasche Portwein, als Geschenk mitgebracht hatte. Die Flasche hatte sie gleich konfisziert; schon einmal war so ein guter Tropfen in der Küche abhanden gekommen und keiner wollte es gewesen sein.

Sie stellte das Tablett auf den Tisch, nahm das Tuch ab, probierte ein Stückchen von dem köstlichen Schinken. Er schmeckte wunderbar, sie konnte sich ein wohliges „mhm" nicht verkneifen. Wenn schon, denn schon, dachte sie, öffnete den Portwein, gönnte sich ein Gläschen davon. Sie konnte nicht aufhören zu essen. Mit dem letzten Stückchen Schinken stellte sie sich ans Fenster und blickte in den Garten hinaus. Unglaublich heiß war es heute. Ein Geier mit weißem Gefieder kreiste am Himmel. Nichts erinnerte bei dieser Hitze daran, dass bald Weihnachten sein würde und, vor den Feiertagen, die Hochzeit von Dr. Stern und seiner Maggie.

Sie sah Schwester Anna zusammen mit Schwester Clara durch den Garten spazieren. Anna war sehr still geworden in letzter Zeit. Sie versuchte mehr und mehr, die Gebetszeiten einzuhalten. Sie kämpfte, das wusste die Ehrwürdige Mutter. Ihr konnte man nichts vormachen. Sie fühlte die Qual ihrer geliebten Tochter und konnte ihr doch nicht helfen. Je stiller Anna wurde, desto mehr erkannte sie die Schwere dieses Kampfes. Sie hätte gerne gewusst, wie Anna jene inneren Dämonen mit vorgetäuschter Gelassenheit bekämpfte. Wie konnte jemand so widersprüchliche Empfindungen auf seinem Gesicht abbilden, ohne kaum je mit der Wimper zu zucken? Vielleicht, vielleicht hatte der dort oben ein Einsehen und Anna blieb im Orden. Sicher war sie sich nicht. Sie drehte sich um und trank ein letztes Schlückchen Portwein.

28

An einem frühen Samstagabend hatte Conzales zum Essen eingeladen. Aschepartikel wehten gegen die Windschutzscheibe, als Maggie und Patrick zu ihm fuhren. Es roch nach verbranntem Gras. Bis an die Straßenränder schwelten die Buschfeuer. Bauern standen mit altertümlichen Gewehren an der Fahrbahn, warteten, dass Tiere vom Feuer herausgetrieben wurden, die sie dann abschossen. Eine der wenigen Möglichkeiten, an Fleisch zu kommen.

Ein Ochsenkarren kam ihnen entgegen. Die gewaltigen Hörner der Tiere waren gelb angestrichen. Eine Gruppe von Frauen balancierte große, mit Steinen gefüllte Körbe auf ihren Köpfen. Plötzlich entlud sich ein heftiges Gewitter. Blitze erhellten sekundenlang die einbrechende Dunkelheit, zeichneten scherenschnittartig Konturen der Bäume in die Landschaft. Genauso schnell, wie es begonnen hatte, hörte es auf. Als sie bei Conzales ankamen, dampfte die Erde noch immer.

Guidetta und Mark waren schon da, ebenso Madame Faruda mit ihrer Tochter Nur und Hosein, ihrem Ehemann. Nurs Vater war ein hagerer, früh ergrauter Mann von nicht einmal 50 Jahren. Seine Kleidung saß nicht, seine Finger waren voller Nikotinflecken. Er legte keinerlei Wert auf Kleidung, zum Leidwesen seiner Frau, die deshalb immer wieder an ihm herummeckerte. In seinen bernsteinbraunen Augen jedoch waren Klugheit, Wärme und Liebenswürdigkeit zu entdecken. Seine Stimme klang angenehm, seine Wortwahl zeugte von erstklassiger Erziehung. Normalerweise blieb er am liebsten daheim. Bei Conzales machte er eine Ausnahme, zu ihm ging er gerne. Manchmal trafen sich Conzales und Hosein alleine. Besonders schätze er, wenn auch Mark Seeberger dabei war. In einigen Jahren würde er mit seiner Frau in den Libanon zurückkehren, wenn alles wieder friedlicher sein würde.

„Dort wo sich der Himmel über dir öffnet, ist Heimat", hatte Mark einmal zu ihm gesagt. Aber das stimmte für ihn nicht. Heimat blieb Heimat und Wurzeln, Wurzeln. Seine Heimat war der Libanon.

Conzales ließ Leckerbissen aus Portugal servieren. In der Küche musste er feststellen, dass sich der Serranoschinken in den letzten Tagen ziemlich verkleinert hatte.

„Bekommt ihr bei mir nicht genug zu essen?", fragte er seinen Koch.

„Doch, Monsieur Patron."

„Warum ist dann der Schinken so klein geworden?"

„Ich weiß es nicht, Patron. "

„Aber ich weiß es."

Augustin senkte beschämt den Blick.

„Entschuldigung, Monsieur Patron. Das kommt nicht wieder vor."

„Versprich es."

„Ja, Patron, ich verspreche es."

Kein Wunder, dachte Conzales, als er zu den Gästen ging, sein Personal wurde ständig in Versuchung geführt, sah, was die Weißen sich alles gönnten. Verständlich, dass sie immer mal was abzweigten. Obwohl er ihnen viel zukommen ließ, so wusste er auch, dass ihn alle seine Angestellten übers Ohr zu hauen versuchten. Und sie dachten, er bemerke es nicht. Bis zu einem gewissen Grad ließ er dies durchgehen, doch wenn es überhand nahm, wurde er streng. Des Öfteren schon hatte er Angestellte aus diesen Gründen entlassen müssen. Mit Augustin war er sehr zufrieden, ebenso mit seinem Boy Makumba, dem er ein paar Tage freigegeben hatte.

Es wurde ein heiterer Abend auf der großen Terrasse. Conzales servierte zu den üppigen Leckereien edle portugiesische Weine. Er erzählte von Portugal und seiner Familie. Die Anwesenden wollten etwas über Maggies Unterricht in der Schule hören. Sie berichtete begeistert davon, auch von ihren Erfahrungen mit den Afrikanerinnen in der Nachbarschaft, und wie sie aus einer Mischung von Neugier und Zuneigung herzlich empfangen worden war.

„Bei einem Besuch trug ich ein Kleid, das sie näher begutachten wollten", schilderte Maggie ein Erlebnis. „Die Frauen fassten mich ungeniert an. Eine rieb den Stoff zwischen den Fingern, eine andere strich über die Nähte. Sie besprachen sich untereinander. Lachend, wohlwollend, unbekümmert zeigten sie, wie gut ihnen das Kleid gefiel."

„Maggie kennt inzwischen mehr Nachbarn als ich", rief Patrick heiter in die Runde.

Es wurde viel gegessen, getrunken und gelacht an diesem Abend. Immer wieder gab jemand eine Anekdote zum Besten.

Verstohlen betrachtete Maggie Guidetta. Sie trug ein türkisfarbenes Leinenkleid, dazu schwere goldene Ohrringe. Sie wirkte ungemein attraktiv, wenn sie ihre dunklen Haare nach hinten warf. Manchmal hatte sie das Gefühl, dass Guidetta sie nicht mochte. Sie hatte mit Patrick darüber gesprochen, der hatte sie ausgelacht.

„Sie ist, wie sie ist, da musst du dir nichts denken."

Trotzdem, sie wurde das Gefühl nicht los. Immer wenn Guidetta sich im Gespräch Patrick zuwandte, blitzten ihre Augen, als wollte sie mit ihm flirten. So verhielt sie sich auch Mark gegenüber. Selbst Conzales wurde mit feurigen Blicken bedacht.

Guidetta betrachte Maggie ebenfalls verstohlen. Sie war ein wenig neidisch. Sie hatte zwar mit vielen Männern geschlafen, aber echte

Nähe nie kennengelernt.

Sie hatte sich immer wieder neu erfunden. War dabei ihr wahres Ich auf der Strecke geblieben? Manchmal fragte Guidetta sich, ob die Frau, die sie einmal war, mit all ihren Hoffnungen und Sehnsüchten, doch noch irgendwo unter den Schichten von bitterer Erfahrung, Wut und Angst vergraben war. Würde es ihr eines Tages gelingen, sie hervorzuholen? Sie sah hinüber zu Mark, der sich angeregt mit Nur unterhielt. Er war seltsam geworden in letzter Zeit. Auch dann, wenn sie zusammen schliefen, was immer mal wieder vorkam.

Wahrscheinlich trauerte er seiner Anna nach. Der hatte sie doch nicht alle. Männer bemerkten eine schöne Frau, schon flammte Begehren in ihnen auf. Umso mehr, wenn diese Frau nicht zu haben war. Und eine Nonne, das war total erotisch. Das turnte jeden Mann an.

Sie brauchte den wilden Sex mit Mark. Er half ihr, die oft schweren Tage zu überstehen. Lodernde Flammen und Fleisch, krallende Fingernägel ... Keine süßen Sätze, keine parfümierten Laken und weiche Betten, sondern unterwegs oft kahle Wände, dazu der Krach herunterfallender Dinge. Und doch gab es auch Stunden, in denen sie eine Art Nähe zueinander fühlten. Wie gerne hätte sie jemanden gehabt, den sie hätte lieb haben können und der sie liebte. Und wenn sie Patrick betrachtete, nun, der war genauso verlogen wie alle Kerle. Sie war sicher, dass er Maggie nichts von ihrer Affäre erzählt hatte. Warum nur bekamen die anderen immer das, was sie ersehnte?

Zu fortgeschrittener Stunde erschien ein älterer Afrikaner mit seiner Flöte. Makweto arbeitete bei Conzales in der Ölfabrik. Er wollte dem Patron und seinen Gästen eine Freude bereiten.

Sein Großvater hatte die Flöte geschnitzt. Makweto setzte sich draußen im Garten auf einen Stuhl, schloss die Augen und begann zu spielen. Während der Klang der Flöte in die warme, lebendige

Nacht hinausströmte, sah Mark Anna vor sich. Er hatte sie erst kürzlich wieder gesehen, in ihre unergründlichen Augen geblickt. Mal lag Arroganz darin, mal Bescheidenheit, dann wieder wirkte sie verletzlich und unnahbar. Er konnte von ihrem Anblick einfach nicht genug bekommen. Sie selbst kannte das Ausmaß ihrer Schönheit nicht. Es war hart, jemanden zu lieben und nicht erreichen zu können. Er fühlte sich hilflos ihr gegenüber, war immer wieder überwältigt von dem, was er für sie empfand. Seine Entscheidung fortzugehen, was war damit? Er hatte eine Anfrage gestartet, mehr nicht. Von Patrick wusste er, dass dieser Maggie nichts erzählt hatte. Er war und blieb ein verdammter Narr.

Mit großer Freude betrachtete Patrick Maggie. Sie hatten sich gut miteinander eingelebt. Gewiss, er war viel unterwegs, zu viel. Aber sie verstand alles. Er kam so gerne zu ihr zurück, es war ein Heimkommen, wie er es noch nie empfunden hatte. Sie konnte auch ganz schön toben und heftig mit ihm streiten. Sie waren nie lange böse. Schließlich hatten sie noch keine ernsthaften Konflikte zu bewältigen gehabt. Maggie wurde in seinem Herzen immer größer. Diese Ehe würde gut werden und ein Leben lang halten, davon war er überzeugt.

Makweto hatte noch immer die Augen geschlossen. Er gab sich ganz der Musik hin. So konnte er spüren, wie die Melodien ihm ein Gefühl der Verbundenheit mit seinen Ahnen gaben, den Ernten, dem Land, der Sonne, der Zeit, dem Regen und allem, was gut war.

Maggie fühlte sich plötzlich so müde, dass sie kaum die Augen offen halten konnte. Was war nur los mit ihr? Letzte Woche in der Schule war sie während des Unterrichts kurz eingenickt. Patrick hatte sie nichts davon erzählt. Der reagierte stets überbesorgt. Hoffentlich bahnte sich keine Malaria an, so kurz vor der Hochzeit. Als der Kaffee serviert wurde und Maggie den ersten Schluck getrunken hatte, fühlte sie Übelkeit in sich aufsteigen. Sie stand eilends auf, ging zur Toilette. Dort würgte sie, aber es kam nichts. Sie wusch das Gesicht mit kaltem Wasser, betrachtete sich im Spiegel. Blass schaute sie aus. Die Gäste hatten ihr nicht sehr besorgt nachgesehen, in den Tropen, geschah ständig, dass einer von ihnen plötzlich krank wurde. Jeder der Anwesenden hatte schon kleinere oder größere Attacken dieser Art verkraften müssen. Man war daran gewöhnt, lebte damit.

Gerade als Maggie in den Salon zurückkehrte und Patrick besorgt fragte, was mit ihr los sei, erschien ein Bote vom Hospital Bethlehem, dass die drei Ärzte dringend gebraucht würden. Dr. Loma schaffte es nicht mehr allein. Ausgerechnet jetzt, dachte Maggie. In letzter Zeit war Patrick schon sehr eingespannt gewesen.

„Dich nehmen wir am besten gleich mit, Maggie, und sehen nach, was mit dir los ist", entschied dieser.

„Schade, dass ihr gehen müsst", bedauerte Conzales, als er zusammen mit Nur die vier hinausbegleitete. Nur umarmte Maggie herzlich.

„Gib Bescheid, was los ist. Wenn du mich brauchst, ich komme."

„Danke, Nur, das weiß ich doch."

Nur drückte Maggie einen Kuss auf beide Wangen, verabschiedete sich von Guidetta, Mark und Patrick und ging zurück ins Haus.

Jetzt erst entdeckte Maggie Runako. Er saß im Dunkeln beim Gartentor, Pfeile und Bogen lagen neben ihm auf dem Boden, ebenso Dolores.

„Guten Abend, Monsieur Runako, ich habe Sie gar nicht gesehen." Maggie ging zu ihm. „Wie geht es Ihnen?"

Ein Strahlen überzog sein altes, runzliges, Gesicht, als er aufstand und sie sich die Hand reichten. Für Maggie besaß Runako

Weisheit und Geduld. Eigenschaften, die sich in seinen Zügen widerspiegelten. Er war nicht nur Conzales' Nachtwächter, sondern auch sein Gärtner. Er hielt Maggies Hand mit beiden Händen fest.

„Gut, Madame."

Jetzt kam auch Dolores gelaufen, lief schwanzwedelnd zu Conzales, der sie streichelte.

„Guten Abend Runako", Patrick winkte ihm.

„Guten Abend, Monsieur Docteur."

„Bin ich froh, Conzales, dass du aus Portugal zurück bist!", meinte Mark durch das offene Autofenster, als er zu Guidetta ins Auto gestiegen war.

„Und ich erst! Familienleben ist weitaus anstrengender als mein Leben bei den Afris."

Mark lächelte. „Sei froh, dass du eine Familie hast", antwortete er und schloss die Autotüre. Guidetta fuhr los.

Conzales sah dem Auto irritiert nach.

Maggie stieg zu Patrick in den Wagen. Conzales schloss die Türe an ihrer Seite. Patrick drehte die Autoscheiben herunter.

„Ein abrupter Aufbruch, was?"

Conzales beugte sich zu Maggie.

„Dir gute Genesung. Du hast schließlich die beste Betreuung, die man haben kann, den eigenen Leibarzt."

Maggie nickte. „Es geht mir schon ein wenig besser und noch mal danke für den wunderbaren Abend."

„Nichts zu danken, es ist immer schön, euch hier zu haben."

Conzales deutete mit einem Kopfnicken auf Patrick.

„Vielleicht willst du ihn ja gar nicht heiraten, und das ist der Grund für dein Unwohlsein?", meinte er verschmitzt.

„So wird's sein", antwortete Patrick amüsiert, fuhr los und winkte aus dem fahrenden Auto.

Runako sah den beiden nach, wie ihr Auto in der Nacht verschwand. Er mochte die Madame Docteur, sie liebte die Afrikaner, das spürte er. Manchmal war sie gekommen, hatte ihn um einen Rat für ihren Garten gebeten. Sie hatte ihn stets mit großem Respekt behandelt. Ihm Essen und Trinken in ihrem Haus angeboten.

Der leichte Fahrtwind tat Maggie wohl. Sie hatte ihren Kopf auf die heruntergedrehte Scheibe gelegt.

„Ich möchte nicht mit ins Hospital", wandte sich Maggie an Patrick, als sie in die Hauptstraße einbogen. „Bring mich bitte nach Hause. Das ist nichts weiter als eine Magenverstimmung."

Patrick betrachtete Maggie besorgt. Schwanger konnte sie nicht sein, sie hatte doch ihre Periode gehabt.

„Bist du sicher? Bei mir kann's die ganze Nacht dauern."

Sie berührte seinen Arm. „Ich fühle mich wieder besser."

Als sie in die Piste zu ihrem Haus einbogen, lag der Weg wie verzaubert im Mondlicht. In ihrem Garten flackerte eine Lampe. Mafunde saß schlafend in seinem bequemen Holzsessel, neben ihm lag Miranda. Obwohl er nur zu besonderen Zeiten verpflichtet war, über Nacht hier zu sein, so blieb er doch oft. Als er das Auto kommen hörte, wurde er wach, schaltete die große Taschenlampe an, öffnete das Tor. Miranda schwänzelte aufgeregt um ihn herum. Patrick und Maggie fuhren in den Hof, stiegen aus.

„Mafunde, schön, dass du da bist", rief Maggie.

Patrick streichelte Miranda, die aufgeregt an ihm hochsprang. In der Nachbarschaft saßen zwei alte Männer im Schein eines kleinen Feuers. Patrick und Maggie riefen ihnen einen Gruß zu.

„Dank sei Allah für eure sichere Rückkehr", erwiderte einer von ihnen.

Mit anmutiger Geste legten beide ihre Hand zuerst auf ihr Herz, dann an die Stirn.

„Madame fühlt sich ein bisschen krank und möchte gleich ins Bett", erläuterte Patrick Mafunde.

„Ich muss ins Hospital. Sollte sie mich brauchen, weißt du, wo ich bin."

„Ja, Monsieur Docteur, im Hospital."

Mafunde strahlte übers ganze Gesicht. Die Verantwortung, die der Docteur ihm zuwies, machte ihn stolz. Seine Familie würde ihm noch mehr Respekt zeigen, wenn sie erfuhr, dass er die Verantwortung für die Frau des Docteurs hatte, und zwar die ganze Nacht.

Patrick begleitete Maggie ins Haus.

„Willst du es dir nicht doch noch überlegen?"

„Nein." Maggie gab ihn einem sanften Kuss auf den Mund. „Mafunde ist ja da."

Patrick betrachtete sie skeptisch.

„Also, wenn was sein sollte … "

„Nun geh schon, du wirst gebraucht."

Maggie gab ihm einen leichten Schubs, drehte ihn Richtung Türe.

„So, so, du wirfst mich raus, noch bevor wir verheiratet sind", meinte Patrick heiter, umarmte sie und ging.

Maggie schloss die Türe hinter ihm. Sie fühlte sich tatsächlich besser, wenn sie nur nicht so unglaublich müde wäre.

„Guten Weg, Monsieur Docteur", hörte sie Mafundes Stimme.

Maggie putzte sich gerade noch die Zähne, fiel ins Bett und schlief sofort ein.

***

Mark, Guidetta, Patrick, Dr. Loma und Anna waren ohne Pause gefordert in dieser Nacht. Zusätzlich zu den vielen Patienten, die sie schon hatten, wurden sie zu immer neuen Fällen gerufen. Ein herabstürzender Baum hatte einem Mann den Oberschenkel abgequetscht. Völlig ausgeblutet brachte man ihn ins Hospital. Letztendlich blieb nur die Amputation. Drei bewusstlose Kinder wurden eingeliefert. Die Ärzte tippten auf Vergiftung, obwohl die Mutter glaubhaft versicherte, ihnen nichts gegeben zu haben. Lungenödeme traten auf, sie mussten mehrmals die Lungen der Kinder absaugen. Wieder ließen sie die Mutter befragen. Die saß zusammengesunken auf einer Bank vor der Notaufnahme und schüttelte nur den Kopf. Erst als Schwester Anna mit ihr sprach, stammelte sie unter Tränen, dass sie ihnen ein Mittel gegen Läuse ins Haar geschmiert hätte. Auf dem Markt hatte sie es besorgt.

„Hast du die Flasche noch?", Anna war in die Hocke gegangen und streichelte die Hände der weinenden Frau.

Sie nickte. Als das Mittel gebracht wurde, stellte sich heraus, dass es sich um ein hochgiftiges Pflanzenschutzmittel handelte. Eines der Kinder verstarb in der Nacht.

Patrick rieb sich die müden Augen, sah auf die große Uhr im Operationssaal. Fast fünf. Vor zwei Stunden hatte man, auf einem Stuhl festgebunden, eine kreißende Frau gebracht. Sie litt unter entsetzlichen Schmerzen, die Geburt ging seit Stunden nicht voran. Obwohl Dr. Marrozzi sofort einen Kaiserschnitt vornahm, war es zu spät. Das Kind war tot, die Mutter starb kurz danach. Patrick zog sich die Operationshandschuhe aus, wusch seine Hände. Er war so beschäftigt gewesen, dass er erst jetzt an Maggie dachte. Gott sei Dank schien alles in Ordnung zu sein, sonst hätte Mafunde ihn verständigt. Er schaute zu Mark, der sich in voller Operationskleidung auf einen Stuhl hatte fallen lassen. Mark sah ihn schweigend an, blickte durch ihn hindurch. Es war nicht nur die Arbeit, die sie fertig machte. Es war auch der verzweifelte Verlust an Menschenleben, den sie tagtäglich hinnehmen mussten. Wenn ein Kind starb, war das besonders belastend.

„Wir sollten kürzertreten, so kann das nicht weitergehen."

Mark zog die Luft tief ein, atmete sie in heftigen Stößen wieder aus.

„Und wie stellst du dir das vor, Kumpel?"

Mark war müde, so kaputt. Ein Glück, dass er gestern bei Conzales nicht viel getrunken hatte. Afrikas Probleme stürzten an manchen Tagen auf ihn herab wie ein tropisches Gewitter. Er wollte nur noch heim und schlafen. Dabei nickte er ein und schreckte auf, als Patrick ihn sanft an der Schulter berührte.

„Den Sonntag hatte ich mir auch anders vorgestellt", murmelte Patrick und torkelte fast selber vor Müdigkeit.

In der Dunkelheit setzte Patrick sich im Hof auf die Treppenstufen. Obwohl es in der Nacht nicht wirklich abgekühlt war, tat ihm die frische Luft gut. Drüben in der Kapelle brannte sanftes Licht, die Nonnen hielten ihre erste Morgenandacht. Patrick blickte nach oben. Ein wunderbarer Sternenhimmel schmückte das Firmament. Auf einmal musste er an seinen Vater denken. Wenigstens die Sterne hatte er ihm erklärt. Wie sehr warst du immer auf Leistung bedacht, Vater. Was würdest du sagen, wenn du mich jetzt sehen könntest? Wärst du zufrieden mit mir?

Plötzlich stand ihm wieder seine schmerzhafte Kindheit vor Augen. Jahrelang hatte Patrick darauf gewartet, dass sein Vater einmal sagen würde: Ich finde großartig, was du tust. Doch Worte waren nicht seine Sache. Soweit Patrick zurückdenken konnte, war kaum je Zufriedenheit in den Augen seines Vaters gewesen. Im Internat hatte nicht selten ein einziges Wort genügt, ihn tief zu verletzten. Wie oft hatte er seine Verletzungen hinter gespielter Stärke versteckt, besonders vor den anderen Kindern. Aggressiv nannte man sein Verhalten.

Nähe zwischen ihm und seinem Vater durfte er einmal nur erfahren. Sein Vater lag krank im Bett. Als er ihn besuchte, hatte er seine Hand ergriffen. Hand in Hand hatte sie schweigend dagesessen. Als Patrick zum Dienst musste, hatte sein Vater geflüstert:

„Ich bin stolz, mein Sohn, dass du Arzt geworden bist."

Zwei Wochen später war sein Vater gestorben.

Bei seiner Mutter war Patrick erfolgreicher gewesen. In den seltenen Stunden, wo er bei ihr sein dufte, waren sie froh miteinander.

„Mit Britta wirst du nicht glücklich werden, mein Kind", hatte sie ihm damals prophezeit."

Ach Mutter, ich habe dich nie durch die gemeinsame Wohnung gehen sehen, habe dich nie kochen gesehen. Dabei muss es doch Zeiten gegeben haben, in denen wir zusammen lebten? Du, Vater und ich. Diese Alltäglichkeiten waren wie ausgelöscht. Woran er sich ganz fest erinnerte, war, dass wenn seine Mutter ihn umarmte, er sich stark und glücklich gefühlt hatte. Dennoch konnte er ihr nicht verzeihen, dass sie nicht um ihn gekämpft hatte.

Er war erst einmal an ihrem Grab gewesen, in diesem kleinen Ort im Hunsrück, wo sie später mit ihrem zweiten Mann gelebt hatte. Nicht beachtet werden durch Schweigen gehörte noch immer zum Schmerzhaftesten in seinem Leben. War seine Sehnsucht nach Familie deshalb so übergroß? Er und Maggie, sie würden mit ihren Kindern anders umgehen! Dabei stellte er manchmal erschrocken fest, dass er immer noch Dinge tat, um seinem toten Vater was zu beweisen.

Mark hatte Recht. Er musste lernen kürzerzutreten, nicht jede Verpflichtung anzunehmen. Es konnte nicht sein, dass sie sich hier alle miteinander aufrieben. Afrikaner nennen uns Menschen der Ziffern und der Zeiten, da war was dran. Tief im Inneren ahnte er, dass er es auch liebte, so gebraucht zu werden.

„Monsieur Docteur", eine Stimme rief ihn. „Bitte kommen Sie!"

Schwerfällig erhob sich Patrick.

Nach übermäßigem Genuss von Palmschnaps hatten Männer gestritten, sich dabei enorme Wunden zugezogen.

„Der Gestank ist unerträglich", schimpfte Mark, als sie die Wunden ohne Betäubung versorgten.

Patrick und er arbeiteten mit dem Maß an Konzentration, zu dem sie noch fähig waren.

„Vielleicht sollten wir diese Raufbolde einfach liegen lassen", scherzte Patrick.

Mark sah kurz auf, dann lächelte auch er mit müden Augen.

„Das nächste Mal ganz sicher. Aber ein Gutes hatte der übermäßig genossene Schnaps, er hat sie ganz schön unempfindlich gemacht."

29

Als Maggie am Sonntagmorgen aufwachte, ging es ihr besser. Patrick war noch nicht zurück. Sie reckte und streckte sich, stand auf, kochte Kaffee. Der würde ihr gut tun. Sie öffnete die Terrassentüre, ließ Miranda herein, setzte sich hinaus in den beginnenden Tag. Bleiern lag die Hitze über der Landschaft.

„Guten Morgen, Madame."

Mit großen Schüsseln auf den Köpfen schritten Frauen zum Wasserholen. Es war eine Szenerie, die im safranfarbenen Lichts der Morgensonne malerisch wirkte.

Maggie trank den ersten Schluck Kaffee, schon fühlte sie Übelkeit in sich aufsteigen. Sie stellte die Tasse auf den Tisch, lief zur Toilette, um sich zu übergeben. Konnte das sein? Es traf sie wie ein Blitz: Sie erwartete ein Kind. Freude überflutete sie. Ein Kind, ein Kind, ein Kind mit Patrick. Ein Kind mit dem Mann, den sie liebte.

Mit ihm schien alles selbstverständlich. Nie hatte sie auch nur einen Moment ihre Entscheidung für ein gemeinsames Leben angezweifelt. Sollte sie Patrick die Überraschung mitteilen? Aber wenn sie sich täuschte und gar nicht schwanger war?

Sie hatte damals doch auch leichte Blutungen gehabt. Maggie, hör auf an Damals zu denken, schalt sie sich. Nein, sie würde es ihm noch nicht sagen, schon gar nicht, wenn er todmüde vom Nachtdienst kam. Sie wollte ganz sicher sein.

Maggie setzte sich auf die Treppenstufen vorm Haus. Der Himmel zeigte sich hellblau, ohne ein Wölkchen. Mafunde hatte kunstvolle Muster in den Sand gekehrt. Er selber saß an der alten Nähmaschine, trat fleißig in die Pedale. Aus den Nachbarhäusern drangen Fufu-Stampfen, laute Musik, Kinderlachen. Sie verschränkte die Arme vor ihren Knien. Das Haus hier würde groß genug sein für ihr Kind. Wie würde es aussehen, dieses kleine Wesen? Maggie lächelte. Was war sie für ein Glückspilz! Es ging ihr nicht nur gut, es ging ihr prächtig. Und Patrick erst, wie würde der sich freuen.

Mafunde stand von der Nähmaschine auf, kam zu ihr.

„Madame, kann ich nach Hause gehen?"

„Natürlich, Mafunde, warte einen Moment, ich habe was für dich."

Sie ging ins Haus, kam mit einer großen Stofftasche zurück. Er war ein liebenswerter, ehrlicher Charakter, auf ihn war Verlass. Schon lange hatte er die großen Badetücher beim Wäschewaschen bewundert. Sie hatte vor Kurzem, als sie in der Hauptstadt war, ein großes indigoblaues Tuch mit Goldrand und vier dazu passende Handtücher für ihn gekauft.

„Ein Geschenk für dich und deine Familie."

Sie reichte ihm die Tasche.

„Oh Madame!"

Mafunde schlug seine riesigen Hände zusammen, strahlte übers ganze Gesicht. Vorsichtig griff er in die Tasche und begutachtete die Tücher.

„Merci, merci, merci!"

Seine Familie würde Augen machen, wenn er mit diesem Geschenk nach Hause kam. Keiner besaß solche schönen Tücher. Er liebte die Madame, nicht nur weil sie großzügig war, sondern auch, weil sie ihn respektierte. Er war gerne die Nacht über hier geblieben, zudem seine Frau gestern mit ihm gezankt hatte. Da war es im Hause des Docteurs viel friedlicher. Und hergeben würde er der habgierigen Verwandtschaft von diesen Tüchern auch keins.

Als Mafunde fort war, legte Maggie ihre Hand auf den Leib. Obwohl sie sich ziemlich sicher glaubte schwanger zu sein, wollte sie keine Pläne machen. Erst musste sie Gewissheit haben. Ihr ging es gut, das war die Hauptsache. Den Kaffee würde sie weglassen müssen, was ihr nicht leicht fiel. Gerade als sie aufstehen und ins Haus gehen wollte, kam Patrick vom Nachtdienst. Maggie öffnete ihm das Tor, er fuhr in den Hof.

„Dir geht's anscheinend wieder gut", rief er, stieg aus und schlug mit einem lauten Knall die Autotüre zu.

Er sah ziemlich fertig aus. Sie umarmten einander.

„Mein armer Mann, hat die ganze Nacht durchgearbeitet."

Sie streichelte ihm über den Kopf, er mochte das gerne, es erinnerte ihn an seine Mutter. Er hielt sie von sich ab, betrachtete Maggie mit müden Augen.

„Du fühlst dich wirklich wieder fit?"

„Ja, es geht mir gut."

„War wohl eine kleine Magenverstimmung."

Gott sei Dank, dachte er und betrachtete Maggie. Sie hatte stets so ein Leuchten in den Augen, heute morgen fiel es ihm ganz besonders auf. Was für ein Glück, dass sie einander hatten. Sie gingen ins Haus, dabei stolperte er über die Treppenstufen, fast wäre er gefallen. Patrick fühle sich völlig ausgelaugt. Im Salon schmiss er sich der Länge nach auf die große Couch.

Maggie unterließ es, nach den Kranken zu fragen. Wenn er ausgeruht wäre, würde er von selber berichten was alles los gewesen war in dieser Nacht. Und, sie war sich sicher, dass sie vorerst nichts von ihrer vermuteten Schwangerschaft erzählen würde.

„Soll ich dir was zum Essen machen?", hörte Patrick Maggies Stimme wie aus weiter Ferne. Die Augen fielen ihm bereits zu.

„Ich habe überhaupt keinen Hunger, nur Durst."

Müde erhob er sich.

„Maggie", er stand vor ihr, „ich weiß, dass wir den Sonntag anders geplant hatten. Gib mir ein paar Stunden Schlaf, dann können wir immer noch was unternehmen."

Mit diesen Worten verschwand er in der Dusche und danach im Schlafzimmer.

Maggie nahm ein Buch, legte sich auf der Terrasse in den Liegestuhl. So sehr sie es versuchte, sie konnte sich nicht auf das Lesen konzentrieren. Viel zu aufgeregt fühlte sie sich. Kurze Zeit später fiel das Buch auf den Boden. Maggie war eingeschlafen.

***

Mark Seeberger fühlte sich unruhig. Nach dieser arbeitsintensiven Nacht konnte er nicht in sein leeres Haus fahren. Er setzte sich in eine schäbige Buvette, trank Bier. Vergessen war angesagt, den Zwängen entfliehen, Atem holen. Nichts davon gelang. In den frühen Morgenstunden hatte er Anna beobachtet, wie sie den Raum verließ. Sie hatte schlecht ausgesehen, mit violetten Schatten unter den Augen. Dünner war sie geworden. Ein Stich war ihm durchs Herz gefahren. Wie sehr kann man eine Person lieben? Konnte man einen anderen Menschen in seinem tiefsten Innern überhaupt verstehen? Kurz hatte ihr Blick ihn gestreift. Wie sah ihre Wahrheit aus?

Marks Bierflasche war leer, er bestellte eine neue. Ich habe wirklich Talent, die Menschen, die ich liebe, ins Unglück zu stürzen, dachte er bitter. Er kauerte sich in die Ecke, wartete, dass die Zeit verging, bestellte ein weiteres Bier. Er spürte Elend, Verzweiflung und Hoffnungslosigkeit. Anna war für ihn verloren und was mit dem Rest der Welt geschah, war ihm an diesem Sonntagmorgen gleichgültig. Zorn, Ohnmacht, Wut wurden übermächtig. Mit der Faust schlug er auf den Tisch. Er spürte, dass er von dem einzigen weiteren Gast beobachtet wurde. Der alte Afrikaner empfand Mitgefühl. Der Docteur musste heim ins Bett, der sah ja furchtbar aus. Mit sanfter Stimme redete er auf Mark ein, heimzugehen. Schließlich hatte er Erfolg. Der Alte ging nach draußen, hielt einen Taxibus an, der den müden Doktor nach Hause fuhr.

***

Gegen Mittag schaute Maggie nach Patrick. Der schlief so tief, dass er nicht bemerkte, wie Miranda ihre Pfoten aufs Bett legte. Maggie beschloss, zu Nur in die Brasserie zu laufen, ein Spaziergang würde ihr gut tun. Sie schrieb eine Nachricht, setzte den Strohhut auf, schlenderte los. Mein Gott, war das heiß, kein Windhauch war zu spüren. Das Leben schien stillzustehen. Wenige Kinder spielten in der flirrenden Hitze. Hunde ruhten im Schatten der Bäume. Ein Muselmane am Straßenrand nahm mittels eines Wasserkessels seine rituellen Waschungen vor und wusch seine Sandalen gleich mit. Drei Frauen mit hoch aufgetürmten Lasten schritten die Straße entlang. Erstaunt drehten sie sich nach Maggie um. Diese verrückte Jovo ging bei der Hitze spazieren! Aber die Jovos machten sowieso Dinge, die sie nicht verstanden. Der Marktplatz war ebenfalls wenig belebt. Lediglich die arabischen Tabakhändler saßen hinter ihren Tischen und fächelten sich Luft zu. In der Brasserie erfuhr sie, dass Nur und ihre Familie zu Freunden gefahren waren. Schade. Maggie aß ein Sandwich, trank dazu Limonade und schlenderte nach Hause zurück.

Patrick schlief immer noch. Sie legte sich zu ihm. Instinktiv zog er sie an sich, schlief aber weiter. Es war später Nachmittag, als beide aufwachten. Patrick fühlte sich nicht wirklich erholt. Die Arbeit wurde ihm langsam zu viel und morgen ging's schon wieder rauf in den Norden. Wie sehr ihn dies belastete, würde er Maggie auf gar keinen Fall erzählen.

Sie duschten, spazierten über die Felder. Die Luft war etwas abgekühlt. Mit jedem Schritt in der Natur fühlte Patrick sich entspannter. Miranda schwänzelte um sie herum. Ein anderer, magerer Hund kam gelaufen. Groß und schön waren seine Augen. Er beschnupperte Miranda, lief gleich wieder davon. Endlich fühlte Patrick sich imstande, Maggie von der schwierigen Nacht zu berichten. Maggie hörte aufmerksam zu, sie verstand ihn, spürte aber auch, dass er manches, was ihn belastete, verschwieg.

Als sie zurückliefen, stand die Sonne bereits tief am Himmel, tauchte die Abendlandschaft in warmes Licht. Die Welt von Lalimete schien in diesen Stunden von Frieden erfüllt zu sein. Nichts erinnerte Patrick mehr an die Schwere der Nacht im Hospital. Er betrachtete Maggie, wie sie neben ihm ging. Es stand ihr gut, wie sie ihr Haar heute aufgesteckt trug. Rot-golden schimmerte es. Sie wandte ihm den Kopf zu, berührte seinen Arm. Patrick würde Augen machen, wenn er von ihrem Geheimnis erfuhr.

Vor der Baptistenmission unter einer offenen Rundhütte unterrichtete die Katechetin andächtig lauschende Schüler. Auf einem kleinen Platz, saß der uralte Märchenerzähler, ehrfürchtig bestaunt von Jung und Alt. Sein Kopf war mit einem weißen Turban umschlungen.

Als Patrick früh am nächsten Morgen von Ronny und Mark abgeholt wurde, spürte Maggie zum ersten Mal so etwas wie Unmut in sich aufsteigen. Was zu viel war, war zu viel! Kein Mensch konnte dieses Pensum bewältigen. Sie schluckte hinunter, was sie fühlte, wollte ihn nicht aufregen. Wenn er erst von der Schwangerschaft erfuhr, würde sich alles ganz von selber regeln.

30

Am Montagnachmittag nach dem Unterricht ging Maggie hinüber ins Hospital.

Anna war die Erste und Einzige, mit der sie über die Schwangerschaft reden wollte.

„Die Schwester ist im vorderen Zimmer beim Eingang", gab ihr eine der Helferinnen Auskunft.

Schon hörte sie Kinderlachen und die Stimme von Schwester Clara. Die Türe stand offen, Maggie trat ein. In einer am Boden stehenden Zinkwanne badete die Schwester einen kleinen Jungen, was diesem offensichtlich großen Spaß machte. Mit seinen kleinen Händchen patschte er ins Wasser und spritzte die Nonne nass.

„Guten Tag, Schwester Clara. Das gefällt ihm, was?"

„Und ob, Maggie", lachte Schwester Clara und betrachtete voller Freude ihren Schützling. Die Waisenkinder lagen ihr besonders am Herzen. Maggie sah sich in dem großen, gekachelten Raum um. Der war ziemlich leer, lediglich an einer Wand stand eine große Holzbank. Darauf lagen Handtücher und zusammengefaltete Kinderkleidung.

„Ich suche Schwester Anna, wissen Sie ..."

Maggie hatte nicht ausgesprochen, da betrat Anna mit zwei kleinen Jungs an der Hand das Zimmer. Verwundert darüber, Maggie anzutreffen.

„Hier hast du noch zwei kleine Dreckspatzen, Clara", sagte sie und setzte die beiden erst einmal auf die Holzbank.

„Wie schön, dich zu sehen, Maggie. Geht's dir gut?"

Die beiden begrüßten einander. Irgendwas ist mit Maggie, stellte Anna fest, die strahlte so.

„Mir geht es sehr gut, und dir?"

Anna schaute Maggie mit einem unergründlichen Blick an.

„Hast du etwas Zeit für mich, Anna, ich möchte mit dir sprechen."

„Natürlich."

„Anna", rief Clara in diesem Moment, „ich müsste kurz mit Pater Nikolas reden, bevor der nach Alala fährt. Kannst du so lange übernehmen?"

„Aber ja Clara, geh nur."

„Ich kann dir helfen, Anna", warf Maggie ein.

„Das tu mal", lachte Anna.

Schwester Clara hob Azibo aus der Wanne, trocknete ihn ab, wickelte ihn in ein großes Laken, und setzte ihn auf die Holzbank. Er lachte vor Vergnügen. Die beiden anderen Kinder lachten mit, das gefiel ihnen. Clara bückte sich nach dem Ball unter der Bank, drückte ihn dem Jungen in die Hand.

„Azibo, du achtest darauf, ja?"

Azibo nickte, drückte den Ball wie einen Schatz an sich.

„Später dürft ihr zusammen mit dem Ball spielen."

Begeistert nickte er.

„Ich gehe dann mal", meinte Clara und wischte sich die Hände an der großen Schürze ab.

„Wer will zuerst gebadet werden?", fragte Anna die anderen zwei.

Beide hoben die Hand.

„Heute kommt Salifu zuerst dran und nächste Woche darf Elimu als Erster in die Wanne."

Die Kinder nickten. Schwester Anna nahm Salifu auf den Arm, setzte ihn vorsichtig in die Wanne. Sie nahm einen großen Schwamm, begann ihn einzuseifen.

„Wollen wir ein Lied singen?", fragte Anna.

Noch bevor sie überlegte welches, begannen alle drei mit großer Inbrunst zu singen.

Anna sah zu Azibo, der dürfte jetzt ganz trocken sein.

„Kannst du Azibo anziehen?", frage sie Maggie.

„Mache ich."

Maggie nahm die Kinderkleidung von der Holzbank, hielt sie hoch. Oberteil und Höschen waren mit Borten verziert.

„Entzückend!", rief Maggie.

„Hat Schwester Paulina genäht."

„So, Azibo, dann ziehe ich dich mal an", meinte Maggie. „Zuerst musst du mir den Ball geben."

Azibo schaute Maggie skeptisch an. Nicht ganz freiwillig gab er den Ball her. Maggie drückte den Ball Elimu in die Hand, beugte sich hinunter, schälte Azibo aus dem Laken und zog ihn an. Bald war auch Salifu gebadet. Anna nahm ihn aus der Wanne, übergab ihn Maggie. Elimu streckte seine Ärmchen Anna entgegen. Die nahm ihn behutsam, setzte ihn in die Badewanne. Elimu war noch nicht fertig gebadet, da kam Schwester Clara schon zurück und übernahm die Kinder wieder.

„Komm, Maggie, lasst uns nach draußen gehen, frische Luft tut gut."

Als Maggie Anna von ihrer vermuteten Schwangerschaft berichtete, ging ein Strahlen über Annas Gesicht.

„Wie wunderschön für euch." Sie umarmte Maggie, hielt sie ganz fest.

„Weiß Patrick davon?"

„Noch nicht, Anna, ich möchte erst Gewissheit haben."

„Dann müssen wir das so schnell als möglich herausfinden."

Maggie betrachtete Anna. Sie war glücklich und ihre Freundin litt. Glaubte Anna tatsächlich, sie könnte die Trauer in ihrem Innern verbergen?

Nachdem die Schwangerschaft von Maggie festgestellt war, lief Anna aufgewühlt hinüber zur Wöchnerinnenstation. Vorsichtig nahm sie eines der neugeborenen Babys in den Arm. Der winzige Mund öffnete sich, gähnte zart. Ihr Herz wollte zerspringen vor

Liebe. Es gab kaum etwas Reineres als ein Baby. Es war, als wohnte Gott in seinen schwachen Atemzügen.

„Du wirst als Nonne nie ein Kind haben!"

Wieder hörte sie vorwurfsvolle Stimme ihrer Mutter. Sie legte das Baby zurück. Es schmerzte gewaltig. Anna straffte den Rücken. Verdammt noch mal, in jedem Leben musste man Prioritäten setzen und sich arrangieren, damit es weitergehen konnte. Ziemlich eilig verließ sie die Station und ertappte sich bei dem Gedanken, wie Marks Kinder wohl aussehen würden?

***

Als Patrick von der langen Tour heimkehrte und Maggie es ihm mitteilte, war er außer sich vor Freude. Er umfasste sie so heftig, dass sie fast keine Luft mehr bekam.

„Wir werden Eltern", rief er begeistert. „Ich werde Vater, ich werde Vater!"

Sie standen in der Dämmerung auf der Terrasse. Glutrot mit schwarzen Wölkchen durchzogen zeigte sich der Himmel wie eine passende Kulisse.

Er schwenkte sie herum.

„Du verrückter Kerl, lass mich runter", sagte sie lachend, und das tat er schließlich.

„Seit wann weißt du es, Maggie?"

„Seit dem Abend bei Conzales habe ich es vermutet. Aber – da ich eine leichte Monatsblutung hatte, wollte ich es nicht glauben. Sicher weiß ich es seit vier Tagen."

„Anna war die Einzige, die Bescheid wusste."

Er betrachtete seine Frau, noch nie im Leben war er so glücklich gewesen wie mit ihr. Das Leben meinte es gut mit ihnen. Alles, was je schwer gewesen war, trat in diesem Augenblick zurück.

Oh Vater, wenn du mich jetzt erleben könntest – schade, dass du nicht mehr lebst. Mutter und du, ihr wäret ganz aus dem Häuschen. Ein Enkelkind hätte zwischen euch eine Art Frieden herstellen können.

Er zog Maggie fest in seine Arme. Sie kuschelte sich an ihn, fühlte sich unendlich geborgen.

31

Einen Tag bevor die Ferien begannen fand an einem Samstagnachmittag in der Schule die große Weihnachtsfeier statt. Schüler hatten den Hof mit bunten Papiergirlanden und Lametta festlich geschmückt. Der Himmel strahlte in reinstem Blau, der Harmattan hatte sich verzogen.

Die Schwester Oberin saß in der ersten Stuhlreihe, zusammen mit Conzales, seiner Frau Filomena und einigen Nonnen. Auch der Polizeichef, Monsieur Tumba, sowie der Bankdirektor, Monsieur Jules, hatten dort als Ehrengäste Platz genommen. Gleich dahinter saßen Maggie, Patrick, verschiedene Häuptlinge der Region mit den Dorfältesten. Gegenüber den Ehrengästen saßen die Musiker und die aufgeregten Schüler. Einige in Begleitung ihrer stolzen Familien.

Die Oberin erhob sich, betrat die Bühne, stellte sich hinter das Lesepult. Sie nahm ihre Brille aus dem Habit, setzte sie auf, ließ aufmerksam ihren Blick umherschweifen.

„Liebe Eltern, liebe Gäste, liebe Lehrerinnen, liebe Schüler, liebe Mitschwestern. Ich begrüße alle recht herzlich. Ich freue mich, dass so viele gekommen sind. Wieder neigt sich ein Jahr seinem Ende zu. Es war ein gutes Jahr, die Schüler haben fleißig gelernt."

Sie hielt inne, lächelte.

„Gleich werden wir die Weihnachtsgeschichte hören. Es ist eine Geschichte voller Hoffnung für jeden Menschen. Denn unser Vater im Himmel liebt alle seine Kinder. Ganz egal, ob sie in Afrika leben, in Europa oder sonst wo." Sie erhob ihre Hände. „Nun wünsche ich uns allen viel, viel von dieser Weihnachtsfreude."

Zurufe und begeistertes Klatschen ertönte.

Die Ehrwürdige Mutter nahm ihre Brille ab, steckte sie ein, ging zurück zu ihrem Platz.

In langen Gewändern erschienen Maria und Josef. Zwei Schülerinnen brachten eine Krippe, die sie zu den beiden stellten. In der Krippe lag ein Buch. Die Mädchen nahmen es heraus, stellten sich ans Pult, begannen abwechselnd die Weihnachtsgeschichte vorzulesen. Gebannt lauschten die Anwesenden. Als ein Teil der Geschichte vorgetragen war, setzten Trommeln, Kalebassen und Flöten ein. Unter begeisterten Zurufen tanzten acht Mädchen auf die Bühne. Ihre schlanken, zarten Körper waren in golddurchwirkte Tücher gehüllt. An den nackten Füßen trugen sie Goldkettchen, in den Fingern kleine Glöckchen. Auf ihren Gesichtern lagen tiefe Freude und Hingabe an den Tanz.

Schließlich fuhren die Schülerinnen mit der Geschichte fort, machten immer wieder kleine Pausen für neue Tanzeinlagen. Bei der Herbergssuche brach Gelächter aus. *Die haben den wahren König nicht erkannt und Maria und Josef in einen Stall verwiesen! Wie kann man nur so dumm sein.*

Als die Weihnachtsgeschichte zu Ende war, setzten sich die Tänzerinnen auf den Boden, bildeten einen Kreis um Maria und Josef. Nun betrat der Erzengel Gabriel die Bühne. In seinen Händen trug er das Jesuskind. Ein kleine, weiße, angemalte Gipsfigur. Der Engel legte das Kind Maria in die Arme. Sie und Josef verneigten sich tief. Josef nahm das Kind und legte es in die Krippe. Dann knieten sie nieder.

Musik erklang, fröhliche Weihnachtslieder wurden angestimmt. Die Anwesenden sprangen auf, sangen, klatschten, tanzten begeistert mit. Als das letzte Lied verklungen war, setzen die Trommler ein. Plötzlich ertönte wildes Geschrei.

„Der Weihnachtsmann kommt!", riefen die Kinder. „Dort kommt er!"

In leuchtendes Rot gehüllt, mit Mitra und Bischofsstab betrat der Nikolaus die Bühne.

Begleitet wurde er von vielen kleinen Engeln.

„Wie lebendig das alles wirkt", flüsterte Filomena Conzales zu. „Entzückend sehen die Kinder aus mit ihren Flügeln und den goldenen Bändern um die Stirn."

Conzales blickte seine Frau von der Seite an. Sie war etwas zu früh in Lalimete eingetroffen, es sollte eine Überraschung sein. Eigentlich hatte sie erst am 27. Dezember, rechtzeitig zur Hochzeit, eintreffen wollen. Ein Glück, dass Juanita früher zurück gemusst hatte. Ein feuriges Weib. Mein Gott, war der Sex aufregend mit ihr. Sie würde als Expertin der Weltgesundheitsorganisation im nächsten Jahr für mindestens drei Monate in Ghana tätig sein. Conzales seufzte. Nicht auszudenken, wenn sich die beiden Frauen begegnet wären. Filomena war und blieb seine geliebte Ehefrau. Das eine hatte mit dem anderen nichts zu tun. Er war schließlich ein Mann. Wozu tat er denn das alles, was er hier tat? Doch für seine Familie. Er war fest entschlossen, die Affäre mit Juanita fortzusetzen. Er schadete niemand damit. Im Gegenteil, so eine Affäre bewirkte, dass er mit Filomena wieder mehr Spaß im Bett hatte. Allerdings wunderte er sich sehr, dass sie zuließ, dass die Töchter Weihnachten in Portugal verbrachten. War doch sonst nicht ihre Art.

Der Nikolaus ergriff das Wort. Es gab viel Lob für die Schüler, auch einigen Tadel, das Loben überwog. Endlich verteilte er die mitgebrachten Gaben. Mit großen Augen packten die Kinder ihre Geschenke aus. Jedes Kind erhielt ein Shirt, einen Bleistift und ein Schulheft. Die Ehrwürdige Mutter beugte sich hinüber zu Filomena.

„Mit Ihrer Großzügigkeit haben Sie und Ihr Mann heute in viele Gesichter ein Lächeln gezaubert", flüsterte sie.

Conzales bemerkte Filomenas Freude. Das war schön, wenn sie zufrieden war, dann war er es auch. Es ist herrlich, all die frohen Kinder zu sehen, dachte die Mutter Oberin, aber zu den glücklichsten Gesichtern, die sie in den letzten Wochen gesehen hatte, gehörten die der Waisenkinder, für die endlich ein Zuhause gefunden worden war.

Sie erhob sich, betrat noch einmal die Bühne.

„Ich danke allen Schülern und ihren Lehrerinnen für die wundervolle Aufführung. Jetzt gibt es Kuchen und Limonade für alle."

Großer Jubel brach aus.

Als sie zurückging zu ihrem Platz, entdeckte sie Émelie, die wie immer abseits stand. Mit großen Augen betrachtete das Mädchen seine Geschenke.

„Sehen Sie die Kleine dort drüben?", wandte sich die Oberin an Filomena.

„Ich habe Émelie noch nie lächeln gesehen."

„Was ist mit diesem Kind?"

„Die Mutter ist gestorben, der Vater fortgegangen. Émelie wohnt bei ihrer schwerkranken Großmutter und kümmerte sich neben der Schule auch um ihre drei kleineren Geschwister. Heute wirkt sie zum ersten Mal fröhlicher."

Ihr ging es jedes Mal nah, wenn das Leben so schwer auf einem Kind lag.

„Oh mein Gott", war alles, was Filomena erwiderte.

Sie würde mit Conzales reden, da musste man helfen.

Die Nacht hatte sich herabgesenkt, als die Feier laut und fröhlich zu Ende ging.

Nach und waren die Säuglinge eingeschlafen, hineingekuschelt in die Wärme ihres kleinen Zuhauses auf den Rücken ihrer Mütter.

Einige der größeren Kinder waren ebenfalls eingeschlafen. Mit friedlichen Gesichtern lagen sie dicht aneinandergeschmiegt auf der Erde. So mancher Schüler trug stolz das neue Shirt.

***

Den Weihnachtsabend feierten Conzales und Filomena bei Patrick und Maggie. Da in vier Tagen die Hochzeitsfeier stattfinden würde, wünschten sie, einen stillen, gemütlichen Abend miteinander zu verbringen. Maggie hatte das Haus mit Kasuarinenzweigen weihnachtlich geschmückt und Patricks Lieblingsgericht gekocht. Hühnchen in Weißwein mit Gemüse. Für die Vorspeisen und den Champagner hatten Filomena und Conzales gesorgt. Maggie trank keinen Alkohol mit der Ausrede, dass ihr Magen noch nicht ganz in Ordnung sei. Sie fühlte sich prächtig. Seit sie den Kaffee wegließ, war ihr am Morgen nicht mehr übel.

Plaudernd und Wein trinkend, saßen die Freunde nach dem guten Essen auf der Terrasse und schwelgten in Weihnachtserinnerungen.

„Ich hatte als Kind ein Schaukelpferd", erzählte Conzales, „das war vor Weihnachten immer verschwunden. Wenn ich nachfragte, wo mein Schaukelpferd denn wäre, taten alle geheimnisvoll. Und jedes Mal am Weihnachtsabend, stand wieder ein Schaukelpferd unter dem Christbaum. Genauso schön wie das alte. Ich setzte mich sofort drauf, schaukelte und schaukelte. Es fühlte sich so vertraut an, wie mein altes Pferdchen. Aber es konnte nicht sein, denn das neue hatte eine andere Farbe."

„So hat der liebe Conzales jedes Jahr ein neues Schaukelpferd bekommen", lachte Filomena.

„Das schönste Weihnachtsgeschenk, das ich als Kind bekommen habe", berichtete Patrick, „war eine Seilbahn mit offenen und geschlossenen Gondeln. Alles, was nur möglich war, transportiere ich damit. Das ganze Jahr über habe ich mit dieser Bahn gespielt.

Bald steuerte auch Maggie eine lustige Geschichte bei und Filomena eine von ihren Töchtern.

„Wie kommt es dass Amelia und Eleanor diese Weihnacht nicht mitgekommen sind?", wollte Maggie wissen.

„Ich bin ja auch erstaunt darüber", meinte Conzales und ergriff über den Tisch hinweg Filomenas Hand. „Normalerweise lässt sie unsere Töchter nicht aus den Augen! Stimmt's, meine Teuerste?"

Filomena entzog ihm fast verlegen ihre Hand.

„Ich bin dabei, das zu lernen. Für eine portugiesische Mutter ist es schwer, ihre Töchter loszulassen."

„Für jede Mutter, denke ich", wandte Maggie ein, die fühlte, dass Filomena nicht wirklich damit umgehen konnte.

„Vielleicht sind unsere Töchter ja nur deshalb nicht mitgekommen, damit ihre Eltern das Alleinsein genießen können", verkündete Conzales verschmitzt.

„Was wäre da nicht alles möglich …",scherzte er weiter. „Sich bis Mittag im Bett wälzen, wilden Sex haben, so wie früher …"

Filomena tippte mit ihren Zeigefinger auf Conzales' Stirn.

„Deine Fantasie möchte ich haben, du bist und bleibst ein Spinner."

Maggie betrachtete schmunzelnd das Ehepaar. Sie mochte beide von ganzem Herzen. Conzales war eine Art Konstante in ihrem Leben geworden.

„Unsere Töchter hatten keine Lust, wegzufahren, und feiern mit der großen Familie. Das ist alles." Damit beendete Filomena das leidige Thema.

Als die Nachspeise gegessen war, tauchte Mark auf. Er wirkte ziemlich nervös. Noch im Stehen berichtete er, dass im Hospital gar nicht mal so viel los gewesen war.

„Dr. Loma konnte bereits am Nachmittag zu seiner Familie fahren, bepackt mit Milchpulver, Fleisch und Medikamenten."

„Freut mich für ihn", warf Patrick ein, „und du, setz dich endlich!"
Mark nahm Platz.
„Ich habe vielleicht Hunger!"
„Dem wird gleich abgeholfen", beschwichtigte Maggie.
Sie verschwand in der Küche.
„Haben sich die Angestellten über die Fleischzuteilung gefreut?", wollte Conzales wissen.
Die Ärzte und er hatten zusammengelegt und der Belegschaft einen Ochsen spendiert.
„Und wie! Die waren nicht mehr zu bremsen. Einen Teil des Fleisches haben Frauen zubereitet. Das ganze Krankenhaus roch nach Essen."
Angewidert schüttelte Mark den Kopf.
„Den Rest durften die Angestellten mit nach Hause nehmen. Damit alles geordnet ablief, hatte Schwester Anna Zettel mit Nummern verteilt."
„Unsere gute Schwester, wenn wir die nicht hätten", meinte Conzales. „Sie ist nicht nur ein leuchtendes Wesen, sondern auch eine überaus praktische Person."

Als Maggie Mark das Essen servierte, fiel er hungrig darüber her. Alle sahen ihm amüsiert dabei zu.
„Ich kann es kaum glauben, was du futtern kannst", rief Filomena, als er sich über die zweite Portion hermachte.
Patrick freute sich, dass es Mark schmeckte. Er durfte gar nicht daran denken, dass sein Freund vorhatte, aus Afrika wegzugehen. Sein Gesuch war vorerst zurückgestellt worden, weil niemand Geeignetes ihn ersetzen konnte. Hoffentlich überlegte er es sich noch.
Schließlich tunkte Mark den Rest der Soße mit Brot auf. Er wischte sich mit der Serviette den Mund ab, schmiss sie auf den Teller, lehnte sich zurück, legte die Hände auf den Bauch.
„So was Gutes musst du öfter kochen, Maggie", äußerte er begeistert.

Maggie hatte extra drei Hühnchen zubereitet und gedacht, dass für Mafunde noch was übrig bleiben würde. Aber Mark hatte alles verputzt. Plötzlich lachte dieser laut auf.

„Ich werde euch eine lustige Weihnachtsgeschichte erzählen."

Mark rückte den Stuhl etwas vom Tisch weg, verschränkte die Arme hinter seinem Kopf und streckte die Beine weit von sich.

„Als Student war ich beim Peace Corps in Obervolta."

„Ist das nicht so was wie Entwicklungsdienst?", warf Filomena ein.

„Eine ehrenamtliche Tätigkeit für Studenten. Gezahlt werden Unterkunft und Taschengeld. – Also, ich, jung, gut aussehend, verliebt in ein Mädchen, das ebenfalls dort arbeitete. Weihnachten stand vor der Tür. Ich wollte ihr – Patrizia – imponieren und prahlte damit, dass ich für sie eine Ente zubereiten würde. Ich hätte das Kochen von meiner Mutter gelernt."

„Stimmt das?", fragte Conzales.

„Natürlich nicht. Meine Mutter konnte doch selber kaum kochen. Ich beriet mich mit der Pfarrersfrau der evangelischen Gemeinde. Sie erklärte mir genau, was ich zu tun hatte.

Ich besorgte eine Ente. Schon das war ein Unterfangen in Obervolta. Ich würzte das Vieh, füllte es, stellte es in den Gasherd. Ich deckte den Tisch. Bald schon duftete es herrlich. Da fiel das Gas aus, die Flasche war leer. Als meine Angebetete mit den beiden weiteren Gästen kam, beratschlagten wir, was zu tun sei. Wir brachten die Ente mit dem Mofa zu dem Pfarrersehepaar mit der Bitte, sie fertig zu braten. Zum Glück hatten die nichts im Rohr."

Mark machte eine kleine Pause, ganz versunken in seiner Erinnerung während alle gespannt warteten, wie es denn weiterging.

„Ich erinnere mich noch genau an diesen besonderen Abend. Als wir in der Dämmerung mit unserer unfertigen Ente losfuhren, war das Firmament mit einem flammenden Rot überzogen, wie ich es in dieser Schönheit noch nie gesehen hatte. Und, es war unglaublich heiß."

„Gab's überhaupt ein Weihnachtsessen?", fragte Filomena.
Mark nickte.
„Und ob. Der Pfarrer brachten uns zu fortgeschrittener Stunde die gebratene Ente mit dem Auto vorbei. Sie schmeckte köstlich."
„Und, hat sie dich noch erhört, deine Patrizia?" wollte Patrick wissen.
„Es war eines meiner schönsten Weihnachtsfeste", lächelte Mark versonnen.
Maggie betrachtete Mark, der noch ganz versunken schien in diesem Weihnachtsabend vor vielen Jahren in Obervolta.
„Solche glücklichen Stunden bleiben einem, was, Mark?"
Er nickte, lächelte und doch bemerkte sie ein Zeichen von Wehmut in seinem Gesicht.
Patrick füllte die Weingläser nach.
„Prost!" Er erhob sein Glas.
„Auf den Weihnachtsabend und unser Beisammensein."

Kurz vor 22.00 Uhr gingen alle außer Mark zur feierlichen Christmette. Er würde sich auf die Couch legen und auf sie warten. Zum Abschluss des Abends wollten sie miteinander anstoßen. In Wirklichkeit hatte Mark Angst davor, Anna zu begegnen. Seine Gedanken weilten kurz bei Guidetta. Sie hielt die Stellung in der Klinik, Weihnachten interessierte sie nicht.

Brennende Kerzen schufen eine festliche Atmosphäre in der Kirche. Vor dem Altar stand eine Krippe mit dem Jesuskind darin, es war dasselbe wie bei der Weihnachtsfeier in der Schule. Jede Bank war mit Palmwedeln und Bougainvilleablüten geschmückt. An den Seiten des Altars stand jeweils ein hochstämmiger Kaffeestrauch mit breiter Krone, verziert mit Gold- und Silberpapier. Eine flackernde Lichterkette aus bunten Birnchen war um den Strauch gewunden. Um ihn herum am Boden standen dicke, rote, brennende Kerzen. An der linken Seite des Altars hatten die weiß gekleideten Nonnen Platz genommen. In ihrer Mitte saß die Ehrwürdige Mutter, ganz am Rande Schwester Anna. Gegenüber den Schwestern standen die Musiker. Im Mittelgang waren kleine Steine bis vor zum Altar gelegt. Maggie, Patrick, Conzales und Filomena fanden in der ersten Bankreihe ihren reservierten Platz.

Anna schaute kurz zu ihnen hin, nickte grüßend. Mark war nicht dabei. Gott sei Dank. Sie war ihm heute mehrmals begegnet, zuletzt, als sie die Nummern für die Fleischrationen ausgab. Die beinahe unverschämte Intensität seines Blickes hatte sie eingeschüchtert, es war ihr schwergefallen, sich von seinen Augen loszureißen. Zahllose kleine Fältchen hatten sich in seinem Gesicht eingenistet und von der Nase liefen zwei scharfe Furchen schräg an den Mundwinkeln vorbei. Kerben, die es früher nicht gegeben hatte. Er schien älter geworden zu sein.

Verwirrt hatte sie festgestellt, wie anziehend dieser Mann war. Durch seine Haare zogen sich an den Schläfen hauchdünne, silberne Fäden. Sie war aufgewühlt wie nie zuvor. Ein Sturm tobte in ihrem Innern, sie konnte sich gar nicht mehr beruhigen. Nicht nur einmal hatte sie in manchen Nächten wach gelegen und sich gewünscht, seinen Mund auf sich zu spüren. Dieses Eingeständnis war wie ein Dolchstoß. Diesmal schien es keine Prüfung zu sein, die, wenn bestanden, sie stärker zurücklassen würde. Sie konnte es nicht mehr leugnen. Sie liebte Mark.

Anna sah sich um, als könnte jemand ihre Gedanken lesen. Stattdessen erblickte sie überall strahlende Gesichter. Sie legte den Handrücken auf ihren Mund, unwillkürlich biss sie hinein. Sie unterdrückte ein Stöhnen. Sie schlug die Augen nieder, versuchte zu beten, aber das Gebet ließ sich nicht erzwingen. Stattdessen fühlte sie sich gefangen in ihren Gefühlen. All die Jahre hatte sie ihren Körper verhüllt. Sie hatte versucht, sich und ihre Gefühle zu neutralisieren, und noch Stolz dabei empfunden, weil sie menschliche Bedürfnisse leugnete. Hochmut kam immer vor dem Fall. Stolz zählte zu diesen Sünden. Während der Arbeit heute, als sie ihre Liebe zu Mark spürte wie nie zuvor, hatte sie sich dieser Sünde mehr als einmal schuldig gemacht. Die leidenschaftliche Überzeugung, die sie zum Ordensleben geführt hatte, war tot. Das Klosterleben erschien ihr so unwirklich, als würde eine andere darin leben. Nicht das Leben hatte sich geändert, sie war es.

Sie lehnte sich ein wenig vor, warf einen Blick auf die Ehrwürdige Mutter. Deren Mund sang, aber ihre Augen waren ihr zugewandt, als ahnte sie, dass Anna sie anschauen würde. Anna senkte den Blick, lehnte sich zurück in die schützende Reihe. Sie hatte den Eindruck, ihr Körper wäre eine Tonne schwer.

„Gott, erbarme dich meiner Seele."

Der Oberin konnte man nichts vormachen. Sie war auch einmal jung gewesen und sie hatte einen Mann geliebt. Warum nur sahen alle kein weibliches Wesen in ihr? Schon lange hatte sie bemerkt, wie Schwester Anna und Dr. Seeberger sich wahrnahmen. Die Katastrophe für ihren Ordnen bahnte sich an, sie fühlte es. Anna war eine Schauspielerin, eine besonders gute. Sie versuchte, allen was vorzumachen, auch sich selber. Für Außenstehende sah es nicht aus, als hätte sie Zweifel an ihrem Ordensleben.

Die Ehrwürdige Mutter erinnerte sich an ihr eigenes Noviziat. Eine schreckliche Geschichte war damals passiert. Eine Nonne hatte gegen die Regeln verstoßen, man munkelte, sie hätte einen Geliebten. Die Nonne wollte bleiben, im Kloster wurde darüber abgestimmt. Schreckliche Stunden waren das. Es gab ein Holzkästchen, mit schwarzen und weißen Bohnen. Weiße Bohnen bedeuteten, sie darf bleiben. Am Ende war in dem Holzkästchen nur eine einzige weiße Bohne gewesen. Die Schwester musste gehen. Wie sehr hatte sie sich damals betroffen gefühlt. Denn genau diese Schwester war ihr Stütze und Halt gewesen. Sie hatte mit dieser geliebten Schwester gelitten. Der Name der Abtrünnigen durfte nie mehr erwähnt werden. Klöster waren damals grausam.

Jetzt holte eine ähnliche Geschichte sie ein. Nun, sie konnte den Lauf des Lebens nicht ändern und wenn Anna wirklich das Kloster verlassen würde, dann würde auch das keinen Weltuntergang bedeuten. Ihre geliebte Tochter hatte es sich nicht leicht gemacht.

„Vater", betete sie, „es steht mir nicht zu, über diese Liebe zu urteilen. Nicht der Verstand, sondern das Herz erdenkt sich seinen Weg. Liebe kann man nicht planen. Wir suchen uns die Liebe nicht aus. Du schenkst sie uns als Gnade. Wenn Anna wirklich das Kloster verlassen sollte, dann lass mich nicht grausam zu ihr sein."

„Wenn man alles Bittere verneint, bringt man sich auch um das Warme, Schöne." Das hatte vor langer, langer Zeit ein junger Mann zu ihr gesagt.

„Innerlich zu verhärten ist nichts, worauf man stolz sein kann. Und schon gar nichts hat es mit Stärke oder Mut zu tun. Es ist im Grunde genommen Schwäche und Feigheit." Du hast Recht mein Freund, man muss stark sein um glücklich zu werden.

„Herr, heute am Fest deiner Geburt lege ich alles in deine Hände", betete sie. „Die Besten finden zu ihrer Stärke durch die Liebe, gleich welcher Art."

Genau das war sie doch, die Weihnachtsbotschaft. Die Mutter Oberin fühlte erneut Annas Blick auf sich, lächelte ihr zu.

Eine Glocke ertönte, die Gemeinde erhob sich. Trommeln und Kalebassen setzen ein, dann Posaunen. Pater Nikolas schritt durch den langen Mittelgang, begleitet von zwanzig rot und weiß gewandeten Messdienern. Ihnen folgte der Chor. Am Altar verbeugte sich alle gemeinsam. Anschließend verteilten sich die Messdiener seitlich vom Altar, in der Nähe der Schwestern. Der Chor nahm neben den Musikern seine Aufstellung. Abrupt setzte die Musik aus. Für eine kleine Weile war es ganz still. Dann ging ein Raunen durch die Menge. Kindergesang ertönte. Frau Musanga tanzte singend mit einer Gruppe Erstklässler durch den Mittelgang. Die Schüler trugen ein kleines, brennendes Licht in ihren Händen. Jedes der Kinder bückte sich, nahm einen Stein auf und stellte dafür das Licht hin. Als alle Steine aufgehoben und der Gang erleuchtet war, sprach der Pater zur Gemeinde.

„Wir haben gesehen, dass Steine durch Licht ersetzt worden sind. Was für ein Symbol! Die Kinder haben uns eine große Wahrheit auf einfachste Weise demonstriert. Ich möchte, dass ihr alle über das, was ihr gesehen habt, nachdenkt."

Mit großen Augen lauschte die Gemeinde der Ausführung. Nun gab der Pater ein Zeichen. Lichter gingen an, die Orgel setzte ein. Trommeln, Kalebassen, Posaunen folgten. Der Chor begann ein Weihnachtslied anzustimmen, alle sangen aus voller Kehle mit.

Was für eine lebendige Gemeinde dachte Maggie, mit welch einer Innigkeit sie sangen, sich bewegten. Die Menschen hatten sich schön gemacht für diesen Weihnachtsabend. Sie strahlten vor Freude.

Maggie sah zu Conzales und Filomena hinüber, beide mussten Tränen der Rührung zurückhalten. Ihr erging es nicht anders. Maggie nahm Patricks Hand, drückte sie. Was für eine glückliche Zeit hatte für sie begonnen. Wenn's ein Junge wird, gäben sie ihm den Namen Alexander, ein Mädchen, würde Lilli heißen. Schade, dass Lina und Carmen nicht zu ihrer Hochzeit kommen konnten.

Unter Tanzen, Singen und Klatschen ging die Messe zu Ende. Danach verteilten die Schwestern vor der Kirche Weihnachtsplätzchen.

***

Mark stand auf dem Balkon. Ein Gecko huschte die Wand hoch. Tagelang hatte er sich überlegt, wie er Anna gegenübertreten sollte. Und dann war heute alles anders gewesen. Sie hatte ihn angeschaut und in einem winzigen Augenblick sich für ihn geöffnet. Es war fast, als hätten die Gitterstäbe, die sonst ihre Emotionen umschlossen, sich verbogen, damit er hineinsehen konnte in sie.

Im Laufe der Zusammenarbeit mit Anna hatte er viele kleine Geheimnisse von ihr erfahren. Er fragte sich, ob sie das wusste? Er begehrte Anna, wie er noch nie eine Frau begehrt hatte. Immer wieder hatte er versucht, den Absprung zu schaffen, und immer wieder brachen die Gefühle auf wie ein Vulkan, dem er sich wehrlos ausgeliefert fühlte. Das Sinnvollste wäre, sie sich endgültig aus dem Kopf zu schlagen.

Doch sein Herz sagte etwas anderes als sein Verstand. Mark blickte in den mit Sternen übersäten Himmel. Wenn ich wirklich fortgehe, dachte er, dann weiß ich nicht wohin. Ich habe keinen Ort, an dem ich ohne Anna leben möchte.

Mitternacht war lange vorbei, als Maggie, Patrick, Mark, Filomena und Conzales auf dem Balkon mit Champagner auf Weihnachten anstießen und kleine Geschenke austauschten. Voll stand der Mond am Himmel. Warm und samtig fühlte sich die Nacht an, es duftete nach Eukalyptus und Holzfeuer. Maggie trank ein kleines Schlückchen und endlich teilten sie und Patrick den Freunden mit, dass sie bald Eltern würden. Überschwänglich nahmen Conzales und Filomena die beiden in die Arme.

„Was für eine wunderbare Weihnacht!", rief Filomena.

„Nun lasst mich Maggie auch mal umarmen", rief Mark in die Runde. „Ihr erdrückt sie ja! – Komm her, du baldige Mutter", dabei öffnete er weit seine Arme und Maggie schmiegte sich hinein. „Ich freue mich so für euch!"

32

Schwester Anna trat gewaltig in die Pedale, alles in ihr war in Aufruhr. Sie fühlte sich miserabel. Es tat gut, sich zu bewegen. Sie war auf dem Rückweg von Alupeme, wo sie einen Krankenbesuch gemacht hatte. Anna blickte sich um. Hier oben in den Alou-Bergen gab es, trotz ausgeprägter Trockenheit, noch viel Grün. Immer wieder hatte es zwischendurch geregnet, doch herrschte auch hier oben in den Dörfern Wassermangel.

Das Rad schlingerte ein wenig. Die seitlich angebrachten Fahrradtaschen samt hinterem Korb waren ziemlich bepackt. Einen ganzen Klotz Kochbananen hatte der Dorfälteste ihr als Weihnachtsgeschenk überreicht. Anna verlangsamte die Fahrt. Das Fahrrad war momentan ihre einzige Fluchtmöglichkeit und Ausrede. Sie konnte das Klosterleben kaum noch ertragen. In ihr waren Zorn und Wut. Alles in ihr bebte, seit sie sich ihre Liebe zu Mark eingestanden hatte. Da halfen keine Gebete, kein Sich-Besinnen. Nichts konnte sie beruhigen.

Es gab Momente, da stand sie so neben sich, dass sie glaubte, eine andere Frau zu sein. Fehler hatte sie heute beim Behandeln auch gemacht. So konnte sie nicht weiterleben, so wollte sie nicht weiterleben. Alles in ihr schrie: „Hau ab, finde erst mal zu dir!"

Aber wie, wie? Sie sah auf die Armbanduhr. Fast Mittag. Heim wollte sie auf gar keinen Fall. Es war ihr völlig egal, ob sie in Bethlehem erwartet wurde. Sie wollte niemanden sehen. Die Oberin würde sowieso erst spät am Abend von einem Treffen zurückkommen. Und was die Mitschwestern dachten, interessierte sie nicht. Ganz in der Nähe, kannte Anna ein idyllisches Plätzchen, da würde sie hinradeln.

Sie fuhr einen schmalen Buschpfad entlang, vorbei an Kakao- und Pampelmusenbäumen, bis sie den kleinen Wasserfall erreichte. Die Sonne brannte gewaltig. Sie hielt an, stellte das Fahrrad an einem

Baumstamm ab. Anna beschattete mit einer Hand ihre Augen und schaute, wo das Wasser aus dem Felsen entsprang. Das Wasser floss spärlich. Mächtige Lianen hingen über den Felsen. Vom Wasserfall aus lief ein kleiner Bach durch die Landschaft. Schilf säumte den Uferbereich. Tiefblaue Winden kletterten über Steine und an den Stämmen der halb im Wasser stehenden Pandanusbäumen hinauf. Falter flatterten zwischen weit geöffneten Blüten hin und her.

Sie setzte sich an den kleinen Bach, genoss es, alleine zu sein. Von einem weiter entfernten Dorf drangen Tam-Tam-Trommeln und Gesänge einer Beerdigungsfeier an ihr Ohr. Ein alter Mann war gestorben. Es war ein mächtiger Ritus, mit dem sie ihre Toten verabschiedeten. Sie glaubten, wenn sie dem Toten diese Ehre nicht erwiesen, der Verstorbene zurückkäme, um sich einen jungen Menschen aus der Familie holen.

Anna legte sich auf den Rücken. Die Arme weit ausgebreitet, sah sie hinauf zum Firmament. Das Gelübde der Armut, des Gehorsams, der Keuschheit, das stimmte alles überhaupt nicht mehr für sie. Kam daher dieser Zorn, diese Wut, die sie fast beherrschen. Oh Mark, was machst du mit mir, was geschieht mit uns? Das Ordensleben hatte ihr zweierlei vermittelt. Die felsenfeste Überzeugung von der Existenz Gottes und die Fähigkeit, mit wenig auszukommen. Welche Farce. Was sie für einfach gehalten hatte, war in Wirklichkeit feudal. Sie hatte im Kloster genug zu essen, sie bewohnte ein eigenes Zimmer. Sie hatte Kleidung und auch sonst schöne Dinge. Wenn Conzales Spezialitäten brachte, fielen die Nonnen gierig darüber her. Sie dachte an die Bischöfe in Deutschland. Wie Fürsten lebten sie, jeder Pfarrer hatte eine Haushälterin. Das Einzige, was sie nicht anzweifelte, war die Existenz Gottes.

Anna hörte ein Rascheln. Sie fuhr auf, setzte sich gerade hin. Offenbar war sie eingeschlafen. Sie sah sich um, da war nichts, außer einem dunklen Himmel voller Regenwolken. Leichter Wind wehte, wurde stärker. Sie sog den Duft der Natur tief ein, lauschte. Sie hatte einen kleinen Taschenspiegel bei sich. Auch so eine Sünde. Den nahm sie heraus und betrachtete ihr Gesicht. Sie sah furchtbar aus, müde und mitgenommen.

Du wagst es nicht, endlich eine Entscheidung zu treffen, mahnte ihre innere Stimme. Wenn du am falschen Platz bist, musst du zusehen, dass du wegkommst.

Lassen die einem überhaupt fort, wenn man hinter Klostermauern gelandet ist?, fragte die andere Stimme.

Plötzlich musste sie weinen. Immer mehr Tränen liefen ihr über die Wangen. Sie presste ihr Gesicht in die Erde, begann zu schluchzen. Als sie fast keine Luft mehr bekam, setzte sie sich auf, schlug die Hände vors Gesicht, wiegte sich hin und her in ihrem Schmerz.

Du liebst ja gar nicht. Du hast nie wirklich einen anderen Menschen geliebt, nur immer dich selber, vernahm sie wieder diese Stimme. Angst, Angst, Angst, jemand nah an dich heranzulassen. In diesem Moment begann es heftig zu regnen. Anna hielt ihr Gesicht in den Regen. In kürzester Zeit war sie völlig durchnässt. Auch das war ihr egal. Genauso schnell wie der Regen begonnen hatte, hörte er wieder auf. Wolken verzogen sich. Die Sonne kam hervor, verdunstete die Tropfen auf den Blättern.

Seufzend stand Anna auf, sah an sich hinunter. Ihr weißes Ordenskleid war ganz schön verdreckt. Sie lief ein Weilchen in der schweren, schwülen Luft hin und her, um ihre Kleidung ein wenig anzutrocknen. Aber das half alles nichts. Die Nonnen in Afrika trugen leichte, weiße Klostertracht, aber sie trocknete nur schwer. Anna strich ihren Habit glatt. Ihr Körper fühlte sich feucht an, auf ihrer Stirn standen Schweißperlen. Sie nahm ihr Fahrrad, fixierte noch mal die Bananen, stieg auf und radelte den Pfad zurück. Sie bog schon bald zum Hauptweg ein. Die Piste war rutschig, sie musste aufpassen. Obwohl Anna langsam fuhr, war es nicht leicht, die Balance zu halten. Aber sie konnte doch die Bananen nicht einfach wegtun. Nicht auszudenken, wenn jemand mitbekäme, dass sie ein Geschenk zurückwies. Sie hielt ihr Gesicht in den Fahrtwind, fuhr vorsichtig den Berg hinunter. Ihr nasser Schleier wehte im Wind. Schon konnte sie unten im Tal die Plantagen entdecken. Gott sei Dank, das steile Stück hatte sie gut gemeistert. Sie ließ das Fahrrad schneller laufen. Plötzlich gab es einen Ruck und Anna flog samt Fahrrad in hohem Bogen ins Gebüsch auf die Seite. Sie sah sich selber dabei zu. Es tat nicht weh, sie spürte gar nichts.

***

„Schwester Anna, Schwester Anna!"
Ihr war, als hörte sie ihren Namen. Sie öffnete die Augen, sah erschrockene Gesichter. In diesem Moment fühlte sie einen intensiven Schmerz im rechten Bein. Sie schrie auf. Anna versuchte sich aufzusetzen und ihr Bein zu bewegen, was kläglich misslang. Jetzt erst realisierte Anna, dass sie gestürzt war. Oh Gott, auch das noch.
„Schwester Anna!"
Es war die Hebamme der Region, die ihre Hand hielt und sich über sie gebeugt hatte. Sie war auf dem Heimweg von einer Geburt gewesen, hatte Anna stürzen gesehen.
„Wie geht es Ihnen, Schwester Anna?"
„Ich weiß nicht so recht. Bin ich gerade eben gestürzt?"
„Nein, schon vor einer Weile. Ich habe jemand ins Hospital geschickt, damit man sie abholt."
„Danke Madame, vielen Dank."
Zwischenzeitlich hatte ein richtiger Auflauf stattgefunden. Immer mehr Leute eilten aus den Dörfern herbei. Mit betroffenen Gesichtern, voller Mitgefühl betrachteten sie die Schwester. Anna versuchte erneut sich aufzurichten, einige stützten sie dabei. Sie stöhnte, ihr Bein tat verdammt weh.

„Was ist mit meinem Fahrrad?"

Die Menge teilte sich, ein junger Mann zeigte ihr das verbogene Rad.

Anna ließ sich vor Erschöpfung nach hinten fallen.

„Geht alle wieder in eure Dörfer, wenn einer oder zwei von euch bei mir bleiben, bis Hilfe kommt, ist das genug."

Ungläubig sahen sie sie an, keiner bewegte sich. Ein alter Mann trat vor.

„Schwestern Anna, wir bleiben, bis Hilfe kommt, wir lassen Sie nicht allein."

Berührt von so viel Anteilnahme schloss Anna die Augen. Vielleicht hatte Gott ihr durch diesen Sturz Einhalt geboten, damit sie nicht noch mehr anrichten konnte.

Anna war schon lange aus der Narkose erwacht, sie fühlte sich immer noch benommen. Großer Durst plagte sie. Guidetta Marrozzi hatte sie, zusammen mit zwei Helfern, am Unfallort abgeholt. Nach und nach wurde ihr die Tragweite dessen bewusst, was passiert war. Morgen hatte sie mit den anderen Nonnen die Kirche für die Hochzeit schmücken wollen! Zorn loderte in ihr auf, sie schlug auf die Bettdecke. Verdammt noch mal. Nun war sie zur Ruhe gezwungen, eine Entscheidung konnte sie in diesem Zustand auch nicht treffen. Die Türe ging auf, es war Schwester Clara mit einem Tablett.

„Du bist ja schon wach!"

Leise schloss sie die Türe hinter sich, stellte das Tablett mit dem Tee auf dem Nachtkästchen ab.

„Wie fühlst du dich?"

„Schrecklich, Clara, wie eine im Bernstein gefangene Fliege."

Clara schaute Anna in die Augen.

„Wie nennen sie dich am Berg. Die fliegende Nonne. Jetzt fliegst du halt eine Zeit lang nicht. Sei froh, dass du so glimpflich davon gekommen bist. Schürfwunden, ein gebrochenes Bein, keine Gehirnerschütterung, das hätte viel schlimmer ausgehen können."

„Übermütig bin ich gewesen. Unvorsichtig. Es konnte mir mal wieder nicht schnell genug gehen."

Noch immer aufgewühlt warf sie Clara diese Worte hin. Sie musste sich endlich beruhigen. Sich ja nicht in diese momentane körperliche Hilflosigkeit hineinsteigern. Die beiden Frauen schwiegen. Anna sprach als Erste wieder.

„Weiß es die Mutter Oberin schon?"

„Nein, die kommt heute Abend spät aus Ghana zurück, vielleicht auch erst morgen."

„Und die anderen?"

Clara nickte. „Die schon."

Anna seufzte. Ob Clara etwas ahnte von ihrer Zerrissenheit? Jedenfalls hatte sie einen seltsamen Gesichtsausdruck.

„Darf ich von dem Tee trinken?"

„Ein paar Schlückchen."

Anna richtete sich im Bett auf.

Clara goss ihr ein, schüttelte das Kopfkissen auf, sodass Anna besser sitzen konnte. Sie reichte Anna die Tasse. Diese trank vorsichtig, gab Clara die Tasse zurück. Clara setzte sich auf Annas Bett, nahm ihre Hand. Sie wussten, sie konnten einander vertrauen.

„Clara, ich trage mich mit dem Gedanken, aus dem Orden auszutreten."

Jetzt war es gesagt.

„Das habe ich befürchtet." Clara schien gar nicht überrascht. „Meinst du, ich merke nicht, was mit dir los ist?"

Sie streichelte Annas Hand.

„Alles hat seine Zeit unter dem Himmel. Stell dich der Realität. Du hilfst niemanden von uns, wenn du nicht ehrlich bist."

Als Clara das Krankenzimmer verlassen, die Türe hinter sich geschlossen hatte, weinte sie. Clara fühlte sich als Ordensfrau wohl, Zweifel an ihrer Berufung hatte sie nicht. Der von ihr gewählte Weg füllte sie aus, sie war zufrieden. Warum nur tat es so weh, ihre Freundin in diesem Zustand zu wissen?" Haltsuchend griff sie nach dem Rosenkranz. „Gütige Mutter, hilf mir ihr beizustehen, wenn sie mich braucht."

Es war nach 21.00 Uhr, als Mark Annas karg eingerichtetes Zimmer betrat. An der Decke surrte ein Ventilator. Er hatte unterwegs über Funk von dem Unfall gehört. Mit großen Augen blickte sie ihn an, als er die Türe hinter sich schloss. Da lag sie – ganz verloren in diesem schmalen Krankenhausbett. Unter seinem Blick wandte sie scheu den Kopf. Er machte sie verlegen.

Zum ersten Mal sah er sie ohne Schleier. Halblange, dunkelblonde Haare umrahmten ihr zartes Gesicht. Sie trug ein zugeknöpftes, weißes Nachthemd aus Leinen. Wie hübsch sie aussieht dachte Mark. Er hatte bei notwendigen Behandlungen schon einige der Nonnen in solchen Nachthemden gesehen. In Afrika war alles anders, da war man nicht so empfindlich. Anna saß da wie ein kleines, scheues Mädchen, die Hände ineinander verschlungen. Verlegen fuhr sie sich durchs Haar, blickte ihn an.

„Nun, Schwester Anna, tut's weh?"

Dabei nahm er mit energischem Griff den Stuhl an der Seite, stellte ihn ans Bett und setzte sich.

„Es ist erträglich."

Wie oft hatte sie sich ausgemalt, mit ihm allein zu sein. Ihr Blick hing an seinem Mund. Doch aus Scham wagte sie nicht, allzu lange dort zu verweilen. Sie senkte den Blick, legte die Hände auf die Bettdecke. Mark sah sie an, nahm ihre Hände in seine und streichelte sie. Anna durchzuckte es wie mit einem elektrischen Schlag. Ihr Herz pochte wie verrückt. Sie spürte das heftige Begehren, das sie für diesen Mann empfand. Sie kam nicht dagegen an. Er beugte sich zu ihr hinüber. Ihre Finger glitten in sein dichtes Haar.

„Ich liebe dich so sehr, Anna", stammelte Mark. Seine Stimme klang heiser. „Du weißt das. Ja?"

„Ja! Ich weiß es!"

Er ließ ihre Hände los, streichelte ihre Wangen. Sie fühle seine Zärtlichkeit, wusste nicht, wie damit umgehen. Er wartete darauf, dass sie etwas sagen würde. Aber das konnte sie nicht. Er nahm ihr Gesicht in beide Hände. In ihren Augen tanzten kleine Schatten wie verlorene Geister.

„Darf ich dich küssen?", fragte er.

Sie schluckte, nickte, schloss vor Verlegenheit die Augen. Zart berührte er ihren Mund mit seinen Lippen. Immer wieder. Sie hielt still, geborgen in dem Zauber seiner Gegenwart, und wünschte sich, dass er nie mehr damit aufhören würde. Als er sie loslassen wollte, zog sie seinen Kopf an ihre Brust. Es tat gut, ihn zu halten, unendlich gut. Ein Freudentaumel erfasste sein Herz. Sie liebte ihn, nur das zählte. Verlegen blickten sie einander an, wohl wissend, dass sie eine Grenze überschritten hatten.

Es klopfte. Erschrocken ließen sie einander los. Mark setzte sich zurück auf den Stuhl. Es war Schwester Clara, die einen kleinen Imbiss brachte. Als sie die beiden sah, fühlte sie, dass etwas geschehen war. Möge der Himmel ihnen beistehen, dachte Clara. Sie beneidete Anna nicht, sie konnte nur für deren Glück beten. Mark erhob sich. Er lächelte Anna zu.

„Ich gehe dann mal", meinte er und verließ den Raum.

Als er draußen war, fiel ihm ein, dass sie nicht einmal über Annas komplizierten Beinbruch gesprochen hatten.

33

Für die Hochzeit von Maggie und Patrick war die Kirche von den Nonnen mit grünen Girlanden, Hibiskus und Bougainvilleen festlich geschmückt worden. Sie hatten seitlich vom Altar Platz genommen, ihnen gegenüber standen die Musiker und der Schulchor. Alle warteten auf das Brautpaar. Die Mutter Oberin wischte sich mit dem Taschentuch den Schweiß von der Stirn. Mein Gott, war das heiß heute. Sie sah sich in der Kirche um und stellte fest, dass viele gekommen waren. In Lalimete sprach sich alles herum, auch die Trommeln hatten von der Hochzeit erzählt. Schließlich heiratete ihr Docteur! Das Paar wünschte sich eine schlichte kirchliche Feier. Schade, dachte die Ehrwürdige Mutter. Sie hätte es begrüßt, wenn es eine richtige Messe gegeben hätte. Immerhin freute sie sich, dass Maggie und Patrick überhaupt kirchlich heiraten konnten. Patricks erste Ehe war seinerzeit nicht in der Kirche geschlossen worden. Die deutsche Botschaft in der Hauptstadt hatte eine Ausnahme gemacht, sodass die zivile Trauung im Besucherzimmer des Konvents vor der kirchlichen Trauung stattfinden konnte.

In den vorderen Bänken saßen die geladenen Gäste. Filomena, neben ihr Madame Faruda und Monsieur Hosein mit ihrer Tochter Nur. Von der Farm Lulele, Monsieur Morani, seine Frau Madame Falala mit ihrer entzückenden Enkelin Vanessa. Die Schneiderin, Madame Adjoa, Mafunde und Farida, die Betreuerin der Strandvilla von Conzales' Freunden. In den Reihen dahinter hatten Conzales' Leute Platz genommen. Makumba der Hausboy, Runako der Gärtner, Augustin der Koch. Alle waren festlich gekleidet. Mafunde trug das neue Hemd und die neuen Schuhe, die er zu Weihnachten vom Brautpaar bekommen hatte.

Schwester Constanza saß am Harmonium. Aufgeregt kam ein kleiner Junge gelaufen. Er flüsterte ihr etwas zu, sie nickte. In Begleitung von zwei Messdienern trat Pater Nikolas aus der Sakristei kommend an den Altar. Die Kirchenbesucher erhoben sich. Musik setzte ein. Maggie und Patrick schritten Hand in Hand zum Altar. Die Braut trug ein schlichtes, cremefarbenes Seidenkleid und als einzigen Schmuck lange Bernsteinohrringe, die Patrick ihr zur Hochzeit geschenkt hatte; den Brautstrauß aus gelben Cala hatte

Filomena zusammen mit Runako gebunden. Hinter Braut und Bräutigam folgten die Trauzeugen, Mark und Conzales.

Wie schön sie aussieht, stellte Madame Adjoa stolz fest. Das Kleid war ihr bestens gelungen.

Sie würde Madame Maggie um ein Foto bitten, damit sie für ihre Schneiderei werben konnte.

Das Brautpaar nahm auf den Stühlen Platz, die man für sie am Altar hingestellt hatte.

Pater Nikolas begrüßte die Brautleute, sprach bewegende Worte über die Liebe zwischen Mann und Frau und vollzog die kirchliche Trauung. Überwältigt von seinen Gefühlen betrachtete Patrick seine Maggie. Maggie erwiderte den Blick, lächelte ihn an, wischte sich gerührt die Tränen ab. Sie wussten, dass sie nicht hätten glücklicher sein können, als jetzt an diesem Tag. Für einen Moment legte sie die Hand auf ihren Bauch. Bald schon würden sie Eltern sein.

Nachdem die Ringe getauscht waren, sang der Schulchor unter Leitung von Madame Musanga ein afrikanisches Hochzeitslied. Schüler schlugen dazu rhythmisch die Kalebassen. Als das Lied zu Ende war, erteilte Pater Nikolas den Segen. Danach sangen alle in der einheimischen Sprache „Großer Gott, wir loben dich", begleitet von Trommeln und Posaunen. Pater Clemente und die Messdiener verneigten sich, beugten tief die Knie, zogen sich in die Sakristei zurück. Unter Trommelwirbel und tanzenden Kirchenbesuchern verließ das Brautpaar die Kirche.

Mark gratulierte als Erster. Er freute sich sehr für seine Freunde. Aber trotz aller Freude tat sein Herz weh. Während der Trauung hatte er sich mehr als einmal in Gedanken an Anna verstrickt. Er hatte sich sogar vorgestellt, dass sie und er am Altar stehen würden. Was für ein verträumter Narr er war. Vollidiot würde besser passen.

Maggie und Patrick hatten dafür gesorgt, dass alle vor der Kirche bewirtet wurden, die nicht zur Hochzeitsfeier geladen waren. Es war ein heiteres, buntes, lautes Bild, das sich ihnen bot, bevor sie zum Mittagessen aufbrachen.

***

In Lulele hatte man unter einer riesigen Payotte eine schöne Tafel gedeckt. Monsieur Morani und seine Frau ließen es sich nicht nehmen, das Hochzeitsessen auf ihrer Farm auszurichten. Noch immer wurden Speisen aufgetragen, obwohl die Gäste schon satt waren.

Es war später Nachmittag, als Monsieur Morani aufstand, um ein paar Worte zu sagen.

„Wir alle sind froh, dass Dr. Patrick und seine Frau hier mit uns leben. Die Menschen vertrauen ihnen. Mann und Frau sind Freund und Freundin. Fürs Auge, für den Geist, für das Herz", beendete er seine kleine Ansprache. Er erhob sein Weinglas.

„Möge die Braut mit Fruchtbarkeit beschenkt werden!"

Die Gäste klatschten Beifall, prosteten einander zu. Selbst die muslimischen Gäste, die sonst vorgaben, Alkohol nicht anzurühren, tranken mit.

Trommeln erklangen, geschlagen von drei jungen Burschen. Mädchen begleiteten die Trommler, sangen und tanzten für das Brautpaar. Um ihre Handgelenke hatten sie Glöckchen gebunden.

Patrick streichelte versonnen Maggies Hand. *Ach Vater, könntest du uns nur sehen, könntest du dabei sein. So weit, bis nach Afrika, habe ich reisen müssen, damit ich lerne zu lieben.* Er erinnerte sich plötzlich an Venedig. Er war klein gewesen, vielleicht sechs Jahre alt. Sie hatten auf dem Markusplatz gestanden. *Du nahmst mich auf die Schultern. Ich legte die Hände auf deinen Kopf, krallte mich in deinen Haaren fest. Alle sollten sehen, dass ich einen richtigen Vater hatte, der mich trug.* Er beugte sich hinüber zu seiner Frau, hauchte ihr einen

Kuss auf die Wange, drückte fest ihre Hand. *Vater, je weiter ich mich von dir entfernt habe, desto näher kann ich dir jetzt wieder kommen. Du hast einen glücklichen Sohn. Wie würdest du dich erst freuen über dein Enkelkind!*

Die Dämmerung lag über dem Land, als die Hochzeitsgesellschaft sich unter großen Verabschiedungen auflöste. Conzales, Mark, Maggie und Patrick fuhren gemeinsam ins Hospital, um Schwester Anna zu besuchen.

Anna saß, schon etwas besser aussehend, aufrecht im Bett, das geschiente Bein vor sich ausgestreckt. Ihre Haare waren fast ganz unter einem Kopftuch versteckt, lediglich vorne schauten ein paar Strähnen heraus. Anna und Maggie umarmten einander innig.

„Ich habe euch den ganzen Tag in Gedanken begleitet. Herzlichen Glückwunsch", murmelte Anna. „Und was für ein schönes Kleid du trägst!"

„Habe ich mir im Ort schneidern lassen."

Während Anna sich aus Maggies Armen löste, streifte ihr Blick Mark. Sein offener Hemdkragen ließ ein helles Hautdreieck erkennen. Mark schluckte, wich ihrem Blick aus. Beide fühlten sich befangen. Maggie reichte Anna ihren Brautstrauß, den Patrick gehalten hatte.

„Für dich!"

Etwas verwundert betrachtete Anna den Strauß. „Wie schön er ist."

Sie roch an den Blumen, legte den Strauß auf ihrem Nachtkästchen ab.

Nun nahm auch Patrick Anna fest in seine Arme. „Wir haben Sie heute sehr vermisst, Schwester!"

„Ich gratuliere euch von ganzem Herzen zu eurer Ehe", stammelte sie befangen. „Möge sie glücklich sein."

„Das wird sie!", antwortete Patrick, als er Schwester Anna wieder losließ.

Jetzt traten Conzales, Filomena und als letzter Mark vor, um Anna zu begrüßen. Verlegen ließ sie seine Hand los, wandte sich abrupt an ihre Besucher.

„Wie war die Hochzeitsfeier?" Ihre Stimme klang heiser.

Nun erzählten alle begeistert von dem Tag, fielen einander ins Wort, nur Mark blieb stumm.

„Und wie heißt du jetzt, Maggie?", fragte Anna.

„Ich heiße, wie ich heiße, Margarete Neumaier."

Anna lächelte. „Hätte ich genauso gemacht."

Während sie dies sagte, fühlte sie Marks Blick auf sich. Nur nicht hinsehen, dachte sie, nur nicht in diese Augen schauen.

Stattdessen fragte sie, wie es dem Baby ginge. Maggie legte die Hände auf ihren Leib.

„Ich fühle mich großartig, nur ein wenig müde."

„Und morgen geht's in die Flitterwochen, in diese herrliche Strandvilla?"

Patrick nahm seine Frau bei der Hand.

„Ich freue mich so", rief er voller Begeisterung. „Keine Patienten, keine Verpflichtung! Eine ganze Woche am Meer."

„So, und jetzt verlassen wir Sie, Schwester Anna", rief Conzales energisch. „Maggie ist müde."

Er musste raus hier, das war ja nicht zum Aushalten, wie Mark und Schwester Anna aufeinander reagierten. Filomenas Blick sprach ebenfalls Bände. Der gefiel das womöglich noch. Frauen waren seltsame Wesen.

Die Besucher waren fort. Anna lauschte den sich entfernenden Schritten. Mark hatte sie fast nicht beachtet, das tat weh. War das alles nicht wahr zwischen ihnen? Sie spürte, wie eine große Traurigkeit von ihr Besitz ergriff. Nicht ein einziges persönliches Wort hatte er an sie gerichtet, nicht gefragt, wie es ihr ging. Und diese verdammte Unbeweglichkeit. Sie zog sich das Kissen über den Kopf.

Anna bemerkte Mark erst, als er sie in seine Arme zog. Einen Herzschlag später fühlte sie seinen Mund. Durch ihren Leib tanzten Schmetterlinge. Als er sie losließ und sie ansah, wandte sie den Kopf auf die Seite. In aufflammender Verlegenheit senkte sie die Lider.

Verlegen zupfte sie das verrutschte Kopftuch zurecht. Sie griff nach seinen Händen, hielt sie fest, betrachtete sie. Es waren schöne Hände. Für einen Moment fühlte sie sich wie in einer Art abstraktem Schwebezustand, als wäre sie aus der Zeit gefallen. Er schaut sie noch immer an. In seinem Blick lag jenes Wissen, das ihr immer wieder die Knie weich werden ließ.

„Gute Nacht, Anna."

Ihre Hände lösten sich voneinander, dann ging er.

Plötzlich musste sie weinen.

„Heulsuse", sagte sie zu sich und wischte die Freudentränen ab.

Als Mark die Türe hinter sich geschlossen hatte, lehnte er sich mit dem Rücken dagegen. Es war still im Seitentrakt des Hospitals, sehr still. Nur sein Herz hörte er laut pochen. Sie floh nicht mehr vor ihm. Er, der so gar nicht an eine höhere Macht glauben konnte, verspürte in diesem Moment, wie ihn was Unsichtbares streifte. Fast wie der Flügelschlag eines vorbeifliegenden Engels.

Es klopfte erneut an Annas Türe. War Mark etwa zurückgekommen?"

„Herein", rief sie aufgeregt.

Schwester Felicitas, die neue Novizin betrat das Zimmer. Unendlich liebevoll, mit einem warmen Lächeln auf dem Gesicht stand diese bezaubernde junge Frau an Annas Bett. In der Hand hielt sie einen Blumenstrauß.

„Wie geht es Ihnen?", wollte sie wissen.

„Schon besser", erwiderte Anna, erstaunt über den Besuch.

Schwester Felicitas bemerkte den Blumenstrauß auf dem Nachtkästchen.

„Ich wollte Ihnen Blumen vorbeibringen, wie ich sehe, haben Sie schon welche."

Anna nickte. Sie hatte tatsächlich vergessen, die Blumen ins Wasser stellen zu lassen, das zeigte ihr einmal mehr, wie durcheinander sie war.

„Ich freue mich über alle Blumen, Schwester Felicitas. Bitte nehmen Sie doch Platz."

Schwester Felicitas legte den Blumenstrauß zu Maggies Brautstrauß, nahm den Stuhl, der an der Seite des Zimmers stand, stellte ihn neben Annas Bett. Sie setzte sich, verschlang ihre Hände ineinander, senkte ihren Blick, verharrte eine Weile still in dieser Position. Anna betrachtete die Novizin verwundert, spürte, dass diese ihr was mitteilen wollte. Schwester Felicitas erhob ihren Blick. Große, schöne Augen schauten Anna an.

„Ich bin so froh, Schwester Anna, Sie im Kloster zu wissen." Die Nonne sprach mit sanfter Stimme. „Sie sind mein Vorbild, ich möchte werden wie Sie. Das musste ich los werden. Deshalb bin ich her gekommen."

Erschrocken hielt Anna sich eine Hand vor den Mund.

Ich möchte so werden wie Sie!

Oh nein. Sie wusste gar nicht, wie reagieren, ihre Gedanken überschlugen sich. Anna suchte nach den rechten Worten, fand sie nicht. Sie versuchte, sich aufrechter hinzusetzen, zupfte ihr Kopfkissen zurecht. Noch immer schaute die junge Nonne sie an. Sie durfte diese Schwester auf gar keinen Fall verletzten, andererseits musste sie dieser Bewunderung entschieden entgegentreten.

„Schwester Felicitas ..."

Anna bemühte sich, ihrer Stimme einen sanften Klang zu geben, obwohl sie innerlich bebte.

„Ich bin ein unvollkommenes Wesen, wie alle Menschen. Deshalb sollten sie mich nicht zum Vorbild nehmen, ich ..."

Schwester Felicitas sprang auf. Sie lief im Zimmer hin und her. Ihre Stimme klang energisch.

„Ich habe ja nicht gemeint, dass alles wunderbar ist. Ich meinte vielmehr, dass ich in meinem Bemühen, eine gute Nonne zu sein, nie aufhören darf."

Sie machte eine Pause, blieb stehen. Ihre Stimme wurde leise.

„Das ist es, was ich bei Ihnen fühlen kann, das ist es, was Sie mir vorleben. Das meine ich mit Vorbild."

Sie sah Anna mit leuchtenden Augen an, was diese in noch größere Verwirrung stürzte.

„So – und jetzt kümmere ich mich um die Blumen, Schwester Anna, die wollen ja auch leben."

Sie nahm die beiden Sträuße vom Nachtkästchen und ging.

In dieser Nacht konnte Anna keine Ruhe finden. Stunde um Stunde wälzte sie sich hin und her. Schließlich fand sie doch noch etwas Frieden im Schlaf. Als sie am Morgen völlig zerschlagen aufwachte, war ihr erster Gedanke, dass der Orden sie vielleicht längst schon aufgegeben hatte und dass es ihre Schuld war, wenn eine junge Novizin in Zweifel geriet.

34

Der türkisfarbene Ozean zeigte sich ruhig an diesem frühen Morgen. Das Wasser fühlte sich an wie Seide. Es war so klar, dass die bizarren Tupfer der Korallen bis zur Oberfläche leuchteten. Maggie legte sich mit weit ausgebreiteten Armen auf den Rücken, betrachte den azurblauen Himmel. Eine Möwe flog stets aufs Neue vom Meer her kommend über den Strand, als würde sie in ihrem Revier nachsehen wollen, ob alles in Ordnung sei. Maggie ließ noch einmal die schöne Hochzeitsfeier Revue passieren, all die wunderbaren Geschenke, die sie bekommen hatten. Eine Maske aus Holz, Batikarbeiten, Musikkassetten, Bücher, Bildbände. Viel Post aus Europa. Die Schulkinder hatten gebastelt und Bilder gemalt. Sehr gefreut hatte sich Patrick über ihr Geschenk, einen zweiten Motorradhelm. Guidetta Marrozzi hatte Mark ein Kuvert für die Geldbox mitgegeben, dazu eine schöne Karte geschrieben, worin sie bedauerte, dass sie zusammen mit Dr. Loma die Stellung im Hospital hatte halten müssen. Und dann dieses überaus großzügige Geschenk von Filomena und Conzales – Flitterwochen in der Strandvilla!

Vor zwei Tagen, als sie hier ankamen, erschien ihr das von Blumenpracht umsäumte Anwesen wie ein Refugium. Farida, die Hausbetreuerin, war mit ihnen hergefahren, verwöhnte und umsorgte sie. Maggie fragte sich immer wieder, wie die Frau es schaffte, dass alles funktionierte, sie selber dabei fast unsichtbar blieb? Schmunzeln musste Maggie noch jetzt, wenn sie daran dachte, wie Patrick sie nach der Hochzeitsfeier ins Haus getragen hatte.

„Nicht möglich, wie schwer Mutter und Kind sich anfühlen", hatte er vor Anstrengung gestöhnt.

Maggie drehte sich um, schwamm zum Strand zurück. Lange würde sie nicht bleiben, es war viel zu heiß. Sie setze sich auf den ausgebreiteten Pagne, hörte dem leisen Murmeln der sanft auslaufenden Wellen zu. In Scharen sprangen kleine fliegende Fische aus dem Wasser. Sie schöpfte Sand, ließ ihn durch die Finger rieseln. Maggie fühlte sich sehr glücklich, genau so hatte sie sich ihre Flitterwochen vorgestellt.

Und doch gab es in den letzten Tagen Momente, wo sich eine gewisse Unsicherheit einstellte. Sie konnte sich das nicht erklären. Es hatte offensichtlich mit der Geburt zu tun. Patrick war viel unterwegs. Was würde passieren, wenn er nicht da wäre …? Plötzlich musste sie an ihre Mutter denken. Ihr Vater, dieser erfolgreiche Mann, er war nie da gewesen für sie. Als ihre Mutter eine Fehlgeburt erlitt, war ihr Vater nicht einmal erreichbar. Er kam, als alles vorbei war. Kurz danach hatte er sie und ihre Mutter verlassen. Kamen daher diese Ängstlichkeiten? Was war denn mit ihr los? Warum beschäftigte sie so etwas?

Patrick sah Maggie am Strand sitzen, winkte ihr zu. Außer ihnen war niemand zu sehen. Mit großen Stößen schwamm er ans Ufer. Maggie beschattete ihre Augen mit einer Hand. Was hatte sie nur für dumme Gedanken gehabt? Die Hormone spielten verrückt. Auf ihren Mann konnte sie sich verlassen. Patrick zog sie hoch, küsste sie. Ihre Lippen schmeckten nach Salz. Sie legte ihren Kopf auf seine Schulter, fühlte sich in seiner Umarmung wunderbar geborgen. Er streichelte ihren Bauch. Da war eine kleine Rundung, oder bildete er sich das ein? Ihr Körper schien verändert, das konnte er deutlich spüren. Er schob ihr Haar beiseite, küsste ihren Nacken. Eng umschlungen verließen sie den Strand.

Der Anblick der Villa ließ Maggies Herz jedes Mal höher schlagen. Es war paradiesisch schön hier. Bananenstauden, duftendes Geißblatt, chinesische Ohrringe mit weiß- orangefarbenen Blüten zierten den Garten. Dazwischen rankten pinkfarbene Bougainvillea und tiefblauen Malven in cremefarbenen Oleander hinein. Auf dem Boden pickten Hühner mit ihren Küken. Farida hatte ihnen Liegestühle in den Schatten gestellt. Dorthin legten sie sich nach dem Frühstück und lasen. Kaum dass Maggie im Liegestuhl lag, war sie auch schon eingeschlafen. Sie schlief, bis Farida ihnen mitteilte, dass ein kleiner Mittagsimbiss vorbereitet sei.

Am Nachmittag hatten sie sich im großen Schlafzimmer auf sehr sanfte Weise geliebt.
   Maggie lag auf der Seite, blickte Patrick an. Durch die zugezogenen Vorhänge malte das Sonnenlicht Streifen auf ihre Körper. Er schob ihr Haar zurück. Leicht wie eine Feder zeichnete er mit der

Hand ihre Silhouetten nach. Seine Lippen glitten über ihre Haut. Mit dem Handrücken fuhr er zärtlich über die Wölbung ihrer Brust. Aus der Mitte ihres Körpers heraus breitete sich erneut ein lustvolles Gefühl aus. Jeder Kuss, jede Berührung schuf neue Bedürfnisse. Seine vitale Kraft übertrug sich auf sie. Bald erkundete auch Maggie seine Haut. Mit lustvoller Neugier schmeckte sie ihn.

„Ganz schön heftig für eine werdende Mutter", meinte Maggie, als sie erschöpft nebeneinanderlagen.

„Mir gefällt's", seufzte Patrick, „ich will dich kein bisschen anders, als du bist."

Dann lachten sie über so viel Leidenschaft und Glück. Das Leben fühlte sich wunderbar an. Eine wahrhaft gute Lebensphase hatte begonnen. Patrick stand auf, schaltete den Deckenventilator aus, öffnete die Türe zum Meer hin. Still lauschten sie dem Rauschen, bis Maggie erneut einschlief. Sie versank in einen tiefen, traumlosen Schlaf, während Patrick ungläubig das schöne Wesen betrachtete, das jetzt seine Frau war. Das neue Jahr, das morgen begann, erschien ihm hoffnungsvoll wie nie zuvor, nicht nur weil Maggie sein Kind erwartete.

Am Silvesterabend saßen sie in den bequemen Korbsesseln auf der Terrasse. Patrick hatte die Arme hinter seinem Kopf verschränkt, blickte hinauf in den sternenübersäten Himmel.

„Schau nur, wie großartig, Maggie. Eine solche Sternenpracht zeigt sich nur in der Nähe des Äquators."

Er löste seine Arme, nahm das Weinglas, trank einen großen Schluck. Wahrhaft wunderbare Tage, die sie miteinander verbrachten.

„Ich habe etwas auf dem Herzen." Maggies Stimme klang irgendwie anders.

„Ist was mit dir?"

Besorgt griff er nach ihrer Hand.

„Aber nein."

Sie entzog ihm die Hand. Sie zögerte.

„Vielleicht ist es auch nur, weil mein Hormonhaushalt durcheinander ist. Also, ich – ich mache mir Sorgen, dass du möglicherweise nicht da bist, wenn es vielleicht während der Geburt zu Komplikationen kommt."

Mehr erschrocken als erstaunt betrachtete Patrick seine Frau. Er konnte nicht glauben, was er da hörte. Er stand auf, zog sie hoch.

„Komm mal her."

Er stellte sich mit ihr ans Terrassengeländer, legte den Arm um sie, drückte seine Maggie fest an sich.

„Ich wusste ja gar nicht, dass du so besorgt bist?" Er hielt einen Moment inne. „Ein Kind zu bekommen ist doch keine Krankheit, es ist das Natürlichste auf der Welt. Wieso sollte es zu Komplikationen kommen?"

Sie atmete tief ein und stieß die Luft fast ruckartig aus.

„Ich glaube, ich spinne zurzeit ein wenig."

Sie setzten sich wieder. Patrick sah Maggie lange an.

„Du hast die beste Betreuung, die man sich vorstellen kann. Guidetta und Schwester Anna. Du bist doch diejenige, die gesagt hat, dass du unser Kind in Bethlehem bekommen möchtest, oder hast du deine Meinung geändert? Es steht uns jederzeit frei, eine andere Möglichkeit zu finden. Auch Deutschland ist eine Option."

Maggie stand auf, setzte sich auf Patricks Schoß, schlang die Arme um seinen Hals.

„Ich schwöre dir, das sind die Hormone."

Patrick nickte. „Das glaube ich auch."

Er drückte seine Frau fest an sich. Sie war das Wichtigste in seinem Leben, nie würde er etwas auch nur riskieren, was ihr im Entferntesten schaden könnte. Wie sie überhaupt auf so was Absurdes gekommen war?

„Glaub mir, Maggie, ich werde alles dran setzen, da zu sein, wenn es so weit ist. Das habe ich geregelt. Ich werde bereits eine Woche vor dem errechneten Geburtstermin freimachen."

Liebevoll küsste er ihre kleine Nase und ließ sie los.

Maggie hatte es sich wieder in ihrem Sessel bequem gemacht. Sie lehnte sich zurück, bestaunte den wundervollen Sternenhimmel. Patrick beobachtete sie verstohlen. Guidetta war eine vorzügliche Gynäkologin, eine bessere kannte er nicht. Guidetta! Wie gut, dass Maggie nicht wusste, dass Guidetta und er eine Affäre gehabt hatten. Aber das gehörte alles der Vergangenheit an. Guidetta sah dies genauso. Wahre Gefühle hatten sie nie füreinander gehegt. Ihm war bekannt, dass sie und Mark immer mal wieder Sex miteinander hatten. Warum auch nicht! Vielleicht brachte dies Mark zur Vernunft und er schlug sich endlich Anna aus dem Kopf.

An diesem letzten Abend des Jahres 1975 gingen sie spät noch einmal hinunter zum Strand. Der Vollmond warf phosphoreszierende Schattenbilder durch die Palmen. Sie setzten sich in den immer noch warmen Sand. Anna streichelte Patricks Arm. Dabei schalt sie sich innerlich für ihre Kleinmütigkeit. Sie hatte Gedanken miteinander verknüpft, die nichts, aber auch gar nichts miteinander zu tun hatten. In Schwester Anna und Dr. Marrozzi hatte sie in der Tat die bestmögliche Betreuung überhaupt und dazu noch ihren Mann und Dr. Seeberger und Dr. Loma. Still lauschten sie den Wellen, die ans Ufer schlugen. Alles fühlte sich wieder gut an.

Patrick kam kurz der Gedanke an Brittas Fehlgeburt. Damals war er nicht an ihrer Seite gewesen. Es war nicht seine Schuld, obwohl sie ihm dies vorgeworfen hatte. Ganz gewiss würde er an Maggies Seite sein, dessen war er sich sicher. Er hatte Maggie nie davon erzählt, warum auch, es würde sie nur verunsichern. Als sie den palmenumsäumten Pfad heimgingen, redeten und lachten sie miteinander, als wären sie schon ein ganzes Leben zusammen.

„Ich liebe unser Baby schon jetzt!", rief Patrick laut und fühlte sich dabei unsagbar froh. „Es soll in Geborgenheit aufwachsen, in einer Familie, die ihm Halt gibt."

„Das wird es, das wird es!", antwortete ihm eine glückliche Maggie.

***

Maggie und Patrick waren vom Schwimmen gekommen. Nun saßen sie gemütlich beim Frühstück, als sie weibliche Stimmen hörten, die ihnen bekannt vorkamen.

„Wer kann das sein?"

Patrick erhob sich. Noch bevor er nachsehen konnte, betraten die Schwester Oberin, Filomena und dahinter Farida die Terrasse. Das Erste, was sie erblickten, waren die ernsten Gesichter der Frauen. Patrick und Maggie standen abrupt auf.

„Was ist passiert?" Patricks Stimme klang besorgt.

„Gar nichts wirklich Schlimmes", beschwichtigte die Ehrwürdige Mutter, wobei ihr Gesicht ein wenig von dem ernsten Ausdruck verlor.

Sie setzte sich auf einen der Stühle, nahm eine Stoffserviette vom Tisch, fächelte sich Luft zu.

„Ist das heiß heute!"

Es machte den Eindruck, als wollte sie hinauszögern, was sie zu sagen hatte. Noch bevor Patrick seiner Ungeduld Luft machen konnte, verkündete sie:

„Herumreden geht nicht!" Dabei sah sie erst Maggie an, dann Patrick.

„Deshalb kurz und klar: Dr. Stern, wir brauchen Sie dringend im Hospital!"

So, jetzt war es heraus!

Patrick holte tief Luft. Die Oberin beobachtete ihn. Er stand mit dem Rücken zum Terrassengeländer, hielt sich mit ausgestreckten Armen dort fest.

„Dr. Marrozzi hat sich die rechte Hand verstaucht und zwar so, dass sie momentan nichts machen kann. Dr. Loma weilt auf dem Beerdigungsfest für seinen verstorbenen Vater, Dr. Seeberger ist im Norden und wird dort dringend gebraucht. Schwester Anna fällt sowieso länger aus!"

Sie machte eine kleine Pause.
„Das ist unsere Situation – muss ich noch mehr sagen."

Noch immer unfähig zu reagieren, setzte Patrick sich wieder an den Tisch. Er blickte von der Oberin zu Maggie, die sich ebenfalls wieder hingesetzt hatte. Maggies Gesichtsausdruck war undefinierbar. Er fühlte ihre Betroffenheit, ihm ging es nicht anders. Flitterwochen ade! Fast fühlte er sich hilflos. Das war vielleicht eine verzwickte Situation.

Filomena stand stumm dabei, wusste auch nicht recht, wie sie die Situation entschärfen konnte. Sie verstand beide Seiten. Eine Weile herrschte völlige Sprachlosigkeit zwischen allen Beteiligten. Farida war in die Küche gegangen, kam mit zwei Gläsern Wasser zurück. Die Oberin und Filomena tranken ihr Glas in einem Zug aus.
„Mir bitte noch ein Glas Wasser", bat die Oberin und hielt Farida ihr Glas hin.
Es schien fast, als wolle sie Zeit gewinnen. Unschlüssig, ziemlich durcheinander sah Maggie Filomena an. Diese setzte sich auf den Stuhl neben Maggie.
„Maggie, ich kann mir vorstellen, dass diese Bitte ein Schock für dich ist."

„Herr, du wirst schon alles regeln", betete die Oberin leise. „Vergelte ihnen auf vielfache Weise, was sie jetzt zu verlieren glauben. Ich verlasse mich auf dich."
Ihr war klar, in was für eine unschöne Situation sie die beiden gebracht hatte. Laut sagte sie.
„Meine Lieben, ich habe es mir nicht leicht gemacht mit dieser Nachricht. Deshalb bin ich selber gekommen."
Sie seufzte.
„Ich frage Sie, Frau Neumaier und Dr. Stern", dabei nahm ihre Stimme einen eindringlichen Ton an, „wie würden Sie in einer

solch schwierigen Situation handeln? Was würden Sie tun, wenn Sie an meiner Stelle wären?"

Jetzt überzog ein Lächeln Patricks Gesicht. Es gab keine Alternative. Er sah hinüber zu Maggie und bemerkte, dass auch sie lächelte.

„Genau wie Sie, Schwester Oberin, ganz genau wie Sie hätte ich gehandelt!" Maggies Stimme klang versöhnlich. Patrick fühlte große Erleichterung.

Es war Filomena, die jetzt sprach.

„Die Schwester Oberin hat mit Conzales und mir die schwierige Situation besprochen, wir haben uns gedacht, dass, falls Patrick mit zurückkommt, ich für ein paar Tage mit Maggie hierbleibe. Deshalb bin ich mitgekommen."

Maggie schaute Filomena überrascht an.

„Natürlich nur, wenn du möchtest, Maggie."

„Wissen Sie was", schlug die Oberin vor, „auf ein paar Stunden mehr oder weniger kommt es nicht an. Ich bin so selten am Meer. Filomena und ich werden hinunter an den Strand gehen und einen kleinen Spaziergang machen. In der Zwischenzeit überlegen Sie es sich."

Ihr Gefühl sagte ihr, dass sie sich nicht getäuscht hatte in den beiden.

Patrick hielt Maggie fest umschlungen, als sie den beiden Frauen von der Terrasse aus nachschauten. Unausgesprochen fühlten sie das Gleiche. Maggie lehnte sich an ihren Mann.

„Ich habe die tollste Frau der Welt geheiratet!", rief der und küsste sie innig.

Es wurden vier herrliche Tage, die Filomena und Maggie miteinander verbrachten.

„Kommt auch nicht alle Tage vor, dass man das Hochzeitsgeschenk für Freunde persönlich genießen kann", amüsierte sich Filomena.

Beide genossen es, sich menschlich näherzukommen. Filomena berichtete viel von ihrem Leben in Portugal, den Töchtern Amelie und Eleanor, die nun bald erwachsen sein würden. Eigene Wege gingen sie sowieso. Maggie erzählte aus ihrem Leben. Auch Episoden, von denen Patrick nichts wusste.

„Jeder Mensch hat Geheimnisse, die gehören nur ihm", meinte Filomena.

Einen der Abende hatten sie mit Farida verbracht und so manches von deren Leben erfahren. Trotz aller widrigen Umstände war Ruhe eingekehrt.

An ihrem letzten Morgen schlenderten sie wie immer zum Strand. Die Sonne war gerade aufgegangen. Ein Vogelschwarm formierte sich, zog in einer eleganten Kurve einen Kreis. Wie ein endloser Teppich aus Edelsteinen glitzerte die smaragdfarbene Wasseroberfläche. Die Frauen liefen hinein, schwammen eine Weile, danach setzten sie sich auf die mitgebrachten Tücher. Filomena legte sich auf den Rücken, schloss die Augen. Maggie betrachtete ihr hübsches Gesicht. Es wirkte an diesem Morgen weich und jugendlich, obwohl sie auf die vierzig zuging.

„Ist es nicht schwer für dich, lange ohne Conzales zu sein", wollte Maggie wissen?

„Überhaupt nicht."

Filomena öffnete die Augen, beschattete sie mit einer Hand.

„Mir taugt das, so wie es ist." Sie zögerte, fuhr dann fort: „Aber glaube ja, Maggie, dass ich von seiner Affären weiß."

Filomena hatte sich wieder aufgesetzt.

„Und das macht dir nichts aus?"

„Doch, aber letztendlich ist ihm seine Familie das Wichtigste. Ihr gegenüber ist er treu."

Ihre Stimme klang äußerst souverän.

„Ich glaube, ich könnte das nicht hinnehmen", sagte Maggie.

„Was heißt hier hinnehmen? Conzales ist Südländer, die mögen nun mal die Frauen. In seinem Herzen ist er ein großzügiger Mann, deshalb liebe ich ihn. Wenn's drauf ankommt, kann ich mich auf ihn verlassen."

Maggie wusste nicht so recht, was sie davon halten sollte.

„Weißt du, wovon ich überzeugt bin?", fuhr Filomena fort. „Männer haben große Angst vor dem Tod. Sie wollen ihre Sterblichkeit nicht zugeben. Das Wissen, nicht mehr atemlos Zärtlichkeiten von verschiedenen Frauen zu erwarten, weil das Leben zu früh enden könnte, das macht ihnen zu schaffen. Deshalb suchen sie die Abwechslung."

„Und du, Filomena, hast du auch Liebhaber?"

Filomena lächelte Maggie an.

„Liebhaber würde ich das nicht nennen, aber ... ich habe auch meine Geheimnisse. Jetzt verstehst du, warum ich in Portugal ganz nach meinem Geschmack leben kann."

Maggie dachte an Conzales. Mit seinen fast fünfzig Jahren kam er ihr manchmal vor wie ein großes Kind. Überaus offen den Sorgen der Menschen gegenüber. Katholisch, wenn es um familiäre Traditionen ging. Nur zufällig erfuhr man von seiner Großzügigkeit. Er hängte nichts an die große Glocke.

Die andere Seite war der ausdauernde Jäger, der hübschen Frauen nicht widerstehen konnte. Wieder eine andere Seite war die des Freundes. Maggie hatte ihn sehr in ihr Herz geschlossen, wie auch die Schwester Oberin an ihm einen Narren gefressen hatte, nicht nur wegen seiner Zuwendungen. Des Öfteren schon hatte sie die beiden herzlich miteinander lachen sehen. Dabei war ihr die Ehrwürdige Mutter wie eine junge Frau vorgekommen.

Maggie betrachtete Filomena, diese ehrliche Person. Sie verstanden einander.

„Es ist wunderschön mit dir an diesem paradiesischen Platz", wandte sich Maggie an sie. Beide Frauen spürten, dass eine Freundschaft fürs Leben entstanden war.

1976

35

Maggie und ihre Schüler verließen den Minibus, der sie auf einer Anhöhe am Rande eines Waldes abgesetzt hatte. Sie befanden sich auf einem Ausflug zum Friedhof der Europäer. Verdanken konnten sie das der Oberin von Bethlehem. Als Maggi ihr die Box mit den Geldgeschenken von ihrer Hochzeit überreichte, da staunten sie beide, welch große Summe zusammengekommen war. Die Oberin entschied spontan, dass dieses Geld für Schulausflüge in kleinen Gruppen verwendet werden sollte.

Der Wald zeigte sich trotz der Trockenzeit üppig grün. Leichter Wind war aufgekommen. Maggie und ihre Schüler gingen hintereinander den fast zugewachsenen Pfad zum Kolonialfriedhof hinunter. Seitlich des Pfades floss ein kleiner Bach. Alle traten fest auf, damit die Schlangen davonhuschten. An Palmen rankten Schmarotzerpflanzen empor. Herunterhängende Lianen und andere Kletterpflanzen warfen dichte Schatten auf den Weg. In den smaragdfarbenen Verästelungen der Bäume befanden sich Nester. Aufgeregt flatterten Vögel davon. Auf einmal weitete sich der Pfad zu einem breiteren, von mächtigen Teakholzbäumen gesäumten Weg. Zwischen den fast entlaubten Riesen blühten Flamboyantes, leuchtend orange, wie züngelndes Feuer. Eine halb verfallene Mauer umgab den kleinen Friedhof. Verwittert, von Flechten überzogen waren nur noch wenige Grabinschriften lesbar, als wollten sie in den Mauern verschwinden und alles Geschehene mit sich nehmen. Auf den Gräbern lagen die welken, abgeworfenen Blätter der Teakholzbäume. Auf einer der verfallenen Grabstätten rankte ein roter Hibiskus. Schmetterlinge umflatterten die Blüten. Wie versteinert lagen Geckos auf verwitterten Baumstämmen. Man entdeckte sie erst, wenn sie sich bewegten.

Seltsam berührt bestaunten Maggie und die Kinder diesen verwunschen wirkenden Ort.

„Willi Kaufmann, geb. 1851, gestorben 1886

Anna Wesendonk geb. 1870, gestorben 1891", las eine der Schülerinnen vor.

„Da sind zwei Kindergräber", rief eine andere. „Seht nur!"

Paula Maier, geb. 1890, gestorben 1895

Hans Maier, geb. 1875, gestorben 1882

„Sie sind nicht alt geworden", flüsterte Esther.

„Ich nehme an, dass Tropenkrankheiten sie dahingerafft haben."

Sehr still, fast ängstlich lauschten die Schüler den Worten ihrer Lehrerin.

„Damals gab es keine Behandlung dafür."

Maggie fühlte mehr und mehr eine eigenartige, beklemmende Stimmung in sich aufsteigen. Es tat ihr nicht gut, auf diesem Friedhof zu sein.

„Liebe Kinder, weiter geht's nach Alala", rief sie, drehte sich um und lief voraus. Es konnte ihr gar nicht schnell genug gehen, von hier wegzukommen.

Am frühen Vormittag in Alala humpelte Schwester Anna auf Krücken gestützt den schmalen Weg entlang zum Muttergottesaltar. Dort setzte sie sich unter einen schattigen Baum, legte die Krücken auf die Seite. Ihr gebrochenes Bein heilte besser als erwartet, der Gips war ab. Sie konnte sogar schon ohne Krücken gehen, benützte sie aber vorsichtshalber bei weiteren Wegen.

Anna war froh, dass die Schwester Oberin ihrem Wunsch entsprochen hatte, sich in Alala auszukurieren. Viel Lebensfreude lag über dem kleinen Dorf und seinen Bewohnern, obwohl manche von der Lepra schwer gezeichnet waren. Anna warf einen Blick auf ihre Kleidung. Sie trug einen dunklen Rock, dazu eine weiße Bluse. Damit fühlte sie sich wohler als im Habit. Schwester Kreszentia lief genauso unkonventionell gekleidet herum. Hier in Alala gestaltete sich das tägliche Leben unkomplizierter als im Kloster. Anna fuhr sich durch die offenen Haare, zupfte sie ein wenig zurecht. Welche Befreiung. Es tat so gut, die Haare offen zu tragen.

Anna bewohnte das etwas abgelegene, von blühenden Hibiskussträuchern umgebene Steinhäuschen hinter der Krankenstation. Dort hatte sie Ruhe, konnte ungestört ihren Gedanken nachhängen, die Tag und Nacht mit Mark beschäftigt waren. Gut, dass sie wenigstens kleine Aufgaben übernehmen konnte, sonst würde sie verrückt werden vor Sehnsucht und Schuldgefühlen. Sie half beim Verbinden, beschriftete Karten, machte Notizen, besuchte die Bettlägerigen. Dabei wurde in so manchen Stunden ihr eigener Kummer winzig klein. Einmal noch hatte Mark sie im Krankenhaus besucht, zusammen mit Guidetta Marrozzi, die mit ihrem verstauchten Arm schon wieder einsatzfähig war.

Anna blickte sich um. Trotz aller inneren Turbulenzen ging es ihr in Alala gut. Sie fühlte sich aufgehoben an diesem Ort, fast geborgen inmitten dieser Leprösen, die hier eine neue Heimat gefunden hatten. Sie kannte alle und alle kannten sie. Anna betrachtete die mit frischen Blumen geschmückte Madonna, hielt stumme Zwiesprache mit ihr.

„Mutter, meine Sehnsucht nach ihm ist immens. Ich weiß nicht, was ich von ihm halten soll. Jetzt, wo wir eine Grenze überschritten haben, bekomme ich ihn kaum zu Gesicht. Wieder weicht er mir aus."

„Schwester Anna, Schwester Anna!"

Josuah kam in seinem Rollstuhl, den er mit einem Handlauf geschickt fortbewegte, angerollt.

„Du hast Besuch!", rief er aufgeregt. „Ganz viele sind gekommen dich zu sehen. Komm!"

Anna bückte sich nach ihren Krücken, stand auf und folgte seiner Aufforderung. Sie freute sich auf ihre Freundin. In Maggie wusste sie eine verwandte Seele, ihr konnte sie vieles sagen, was sie sonst für sich behielt.

Schwester Kreszentia bat Maggi und ihre Schüler, sich im Kreis aufzustellen.

„So, meine Lieben, ich finde großartig, dass eure Lehrerin mit euch hier hergekommen ist." Dabei blickte sie direkt in die Gesichter der Kinder, die etwas betroffen wirkten.

„Ich weiß, dass es nicht leicht ist bei Menschen zu sein, die von der Lepra gezeichnet sind. Aber ...", sie machte eine Pause, „es ist wichtig. Wer weiß, warum es so wichtig ist?"

Einige Schüler hoben die Hand.

„Du", Schwester Kreszentia zeigte auf Myriam.

„Weil die Lepra mit Hilfe moderner Medikamente vollständig heilbar ist."

Schwester Kreszentia nickte.

„Richtig, du hast dir gut gemerkt, was eure Lehrerin über die Krankheit und ihre Behandlung erzählt hat. – Wer kennt die Gründe für die Lepra?"

Fatima meldete sich.

„Verseuchtes Trinkwasser und Unterernährung."

„Richtig, mein Kind. Lepra ist noch immer eine gefürchtete Infektionskrankheit. Und wenn die Menschen geschwächt sind, kann sich diese Infektion leicht ausbreiten. Wie ihr wisst", fuhr sie fort, „werden viele Leprose aus ihren Dörfern gejagt. Das ist so, weil die Menschen Angst vor ihnen haben. Sie fürchten sich davor, auch die Lepra zu bekommen. Also jagen sie die Kranken davon."

Lautes Murmeln war zu vernehmen, mit erschrockenen Gesichtern schauten alle auf die Nonne.

„Und jetzt kommen wir zu eurem Besuch hier, der sehr, sehr wichtig ist. Ihr könnt uns dabei helfen, dass die Menschen in euren Dörfern erfahren, dass es Hilfe gibt."

Staunend, noch immer etwas befangen hörten sie den Erläuterungen der Nonne zu.

„In Alala haben wir vor Jahren angefangen, ein Hilfsprogramm für die Leprakranken ins Leben zu rufen. Und viele der Menschen, die durch die Lepra bereits gezeichnet waren, konnten hier eine neue Heimat finden."

Für einen Moment schaute Schwester Kreszentia hinüber zur Krankenstation. In der Zwischenzeit waren viele Patienten eingetroffen, eine lange Warteschlange hatte sich gebildet.

„Der Doktor wird bald da sein", rief Schwester Kreszentia ihnen zu und winkte. „Ich komme auch gleich!"

Nun hatten sich auch Schwester Anna und Josuah bei der Gruppe eingefunden.

„Es tut gut, dass du da bist", flüsterte Anna ihrer Freundin Maggie zu.

„So, meine lieben Kinder", wandte sich Schwester Kreszentia an die jungen Leute. „Ihr bekommt nun einen Führer, mit ihm dürft ihr das Leprosorium genau inspizieren.

Josuah, du zeigst ihnen das Dorf. Ihr werdet sehen, wie schön es hier ist, wie gut alle miteinander leben."

Während Maggie sich mit Anna in deren Refugium zurückzog, begannen die Schüler ihren Rundgang mit einem überaus stolzen Josuah. Traditionelle Rundhütten wechselten sich ab mit kleinen Steinhäusern. Vor den Häusern saßen die Bewohner auf dem Boden, flochten Matten, wickelten Binden auf Handspulen. Zwischen pickenden Hühnern und kleinen herumflitzenden Äffchen spielten Kinder.

„Wie ihr seht", erklärte Josuah stolz, „leistet jeder seinen Beitrag, so gut er kann."

Die Dörfler freuten sich über die Besucher, luden sie ein, ihre Häuser zu besuchen. Heiterkeit lag über der blühenden Landschaft.

„Wie viele Häuser gibt es?", wollten die Schüler wissen.

„Wir haben Platz für 83 Menschen und das Zentrum wird dieses Jahr erweitert."

Staunend, mit zunehmender Begeisterung standen sie in der Werkstatt, wo Fahrräder zu Behindertenrollstühlen umgebaut wurden, welche die Kranken, wenn möglich, selbst mit einem Handlauf bedienen sollten, so wie Josuah.

Als sie ihren Rundgang beendet hatten, ließ Schwester Kreszentia selbst gemachte Limonade servieren. Dr. Marrozzi, die erwartet wurde, war noch nicht in der Krankenstation eingetroffen, so fand Schwester Kreszentia Zeit für ein kurzes Abschlussgespräch mit den Besuchern.

Maggie und Anna saßen derweil schweigend auf den beiden einzigen Stühlen im Schatten vor Annas Häuschen. Um sie herum im sandigen Boden pickten Hühner mit ihren Küken.

Rhythmische, dumpfe Trommelschläge waren zu hören. Maggie betrachtete Anna, sie war so hübsch in ihrer ungewohnten Kleidung. Ihr offenes, fast zerzaustes Haar stand ihr gut. Aber – sie spürte deutlich Annas Zerrissenheit. Sie hatte mitbekommen, dass Mark bei ihrem gemeinsamen Besuch im Hospital zurückgegangen war zu Anna. Es musste etwas geschehen sein. Anna würde schon selber davon erzählen. Die beiden Frauen hingen ihren Gedanken nach.

„Ein schönes Plätzchen", meinte Maggie.

„Wenn da nicht das unaufhörliche Trommeln wäre. Seit Beginn des neuen Jahres trommeln sie ununterbrochen, Tag und Nacht."

„Und was sagen die Trommeln?"

„Es handelt sich um ein besonderes Ritual", erklärte Anna. Es dient dazu, mit dem Beginn des neuen Jahres böse Geister zu vertreiben. Es dauert 21 Tage lang."

„Da hast du ja noch einiges an Trommelklängen vor dir", meinte Maggie.

Wieder saßen die Freundinnen still da. Obwohl sie sich miteinander wohl fühlten, wussten sie nicht so recht, wie sich zusammenfinden in der kurzen Zeit.

Schließlich griff Maggie nach Annas Hand.

„Wenn ich nur wüsste, wie ich dir helfen kann", flüsterte sie.

Seufzend zog Anna ihre Hand weg, hielt sich die Hände vors Gesicht und begann zu schluchzen.

„Ich habe solche Sehnsucht nach ihm. Ich ..."

Sie nahm ein Taschentuch, versuchte ihre Tränen zu trocknen. Dann putzte sie sich laut die Nase.

„Ich bin so nah am Wasser gebaut."

Sie sprang auf, lief hin und her. Maggie sah ihr betroffen zu.

„Der Herr behüte dich vor allem Bösen, er behüte dein Leben. Der Herr behüte deinen Ausgang und Eingang von nun an bis in Ewigkeit", laut sprach Anna diese Psalmverse. Sie blieb vor Maggie stehen, blickte ihre Freundin mit feuchten Augen an.

„Dieser Psalm begleitet jede Nonne beim Ablegen der ewigen Gelübde. Er hat mir stets Trost gegeben, war mir Halt. Und jetzt ..."

Anna ließ sich auf den Stuhl fallen, wischte sich mit dem Handrücken über die Augen.

„Ach, Maggie", klagte sie. „Dieses Wechselbad der Gefühle – es ist schrecklich. In einer Stunde fühle ich mich behütet und in der nächsten bin ich von völligem Scheitern erfüllt. Alles, von dem ich geglaubt hatte, es als Nonne gefunden zu haben, habe ich in Wahrheit verloren."

„So schlimm, Anna?"

Anna nickte. „Noch viel schlimmer."

Schweren Herzens verließen die Freundinnen einander. Die Schüler warteten.

Das Einzige was Maggie tun konnte, war, für Anna da zu sein.

Als Maggie gegangen war, blieb eine aufgewühlte Anna zurück, es fiel ihr schwer durchzuatmen und gleichzeitig stellte sie mit Entsetzen fest, dass sie über ihrem Kummer nicht einmal nach Maggies Befinden gefragt hatte. Jetzt wirst du auch noch egoistisch, schalt sie sich. Was bist du nur für eine Freundin? Sie ging ins Haus, wo eine Waschschüssel stand, wusch sich das Gesicht. Mühevoll humpelte sie danach zur Krankenstation, um ihre Pflichten wahrzunehmen.

Ziemlich betroffen war Maggie, als sie zurückging zu ihren Schülerinnen. Auch sie quälten Sorgen, über die sie mit Anna hatte sprechen wollen. Patricks Dauereinsatz machte ihr zu schaffen, und die Ängstlichkeiten bezüglich der Geburt, die wurde sie einfach nicht los. Sie nahm sich vor, bald mit Anna zu sprechen. Sie wusste, dass Anna immer für sie da war. Ihr konnte sie sich und ihr ungeborenes Baby anvertrauen.

„Und, meine lieben Kinder, was habt ihr entdeckt?", hört sie Schwester Kreszentias Stimme.
Alle hoben eifrig die Hand, redeten durcheinander.
„Einer nach dem anderen", ermahnte die Nonne.
„Ich werde in meinem Dorf davon erzählen, Schwester", sagte Naomi mit leiser Stimme
„Ich auch, ich auch!"
„Auf diese Weise könnt ihr alle mithelfen, anderen zu helfen", freute sich Schwester Kreszentia. „Seht ihr, jetzt hat die Lepra ein bisschen von ihrem Schrecken verloren. Ihr habt festgestellt, dass manche sogar arbeiten können. Und die umgebauten Fahrräder, sind die nicht großartig?"
Alle nickten begeistert.

Liebevoll betrachtete Maggie ihre Schüler. Sie hatte ihnen einiges über Alala erzählt, so ganz hatten sie ihr nicht geglaubt. Und auch jetzt war klar, dass noch eine Menge Überzeugungsarbeit geleistet werden musste, bis diese falsche Vorstellung über die Lepra aus ihren Köpfen verschwunden sein würde.

„Schwester", fragte Naomi, „behandelt ihr Kranke, die an den gleichen Gott glauben wie du?"

„Mein Kind, wir behandeln alle, die Hilfe brauchen, gleich an welchen Gott sie glauben. Gott ist unser aller Vater."

Damit verließ sie die Gruppe und ging hinüber zur Krankenstation. Sie seufzte. Während sich die Situation der Leprakranken langsam stabilisierte und überschaubar wurde, war jetzt eine neue, sich rasch ausbreitende Krankheit aufgetaucht: AIDS. Niemand wusste Genaues. Anders als bei Lepra gab es noch keine wirksamen Medikamente dagegen.

Mit stolzem Lächeln hatte Josuah bei den Schülern gestanden und zugehört. Als alle sich persönlich bei ihm bedankten und Maggie ihm heimlich einen Geldschein zusteckte, war seine Freude übergroß. Er begleitete die Gruppe bis zum Bus, winkte ihnen, zusammen mit vielen Kindern, lange nach.

Es war unglaublich heiß und stickig, als sie nach Lalimete zurückfuhren. Maggie war froh, sich am Nachmittag hinlegen zu können. Sie schlief bis zum Abend und stellte erstaunt fest, dass es schon dunkel war, als sie aufwachte. Schade, Patrick war noch immer nicht nach Hause gekommen.

***

In Alala war es später Vormittag, als endlich der Arzt eintraf. Aber es war nicht Doktor Marrozzi, sondern Dr. Mark Seeberger. Er stieg aus, stand ruhig da, als er Anna entdeckte. Seine Augen blickten sie gelassen an. Wenn er überrascht war, sie zu sehen, so zeigte er es nicht. Mark sah Anna zum ersten Mal in Rock und Bluse und ohne Kopfbedeckung.

Wie hübsch sie ist, dachte er, wie sehr ich diese Frau liebe! Verdammt noch mal.

Anna wollte seinem Blick nicht begegnen, sah zu Boden. Es war verwirrend, Mark unerwartet zu begegnen.

Zügig begann er mit den Untersuchungen, Schwester Kreszentia assistierte ihm. Anna sah hin und wieder in sein mitfühlendes Gesicht, er war ganz dem jeweiligen Patienten zugewandt. Manchmal streifte sein Blick sie.

Am frühen Abend erst waren die Behandlungen zu Ende. Anna verabschiedete sich, zog sich zurück. Dr. Seeberger trank ein Bier mit Schwester Kreszentia und brach dann auf.

36

Über die durchgelegene Matratze hatte Anna ein afrikanisches Tuch gebreitet. Sie lag angekleidet, mit angezogenen Beinen auf dem schmalen Bett, die Hände hinter dem Kopf verschränkt. Ihre nackten Füße ruhten auf dem zusammengefalteten weißen Bettlaken. Auf dem Fußboden flackerte schwach ein Lämpchen. Etwas weiter hinten stand eine Glasvase mit einem Bougainvilleazweig. Im Raum war es heiß und stickig. Es gab keinen Strom, somit auch keinen Ventilator. Das war ihr egal. Sie schätzte über alles, dass sie in diesem Häuschen mit ihren Gedanken alleine sein konnte. Es war still, das Trommeln hatten aufgehört. Silbernes Mondlicht zeichnete durch das Fliegengitter Muster an die Wand. Wenigstens war sie so etwas geschützt vor den Moskitos. Sie dachte an Mark. Es hatte sie aufgewühlt, ihn zu sehen. Da war diese Sehnsucht nach ihm, die immer stärker wurde.

Anna stand auf, stellte sich auf das Ziegenfell am Steinfußboden. Sie zog sich aus, wickelte ein afrikanisches Tuch um ihren Körper, so wie es die einheimischen Frauen taten. Die Kleider legte sie auf den einzigen Stuhl im Zimmer. Kleidung zum Wechseln hatte sie bei Schwester Kreszentia deponiert. Im Eck stand eine Schüssel mit Wasser, auf dem Hocker daneben lagen Seife, zwei Handtücher und ein weiteres zusammengefaltetes afrikanisches Tuch. Sie sah auf ihre Armbanduhr, die sie auf die Handtücher gelegt hatte. Fast 21.00 Uhr.

Anna nahm ihre Taschenlampe, suchte die Toilette auf. Sie ging ohne Krücken und war froh, dass sie diese nicht mehr wirklich benötigte. Sie hätte die Lampe auch nicht gebraucht, so hell wies ihr der Mond den Weg. Sie musste fast bis zur Krankenstation vorlaufen. Niemand begegnete ihr. Weiter hinten im Dorf flackerten ein paar Lichter. Angst hatte sie noch nie empfunden in Afrika. Wovor ihr grauste, waren die sanitären Anlagen, aber es blieb nichts anderes übrig. Augen zu und durch, lautete die Devise.

Wieder zurück im Zimmer wusch sie sich, trank Tee aus der Thermoskanne, stellte sich nackt ans Fenster und sah hinaus. Sie liebte es, die Haut von der warmen Luft trocknen zu lassen. Plötzlich glaubte sie, etwas zu hören, sie lauschte angestrengt. Anna schlang das afrikanische Tuch um ihren Körper, in diesem Moment klopfte es zaghaft an ihrer Tür.

„Anna, ich bin es."

Es war wie ein Schock. Marks Stimme! Sie griff an ihr Herz, das heftig pochte, und öffnete die Türe.

Sie standen sich gegenüber, er atmete schwer, sah sie an. Auch sein Herz klopfte heftig. Da war sie also, seine Anna, mit nackten Schultern, ohne Ordenskleidung. Mark berührte sie zart. Er küsste ihre Hände, ihre Wangen, berührte ihre Stirn mit seinem Mund. Sie seufzte, schloss die Augen. Er beugte sich vor, küsste ihre Schultern. Von Gefühlen überflutet, ließ sie alles mit sich geschehen.

Dann öffnete sie die Augen, ihre Blicke trafen sich, ihre Pupillen waren riesengroß. Sie lächelte. Zaghaft traf sein Mund auf ihren, blieb dort eine Weile. Sie öffnete ihre Lippen. Er nahm ihr Gesicht in seine Hände, küsste sie härter und drängender. Sie bekam eine Gänsehaut. Immer wilder und heftiger küssten sie sich. Sie zog ihn ins Zimmer, schloss die Tür hinter ihm. Drinnen ließ er abrupt von ihr ab.

„Willst du mich denn wirklich?", flüsterte er mit heiserer Stimme.

Sie nickte. Er hielt für einen Moment die Luft an. Anna ließ sich von ihm aufs Bett ziehen. Er öffnete das Tuch, streifte es ihr ab. Sie schämte sich ein wenig. Er stand auf, ohne die Augen von ihr zu wenden, zog sich ungeduldig aus. Achtlos ließ er seine Kleidung auf den Boden fallen, bis er nackt vor ihr stand. Anna hatte ihm wie hypnotisiert zugesehen. Er kniete sich vor sie und begann sie zu streicheln. Mit rauer Stimme flüsterte er ihr Liebesworte zu. Mit seinen Händen und seinem Mund erkundete er ihren Körper. Er streichelte, küsste sie überall und sie ließ es geschehen. Eine Woge der Erregung hatte ihren Körper erfasst.

„Komm zu mir!", flüsterte sie.

Als er sich zwischen ihre Beine drängte, krallte sie sich in seinen Rücken und schrie auf. Nie hatten sie die Wucht solcher Gefühle erlebt. Sie konnten nicht genug bekommen voneinander. Bald war es Anna, die Marks Körper mit ihrem Mund erforschte, so wie er es zuvor mit ihr getan hatte. Er brauchte keine Antwort mehr, sie liebte ihn. Mit brüchiger Stimme flüsterten sie einander Liebesworte zu. Seine Hände schoben sich unter sie, er drängte sich erneut zwischen ihre Beine und als er wieder in sie eindrang, war sein Gesicht über ihrem und sie sahen sich in die Augen.

„Mark, ich liebe dich, ich liebe dich!", schrie Anna, als ihre Gefühle sich in einer Explosion entluden.

„Ja, Anna, ja, ist ja gut", stammelte Mark und hielt ihren Kopf an sich gedrückt. Noch immer überrascht von der Heftigkeit ihrer Gefühle.

Still lagen die beiden nach den Liebesstunden auf diesem schmalen, durchgelegenen Bett und fühlten ihre warmen Körper. Er roch so gut. Sie streichelte über seine leicht behaarte Brust, schmiegte sich an ihn. Anna fuhr die Linien seiner Lenden entlang, er stöhnte auf und wieder begehrten sie einander. Seine Hände umschlossen fest ihre Brüste. Diesmal liebten sie sich sanft und zärtlich. Liebevoll blickten sie einander dabei in die Augen und was sie darin fanden war höchstes Glück. Danach schwiegen sie, ruhten sich aus. Es brauchte keine Worte, Wie sehr hatte Anna sich nach ihm gesehnt. Niemals war es mit einem Mann so gewesen wie mit ihm. Alles erschien ihr natürlich und richtig.

Ferner Donnergrollen ließ Anna erwachen. Sie bemerkte, dass Mark sie ansah. Es machte sie etwas verlegen, wie er sie betrachtete.
„War ich eingeschlafen?"
Er nickte, ohne den Blick von ihr zu wenden. Er zog sie in seine Arme. Er war der glücklichste Mann der Welt. Draußen kam unvermittelt heftiger Wind auf. Es begann zu regnen.
„Wie wunderbar, und das mitten in der Trockenzeit", flüsterte Mark ihr zu.
Aneinandergekuschelt lauschten sie dem Regen, schliefen ein.

Als Anna erwachte, hatte der Regen aufgehört. Wie viel Uhr mochte es wohl sein? Sie hatte keinerlei Zeitgefühl. Mark lag an ihrem Rücken, mit der gesamten Länge seines Körpers fest an sie geschmiegt. Seine Hand lag auf der Rundung ihrer Hüfte, als fürchtete er, sie könnte ihm in der Nacht entfliehen. Mark spürte ihre Bewegung und erwachte. Er streichelte und küsste ihren Nacken. So viele Jahre lang hatte sie ihren Körper verleugnet. Und wie sehr hatte sie sich gegen diese Liebe gewehrt. Sie drehte sich zu ihm um, wollte ihm sagen, dass sie nichts, aber auch gar nichts bereute.
Er legte ihr den Zeigefinger auf die Lippen.

„Sag jetzt nichts, Anna, sag gar nichts."

Überwältigt und überglücklich nickte sie nur. Sie musste sich zwicken, damit sie sicher war, nicht zu träumen. Mark war da, hier bei ihr in Alala.

Mark sah zum Fenster, die Dämmerung hatte eingesetzt. Er schob ihr Haar beiseite, um mit seinen Lippen ihren Hals entlang zu küssen. Sie hielt ganz still. Schon spürten sie wieder diese Lust aufeinander. Sie drängte sich an ihn, er aber wusste, dass es an der Zeit war zu gehen. Nicht um seinetwillen, sondern um ihretwillen. Es wäre nicht gut, wenn er hier gesehen würde. Sie stand mit ihm auf, nahm das afrikanische Tuch, wickelte es sich um, als würde sie sich plötzlich ihrer Nacktheit schämen. Mark hob seine auf dem Boden verstreuten Kleider auf. Während er sich anzog, fiel Annas Blick auf ihre weiße, unförmige, baumwollene Unterhose und ein ebenso hässliches Unterhemd. Sie bückte sich, hielt die Unterhose hoch.

„Schau mal, Mark, das ist meine Spitzenunterwäsche."

Plötzlich lachte sie. Jetzt stimmte Mark in ihr Lachen ein und dann lachten sie und lachten sie, bis sie in der Gegenwart angekommen waren und es galt, Abschied zu nehmen.

„Ich bedaure nichts, gar nichts."

Sie standen voreinander, hielten sich an den Händen. Mark atmete tief durch.

„Du weißt, wo ich wohne, Anna."

„Ja, ich kenne dein Haus."

„Jederzeit kannst du dorthin kommen …" Er zögerte ein wenig, fuhr fort: „… und auch bleiben."

Anna schluckte schwer.

„Alles wird sich zeigen, Mark, darauf vertraue ich."

„Rafael ist fast immer da. Er bewohnt das kleine Haus auf dem Grundstück."

„Ich kenne deinen Boy, er war schon öfter in Bethlehem."

Sie umarmten sich ein letztes Mal. Schließlich öffnete Anna die Türe und ließ ihn hinaus. Mark verschwand in dem beginnenden Sonnenaufgang.

Anna hielt ihr Gesicht den Strahlen entgegen, dann ging sie zurück und schloss die Türe.

Mit ausgebreiteten Armen legte sie sich in das zerwühlte Bett. Alles roch nach Mark. Sie fasste zwischen ihre Beine. Wund und kostbar fühlte es sich an. Sanfter Schmerz, als Zeichen dieser Nacht voller Seligkeit.

***

Während der Heimfahrt summte Mark vor sich hin. Die Fensterscheiben hatte er heruntergedreht, Fahrtwind umspielte sein Gesicht. In den Fäden der Spinnweben auf den Grashalmen schillerten Trautropfen. Er war glücklich. Erfüllt von dem Erlebnis der letzten Stunden. Er konnte an nichts anderes denken als an Annas Gesicht, ihren Körper, ihre Küsse, ihre Verwunderung in diesen leidenschaftlichen Stunden der Liebe. Tief war sie in seinem Gedächtnis und seinen Gefühlen eingeprägt.

Plötzlich dachte er an seine Mutter. Er sah sie vor sich, wie sie in ihrer dementen Welt die Schachteln im Kleiderschrank mit Rotstift bemalte. Sein Herz krampfte sich zusammen, aber es war kein Schmerz, vielmehr ein tiefes Berührtsein und große Sehnsucht nach dieser fernen Mutter.

Als er in den Weg zu seinem Haus einbog, strahlte die Sonne von einem wolkenlosen Himmel herab. Vor seinem Haus verharrte Mark einige Minuten, als zögerte er, in sein altes Leben einzutreten.

In diesem Augenblick begriff er, dass es keine Zeit mehr zu verschwenden galt. Allzu oft hatte er sich durchs Leben treiben lassen.

Anna war seine Zukunft. Sie mussten über alles sprechen, um einen gemeinsamen Weg zu finden. Die Kostbarkeit dieser Beziehung zählte doppelt, weil sie noch gestern verloren schien. Ich würde gerne endlich zur Ruhe kommen, zur Ruhe kommen mit ihr, dachte er, als er unter der Dusche stand. Er reckte und streckte sich, genoss das spärlich fließende Wasser. Alles an seinem Körper roch nach der Liebesnacht. Am liebsten wäre er ungeduscht ins Hospital gefahren. Noch bevor er sich abgetrocknet hatte, hörte er Stimmen.

„Monsieur Docteur!", rief sein Boy Rafael, „Madame Docteur ist da."

Schon hörte er Guidettas Stimme. „Planänderung", rief sie. „Pack was ein für die Nacht, wir bleiben mindestens drei Nächte weg."

Oh Gott. Mark erschrak, Nein, nicht jetzt, nicht heute. Er fühlte, wie tiefe Unruhe ihn überfiel. Er strich sich mit beiden Händen die nassen Haare aus dem Gesicht, schlang ein Handtuch um die Hüften und betrat das Wohnzimmer. Guidetta hatte sich auf die Couch geschmissen, schaute ihn erwartungsvoll an. Er sah so verändert aus – ob das mit Schwester Anna zu tun hatte? Sie würde ihm auf den Zahn fühlen. Männer waren ja so dämlich, wenn's ums Aushören ging, die verplapperten sich ständig. Wenn eine Frau es raffiniert anstellte, konnte sie ziemlich viel erfahren. Sie musste nur das ahnungslose Weibchen spielen.

„Wie war's in Alala?", fragte sie scheinheilig.

„Wie soll's gewesen sein? Wie immer."

„Und Schwester Anna, hast du die auch gesehen.?"

„Ja, sie kann schon wieder ohne Krücken laufen, es geht ihr besser."

Guidetta setzte sich auf.

„Haben wohl lange gedauert, die Behandlungen gestern? "

„Wieso?"

Mark war auf der Hut.

„Ich bin gestern abends spät bei dir aufgekreuzt."
„So, so."
Mark tat dies als nebensächlich ab.
„War noch in der Buvette."
Sollte sie doch denken, was sie wollte. Sie musterte ihn eingehend, sie glaubte ihm nicht. Ihre Blicke tauchten ineinander, bis Mark den Blick abwandte. Guidetta wusste intuitiv mit der Gewissheit einer betrogenen Frau, dass Anna und Mark miteinander geschlafen hatten. Sie konnte es förmlich riechen. Und – es versetzte ihr einen Stich.
„Wenn du lügst, bist du besonders attraktiv", stellte sie sarkastisch fest.
Mark blieb stumm, drehte sich um, ging ins Schlafzimmer und zog sich an. Verdammt noch mal, die konnte doch gar nichts wissen. Das hat gerade noch gefehlt, dass sie ihm nachspionierte. Nicht auszudenken, wenn alles herauskam, noch bevor er und Anna einen Weg gefunden hatten.

Guidetta stand auf, lief im Zimmer hin und her. Obwohl sie sich nie was versprochen hatten, war sie eifersüchtig. Eine Nonne hatte ihr den Liebhaber ausgespannt, famos, das gab's selten. Sie musste sich sehr zurückhalten, damit sie Mark nicht unschöne Dinge an den Kopf warf. Dieser Dreckskerl! Und dieses Luder von Nonne, ganz schön dreist.

Als Mark angekleidet aus dem Zimmer trat, hatte Guidetta sich wieder gefasst und zeigte ihm ihr strahlendes Lächeln. Wie eine Spinne ihre ins Netz gegangene Beute fixiert, so betrachtete sie Mark. Wäre doch gelacht, wenn sie in den nächsten Nächten nicht mit ihm schlafen würde. Er war doch nur ein schwacher Mann und sie hatte mal wieder richtig Lust auf ihn. Dass Anna und er miteinander geschlafen hatten, nun, das machte einen zusätzlichen Reiz aus.

„Du kannst dein Auto stehen lassen und mit mir fahren", bot Guidetta an.

Mark lehnte ab, er wollte sie auf gar keinen Fall um sich haben.

Während der Fahrt ins Hospital überschlugen sich seine Gedanken. Alles in ihm war in Aufruhr. Wie konnte er es schaffen, nicht mitfliegen zu müssen? Fieberhaft suchte er nach Möglichkeiten, Anna zu treffen. Vielleicht konnte er mit Patrick tauschen? Nur, was für eine Ausrede konnte er gebrauchen? Als das Hospital in Sicht kam, fühlte er sich fast hilflos. So eine Chance, allein miteinander sein zu können wie in Alala, würden sie so schnell nicht wieder bekommen.

Anna kuschelte sich nackt in das verschwitzte, zerknüllte Laken. Tiefes Glück durchströmte ihren Körper. Der Kokon, den sie um ihre Gefühle für Mark gewoben hatte, war aufgebrochen. Und – es erstaunte sie, dass sie sich nicht schuldig fühlte. Im Gegenteil, sie war ganz bei sich.

„Mutter Gottes", betete sie, „du hast Mark und mir unendlich viel Freude geschenkt. Mach, dass es nicht flüchtig ist, hilf uns, einen Weg zu finden."

Sie drehte sich auf den Rücken, schloss die Augen, fuhr mit den Fingerspitzen über Nase, Mund, Hals und Brüste. Sie seufzte. Ihr war, als zeichne sie Marks Spuren nach. Sie öffnete ihre Augen wieder. Das morgendliche Sonnenlicht zeichnete durch das Fliegengitter Muster auf ihren Körper. Bei ihrem Einzug in dieses Häuschen hatte sie einen tauben, verfleckten, kleinen Spiegel gefunden. Anna stand auf, stellte sich mit dem Spiegel in der Hand ans Fenster, schaute hinein. Zwischen den Flecken erblickte sie eine freie Frau mit leuchtenden Augen. Eine Ordensfrau sah sie nicht.

Sie wusch sich, zog sich an. Während sie dies tat, gab sie sich groß und heilig das Versprechen, keine Zweifel zwischen diese Liebe kommen zu lassen. Anna öffnete die Türe. Die Bougainvilleen leuchteten wie frisch gewaschen. Tief sog sie den süßlichen Duft von Frangipani ein. Äffchen huschten vorbei. Sie trank den Rest Tee aus der Thermoskanne, schüttete das Waschwasser weg, schloss die Türe. Zeit, sich den Tagespflichten zu stellen, dachte sie glücklich. Beschwingt lief sie zur Leprastation hinüber, als hätte sie nie einen Beinbruch gehabt.

Es gab viel zu tun an diesem unglaublich heißen Tag. Sie musste sich sehr konzentrieren, die Nacht mit ihrem Zauber schob sich immer wieder in ihre Gedanken und Gefühle, als hätten Marks Liebesschwüre ein Echo hinterlassen. Anna wurde nicht müde zu helfen. Die Kranken suchten ihre Nähe, noch mehr als an den anderen Tagen, als ob sie sich an Annas Leuchten aufladen wollten. Nie hätte sie sich träumen lassen, an einem Ort wie Alala so viel Glück, Schönheit und Frieden erleben zu können.

„Schwester Anna", vernahm sie Schwester Kreszentias Stimme aus dem Nebenzimmer, „können Sie mal rüberkommen?"

Anna war gerade mit einem Verband fertig, verabschiedete die Patientin. Auf einem kleinen Tischchen hatte Schwester Kreszentia eine große Kanne Kaffee, zwei Tassen, ein verschraubtes Glas mit Zucker und vier Scheiben Hefezopf hingestellt.

„Jetzt frönen wir unserem Laster", rief sie begeistert und goss Kaffee ein.

Anna nahm die beiden Hocker, stellte sie an den Tisch. Beide nahmen Platz. Schwester Kreszentia öffnete das Zuckerglas, schüttete eine Menge Zucker in ihre Tasse. Anna nahm dies lächelnd zur Kenntnis und trank den ersten Schluck. Sie liebte ihren Kaffee schwarz.

„Oh, der ist stark!", rief sie.

„Mir kann er nicht stark genug sein", lachte Schwester Kreszentia und kostete genießerisch von ihrem völlig überzuckerten Kaffee.

„Die Ehrwürdige Mutter würde der Schlag treffen", meinte sie und leckte genussvoll über ihre Lippen.

Anna aß fast gierig von dem Kuchen. Sie merkte erst jetzt, wie hungrig sie war. Schwester Kreszentia beobachtete Anna verstohlen. Wenn sie sie so ansah, hatte sie das Gefühl, dass sich etwas an ihr verändert hatte. Sie mochte die Schwester am liebsten von allen, jeder mochte sie. Schwester Anna war nicht nur mit gutem Aussehen gesegnet, sie war voller Liebe. Überall wo sie hinkam freuten sich die Menschen. Schon lange hatte sie bemerkt, dass auch Dr. Seeberger von Anna verzaubert war. Sie und Anna konnten auch herrlich miteinander lachen, das brauchte es dringend. Lachen war gesund. Gott liebt nicht die Griesgrämigen, er liebt vielmehr die Heiteren.

„Jetzt, wo Ihr Bein ziemlich in Ordnung ist, Schwester Anna, wird man Sie bald wieder im Hospital einsetzen. Man braucht Sie dort dringend."

Anna erschrak. Sie wollte nicht fort, noch nicht. Das Häuschen war die einzige Möglichkeit, wo sie mit Mark alleine sein konnte. Sie überlegte fieberhaft, musste ruhig bleiben, durfte nicht aufgeregt wirken. Anna blickte ihrer Mitschwester geradewegs in die Augen.

„Bitte, Schwester, ich wünsche mir sehr noch bleiben zu dürfen. Hier werde ich doch auch gebraucht."

Schwester Kreszentia nickte. Hörte sie da Bestimmtes heraus? Sie konnte es nicht einordnen. Plötzlich stand ihr eine Szene vor Augen. Gestern hatte sie bemerkt, wie Schwester Anna zufällig die Hand auf Dr. Seebergers Arm legte. Sie glaubte aber auch erkannt zu haben, dass dies keine Absicht war. Ach was, schalt sie sich, du altes Mädchen bist ja schon verwirrt, hör auf, dir Gedanken zu machen. Die Frauen tranken die Kanne Kaffee leer, verspeisten den Kuchen, gingen wieder an ihre Arbeit.

Friedliche Stimmung lag über der Leprastation am Ende des Tages. Vor den Hütten saßen die Dorfbewohner und plauderten miteinander. Überall flackerten Petroleumlämpchen. Schwester Kreszentia und Schwester Anna hatten zusammen Abendbrot gegessen und machten jetzt ihren Rundgang. Schwester Kreszentia betrachtete ihre Mitschwester verstohlen. Dieses Bild von Schwester Anna und Dr. Seeberger, es ließ sie seltsamerweise nicht mehr los, weckte Erinnerungen. Vielleicht schwärmten sie ja füreinander. Kein Wunder, zwei attraktive Menschenkinder waren das, nicht so heruntergewirtschaftet wie sie und die anderen alten Nonnen. Auch sie war mal jung gewesen. Mit dem Eintritt ins Kloster verschwanden ja nicht die Gefühle. Das wird's wohl sein, beruhigte sie sich.

„Ich werde Ihnen frisches Wasser bringen lassen", teilte Schwester Kreszentia mit, als sich die beiden Nonnen für die Nacht voneinander verabschiedeten.

„Danke, Schwester, schlafen Sie gut!"

Bevor sich Schwester Kreszentia zur Ruhe begab, setzte sie sich wie jeden Abend vor die Statue der Gottesmutter. Sie liebte es, nach getaner Arbeit ihrer Schutzpatronin von ihrem Tag zu erzählen. Heute konnte sie ihre Gedanken nicht recht sammeln. Anna und Dr. Seeberger gingen ihr nicht aus dem Sinn. Schon einmal hatte sie bemerkt, wie ihre Blicke ineinandergetaucht waren, dort blieben und sich erschrocken wieder voneinander losrissen. Nun, das war schon lange her. Sie durfte nicht darüber nachdenken, was passieren würde, wenn Anna …

Nein, Schwester Kreszentia verbot sich weiterzudenken. Anna nahm ihre Berufung ernst. Es war schön, sie hier zu haben. Anna schätzte genau wie sie die besonderen Freiheiten in Alala. Allein schon die unkonventionelle Kleidung, sich nicht an Gebetszeiten halten zu müssen, keine Aufsicht zu haben – das entsprach ihrer beider Naturell. Dabei dachten die anderen Nonnen immer, welch schwierige Aufgabe sie zu meistern hätte. Aber das stimmte ja gar nicht. Hier lebte sie viel freier als in jedem Konvent.

Hoffentlich durfte Anna noch bleiben. Sie wandte sich dem spärlich beleuchteten Gesicht der Madonna zu, betete innig für Dr. Seeberger und Schwester Anna. Sie würden schon das Richtige tun, davon war sie überzeugt, und im Übrigen war es ja so, dass Dr. Seeberger ein Gesuch gestellt hatte, abgelöst zu werden.

Ein Lied vor sich her summend lief Anna zu ihrem Häuschen, wo zwei flackernde Lämpchen diffuses Licht verbreiteten. Voller Sehnsucht setzte sie sich in den ramponierten Sessel vor der Tür. Wann würden sie sich wiedersehen? Sie hörte Schritte, ihr Herz klopfte. Wasser wurde gebracht, eine große Thermoskanne mit Tee, eine Dose mit Zwieback. Anna öffnete den beiden Frauen die Türe, stellte eines der Lämpchen ins Zimmer, ließ alles hineintragen. Sie bedankte sich, goss eine große Tasse Tee ein, schloss die Türe und setzte sich wieder nach draußen. Sie streckte die Beine weit von sich.

Mark, Mark, Mark. Wo bist du? Nichts, aber auch gar nichts hatten sie besprochen in diesem Taumel der Gefühle. Ein Zittern ging durch ihren Leib. Die Zärtlichkeit seiner Worte prickelte auf ihrer Haut. Unruhig stand sie auf, ging herum und rieb die Oberarme. Dabei füllte sich ihr Herz mehr und mehr mit Sehnsucht, ihr Körper verlangte nach ihm. Sie hoffte inständig, dass Mark kommen würde und sie zusammen sein könnten. Sie wusste, dass er die nächsten Tage Dienst im Hospital hatte.

Mein Gott, war sie aufgewühlt. Selbst Beten half nicht. Sie musste draußen bleiben und warten, es war wie ein Zwang. Sie setzte sich in den Sessel, verschränkte die Arme hinter dem Kopf und betrachtete den erhabenen Sternenhimmel. Eines ihrer Lieblingslieder von Schubert fiel ihr ein – die Sterne. Wie oft hatten Martin und sie dieses Lied miteinander gesungen. Anna begann leise zu singen …

Wie blitzen die Sterne so hell durch die Nacht!
Bin oft schon darüber vom Schlummer erwacht.
Doch schelt' ich die lichten Gebilde drum nicht,
Sie üben im Stillen manch heilsame Pflicht.

Sie wallen hoch oben in Engelgestalt,
Sie leuchten dem Pilger durch Heiden und Wald.
Sie schweben als Boten der Liebe umher,
Und tragen oft Küsse weit über das Meer.

Sie blicken dem Dulder recht mild ins Gesicht,
Und säumen die Tränen mit silbernem Licht.
Und weisen von Gräbern gar tröstlich und hold
Uns hinter das Blaue mit Fingern von Gold.

So sei denn gesegnet, du strahlige Schar!
Und leuchte mir lange noch freundlich und klar!
Und wenn ich einst liebe, seid hold dem Verein,
Und euer Geflimmer lasst Segen uns sein!

Anna war erstaunt, dass sie noch den ganzen Text konnte. Erneut holte sie sich Tee, knabberte von dem Zwieback, lauschte den Stimmen der Nacht, wartete und wartete. Sie lief umher, setzte sich, lief wieder herum. Sie dachte sich tausend Gründe aus, warum er nicht kommen konnte und tausend, warum er kommen musste. Bei jedem Geräusch glaubte sie, er wäre es.

37

Maggie und ihre Kollegin Aafarin Musanga bummelten am Samstag in der beginnenden Dämmerung über den Markt. In der Zwischenzeit waren sie nicht nur Kolleginnen, sondern auch Freundinnen geworden. Obwohl sie sich die Woche über in der Schule begegneten, hatte sich Maggie sehr gefreut, das Aafarin sie besuchen kam. Sie war noch immer aufgewühlt, wegen des Streits mit Patrick. Sie hatte sich auf ein Wochenende mit ihm gefreut und er hatte sich schon wieder überreden lassen, Dienste zu übernehmen. Angeblich hatte Mark eine unaufschiebbare Angelegenheit zu erledigen. Ihr Ehemann würde für mindestens drei Tage fort bleiben.

Maggie liebte dieses bunte, lebendige Treiben am Abend des großen Markttages. Die Menschen befanden sich nach der großen Hitze in Feierabendstimmung. Man hatte verkauft, gekauft, gehandelt. Wo tagsüber Stoffe angeboten wurden, waren jetzt Tische und Bänke aufgestellt. Dort nahmen Maggie und Frau Musanga nebeneinander Platz. Im Schein flackernder Petroleumlämpchen verzehrten sie winzige Fleischspieße in scharfe Soße. Dazu tranken sie süßen Tee.

„Ich habe manchmal das Gefühl, dass Patrick meine Schwangerschaft nicht ernst genug nimmt", wandte sich Maggie an ihre Freundin.

Es tat ihr wohl, Aafarin ihr Leid zu klagen. Aafarin kaute zufrieden auf dem zähen Fleisch herum. Sie nahm ihr Stofftaschentuch, wischte sich über den Mund, steckte es wieder ein. Sie fasste nach Maggies Hand, blickte ihr ins Gesicht.

„Ich kann verstehen, dass du ängstlich bist. Du bekommst dein erstes Baby, bist nicht mehr ganz jung. Aber" – sie zog dabei das „Aber" lange hinaus – „du solltest glücklich sein. Dein Mann kümmert sich. Schwester Anna ist für dich da, Dr. Marrozzi, die Nonnen und viele Menschen, die dich lieben. Ich natürlich auch", dabei lege Aafarin die andere Hand auf ihr Herz, lächelte Maggie liebevoll an.

Maggie zögerte mit der Antwort.

„Ich weiß, ich bin manchmal ungerecht", antwortete sie und ließ die Hand ihrer Freundin los. „So empfindlich. Ich denke, das macht die Schwangerschaft."

„Ihr weißen Frauen habt Glück mit euren Männern", fuhr Aafarin fort. „Afrikanische Männer kümmert wahrhaftig nicht, wie es einer Frau in der Schwangerschaft geht. Hauptsache, sie ist fruchtbar. Afrikanische Frauen auf dem Land arbeiten auch während der Schwangerschaft von frühmorgens bis zur Dunkelheit. Sie sammeln Feuerholz, stampfen Fufu, bereiten die Mahlzeiten, bearbeiten ihr Feldstück."

Ihre Stimme hatte einen fast aggressiven Ton angenommen.

„Und gar nicht selten betreuen sie noch einen kleinen Verkaufsstand, um ihre Familie durchzubringen. Sie gebären die Kinder, sind bis zum achten Lebensjahr für Ernährung und Schule verantwortlich." Sie seufzte. „Aber du kennst das doch alles Maggie. Du hast selber mit diesen Problemen in der Schule zu tun."

Maggie nickte.

Während sie sich weiter unterhielten und dabei versuchten, das überaus zähe Fleisch kleinzubekommen, bemerkten sie ganz in ihrer Nähe einen alten Afrikaner. Seine Kleidung wies ihn als Nomade aus. Auf einen Stock gestützt beobachtete er sie. Die beiden Frauen luden ihn ein, mit zu essen, was er mit dem Kopf nickend, jedoch wortlos annahm. Er setzte sich an ihren Tisch, zeigte auf das Bier, das die Männer am Nebentisch tranken. Maggie stand auf, besorgte Fleischspieße, Reis und eine Flasche Bier für ihn. Bevor er aß, nahm der Alte die Flasche, stand auf, ging etwas weg vom Tisch und trank von dem Bier. Dabei wandte er den Frauen den Rücken zu.

„Damit Allah oder wir nicht sehen, dass er Alkohol trinkt", flüsterte Frau Musanga verschmitzt lächelnd hinter vorgehaltener Hand

Dann setzte er sich wieder zu ihnen. Er ließ sich viel Zeit mit dem Essen. Jedes Mal, wenn er von dem Bier trank, stand er auf und wandte sich ab. Als er mit essen und trinken fertig war, lächelte er die beiden Frauen an, verneigte sich, hob die Hand zum Gruß und trollte sich noch immer wortlos davon.

Warm und schön war die Nacht, als Aafarin Maggie mit der Taschenlampe in der Hand nach Hause begleitete. Maggie hatte sich wieder gefangen. Es gab keinen Grund, sich über Patrick zu beschweren, der tat nur seine Pflicht. Auf der Straße flanierten junge Menschen fröhlich auf und ab. Freunde und Freundinnen hielten sich an den Händen. Manche von ihnen sangen. Die besser gestellten Jungs besaßen ein Fahrrad. Ohne Licht fuhren sie damit herum. Nie sah man ein Mädchen Fahrrad fahren.

„Guten Abend, Monsieur", riefen sie Maggie und Frau Musanga zu.

„Da hörst du es", sagte Aafarin. „Die afrikanische Männergesellschaft!"

Ihre Stimme hatte einen verächtlichen Ton angenommen, dabei zog sie die Spucke durch die Zähne.

„*Guten Abend, Monsieur.* Obwohl sie uns kennen, nennen sie uns aus Respekt vor dem Mann Monsieur. Wusstest du übrigens, dass, wenn Kinder krank sind, erst der Vater gefragt werden muss, ob sie zum Féticheur oder zum Arzt gehen dürfen?"

„Wusste ich nicht."

Maggie fiel ein, was Schwester Anna ihr erzählt hatte, dass es nicht selten vorkam, dass Männer sich weigerten für ihre Frauen und Kinder Blut zu spenden. Nachdenklich setzten die beiden Frauen ihren Weg fort. Maggie hängte sich bei ihrer Freundin ein.

„Das hat in Europa auch seine Zeit gebraucht", sagte sie. „Frauen wie du sind Wegbereiter."

Aafarin schüttelte den Kopf.

„Noch sehe ich nicht, wie das gehen soll. Wir afrikanischen Frauen, Maggie, wir tun uns schwer damit, uns zu befreien, wie ihr Weißen das nennt."

Sie dachte an ihren Mann, der sich nicht um die beiden Kinder kümmerte, der einfach fortgegangen war, sich eine andere, jüngere Frau genommen hatte. Nicht ein einziges Mal war er gekommen, um seine Kinder zu sehen. Er schickte kein Geld. Sie hatte ihm einen Brief geschrieben und gebeten, die traditionell geschlossene Ehe als beendet zu betrachten.

Sie wollte Maggie nicht damit belasten, hatte ihr nicht alles über diese Beziehung erzählt. Eine afrikanische Frau tat das nicht. So sehr sie Maggie mochte und so gut sie sich auch verstanden, sie lebten doch in zwei verschiedenen Welten. Aber es war schon ein großer Fortschritt, eine Freundin wie Maggie zu haben.

Unterwegs besorgten sie beim Libanesen eine Flasche Gin, Geschenk für Maggies Nachbarin Celeste. Diese war heute nach einem Besuch bei ihrer Großmutter vorbeigekommen und hatte von dem Mann erzählt, der für die Großmutter einen neuen Brunnen bohrte.

„Ihm ist die Kelle in den Schacht gefallen, ein Zeichen, dass der Brunnengeist durstig ist!"

Nun musste eine Zeremonie abgehalten werden, um den Durst des Geistes mit zwei Flaschen Gin zu löschen. Die Familie konnte nur Geld für eine Flasche Gin aufbringen.

Als sie am Krankenhaus vorbeikamen, saßen Schüler im beleuchteten Eingangsbereich und lernten. Manche von ihnen ließen sich schon jetzt den Nagel des kleinen Fingers langwachsen, um zu demonstrieren, dass sie für die Feldarbeit nicht mehr zuständig waren.

Anna saß vor ihrem Häuschen in Alala. Sie sah auf ihre Armbanduhr – schon 22.00 Uhr. Sie fühlte sich ziemlich durcheinander. Fast war ihr, als wäre die letzte Nacht einer anderen Frau geschehen. Plötzlich zweifelte sie an sich selber. War sie ganz und gar verrückt geworden? Vielleicht machte Mark einen Rückzieher, vielleicht wollte er das alles gar nicht mehr? Vielleicht hatte er sogar Gewissensbisse? Vielleicht, vielleicht, vielleicht. Konnte es sein, dass sie im Taumel der Leidenschaft alles, was ihr heilig war, missachtet hatte? Anna halt inne, du wolltest keine Zweifel aufkommen lassen, schalt sie sich. Sie sprang auf, ging unruhig hin und her. Schließlich betete sie doch noch.

„Vater, ich weiß nicht, was du mit uns vorhast. Hilf mir, eine Entscheidung zu treffen. Wenn Mark heute Nacht kommen sollte und mir sagt, dass er mich liebt, dann ist das ein Zeichen, dann werde ich das Kloster verlassen, um mit ihm zu leben."

Auf einmal glaubte sie einen Wagen zu hören. Sie blieb stehen und lauschte. Ihr Herz klopfte. Nichts geschah, sie hatte sich getäuscht.

„Anna!"

Das war Marks Stimme. Ein Meer von Tränen lief über ihre Wangen, als Mark sie fest in den Arm nahm. Auch Mark war verunsichert gewesen. So viele widersprüchliche Gedanken hatten ihn geplagt. Als sein Mund sie berührte, wusste er, alles war richtig. Er küsste ihr die Tränen vom Gesicht. Anna klammerte sich an ihn, drängte sich ihm entgegen. Sie waren beide aufgewühlt, konnten es kaum erwarten, zusammen zu kommen. Mark löste sich von Anna, zog ungeduldig seine Kleidung aus, warf sie auf die Seite. Er legte sich mit dem Rücken auf den Boden, streckte die Hand nach Anna aus. Ungeduldig zog er sie auf sich. Er schob ihre Bluse hoch, umklammerte ihre Brüste. Er drehte Anna auf den Rücken, führte seine Hand an der Innenseite ihrer Schenkel entlang. Anna stöhnte vor Lust. Er schob ihren Rock hoch, zog ihr die Unterhose aus. Anna spreizte ihre Schenkel und Mark drang tief in sie ein. Anna nahm ihn ganz in sich auf.

Seine Bewegungen wurden immer heftiger, sie passte sich seinem Rhythmus an. Beide atmeten schwer. Anna hatte ihre Augen geschlossen, hielt sich an seinem Rücken fest. Sie nahm nichts mehr um sich herum wahr, gab sich ganz dieser alles verzehrenden Lust hin.

„Sieh mich an, Anna, sieh mich an", forderte Mark sie mit leidenschaftlicher Stimme auf.

In dem Moment, als sie ihn ansah, schrien beide ihre Gefühle hinaus. Danach lagen sie wie betäubt, eng umschlungen auf dem Boden.

„Oh mein Gott, Mark."

Anna fand als Erste ihre Stimme wieder.

„Wenn uns jemand gehört hat?"

Mark sah sie verschmitzt an. Dann begann Anna zu lachen und Mark stimmte ein. Es war wie eine Befreiung von all den Zweifeln, die sich in beiden angesammelt hatte. Sie lachten so lange, bis Anna Mark den Finger auf den Mund hielt. Sie erhoben sich vom Boden. Unglaublich, dachte Mark, als er zusah, wie Anna Rock und Bluse glattstrich. Sie sieht aus wie immer, genauso züchtig wie als Nonne.

Anna öffnete die Türe, ging ins Haus, während Mark seine Kleidung und Annas Schlüpfer zusammenklaubte und ihr folgte. Mark schloss die Türe hinter ihnen, warf seine Kleider ins Eck. Sie standen einander gegenüber im diffusen Licht des flackernden Lämpchens, sahen sich in die Augen. Anna fühlte sich fast befangen, wie sie Mark so nackt vor sich stehen sah. In aufflammender Verlegenheit senkte sie die Lider. Langsam knöpfte er ihre Bluse auf. Anna genierte sich ein wenig für die biedere Kleidung. Sie fasst nach seiner Hand.

„Lass mich das machen. Schließ deine Augen", gebot sie ihm sanft.

Mark gehorchte. Er hörte, wie Anna sich die Kleidung auszog. Dann spürte er nackte Arme, die sich um seinen Körper legten. Er öffnete die Augen. Sanft drängte er sie zum Bett hin. Behutsam, sehr langsam begann er sie zu streicheln. Er saugte an ihrem Mund, bedeckte ihre Brüste mit zarten Küssen. Mit großer Inbrunst erwiderte Anna alle Zärtlichkeiten. Seine Lippen berührten sie überall, erkundeten ihre geheimsten Stellen. Schmetterlinge tanzten erneut durch ihren Leib. Jedes Stückchen Haut reagierte auf ihn. In animalischer Lust lag sie mal über ihm, mal unter ihm. Wie im Taumel bewegten sich ihre Körper. Heiser flüsterten sie sich Liebesworte zu. Anna umklammerte ihren Geliebten. Nur noch fühlen wollte sie. Immer wieder zog er sich aus ihr zurück, um sie erneut zu erobern. Sie konnte ihren eigenen Atem hören, laut und stoßweise. Ihre Hände glitten um seinen Hals, klammerten sich an ihn, zogen ihn erneut in ihren Körper. Mark stöhnte vor Lust stammelte immer wieder ihren Namen. Anna wollte nichts anderes mehr, als sich ihm hingeben. Seine Frau wollte sie sein. Ein Leben als Schwester Anna existierte nicht mehr.

Auf die Ellbogen gestützt betrachtete Mark seine Anna. Wie konnte es weitergehen, was würde aus ihnen werden? Unter seinem Blick wandte sie scheu den Kopf zur Seite.

„Glaubst du, dass wir einen Fehler begangen haben?"

„Aber Anna."

Sanft drehte er ihr Gesicht zu sich. Er fühlte ihre Hilflosigkeit. Ob sie wusste, wie sehr er sie liebte und brauchte?

„Zu lieben kann niemals falsch sein."

Zärtlich berührten seine Lippen ihr Gesicht.

„Mark?"

„Ja, Anna?"

Auf einmal sprudelte es nur so aus ihr heraus, was sie entschieden hatte, wenn er heute kommen würde: dass sie nicht länger eine Nonne sein konnte, dass sie austreten würde aus dem Kloster. Er hielt sie fest, als wollte er sie nie mehr loslassen.

„Wir werden einen Weg finden, Anna."

Während er dies aussprach und auch so meinte, spürte er gleichzeitig Ängste in sich hochsteigen. Was ihm zu schaffen machte, war die Tatsache, dass für Anna die Hürden unendlich hoch lagen. Innerlich verfluchte er auch sein eingereichtes Versetzungsgesuch. Ganz plötzlich fühlte er sich aus der Geborgenheit herausgerissen, einer Geborgenheit, die er zum ersten Mal mit ihr erlebt hatte

Sie ließen einander los. Anna betrachtete ihn.

„Noch nie habe ich etwas so sehr gewollt wie diese Beziehung mit dir. Ich liebe dich von ganzem Herzen, Mark. Ich fühle, dass wir zusammengehören."

Er zog ihren Kopf an seine Brust.

„Ich auch, Anna, das ist unsere Wahrheit."

„Ich werde der Ehrwürdigen Mutter mitteilen, dass ich das Kloster verlasse."

Annas Stimme klang belegt, jedoch entschlossen.

Dabei sah sie ihn tapfer an, erschrocken über ihrem eigenen Mut. Jetzt war es ausgesprochen, jetzt gab es kein Zurück mehr. Dann begann sie zu weinen. Mark fühlte mit ihr, das war eine schwere Entscheidung und sie musste sie alleine treffen. Er durfte sie nicht beeinflussen. Mit der Zungenspitze nahm er ihre Tränen auf.

„Glaubst du, das wir einen gemeinsamen Weg finden, Mark?"

Dabei bedeckte sie sein Gesicht mit Küssen.

„Ja, Anna, das glaube ich ganz fest."

Sie seufzte. Plötzlich erhellte ein Blitz den kleinen Raum. Unmittelbar danach folgte ein krachender Donner.

„Jetzt werden wir auch noch vom Blitz getroffen!", rief sie.

„Sind wir das nicht schon längst, Anna?"

Das Gewitter verzog sich genauso schnell, wie es aufgezogen war. Regen blieb aus.

„Wie wollen wir vorgehen?"

Mark war jetzt ganz Pragmatiker, genau wie bei seiner Tätigkeit als Chirurg. Aus seinen grüngold-gesprenkelten Augen blickte er sie an.

„Ich meine, das hier in Alala ist eine Ausnahmesituation. So allein werden wir in nächster Zeit nicht sein können. Ich …" er zögerte, „es wird mir unendlich schwerfallen dich nicht immer erreichen zu können. Wer weiß, wie die Schwester Oberin reagiert. Was ist, wenn sie dich fortschickt?"

Anna schaute ihn erschrocken an.

„Wir sollten Maggie und Patrick einweihen, damit wir einander in jedem Fall erreichen können, was meinst du?"

Anna nickte. „Du hast recht, das sollten wir. Ich werde mit beiden sprechen."

„Ich auch!"

Wieder angezogen, sich an den Händen haltend traten sie hinaus in die Nacht. Die Sterne funkelten von einem klaren Himmel herab, der Mond war nicht zu sehen.

„Und wenn ich schwanger geworden bin?", flüsterte Anna.

„Ach, Anna!" Mark umarmte sie heftig. „Ich weiß, wir haben keinerlei Vorsicht walten lassen. Dann, Anna, werden wir ein Kind bekommen."

„Du bist ja verrückt, Mark."

Stille lag über der nächtlichen Landschaft, als sie sich voneinander verabschiedeten, als hörten Tiere, Bäume und selbst der Wind ihnen zu.

Mark war fort. Lange hatte Anna draußen gesessen und in sich hineingespürt. Sie war es leid, ein Leben zu leben, das nicht ehrlich war. In ihrem Herzen war sie lange schon keine Nonne mehr. Das spürte sie mit aller Deutlichkeit. Sie und Mark gehörten zusammen. Niemals als Ordensfrau hatte sie solche Freuden empfunden wie mit ihm. Sie fühlte unsagbares Glück, aber auch Zerrissenheit und Angst vor ihrer eigenen Courage. Tief atmete sie die etwas kühlere Nachtluft ein. An Schlaf war nicht zu denken.

„Mutter Gottes", betete sie inbrünstig, „ich kann mir nicht vorstellen, dass ich diese Liebe empfinden kann, ohne dass du willst, dass ich sie lebe."

Was sie getan hatten, konnte in den Augen Gottes niemals Sünde sein, dabei drückte sie ganz fest den Hausschlüssel, den Mark ihr gegeben hatte.

Welch verdammt verzwickte Situation, dachte Mark beim Heimfahren. Er liebte eine Nonne. Hoffentlich, hoffentlich standen sie das durch.

„Wer sich nicht verirrt, findet keine neuen Wege", hatte Anna gesagt.

Tapfer war sie und mutig. Je näher er nach Hause kam, desto mehr wich der Zauber der letzten Stunden innerer Unruhe.

Daheim fand er die Nachricht, dass seinem Versetzungsgesuch stattgegeben worden war.

... wir haben entsprechenden Ersatz gefunden. Ein erfahrener Chirurg wird etwa ab März Ihre Stelle übernehmen. Das Hospital Bethlehem wurde davon in Kenntnis gesetzt.

Wie versteinert stand er da. Die Worte trafen ihn wie eine eiskalte Dusche. Sein Herz begann zu trommeln. War er ein Verräter, weil er Anna nichts davon erzählt hatte? Verloren und schäbig kam er sich vor.

Als die Morgendämmerung einsetzte beobachtete Anna, wie ein großer Vogel sich auf eine unsichtbare Beute stürzte. Ein Schleier aus Wolken hatte sich vor die aufgehende Sonne geschoben. Durch die Blätter der Papayabäume fielen Flecken trüber Helligkeit. Zeit, den Tag mit Arbeit zu beginnen. Auf der Krankenstation wartete bereits Radschiff auf sie, der Fahrer vom Hospital Bethlehem. Er war gekommen, um sie abzuholen. Erneut war eine Masernepidemie ausgebrochen.

Radschiff freute sich jedes Mal Anna zu sehen. Diese Schwester war ganz anders als die meisten Nonnen. Viel heiterer und gar nicht streng, wenn er sich mal wieder für andere Frauen interessierte. Das stand einem Mann wie ihm zu. Doch diesmal machte sie einen unnahbaren Eindruck, so kannte er sie gar nicht. Und wie seltsam sie angezogen war? Er wünschte sich sehr, dass sie wieder zusammen lachen würden.

***

Im Bethlehem auf der eingerichteten Quarantänestation bot sich Anna ein erbärmlicher Anblick. Die Betten reichten nicht aus. Viele Kinder lagen auf Matratzen am Boden. Die Läden vor den großen Fenstern waren geschlossen. Durch die Spalten drangen Hitzeschwaden, verbanden sich mit dem Luftzug des Ventilators an der Decke. Es roch entsetzlich. Gesichter, ausgemergelt, heiß vom Fieber, die Nasen spitz, die Bäuche aufgequollen. Viele der kleinen Körper waren mit den typischen Masernflecken übersät. Manche konnten nicht mehr aus den Augen schauen, so verklebt waren diese. Einige weinten, andere atmeten flach, husteten stark. Frauen, gehüllt in traditionelle, farbenfrohe Kleidung, wiegten ihre Säuglinge bekümmert im Arm. Dr. Loma und die Helferinnen hatten alle Hände voll zu tun. Schwester Felicitas, die neue Novizin, half auch mit. Sie wunderte sich über Annas Kleidung. Seltsam, ihr großes Vorbild trug Rock, Bluse und ein Kopftuch.

Annas plötzliche Rückkehr in die Wirklichkeit, ließ sie alles mit geschärften Sinnen wahrnehmen. Sofort begann sie mit den alltäglichen Handgriffen. Sie überprüfte die Laken der kleinen Patienten auf Verschmutzungen, legte ihnen die Hand auf die Stirn, goss Wasser in angeschlagene Becher, hielt diese an trockene Lippen. So ging das den ganzen Tag. Bei einigen Kindern zeigten sich lebensbedrohliche Komplikationen.

Es wurden immer noch Kinder gebracht, obwohl Dr. Loma sie hatte wissen lassen, dass der Scheitelpunkt der Epidemie überschritten war. Der Arzt arbeitete unermüdlich. Anna bewunderte ihn, wie liebevoll er sich einsetzte. Er war dabei, den Mund eines neu eingelieferten Kindes nach Zeichen der Krankheit abzusuchen.

„Schauen Sie selber, Schwester Anna", forderte er sie auf.

Anna nahm einen frischen Holzspachtel, während Dr. Loma mit einer Lampe in den Mund leuchtete.

„Sehen Sie die typische Schleimhautrötung am weichen Gaumen und die Flecken auf der Wangenschleimhaut?"

Anna bestätigte dies. „Die Impfaktionen müssten wohl doch noch intensiver durchgeführt werden."

„Ist schon veranlasst, Schwester Anna", antwortete Dr. Loma, dabei betrachtete er verstohlen ihre ungewohnte Kleidung. Sie sah so anders aus als sonst, als wäre etwas Schönes mit ihr passiert. Endlich konnte man so was wie eine Figur entdecken. Solche Frauen wie Schwester Anna müsste es mehr geben. Sie liebte Afrika und seine Menschen, was man von so manch anderen überheblichen Weißen nicht sagen konnte.

„Ich bin froh, dass wir Sie wieder bei uns haben, Schwester." Dr. Loma lächelte sie an. „Wir haben Sie vermisst."

Ein weiterer Säugling wurde gebracht. Die Mutter war selbst noch ein Kind – zwölf Jahre. Mit ihren eingefallenen Wangen, den ausdruckslosen Augen wirkte sie älter. Das Baby greinte. Sie steckte ihm den kleinen Finger in den Mund. Sofort hörte es auf zu weinen, begann kräftig zu saugen. Sein Köpfchen sank an ihre Brust, seine Gliedmaßen entspannten sich, es kuschelte sich in ihren Arm.

Kaum eine Stunde später starb das Kleine. Die junge Mutter weinte nicht einmal, als ihr Baby fortgebracht wurde.

Als Anna am Abend auf der Quarantänestation eines der zwei kleinen Personalzimmer aufsuchte, war sie so müde, dass sie nicht mehr klar denken konnte. Die Schwester Oberin hatte ihr mitteilen lassen, es wäre sinnvoll, wenn sie erst einmal dort bliebe. Fast apathisch zog sie sich aus. Die Liebesstunden mit Mark schienen in weite Ferne gerückt, Lichtjahre entfernt. Einzig ihre schmutzige Kleidung roch noch danach. Nur am Rande nahm sie wahr, dass man ihr frische Kleidung und etwas zu essen gebracht hatte. Sie trank einen Schluck Wasser, zog sich aus, legte sich nur mit einem Tuch bekleidet auf das frisch bezogene Bett und schlief sofort ein. Zu essen hatte sie vergessen. Kurz nach dem Einschlafen schreckte sie hoch. Mein Gott, jetzt gab es keine Möglichkeit mehr, Mark zu sehen, sie befand sich in Quarantäne.

38

Mark begleitete Patrick zu einem späten Mittagessen nach Hause. Er hatte ihnen Wichtiges mitzuteilen. Patrick war neugierig, jedoch Mark war nicht zu bewegen, etwas preiszugeben. Er konnte nur ahnen, um was es ging. Die beiden Ärzte hatten anstrengende Stunden im Hospital hinter sich, hatten routiniert versucht, die Aufgaben zu bewältigen. Gott sei Dank schien die Masernepidemie am Abklingen zu sein. Anna schlief schon über eine Woche in einem der Personalzimmer auf der Quarantänestation. Sie war für Mark nicht erreichbar. Er fühlte sich zermürbt von Ungeduld und Sehnsucht. Über Dr. Loma hatte er ihr eine kurze Mitteilung zukommen lassen. Von seinem baldigen Fortgehen aus Lalimete hatte er nichts geschrieben. Er musste persönlich mit ihr sprechen.

Seinen Freunden würde er heute endlich reinen Wein einschenken.

Als sie Patricks Haus erreichten, wartete dort etwas abseits ein alter Mann. Vor ihm auf dem Boden stand ein Korb.

„Kennst du ihn?", fragte Patrick, als Mafunde ihnen das Hoftor öffnete.

„Nein, Monsieur Docteur."

In diesem Moment kam eine der Nachbarinnen gelaufen. „Docteur, der Mann dort hat ein Geschenk für Sie."

Sie winkte den Alten herbei. Dieser bückte sich nach dem Korb und kam näher. Er entfernte die obenauf liegenden Bananenblätter, reichte ihn Patrick. Darin lagen zehn winzige Eier.

„Für mich?"

Der Afrikaner nickte freundlich.

„Geschenk."

„Der Doktor hat seiner Familie oben in den Alou-Bergen geholfen", übersetzte die Nachbarin.

Patrick betrachtete den Alten gerührt. Das waren sie, jene Momente, die ihn für alle schwierigen Stunden entschädigten. Diese Menschen, die selber nicht viel hatten, gaben von dem Wenigen.

„Wie ist er hergekommen?"

„Er ist gelaufen, Docteur, und ein Auto hat ihn mitgenommen."

„Sicher hat er Hunger?"

Als die Nachbarin dies fragte, blickte der alte Mann scheu auf den Boden. Ob er ein Glas Wasser haben könnte, bat er.

„Wasser, oder ein Bier?"

Mit immer noch gesenktem Blick bat er um ein Bier.

Patrick winkte Mafunde heran, der mit Mark abseits stand.

„Möchtest du bei mir im Haus das Bier trinken oder zusammen mit Mafunde?"

Der Alte nickte, zeigte begeistert auf Mafunde.

Während Patrick das Bier holen ging, führte Mafunde den Besucher auf die Hausseite, wo er sich meistens aufhielt, und bot ihm dort eine Sitzgelegenheit an.

Just diesem Moment kam Maggie aus dem Haus. Sie begrüßte alle. Mark drückte sie ganz fest.

„Wie geht's der werdenden Mutter?"

„Ziemlich gut. Komm! Es gibt was Gutes zu essen."

Sie nahm Mark bei der Hand, zog ihn mit sich ins Haus. Patrick kam mit dem geleerten Korb und zwei Flaschen Bier zurück in den Hof. Miranda schwänzelte begeistert um ihn herum. Er reichte sowohl Mafunde, als auch dem Alten eine Flasche. Patrick griff in seine Hosentasche, nahm zwei Geldscheine heraus. Einen gab er Mafunde.

„Kauft euch was Gutes zu essen."

„Oh Docteur", rief Mafunde. „Großes Danke!"

Den andern Schein reichte er dem alten Mann. „Für deine Rückfahrt."

Mit leuchtenden Augen nahm der Mann das Geld in Empfang, steckte es sofort weg. Zum Zeichen seiner Dankbarkeit klatschte er in die Hände. Mafunde fiel in das Klatschen ein, beide strahlten übers ganze Gesicht. Die Nachbarin verabschiedete sich, schlenderte zufrieden davon. Was für gute Menschen doch der Docteur und seine Frau waren. Und – dabei schlug sie sich stolz auf die Brust – sie hatte für den Docteur übersetzt! Alle würden heute Abend Augen machen, wenn sie zusammensaßen und sie davon hörten.

Mark putzte sich mit der Serviette den Mund ab, legte sie neben den Teller.

„Wunderbar gekocht, Maggie!"

„Freut mich, dass es dir geschmeckt hat."

Sie saßen gemütlich im Salon und sowohl Maggie als auch Patrick warteten gespannt darauf, was Mark ihnen zu berichten hatte.

„Wie wär's mit Kaffee?", schlug Patrick vor.

„Warte, ich ..."Mark zögerte. Und dann sprudelte es nur so aus ihm heraus. „Anna und ich haben ein Verhältnis, wir werden miteinander leben."

So, nun war's gesagt. Er blickte von Patrick zu Maggie und von Maggie zu Patrick.

Trotzig hatte er sein Kinn nach vorne geschoben, immense Willensstärke sprach aus seinen Augen.

„Anna wird das Kloster verlassen", fuhr er fort.

„Oh mein Gott!"

Maggie hielt sich eine Hand vor den Mund. Sie fühlte sich total aufgewühlt bei dieser Vorstellung. Patrick dagegen saß stumm da, seinen Freund betrachtend.

Wieder brach es aus Mark heraus, dass er endlich, endlich, die Liebe der Frau gefunden hatte, nach der er ein Leben lang gesucht hatte. Er sprach mit kräftiger Stimme, die Zuversicht ausdrückte, die er in Wirklichkeit gar nicht besaß.

Patrick Gesicht zeigte große Besorgnis.

„Das wird ein schwerer Weg."

Mark nickte.

„Ich weiß. Und was erschwerend hinzu kommt: Man hat meinem Versetzungsgesuch stattgegeben."

„Was hat man?", fragte Maggie, die glaubte, nicht richtig gehört zu haben.

„Ja, Maggie, du hast richtig gehört. Ich verlasse Lalimete. Ein neuer Arzt wird schon bald meine Stelle übernehmen."

Maggie konnte nicht glauben, was Mark da von sich gab. Entsetzt schaute sie ihn an.

„Endlich traust du dich, es mir zu mitzuteilen", hörte sie die Stimme ihres Mannes. „Die ganze Zeit habe ich mich gefragt, wann du mich endlich einweihst. Die Oberin hat's mir gesteckt."

Mark antwortete mit einem Schulterzucken. Beklemmende Stille machte sich breit.

„Du hast es also gewusst?" Vorwurfsvoll wandte sich Maggie an Patrick.

„Niemand hat wirklich davon gewusst", versuchte Mark den Vorwurf zu entkräften. „Es war ja noch nicht genehmigt."

Wieder breitete sich betroffene Stille aus, eine Art Sprachlosigkeit herrschte zwischen den Dreien. Wenn unser Kind zur Welt kommt, dachte Maggie enttäuscht, ist vielleicht auch Anna nicht mehr da. Und ich habe darauf vertraut, dass sie mir beisteht.

Maggie stieß einen Seufzer aus.

„Wie geht Anna damit um?"

„Sie weiß es noch nicht."

„Anna hat keine Ahnung davon, dass du fortgehst?"

„Dieses Gesucht habe ich gestartet, als meine Liebe zu Anna aussichtslos schien."

Maggie legte die Hände auf ihren Leib. Sie betrachtete Mark. Er saß da wie ein kleiner Junge und doch war eine neue Festigkeit an ihm zu spüren, etwas tief Entschlossenes. Plötzlich kam sie sich sehr egoistisch vor. Die beiden liebten sich, sie sollte sich mit ihnen freuen. Sie wusste doch aus eigener Erfahrung, was es hieß, den Menschen fürs Leben zu treffen. Was war sie nur für ein egoistisches Wesen geworden seit ihrer Schwangerschaft! Es war nicht das erste Mal, dass eine Nonne die Gemeinschaft verließ, und würde nicht das letzte Mal sein.

„Freut ihr euch denn gar nicht für uns?", fragte Mark zögernd und blickte seine Freunde an.

„Doch, Mark, doch, ich freue mich für euch."

Maggie stand auf, schlang die Arme um ihn.

„Ehrlich gesagt, ich weiß nicht so recht, wie mit dieser Situation umgehen. Zwei Neuigkeiten von großer Tragweite in kürzester Zeit."

Maggie und Mark ließen einander los.

„Es wird eine schwierige Zeit werden", wandte Mark sich an Patrick, „deshalb brauche ich und braucht vor allem Anna eure Hilfe."

Lange schauten die beiden Männer sich an. Patrick stand auf, nahm seinen Freund fest in die Arme.

„Du Frauenverführer, ich kann mir überhaupt nicht vorstellen, wie es ohne dich sein wird."

„Ich auch nicht!"

Maggie ließ die Freunde allein, legte sich ins Bett. Anna und Mark würden ihr fehlen – von einer Stunde auf die andere hatte sich ihr Leben in Lalimete verändert. Dennoch, es ging ihr gut. Auch wenn Anna nicht mehr da wäre, gab es keinen Grund, ängstlich zu sein. Guidetta war eine versierte Gynäkologin und Chirurgin. Dann gab es noch weitere sehr erfahrene Hebammen. Hoffentlich konnte sie bald mit Anna reden!

Am späten Nachmittag, als die Hitze nachließ, brachten Maggie und Patrick Mark zurück ins Hospital. Sie fuhren hinauf in die Berge, wo es grün und kühl war. Sie stellten das Auto ab, schlenderten durch den Zauberwald, wie Maggie ihn nannte. Kleine, knorrige Baumwurzeln lagen auf moosbewachsenem, felsigem Gestein. Über einen ausgetretenen Pfad gelangten sie zu einer Lichtung. Dort setzen sie sich hin und genossen den Blick in die Ebene. Maggie lehnte den Kopf an Patricks Schulter. Er schlang einen Arm um sie, drückte sie an sich. Ihr Bedürfnis nach Zärtlichkeit war seit der Schwangerschaft besonders groß. Plötzlich kam sie sich kleinmütig vor. Sie hatten ein gutes Leben miteinander. Sie sollte aufhören zu nörgeln, wenn er mal wieder zu viele Dienste übernehmen musste. Patrick legte seine Hand auf ihr kleines Bäuchlein. Was für ein Glück, sie würden ein Kind bekommen.

Sie redeten über Anna und Mark. Nun galt es, den Liebenden beizustehen.

„Der Prinz überwindet alles und findet so zu seiner Prinzessin", meinte Maggie.

„Leider werden nicht alle Märchen wahr."

„Ich hoffe doch."
„Ich wünsche es ihnen."

Sie nahmen einen anderen Weg zurück zu ihrem Wagen. Kamen an einem Dorf vorbei. Dort bereitete man das Fest zu Ehren der Ahnen vor. Unter einem Baum, auf verblichenen Ziegenhäuten, saßen festlich gekleidete Afrikaner. Sofort luden die Bewohner sie ein, Platz zu nehmen. Ein Mann brachte eine Trommel aus verwittertem Holz. Sie war so groß, dass er Mühe hatte, sie mit beiden Armen zu umspannen. Zwei Männer begannen die Trommel zu schlagen. Unter ihren Händen lebte und atmete das Instrument, klopfte wie ein erregtes Herz. Frauen stellten sich in einer Reihe auf. Schwere, raue Töne drangen aus ihren Kehlen, während sie mit zuckenden Hüften stampfend in einem uralten Rhythmus zu tanzen begannen.

Zerlumpte Kinder liefen herum, hüpften und kreischten vor Vergnügen. Ein kahl geschorener Junge brachte eine Schüssel mit Hirse, die mit der üblichen roten Pfeffersauce angerichtet war. Maggie und Patrick bedankten sich, aßen davon. Nach dem Essen brachte der Junge frisch gespülte Gläser und eine Blechkanne mit heißem Tee. Bevor es dunkel wurde, verabschiedeten sich die beiden. Gesänge begleiteten sie bis zum Auto.

Das Zimmer war in safranfarbenes Licht getaucht, als Patrick am nächsten Morgen die Augen aufschlug. Still betrachtete er seine schlafende Frau. Die Liebe zu Maggie hatte alles verändert. Die unruhigen Zeiten seines alten Lebens lagen nicht mehr wie ein Schleier über seiner Erinnerung. Er fühlte sich stark genug, seinen Ängsten zu trotzen. Er betrachtete ihre geschlossenen Lider, legte zärtlich seine Hand auf ihren Bauch. Über seine Hände sprach er stumm mit seinem Kind.

„Ich liebe dich schon jetzt, mein Kleines, ich freue mich sehr auf dich."

Er konnte Mark nachfühlen, was es hieß, endlich jemanden wirklich zu lieben. Vermissen würde er ihn. Leise stand er auf, zog Hose und Shirt an, schloss die Türe hinter sich. Er trat hinaus auf die Terrasse. Draußen hatte der Tag begonnen. Er liebte dieses Leben in Afrika. Miranda sprang aufgeregt um ihn herum, dann verschwand sie im Garten. Als er zurück ins Schlafzimmer kam, blinzelte Maggie ihn an, zog ihn zu sich ins Bett. Sie verflochten ihre Finger miteinander. Er küsste ihren Bauch, streichelte ihn.

„Hallo du da drin", rief er, „hier sind deine Eltern!"

Um nichts in der Welt wollte er dieses wunderbare Erlebnis, Vater zu werden, verpassen. Er würde miterleben, wie das Kind in ihr wuchs. Er wolle Maggie jeden erdenklichen Komfort verschaffen, wollte ihr vor, bei und nach der Geburt beistehen. Hoffentlich würden Mark und Anna so was auch erleben können. Er wünschte es ihnen von Herzen. Maggie stand auf, ging ins Badezimmer. Als sie zurückkam, schliefen sie vorsichtig, sanft und zärtlich miteinander. Noch lange lagen sie eng umschlungen im Bett, sprachen über die Zukunft ihres Babys. Als Maggie sich auf den Weg zum Schulunterricht machte, der heute später begann, schwang Patrick sich begeistert aufs Motorrad; es war sein freier Tag.

39

Maggie, das Lehrpersonal und die Schüler warteten in der großen Aula gespannt auf den angekündigten Besuch. Die Ehrwürdige Mutter kam in Begleitung einer ein wenig hinkenden, elegant gekleideten Frau mittleren Alters. Die Afrikanerin hatte ein schönes Gesicht. Zu ihrem mit Silberfäden durchwirkten Pagne trug sie den passenden Kopfputz. Ihren Hals zierte eine dickgliedrige Goldkette. Die Kinder erhoben sich zur Begrüßung.

„Madame Berenice wird euch eine wundervolle Geschichte erzählen, nämlich ihre eigene", erklärte die Oberin. „Hört also gut zu!"

Die Schüler klatschten Beifall und setzen sich. Alle blickten sie auf die Frau, die vor ihnen stand.

„Ich bin in einem kleinen Dorf an der ghanaischen Grenze geboren", begann diese freundlich, und betrachtete dabei die aufmerksamen Gesichter. „Wir lebten mit zwei Nachbarn in einem traditionellen Gehöft. Unser Haus hatte einen Raum, die Küche war draußen, wie das üblich ist. Meine Familie bestand aus neun Mitgliedern: Vater, Mutter und sieben Geschwister. Mein Vater arbeitete als Wächter außerhalb unseres Dorfes und war deshalb immer fort. Ich war stark behindert, konnte nicht richtig laufen. Damals, als ich geboren wurde, war der Aberglaube noch weit verbreitet, dass eine Behinderung eine Strafe Gottes sei. Unsere Nachbarn und viele der Dorfbewohner rieten meiner Mutter, mich loszuwerden."

Erschrockene Laute waren zu hören.

„Keine Sorge", Madame Berenice unterbrach für einen Moment ihren Vortrag. „Meine Mutter liebte mich. Lange Zeit war meine Kindheit schwierig", fuhr sie fort, „denn sie musste mich ganz besonders schützen. Eines Tages kam eine Nonne in unser Dorf."

„Diese erklärte meiner Mutter, dass ich mit orthopädischer Hilfe laufen lernen könnte. Das war eine Überraschung, niemand mochte das glauben und doch, so geschah es.

Zunächst durfte ich mit meinen Geschwistern die Schule der Schwestern besuchen. Meine älteren Geschwister trugen mich. Ich bekam die Chance, zu lernen! Heute fühle ich mich als wertvoller Mensch, der von seiner Familie und vom Dorf geschätzt wird."

Madame Berenice sah in die Runde, alle schauten sie wie gebannt an.

„Nun, meine lieben Kinder, warum erzähle ich euch das alles? Um euch Mut zu machen, damit ihr Unrecht verhindern könnt.

Viele Kinder werden noch immer getötet, aufgrund dieser dummen, dummen Einstellung, dass Behinderung eine Strafe Gottes wäre. Ihr wisst es besser. Warum wisst ihr es besser? Weil ihr eine Schule besucht und gebildet seid. Deshalb ist Bildung so wichtig. Alles was ihr hier lernt, wird zur positiven Veränderung eurer Gemeinde beitragen."

Begeistert nickten die Kinder.

„Wer kennt einen Behinderten in seinem Dorf?", fragte Madame Berenice in die Runde.

Viele Hände hoben sich. Bald redeten die Kinder ziemlich durcheinander. Jeder wollte etwas sagen. Die Frau hob die Hand, sofort verstummten alle.

„Diese Schwester damals war für mich ein von Gott gesandter Engel. Ich versuche all das Gute zurückzugeben, indem ich in Dörfer und Schulen gehe und erzähle, was mir passiert ist. So schenke ich Hoffnung, dass die Zukunft für Behinderte besser wird. Aber nicht nur für sie, sondern für alle Menschen. Glaube, Hoffnung, Liebe, das sind die Zauberworte. Ich bedanke mich für euer aufmerksames Zuhören."

Nun sprangen alle auf, klatschten enthusiastisch. Noch während des Mittagessens zeigten ihre Gesichter große Begeisterung.

Nach dem Unterricht am Nachmittag saßen Maggie und Aafarin Musanga bei Nur in der Brasserie am Markt. Maggie hatte sie und ihre Töchter Shirin und Shabnam eingeladen. Begeistert tranken die beiden Limonade, aßen ein Sandwich mit Salat. Seltene, ungewohnte Köstlichkeit für sie! Maggie fand, dass Aafarin seit Tagen müde und elend aussah. Ihr Sandwich hatte sie kaum angerührt.

„Du hast Kummer!", stellte Maggie fest.

Aafarin schluckte, Tränen kullerten ihr über die Wangen. Scheu sah sie sich um. Hoffentlich hatte dies niemand bemerkt. Betroffen blickten Shirin und Shabnam ihre Mutter an. Energisch wischte diese sich die Tränen ab und genauso energisch schickte sie ihre Kinder nach Hause.

„Mein Mann hat eine Zweitfrau geheiratet", stieß Frau Musanga hervor, kaum, dass die beiden fort waren.

„Eine junge Frau. Er bekommt ein Kind mit ihr. Gestern hat er einen Mann aus dem Dorf geschickt, damit ich ihm Geld gebe für seine neue Familie."

Entsetzt betrachtete Maggie ihre Kollegin.

„Das hast du doch hoffentlich nicht gemacht?"

Diese senkte den Blick, schüttelte heftig den Kopf. Maggie nahm ihre Hand. Aafarin sah Maggie traurig an, nippte an ihrem Getränk.

„Männer kommen immer zuerst in der afrikanischen Gesellschaft. Das beste Essen ist für den Mann bestimmt, damit er stark genug ist für seine Frauen, die ihm Söhne schenken sollen. Vielleicht ist das ja unser Problem, ich habe ihm nur Mädchen geschenkt."

Sie zögerte. „Gut, dass ich hier lebe, auf seinem Dorf wäre ich verloren."

Maggie hatte es die Sprache verschlagen. Sie drückte Aafarins Hand noch fester, als könnte sie ihr dadurch Kraft geben. In diesem Moment brachte Nur einen Teller mit aufgeschnittener Papaya und Ananas. Sie hatte einiges mitbekommen und wollte Aafarin was Gutes tun.

Hier in der Brasserie erfuhr Nur sämtliche Neuigkeiten. Maggies Kollegin tat ihr leid. Überhaupt, die afrikanischen Frauen hatten einen schweren Stand, vor allem auf dem Land. Die viel gepriesene Polygamie war nicht problemlos. Gewiss, die Erstfrau hatte das Sagen, aber was bedeutete das schon? Die Frauen mussten sich um alles kümmern. Die zwölf Stunden, die der Tropentag hell ist, sind sie ständig auf den Beinen, um das karge Leben zu organisieren, jeden Tag aufs Neue. Der Mann auf dem Dorf dagegen, der mehrere Frauen hatte, lebte leichter. Er besuchte sie wochenweise. Sie kochten für ihn, er bezahlte einen lächerlichen Zuschuss.

Wenn eine Frau kein Kind bekam, war sie die Versagerin. Ohne Kind war sie nichts wert. Wer keine Kinder hatte, dem würde keiner im Alter das Feld bestellen. Keiner würde Nahrungsmittel bringen. Keiner für die Krankheitskosten aufkommen. Und, noch schlimmer, keiner würde nach dem Tod für eine angemessene Beerdigungsfeier sorgen. Das alles ging ihr durch den Kopf, während sie sich hinter die Theke zurückzog. Die afrikanische Gesellschaft war in vielem mitleidslos. Gestern zum Beispiel hatte sie erfahren, dass in einem Dorf ein Afrikaner einem anderen das Buschmesser geklaut hatte. Der Dorfchef hatte bestimmt, den Dieb mit Schlägen zu bestrafen. Jetzt war der Dieb tot. Schönheit und Grausamkeit lagen in Afrika eng beieinander.

Über eine Stunde war vergangen. Maggie und ihre Freundin waren noch immer in ihr Gespräch vertieft.

„Und wie geht es jetzt weiter?", fragte Maggie.

„Ich weiß es nicht", stammelte Aafarin verzweifelt.

„Fest steht, das Recht ist auf seiner Seite."

Maggie hob Aafarins Gesicht.

„Schau mich an. Hab keine Angst, wir helfen dir."

Aafarin nickte und schluckte. Bevor sie sich auf den Weg nach Hause machte, bat sie Nur, ihr das angebrochene Sandwich mitzugeben und falls möglich, etwas von den übrig gebliebenen Früchten. Nur tat dies gerne, packte noch einiges aus der Küche dazu. Als Maggie und Frau Musanga gegangen waren, ertönte plötzlich eine Posaune. Draußen auf dem Marktplatz spielte jemand „Tochter Zion", obwohl Weihnachten lange vorbei war.

Auch das ist mein geliebtes Lalimete, dachte Nur.

***

Patrick bog von der Hauptstraße ab. Wie er es liebte, mit dem Motorrad unterwegs zu sein! Es war ein Rausch der Freiheit, den er dann spürte. Maggie konnte das nicht verstehen. Wahrscheinlich keine Frau. Außerdem war sie überängstlich, besonders jetzt während der Schwangerschaft. Nach einer Weile kam er an ein fast ausgetrocknetes Flussbett.

Tiefblaue Winden kletterten über die Steine am Ufer. Auf der anderen Seite des Flusses führte sein Weg durch Orangenhaine. Dazwischen standen, hoch aufragend, riesige Affenbrotbäume. Gelbbraune Früchte hingen wie kleine Vögel an den Zweigen der heiligen Baobabs. Als die Haine sich lichteten, dehnte sich eine weite Ebene aus. Maisfelder erstreckten sich zu seiner Rechten.

Bald tauchten mehrere Silos auf. In der Nähe lag ein Farmhaus. Patrick fuhr auf das Haus zu, parkte sein Motorrad, nahm den Helm ab. Er wollte Hans besuchen, einen Deutschen, der die Farm für einen Belgier bewirtschaftete. In den Silos wurden Hirse, Mais, Bohnen, Reis und Erdnüsse aufbewahrt. Hans machte seine Sache gut.

Noch bevor Patrick an die Haustür klopfte, trat eine hochgewachsene Afrikanerin aus der Tür. Schön sah sie aus in ihrem bunten Gewand. Er hatte gehört, dass Hans mit einer Einheimischen lebte. Sie begrüßten einander, er stellte sich vor und fragte nach Hans.

„Er ist leider nicht da, Monsieur."

Sie sah ihm dabei in die Augen, schenkte ihm ein freundliches Lächeln. Dann senkte sie sofort den Blick, als schäme sie sich ihres Wagemuts.

„Ich lasse ihm eine Notiz da."

Sie nickte. Patrick schrieb einen Gruß, gab ihn der Frau, schwang sich wieder auf sein Motorrad, winkte und fuhr langsam los. Sie sah ihm nach. Von diesem Docteur hatte ihr Partner ihr erzählt. Er war anders als die anderen, die nicht verstehen konnten, dass Hans mit ihr lebte. Dabei war das doch ihr Land und nicht das der überheblichen Ausländer.

Schade, dachte Patrick, dass er Hans nicht angetroffen hatte. Er mochte ihn gerne, obwohl die meisten der Weißen ihn verachteten. Sie hielten ihn für eine gescheiterte Existenz. Ehemals Ingenieur in Österreich, hatte er seine gesicherte Existenz samt Familie aufgegeben. Patrick hatte schon manche interessante Stunde mit ihm verbracht – er kannte sich sehr gut über Mozart aus.
„Wenn ich mal sterbe", hatte er gemeint, „dann möchte ich zum Wolferl."
Seine Leidenschaft war die Jagd. Den Nonnen ließ er von Zeit zu Zeit etwas von seiner Beute zukommen. Er kam vorbei, gab die meist noch blutige Ware ab, verschwand ebenso schnell, wie er gekommen war. Die Mutter Oberin stattete ihm, wenn sie in der Gegend war, einen Besuch ab. In der Kirche sah man ihn nie. Er galt als verschrobener Eigenbrötler. Wenn es technische Probleme gab, konnte man mit Hans rechnen.

Patrick blieb noch viel Zeit bis zum Abend. Er entschied, einen größeren Umweg nach Hause zu nehmen. Bald bestimmten Gewürzpflanzen die Landschaft. Das Aroma von Zimt und Nelken lag in der flirrenden, staubigen Luft. Langsam durchfuhr er eine Allee aus Mangobäumen. Im dichten Blattwerk konnte man vereinzelt Vögel entdecken. Es war später Nachmittag, als Patrick auf der geraden Landstraße nach Lalimete noch mal richtig aufdrehte. Er stieß einen Freudenschrei aus. Das musste er wieder öfter machen! Sein Kopf fühlte sich so frei an wie lange nicht mehr.

40

Mark sah auf die Uhr. Die Mittagspause musste ausfallen, wie so oft, wenn sie im Buschhospital Akotameh zu tun hatten. Gerade war ein Kind eingeliefert worden, das über heftige Bauchschmerzen klagte. Es war vor ein Auto gelaufen. Und draußen vor der Ambulanz warteten noch so viele auf Hilfe. Aufgeblähte Bäuche, Wurmerkrankungen, offene Wunden. Es nahm einfach kein Ende. Und doch, trotz Wunden und Entbehrungen lachten sie, warteten geduldig, bis der Doktor Zeit für sie hatte. Ein seltsames Land, dieses Afrika. Er ging nicht gerne fort, schon gar nicht jetzt! Mark punktierte den Bauch des Kindes, wahrscheinlich ein Milzriss. Die Kleine musste sofort operiert werden.

Später wurde eine Frau gebracht. Zwanzig Stunden hatte sie in ihrem Dorf in den Wehen gelegen. Angehörige hatten sie über steinige Bergwege getragen, auf einem Stuhl, der zwischen zwei Bambusstäben festgebunden war. Auch sie musste sofort operiert werden, die Gebärmutter war gerissen. Diesmal assistierte Mark Guidetta, das war ihre Domäne. Für einen Moment schweiften seine Gedanken ab zu Anna. Er hatte sie noch nicht wieder getroffen, ihr noch keinen Brief geschrieben. Mitgeteilt, dass er bald fort musste, hatte er nicht. Als ob er neben sich stünde, schaute er Dr. Marrozzi zu, wie sie operierte.

„Wo bist du mit deinen Gedanken, du Träumer?"

Guidettas Stimme ließ ihn zurückfinden in die Professionalität. Kurz bevor sie endgültig Feierabend machten, brachte man eine humpelnde junge Frau. Über ihrem Knöchel am Bein begann sich ein Abszess zu bilden. Der gefürchtete Guineawurm hatte sich eingenistet. Danach besuchten sie zum wiederholten Mal die Station, wo fehl- und unterernährte Kinder apathisch in ihren Betten lagen. Ausgezehrte Wangen, Augen in tiefen Höhlen, die Ärmchen nur noch Haut und Knochen, Bauch und Beine angeschwollen. Kindliche Greise, fast ohne Abwehrkräfte, ein harmloser Infekt brachte sie um. Mark staunte immer wieder, mit welch fürsorglicher Liebe sich Guidetta den ganz Schwachen widmete.

Mit einem kühlen Bier in der Hand saßen Mark und Guidetta in der Dunkelheit draußen auf der Bank vor der Ambulanz, reflektierten den Tag. Guidetta hatte sich umgezogen. Sie trug ein aprikotfarbenes Leinenkleid. Zahlreiche Armreifen klirrten leise, als sie die Ärmel ihres Kleides zurückschob. Verstohlen betrachtete sie Mark, der neben ihr saß. Sein zerzaustes Haar verlieh ihm ein jugendliches Aussehen, dennoch er wirkte müde und abgekämpft. Er erinnerte sie manchmal an den Vater ihres abgetriebenen Kindes. Auch Mark besaß diese Mischung aus Inbrunst und Kalkül. Und doch war Mark vom Wesen her anders. Aufrechter, ehrlicher, was man von ihrem damaligen Geliebten nicht behaupten konnte. Der besaß die gnadenlose Heiterkeit der Verführer, gepaart mit der Selbstsicherheit vermögender Männer.

Bald würde sie ohne Mark leben müssen. Er bedeutete ihr mehr, als sie bisher angenommen hatte. Obwohl sie ihr Herz verschlossen halten wollte, hatte sie es manches Mal für ihn geöffnet. Er war reifer geworden. Nicht mehr der selbstverliebte Abenteurer, für den das Leben ein Spiel bedeutete. Sie hatte Lust, mit ihm zu schlafen. Wäre doch gelacht, wenn sie ihn nicht verführen könnte. Er wandte sich ihr zu, lächelte. Mark bemerkte durchaus, wie sie ihn ansah. Er wollte die nächsten Stunden unter gar keinen Umständen in ihren Armen verbringen. Als Guidetta sich mit einer gewissen Intimität zu ihm hinbeugte, spürte er, dass er sie innerlich endgültig verlassen hatte.

„Guidetta", er fasst nach ihrer Hand. „Das mit uns war schön, aber ich liebe eine andere Frau und ich gehe fort, das weißt du."

In diesem Moment überkam sie ein Gefühl von Verlust, wie sie es lange nicht mehr gespürt hatte. Sie stand auf, ging ein paar Schritte, unter dem sich ausbreitenden Sternenhimmel. Sie erkannte, dass sie ihn hinter dem Schutz ihres eisernen Panzers aus Einsamkeit und Angst vor Verletzung, maßlos liebte.

Steine legten sich mit erdrückendem Gewicht auf ihr Herz. Wortlos verschwand sie in ihr schäbiges Zimmer, legte sich aufs Bett. Die Liebesstunden mit Mark waren vorbei.

Als er klopfte und sie stumm blieb, betrat Mark dennoch ihr Zimmer. Er sah sie wie ein Häufchen Elend dort liegen. All ihre Qualen und Ängste schienen plötzlich auch auf ihm zu lasten. Er setzte sich auf das schäbige, schmale Bett, sie rückte auf die Seite.

„Ach Guidetta ... ich habe nicht gewusst, dass du so leidest ... ich ..."

„Es ist Anna!"

„Ja, es ist Anna."

Er zögerte mit dem, was er ihr zu sagen hatte, es würde ihr noch mehr wehtun.

„Anna wird das Kloster verlassen. Wir werden zusammen leben."

Also doch. Wie hatte sie sich so täuschen können, nur weil sie es nicht wahrhaben wollte! Sie setzte sich auf, lehnte sich an ihn, umfing ihn mit beiden Armen. Mark bemerkte, was in ihr vorging. Sanft streichelte er ihren Rücken. Er litt mit ihr, obwohl sie sich nie etwas versprochen hatten. Verdammt noch mal, er musste fort. Wenn er jetzt nicht aufstand und ging, würde etwas passieren. Ihr war es gleichgültig, dass eine andere Frau auf ihn wartete. Sanft löste er ihre Arme und stand auf.

„Guidetta, du weißt, dass ich nicht bleiben kann."

Sie nickte stumm.

Wie erstarrt sah sie ihm nach, als er den Raum verließ. Sie legte sich auf den Rücken, blickte an die Decke. Sie war eine Närrin. Sie wünschte sich, hemmungslos weinen zu können, um Schmerz und Enttäuschung aus ihrer Seele zu schwemmen. Aber sie konnte nicht weinen. Wie ein Treuebruch hingen die Worte seiner endgültigen Zurückweisung in der Luft. Sie stand auf, lief draußen unruhig hin und her, rauchte eine Zigarette nach der anderen, taumelte durch das Labyrinth ihrer zusammengebrochenen Wunschvorstellung. Widersprüchliche Gefühle wechselten sich ab. Einmal überschwemmte sie eine Welle der Wehmut , dann wieder war sie bereit, auch seine Sicht einzunehmen.

Es half alles nichts, das Leben ging weiter. Sie drückte die letzte Zigarette aus, ging zurück in ihr Zimmer und schloss mit einem lauten Knall die Türe.

Auch Mark konnte nicht schlafen. Seine Sehnsucht nach Anna war übergroß. Trotzdem, Guidettas Kummer berührte ihn. Er wusste, wie viel Sensibilität unter der oft harten Schale der schönen Frau Doktor verborgen lag. Der Sex zwischen ihnen war wild und heftig gewesen, hatte beiden gut getan. Das war jetzt vorbei. Als er auch nach Stunden keine Ruhe fand, setzte er sich nach draußen. Am frühen Morgen saß er noch immer dort, bis Dunkel und Licht ineinander übergingen und neue Gespenster schufen. Warum nur war sein Leben so kompliziert, warum konnte es nicht sein wie bei Maggie und Patrick? Er konnte nur hoffen, dass Anna endgültig mit der Oberin reden würde. Die Zeit drängte. Es waren nur noch knapp drei Wochen; bis er fortmusste. An seine neue Arbeitsstelle in Australien wollte er gar nicht denken.

41

Das blasse Licht der Morgendämmerung hatte sich in Annas Zimmer geschlichen. Sie fröstelte, obwohl sie sich in der Nacht mit einem Laken zugedeckt hatte. Irgendwann musste sie eingeschlafen sein, vielleicht hatte sie auch nur geruht, sie wusste es nicht. Momentan lebte sie in einem Zustand zwischen Realität, Angst und Hoffnung. Anna rieb sich die Augen, stopfte das harte, kleine

Kissen in den Nacken, setzte sich im Bett auf. Am Boden lag Marks Brief. Sie wusste nicht, wie oft sie ihn gelesen hatte. Mark, Mark, Mark, was sollen wir nur tun? Mit welchen Worten kann ich meine Entscheidung, das Kloster zu verlassen, der Mutter Oberin mitteilen?

Sie hatte Mark das Versprechen gegeben, sobald als möglich mit der Oberin zu reden. Sie rechnete es ihm hoch an, dass er sie nicht drängte.

„Du entscheidest, wann der richtige Zeitpunkt ist", hatte er gesagt.

Anna liebte diesen Mann, genauso wie er sie liebte. Gemeinsam würden alle Hindernisse überwindbar sein. Trotzdem, sie durfte gar nicht daran denken, wie groß die Hürden waren. Die Auflösung einer Profess war streng geregelt. Monate würden darüber vergehen.

Ein Blick auf die Uhr zeigte kurz nach sechs. Die Mutter Oberin hatte sie nach der intensiven Tätigkeit auf der Quarantänestation von der Teilnahme an der Morgenandacht entbunden.

„Anna, du bist doch sonst ein mutiger Mensch", hörte sie ihre innere Stimme. „Pack es an, rede mit der Ehrwürdigen Mutter. Deine Liebe zu Mark ist es wert."

Sie stand auf, fuhr sich durch das verstruppelte Haar, bückte sich nach dem Brief am Boden und drückte ihn an ihr Herz. Da war so viel Sehnsucht. Wann würden sie sich alleine treffen können? An Intimität wie in Alala war nicht im Entferntesten zu denken.

Bevor sie ins Hospital hinüberging, besuchte sie die Kapelle. Sie liebte diesen stillen, von sanftem Licht durchfluteten Raum. Anna kniete sich vor die Madonna, versuchte zu beten.

„Mutter Gottes, du weißt, dass das Kloster mir keine Heimat mehr bietet. Nicht so wie ich sie in Marks Liebe finden kann. Hilf mir heute, die richtigen Worte zu finden."

Doch sie konnte weder Ruhe noch Sammlung finden. Hastig stand sie auf, machte das Kreuzzeichen, beugte dabei tief ihre Knie. Als sie die Kapelle verlassen hatte, um hinüber ins Hospital zu gehen, sah sie die Schwester Oberin auf sich zukommen. Anna erschrak.

„Guten Morgen, meine Tochter, schön, dass ich dich treffe."

Die beiden Frauen blieben stehen, verneigten sich voreinander.

„Wie geht es dir nach den schwierigen Tagen auf der Quarantänestation? Hast du dich ein wenig ausgeruht?"

Anna antwortete nicht, senkte den Blick. Erstaunt registrierte dies die Oberin.

„Ehrwürdige Mutter – ich bitte Sie sobald als möglich um ein persönliches Gespräch."

Ihre Stimme zitterte dabei. So, jetzt war es raus.

Durch die Oberin fuhr eine Erschütterung, die sie sich nicht anmerken ließ. Sie konnte in Anna lesen wie in einem offenen Buch, ahnte, was auf sie zukam. Wie sollte sie all dem begegnen? Eine Nonne, die den Orden verließ, brachte alles in Aufruhr. Es galt Zeit zu gewinnen. Argumente würden nichts bringen. Zeit war ihr einziger Verbündeter. Sie war noch nie geflohen vor etwas, jetzt tat sie es.

„Meine Tochter, sieh mich an."

Aus ihrem Ton sprach eine unerwartete Sanftheit, die Anna aufhorchen ließ. Für Sekunden erschien sie Anna wie eine normale Frau, nicht wie die Inhaberin ihres Amtes.

„Ich muss gleich fort, verschiedene Klöster erwarten meinen Besuch, wie jedes Jahr. Schwester Editha und Schwester Theresa werden mich begleiten. Radschiff wird uns fahren. Das heißt, wir führen unser Gespräch, wenn ich zurück bin."

Erschrocken betrachtete Anna ihre Vorgesetzte. In ihrer Aufregung fasste sie an den Arm der Oberin.

„Bitte, Ehrwürdige Mutter, ich muss mit Ihnen reden. Noch heute!"

Ihre Blicke trafen sich.

„Höre ich da so etwas wie Forderung?"

Die Oberin hatte die Lippen zusammengekniffen. Kleinere Furchen und tiefe Falten durchzogen ihr Gesicht. Sie wirkte einschüchternd. Anna ließ abrupt den Arm los.

„Reiß dich zusammen, Schwester Anna."

Ihre Stimme klang plötzlich unerbittlich.

„Nichts ist so wichtig, als dass es sofort geregelt werden müsste. Ich habe gesagt, wir reden, wenn ich zurück bin."

Anna stand da, fühlte große Wut in sich aufsteigen. Ihr Gesicht lief rot an. Befehle und Gehorsam! Verdammt noch mal, konnte die Frau nicht erkennen, wie wichtig ihr dieses Gespräch war?

„Gehorsam ist ein Schritt der Demut", mahnte die Mutter Oberin, während sie mit ihrem Daumen Schwester Anna ein Kreuzzeichen auf die Stirn zeichnete.

Mit tränenumflorten Blick sah diese die Oberin an. Sie konnte kaum atmen. Wie sollte sie die nächsten Tage aushalten?

„So schlimm?"

Die Stimme der Ehrwürdigen Mutter klang plötzlich liebevoll und wohlwollend. „Vertrau auf Gott, Schwester Anna, er wird dir den Weg zeigen, deinen Weg."

Mit diesen Worten ging sie und ließ eine völlig ratlose Anna zurück. Eigentlich hatte sie ja erst nächste Woche den Besuch in den Klöstern beginnen wollen, aber sie konnte jetzt unmöglich mit Anna reden. Sie wusste nicht, was sie ihr entgegensetzen sollte. Sie fürchtete sich vor diesem Gespräch. Noch nie in ihrem Leben war ihr die Beurteilung einer Situation so schwer gefallen wie diesmal. Gegen echte Liebe waren Menschen machtlos. Wenn es denn so sein sollte, dass Anna das Kloster verlassen würde, war auch das Gottes Wille. Dann würde sie ihr keinen Stein in den Weg legen. Aber so einfach war das nicht, es gab Regeln, die musste auch sie einhalten. Dass Dr. Seeberger ging, war allein schon ein großer

Verlust. Ob der neue Doktor sich gut einfinden würde? Gottes Wege zeigten sich wieder einmal unergründlich. Wer weiß? In den Tagen, die sie fortblieb, konnte sich viel ereignen.

Auf dem Weg zum Hospital begegneten Anna Schwester Clara und Felicitas. Freundlich grüßen sie einander und doch war es, als ob ihr Fremde begegnen würden. Dabei war doch Clara eine Freundin, der sie schon einmal ihr Herz ausgeschüttet hatte! Irritiert sahen die beiden Nonnen ihr nach. Schwester Clara konnte nur ahnen, was in Anna vorging.

Die Arbeit im Hospital fiel Anna schwer. Sie konnte sich nicht konzentrieren. Sie arbeitete mit Dr. Loma. Der wunderte sich über Schwester Anna, die so gar nicht bei der Sache war.

Am Abend zog Anna sich in ihr Zimmer zurück. Sie konnte einen gemeinsamen Abend mit den Nonnen nicht ertragen, deshalb täuschte sie Kopfschmerzen vor. In ihrem Innern herrschte heilloses Durcheinander. Sie saß in der Falle. Wer wusste, wann die Oberin zurückkam? Sie betrachtete das Nachthemd. Wie schäbig es aussah. Mit einer Geste des Zorns warf sie es auf den Boden. Sie erinnerte sich an ihre Anfangszeit als Nonne, wie sie es durchaus genossen hatte, im Habit bestaunt zu werden. Nicht zuletzt, weil dieses Gewand für die Menschen draußen eine edle Gesinnung verkörperte.

„Wie überaus anmutig Schwester Anna ist", hatte jemand über sie gesagt und sie hatte sich darin gesonnt, hübscher zu sein als die meisten anderen Nonnen. Sie war eine Heuchlerin, sie hatte ihre Eitelkeit nie aufgegeben. Große Traurigkeit überkam sie. Könnte sie sich nur an Mark anlehnen, Trost bei ihm finden, statt hier in dieser Selbstverleugnung ausharren zu müssen. Wieder konnte sie nicht schlafen. Sie durchwanderte das stille Gebäude, setzte sich in die Kapelle und wartete auf Gottes Stimme, die sich nicht hören ließ. Voller Unruhe schlich sie zurück in ihr Bett. Das scheußliche Nachthemd ließ sie am Boden liegen. Im Morgengrauen war ihr Kopfkissen nass geweint. Sie wusch ihr Gesicht mit kaltem Wasser. Voller verwirrender Gedanken schleppte sie sich durch die nächsten, bleischweren Tage. Wenn das Elend sie niederzudrücken drohte, straffte sie die Schultern und kämpfte sich erneut durch.

***

An einem Nachmittag, als Anna hörte, die Ärzte wären von ihrer Tour zurück, hielt sie es nicht mehr aus. Sie gab vor, einen Krankenbesuch zu machen. Delegierte das, was zu tun war, an die tüchtigen, afrikanischen Hebammen, nahm ihr Rad und fuhr zu Mark. Erstaunte Blicke folgten ihr. So etwas hatte Schwester Anna noch nie getan.

Anna trat wie verrückt in die Pedale, nichts und niemand konnte sie aufhalten. Sie musste Mark sehen. Noch nie war sie bei ihm zu Hause gewesen, sie wusste aber, wo er wohnte, und sie besaß seinen Hausschlüssel. Als sie ankam, betätigte sie laut die Fahrradklingel. Mark stand im Garten und sprach mit seinem Hausangestellten Rafael.
„Wer machte denn so einen Lärm?", erstaunt blickte Mark auf.
Ein glückliches Lächeln überzog sein Gesicht. Rafael öffnete hurtig das Gartentor, nahm Anna das Rad ab. Das war ja die liebenswerte Schwester aus dem Hospital.
Mark breitete weit seine Arme aus, Anna flüchtete hinein, lehnte sich an ihn. Beide hatten ihre Umwelt völlig vergessen. Schließlich verschwanden sie im Haus. Versteh einer diese Jovos, dachte Rafael. Schwester Pauline, die Gartenschwester, hatte ihm erzählt, dass alle mit Jesus verheiratet wären. Aber so wie es aussah, hatte Schwester Anna auch noch Monsieur Docteur. Ihm sollte es recht sein. Er freute sich, wenn sein Patron glücklich war. Er durfte gar

nicht daran denken, wie es werden würde ohne den Patron. Er liebte ihn sehr, obwohl er oft so unordentlich war und manchmal auch sehr betrunken. Besonders, wenn seine Freunde hier waren und sie Skat spielten. Andererseits war das auch schön, denn dann konnte er fleißig mittrinken. Die merkten davon überhaupt nichts. Jedenfalls, sein Patron war ein feiner Mann. So wie er würde er gerne sein.

***

Anna betrachtete Marks Gesicht, der ernste Ausdruck darin fiel ihr auf.

Sie standen im Wohnzimmer, Bücher und Zeitschriften lagen verstreut auf dem Boden. Die unordentliche, karg eingerichtete Wohnung sah mehr aus wie ein Schlupfwinkel als ein Ort, an dem man sich gerne aufhielt. Mark spürte, dass Anna ziemlich durcheinander war.

„Du hast mit der Oberin gesprochen?"

„Nein, Mark, sie besucht gerade wie jedes Jahr die anderen Klöster der Region. Wir erwarten sie in etwa einer Woche zurück."

„Deshalb konntest du hierher kommen?"

„Ich habe es nicht mehr ausgehalten."

Mark küsste sie zärtlich auf den Mund.

Er war in großer Sorge gewesen, dass Anna durch andere von seinem Fortgehen erfahren hätte. Offenbar war dem nicht so. Mit leuchtenden Augen sah sie ihn an.

„Bin ich froh, dich zu sehen."

„Und ich erst."

Wieder küsste Mark sie. Er zog Anna mit sich ins Schlafzimmer. Sein Kissen trug noch den Kopfabdruck der vorigen Nacht. In kürzester Zeit hatten sie sich ihrer Kleider entledigt. Ungeduldig, fast ein wenig grob zog er sie auf sich.

„Wollen wir eine Zigarette rauchen?", fragte Mark, als sie schweißgebadet, überwältigt von dem Erlebten auf dem zerwühlten Bett lagen.

Anna nickte, sie fühlte sich befangen wegen ihrer Hemmungslosigkeit, was Mark nicht entging.

„Ich liebe dich so sehr", sagte Mark und steckte ihr die angezündete Zigarette zwischen die Lippen.

Anna hatte sich zwischenzeitlich ein Tuch umgebunden und saß aufrecht im Bett. Mit Genuss nahm sie einen tiefen Zug.

„Dieses Laster gefällt mir noch immer. Gut, dass ich nicht mehr davon abhängig bin."

Sie hielt Mark die Zigarette hin. Der nahm einen tiefen Zug und gab sie ihr zurück.

Diese Liebe war alles für sie. Sie bedeutete ein neues Leben. Sie wollte nichts falsch machen.

Was hätte es gebracht, ihm von der schmerzlichen Begegnung mit der Oberin zu erzählen. Sie wird zurückkommen und das Gespräch wird stattfinden. Hier bei ihm erschien ihr alles so selbstverständlich. Noch einmal nahm sie einen Zug, legte die Zigarette im Aschenbecher, der auf dem kleinen Beistelltischchen stand, ab.

Mark betrachtete Anna. Der Zeitpunkt war gekommen, es ihr zu sagen. Er hatte sie nicht beunruhigen wollen, denn die ganze Situation lastete jetzt noch mehr auf ihr. Sie war es, die das Kloster verließ. Er würde nur den Standort wechseln. Er konnte nichts tun, außer sie zu lieben und zu warten.

Fassungslos, mit aufgerissenen Augen hörte Anna zu. Was er ihr mitteilte schnürte ihr die Luft ab. Mein Gott, das konnte doch nicht sein, bald ging er fort! Ans andere Ende der Welt. Und sie, sie musste alles alleine durchstehen. Ein lautes Schluchzen drang aus ihrer Kehle. Sie vergrub ihr Gesicht im Bett. Anna weinte und weinte, und Mark, erschrocken über diese Heftigkeit, wusste nicht, wie er sie trösten sollte.

Seine Gedanken schweiften zurück zu jenem Abend, als er mit Patrick zum ersten Mal über seine unerfüllte Liebe zu Anna gesprochen hatte. Damals hatte sich diese Liebe absolut aussichtslos angefühlt. Nichts hatte im Entferntesten darauf hingedeutet, dass Anna sein Leben mit ihm teilen würde. Er hatte nur noch fliehen wollen, deshalb hatte er um seine Versetzung gebeten. Erst war die Antwort gewesen, dass es schwer sei, einen adäquaten Nachfolger zu finden.

Hätte er doch nur eine winzige Ahnung davon gehabt, dass Anna seine Liebe erwiderte! Der neue Arzt stand in den Startlöchern, jetzt war es zu spät, alles rückgängig zu machen. Eine verfahrene Situation. Mark nahm Anna so fest er nur konnte in seine Arme.

„Keiner kann was dafür", stammelte er immer wieder. „Keiner! Niemand hat Schuld."

Langsam ebbte Annas Weinen ab, sie setzte sich auf, ihr Gesicht war aufgequollen.

„Anna, du musst mir jetzt zuhören. Alles fühlt sich gerade schrecklich für dich an. Für mich auch. Nichts wird sich ändern an unserer Liebe. Warum das alles so gekommen ist, lass es mich dir erklären, bitte."

Anna nickte. Sie legte sich rücklings aufs Bett, schloss die Augen. Mark erzählte ihr alles.

„… als dann die Nachricht kam, dass man niemanden finden könnte und die Organisation deshalb auf meinem Vertrag bestehen muss, habe ich nicht mehr nachgehakt und geglaubt, damit sei mein Gesuch vom Tisch. Ich bin aus allen Wolken gefallen, als die Nachricht von meiner Versetzung kam."

Anna öffnete die verquollenen Augen, verschränkte die Arme hinter ihrem Kopf.

„Wieso, Mark, habe ich nichts davon erfahren, du hast doch sicher mit der Mutter Oberin gesprochen?"

Mark konnte nur nicken.

„Maggie, Patrick, Conzales, Dr. Marrozzi, alle haben es gewusst?"

„Anna, was hätten sie dir sagen sollen? Du warst doch der Grund für all das. Sie haben aus Feingefühl und Respekt dir gegenüber geschwiegen."

Annas Gedanken überschlugen sich. Zögerte die Ehrwürdige Mutter deshalb das Gespräch hinaus – um Zeit zu gewinnen, weil Mark fortging? Sie hatte Mark zwar gesagt, aus welchen Gründen das Gespräch mit der Oberin noch nicht stattgefunden hatte, wie schmerzlich es in Wirklichkeit abgelaufen war, das hatte sie ihn nicht wissen lassen. Wie sollte sie das nur durchstehen? Mit einem Mal war alles anders. Er würde sie alleine lassen. Australien war so weit weg.

Mark ging in die Küche, kam mit einem Glas Whisky zurück. Zuerst ließ er Anna davon trinken. Sie nahm einen großen Schluck. Die Zigarette war fast zu Asche zerfallen. Mark drückte den Rest aus.

„Und wie geht's für uns weiter, wenn wir einander nur schwer erreichen können?" Annas Stimme klang wehmütig. „Glaub ja nicht, dass ein Klosteraustritt einfach vonstatten geht. Vielleicht schickt man mich fort, damit ich zur Besinnung komme."

Mark wusste nicht, was darauf sagen. Er wusste nur, dass ihre Liebe ehrlich und aufrichtig war.

„Ich warte auf dich, Anna, bis wir zusammen leben können, egal wie lange es dauert. Das verspreche ich dir."

Anna nickte schweren Herzens. Er hatte ja recht. Niemand konnte etwas dafür, es war ihrer beider Schicksal. Er hatte nichts Unrechtes getan. Er hatte nur fortgewollt, weil er nicht ahnte, dass auch sie ihn liebte

Inzwischen war es dunkel geworden. Anna erschrak, als sie es bemerkte, sie hatte jedes Zeitgefühl verloren.

„Oh Gott, ich muss gehen!", rief sie.

„Ich fahre dich."

Auch Mark machte sich Sorgen. Sicherlich vermisste man sie schon. Beide zogen sich eilig an.

„Und mein Fahrrad?", fragte Anna,, „das passt doch nicht ins Auto."

„Das lasse ich dir morgen bringen."

„Mark, wenn man uns zusammen sieht ... was dann?"

„Uns wird schon das Passende einfallen", beruhigte er sie.

Wie gerne hätte er sie jetzt noch einmal zärtlich geliebt, stattdessen musste er sie zurückbringen in ein Leben voller Regeln. Das war auch für ihn sehr schwer. Sie hatten wenige gestohlene Stunden, die alles abdecken mussten. Aber so war es nun mal. Er war dankbar für diese Liebe. Nie hatte er geglaubt, dass ihm so was Wunderbares wie Anna je passieren könnte.

Als er sie am Haupteingang des Hospitals aussteigen ließ, hatte sie sich wieder gefangen. Das Hospital war schwach erleuchtet. Jemand sang im Dunkeln ein Lied. Im Hof, um die flackernden Kochstellen herum, saßen die Menschen und unterhielten sich. Anna und Mark reichten einander zum Abschied die Hand.

„Wenn zwei Menschen sich entschieden haben, dass sie fürs Leben zusammen gehören, dann passen Engel auf sie auf", flüsterte er ihr zu. „Anna, habe Vertrauen. Ich werde immer einen Weg finden, für dich erreichbar zu sein, bis wir zusammenleben."

Stumm nickte sie und ging die Stufen hinauf. Sie blickte sich nicht mehr um, als Mark davonfuhr.

Verwirrende Gedanken überfielen ihn auf der Heimfahrt. Er hatte versucht, diese vor Anna zu verbergen. Tatsache war, dass er sie wahrscheinlich nicht leicht erreichen konnte, wenn er fort war. Das alles ging nur über seine Freunde. Es sei denn, die Oberin hatte ein Einsehen und ließ Anna gehen. In dem Moment, wo er das dachte, schalt er sich einen Narren. Er hatte sich genau erkundigt, wie schwierig es war, aus einem Orden auszutreten. Vielleicht könnte er um einen längeren Urlaub bitten, als Privatmann zurückkommen und hier leben?

Im Laufe der Heimfahrt verwarf er den Gedanken wieder. Nein, das alles würde Anna nur noch mehr aufregen. Wenn sie zusammengehörten, dann würden sie auch zusammenfinden. Mark, der mit heruntergedrehtem Fenster nach Hause fuhr, verlangsamte die Fahrt. Trommelschläge drangen durch die Nacht. Immer wurde irgendwo ein Fest gefeiert. Niemand konnte sich diesem Rhythmus entziehen. Er hatte nie ein lebendigeres Volk kennengelernt, das seine Gefühle in Tanz und Ritualen so ausdrücken konnte wie die Afrikaner. Trotz aller Widrigkeiten ihres Lebens lachten sie viel und gaben die Hoffnung nicht auf. Er würde sie vermissen.

Er hatte keine Lust heimzufahren. Conzales wäre jetzt der Richtige, der aber war nicht da. Maggie und Patrick wollte er nicht stören. In der Brasserie würde ihn die libanesische Familie mit Essen vollstopfen und zum Ausgleich Löcher in den Bauch fragen. Geredet hatte er für heute genug. Kurz entschlossen bog er ab, in seine heruntergekommene Lieblingsbuvette. Dort spendierte er den Anwesenden mehrere Flaschen Bier. Überglücklich prosteten ihm die Einheimischen zu. So war er wenigstens nicht allein.

***

Als Anna im Konvent ankam, ging es ihr besser. Tatsächlich hatte niemand sie vermisst, da ihre Tätigkeit als Hebamme und OP-Schwester oft auch zu ungewöhnlichen Zeiten gebraucht wurde. Dass die Oberin fort war, hatte auch sein Gutes, normalerweise ließ sie sich meist am Ende eines Tages über außergewöhnliche Vorkommnisse im Hospital berichten. Anna betrat ihr Zimmer. Plötzlich fühlte sie was Klebriges zwischen den Beinen. Ziemlich heftig hatte ihre Periode eingesetzt.

„Danke, Mutter Gottes", betete sie.
Wenigstens diese Sorge war Anna los.

42

Es war früh am Morgen, während der ersten Pause, als Maggie Anna kommen sah. Das letzte Mal, dass sie sich gesehen hatten, hatte Maggie ihr Marks Brief überbracht.
„Schwester Anna, Schwester Anna", riefen die Kinder und winkten ihr.
Maggie hatte sich große Sorgen gemacht, respektierte aber Annas Zurückgezogenheit.
„Ich grüße dich."
Die beiden Frauen umarmten einander. Anna sah mitgenommen aus. Tiefe Schatten lagen unter den Augen.
„Wie geht's der werdenden Mutter?" Dabei lächelte sie ihre Freundin an.
„Ausgezeichnet. Und wie geht's dir, meine Liebe?"
Anna nickte, ging nicht weiter darauf ein. Gut, dass Maggie Bescheid wusste, so war wenigstens kein Versteckspielen nötig.
„Maggie, ich werde heute Nachmittag in den Bergen behandeln, wie wär's, begleitest du mich?"
„Gerne, Anna, sehr gerne!"
Das würde ihrer Freundschaft gut tun. Sie könnten auf der Fahrt miteinander reden, sich ihr Herz ausschütten. Auch sie wurde immer wieder von Ängsten geplagt, ob alles gut gehen würde mit dem Baby. Maggie sah ihrer Freundin nach, wie sie, fest auftretend, über den Schulhof zurück ins Hospital schritt. Sie wusste, dass Mark und sie sich bei ihm daheim getroffen hatten. Was für ein Glück, dass die Oberin momentan nicht in Bethlehem weilte.

Annas gesamtes Denken wurde von Mark beherrscht. Es gab Momente, wo sie nicht mehr wusste, wie sie die weiteren Stunden meistern sollte. Als sie die bequeme Kleidung, die sie in Alala getragen hatte, eintauschen musste gegen ihr Ordenskleid, hatte sie für Augenblicke das Gefühl gehabt, in ihr altes Leben zurückzukehren. Mark war das Beste, was ihr je passiert war. Sie würde auf ihr Herz hören, nicht auf ihr Gewissen, das sich ab und zu meldete.

Maggie hatte Anna mit dem Auto am Hospital abgeholt. Sie bogen von der Hauptstraße ab in Richtung Berge. Während sie die Serpentinen langsam hinauffuhren, sprudelte es aus Anna nur so heraus. Sie war unendlich froh, mit Maggie über Mark reden zu können.

„Ich habe ihn oft still beobachtet", erzählte sie, besonders wenn ich ihm bei Operationen assistierte. Jede seiner Bewegungen war ruhig und präzise. Er ist ein großartiger Chirurg. Er hat eine ganz eigene Art, komplizierteste Vorgänge verständlich zu erklären."

„Hast du dich da in ihn verliebt?"

Maggie sah zu ihrer Freundin.

„Ich habe gefühlt, da ist etwas, was meine Seele berührt. Aber ich konnte es nicht wirklich einordnen."

Maggie spürte, wie wohl es Anna tat, über diese Liebe zu reden.

„Ich kann den Zeitpunkt nicht benennen, Maggie, wann ich mich wirklich in ihn verliebt habe. Als ich mir dessen bewusst wurde, war ich gar nicht glücklich darüber. Im Gegenteil, ich wollte es nicht wahrhaben."

Anna seufzte und verschränkte ihre Hände ineinander.

„Ich hielt mich von ihm fern. Ja, ich flüchtete so gut es ging vor meinen Gefühlen." Außerdem war mir bekannt, dass er mit Dr. Marrozzi ein Verhältnis hatte."

Beide schwiegen. Maggie sprach als Erste wieder.

„Hast du Gewissensbisse, weil du deine Gelübde gebrochen hast?"

Anna ließ sich Zeit mit der Antwort. Sie öffnete ihre Hände, verschränkte nun die Arme.

„Ich kann nicht mehr zurück in mein altes Leben." Fest und entschieden, fast trotzig klang ihre Stimme. „Gewiss", Anna hielt inne. „Es gibt immer wieder Momente, wo ich Angst habe, meine Klarheit zu verlieren, wo ich Furcht empfinde. Dennoch, ich werde das Kloster verlassen. Mark und ich wollen zusammenleben, so wie du und Patrick."

Anna atmete tief ein und aus.

„Ich kann nur einen Schritt nach dem anderen gehen. Wir vertrauen einander. Das ist das Wichtigste."

„Dann werden wir dir alle beistehen, so gut wir können."

Maggie griff nach Annas Hand, drückte sie. Maggie wusste, das Gespräch mit der Oberin würde schwer sein. Wer weiß, wie ihre Reaktion ausfiel. Was für Möglichkeiten hatte eine Oberin, wenn eine Nonne austreten wollte? Durfte sie persönliche Sympathien gelten lassen? Musste sie nicht vielmehr strikt nach den Gesetzen der Ordensregel handeln?

Je näher sie ihrem Ziel kamen, je schöner wurde der Ausblick auf das Tal mit seinen weitläufigen Plantagen. Alles zeigte sich üppig grün und blühend, weil in den Bergregionen immer wieder Regen fiel. Maggie parkte das Auto am Weg zum Dorf. Sie stiegen aus. Die Luft war voller Blütenduft. Kleine Äffchen turnten im sonnendurchfluteten, grüngoldenen Geäst der Bäume. Es war angenehm kühl hier oben. Maggie musste an Mark denken. Lange hatte sie geglaubt, dass er einer dieser Männer wäre, die nichts wirklich erschüttern konnte, die sich den Umständen gerade so viel als nötig beugten. Wie hatte sie sich in ihm getäuscht! Er war anders. Dass er bald nach Australien ging, war für alle ein herber Verlust.

Er war für Maggie zu einem geliebten Bruder geworden. Sie mochte gar nicht daran denken, wie lange es dauern würde, bis er und Anna zusammenleben konnten. Sie beobachtete Anna, die ihre

Behandlungstasche aus dem Auto nahm. Ihre eigenen immer wiederkehrenden Sorgen bezüglich Schwangerschaft und Geburt waren ganz klein geworden, angesichts der Situation der beiden. Hoffentlich gab es für alle Beteiligten einen gangbaren Weg.

Frauen und Kinder kamen ihnen entgegengelaufen.
„Yowo, Yowo, wie geht es dir?"
Sogleich übernahmen sie Annas Behandlungstasche und den großen Pappkarton. Gemeinsam schlenderten sie zur Hütte des Dorfchefs. Ein älterer Junge mit einer Schleuder in der Hand trat zu ihnen und fasste Schwester Anna bei der Hand.
„Aha, Christian, machst du wieder Beute?"
Still lächelte der Junge vor sich hin.
„Christian ist ein Meister der Schleuder", erklärte Anna. „Damit holt er Mangos und Brotfrüchte aus den Bäumen. Leider auch Vögel."
Der Junge freute sich über so viel Aufmerksamkeit. Er ließ Annas Hand los, lief weiterhin neben ihr her.
„Die besten Schleudergummis sind Urinkatheder", wandte sich Anna an Maggie. „Manchmal schenke ich ihm einen, das darf niemand wissen."

Freundliche, aufmerksame Augen erwarteten sie. Der Dorfchef und die Ältesten schüttelten erst Schwester Anna, dann Maggie und danach sich gegenseitig die Hände. Wie immer erfolgte eine ausgiebige Begrüßung.
„Willkommen, willkommen, wie geht's den Leuten daheim, Mama, Papa, seinen anderen Frauen ..."
Bevor alle hineingebeten wurden, ließ der Chef die Hütte auskehren. Stühle wurden gebracht, man durfte eintreten. Es gab Wasser zu trinken. Erneut folgte eine lange Begrüßung. Über eine halbe Stunde war vergangen, bis Schwester Anna auf dem Dorfplatz unter dem großen Baum mit der Behandlung beginnen konnte.

Maggie saß an einem der aufgestellten Tische, drehte Tütchen aus Papier für die zu verabreichenden Tabletten. Sie bewunderte, wie Anna mit den Kranken umging. Für jeden hatte sie ein gutes Wort. Und wenn wie immer am Ende der Behandlung die älteren Männer nach Vitamintabletten für ihre Manneskraft fragten, konnte sie auch damit souverän umgehen. Anna war für alle eine liebevolle Autorität. Wenn Anna fortging, war das auch für die Menschen hier ein ziemlicher Verlust.

Nach der Behandlung wurden Trinkwasser, Gläser und eine Flasche Palmschnaps gebracht. Eine der älteren Frauen nahm jedes Glas, bevor es gefüllt wurde, und wischte es sorgfältig mit ihrem Pagne ab. Zuerst bekam der Dorfchef sein bis zum Rand mit Schnaps gefülltes Glas gereicht, dann Schwester Anna, dann Maggie, dann die Dorfältesten. Der Chef erhob sein Glas, goss ziemlich viel von dem Schnaps auf den Boden.

„Für meine Ahnen, für mich, für die Erde, die mich aufnehmen wird."

Er trank einen großen Schluck. Die Gäste wiederholten die Zeremonie. Schließlich genossen alle, außer Maggie, den Palmschnaps.

„Bin schon ein wenig betrunken", flüsterte Anna und nippe auch noch von Maggies Glas.

Als sie schon im Aufbruch waren, wurde ein alter, blinder Mann zu Schwester Anna gebracht.

„Es geht ihm wieder gut", meinte der Junge, der ihn an einem Stock hergeführt hatte. Stolz zeigte er auf die Narbe.

„Der Mann ist in Bethlehem operiert worden", informierte Anna Maggie. „An seinem Oberschenkel hatte sich ein gewaltiger Abszess gebildet."

Unter großem Geleit des Dorfes wurden die Frauen am späten Nachmittag zum Auto begleitet. Männer mit Buschmessern kehrten von der Feldarbeit zurück. Frauen trugen große Schüsseln voller Maiskolben auf ihren Köpfen nach Hause. Alle freuten sie sich, Anna und Maggie zu sehen.

Während der Rückfahrt entschieden die Frauen kurzfristig, die kleine Buvette am Ortseingang von Lalimete aufzusuchen. Dort saßen sie bei Justine unter einem malvenfarbenen Himmel und schauten dem lebendigen Treiben der Straße zu. Im klaren Licht der untergehenden Sonne leuchteten die Blüten der Sträucher am Straßenrand in vielen Rotschattierungen. Die beginnende Dämmerung war erfüllt von zartem Blütenduft. Es war schön, hier zu sitzen, Zeit miteinander zu verbringen. Bei Patrick würde es heute sowieso spät werden, bis er von seiner Zweitagestour mit Guidetta und Mark zurückkam.

Am Nebentisch saß ein muslimischer Gelehrter mit einem Jungen. Vor ihnen auf dem Tisch lag der Koran. Der Alte rezitierte Verse daraus. Der Junge lauschte und wiederholte geduldig. „Ich grüße euch Schwestern. Salam Alaykum – Friede sei mit euch", rief der Alte, als er Annas Blick bemerkte. „Möge Allah euch ein langes Leben schenken."

„Allah sei Dank", antwortete Schwester Anna.

Die beiden wandten sich erneut konzentriert den Rezitationen zu. Justine brachte zwei Tassen Tee, dazu in Fett ausgebackene Teigbällchen auf Bananenblättern. Anna trank einem großen Schluck.

„Pappsüß", rief sie lachend und putzte sich den Mund ab.

Plötzlich fühlte sie sich von Herzen froh. All diese Gerüche und Geräusche hatten etwas überaus Friedvolles an sich. Sie nahm wieder einen Schluck Tee, verschluckte sich fast. Erst jetzt bemerkte sie, dass sie tatsächlich lachte. Trotz Unsicherheit und Ängsten war sie in diesem Moment glücklich. Sie betrachtete ihre Hände, streckte sie Maggie hin.

„Früher hatte ich schön manikürte, rosa lackierte Fingernägel."

„Das dürfte das Leichteste sein, Anna, was zu ändern wäre."
Jetzt lachte auch Maggie. Zwischen den Freundinnen herrschte große Heiterkeit. Sie genossen es, in dieser Buvette zu sitzen.
„Möchtest du Kinder haben, Anna?" Maggie fragte unvermittelt.
„Sollte das nicht jeder?"
Anna betrachtete ihre Freundin. Bald würden sie und Patrick wissen, wie es war, ein kleines eigenes Wesen im Arm zu halten. Ob sie bei der Geburt dabei sein würde? Sie beugte sich vor, streichelte Maggies Wange.
„Ich habe die ganze Zeit von mir und Mark geredet, obwohl mir klar ist, dass du dir unglaublich viele Gedanken machst wegen der Schwangerschaft.

Was war sie doch für ein Kleingeist, dachte Maggie, als sie Anna am Hospital abgesetzt hatte und langsam nach Hause fuhr. Wer hatte schon so viele gute Geister um sich wie sie in Lalimete? Und doch war es ihr nicht möglich, diese Ängste aus ihren Gedanken zu verbannen.

***

Am Abend saß Maggie am Wohnzimmertisch und las zum wiederholten Male Carmens Brief.
Wie haben euch die Fotos gefallen?, wollte sie wissen, aber Maggie hatte keine Fotos bekommen. Schade, es war nicht das erste Mal, dass Post verloren ging. Sie stand auf, nahm die Reiseschreibmaschine, ging vor die Haustüre und kippte erst einmal den roten Sand aus der Maschine. Schade, dass Carmen sich entschieden hatte erst zu kommen, wenn das Baby da wäre. Zurück am Wohnzimmertisch begann sie mit dem Antwortbrief. Kaum dass sie die erste Zeile geschrieben hatte, klopfte es an der Türe. Draußen standen Mafunde und der Fahrer vom Hospital. Maggie ahnte nichts Gutes.

„Guten Abend, Radschiff."

„Guten Abend, Madame."

Radschiff hielt den Blick gesenkt, während er sprach.

„Ich soll Ihnen sagen, dass Monsieur Docteur heute noch nicht zurückkommt."

Auch Mafunde hatte jetzt den Blick gesenkt

„Was ist der Grund, Radschiff?"

„Madame, der Docteur kommt morgen zurück."

„Das hast du gesagt."

Noch immer blickten beiden Männer auf den Boden.

„Wer hat dich zu mir geschickt?"

„Die Schwester Oberin hat mich geschickt."

Mafunde zog zum Zeichen des Bedauerns laut die Spucke durch die Zähne, murmelte leise in seiner Sprache vor sich hin. Radschiff nickte dazu einvernehmlich mit dem Kopf.

„Die Mutter Oberin ist also wieder zurück?", stellte Maggie fest.

„Wir alle sind zurück, Madame, auch die anderen Schwestern."

„Sag der Ehrwürdigen Mutter, dass ich mich bedanke für die Nachricht, und dir danke ich ganz besonders, dass du zu mir gekommen bist."

„Madame."

„Ja Radschiff, gibt's noch was?"

„Madame, da kann man nichts machen", fuhr Radschiff fort und blickte Maggie jetzt an. „Der Docteur ist ein guter Docteur, deshalb rufen ihn die Leute."

„Ich weiß, Radschiff, der Docteur ist ein guter Docteur, deshalb wird er gerufen."

Mafunde nickte zustimmend.

„Gute Nacht, Madame."

„Gute Nacht."

Die Männer gingen, Maggie schloss die Tür. Wie schade, dass Patrick nicht heimkam, sie hatte sich so auf ihn gefreut! Wie gerne hätte sie mit ihm geredet. Sie entschied, Carmen an einem anderen Tag zu schreiben, sie konnte sich jetzt nicht genug konzentrieren.

Sie ging in die Küche, kochte Tee. Die Oberin war also zurück. Das bedeutete, dass Anna bald schon mit ihr sprechen würde. Hoffentlich gab es einen Weg. Maggie sah zum Fenster hinaus. Draußen im Hof lag Mafunde in seinem bequemen Nachtwächterstuhl und schlief. Neben ihm flackerte ein Petroleumlämpchen. Zwischen seinen Beinen hatte sich Miranda eingekringelt. Es war ein gutes Gefühl, Mafunde hier zu wissen. Er war eine treue Seele. Sie vertraute ihm und er vertraute ihr. Jeden Monat ließ er sie den Großteil seines Lohns zur Bank bringen. Immer wenn sie ihm das Sparbuch zeigte und erklärte, wie viel er schon besaß, schien er überrascht zu sein, dass ihm das Geld gehörte und dass es sich mit Zinsen vermehrte.

Am Morgen des nächsten Tages war Patrick noch nicht zurück. Maggie spürte beim Aufstehen ganz deutlich, wie das Baby sich rührte. Sie streichelte ihren Bauch.

„Es ist nicht das erste und nicht das letzte Mal, dass dein Vater ziemlich gefordert ist", flüsterte Maggie ihrem ungeborenen Kind zu. Sie schloss die Augen, fühlte in sich hinein. Für einen Moment glaubte sie, eine Reaktion zu spüren. Auf der Terrasse fand sie Bougainvillearanken in zartem Gelb. Mafunde hatte sie für seine Madame in irgendeinem Garten abgeschnitten. Bevor Maggie zur Schule aufbrach, schmückte sie das Haus damit. Mafunde strahlte übers ganze Gesicht, als sie sich bedankte und es ihm zeigte. Er hatte heute frei und würde seine Familie besuchen. Sie übergab ihm das Kleid für seine kleine Tochter Efia, das sie bei der Schneiderin für ihren sechsten Geburtstag hatte nähen lassen.

Als Maggie am Nachmittag heimkam, fand sie Patrick schlafend, angezogen auf dem Bett liegen. Überrascht, ihn zu sehen, drückte sie ihm einen zarten Kuss aufs Gesicht. Verschlafen öffnete er die Augen, setzt sich abrupt auf.

„Wie viel Uhr ist es?"

„Gleich drei."

„Hat niemand nach mir gefragt?"

„Wieso?"

„Es gab einen Notfall. Der Agrarminister wurde mit heftigen Bauchschmerzen eingeliefert. Sollte es Komplikationen geben, würde man mich rufen."

Er blickte durch Maggie hindurch, sprang auf.

„Die Sache lässt mir keine Ruhe, ich fahre ins Hospital!"

Schon war er fort. Irritiert hörte Maggie Patricks Auto davonfahren. Sie seufzte. Genau diese Situationen häuften sich in letzter Zeit. Verflixt noch mal, er war doch nicht der einzige Arzt. Wie würde das erst werden ohne Mark. Patrick hatte nicht einmal gefragt, wie es ihr und dem Baby ging.

Als sie sich beruhigt hatte, trug sie die Schreibmaschine auf die Terrasse. Carmens Brief legte sie daneben, beschwerte ihn mit einem kleinen Stein. Die Luft war schwül. Am Himmel jagten riesige Wolkenberge vorbei. Ein plötzlicher Windstoß fegte fast den Brief vom Tisch. Türen flogen zu, Fensterscheiben klirrten. Wolliger Kapoksamen, der aussah wie Schneeflocken, wehte auf die Terrasse. Der Himmel wurde schwarz. Drohende Gewitterwolken formierten sich, Blitze zuckten. Ein lang gezogener Donner folgte. Der Hund kam gelaufen und verkroch sich im Haus. Der Regen brach plötzlich herein, trommelte laut aufs Hausdach. Genau so heftig wie es begonnen hatte, hörte das Gewitter wieder auf. Die Luft hatte sich schlagartig abgekühlt. Maggie fröstelte. Auf einmal fühlte sie sich sehr müde. Sie trug die Schreibmaschine zurück ins Haus, legt sich auf die Couch. Sie war immer noch müde, als Patrick sich über sie beugte, sie hochnahm und hinüber ins Schlafzimmer führte. Maggie spürte, wie er sie zudeckte, und war gleich darauf wieder eingeschlafen.

43

„Wir brauchen dich, meine Tochter. Die Gemeinschaft braucht dich."

In den Augen der Ehrwürdigen Mutter brannte die Kraft der Überzeugung.

„Schwester Anna, Gott hat dich berufen, wieso kannst du sicher sein, dass es sich nicht um eine Versuchung handelt?"

Die alte und die junge Nonne saßen einander im Amtszimmer gegenüber. Wie eine Wand stand der Tisch zwischen ihnen. Jede hatte sich vor diesem Gespräch gefürchtet, es würde alles endgültig verändern. Die Oberin ließ nicht locker, obwohl sie wusste, dass sie dabei war, eine Grenze zu überschreiten.

„Ich bitte dich, deine Entscheidung noch einmal zu überdenken. Ich möchte, dass du sicher bist." Sie zögerte. „Dass du nichts bereuen musst."

Anna blickte ihre Vorgesetzte zornig an, bemühte sich um Fassung. Fast gehorchte ihr die Stimme nicht.

„Ich habe es mir nicht leicht gemacht. Ob ich mich je berufen gefühlt habe, ich weiß es nicht mehr. Ich weiß es nicht mehr!"

Anna sprang auf, stellte sich mit dem Gesicht zum Fenster. Mit geballten Fäusten stand sie dort und starrte in den Regen. Die Tropfen prasselten gegen die Scheiben, verbanden sich zu Rinnsalen. Die Regenzeit hatte viel zu früh begonnen. Alles war durcheinander, genau wie sie. Im Regen war sie in Bethlehem angekommen, im Regen würde sie gehen. Warum nur begriff diese Frau nichts.

„Ich kann so ein Leben nicht mehr weiterleben", schrie sie. „Ich habe es immer wieder versucht. Es geht nicht. Ich kann hier nicht mehr glücklich sein."

Was ist das schon, Glück, dachte die Oberin, deren Selbstvertrauen zutiefst erschüttert war. Ein Hund, der in der Sonne liegt, mag glücklich sein. Sie betrachtete diese hübsche Frau in der Blüte ihrer Jahre, die ihr den Rücken zukehrte. Das Atmen fiel ihr schwer. Dass Novizinnen dem Klosterleben wieder entschwanden, kam öfter vor. Aber doch nicht Anna! Wie sehr hatte sie gehofft, dass Anna bei ihnen bleiben würde.

„Du hast eine gefühlvolle Zeit hinter dir, meine Tochter", redete sie beschwichtigend auf ihre Untergebene ein. „Du bist in Aufruhr. Prüfungen zeigen, ob wir stark bleiben. Vergiss das nicht. Sich davonmachen würde eine Zurückweisung bedeuten."

Anna drehte sich um. Die Oberin registrierte Annas Zorn.

„Mein Entschluss steht fest, ich werde das Kloster verlassen."

Schweigen breitete sich aus. Versteinert saß die Oberin am Tisch. Eine alte, verbrauche Frau. Fast tat sie Anna leid. Das Schweigen zwischen ihnen wollte kein Ende nehmen. Es war Anna, die als Erste wieder sprach.

„Meine Entscheidung ist gefallen."

Die Ehrwürdige Mutter sah Anna lange in die Augen. Anna hielt ihrem Blick stand. Es war kein Kräftemessen mehr, sondern stilles Einvernehmen. Beide Frauen schluckten schwer. Die Oberin erkannte, dass es keinem Sinn machen würde, sich zu widersetzen.

„Nun, dann werden wir noch heute die notwendigen Schritte einleiten."

Anna nickte.

Die alte Nonne erhob sich, ging auf Anna zu, streckte ihr beide Hände hin, in ihrem Gesicht erschien ein kleines Lächeln. Zögernd ergriff Anna die Hände – noch nie hatte sie diese so gespürt, rau und voller Knoten. Einerseits fühlte sich Anna ungemein erleichtert, endlich die Entscheidung herbeigeführt zu haben. Andererseits konnte sie keinen klaren Gedanken fassen. Sie sollte sich jetzt glücklich fühlen, stattdessen fühlte sie sich hundeelend. Als sie die alten Hände losließ, begannen die Tränen zu fließen. Die Oberin nahm ein großes Taschentuch, wischte sanft Annas Tränen weg.

„Du weißt, meine Tochter, dass es eine Sache von Monaten sein wird, bis du das Kloster verlassen kannst."

Anna nickte unter Tränen.

„Du verstehst auch, dass unsere Ordensregel nicht erlaubt, dich hier zu behalten, bis die endgültige Entscheidung gefallen ist?"

„Das weiß ich."

„Setz dich hin, meine Tochter, und höre, was ich dir zu sagen habe", bat die Oberin und nahm Platz. Ihre Stimme klang ungemein sanft.

„Ich habe mit Dr. Seeberger gesprochen."

„Was haben Sie?"

Anna konnte nicht glauben, was sie da hörte. Die Oberin hatte mit Mark über ihre Liebe gesprochen. Was ging sie das an? Anna fühlte sich zutiefst verletzt, niemand hatte das Recht, sich da einzumischen, schon gar nicht diese blöde Nonne. Gott sei Dank würde sie das Kloster bald verlassen. Die respektierten rein gar nichts.

„Bevor du wieder wütend wirst, hör mir zu."

Die Oberin unterstrich das Gesagte mit einer entschiedenen Handbewegung.

„Ich habe mich nicht eingemischt, Anna. Ich führte dieses Gespräch aus großer Sorge um dich. Anna, ein Gelübde aufzulösen ist eine Lebensentscheidung. Es gibt keinen Weg mehr zurück. Verstehst du?"

Anna schluckte.

„Dieser Mann, er liebt dich, mein Kind, er wird alles tun für diese Liebe. Er ist ein guter Mann. Betrachte es als Gottes Fügung, dass er bald fortmuss, so könnt ihr unabhängig voneinander prüfen, ob diese Liebe Bestand hat."

Erneut begann Anna laut zu schluchzen.

„Verzeihen Sie mir, ich bin so durcheinander", stammelte sie.

„Das wundert mich nicht."

Liebevoll betrachtete die Ehrwürdige Mutter Anna. Auch sie war eine Frau. Vor langer, langer Zeit hatte sie einen ähnlichen Schmerz durchlitten. Ihr hatte das Schicksal damals keine Möglichkeit gelassen, den eigenen Sehnsüchten nachzugeben. Es war gut, dass sie geblieben war. Nach langem Ringen war ihre Entscheidung klar gewesen und klar geblieben.

Sollen sie miteinander glücklich werden, dachte die Oberin. Die Entscheidung war gefallen.

Wie sehr würde sie dieses Kind vermissen. Warum Gott ihr diese Prüfung auferlegte? Als ob sie nicht schon genug zu tragen hatte? Und doch geschah nichts, aber auch gar nichts ohne Gottes Wille. Diese tiefe Überzeugung ließ sie wieder freier atmen.

„Ich weiß, dass ich das, was ich jetzt sage, nicht verantworten kann. Aber Ausnahmesituationen verlangen außergewöhnliche Entscheidungen. Vieles muss besprochen werden. Du hast meine Erlaubnis, heute Nachmittag frei zu machen. Mark erwartet dich."

Dabei erhob sich die alte Nonne, breitete ihre Arme weit aus. Anna schluckte heftig. Zum ersten Mal hatte diese Dr. Seeberger beim Vornamen genannt. Wie ein kleines Kind schmiegte Anna sich in die Arme der Ehrwürdigen Mutter, fühlte dabei, welch großes Herz diese besaß. Sie strich Anna über den Kopf, zeichnete ein Kreuz auf ihre Stirn.

„In den nächsten Tagen werde ich eine Entscheidung treffen, wohin du geschickt wirst, bis du das Kloster endgültig verlassen kannst."

Dann stand die Oberin vor ihr, ganz die Würde ihres Amtes, die Hände fest im Habit versteckt. Sie nickte, drehte sich um und ging. Anna blickte auf die geschlossene Tür. Heftig schlug ihr Herz. Mit schmerzhafter Deutlichkeit spürte sie, dass sie von nun an nicht mehr dazu gehörte.

***

„Aafarin, das kannst du nicht anstehen lassen, der wird es immer wieder auf die eine oder andere perfide Art probieren."
Maggie redete ziemlich heftig auf ihre Kollegin ein.
„Denk an deine Kinder!"
Die Schule war zu Ende, Maggie hatte ihre Tasche gepackt, wollte nach Hause gehen, als ihre Freundin aufgeregt gelaufen kam und ihr Leid klagte. Der Vater ihrer Kinder hatte schon zum wiederholten Male einen Mann aus dem Dorf geschickt und Geld verlangt. Diesmal hatte es wie eine Drohung geklungen. Aafarin wirkte verängstigt.
„Du musst etwas unternehmen, hörst du!"
Maggie nahm beide Hände ihrer Freundin, schaute ihr offen ins Gesicht.
„Du solltest es der Mutter Oberin sagen."
Verlegen und unschlüssig blickte Aafarin zu Boden. Nach einer Weile hob sie den Kopf, drückte Maggies Hände und nickte.
„Komm, vielleicht ist sie jetzt zu sprechen", entschied Maggie.

Die Oberin hörte sich die Geschichte an. Für sie waren diese Probleme nicht neu. Sie würde Mabruke einen Besuch abstatten. Sie kannte ihn gut und sie war auch ihm bestens bekannt. Dieser Sache musste entschieden entgegengetreten werden, sonst kamen andere nichtsnutzige Ehemänner ebenfalls mit Forderungen daher. Diese Kerle erlaubten sich alles. Schwängerten junge Frauen und die Betrogenen sollten dann auch noch dafür aufkommen. Viele traditionelle Frauen glaubten, dass sie keinen Wert hatten, dass sie nur dazu da wären, Kinder auf die Welt zu bringen und für Nahrung zu sorgen. Die Wenigsten von ihnen kannten ihre Rechte, verschwiegen oft selbst Vergewaltigungen.

Hörten die Probleme denn gar nicht mehr auf? Sie war kurzatmig in letzter Zeit. Sie wurde alt. An manchen Tagen war ihr alles zu viel.

Die erste Märzwoche war vorbei, noch immer war von dem Kloster in Benin keine Nachricht auf ihre Anfrage eingetroffen. Schwester Anna sah sie jeden Tag vorwurfsvoller an. Die dort vorstehende Oberin – Schwester Bernada – war seit Jahren eine geschätzte Vertraute. Sie hatte die schmerzhafte Erfahrung, dass Nonnen austraten, schon zweimal machen müssen. In Benin kannte man Schwester Anna nicht, was überaus wichtig war in Bezug auf die anderen Nonnen. Es durfte nicht noch mehr Unruhe entstehen. Sie mochte gar nicht daran denken, was auf ihren Orden zukam. In Afrika brauchte alles viel, viel Zeit.

Wie nicht ganz bei der Sache betrachtete sie Frau Musanga, die zusammen mit Maggie ihr gegenübersaß und darauf wartete, wie es jetzt weitergehen würde. Die erwartungsvollen Blicke der beiden Frauen ließen sie in die Realität zurückfinden. Sie erhob sich. Maggie und Frau Musanga ebenfalls.

„Ich werde sehen, was ich für Sie und Ihre Kinder tun kann. Sollte Ihr Mann in den nächsten Tagen auftauchen, oder dieser Gesandte, kommen Sie sofort zu mir. Am besten mit ihm.

Sie legte ihren Arm um Aafarins Schulter. „Ich weiß, wie schwer das alles für Sie ist. Dabei sind Sie eine Frau, die einen Beruf hat. Viele andere haben das nicht. Es ist gut, dass Sie zu mir gekommen sind."

Die Oberin gab Frau Musanga zum Abschied die Hand.

„Bevor Sie gehen, meine Liebe, schauen Sie in der Küche bei Schwester Mathilda vorbei, sie hat was für Ihre Kinder hergerichtet."

„Vielen Dank, Schwester!"

Aafarin verbeugte sich tief, küsste die Hand der Klostervorsteherin.

„Auf ein Wort, Frau Neumaier", bat die Oberin, als auch Maggie gehen wollte.

Erstaunt blickte Maggie die Ehrwürdige Mutter an. Ob das mit Anna zu tun hatte? Ihr war nicht ganz wohl bei dem Gedanken.

„Wie wär's mit einem kleinen Spaziergang im Garten", schlug diese vor. „Ich hätte gerne gewusst, wie sich die werdende Mutter fühlt?"

Frau Musanga lächelte ihrer Kollegin zu.

„Auf Wiedersehen, Maggie", sagte sie. „bis morgen", und verließ den Raum.

„Europa ist kein Schlaraffenland und das afrikanische Elend nicht unabänderlich. Aber diese Männergesellschaft, ob die sich jemals wandelt?" Die Stimme der Nonne klang zornig. „Manchmal könnte ich auf sie eindreschen."

Sie und Maggie spazierten durch den Klostergarten. Trotz heftigem Regen in der Nacht hatte die Sonne den Boden getrocknet. Durch die Palmwedel hindurch zeichnete sie Schattenspiele auf die Wege, die über und über mit Blüten bedeckt waren. In rosafarbener Pracht blühten zwei große Regenbäume. Prunkwinden in tiefem Purpur rankten in violettfarbenen Hibiskus hinein, Schmetterlinge umflatterten korallenfarbene Flammenbäume. Es roch nach Orangen und Nelken.

„Was für ein Paradies Ihre Schwestern geschaffen haben", bestaunte Maggi den Garten.

Sie waren an dem kleinen, idyllisch gelegenen Friedhof angelangt, wo alle Nonnen beerdigt wurden. Auf den Gräbern blühten Calla, Hortensien und Rosen. Ein winziger Vogel mit blauem Gefieder saß auf einem der Grabkreuze und zwitscherte laut vor sich hin.

„Ja, auf den Garten ist Schwester Pauline ziemlich stolz", gestand die Oberin. „Besonders, dass ihre Rosen so prächtig gedeihen."

„Das wäre ich auch, wenn ich einen solchen Garten hätte", meinte Maggie begeistert. „Conzales hat auch einen wundervollen Garten!"

„Und was für einen schönen", antwortete die Ehrwürdige Mutter.

Ein Lächeln überzog Maggies Gesicht.

„Ein Garten hat was anrührend Wahrhaftiges. Schon als Kind liebte ich es, in Gärten zu sein. Übrigens, wissen Sie, dass Conzales seit gestern aus Portugal zurück ist?", erwähnte Maggie, während sie weiter spazierten.

„Ich weiß. Seine Frau Filomena ist mitgekommen. Die zwei haben uns gestern wieder einmal viele gute Sachen mitgebracht."

Plötzlich fühlte sich Maggie schwindelig, griff nach dem Arm der Nonne.

Fürsorglich geleitete diese sie an einen schattigen Platz zu einer Bank.

„Die hohe Luftfeuchtigkeit macht mir zu schaffen", stöhnte Maggie, wischte sich die Schweißperlen vom Gesicht und lehnte sich zurück.

„Geht's wieder?"

Die Nonne betrachtete Maggie. Wie schön, dass es noch Ehepaare wie die beiden gab. Und in diesem Jahr erwarteten sie ihr erstes Kind.

„Eigentlich geht's mir ganz gut", kam Maggies zögerliche Antwort.

„Eigentlich?"

Hörte sie da sorgenvolle Gedanken heraus? Die Oberin fühlte intuitiv, dass was nicht in Ordnung war.

„Mich plagen ziemliche Ängste, was die Geburt betrifft", stieß Maggie hervor. Jetzt war es ausgesprochen.

Die Nonne schluckte, das hätte sie nicht gedacht. Eine Geburt war doch was ganz Natürliches und Maggie machte einen robusten Eindruck.

„Ich bin ängstlich, dass Patrick nicht da sein wird, wenn das Baby kommt", wandte sich Maggie an die Nonne, die neben ihr saß.

Die Ehrwürdige Mutter hatte Verständnis für Maggies Unsicherheit. Sie fühlte aber auch, dass dies nicht allein der Grund sein konnte für solche Befürchtungen, da musste mehr dahinter stecken. Wie gerne möchte ich Maggie helfen, dachte sie, aber wie?

„Manchmal, liebe Maggie, tragen wir Ängste in uns, die wieder zum Vorschein kommen, wenn wir uns in besonderen Situationen befinden, wie zum Beispiel während einer Schwangerschaft."

Maggie schaute auf. Die Schönheit des Gartens, die Stille, die sanfte und verständnisvolle Stimme der Oberin ...

„Möchten Sie mir mehr von Ihren Ängsten erzählen?"

Maggie wusste, sie konnte sich dieser Frau anvertrauen.

Es fiel ihr erstaunlich leicht, all das auszusprechen, was ihr schwer auf dem Herzen lag. Sie erzählte der Oberin, wie ihr Vater ihre Mutter während der Schwangerschaft betrogen und nach einer Fehlgeburt verlassen hatte.

„Er hatte ihr versprochen da zu sein, wenn das Baby auf die Welt kommen würde. Er war nicht da, er war nicht einmal zu erreichen."

Noch jetzt konnte die Oberin den Kummer in Maggies Stimme wahrnehmen.

„Er war bei seiner Geliebten", fuhr diese fort. Sie machte eine Pause, wischte sich erneut die Schweißperlen von der Stirn. „Er war nie wirklich da. Seine Arbeit und sein Vergnügen waren ihm wichtiger. An Geld mangelte es uns nicht, aber an Liebe und Zuneigung von ihm."

„Schrecklich, Maggie, was du erlebt hast."

Die Oberin war ganz plötzlich ins Du verfallen.

„Und jetzt entwickelst du Ängste, dass dein Mann nicht da sein wird bei der Geburt eures Kindes?"

Plötzlich sprudelte es nur so aus ihr heraus.

„Ich war mitten im Studium, verliebt in einen verheirateten Professor. Er hatte mir immer erzählt, dass seine Ehe nicht in Ordnung wäre und er die Scheidung beabsichtigte. Als ich schwanger wurde, gab er mir Geld für die Abtreibung und machte Schluss mit mir. Er ließ mich allein. Wochenlang fühlte ich mich verlassen, wusste nicht mehr ein noch aus. Ich war übrigens doch nicht schwanger. Meine Periode war ausgeblieben."

„Mein Gott!", die Oberin hielt sich eine Hand vor den Mund, blickte Maggie erschrocken an. Was für eine Geschichte. Sie konnte nur ahnen, was sich da an Ängsten in Maggie festgesetzt hatte. Jetzt ging auch noch Schwester Anna fort. Kein Wunder, dass Maggie durcheinander war.

Sie fasste an die Perlen ihres Rosenkranzes, begann still zu beten.

„Hilf mir, Mutter Gottes, die richtigen Worte zu finden."

Sie hatte Maggie und Patrick sehr in ihr Herz geschlossen. Sie waren eine große Stütze, nicht nur für die Gemeinde. Von Anfang an hatte Maggie Verantwortung übernommen. Sie kümmerte sich um die Belange der Nachbarn, besuchte Kranke, tat mehr als genug für ihre Schüler. Das erwartete Kind würde für sie alle eine Bereicherung darstellen. Und – sie könnte so etwas wie eine Großmutter sein. Die Nonne legte den Arm um Maggie. Diese lehnte ihren Kopf an die Nonne.

„Jetzt kann ich deine Ängste und Sorgen besser verstehen", flüsterte die Ehrwürdige Mutter und strich Maggie über den Kopf.

„Ich kann dir nur versichern, du hast alle Hilfe der Welt. Auch wenn Schwester Anna nicht mehr hier sein wird."

Die beiden Frauen lösten ihre Umarmung. Die Oberin nahm Maggies Hand in die ihre.

„Dein Mann hat bezüglich der Geburt alles mit mir besprochen, er wird sich mindestens eine Woche vorher Urlaub nehmen. Und, sollte das Kind früher kommen, nun, er wird an deiner Seite sein."

Sie machte eine kleine Pause, fuhr fort: „Dr. Marrozzi ist eine großartige Gynäkologin, die Hebammen in Bethlehem sind erfahrene Frauen, Sie haben den besten Mann und Arzt an Ihrer Seite. Und die anderen Schwestern und ich sind auch noch da."

Die Oberin war wieder zum Sie zurückgekehrt.

Als sie Maggie zum Gartentor begleitete, hatte die kurze Abenddämmerung eingesetzt.

„Ich bin froh, dass es Ihnen besser geht", sagte sie bei der Verabschiedung. „Wann immer ich helfen kann, scheuen Sie sich nicht, zu mir zu kommen. Und – in diesem Garten, dürfen Sie jederzeit spazieren gehen."

Als Maggie fort war, ging die Oberin zurück in den Garten, setzte sich vor die Figur des Heiligen Josef. Vieles würde sich ändern, wenn Schwester Anna und Dr. Seeberger fort wären. Das Licht veränderte sich, wurde rauchfarben, rotgold, malvenfarben. Die Oberin betrachtete den Heiligen Josef, wie er mehr und mehr in der beginnenden Dunkelheit verschwand, und entschied dabei, dass sie an einem der nächsten Tage nach Alala fahren würde, um ihr eigenes Herz bei ihrer Freundin Schwester Kreszentia zu erleichtern. Auf ihr lag mehr als nur eine große Last.

44

Gegen 20.00 Uhr machten Guidetta und Mark einen Kontrollgang, bevor der Generator ausgeschaltet wurde. Die beiden Ärzte waren hundemüde. Seit gestern Mittag behandelten und operierten sie in Tsevoto. Als sie ankamen, hatte Adam sie als Erstes zu einem jungen Mann geführt, durch dessen Bauchdecke ein großer Tumor tastbar war. Wie Fässer waren seine Beine angeschwollen, weil der Abfluss von Blut und Lymphe durch den Tumor blockiert wurde. Der Patient stöhnte vor Schmerzen. Was tun? Hier konnte er nicht operiert werden. Mark versuchte ihm Erleichterung zu verschaffen, seine Schmerzen etwas zu lindern. Wenn er die Nacht überstand, entschieden sie, würden sie ihn morgen mitnehmen nach Bethlehem.

Wie immer hatte die Arbeit kein Ende gefunden. Die Nacht war besonders kurz gewesen. Aber trotz allem schien für Mark die Erschöpfung momentan das einzige Mittel zu sein, seine Situation nicht zu sehr reflektieren zu müssen. Wenn er so gefordert war, konnte er nicht grübeln. In ein paar Tagen schon war es so weit. Dann flog er in die USA und vier Wochen später nach Australien. Dies war seine endgültig letzte Tour nach Tsevoto.

Dr. Marrozzi betrat den größten Raum des kleinen Hospitals. Auf Bastmatten lagen Kinder und Erwachsene in tiefem Schlaf. Beneidenswert, wie Afrikaner immer und überall schlafen konnten, dachte sie. Danach ging Guidetta in das winzige Zimmer zu dem schwerkranken jungen Mann. Friedlich lag er da, atmete nicht mehr. Sie konnte nur noch den Tod feststellen. Unter seinem Bett schliefen drei Familienmitglieder. Sie weckte sie auf, übergab ihnen den Toten.

Kurz vor 22.00 Uhr wurde eine Frau gebracht. Bei der Entbindung war der Kopf des Kindes im Becken stecken geblieben. Das tote Kind hing in der Scheide. Zum Glück war der Generator noch nicht ausgeschaltet. Sie brachten die Frau sofort in den Operationsraum, Adam assistierte den beiden Ärzten. Es war Mitternacht, als Guidetta und Mark sich ein halbwegs kühles Bier genehmigen konnten. Sie saßen draußen auf der Bank vor der Ordination. Adam hatte sich schlafen gelegt. Drüben im Dorf war es dunkel und still. Lulele, der Nachtwächter, saß in ihrer Nähe in seinem bequemen Nachtwächterstuhl und sang leise vor sich hin. Neben ihm flackerte ein Lämpchen. Pfeile und Bogen lagen daneben auf der Erde.

Nun war es bald so weit, Mark verließ Afrika. Guidetta betrachtete ihn von der Seite. Es gab etwas unglaublich Verletzliches und Verlorenes an ihm, so selbstbewusst er auch auftrat. Sie hatte nicht gedacht, dass es ihr so viel ausmachen würde, wenn er fortging. Da waren doch mehr Gefühle in ihr, als sie sich hatte eingestehen wollen. Obwohl sie nicht an Liebe und Treue glaubte, so hatte sie doch mit Mark nicht nur leidenschaftliche Stunden, sondern auch eine Art Geborgenheit erlebt.

„Ach Mark", seufzte sie und lehnte sich an ihn, „wieso ist immer alles so kompliziert."

Er drehte den Kopf, blickte sie verständnislos an.

„Du nimmst mich nicht ernst", sagte sie mit einem Blick, der ihn sprachlos machte.

Er rückt er von ihr ab. Diese Geste reichte ... sie fühlte sich zurückgestoßen. Mit geradem Rücken, wie erstarrt, saß sie neben ihm. Dieser verdammte Kerl, er hatte nie wirklich was für sie empfunden.

Es begann zu regnen. Die Tropfen trafen auf den Boden, zerplatzten, spritzen hoch, bildeten Pfützen in den Löchern. Lulele flüchtete sich unters schützende Dach. Nun war die Regenzeit endgültig da, viel zu früh, aber sie war da. In den nächsten Monaten würde ausreichend Regen fallen. Jeden Tag drei bis vier Stunden. Manchmal sogar ganze Tage hindurch. Ihr Leben kam ihr vor wie die zerplatzenden Regentropfen. Sie trank von dem Bier, verschluckte sich, hustete heftig. Was tat sie überhaupt in Afrika? Vielleicht sollte sie auch abhauen. In einem anderen Land neu anfangen. Abrupt stand sie auf, flüchtete in das schäbige Zimmer, wo sie hoffentlich Schlaf finden würde. Mark sah ihr nach. Eine traurige Gestalt. Es tat ihm weh, sie so gehen lassen zu müssen.

Guidetta legte sich auf das schäbige Bett. Sie fühlte sich wie zugeschnürt. Was tat so weh? Sie hatte doch gewusst, dass Mark Anna liebte. Aber wenn sie ganz ehrlich war, hatte sie nie daran geglaubt, dass Anna das Kloster tatsächlich verlassen würde. Lange wälzte sie sich hin und her, fand keinen Schlaf. Sie musste dennoch eingeschlafen sein. Adams Klopfen weckte sie.
„Madame Docteur, ich stelle Ihnen Kaffee vor die Tür."
„Danke, Adam."
Langsam stieg sie aus dem Bett, öffnete die Türe. Der Regen in der Nacht hatte alles gereinigt. Staub, der sich in der Trockenzeit auf das Grün gelegt und es braun verfärbt hatte, war weggewaschen worden. Die Natur erstrahlte in frischer Sauberkeit. Dankbar trank sie von dem pappsüßen Nescafé. Sie musste lächeln bei dem Gedanken, dass sie Adam jedes Mal bat, ihr keinen Zucker in den Kaffee zu geben.

Mark war voll im Dienst, als sie dazukam.
„Guten Morgen, Guidetta, wie geht's dir?", fragte er und betrachtete sie liebevoll.
Nervös strich sie sich eine Strähne aus der Stirn.
„Nicht so schlecht wie gestern", dabei lächelte sie ihn an und er spürte, dass dieses Lächeln von Herzen kam.
Beide wusste sie, da gab es nichts Persönliches mehr, worüber sie reden sollten. Es würde nichts bringen. In stillem Einvernehmen und geübter Routine behandelten sie bis zum frühen Nachmittag.

Auf dem Rückflug betrachtete Guidetta Mark, wie er tief bewegt neben dem Piloten saß und aus dem Fenster blickte. In der Hand hielt er eine Holzfigur, Luleles Abschiedsgeschenk. Adam, Lulele und viele Dorfbewohner hatten Mark tanzend mit besonderen Geschenken verabschiedet. Sie lehnte sich zurück, schloss die Augen. Es half alles nichts, sie musste sich ihn aus dem Kopf schlagen. Kurz bevor sie in Lalimete landeten entschied sie, dass sie demnächst ans Meer fahren würde. Sie hatte sich ein paar freie Tage redlich verdient. Am Ozean würde ihre Seele wieder ins Gleichgewicht kommen. Es gab auch einen Mann, von dem niemand wusste, den aber die meisten kannten. Er würde ihr sicher gerne Gesellschaft leisten. Als die Maschine aufsetzte und ausrollte, fühlte sie sich viel, viel besser.

45

Mark fühlte sich zerschlagen. Die Mücken hatten ihn während der zwei Stunden, die er geschlafen hatte, gequält. Dr. Seeberger befand sich in der Abflughalle des kleinen Flughafens. Er hatte niemand dabei haben wollen, wenn er auf seinen Flug warten würde. Auch nicht Patrick und Conzales, die ihn in der Nacht hergebracht hatten. Auf dem schwach beleuchteten Flugfeld sah er die Propellermaschine stehen, die ihn nach Nigeria bringen würde. Von dort aus flog er in die USA. Er hatte sich weit weg von den vier Afrikanern gesetzt, die sich laut miteinander unterhielten.

Mark fühlte sich wie aus der Zeit herausgelöst. Er lehnte sich in den Sessel zurück, beobachtete, wie die Dämmerung kam. Wie ein unschuldiges Mädchen hatte Anna ihren Kopf auf seine Brust gelegt, als sie voneinander Abschied nahmen. Er konnte sich noch gut an ihren erstaunten Blick erinnern, als sie ihn zum ersten Mal wahrgenommen hatte. Wie scheu sie ihm gegenüber gewesen war. An Stunden voller Liebe und Leidenschaft dachte er, an ihre hemmungslose Sinnlichkeit, die wenigen Male, die sie zusammengekommen waren. Er sah sie vor sich. Wie sie sich gestern noch einmal umgedreht hatte, bevor er sie aus seiner Welt entschwinden sah.

„Wo du bist, ist mein Zuhause", hatte sie ihm zugeflüstert.

In diesem Moment wusste er, dass diese Liebe füreinander wirklich echt war. Die Zeit der Trennung würden sie im Wissen um diese Liebe überstehen.

Die Mutter Oberin hatte ihn gestern in ihrem Arbeitszimmer empfangen, ihm Glück gewünscht und ihm abschließend gestattet, sich noch einmal mit Anna auszutauschen. Auch an anderen Tagen hatte sie ihnen ermöglicht, miteinander zu reden. Mark rechnete ihr dies hoch an. Auch, dass sie sich in einem persönlichen Gespräch an ihn gewandt hatte, um zu klären, dass Annas Entscheidung nicht auch noch von finanziellen Problemen belastet sein würde, wenn sie aus dem Orden austrat.

Viele Menschen waren zu seiner Abschiedsfeier in Bethlehem gekommen. Die Dörfer hatten eine Abordnung von Häuptlingen der verschiedenen Stämme gesandt. Monsieur Morani, von der Lulele-Farm, seine Frau Falala mit der Enkelin Vanessa, der Bankdirektor, die Frau des Ministerpräsidenten für medizinische Belange, selbst die Schneiderin waren erschienen. Die Kinder der Schule hatten für ihn getanzt und ein Lied gesungen. Es erzählte von Palmen, Sonne, Regen, von Menschen, Tieren und Freundschaft. Vielleicht hatte es an den hellen, klaren Kinderstimmen gelegen, an ihrer Ernsthaftigkeit und Trauer über sein Fortgehen, dass er so ergriffen war. Tränen, Ratschläge, gute Wünsche und viele Geschenke begleiteten ihn. Nun warteten alle auf den neuen Doktor, dessen Ankunft sich um drei Wochen verzögerte.

Zu seiner ganz persönlichen Abschiedsfeier, gestern in der Brasserie bei seinen libanesischen Freunden, war Anna nicht gekommen. Wie hätten sie sich denn benehmen sollen vor den anderen? Einander nicht berühren und vor Sehnsucht fast vergehen? Das Liebespaar spielen, der Doktor und die Nonne, wie in einem Kitschroman? Nein, es war gut so. Anna würde in den nächsten Tagen nach Benin umziehen, das Kloster hatte endlich geantwortet. Guidetta war nur kurz zu seiner Verabschiedung da gewesen und dann ans Meer gefahren. Guidetta, die schöne, rassige Guidetta mit dem verwundeten Herzen. Er war nicht immer fair zu ihr gewesen. In ihrem Gesicht hatte er zum ersten Mal eine tiefe Müdigkeit wahrgenommen.

Es war so weit. Der Flug wurde aufgerufen. Draußen hatte der Tag begonnen. Die Wartenden stiegen mit ihm in die Maschine. Er bekam einen Platz für sich allein, kauerte sich in den Sitz. Afrika, ich verlasse dich für ein neues Leben. Ein Leben mit Anna, dachte er, und doch hatte er das Gefühl, nicht er selber zu sein, als würde da ein ganz anderer Mann sitzen. Als die Maschine gestartet war und über den Ozean flog, der silbrig im Morgenlicht glitzerte, beschlich ihn ein seltsames Gefühl von Verlust. Trauer stieg in ihm auf, bis hinauf zu seinen Augen. Ihm war, als wäre die Unbeschwertheit so mancher Tag für immer verloren.

Er konnte nicht mehr an sich halten und begann zu schluchzen, barg sein Gesicht in den Handflächen. Die Afrikaner, die ihm gegenüber saßen, blickten verlegen zu Boden. Mit dem Handrücken wischte er die Tränen ab. Er setzte sich aufrecht hin, dachte an Anna. Auch wenn es lange dauern würde, bis sie sich wieder sahen, so brach er doch auf in ein neues Leben mit ihr. Er sollte sich großartig fühlen, warum nur war er dann so traurig?

Die Abendluft war mild, der Strand warm und menschenleer. Guidetta blieb am Wasser stehen, genoss das Gefühl unter ihren nackten Füßen. Mark war endgültig fort. Wie durch einen Schleier, mit beschatteten Augen, blickte sie nach oben zu dem Flugzeug. Seines war heute Morgen Richtung Nigeria abgeflogen. Nach wie vor warf er einen Schatten auf ihre Seele. Gestern hatte sie Spuren von Trauer in seinem Gesicht entdeckt. Mark war zu großer seelischer Grausamkeit fähig, aber auch zu großer Liebe, das wusste sie jetzt. Sie war zu großer Liebe nie fähig gewesen. Guidetta ging etwas zurück, setzte sich in den Sand, starrte auf den Ozean. Der Himmel verfärbte sich rötlich, violett. Kurze Zeit später verblassten die Farben zu bleiernem Grau. Dämmerung setzte ein.

Plötzlich kam heftiger Wind auf. Im Nu war der Ozean aufgewühlt, voller weißer Schaumkronen, die Dunkelheit brach herein. Guidetta sprang auf, knipste die Taschenlampe an, lief zurück. Es begann zu regnen. Sie war froh, nach wenigen Minuten das hell erleuchtete Strandhaus zu erreichen. Im Wohnzimmer legte sie sich auf die Couch und lauschte sentimentalen Liebesliedern. Gab es überhaupt beständiges Glück mit einem geliebten Menschen?

Der Regen ließ nach, Tropfen schlugen nur noch vereinzelt aufs Dach. Als er ganz aufhörte, stellte sie sich mit einem Glas Wein auf den Balkon. Mit dunklen Wolken verhangen zeigte sich der Himmel, Sterne waren nicht zu sehen. Sie musste an ihren Vater denken. Je älter sie wurde, desto bewusster wurde ihr, wie sehr sie ihm glich. Genauso stur, genauso unfähig zu lieben, genauso auf sich bezogen wie dieser Mann.

Ich werde der Person immer ähnlicher, gegen die ich mein Leben lang gekämpft habe, dachte sie. Nie war sie nachsichtig mit ihm gewesen, obwohl das so lange schon her war. Aber ich bin auch mit mir nicht nachsichtig, stellte sie fest. Sich einsam fühlend stand sie da, bis jemand vom Personal erschien und fragte, was sie zu essen wünschte.

Ach was, schalt Guidetta sich und ging ins Haus zurück. Hör auf, Trübsinn zu blasen. Hier bist du umsorgt, hier bist du gut aufgehoben und morgen würde ihr Liebhaber kommen, sodass wenigstens ihr Körper für eine Weile seinen Frieden fand.

46

Am späten Vormittag lenkte Filomena den kleinen Transportwagen langsam durch die Pfützen. In Lalimete hatte es bis vor einer halben Stunde geregnet. Der Regen hinterließ grüne Felder, blühende Wiesen. Tiere wie Menschen waren von neuer Energie erfüllt. Jetzt schien wieder die Sonne.

Filomena gefiel es, immer wieder in Afrika sein zu können. Obwohl sie gerne in Portugal lebte, es liebte, ihre Familie um sich zu haben, so fühlte sie sich in Lalimete ausgesprochen wohl. Conzales war für ein paar Tage unterwegs, sie wusste nicht einmal genau wo. Sie hatte das Überraschungsgeschenk für Maggie und Patrick zusammen mit ihm vorbeibringen wollen. Aber wer wusste, wann Conzales zurückkam?

Wie seltsam, dass Maggie und Patrick noch immer kein Kinderzimmer eingerichtet hatten. Sie dachte an ihre Schwangerschaften, wie anders sie damals reagiert hatte: Sie war jedes Mal in Hochstimmung gewesen, von den ersten Wochen abgesehen, da war ihr schlecht. Filomena sorgte sich um Maggie. Sie litt immer wieder unter Ängsten, wenn Patrick länger unterwegs war. Na ja, das erste Kind und nicht mehr die Jüngste! Deutsche Frauen reagierten überhaupt anders als Südländerinnen. Die machten sich nicht so viele Gedanken, wenn sie ein Kind erwarteten. Sie empfanden Schwangerschaft als natürlich und selbstverständlich.

Filomena fuhr an der Poststation vorbei, als sie Maggie dort bemerkte. Sie hupte, hielt an, parkte den sperrigen Wagen. Maggie musste schmunzeln, als sie Filomena aus dem Auto steigen sah.

„Du mit Transporter, wie kommt's?"
„Überraschung, wart's ab."
Die beiden umarmten einander.
„Und wohin fährt die Überraschung?"
„Zu dir, liebe Maggie!"

Verdutzt schaute Maggie Filomena an.
„Da bin ich aber gespannt!"

Filomena begleitete Maggie zu den Schließfächern. Untergehakt betraten die Frauen die ziemlich ramponierte Poststation. Niemand war vor Ort. Maggie stutzte, als sie die mit Fotos behängte Wand sah. Das waren doch Carmen, ihre Kollegen und ihre ehemaligen Schüler? Sie ging näher heran. Tatsächlich!
„Filomena, ich glaube es nicht. Das sind meine Fotos!"
Filomena trat näher.
Maggie zeigte auf ein Bild. „Hier siehst du meine Freundin Carmen."
„Die Fotos sind also doch nicht verloren gegangen", freute sich Filomena, während sie aufmerksam die Bilder betrachtete.
Maggie schüttelte noch immer verwundert den Kopf.
„Das gibt's doch nicht."
„Guten Tag, meine Damen", erklang die freundliche Stimme der Postbeamtin, die endlich auftauchte.
„Wie geht es Ihnen und Ihren Familien, wie den Leuten zu Hause?"
Maggie, die kaum an sich halten konnte, andererseits aber wohl wusste, dass sie die Höflichkeit zu wahren hatte, antwortete freundlich, dass es allen gut ginge.
„Und wie geht es Ihnen, Madame?"
Die Postfrau strahlte über das ganze Gesicht.
„Gut, Madame Docteur, Sie haben Post bekommen."
Dann teilte sie in aller Unschuld mit, dass sie gerade eine Dusche genommen hätte.
Maggie zeigte auf die Fotos.
„Was ist das, Madame?", fragte sie die Frau.
„Das sind Fotos, Madame."
„Das sind meine Fotos aus Deutschland!"
Betroffen schüttelte die Frau den Kopf.

„Madame, ich weiß nicht, wie die Fotos dahin gekommen sind. Bitte nehmen Sie sie mit, sie gehören Ihnen und dem Docteur."

Das taten Maggie und Filomena. Bevor sie gingen, sahen sie im Postfach nach. Das war leer.

„Sie hat wohl die Fotos gemeint, als sie sagte, du hättest Post bekommen", amüsierte sich Filomena. „Buche es auf das Konto ‚afrikanische Märchenstunde.'"

Als sie daheim bei Maggie ankamen, parkte Filomena den Wagen draußen auf dem Weg. Erwartungsvoll stieg Maggie aus. Sie hatte nichts erkennen können von dem, was Filomena ihr mitgebracht hatte. Alles war fein säuberlich abgedeckt. Filomena rief nach Mafunde und bat ihn, ihr zu helfen. Überrascht schaute Maggie zu, wie sie eine Wiege ausluden.

„Da staunst du?"

„Ja, da staune ich."

„Conzales und ich haben uns gedacht, dass wir den Anfang machen."

Maggie ließ die Wiege ins Gästezimmer bringen. Dort standen die beiden Frauen, zusammen mit Mafunde, und bewunderten die hölzerne, mit afrikanischem Stoff ausgeschlagene Wiege.

„War gar nicht leicht, jemand zu finden, der die Wiege nach Anleitung herstellen konnte", sagte Filomena schmunzelnd. „Aber du kennst ja meinen Mann, der lässt nicht locker."

Maggie umarmte Filomena.

„Die Überraschung ist gelungen. Ich danke euch sehr!"

Maggie bemerkte Mafundes irritiertes Gesicht.

„Was ist das, Madame?", fragte er.

Maggie erklärte es ihm. Kopfschüttelnd ging er hinaus in den Hof. Und dort hinein legte man ein Kind? Diese Jovos waren wirklich verrückt. Keiner in seinem Dorf würde ihm das glauben. Vielleicht schenkte der Patron ihm ein Foto, wenn das Kind in diesem

Kasten lag, dann würde er allen beweisen, dass sein Mund die Wahrheit gesprochen hatte.

„Du hast dich natürlich gewundert, dass wir noch nichts für das Baby hergerichtet haben, nicht wahr?" Filomena und Maggie hatten es sich auf der Terrasse bequem gemacht, verspeisten einen Teller mit Früchten.

Filomena nickte. „Das kann man so sagen."

Maggie legte die Hände auf ihren Bauch.

„Ich bin ein wenig abergläubisch. Ich wollte erst nach dem 6. Schwangerschaftsmonat damit beginnen, dann, wenn das Baby sich schon richtig meldet. Ich hätte also bald damit angefangen."

Filomena betrachtete Maggie.

„Es geht dir doch gut mit der Schwangerschaft!"

„Ja."

„Ich habe in Portugal süße Babysachen gekauft."

Filomena unterstrich ihre Begeisterung, indem sie die Finger der rechten Hand an ihre Lippen hielt und einen Kuss andeutete.

„Mit der nächsten Lieferung für Conzales trifft alles ein."

Maggie betrachtete Filomena. Sie waren sich im Laufe der Zeit nahegekommen. Gerade jetzt, wo Anna bald endgültig fortging, war ihr diese Freundschaft umso kostbarer.

„Du weißt, dass das Kloster in Benin geantwortet hat?", fragte Maggie.

„Ja, wie geht's Anna damit?"

„Sie ist von Herzen froh, dass es endlich weitergeht."

„Wäre ich auch an ihrer Stelle. Herz und Verstand haben schließlich lange genug miteinander gerungen."

„Ich werde sie unendlich vermissen, Filomena."

Anna und Mark hatten so selbstverständlich zu ihrem Leben gehört.

„Wir alle, Maggie, wir alle werden die beiden vermissen."

In diesem Moment klopfte es an der Eingangstüre. Maggie stand auf und öffnete. Es war Mafunde. Hinter ihm, im Vorgarten, erblickte sie seine kleine Tochter, die einen Blumenstrauß in der Hand hielt. Efia trug das neue Kleidchen, das Maggie ihr geschenkt hatte. Sie sah entzückend aus.

„Efia möchte ein Lied für Sie singen, Madame."

Filomena kam dazu, die beiden Frauen gingen hinaus. Das Kind überreichte Maggie den Blumenstrauß, begann zu singen. Sie sang mit großer Inbrunst, das Lied vom großen Vogel, der manchmal weit weg fliegt. Einige Nachbarn standen draußen an der Gartenmauer, hörten begeistert zu. Als die Kleine fertig gesungen hatte, beugte Maggie sich zu ihr hinunter und zog sie in die Arme.

„Das hast du wunderbar gemacht, ich danke dir."

Efia schaute etwas verlegen drein. Die Zaungäste klatschten Beifall. Stolz stand Mafunde daneben. Im Haus servierte Maggie dem Kind Limonade, seinem Vater ein Bier.

Kerzengerade saß Efia auf einem Stuhl, schaute ängstlich nach dem Hund, der sich neben sie auf den Boden gelegt hatte. Das alles war ihr nicht geheuer. Mafunde lachte belustigt, sagte etwas zu Miranda, die daraufhin heftig mit dem Schwanz wedelte und schließlich verschwand.

Am Nachmittag besuchten Maggie und Filomena alte und kranke Nachbarn. Maggie hatte Schwester Anna oft bei ihren Besuchen begleitet. Nun waren diese Besuche für Maggie zu einer Regelmäßigkeit geworden. Sie tat es mit großem Engagement, hatte sie so doch intensiven Kontakt zu den Familien. Filomena begleitete sie dabei, wann immer sie in Lalimete weilte. In kleinem Rahmen brachten sie mit, was gebraucht wurde. Verbandsmaterial, Medikamente, Mehl, Zucker, Mais und in Ausnahmefällen gaben sie schon mal einen kleinen Geldbetrag.

47

Anna hatte sich nach dem Mittagessen kurz in ihr Zimmer zurückgezogen, um den Brief von Martin Taylor zu lesen, den Schwester Clara ihr gebracht hatte. Sie fühlte sich eigenartig. Im Refektorium war ihr gewesen, als stünde sie unter Beobachtung, obwohl die Ehrwürdige Mutter ihren Mitschwestern noch nicht mitgeteilt hatte, dass sie die Gemeinschaft in den nächsten Tagen verlassen würde. Sie setzte sie sich aufs Bett, riss den Brief auf. Eigenartig! Warum schrieb Martin ihr gerade jetzt, er wusste doch von nichts.

Geliebte Anna,
  viel geht in meinem Kopf und in meinem Innenleben herum. So lange schon wollte ich Dir schreiben …
  Bevor ich Dich wieder getroffen habe, konnte ich kein Verständnis aufbringen für Deine Entscheidung, Nonne zu werden. Wie kann es sein, dachte ich, dass mein Freigeist Anna anstelle von Individualität auf eine streng geregelte Hierarchie gesetzt hat? Getragen von den Prinzipien Unterordnung und Gehorsam. Erschrocken hat mich die Kompromisslosigkeit, mit der Du Dich von Deinem alten Leben gelöst hast. Oft habe ich mich gefragt, woher Du die Kraft genommen hast für diese rigorose Entscheidung, Deine Wurzeln zu kappen. Ich war damals sehr selbstsüchtig. Wollte meine zukünftige Frau nicht verlieren. Diese Zeit der Liebe mit Dir war für mich mit die beste meines Lebens.

Nun, seit ich bei Dir in Afrika war, sehe ich die Dinge anders. Ich danke Dir von ganzem Herzen, Anna, dass Du mir auch gezeigt hast, wie viel Dir unsere Beziehung damals wirklich bedeutet hat, aber dass etwas Größeres an ihre Stelle getreten ist. Ich habe durch Dich ein gutes Beispiel dafür bekommen, dass man nicht Nonne wird, weil man das Leben verabscheut oder gar vor etwas flüchten muss. Die Begegnung mit Dir, in Deinem anderen Leben, an diesem wunderschönen afrikanischen Ort namens

Bethlehem haben meine Vergangenheit, ja mein ganzes Leben zum Besseren verändert.

Als ich nach Hause flog, tauchten viele Erinnerungen auf, die ich all die Jahre zu vergessen gesucht hatte. Jetzt bin ich froh, dass mir das nie geglückt ist. Das Bunte, Überraschende, Unerwartete im Leben, das ich verloren glaubte, ist zurückgekommen. Ich komponiere wieder und ich habe jemand kennengelernt.

Immer Dein Martin

Betroffen legte Anna den Brief auf die Seite. Der Umschlag flatterte auf den Boden. Schwerfällig stand sie auf, stellte sich ans Fenster. Draußen brannte eine erbarmungslose Sonne auf die vom Regen feuchte Erde. Anna fühlte große Traurigkeit in sich. Sie konnte fast nicht ertragen, was Martin geschrieben hatte. Sie lehnte ihren Kopf an das Fliegengitter, schloss die Augen. Nach vielen Jahren war sie plötzlich voller Furcht, weil sie diese Gemeinschaft verlassen würde. Und eine lange Zeit lag vor ihr, in der sie Mark nicht sehen konnte. Sie seufzte tief. Anna, du hast es so gewollt, versuchte sie sich zu beruhigen.

„Wer sich fürchtet, ist nicht in der Liebe", mahnte ihre innere Stimme. „Wahre Liebe kennt keine Furcht."

„Gott, lass mich nicht allein", betete sie, „denn ohne dich bin ich verloren."

***

„Anna, Anna", es war Schwester Claras Stimme, die sie aus ihren Gedanken riss.

Sie öffnete die Zimmertür, blickte in ein verweintes Gesicht.

„Pater Nikolas ist gestorben", schluchzte Clara.

Ungläubig schaute Anna Clara an. Gestern noch hatten sie und Pater Nikolas miteinander gesprochen. Er hatte sie gesegnet, ihr Glück gewünscht.

„Ich würde mich freuen, von dir und deinem Leben zu hören", waren seine letzten Worte.

Bevor Anna zu den anderen ging, hob sie das Kuvert von Martins Brief auf, legte es achtlos aufs Bett. Sie konnte kaum durchatmen, ihre Brust fühlte sich an wie mit Steinen beschwert.

Vor dem Altar lag Pater Nikolas aufgebahrt, an dem Platz, wo er den Gottesdienst für die Gemeinde abgehalten hatte. Auf seinem Gesicht lag ein Ausdruck tiefen Friedens. Eine große Kerze, Symbol ewigen Lebens, brannte am Kopfende. Die Sonne zeichnete bunte Muster durch das farbige Glas. Viele Menschen waren gekommen, um ihrem geliebten Vater die letzte Ehre zu erweisen. Sie defilierten an seiner Bahre vorbei, legten Blumen auf den in weißes Leinen gehüllten Körper. Die Nonnen hatten die ganze Nacht Totenwache gehalten. Ihr toter Bruder wurde, genau wie jede verstorbene Nonne, vor ihrem Gott nicht alleingelassen. Ein afrikanischer Priester zelebrierte den Trauergottesdienst. Zum letzten Mal musizierte, trommelte, sang und tanzte die Gemeinde für Pater Nikolas. Er würde auf dem Klosterfriedhof seine letzte Ruhe finden.

Lautes Schluchzen war zu hören, als die Bahre von sechs Männern, in Begleitung der Nonnen, in den noch frühen Tag hinausgetragen wurde. Die Gemeinde musste zurückbleiben, alle winkten zum Abschied. Über blütenbestreute Wege erreichten sie den kleinen Friedhof, wobei die Nonnen Psalmen rezitierten.

Zum Paradies mögen Engel dich geleiten, die heiligen Märtyrer dich begrüßen und dich führen in die Heilige Stadt Jerusalem. Die Chöre der Engel mögen dich empfangen und durch Christus, der für dich gestorben, soll ewiges Leben dich erfreuen.

Der Priester segnete die Erde, weihte sie mit Weihrauch. Es war immer Pater Nikolas' Wunsch gewesen, nicht nur in afrikanischer Erde zu ruhen, sondern auch ohne Sarg beerdigt zu werden. So geschah es. An langen Gurten wurde sein nunmehr verhüllter Körper in die afrikanische Erde gesenkt, die er so geliebt hatte. Dann gingen die Männer. Als sie fort waren, knieten die Nonnen nieder. Jede von ihnen nahm ein Häufchen Erde, warf sie ins offene Grab. Später würden sie das Grab für ihren toten Bruder ganz mit Erde bedecken. Der Priester sprach ein letztes Gebet.

Plötzlich beneidete Anna die Nonnen, die hier als Gemeinschaft versammelt waren. Sie war eine Fremde, sie gehörte nicht mehr dazu. Morgen würde sie Bethlehem endgültig verlassen. Es gab für sie nichts mehr zu tun. Ihr Koffer war gepackt. Niemand bedurfte ihrer, nicht einmal sie selbst. Fast erschrocken beobachtete sie den Schmerz, der sich in ihr ausbreitete. Die Aussicht auf ihr neues Leben mit Mark wich einer Art Ausgeschlossensein. Sie fühlte sich sehr allein, zutiefst einsam.

Beim letzten Abendessen im Refektorium begegnete sie den Blicken der Mitschwestern. Erstaunte, traurige, wohlwollende, erschrockene, aber auch hämische Blicke streiften sie. Die Mutter Oberin hatte der Gemeinschaft nach der Beerdigung mitgeteilt, dass Schwester Anna den Konvent verließ.

In dieser Nacht fand Anna keinen Schlaf. Sie flüchtete in die Kapelle. Der Raum war nur schwach beleuchtet, Kerzen brannten vor dem Muttergottesaltar. Sie kniete sich in eine Bank, stützte sich mit den Armen auf, vergrub ihr Gesicht in den Händen.

„Hier finde ich dich, meine Tochter."

Es war die Stimme der Mutter Oberin, die sie ansprach.

Die Ehrwürdige Mutter kniete sich neben sie und begann leise zu beten. Nach geraumer Zeit erhob sich die Oberin. Anna blickte zu ihr auf. Die beiden Frauen sahen sich tief in die Augen. Ein Lächeln überzog das strenge, alte Gesicht, ließ es im Kerzenlicht milde erscheinen. Die Oberin zog ein Kuvert aus ihrem Habit.

„Das ist für dich, meine Tochter, du wirst es gebrauchen können."

Erstaunt, mit Tränen in den Augen schaute Anna die Oberin an. Es schnürte ihr fast die Kehle zu. Die Ehrwürdige Mutter malte ein Kreuzzeichen auf Annas Stirn.

„Öffne es, wenn du uns verlassen hast."

Damit drehte sie sich um und ging.

48

Patrick sah seinem neuen Kollegen bei der Behandlung zu. Dr. Ulf Weinstein war drei Wochen später als erwartet eingetroffen. Ursprünglich hatte die Organisation einen anderen Arzt vorgesehen. Dessen Vertrag war allerdings im letzten Moment geplatzt. Die beiden Ärzte befanden sich in Ghana, in einem von Diakonissinnen geleiteten Krankenhaus. Normalerweise waren sie dafür nicht zuständig. Aber die Mutter Oberin hatte sie dringend darum gebeten, weil beide verantwortliche Chirurgen ausgefallen waren. Patrick musste schmunzeln, wenn er bei so mancher notwendigen Improvisation an die verwunderten Fragen von Dr. Weinstein dachte. Es war dies sein erster Auslandseinsatz. Das würde sich mit der Zeit geben.

Ulf Weinstein war ein kompetenter, tüchtiger Kollege. Er hatte lange Jahre in Hamburg als Chirurg gearbeitet. Seine Ansagen waren knapp und präzise, da kam die norddeutsche Prägung durch. Er war auch sonst ein ziemlich verschlossener Mann. Seine Familie würde er zu gegebener Zeit nachholen.

Ulf Weinstein blickte auf die Wanduhr. Schon später Nachmittag, stellte er fest. Sie operierten seit dem frühen Morgen. Jetzt galt es nur noch kleinere Wunden zu versorgen.

„Kollege Stern", wandte sich Dr. Weinstein an Patrick, „ich mache hier fertig, ruhen Sie sich aus."

Dankbar nahm Patrick an. Im Nachbarraum zog er die OP-Kleidung aus, wusch Hände und Gesicht. Danach suchte er sein Zimmer im Gästehaus auf, legte sich auf das mit weißem Leinen frisch bezogene Bett, genoss einen Moment der Ruhe. Er fühlte sich erschöpft. Es war unglaublich heiß und feucht, obwohl die große Regenzeit vorbei war und es nur noch vereinzelt Niederschläge gab. Kenn sich da einer aus mit dem Wetter, das wurde immer unberechenbarer! Die kleine Trockenzeit hatte jetzt begonnen, Mitte Juli.

Über die Decke flitzte ein Gecko, verschwand in einer Ritze. Patrick schloss die Augen. Das Bettzeug roch nach Lavendel. Welch ein Luxus, wenn er da an die anderen Übernachtungen auf ihren Touren dachte. Nach einer Weile öffnete er die Augen wieder, verschränkte die Arme hinter dem Kopf, dachte an seine Frau. Es beruhigte ihn, dass Guidetta in Bethlehem Dienst tat. Es waren nur noch knapp vier Wochen bis zur Geburt. Manchmal hatte er das Gefühl, dass er Maggie nicht wirklich kannte. Die eine Seite von ihr war die tatkräftige, mutige – und die andere die ängstliche, schwangere Frau. Schon in den ersten Wochen der Schwangerschaft hatte sie Angst gehabt, mit ihm zu schlafen. Mit fortschreitender Schwangerschaft war ihre Sexualität fast erloschen. Nun, wo es auf die letzten Wochen vor der Geburt zuging, war sie besonders furchtsam. Nie hätte er gedacht, dass seine Maggie so verletzlich wäre. Erschwerend kam hinzu, dass Schwester Anna nicht mehr da war. Maggie vermisste Anna schmerzlich. Ein kurzer Brief von ihr war gekommen.

Es ist eine schwere Zeit für mich und Mark, das Warten ist kaum zu ertragen. Ich bitte Euch um Verständnis, dass ich nichts darüber schreiben möchte. Es muss bei mir bleiben, bis zur Entscheidung.

Von Mark hatten die Freunde bis dato überhaupt nichts gehört. Maggie vermisste auch Filomena, die wieder nach Hause gefahren war. Zur Geburt des Babys würde sie da sein. Sie und Conzales ließen es sich nicht nehmen, Paten zu werden. Es war gut, dass Filomena mit der Wiege den Anfang für das Kinderzimmer gemacht hatte. Zwischenzeitlich war alles wunderbar hergerichtet, die Babysachen lagen bereit. Passenden Name hatten sie auch schon ausgesucht: Ein Mädchen würde Lilli heißen, ein Junge Mark. Es war schon seltsam, einem anderen Menschen einem Namen zu geben, den er sein Leben lang tragen würde.

Manchmal erging Patrick sich in Zukunftsfantasien. Er würde ein guter Vater werden. Doch je näher der Geburtstermin rückte, desto mehr übertrugen sich an manchen Tagen Maggies Ängste auch auf ihn. Die Einzige, mit der er bisher über seine Sorgen gesprochen hatte, war die Mutter Oberin. Diese hatte seine Bedenken zerpflückt.

„Ihre Frau ist jung genug und gesund. Unser Hospital ist in der Nähe. Dr. Marrozzi wird die letzten Wochen vor der Geburt in Bethlehem bleiben, für den Fall, dass das Baby früher kommt. Und – falls dies eintreten sollte und Sie nicht da wären, können wir Sie jederzeit über Funk erreichen, Ronny wird Sie sofort herfliegen."

Ihre Worte hatten ihn beruhigt. Auch Mafunde war jetzt Tag und Nacht da. Die Nachbarinnen erkundigten sich täglich nach Maggies Befinden, streichelten zärtlich über ihren großen Bauch, sangen für das Ungeborene.

Als er an diesem Morgen sehr früh von zu Hause aufgebrochen war, hatte Maggie versucht, ihm ein fröhliches Gesicht zu zeigen.

Dabei war sie völlig übermüdet, weil sie, wie so oft in letzter Zeit, viele Stunden in der Nacht herumgegeistert war. Kugelrund, wusste ihr Körper nicht wie liegen. Er fand, dass Maggie noch viel hübscher aussah als früher. Wenn er ihr dies sagte, tat sie es ab, weil sie selber sich aufgedunsen und unförmig fühlte. Er fand sie schön. Noch niemals hatte er einen Menschen so geliebt, so gebraucht wie sie. Schmunzeln musste er, wenn er an die Liebesstunden vor der Schwangerschaft dachte. Das waren aufregende Zeiten gewesen. Er würde seine leidenschaftliche Maggie zurückbekommen, da war er ganz sicher. – Am nächsten Abend würde er wieder daheim sein.

Mit einem Ruck setzte Patrick sich auf. Draußen hatte die Dämmerung begonnen. Sein Magen knurrte; sie hatten das Mittagessen aufgrund der vielen Arbeit ausfallen lassen. Patrick erhob sich, machte sich frisch und ging hinüber ins Haupthaus, wo ein üppiger Imbiss hergerichtet war. Noch während er überlegte, ob er auf Ulf Weinstein warten sollte, kam dieser.

„Hab ich einen Kohldampf", rief der Kollege und ließ sich auf den Stuhl fallen.

Die beiden Männer langten tüchtig zu, ließen sich das Essen schmecken und fachsimpelten dabei. Der Tag war gut gelaufen. Lediglich die Abendvisite stand noch an.

Es blieb tatsächlich ruhig in dieser Nacht. Nach der Visite saßen sie auf dem Balkon des Besucherzimmers, genossen das kalte Bier, das ihnen die Schwestern hingestellt hatten, tauschten sich aus. Patrick versuchte die Fragen seines Kollegen zu beantworten.

Dieser hatte zunächst nicht glauben können, wie schlecht das staatliche Gesundheitswesen funktionierte.

„Nicht einmal ausreichend, um die Bevölkerung mit dem Notwendigsten zu versorgen!"

„Aber so ist es!", meinte Patrick. „Der Zustand mancher Krankenstation ist katastrophal; die Regierung ist nicht in der Lage, die

Kosten für Personal und Medikamente aufzubringen. Viele Entwicklungsgelder gehen in die Taschen korrupter Beamter. Das war so und ist immer noch so. Ethnische Konflikte stellen ein weiteres großes Problem dar."

„Da glaubt dann so mancher europäische Politiker, die Afrikaner müssten aus eigener Kraft ihre Probleme meistern", warf Dr. Weinstein ein. „Nur wie, wenn die meisten nicht lesen und schreiben können, wenn keine Medikamente für ihre Krankheiten vorhanden sind?"

„Das ist das Problem, jawohl. Deshalb müssen wir unsere fünf Sinne und unsere Erfahrung einsetzen. Ich kam, um möglichst vielen Menschen zu helfen. Das klappt nicht immer, aber ich finde nach wie vor, dass, wenn auch nur einem geholfen wird, das Sinn macht."

„Wie recht Sie haben", entgegnete Dr. Weinstein.

Er nahm einen großen Schluck aus der Flasche.

„Die Hospitäler der Missionsstationen scheinen besser zu funktionieren. Sehe ich das richtig?"

„Auf alle Fälle." Patrick nickte. „Die sind halt menschlicher als die Politiker und – sie haben Rückhalt durch ihre Orden."

Er schwieg eine Weile, sprach dann weiter.

„Afrikaner betrachten trotz aller Widrigkeiten das Leben anders als wir. Sie verfügen über eine beneidenswerte Gelassenheit Schicksalsschläge hinzunehmen. Trotz aller Schwierigkeiten gibt es viel Lebensfreude. Das ist mit ein Grund, warum ich gerne hier lebe und arbeite."

Die beiden Männer schwiegen, jeder hing seinen Gedanken nach. Unvermittelt fing Ulf Weinstein an, von sich zu erzählen. Von seiner Familie, seinen zwei Kindern, Jakob neun Jahre und Sonia acht Jahre alt.

„Meine Familie würde gerne nachkommen, aber zunächst will ich ein halbes Jahr abwarten und sehen, wie es geht."

„Ich habe mich schon erkundigt", fuhr er fort. „Es gibt hier in Ghana ein gutes Internat. Wir könnten die Wochenenden zusammen verbringen. Meine Frau wäre dazu bereit. Vielleicht könnte sie sich sogar nützlich machen, sie ist Apothekerin."

So kamen die beiden Männer ins Plaudern. Als Dr. Weinstein sich für Patricks Leben zu interessieren begann, fühlte Patrick mit einem Mal viel Vertrauen zu diesem neuen Kollegen und er begann von seinen Belastungen wegen Maggies Ängsten zu erzählen.

„Die kenne ich gut", antwortete Dr. Weinstein, als Patrick geendet hatte. „Als meine Frau mit Jakob schwanger war, hat sie ein ähnliches Verhalten an den Tag gelegt. Ich habe sie nicht wiedererkannt. Wir sind ständig aneinandergeraten. Sie war überempfindlich."

Er lachte auf.

„Wir waren so jung damals, sie gerade 22 und ich 7 Jahre älter. Als sie sich am Ende der Schwangerschaft kaum bewegen konnte, fand ich sie eines Tages vor dem Spiegel stehen, sie klagte, wie fett und hässlich sie geworden sei. Dabei war sie für mich die schönste Frau der Welt."

„Schwangere Frauen sind seltsame Wesen, die wir in diesen Zeiten oft nicht mehr als unsere Frauen erkennen. Aber glauben Sie mir", er beugte sich zu Patrick, „die werden wieder. Wir operieren, sehen in die Menschen hinein, müssen manchmal gute Psychologen sein, aber wie unsere Frauen ticken, das wissen wir nicht wirklich."

„Genau so sehe ich es auch."

Sie prosteten sich zu, tranken das kühle Bier aus der Flasche. Dr. Weinstein wischte sich mit dem Handrücken den Schaum vom Mund. Schließlich fragte er nach Anna und Mark. Er hatte vage von der Geschichte gehört. Patrick erzählte sie ihm, auch, wie sehr alle die beiden wunderbaren Menschen vermissten.

„Echte Liebe geschieht", lächelte Dr. Weinstein. „Man kann sie nicht reglementieren."

Wie recht er hat, dachte Patrick.

Wieder schwiegen sie, tranken von dem Bier, blickten hinaus in die Nacht. Am Himmel waren Sterne aufgezogen.

„Wollen wir nicht Du zueinander sagen", hörte Patrick die Stimme seines Kollegen. „Ich bin Ulf."

„Ich bin Patrick."

Sie reichten einander die Hand, prosteten sich zu. Bald war es Zeit, schlafen zu gehen, morgen lag erneut ein harter Operationstag vor ihnen.

„Die Frauen werden wir nie ganz verstehen", stellte Ulf fest, bevor sich jeder in sein Zimmer verzog.

49

Schwester Anna saß mit den Nonnen im Refektorium beim Mittagessen. Mit gemischten Gefühlen beobachtete sie Schwester Bernada, die Oberin des Klosters. Diese hatte am Kopfende Platz genommen. Bedächtig führte sie jeden Bissen zum Mund. Ein Vorbild an Konzentration und Disziplin. Im Gegensatz zu ihr. Anna wusste nicht so recht, wie sie die Ehrwürdige Mutter einzuordnen hatte. Seit sie in Benin weilte, und das waren schon fast zwei Monate, war sie auf sich selber reduziert, durfte keiner Arbeit nachgehen.

„Schau auf dich, meine Tochter, nutze die Zeit zur Kontemplation", hatte ihr die Oberin immer wieder ermahnend zu verstehen gegeben. Von Anna erwartete sie absolutes Stillschweigen über deren Situation. Anna verstand das alles nicht. Sie empfand es als Strafe, sich nicht einbringen zu können. Auch hier gab es ein Hospital, das ständig unterbesetzt war. Die Ehrwürdige Mutter hatte sie in die Gemeinschaft hineingestellt, ohne mit ihr zu reden, geschweige denn sie ihren Mitschwestern vorzustellen. Ob die Nonnen informiert waren, warum sie hier war? Sie hatte bisher keinen

Kontakt mit ihnen bekommen. Alle hüllten sich in Schweigen, wichen ihr aus. Bete, arbeite und halt's Maul, dachte Anna.

Die unangenehme Stimme von Schwester Ursula riss sie aus ihren Gedanken. Die Nonne stand vor einem Pult, leierte eine Heiligengeschichte herunter. Dabei zog sie ihre Stirn in Falten, als wäre sie in ständiger Sorge. Schon allein der Anblick erweckte in Anna Aggressionen. Sie ballte ihre Hände unter dem Tisch zur Faust, drückte so fest, dass es ihr wehtat. Weiß traten die Knöchel hervor. Aber die Aggression ging nicht weg. Alles in ihr war angespannt. Sie fühlte sich wie abgeschnitten von der Welt. Warum nur hörte sie weder von Mark noch von ihrem Gesuch? Sie war zum Warten verdammt. Oder hatte man ihr Marks Briefe unterschlagen? Dieser Oberin war allerhand zuzutrauen. Sie bestellte ihr Haus mit eiserner Hand. Dagegen war Bethlehem ein Freigehege.

Einmal hatte Anna sie gefragt, wie weit ihre Sache denn gediehen sei, da hatte die doch tatsächlich als Antwort den Finger auf die Lippen gelegt und genickt. Annas Rücken tat weh, die Augen brannten. Ganz und gar psychische Reaktionen, vermutete sie. Es gab immer wieder Momente, wo sie fortlaufen wollte. Nur fort von hier, aber wohin? Es gab kein altes Leben, in das sie zurück konnte. Alles würde nur noch schlimmer werden, wenn sie zu so etwas Unvernünftigem imstande wäre.

Wenn sich nicht bald etwas änderte, würde sie verrückt werden. Von Maggie war ein Brief gekommen, aber der hatte sie auch nicht aufgeheitert. Maggie fühlte sich wieder ziemlich allein gelassen von Patrick. Hoffentlich ging bei der Geburt alles gut. Er war auch einer von jenen, die sich hundertprozentig einsetzten, darüber oft die Prioritäten verwechselten.

Der Nachmittag zog sich endlos hin. Anna ging in die Kapelle und verließ sie fluchtartig wieder. Sie saß im Garten, wollte sich an die Stunden der Liebe mit Mark erinnern, auch das misslang. An Beten war gar nicht zu denken. Sie war inzwischen so zermürbt, dass – selbst wenn es Mark nicht gäbe – sie auf keinen Fall im Kloster bleiben würde.

Nach dem Abendessen versammelten sich alle Schwestern im Gemeinschaftsraum. Die meisten hatten eine Handarbeit vor sich, außer den beiden alten Nonnen und der Mutter Oberin, die sich leise miteinander unterhielten. Anna hatte sich pro forma einen Atlas aus dem Bücherregal genommen. Darin blätterte sie, heuchelte Interesse, obwohl ihr zum Heulen zumute war. Sie fühlte sich wie ein Fremdkörper. Sie konnte diese Frauengemeinschaft nicht mehr ertragen. Neben ihr saß Schwester Swetlana, eine Russin mittleren Alters. Diese häkelte mit auffallend großen Händen einen Pulli. Sie lächelte Anna an, als ob sie ihr durch dieses Lächeln Zuversicht schenken wollte. Sie schien überhaupt anders zu sein. Nicht so abgehoben. Plötzlich fühlte sie den Blick der Oberin auf sich. Stechend und unangenehm. Die beiden Frauen schauten einander in die Augen. Anna senkte als Erste ihren Blick. Diese alte, bucklige Frau mit finsterer Miene schien sie bezwingen zu wollen. Die Oberin klatschte in die Hände. Alle unterbrachen ihre Handarbeit.

„Meine Töchter, ich habe euch etwas zu sagen. Wie ihr wisst, hält sich seit geraumer Zeit Schwester Anna bei uns auf."

Alle sahen kurz zu Anna hin.

„Sie wird für eine gewisse Zeit bei uns bleiben. Sie kommt aus dem Kloster Bethlehem in Lalimete, hat dort sowohl als OP-Schwester wie auch als Hebamme gearbeitet. Schwester Anna ist tüchtig und erfahren. Deshalb wird sie ab morgen bei uns im Hospital im Operationssaal und auf der Wöchnerinnenstation Dienst tun."

Sie nickte Anna wohlwollend zu. In diesem Moment entspannte sich das Gesicht der Ehrwürdigen Mutter, die Strenge war aus ihm gewichen. Endlich, endlich wieder was tun dürfen! Anna schnaufte tief durch.

„Danke, Schwester Oberin, ich freue mich auf die Arbeit", und das meinte sie auch so.

Die Mitschwestern wandten sich wieder ihrer Handarbeit zu. Anna betrachtete sie. Verwundert stellte sie fest, dass keine von ihnen hatte Näheres wissen wollen.

Waren die so abgestumpft oder trauten sie sich nicht? Mein Gott, schalt Anna sich, ich bin aber auch gegen jeden und alles voreingenommen. Nichts passt mir. Wenigstens konnte sie wieder arbeiten. Anna war froh, als der Abend zu Ende war. Als alle aufbrachen, berührte Schwester Swetlana leicht ihre Hand.

„Herzlich willkommen, Schwester Anna."

Um ihre Augen hatten sich feine Lachfältchen gebildet. Ihre Stimme klang ehrlich und liebevoll. Anna war ihr dankbar.

Anna fand zunächst keinen Schlaf. Sie fühlte sich wie ein Zwitterwesen. Einerseits voller Erwartung, ja Hoffnung, was ihr Leben mit Mark betraf, und gleichzeitig auch einsam und unglücklich. Ach Mark, wenn du mich jetzt so sehen könntest. Wie mag es dir gehen?

Sie wagte es nicht, an ihre Liebesstunden zu denken. Plötzlich fiel ihr das verbeulte Fahrrad ein, damals, als sie gestürzt war. Conzales hatte es reparieren lassen, eine andere Schwester würde es jetzt benützen. Sie dachte an ihr Leben in Lalimete, an die Menschen, die ihre Freunde geworden waren. Wie frei war das Leben der Nonnen doch in Bethlehem gewesen! Hoffentlich, hoffentlich konnte sie das Kloster bald verlassen.

Als Anna am nächsten Morgen auf die Wöchnerinnenstation kam, legte ihr eine der Nonnen ein Baby in den Arm. Es war in der Nacht geboren worden. Als sie dieses neue Leben spürte, fühlte sie sich schlagartig besser.

„Danke, Mutter Gottes", betete sie. „Danke, dass ich mich wieder kümmern kann."

Im Laufe des Tages schaute die Oberin vorbei. Ihr war nicht verborgen geblieben, wie durcheinander ihr Schützling war. Wohlwollend beobachtete sie Anna bei der Arbeit. Wenn diese wüsste, wie sehr auch sie unter der Situation litt. Schon zweimal war eine ihrer Nonnen ausgetreten. Eine hatte wieder zurückgewollt, aber so etwas konnte niemals gestattet werden. Nicht schon wieder eine Abtrünnige, war ihr erster Gedanke, als man sie gebeten hatte, Anna aufzunehmen. Schließlich hatte die Verbundenheit mit ihrer Freundin gesiegt. Hoffentlich war dieser Kerl es auch wert. Eine schöne Person war sie schon, diese Anna. Kein Wunder, dass ein Mann sich in sie verliebt hatte.

„Wie kommst du zurecht, Schwester Anna?", wollte die Oberin wissen.

„Gut. Ich bin froh, dass ich arbeiten darf."

„Du musst Geduld haben, meine Tochter."

Schwester Bernadas Gesicht überzog ein Lächeln. Ihre Stimme klang wohlwollend. Anna hatte das Gefühl, dass da eine andere Frau stand.

„Treibe nichts mit purem Willen voran, sondern erspüre. Und – versuche vor allen Dingen nicht, etwas zu sein, was du nicht bist."

Sie machte eine kleine Pause.

„Es steht jedem Menschen frei zu zweifeln. Sonst würde er ersticken. Aber die Menschen werfen heute alles viel zu schnell weg, wenn es schwierig wird. Davonlaufen tun sie. Das gilt auch für Nonnen."

Die Oberin drehte sich um und verließ die Station.

Da war sie wieder, diese verdammte, überhebliche Verbissenheit. Anna sah ihr kopfschüttelnd nach, wandte sich erneut ihrer Arbeit zu. In ihr waren wahrhaftig keine Zweifel mehr, was den Austritt aus dem Kloster anbetraf. Nur mit viel Arbeit würde sie die Zeit ertragen, bis sie diesen Ort endgültig verlassen konnte.

***

An einem der nächsten Tage nahm Schwester Henriette, eine der Jüngeren im Konvent, sie mit zur Gesundheitsberatung in ein Dorf. Unter einem ausladenden Mangobaum hatten sich etwa dreißig Frauen versammelt. Fast alle trugen ein Baby auf den Rücken gebunden oder stillten gerade. Es gab auffallend viele junge Mädchen, die schwanger waren. Schwester Henriette scherzte und lachte mit ihnen, stellte Anna vor. Die hübsche Nonne erinnerte Anna ein wenig an Schwester Clara.

Danach verteilte Henriette Bildmaterial, welches so aufbereitet war, dass auch Analphabetinnen es verstehen konnten. Sie sprach über gesunde Ernährung der Babys, über Hygiene. Aufmerksam hörten die Frauen zu. Nach dem die Beratung zu Ende war, geleiteten die Frauen sie singend und händeklatschend zum Auto. Anna fühlte sich zum ersten Mal wieder richtig wohl. Das war ihr Afrika. Sie würde es vermissen.

Bevor sie heimfuhren, wollten sie ein weiteres Dorf besuchen. Dort war man damit beschäftigt, eine Schule zu bauen.

„Die Menschen sind stolz darauf", berichtete Henriette. „Jedes Mal, wenn ich in der Nähe bin, mache ich einen Besuch und schaue, wie viele Steine sie schon haben."

„Dann nichts wie hin, Schwester", lachte Anna.

Sie fuhren durch eine üppig grüne Landschaft mit Wasserläufen. Überall saßen Vögel in farbenfrohem Gefieder und zwitscherten laut. Kleine Äffchen schwangen sich übermütig von Ast zu Ast.

Als sie am Hauptplatz ankamen, wartete der Häuptling mit den männlichen Dorfältesten und einigen Bewohnern. Er und die Alten trugen Festtagskleidung. Reihen handgemachter Steine aus rotem Lehm lagen zum Trocknen in der Sonne.

„Donnerwetter", rief Henriette, „das reicht ja schon bald für das Haus."

Umringt von fröhlichen Menschen parkten sie das Auto, stiegen aus. Nach der üblichen, lange währenden Begrüßung und der Erklärung, wer Schwester Anna war, führte der Häuptling sie zu den Steinreihen. Die anderen folgten, formierten sich. Vorne standen die Dorfältesten, dahinter die Männer, dahinter Frauen und Kinder.

Der Häuptling bückte sich, nahm einen Stein in die Hand, sah die beiden Nonnen an.

„Diese Steine", sprach er bedächtig, „sind geformt aus dem Lehm der Erde unserer Ahnen. Möge die neue Schule durch viele Steine wachsen und eine gute Schule werden."

Palmschnaps und Gläser wurden gebracht. Der Dorfchef ließ zuerst die Gläser der Schwestern füllen, danach das seine. Er erhob das Glas, schüttete etwas davon auf die Erde.

„… für mein Dorf, für meine Erde und für die Ahnen, zu denen ich gehen werde."

Schwester Henriette und Anna taten es ihm nach. Schließlich tranken die drei. Danach erst wurden die Gläser der Dorfältesten gefüllt.

Am späten Nachmittag rasteten sie in einem kleinen afrikanischen Lokal an der Straße. Unter einem malvenfarbenen Himmel saßen sie auf wackligen Stühlen und tranken Tee. Schwester Henriette hatte Medikamente für die Hausherrin dabei, deren jüngstes Mädchen unter chronischer Bronchitis litt. Anna streckte ihre Beine aus. Wie gut es tat, hier sitzen zu können, ohne Klostermauern, mitten im Leben Afrikas. Ein Junge führte einen Hammel vorbei. Das widerspenstige Tier wollte nicht, wie er wollte.

„Allah sei mit euch!"

Fröhlich grüßte er die Nonnen, hob dabei seine Hand zum Gruß. Endlich folgte ihm das Tier, das er am Strick hinter sich her zog.

Von der gegenüberliegenden Seite der Straße kam ein älterer Mann auf sie zu. Sein tiefblaues Gewand war mit grünen Vögeln verziert. Auf dem Kopf balancierte er ein Tablett mit Fleischspießen. Er bückte sich, nahm das Tablett vom Kopf, stellte es auf ihrem Tisch ab.

„Allah sei mit euch", grüßte er.

„Und mit dir", antworteten ihm die beiden Frauen.

„Oh, das riecht ja köstlich!"

Henriette fächelte sich mit einer Handbewegung den Duft zu und betrachtete lustvoll die winzigen Spießchen auf dem verbeulten Blechteller.

„Gönnen wir uns was", meinte Anna und zog Geld aus ihrem Habit.

„Großartig!" Henriette nickte begeistert. „Sie nehme ich öfter mit."

Der Mann zog vorsichtig ein gesäubertes Stück von einer Zementtüte hervor, strich es glatt, legte vier Spieße darauf. Nachdem er, sich überschwänglich bedankend, das Geld entgegengenommen hatte, legte er ein weiteres Spießchen als Geschenk obenauf. Er richtete seinen Blick gegen Mekka, hob die Arme, neigte den Kopf.

„Allah sei gepriesen. Dir unterwerfe ich mich und Dir erweise ich meine Dankbarkeit", sprach er ehrfürchtig.

Er stellte seinen Blechteller auf den Kopf, machte sich wieder auf den Weg.

„Möge Allah euch Zufriedenheit schenken", grüßte er zum Abschied.

„Allah schenke dir sein Lächeln und schütze dich, solange du lebst", erwiderte Anna seinen Gruß.

„Du kennst dich ja gut aus mit den arabischen Grußformeln", lachte Schwester Henriette Anna an, während sie die köstlich gewürzten Spieße verzehrten. „Und Geld hast du auch."

Anna lächelte zurück. Wahrhaftig, es ging ihr momentan richtig gut. Sie fühlte eine von Herzen kommende Freude. Ihr gefiel auch, dass Henriette unbeabsichtigt ins Du verfallen war.

Während sie aßen, erzählte Anna von Bethlehem, von den Dörfern am Berg, die sie so gerne besucht hatte. Henriette betrachtete Schwester Anna verstohlen. Sie war eine hübsche Person von großer Stärke, das hatte sie sofort gemerkt. Man munkelte einiges, aber sie hielt sich da raus.

„Ich habe gehört, dass es in Bethlehem lockerer zugeht als bei uns, stimmt das?"

Anna überraschte die Frage.

„Ja, das stimmt."

Noch ehe sie dies weiter begründen konnte, plapperte Henriette weiter.

„Ich habe schon gemerkt, dass dir unsere Bernada zu schaffen macht. Weißt du, Anna", dabei klang ihre Stimme verschwörerisch, „sie sieht nur äußerlich so verkrustet aus. Wenn man sie näher kennt, entdeckt man ein großes Herz. Aber sie ist vom alten Schlag und manchmal …"

Henriette lachte auf einmal laut los, konnte sich kaum einkriegen, „… eine ziemliche Bissgurke."

Jetzt stimmte auch Anna in das Lachen ein. Sie konnten gar nicht aufhören. Wie herrlich es war, mit Henriette hier zu sitzen und zu lachen. Die Afrikaner, die vorbeikamen, nickten wohlwollend mit dem Kopf. Wie schön, diese Nonnen lachen zu sehen. Als es Zeit war zu gehen, lehnte die Besitzerin jede Bezahlung ab. Überschwänglich drückte sie die Hände von Schwester Henriette und Schwester Anna.

„Kommen Sie bald wieder, ich freue mich, und mein Kind auch."

„Schwester Henriette, haben Sie und die anderen Nonnen sich nicht gefragt, warum ich plötzlich hier bin?", fragte Anna während der Heimfahrt.

Henriette zögerte mit der Antwort.

„Doch. Aber in der geschlossenen Welt der Nonnen sollten keine Fragen gestellt werden, die uns nicht zustehen."

Anna konnte kaum glauben, dass diese vorhin noch so fröhliche Frau zu einer solchen Antwort fähig war.

„Und damit gebt ihr euch zufrieden?"

Henriette zögerte, sah zu Anna hinüber.

„Ich weiß, was Sie jetzt denken ... dumme Schafe, die sich fügen. Aber dem ist nicht so. Mit dem Anlegen der Nonnenkleidung habe ich nicht meine Gedanken und Gefühle abgegeben, Schwester Anna. Zu gegebener Zeit werden wir erfahren, warum Sie bei uns im Kloster sind, und vielleicht sagen Sie es mir ja auch."

Bald kam das Hospital in Sicht. Sie fuhren durch die von Kokospalmen gesäumte Auffahrt, vorbei an blühenden Bougainvilleen, Frangipani und Hibiskussträuchern. Das Haus sah wunderschön aus, eine gelungene Komposition aus europäisch-orientalischem Stil. Viel besser erhalten als alle übrigen Häuser der Kolonialzeit in dieser Gegend.

„Schwester Henriette, Sie wissen gar nicht, wie sehr Sie mir heute geholfen haben!", rief Anna, als sie aus dem Auto stiegen. „Ich danke für diesen wunderbaren Tag."

„Ich weiß", sagte Henriette lächelnd.

Sie ging ums Auto herum zu Anna, nahm sie bei der Hand. Sie fühlte, diese Frau war eine verwandte Seele. Sie konnte nur ahnen, was mit Anna los war. Sie bewunderte deren Mut. „Manchmal können wir nicht halten, was wir versprochen haben", sagte sie.

Sie blickte Anna intensiv in die Augen.

„Zutiefst menschliches Empfinden kann man nicht leugnen, Anna. Auch wahre Liebe kennt Durststrecken. Und sind sie nicht auch wichtiger Teil der Liebe überhaupt?"

Tief berührt schaute Anna Henriette an, drückte deren Hand und konnte nur noch tief ergriffen nicken.

50

Maggie nahm ihren Pagne ab, stellte sich nackt vor den großen Spiegel.

„Oh Gott!"

Sie war wirklich kugelrund. Mühsam drehte sie ihren Körper auf die eine, dann auf die andere Seite. Lächelnd strich sie sich über den Bauch.

„Hallo, du riesiges Wesen da drin", rief sie, „du machst deiner Mama ganz schön zu schaffen."

In der Nacht hatte sie, wie so oft in letzter Zeit, kaum schlafen können. Bei dem Bauchumfang blieb nur eine Art Rückenlage, was sie gar nicht schätzte. Da fiel das Atmen besonders schwer. Sie band das Tuch wieder um, ging in die Küche. Dort schaute sie hinaus in den seitlichen Hof. Die Morgendämmerung begann. Mafunde lag in seinem Nachtwächtersessel und schlief. Es war beruhigend, ihn hier zu wissen. Neben ihm auf dem Boden döste Miranda auf dem Rücken liegend, alle vier Pfoten von sich gestreckt. Maggie spürte, wie das Baby in ihr strampelte. Sie legte die Hände auf den Bauch.

„Ist ja gut, mein Kleines, hab mir nicht vorgestellt, wie lebhaft du sein würdest."

Manchmal hatte sie das Gefühl, dass ihr Körper ihr gar nicht mehr gehörte. Die Schwangerschaft hatte sie ganz schön verändert.

Maggie kochte Tee, machte sich ein Marmeladebrot. Heute Abend kam Patrick zurück, Gott sei Dank. Sie war in den letzten Wochen der Schwangerschaft nicht gerne allein. Er und der neue Arzt waren gestern Nachmittag in den Norden geflogen. Es hatte einen schweren Unfall gegeben.

Bald begann Patricks Urlaub. Er würde bis mindestens eine Woche nach der Geburt daheim bleiben. Wie sehr auch freute sich Maggie, dass morgen Filomena aus Portugal angereist kommen würde. Seltsam, dass Anna so gar nichts von sich hören ließ, obwohl sie ihr erneut geschrieben hatte. Sie stellte Tee und Brot auf ein Tablett, trug alles hinaus auf die Terrasse. Die Sonne war aufgegangen, entflammte mit ihrem mangofarbenen Licht die Landschaft. Rhythmischer Doppelschlag der Fufu-Stampferinnen war zu hören. Draußen am Weg beteten zwei alte Afrikaner, der aufgehenden Sonne zugewandt.

Miranda kam gelaufen, sprang begeistert an ihrem Frauchen hoch.

„Guten Morgen, meine Schöne", begrüßte Maggie den Hund und streichelte ihn.

„Guten Morgen, Madame."

Mit fröhlichem Gesicht kam Mafunde, den Rechen in der Hand, in den Garten.

„Guten Morgen, Mafunde, möchtest du auch Tee und Brot?"

Mafunde nickte begeistert.

Während Maggie zurück in die Küche ging, begann er mit dem Rechen. In ruhigen, gleichmäßigen Bewegungen strich er ein Muster in den sandigen Boden. Dabei sang er leise vor sich hin. Miranda gefiel dies gar nicht. Sie knurrte ihn an, verzog sich unter ihrem Lieblingsstrauch.

Maggie kam zurück, stellte einen Teller mit Marmeladebroten und eine weitere Tasse auf den Tisch. Sie goss den Tee ein und setzte sich umständlich auf einen Stuhl.

„Mafunde, möchtest du dich zu mir setzen?"

„Oh nein, Madame." Mafunde schüttelte verlegen den Kopf.

Mit der Madame am Tisch sitzen, das mochte er gar nicht. Er bevorzugte, den Tee draußen im Hof zu trinken und eines der Brote zu essen. Das, was übrig blieb, würde er in Bananenblätter einschlagen und als Geschenk für seine Tochter mit nach Hause nehmen.

Maggie biss mit Appetit in ihr Brot, trank von dem Tee, aber bald war das Sitzen genauso eine Tortur wie das Liegen in der Nacht. Sie spürte, wie sie immer ungeduldiger mit sich wurde. Sie stand auf, betastete noch einmal ihren Bauch. Er fühlte sich heute ausgesprochen hart an, schmerzte aber nicht. Wohin dieser Bauch noch wachsen würde bis zur Geburt in wenigen Wochen? Wenn sie herumging, fühlte sie sich besser. Da half nur ein Morgenspaziergang, wenn die große Hitze sich noch nicht übers Land gelegt hatte.

Sie zog ein weites Leinenkleid an, flache bequeme Schuhe, passende Ohrringe. Die Lippen zog sie zartrosa nach. Bevor sie ging, warf sie einem Blick in das nunmehr wunderschön hergerichtete Kinderzimmer. Alles war vorbereitet. Die Wiege von Filomena und Conzales stand in der Mitte. Wie würde ihr Kind wohl aussehen? Sie nahm ihre Umhängetasche mit den wichtigsten Dingen und verließ das Haus. Draußen gab sie Mafunde Bescheid, dass sie in der Nähe über die Felder laufen würde und danach einen Besuch in der Schule plante.

„Falls mich die Müdigkeit nicht schon vorher zurücktreibt, Mafunde."

Das langsame Dahinschlendern tat ihr gut, beruhigte sie. Richtig ausschreiten konnte sie nicht mehr. Ihr Spaziergang glich mehr dem Watscheln einer dicken Ente. Sie grüßte, wurde gegrüßt, gab lachend Auskunft, wohin sie ging. Sie liebte es, draußen zu sein, an Gehöften und Feldern entlangzulaufen, die Dinge wachsen zu sehen.

Bevor Patrick gestern gegangen war, hatte er sie immer wieder geküsst und ihren Bauch gestreichelt.

„Hallo du da drin", hatte er gerufen, „pass gut auf deine Mama auf, wenn ich weg bin! – Unser Kind, Maggie, wird in einer bunten Welt aufwachsen", hatte er begeistert gesagt. Obwohl es sie jedes Mal verunsicherte, wenn er über Nacht wegblieb, so hatte sie ihm ein fröhliches Gesicht gezeigt. Worüber rege ich mich nur auf?, dachte Maggie. Sie konnte doch nicht alles an früheren, unguten Erfahrungen festmachen, schon gar nicht an denen ihrer Mutter. Patrick war ein verlässlicher Partner, sie trugen die Verantwortung gemeinsam. Er würde ein liebevoller Vater sein. Egal wie oft sie stritten, stets folgte die Versöhnung. Sie liebten sich sehr, ihre Ehe hatte eine feste Basis. Was war sie nur für ein ängstliches Wesen geworden. Schwangere Afrikanerinnen kannten solche Ängste offenbar nicht. Dabei verlief ihre Schwangerschaft völlig normal. Alles war für die Geburt vorbereitet. Sie wusste, Guidetta hielt sich im Hospital auf und es gab auch noch die erfahrenen kompetenten Hebammen mit den „wissenden Händen." Sowohl Guidetta als auch die Hebammen hatten sie regelmäßig untersucht. Selbst der französische Arzt in Ghana, bei dem sie zusammen mit Patrick zwei Mal, zu einer Ultraschalluntersuchung war, hatte ihr den guten Verlauf der Schwangerschaft bestätigt.

Eine knatternde Vespa kam angefahren. Es war Koffie, der tüchtige Krankenpfleger aus dem muslimischen Viertel. Er hielt an, stieg ab. Übers ganze Gesicht strahlend begrüßte er die Madame ausgiebig. Er schätze sie und den Doktor sehr. Von ihnen bekam er Verbandsmaterial, Medikamente und manchmal sogar ein kleines Geschenk für seine Familie.

„Wie geht es Ihren Frauen und den Kindern?", erkundigte sich Maggie.

„Sehr, sehr gut, Madame. Ich bete jeden Tag für meine große Familie."

„Mia dugu – gib mir den Weg", rief er, schwang sich wieder auf sein Gefährt und fuhr davon.

„Natrowa kaba kaba lo – komm schnell zurück."

An der öffentlichen Wasserstelle setzte Maggie sich auf die Steinmauer. Ein kleines Mädchen ließ einen Eimer mit Wasser volllaufen. Mit ausgestreckten Armen half eine Frau, dem Kind das Wasser auf den Kopf zu hieven. Und dieses Kind trug die schwere Last mit einer Leichtigkeit nach Hause, als ob es ein zierliches Hütchen tragen würde, lächelte und winkte noch dabei.

Eine hellhäutige, sommersprossige Afrikanerin, mit roten verfilzten Haaren und einem sehr dunklen Kind auf dem Rücken kam zur Wasserstelle. An einem Stock führte sie eine blinde alte Frau hinter sich her. In der Hand trug sie eine Kalebasse. Sie füllte diese mit Wasser, gab der Blinden zu trinken. Albinos galten in Afrika als weiße Schwarze. Es hieß, sie seien unsterbliche Geister. Oft führte man mit ihnen magische Rituale durch. Es gab aber auch das Gerücht, dass sie bei manchen Stämmen getötet wurden, weil man Angst vor ihrem Zauber hatte.

Maggie erhob sich und ging Richtung Schule. Ihre Kollegin Aafarin Musanga hatte an den Donnerstagen ihre Klasse übernommen. Die Freude war groß, als Maggie das Klassenzimmer betrat. Alle scharten sich um die werdende Mutter. Ihre Münchner Schule hatte erneut Geld gesammelt. Gestern waren die Geschenke verteilt worden und die Schüler zeigten ihr hellauf begeistert die neuen Stifte, Hefte und Schreibtafeln.

Maggie versprach bald ein Foto für die Schule in Deutschland von ihnen zu machen.

„Selbstverständlich bekommt jeder von euch auch ein Foto davon." Maggies Schüler bedankten sich mit einem Lied. Als es zur Pause läutete, liefen alle Kinder auf den Hof, während Aafarin Maggie bis vors Schultor begleitete. Bei dieser Gelegenheit erwähnte sie, dass die Schwester Oberin ihren Mann aufgesucht hatte.

„Sie ist ziemlich rabiat vorgegangen", lachte Aafarin und wischte sich mit einem Taschentuch die Lachtränen weg.

„Sie hat ihm gedroht, dass ihr Gott alles von ihm wüsste und eine große Strafe über ihn kommen würde, wenn er weiterhin Geld von mir haben wollte. Sie verlangte, dass er wieder gutmachen müsse, was er uns angetan hat. Sie brachte mir als Erstgeschenk von ihm eine große Ananas mit und einen schönen Kleiderstoff für die Kinder."

„Das geschieht ihm recht", lachte jetzt auch Maggie. „Auf unsere Oberin ist Verlass."

Maggie verabschiedete sich, machte sich langsam auf den Heimweg. Das Atmen fiel ihr schwer, die feuchte Hitze machte ihr zu schaffen. Als sie endlich daheim war und die Gartentüre öffnete, kam ihre Nachbarin Celeste gelaufen. Sie brachte ein Geschenk für die werdende Mutter. Vier winzige Auberginen vom eigenen Feld. Maggie bedankte sich bei Celeste. Diese streichelte liebevoll über Maggies Bauch

„Du bist ganz schön dick geworden, Madame."

Sie begann ein Willkommenslied für das Baby zu singen. Noch während sie sang, kam Mafunde des Weges. Auf beiden Armen trug er Äste purpurfarbener Bougainvilleen.

„Für Sie, Madame."

„Wie schön, Mafunde", freute sich Maggie. „Herzlichen Dank. Bring sie bitte auf die Terrasse und lege die Gartenschere dazu."

Celeste verabschiedete sich. Maggie sah ihr nach. Es rührte immer wieder an ihr Herz, wie liebevoll diese Menschen ihr begegneten, wie heiter und fröhlich sie meist waren. Es war schön in Lalimete.

Draußen blühte die Natur für alle Menschen, und dann wollen die Weißen es auch noch drinnen blühend machen, dachte Celeste, als sie nach Hause lief. Mafunde hatte ihr erzählt, dass es für die Jovos wichtig sei, ihr Haus mit Blumen zu schmücken. Das hielt die bösen Geister ab.

Jedenfalls freute sich das ganze Viertel auf das Baby. Wenn es da wäre, würden sie eine Zeremonie veranstalten. Der Docteur, seine Frau, das Erstgeborene und ihre Ahnen würden mit einem mächtigen Tam-Tam und den großen Trommeln gebührend geehrt werden. Dabei würden sie von den Ahnen den afrikanischen Schutznamen des Kindes erbitten.

Im Wohnzimmer stellte Maggie den großen Deckenventilator an, öffnete die Terrassentür. Mafunde hatte die Bougainvilleen auf den Tisch gelegt. Sie würde die Blumen später in der Wohnung verteilen. Maggie schob eine Kassette mit Mozartarien in den Rekorder, legte sich schwerfällig auf die Couch, versuchte in eine bequeme Liegeposition zu kommen. Ein Kissen da, ein Kissen dort. Endlich war das Liegen einigermaßen erträglich. Sie fühlte sich schon wieder so müde. Sie schloss die Augen, versuchte gleichmäßig zu atmen, genoss die Musik. Mozart beruhigte sie. Je älter sie wurde, desto mehr fand sie Zugang zu seinen Kompositionen.

Sie dachte an Patrick. Wie sehr liebte sie ihn und wie komisch war sie manchmal in den letzten Monaten gewesen. Er hatte stets Verständnis gezeigt, wenn sie mal wieder klagte. Über Rückenschmerzen, schwere Beine, Schwindel, Stimmungsschwankungen und Schwangerschaftsstreifen. Seine Geduld war unglaublich. In wenigen Wochen würde er seine alte Maggie wiederhaben, dann war alles vorbei. Sie legte die Hände auf ihren Bauch, spürte, wie das Baby strampelte. Nach und nach wurden die Tritte stärker. Maggie erhob sich ächzend, schlurfte in die Küche, nahm Eiswürfel aus dem Kühlschrank, packte sie in ein Tuch, kühlte Stirn und Handgelenke. Jede Bewegung war so beschwerlich geworden, besonders das Bücken.

Plötzlich hatte sie das Gefühl, das Baby wäre nach unten gerutscht. Unruhig begann sie auf und ab zulaufen. Sie versuchte sich auf einen Stuhl zu setzen, stand mühsam wieder auf, lief hin und her. Dabei versuchte sie ruhiger zu atmen, um nicht überzureagieren. Irgendetwas war anders geworden, das spürte sie deutlich. Plötzlich fühlte sie, wie ihr schwindlig wurde. Sie hielt sich am Küchentisch fest.

„Mafunde", rief sie laut, dann wurde es Nacht um sie.

51

„Ulf, palpiere mal den aufgequollenen Bauch", wandte Patrick sich an seinen neuen Kollegen.

„Massive Wurmerkrankung, schätze ich."

Patrick nickte zustimmend.

„Docteur, sie trinken verunreinigtes Wasser", warf Adame ein. „Alle Dörfer sind vom Staat belehrt worden nur gefiltertes Wasser zu trinken. Aber sie tun es nicht."

Der Alte schaute die beiden Ärzte aufmerksam an, lächelte. Patrick lächelte zurück, ergriff die Hand des Patienten.

„Wasser durch ein Tuch zu seihen würde helfen." Adam übersetzte. Der Alte nickte.

„Ich könnte ihm ein Wurmmittel verabreichen", meinte Adam fast verächtlich. Aber es würde nichts helfen, sie trinken das Wasser wieder."

„Ich weiß, Adam, beruhigte Patrick ihn und ließ die Hand des Alten los. „Gib es ihm trotzdem und ein paar Vitamintabletten dazu."

Sie waren gerne im Buschhospital Tsevoto. Adam hatte als Krankenpfleger, OP-Assistent und Narkosespezialist alles gut im Griff. Er war einer der Verlässlichsten überhaupt. Patrick öffnete die Türe, warf einen Blick in die offene Wartehalle. Da saßen und standen noch viele Patienten. Alle konnten auf gar keinen Fall angesehen werden. Sie hatten bis in den Nachmittag hinein operiert und planten, vor Eintritt der Dunkelheit zurückzufliegen. Patrick war sich klar darüber, dass sie nur schaffen konnten, was zeitlich möglich war. Und doch tat ihm jedes Mal das Herz weh, wenn er unverrichteter Dinge fortmusste.

Allerdings taten sie manches im Dienste der Menschen, was gar nicht in ihrem Zuständigkeitsbereich lag. Zuständigkeitsbereich, so ein Wort passte überhaupt nicht in das afrikanische Leben. Verwundert schaute er nach draußen. Am Himmel waren dunkle Wolken aufgezogen, als ob Regen kam. Der Erde würde das in der Trockenzeit gut tun.

Hoffentlich klappte der Rückflug einigermaßen pünktlich, dachte er und rief den nächsten Patienten herein. Das war ihm diesmal außerordentlich wichtig, er hatte es Maggie versprochen.

Dann war es Zeit zusammenzupacken. Gerade als Patrick Adam die letzten Anweisungen für die wartenden Patienten gab, wurde ein Kind eingeliefert. Es war vor ein Auto gelaufen. Das Mädchen klagte über heftige Bauchschmerzen. Auf der linken Seite knirschten die Rippen. Dr. Weinstein punktierte den Bauch, das frische Blut ließ einen Milzriss vermuten. Sie mussten sofort operieren.

Patrick dachte an Maggie, die vergeblich wartete. Aber sie kannte seine Arbeit, wusste, dass es nicht immer nach Plan lief. Er schob all diese Gedanken weit weg, konzentrierte sich auf den nächsten Schritt. In solchen Moment vergaß er alles andere um sich herum, tat, was notwendig war.

Die Dämmerung war bereits in Dunkelheit übergegangen, als sie aus dem Operationssaal kamen. Das Mädchen hatte den Eingriff gut überstanden. Sie wussten, die Kleine war bei Adam in besten Händen. In ca. einer Stunde würden sie in Lalimete landen. Patrick freute sich auf seine Frau, obwohl diese in letzter Zeit ganz schön empfindlich war. Nun, bei dem Bauchumfang und den damit einhergehenden Beschwerden war das verständlich. Obwohl er Mediziner war, sprach er mit niemandem wirklich über die Sorgen, die ihn plagten, wenn Maggie mal wieder überängstlich reagiert hatte. Auch für ihn war die Schwangerschaft eine gewaltige Zeit des Umbruchs. Viel Zärtlichkeit hatte ihnen stets über kleinere Krisen hinweggeholfen. Bald würden sie Eltern sein und Maggie wäre wieder die alte.

Er sah sie vor sich. Wie sie ihn horchen ließ an ihrem Bauch. Er liebte dieses Baby schon jetzt. Es würde in Geborgenheit aufwachsen. In einer Familie, die ihm Halt gab, ihm zuhörte, mit ihm fühlte. Anders als in seiner Kindheit. Wie schön es war zu wissen, dass sie bald eine Familie sein würden. Dort war sein Platz, an der Seite seiner Frau und seines Kindes. Eltern zu sein, war viel mehr, als ein Paar zu sein. Kürzlich hatte er ein wunderbares Zitat aus Indien gelesen. *Der Erwachsene achtet auf Taten, das Kind auf Liebe.*

Plötzlich war lauter Donner zu hören. Als Patrick und Dr. Weinstein ihre letzten Sachen einpackten, sahen sie den Piloten eiligen Schrittes auf sie zukommen.

„Patrick, Patrick", rief Ronny, „bei Maggie haben die Wehen eingesetzt, sie liegt im Hospital."

Entsetzt blickte Patrick ihn an, als hätte er nicht verstanden.

„Dann nichts wie los", rief er und griff nach seiner Tasche.

„Halt!"

Ronny hielt ihn am Arm fest. Die beiden Männer schauen einander an. So etwas wie Entsetzen lag in Patricks Blick.

„Es gibt Probleme mit der Zündung."

„Was gibt es?"

Patrick drückte die Hand des Piloten weg, seine Stimme überschlug sich fast.

„Ich ... ich", fast konnte Patrick nicht reden. Ihm war, als schwebte ein drohendes Unglück über ihm, als hätte Maggie genau das vorausgeahnt.

„... Ihr glaubt gar nicht, wie besorgt ich bin, dass meiner Frau was zustoßen könnte und ich wäre nicht da." Patrick stieß diese

Worte hinaus. Er fühlte sich erbärmlich, konnte keinen klaren Gedanken fassen.

„Nun mal ganz ruhig", beschwichtigte Ronny. „So was darfst du nicht mal denken. Ich bekomme das hin. Es ist ja nicht das erste Mal."

„Ronny hat recht", meldete sich Ulf zu Wort. „Patrick, deine Frau ist in besten Händen ..."

Patrick lief unruhig hin und her. Wenn ihr wüsstet, dachte er, wie sehr Maggie genau dies befürchtet hat.

In diesem Moment brach ein heftiges Gewitter los. Große Zweige brachen von den Bäumen. Es begann in Strömen zu regnen. Die drei Männer sahen sich an. Ronny und Dr. Weinstein konnten die Anspannung in Patricks Gesicht lesen.

„Bei einem solchen Regen hätte ich sowieso nicht starten können." Ronny sprach mit fester, vertrauensvoller Stimme. „Sobald es ein wenig aufhört, gehen wir zum Flieger und ich versuche es noch mal mit der Zündung, viel kann es nicht sein."

„Lass uns gleich zum Flugzeug gehen, ich möchte mit dem Hospital sprechen."

Fast in Panik stand Patrick vor dem Piloten.

„Gib mir fünf Minuten", insistierte Ronny.

„Fünf Minuten! Vielleicht hört es gleich wieder auf."

Und so war es. Der Regen ließ so schnell nach, wie er begonnen hatte, das Gewitter verzog sich. Die Männer liefen zur Cessna. Ronny stellte eine Verbindung nach Bethlehem her und übergab das Funkgerät an Patrick.

Es war Schwester Pauline, die am Funkgerät saß.

„Ich weiß nichts Genaues, Dr. Stern. Ihre Frau liegt seit Stunden in den Wehen."

„Ist Dr. Marrozzi vor Ort?"

„Ja, Dr. Stern, keine Angst, sie wird bestens betreut. Bitte rufen Sie in etwa einer viertel Stunde noch mal an, ich werde die Schwester Oberin ans Funkgerät rufen. Sie ist bei Ihrer Frau."

***

Heftiger Schmerz durchfuhr Maggie, so stechend, dass ihr der Atem stockte.

„Wann hört das endlich auf", stammelte sie.

Jemand sprach. War das nicht Guidetta Stimme und die Stimme von …? Es fiel ihr nicht ein. Mühsam versuchte Maggie die Augen zu öffnen, dabei schnappte sie nach Luft. Wo war sie? Eine hilfreiche Hand streckte sich ihr entgegen. Sie nahm diese Hand, klammerte sich daran. Das war doch Chinaza, die Hebamme. Plötzlich wurde ihr bewusst, dass sie im Krankenhaus lag, aber warum?

Mein Gott, dachte die Hebamme, noch vor Kurzem habe ich diese Frau untersucht, alles schien in Ordnung zu sein und jetzt das.

Mafunde hatte die Nachbarn gerufen, als er Maggie bewusstlos am Boden liegend fand. Zwei Jugendliche und ein Mann waren zum Hospital gerannt. Hilflos hatte Mafunde bei der Frau des Docteurs gestanden, während die Nachbarinnen Maggie sanft auf dem Boden betteten, ihre Hand hielten, sie streichelten und beruhigend auf sie einredeten, bis Hilfe gekommen war.

„Maggie, die Wehen haben eingesetzt, euer Kind möchte früher bei euch sein."

Guidetta hatte ihre Hand auf Maggies Arm gelegt. Sanft und beruhigend klang ihre Stimme.

Maggie versuchte tapfer zu lächeln.

„Es tut so weh", flüsterte sie.

„Ich weiß, aber wir sind da für dich und dein Kind, du musst keine Angst haben. Bald hört der Schmerz auf."

Guidetta trat vom Bett zurück, die Hebamme tupfte Maggie die Schweißperlen von der Stirn, gab Anweisung, wie sie atmen sollte. Das war leichter gesagt als getan. In immer kürzeren Abständen überrollten Maggie furchtbare Schmerzwellen. Sie stöhnte laut.

„Patrick soll kommen, er soll kommen ... Patrick ...", stammelte sie.

„Er wird bald hier sein", flüsterte ihr jemand zu.

War das nicht die Stimme der Oberin? Die Ehrwürdige Mutter betrachtete die Situation mit großer Sorge. Maggie wurde immer unruhiger. Mit schmerzverzerrtem Gesicht warf sie den Kopf hin und her, schrie. Auf einmal schien sie keine Kraft mehr zu haben. Ihr Atem ging flacher.

„Ich kann nicht mehr warten, sie muss sofort in den Operationssaal."

Dr. Marrozzi hatte sich an die Oberin gewandt. Die beiden Frauen berieten sich abseits von Maggies Bett.

„Und das passiert ausgerechnet mir", jammerte Dr. Marrozzi. „Dieser verdammte Kerl. Toller Arzt, aber privat hat er sich immer gerne gedrückt, wie alle Männer."

„Versündigen Sie sich nicht. Dr. Stern tut nur seine Pflicht."

Die Stimme der Oberin klang ärgerlich. „Fangen Sie endlich an."

„Da wäre noch etwas." Guidettas Stimme klang äußerst angespannt. „Ich glaube, mit einem Kaiserschnitt ist es nicht getan, ich befürchte Schlimmeres."

Die Oberin hielt sich vor Schreck die Hand vor den Mund. Die beiden Frauen schauten sich an. In diesem Moment war der Nonne klar, dass es schlecht um Mutter und Kind stand. Dr. Marrozzi nickte und ließ die nunmehr fast lethargische Maggie in den Operationssaal bringen.

„Bald geht's dir besser", flüsterte Guidetta ihr zu und streichelte voller Mitgefühl ihre Wange. „Du musst nur noch ein bisschen tapfer sein."

Maggie fühlte sich auf einmal ganz leicht, wie auf Watte gebettet. Sie spürte nur noch ein sanftes Schweben. Nichts tat mehr weh.

***

„Das heißt, es gibt Komplikationen?"

Patrick hielt das Sprechfunkgerät in der Hand. Aus seinem Gesicht war alle Farbe gewichen. Ronny nahm ihm das Gerät ab.

„In ungefähr einer Stunde sind wir da", gab er durch. Patrick, der neben ihm saß, hatte die Augen geschlossen. Er versuchte ruhig zu atmen. Seine Hände zitterten. Mein Gott, welche Tragik, dachte Ronny. Hoffentlich ging alles gut. Sie waren Gott sei Dank doch noch weggekommen. Verspätet zwar, aber immerhin. Das Funkgerät war kurzfristig auch ausgefallen, die Zündung hatte endlich funktioniert.

Männer aus dem Dorf hatten sich beidseits der Piste mit Fackeln aufgestellt. Zunächst gab es Probleme beim Durchstarten und sie waren länger als sonst über die Piste gehoppelt. Ronny hatte befürchtet, dass er abbrechen musste. Schließlich konnten sie abheben. Nicht auszudenken, wenn das nicht geklappt hätte. Ulf Weinstein legte Patrick von hinten eine Hand auf die Schulter. Patrick reagierte nicht. In endlos scheinendem Schweigen flog die Cessna durch die Nacht.

Mit schwerem Herzen wartete die Ehrwürdige Mutter auf die Männer. Sie hatte sich von Radschiff zur kleinen, beleuchteten Landepiste in der Nähe des Hospital bringen lassen.

Ihre Hände hielten sich am Rosenkranz fest, die Lippen murmelten ein Gebet.

„Herr, ihre Tochter ist jetzt ein wunderschöner Engel. Lilli hätte sie heißen sollen. Eine Stunde nur hat sie versucht zu leben." Das Geschehen lag ihr schwer auf der Brust.

„Deine Wege, Herr, sind unergründlich", betete sie weiter. „Ich kann nicht verstehen, warum du so viel Leid zu diesem Paar schickst. Hilf Lillis Eltern, den Schicksalsschlag anzunehmen. Lass sie nicht zerbrechen daran. Gott, steh mir bei, die richtigen Worte für Lillis Vater zu finden."

Das Flugzeug landete, war noch nicht ganz ausgerollt, da öffnete sich schon die Türe und Patrick sprang heraus. Die Oberin sah ihn auf sich zulaufen. Als er in ihr Gesicht blickte, wusste er, dass etwas Schreckliches passiert war. Radschiff, der abseits der Piste stand, senkte das Haupt in großer Betroffenheit.

Zögernd näherte sich Patrick dem Krankenbett. Fast konnte er den Schmerz nicht aushalten. Das Kind im Bauch seiner Frau, dessen Vater er war, gab es nicht mehr. Und seine Frau wäre beinahe gestorben. Maggie hatte den Kopf in den Nacken gelegt, sah zu Patrick auf. Das Licht malte Schatten auf ihr mitgenommenes Gesicht. Sie zuckte kaum merklich zusammen, als er sich hinunterbeugte, um sprachlos geworden dieses Gesicht zu streicheln. Mit großen, schmerzerfüllten Augen blickte sie ihn an.
  In diesem Blick lag kein Vertrauen mehr. Am ganzen Körper bebend, schnappte sie nach Luft. Mit äußerster Kraftanstrengung drehte sie sich auf die Seite. Dann weinte sie verhalten, als hätte sie auch dafür keine Kraft mehr. In diesem Moment fühlte Patrick, dass Maggie ihm entglitten war. Er hatte seine Frau alleine gelassen, er war nicht an ihrer Seite gewesen. Es gab keine Entschuldigung. Er fühlte sich wie in einem dunklen Tunnel, gebeugt unter der Last seines Versagens. Er war auch damals nicht an Brittas Seite gewesen, als sie eine Fehlgeburt hatte. Danach war ihre Partnerschaft zerbrochen. Er hatte dies Maggie nie erzählt.

Als er ging, schien ihn alle Kraft verlassen zu haben. Er wusste nicht mehr was denken, nicht mehr was tun. Wohin mit all der Qual, der Hoffnungslosigkeit, der Einsamkeit und der Schuld. Wohin sollte er sich wenden? Maggie hatte sich nicht mehr nach ihm umgedreht.

„Kommen Sie, Dr. Stern", hörte er die Stimme der Oberin, als er die Türe hinter sich schloss, „Ihre Freunde sind da und warten auf Sie."

52

Anna und Schwester Henriette waren wie immer lange vor der Dämmerung aufgestanden. Wenig später bestiegen sie den überfüllten Sechsuhrzug nach Assahala. Dort war heute am Mittwoch großer Markttag. Überall im Zug standen große Körbe, randvoll gefüllt mit Früchten. Sofort bot man den Nonnen einen Sitzplatz an.

Ein Horn ertönte, der Zug setzte sich langsam in Bewegung. Laut schreiend kamen noch vier Marktfrauen angerannt. Der Zug hielt. Sie stiegen ein. Viele Hände halfen, die gefüllten Körbe in den Zug zu hieven. Die Frauen gaben Anweisungen, wohin die Körbe noch gestellt werden konnten. Dabei fielen Körbe, die aufeinander gestanden hatten, um. Viel Gekeife. Alle halfen, die Ware in die Körbe zurückzulegen. Schließlich war alles so zugepackt, dass kaum noch ein Durchkommen möglich war. Erneut ertönte das Horn, der Zug setzte sich wieder in Bewegung.

Anna sah zum offenen Fenster hinaus. Milchigweißer Dunst lag über dem Land, der Atem afrikanischer Erde vor einem heißen Tag. Rechts und links der Bahngleise erstreckten sich Palmenhaine, dazwischen kleine Gehöfte. Überall war das Leben in vollem Gang. Anna freute sich auf diesen Ausflug und wunderte sich, dass die Oberin ihr ihn gestattet hatte. Sie war bezüglich der Ehrwürdigen Mutter hin- und hergerissen, wusste nicht recht, was sie von ihr halten sollte. An manchen Tagen gab sie sich übermäßig streng, dann wieder offen und lebensfroh, so wie gestern.

„Sollst auch wenigstens ein bisschen von diesem schönen Land sehen, meine Tochter", hatte sie gemeint.

Nun war Anna bereits im dritten Monat in Benin. Von Mark waren zwei lange Briefe gekommen, die Oberin hatte sie ihr persönlich gebracht.

„Meine liebe Schwester, normalerweise würde ich das in deiner Situation nicht dulden", hatte sie gesagt. „Aber – ich entspreche der Bitte deiner Oberin. Allerdings möchte ich nicht, dass du mit irgendjemand über deine Angelegenheit sprichst."

Ihre Freundin in Bethlehem musste einen Narren an dieser Nonne gefressen haben, dachte Schwester Bernada. Wo kämen wir denn hin, wenn wir auch noch den Postillon d'amour spielen würden. Anna ging bald fort. Strenge und Disziplin hatten nichts genützt. Sie wünschte sich, dass sie auch einmal solch eine Liebe hätte fühlen können wie diese Schwester. Aber die Liebe war ihr nie wirklich begegnet, nur die zu Gott.

Auf den vertraute sie, obwohl er ihr oft keine Antworten gab. In letzter Zeit fühlte sie sich alt. Die Zipperlein im Körper melden sich täglich. Wenn sie sich vorstellte, vielleicht als Pflegefall im Mutterkloster in Deutschland zu landen – nicht auszudenken. Nein, da blieb sie lieber in Afrika. Trotz aller Sorgen und trotz des belastenden Klimas liebte sie dieses farbenprächtige Land.

„Herr, nimm mich vorher zu dir, bevor ich hier wegmuss", betete sie.

Langsam fuhr der Zug an der ersten Haltestation vorbei. Dort warteten noch mehr Marktfrauen. Erstaunte Gesichter, dann lautes Geschrei. Der Zugführer hatte vergessen anzuhalten.

Schließlich stoppte er, fuhr zurück zur Station.

Wohin mit all den Körben? Jede Marktfrau mischte sich ein. Die Lautstärke war ohrenbetäubend.

Die Männer im Zug lachten amüsiert, rührten keinen Finger. Schließlich kam der Zugführer mit einem Helfer, versuchte zu schlichten. Eine der neu eingestiegenen Marktfrauen, die mit ihren riesigen Körben alles endgültig zugestellt hatte, verteilte Orangen. Auch die, welche vorher geschimpft hatten, bedanken sich freundlich. Als der Zug sich wieder in Bewegung setzte, aßen alle in schönster Eintracht Orangenschnitze.

Anna hielt den Kopf aus dem Fenster, die Luft tat gut. Das alles würde sie vermissen. Mark war bereits in Australien im Einsatz und berichtete begeistert davon. Sie würden dort heiraten, welch wunderbarer Gedanke.

„Ich freue mich, Anna, dass ich dir ein wenig von diesem herrlichen Land zeigen kann", hörte sie Henriettes Stimme. „Auch für mich ist diese Tour jedes Mal ein Erlebnis."

Zwischen den beiden Nonnen herrschte eine heitere, vertrauensvolle Atmosphäre. Von Anfang an schätzten und mochten sie einander. Anna hatte sich an die Verpflichtung gehalten, Stillschweigen über ihre Situation zu bewahren, und doch fühlte sie, dass ihre Mitschwester Bescheid wusste.

„Ich werde dich vermissen, Anna", sagte diese unvermittelt, als hätte sie ihre Gedanken gelesen. „Ich wünsche dir von Herzen alles erdenklich Gute", dabei streichelte sie Annas Arm.

Eine Weile herrschte Stillschweigen zwischen den beiden Frauen. Sie fühlten, was sie einander hätten sein können. Seit ihrer ersten Begegnung waren sie sich nahegekommen.

„Ich werde dich auch vermissen." Annas Stimme war belegt.

Beide Nonnen schwiegen, betrachteten die draußen vorbeifliegende Landschaft.

„Das Dorf, das wir besuchen, ist wunderschön gelegen", sagte schließlich Schwester Henriette. „Du wirst staunen."

Anna blickte ihrer Freundin in die Augen und nickte.

An einer der nächsten Haltestellten wurden Fleischspieße, in Öl gebackene Maisbällchen, Hirsebier und Kokosmilch angeboten. Die zum Einkaufen aus dem Zug gestiegen waren zahlten erst, als der

Zug wieder anfuhr. Auf dem Trittbrett stehend, warf man das Geld dem Verkäufer zu. Schließlich befreiendes Lachen und Winken auf beiden Seiten.

„Bis zum nächsten Mal!"

Anna betrachtete die Menschen im Zug. Einige von ihnen reinigten mit faserigen Hölzchen ihre Zähne. Die Fasern spuckten sie zum Fenster hinaus. Sie taten dies völlig ungeniert. Dabei unterhielten sie sich, lachten, aßen, tranken. Ein Schwätzchen da, ein Schwätzchen dort, es gab viel zu erzählen. Sie sind so nah bei sich, dachte Anna. Hier und jetzt, in diesem Augenblick, geschah ihr Leben in seiner ganzen Fülle. Morgen war weit weg. Sie würde diese Lebendigkeit vermissen – auch den Fatalismus, von dem sie sich manchmal wünschte ihn zu besitzen.

Nach einer knappen Stunde Zugfahrt erreichten die Nonnen Assahala. Sie fanden ein klappriges Taxi, besprachen den Preis, stiegen ein und fuhren los. Das Auto hoppelte durch das dichte Getümmel der Straßenhändler, bis es endlich eine asphaltierte Straße erreichte. Geschickt umfuhr der Fahrer alle Schlaglöcher. Bald bogen sie ab, fuhren eine Anhöhe hinauf, durch eine grüne Landschaft. Nach vierzig Minuten erreichten sie das Dorf Molambo, wo die ganze Gemeinde auf dem Dorfplatz versammelt wartete.

In vorderster Reihe saß der Häuptling auf seinem Stuhl, neben ihm die sechs Dorfältesten, allesamt prächtig gekleidet. Neben den Ältesten saßen die Trommler, dahinter standen die Dorfbewohner. Als die beiden Nonnen ausstiegen, begannen die Trommeln zu schlagen. Der Häuptling und die Ältesten erhoben sich. Wie immer fand eine große Begrüßung statt. Der Häuptling bedankte sich für die große Ehre, das Molambo von der Schwester Oberin für einen Besuch ausgewählt worden war.

Schwester Henriette unterhielt sich in der Landessprache mit ihnen. Sie stellte Schwester Anna vor. Dann übergab sie das Gastgeschenk. Ein Bild vom Hospital mit der Mutter Oberin und allen Nonnen. Als alles genug bewundert worden war, wurde Palmschnaps gebracht. Danach bat man zu Tisch. Die Nonnen aßen zusammen mit dem Häuptling und den Dorfältesten das von den Frauen zubereitete üppige Mahl. Man hatte extra eine Ziege geschlachtet. Erst als das gemeinsame Mahl beendet war, durften die Dorfbewohner etwas von dem Essen bekommen.

Danach wurde ihnen das Dorf gezeigt. Anschließend folgte eine kleine Wanderung zum Fluss. Sie durchquerten einen Wald mit riesigen Bäumen, deren mächtige Wurzeln aus der Erde ragten. Spinnen hatten phantastische Muster zwischen den Blättern gewebt. Überall lagen große Felsbrocken. Sie kamen zum Fluss, der trotz Trockenzeit viel Wasser führte. Das gegenüberliegende Ufer säumten Tulpenbäume in leuchtendem Rot. Hier war der Platz, an dem sie ihre Ahnen verehrten.

Als die Nonnen am frühen Nachmittag den Zug zurück bestiegen, fühlten sie sich gelöst und heiter. Friede war in ihren Herzen, emporgestiegen aus all der Schönheit und Freude dieses Tages. Anna fühlte sich seit Langem wieder richtig glücklich. Sie würde der Mutter Oberin davon erzählen und ihr danken.

Die Dämmerung hatte eingesetzt, als der Zug mit großer Verspätung endlich losfuhr. Unterwegs leuchteten Buschfeuer.

„Schattenspiele am rötlichen Firmament", rief Anna.

„Nicht erlaubte Brandrodung", meinte Henriette trocken und zuckte mit den Schultern.

Müde Marktfrauen mit leeren Körben stiegen zu. Und mitten zwischen ihnen saßen zwei fröhliche Nonnen, die mit den Afrikanern Hirsebier tranken, plauderten und lachten.

Als Schwester Anna und Henriette gut gelaunt im Kloster eintrafen, empfing die Pförtnerin sie mit ernstem Gesicht.

„Schwester Anna, Sie werden dringend erwartet. Kommen Sie."

Sie folgte der Schwester ins Besucherzimmer, während ihr Herz heftig zu klopfen begann.

Ob endlich Nachricht aus Rom eingetroffen war? Anna betrat das Besucherzimmer und erschrak. Dort wartete die Ehrwürdige Mutter von Bethlehem auf sie, eine uralte, verbrauchte Frau.

„Gelobt sei Jesus Christus."

„In Ewigkeit, Amen."

Schwester Anna verbeugte sich tief vor ihrer Vorgesetzten. Diese legte Anna segnend die Hände auf den Kopf.

„Setz dich, meine Tochter", sagte sie schließlich und holte tief Luft.

Anna tat, wie ihr geheißen, alles in ihr vibrierte. Aufgeregt suchte sie im Gesicht der Mutter Oberin nach Zeichen. Eine Weile herrschte Stille, bevor die Oberin zu reden begann. Ihre Stimme klang ernst. Es fiel ihr sichtlich schwer zu sprechen.

„Dr. Stern und seine Frau haben ihre Tochter verloren."

So, jetzt war es heraus.

Anna traf es wie einen Schock. Sie sprang auf.

„Nein, nein, nein!," rief sie immer wieder, schlug mit der Faust auf ihre Brust. Das durfte nicht geschehen sein, nur das nicht! Maggies Befürchtungen ... Anna drehte sich zum Fenster, blickte hinaus. Draußen war alles wie immer und doch hatte sich mit einem Mal das ganze Leben verändert.

„Ich bin gekommen, um es dir persönlich zu sagen", hörte sie die Stimme der Ehrwürdigen Mutter.

Anna drehte sich um. Unendlich traurig schaute sie ihre Vorgesetzte an.

„Was ist passiert?"

„Ja, was ist passiert?"

Die Mutter Oberin erhob sich, ging unruhig im Zimmer auf und ab, die Hände im Habit versteckt. Schließlich blieb sie stehen.

„Setzen wir uns, Schwester Anna."

Beide nahmen Platz.

In groben Zügen schilderte die Ehrwürdige Mutter, was sich zugetragen hatte. Anna war, als spräche die Oberin von einer anderen Person, nicht von ihrer Freundin Maggie.

Die Oberin machte eine lange Pause, fuhr dann fort: „Aber das ist noch nicht alles."

Anna blickte die Oberin entsetzt an.

„Maggie verlässt ihren Mann. Sie kehrt nach München zurück."

Anna hielt sich eine Hand vor den Mund. Das konnte nicht sein! Maggie und Patrick liebten sich doch und sie liebten Afrika!

Die Ehrwürdige Mutter nickte traurig.

„Es ist wahr, Schwester Anna. Keiner konnte sie umstimmen. Die Entscheidung ist gefallen. Maggie wird Lalimete in den nächsten Tagen verlassen."

Anna griff nach ihrem Rosenkranz, um Halt zu finden. Ihre Gedanken überschlugen sich. Sie musste zu Maggie, so schnell als möglich. Maggie brauchte sie jetzt.

„Darf ich zu ihr, Ehrwürdige Mutter?", stammelte sie.

Die Oberin schaute Anna an, als hätte sie nicht richtig verstanden. Fast unmerklich schüttelte sie den Kopf.

„Meine Tochter. Du weißt doch, dass das nicht geht."

„Warum nicht?" Annas Stimme klang verzweifelt. „Es ist eine Ausnahme, ein Notfall!"

„Meine Tochter", die Stimme der Oberin klang wieder fester. „Du weißt doch selber, dass dies unmöglich ist."

Ich war schon viel zu lasch mit ihr, dachte die Ehrwürdige Mutter, so etwas wie Schwester Anna hatte es noch nie gegeben. Sie musste jetzt streng mit ihr sein. Wo kämen sie sonst hin. Sie waren ein Orden mit Regeln. Außerdem war es bald so weit, dass ihre geliebte Tochter den Orden verlassen würde. Auch das wollte sie Anna persönlich mitteilen

Vielleicht war es gut, wenn Anna endlich fort war. Diese Unruhe unter den Mitschwestern machte allen zu schaffen. Schwester

Bernada hatte sich beschwert, dass so manches durchgesickert war von Annas bevorstehendem Austritt. Sie betrachtete die junge Frau, die starr auf dem Stuhl saß. Anna spürte den Blick der Oberin, hörte deren Stimme wie aus weiter Ferne.

„Es ist Nachricht gekommen. Du wirst den Orden bald verlassen können."

In diesem Moment durchfuhr Anna ein so gewaltiger Schmerz, wie sie ihn sich nicht hatte vorstellen können. Laut und hemmungslos begann sie zu schluchzen. Hilflos stand die Ehrwürdige Mutter da. Welchen Trost konnte sie spenden? Sie spürte tief im Herzen, dass nicht nur Annas Leben einen gewaltigen Sprung bekommen hatte.

53

Maggie legte einen Strauß Hibiskusblüten auf das Grab. Beim Aufrichten berührte sie das schlichte weiße Holzkreuz zum letzten Mal. Lilli, geboren und gestorben am 27. Juli 1976.

Warum hatte ihre kleine Tochter sterben müssen? Nur wenige Augenblicke waren ihr mit dem kleinen Wesen vergönnt. Die Unerbittlichkeit dieses Todes belastete sie so sehr, dass sie sich vorkam, als könne sie überhaupt nicht mehr fühlen. Die Geburt selber erschien ihr auch jetzt noch als eine einzige Qual. Sie schauderte, wenn sie sich an die Panik erinnerte, die von ihr Besitz ergriffen hatte, als Patrick nicht da war, um ihr beizustehen. Und doch überfiel sie manchmal abstrakte Hoffnung, dass sie ein Detail finden würde, das ihr bisher entgangen war, das vielleicht alles in einem anderen Licht zeigen würde. Ein stummer Schrei stieg in ihr hoch. *So viele Hoffnungen und Erwartungen, die wir für unsere Tochter hatten.*

Maggie war dankbar, dass Lilli auf dem Friedhof im Klostergarten ihre letzte Ruhestätte gefunden hatte. Rechts und links neben dem Kreuz blühte ein mauvefarbener Strauch. Winzige Schmetterlinge umflatterten seine fedrigen Kugelblüten. Die Vögel sangen so laut, als würde ihnen dieser blühende Garten gehören.

„Kommen Sie."

Zart berührte die Oberin Maggies Arm, zog sie sanft mit sich fort. Still gingen die beiden Frauen nebeneinander her.

„Maggie, darf ich etwas sagen, ohne dass Sie es mir übel nehmen?"

Die Ehrwürdige Mutter blieb stehen, sah Maggie an. Diese ahnte, was kommen würde, sie nickte. Die Oberin nahm Maggies Hände in ihre.

„Ich weiß, es steht mir nicht zu", sprach sie eindringlich, „aber sehen Sie nicht doch eine Möglichkeit, Ihre Entscheidung zu revidieren, oder wenigstens aufzuschieben? Ihr Mann ist verzweifelt."

Maggie betrachtete das Gesicht der Oberin. Sie war gealtert in den letzten Wochen, das alles nahm auch sie sehr mit. Annas Austritt und jetzt Lillis Tragödie. Zu unverständlich war das, was geschehen war. Sie konnte nicht aufhören, an diesen kleinen Körper zu denken, den sie berührt und gestreichelt hatte. Als man den winzigen Sarg in die Erde legte, hatte sich ein Abgrund vor ihr aufgetan. Ihr Leben lag in Trümmern. Täglich fand sie sich in einer grauenhaften Scheinwirklichkeit wieder. Warum verstand niemand, dass sie fort musste?

„Ich bin auch verzweifelt." Maggie zog ihre Hände fort. Sie wollte nur noch fliehen. Ihre Stimme klang entschieden. „Ich kann nicht bleiben, ich kann nicht. Bitte – lassen Sie uns nicht mehr darüber sprechen."

Die Oberin massierte sich mit Daumen und Zeigefinger die müden Augenlider. Sie griff nach ihrem Rosenkranz.

„Mein Gott, warum hast du diese beiden wunderbaren Menschen verlassen", klagte sie stumm. Was war nur aus der heiteren,

jungen Frau von einst geworden? Aus ihren Träumen von Afrika, ihrem Engagement, ihrer Lust am Leben? Laut sagte sie mit einigermaßen gefasster Stimme:
„Nun gut, dann soll es so sein."
Die Frauen setzen ihren Weg fort, jede ihren Gedanken nachhängend.
„Was werden Sie in München tun?"
„Versuchen, weiterzuleben."
Obwohl sie in München von ihren Freunden erwartet wurde, lag die Zukunft wie ein Abgrund vor ihr. Die Welt ging jeden Abend unter, um am Morgen mit großer Mühe wieder aufzustehen. Ihr Leben würde nie mehr so sein wie vor Lilli.
Maggie und die Ehrwürdige Mutter umarmten einander zum Abschied. Beide wussten, dass sie sich so bald nicht wiedersehen würden.
„Alle, die Sie kennen, Maggie, werden Sie vermissen."
„Und ich werde Afrika vermissen."
Gott kennt viele Wege, dachte die Oberin, als sie zurück ins Kloster ging, wir wissen nicht, was er mit uns vorhat. Deshalb hoffte sie fest darauf, dass die beiden wieder einen Weg zueinander finden würden.

***

„Lass uns vor die Türe gehen." Patrick nahm Maggies Arm, sie ließ es geschehen. Vor dem kleinen Flughafengebäude schlug ihr ein letztes Mal die feuchte Hitze entgegen. Unbeholfen, ohne Worte standen sie nebeneinander. Patrick betrachtete seine Frau. So weit ist es mit uns kommen, dachte er verbittert. In guten wie in schweren Tagen, hatten sie einander versprochen, und jetzt das. Wie sehr hatten er und Maggie sich darauf gefreut, dass das Haus von Kinderlachen erfüllt sein würde. Er sah Lilli vor sich, wie sie hätte sein können. Seine schöne kleine Tochter, seine Prinzessin. Er musste aufhören so zu denken. Es machte doch keinen Sinn, sich ein Kind vorzustellen, das keine Chance auf Leben gehabt hatte. Er konnte Maggie nicht zurückgeben, was sie verloren hatte. Aber er hatte auch verloren und zwar auf der ganzen Linie. Es tat verdammt weh. Ängste und Zweifel quälten ihn. Er suchte nach tröstenden Worten in sich und fand keine. Da war nur Schmerz. Und er hatte einmal fest daran geglaubt, dass er sie beschützen könnte.

Dann war es so weit. Der uniformierte Beamte streckte die Hand nach den Reisepapieren aus.
„Bitte bleib", sagte Patrick, seine Stimme klang verzweifelt.
Maggie gab keine Antwort.
„Sehen wir uns wieder?", fragte er, ohne sie zu berühren.
Seine Frage überraschte sie. Sie umarmte ihn mit einer Heftigkeit, die er nicht erwartet hatte. Dann ließ sie ihn los und ging aus seinem Leben. Patrick starrte ihr wie versteinert nach. Er konnte es nicht glauben. Plötzlich gab es keine Hoffnung mehr und keinen Lichtblick, nur noch unendliche Leere und tiefe Traurigkeit. Er hatte wieder einmal versagt.

Filomena und Conzales nahmen ihn vor dem Flughafengebäude in Empfang. Es gab keine Worte, mit denen sie Patrick hätten trösten können. Maggie war fort, er hatte sie gehen lassen. Wie war das nur möglich? Filomena weinte leise vor sich hin, als sie das Flugzeug in den Morgenhimmel aufsteigen sahen. Schweigend fuhren sie nach Lalimete zurück. Patrick fühle sich um Jahre gealtert. Er konnte nicht aufhören, immer und immer wieder daran zu denken, was er hätte tun können, um die Tragödie zu verhindern. Er hatte das Gefühl, dass sein ganzes Leben sich auflöste. Alles, was er liebte, war aus seiner Welt verschwunden. Es tat so weh, so verdammt weh. Seine Zukunft ließ ihn erschaudern.
Während der Fahrt tauchten seltsame Bilder vor ihm auf. Er sah Maggie, wie sie sich vor dem Spiegel die Haare kämmte. Er sah sie

am Schwertlilienteich, bei ihrer ersten Begegnung. Einmal noch hatten sie mit fast animalischer Lust miteinander geschlafen. Patrick hatte geglaubt, dass dies eine Brücke wäre. Er war ein Narr.

Schweren Herzens fuhren ihn seine Freunde nach Hause. Vergeblich versuchten sie, ihn zu überreden, erst einmal bei ihnen zu wohnen. Als sie von der Hauptstraße abbogen, hörten sie die Trommeln. Maggies Abreise hatte sich wie ein Lauffeuer verbreitet. Nun tanzten und sangen die Nachbarn für Lilli, die bei ihren Ahnen weilte. Mafunde tanzte mitten unter ihnen.

Verstört lief Patrick ins Haus, schlug die Türe hinter sich zu. Wie magisch zog es ihn ins Kinderzimmer, wo noch immer die Wiege stand. Maggie hatte sich geweigert, sie wegzugeben. Seine Hände befühlten das Holz. Was soll das?, schalt er sich, langsam drehst du durch, alter Knabe. Unruhig verließ er das Zimmer, setzte sich mit einem Bier auf die Terrasse. Miranda kam, legte ihren Kopf auf seine Knie. Sie trauerte mit ihm. Auch hier fand er keine Ruhe, die Trommeln störten ihn gewaltig.

Er flüchtete ins Haus, legte sich bäuchlings aufs Bett. Alles roch nach Maggie. Lange konnte er nicht liegen. Er fühlte sich getrieben, wie ein gehetztes Tier. Er sprang auf, lief unruhig herum. Das Haus schien ihm unerträglich. Flucht war bisher mein Part, dachte er. Entschlossen trat er hinaus in das blendende Licht der Tropen, nahm sein Motorrad, fuhr ohne Helm los. Erschrocken schauten ihm die Nachbarn nach.

***

Das Flugzeug stieg auf in den afrikanischen Morgen. Maggie sah zum Fenster hinaus, als könne sie dort irgendwelche Antworten finden. Sie erblickte Wattewölkchen am Himmel, die ganz leicht dahinzuschweben schienen.

An diesem letzten Morgen heute hatte alles in ihr geschrien „Bleib!" Sie hatten noch einmal miteinander geschlafen. Mit fast schmerzhafter Lust hatte sie sich ihm hingegeben.

Sie dachte an all die Menschen, die sie lieb gewonnen hatte. In den Blicken der Freunde war nur Unverständnis. Leider hatte sie Anna nicht mehr treffen können, der Orden gestattete es nicht.

Hatte sie geschlafen oder nur gedöst?

„Sie können die beiden Läufe des roten und weißen Nils klar erkennen", hörte sie die Stimme des Piloten. „In etwa drei Stunden erreichen wir Europa."

Maggie nahm dies alles nicht richtig wahr. Da war nichts als Leere und lähmender Schmerz. Eine sich selbst fremde Frau flog nach München. Als das Aufblinken der grünen Boarding-Lämpchen einsetzte, drang es wie schmerzhafte Nadeln in ihr Herz. War es das wirklich wert? Hätte sie zurücklaufen sollen zu ihm? Sie spürte, wie sich ein Druck auf ihre Brust legte. Niemals zuvor hatte sie größere Hoffnungslosigkeit empfunden. Sie vergrub ihr Gesicht in den Händen. Patrick war ihr Mann, er war Lillis Vater! Als ihre Freundin Carmen sie im hochsommerlichen München in den Arm nahm, weinten beide. Maggie fühlte zum ersten Mal so etwas wie Schuld. Zur Umkehr war es nun zu spät.

54

Durch die noch immer geschwollenen Augen bemerkte Anna, dass sich das blasse Licht der beginnenden Dämmerung in ihr Zimmer geschlichen hatte. Irgendwann in der Nacht musste sie eingeschlafen sein. Sie fröstelte, obwohl sie sich mit einem Laken zugedeckt hatte. Sie stand langsam auf, stellte sich ans Fenster.

Hinter den Hügeln begann das Firmament sich zu erhellen, Strahlen näherten sich dem Tal, ließen die mächtigen Bäume wie verschleiert erscheinen. Bald glänzten die taubedeckten Felder, als hätte jemand Silberperlen darüber geworfen. Auf einmal war die Sonne da. Üppig umhüllte sie den noch mondbewachten Tag. Mark – sie dachte ständig an ihn. Manchmal schien er nah und manchmal weit weg.

Anna tauchte den Waschlappen in die Schüssel, wrang ihn aus, wusch sich. Sie putzte die Zähne, zog sich an. Seltsam kam sie sich vor in der weltlichen Kleidung. Schließlich legte sie den Habit fein säuberlich gefaltet aufs Bett. Er hatte ihr stets Sicherheit gegeben. Mit der Hand strich sie darüber. Anna war sehr bewegt. Sie würde es in diesem Zimmer nicht länger aushalten können. Schwer atmend lief sie in den Klostergarten, setzte sie sich auf eine Bank. Drüben in der Kapelle sangen die Nonnen das Schlusslied der Morgenandacht. Sie gehörte nicht mehr dazu.

Wie überzeugt hatte sie ihre Gelübde vor vielen Jahren abgelegt! Und jetzt? Das Ende eines Lebenstraumes, der einst mit dem Eintritt ins Kloster begann. Bald würde sie Mark treffen und ihr neues Leben beginnen. Dennoch tat alles weh.

Die Ehrwürdige Mutter aus Lalimete war vor Tagen mit den Dokumenten erschienen.

„Deine Dispens ist bewilligt, meine Tochter", hatte sie mit unergründlichem Gesichtsausdruck verkündet und in Anna hatte sich ein Heer von Dämonen erhoben.

Seltsam war es in Anwesenheit der beiden Oberinnen die Unterlagen zu unterzeichnen. Für einen kurzen Moment war da ein Zögern, ein Gefühl des Scheiterns. Ein Stück weit kam sie sich wie eine Verräterin vor.

„Ein unwiderruflicher Schritt, Schwester Anna", hatte Schwester Bernada eingeworfen, als sie dieses Zögern bemerkte.

So schwer hatte Anna sich diese Unterschrift nicht vorgestellt.

„Mutter Gottes", betete sie, „ich habe versucht, die Liebe zu Mark zu unterdrücken, sie abzutöten, aber es ging nicht. Du weißt das."

Nein, sie hatte niemanden im Stich gelassen. Anna ging ein letztes Mal hinüber in die Kapelle. Die Schwestern waren fort. Weihrauch, gelöschte Kerzen und tröstliche Stille umfing sie.

Als Anna zum letzten Mal über den langen Flur in ihr Zimmer ging, begegnete ihr niemand. Es war so ruhig, als wäre das Kloster nicht bewohnt. Als sie die Türe öffnete, bemerkte sie erstaunt, dass man ihr Bett abgezogen hatte. Der Habit war nicht mehr da, ihr Koffer fehlte. Das nackte Bett zeigte eine durchgelegene Matratze. Jemand war in ihre Privatsphäre eingedrungen. Anna fühlte sich um ihren Abschied aus diesem Zimmer betrogen. Wut stieg in ihr auf. Sie versuchte ruhig zu bleiben, schließlich entschied sie, dass sie nur noch fort wollte. Jetzt gleich.

Die Pforte war nicht besetzt, ihr Koffer stand dort. Sie schlug auf die Klingel. Mit unbewegter Miene erschien Schwester Bernada, die Hände im Habit verborgen. Bis heute tat sie sich schwer damit, wenn eine Nonne ging. Sie konnte nicht anders. Für sie war das Verrat am Orden und an Gott. Sie verstand überhaupt nicht, weshalb die Oberin aus Lalimete einen solchen Narren an dieser Anna gefressen hatte. „Wie keine andere kann sie den Menschen Halt, Trost und Hoffnung geben", hatte diese ihr berichtet. „Schwester Anna ist Balsam für die Menschen."

Ausgerechnet eine so charismatische Nonne stieg aus, und das wegen eines Mannes? Voller Ablehnung betrachtete sie diese fremde Frau. Hübsch war sie, das fiel selbst ihr auf. Im Grunde genommen war sie nichts als ein Störenfried für ihr Kloster. Je eher sie verschwand, desto besser.

„Warum haben Sie geklingelt?"
Schwester Bernadas Gesicht zeigte ein aufgesetztes Lächeln.

„Sie haben noch Stunden Zeit, bis Sie zum Flugplatz gebracht werden."

Anna fühlte die Ablehnung der Oberin. Sie schluckte.

„Es steht Ihnen frei, sich in einem der Gästezimmer aufzuhalten", fuhr die Oberin fort.

Anna nahm allen Mut zusammen.

„Ehrwürdige Mutter, wäre es möglich, dass ich schon jetzt zum Flugplatz gebracht werde?"

Schwester Bernada sah Anna an. Ganz schön dreist, dachte sie. Kein Wunder. Was ihrem Leben bisher Sinn und Halt gegeben hat, ist weg. Soll sie doch verschwinden, damit die Unruhe endlich aufhört. Eine Pause trat ein, die aggressive Anspannung der beiden Frauen war förmlich zu spüren.

Mit einem Mal besann sich Schwester Bernada. Was tat sie denn da? War sie von allen guten Geistern verlassen? Sie versündigte sich. So konnte man doch keine Nonne verabschieden. Wo war ihre Güte, ihre Nächstenliebe? Sie seufzte, ihre Gesichtszüge wurden weich und mild. Sie zeichnete Anna ein Kreuz auf die Stirn, streckte ihr beide Hände hin. Anna fühlte die Veränderung und ergriff sie.

„Gehe mit Gott, meine Tochter, wir werden dich vermissen."

Anna schluckte. Zum ersten Mal wieder hatte die Oberin sie „meine Tochter" genannt. Ergriffen und berührt nickte sie.

„Warte im Besucherzimmer, ich werde deiner Bitte entsprechen." Die Ehrwürdige Mutter war zum vertrauten Du zurückgekehrt.

***

Bald kam ein Wagen. Anna kannte den Fahrer nicht. Er nahm ihren Koffer, lud ihn ins Auto.

Anna stieg hinten ein. Sie fuhren die lange Auffahrt vom Kloster hinunter zur Straße. Kokospalmen, buschige Orangenbäume warfen lange Schatten. Die Steine am Wegesrand waren frisch gekalkt, makellos weiß, als würden sie täglich geputzt. Wie aus der Wirklichkeit herausgehoben betrachtete Anna, was sie für immer verließ. Sie schloss die Augen, hörte das Gackern der Hühner, Kinderstimmen, rhythmisches Stampfen. Von keiner der Schwestern hatte sie sich verabschieden dürfen, auch nicht von Henriette. Sie würde ihr von Australien aus schreiben. Anna hielt die Augen geschlossen, bis sie sich weit genug vom Konvent entfernt wusste.

Endlich öffnete sie das Fenster, betrachtete die morgendliche Landschaft. Zwischen Palmenhainen verstreut lagen die Lehmhütten der Einheimischen. Überall herrschte reges Treiben. Alles Leben spielte sich draußen ab. An den Seitenrändern der Straße liefen Menschen in ihren Tag hinein. Plötzlich musste sie lächeln. Conzales' alter Gärtner fiel ihr ein.

„Schwester Anna, wir sprechen zu den Steinen, den Bäumen und den Gewässern", hatte er ihr stolz erklärt, als sie miteinander über Gott sprachen. „Wir wollen uns die Erde nicht untertan machen, wir wollen sie achten und lieben, wie wir unsere Mütter lieben."

Sie würde Afrika und seine wunderbaren Menschen vermissen.

Anna blickte auf die Uhr. Sie hatte noch viele Stunden Zeit bis zum Abflug. Und dann war ihr mit einem Mal klar, dass sie ja nun eine freie Person war, die machen konnte, was sie wollte! Geld hatte sie auch. Welch erhebendes Gefühl, das da von ihr Besitz ergriff!

„Mutter Gottes, ich danke dir für mein neues Leben", betete sie. „Mein neues Leben, Madonna, soll auch neu beginnen."

„Bringen Sie mich zu einem schönen Hotel", rief sie dem erstaunten Fahrer zu.

Das Hotel im arabischen Stil, mit zinnenbewehrten Mauern, umgeben von Oleander und Bougainvilleen lag in einem alten Teil der Stadt. Der riesige Empfangsraum war mit Marmorfliesen ausgelegt. Schwere lederne Sitzgruppen gaben dem Raum eine etwas steife Würde. Kupferteller und überkreuzte Speere schmückten die ockerfarben getünchten Wände. An den Decken drehten sich große Ventilatoren. Zitrus- und Orangenbäumchen in großen Töpfen zierten die Halle. Anna gab dem Fahrer ein fürstliches Trinkgeld.

„Mia dugu – gib mir den Weg."

„Natrowa kaba kaba lo – komm bald zurück."

Viele Male verbeugte sich der Mann, legte eine Hand auf sein Herz.

Anna setzte sich weit nach hinten an einen kleinen, runden Tisch, dessen Oberfläche aus Perlmuttintarsien bestand. Sie war der einzige Gast in diesem großen Raum. Sie orderte ein Sandwich mit Bier. Der freundliche Kellner brachte das Bestellte. Als sie genussvoll in das Sandwich biss, sah sie beschämt ihre Fingernägel an. Die brauchten dringend eine Maniküre. Sie hatte nur eine unförmige Schere besessen. Schöne Kleidung würde sie sich auch kaufen und Lippenstift und Nagellack und Wimperntusche und …

Als sie fertig gegessen hatte, wischte sie sich mit einer Stoffserviette den Mund ab, bestellte ein weiteres Bier. Sie wechselte hinüber in einen der bequemen Sessel, lehnte sich entspannt zurück. Reich beschenkt vom Leben fühlte sie sich in diesem Moment. Und – wie sich letztendlich alles gefügt hatte: Der Orden hatte nicht nur ihren Flug bezahlt, sondern ihr auch Geld für die erste Zeit gegeben. Außerdem waren da noch dreitausend Mark aus der Privatschatulle der Ehrwürdigen Mutter in Lalimete. Sie hatte es kaum glauben können, als sie das Kuvert öffnete. Sie dachte an Filomena und Conzales, an deren kurzen Besuch in Benin. Sie hatten sich nicht abhalten lassen von dem Verbot, sie zu besuchen. Sie waren gekommen. Schließlich gewährte Schwester Bernada zwei Stunden für ein Treffen. Auch die beiden hatten sie großzügigst mit Geld ausgestattet.

Noch konnte sie sich ihr neues Leben nicht vorstellen. Und doch war sie froh, dass endlich der Austritt aus dem Kloster vollzogen war. Schon jetzt fühlte sie sich wie eine andere Person. An Martin Taylor hatte sie auch geschrieben. Er hatte ein Recht darauf, die Wahrheit zu erfahren.

Heute noch, würde eine kleine Maschine sie nach Nigeria bringen. Von dort aus konnte sie nach München fliegen, wo Maggie sie erwartete. Es hatte ihr zu schaffen gemacht, dass sie einander nicht mehr gesehen hatten, nachdem vor über zwei Monaten die Tragödie passiert war. Nun würde sie ein paar Tage mit ihrer Freundin verbringen. Sie hatte viele Briefe für Maggie in ihrem Gepäck. Auch einen von Patrick, dem es schlecht ging.

Als Anna im Flugzeug saß, fühlte sie sich ganz ruhig. Die Benommenheit, die sie in den letzten Wochen empfunden hatte, war einem unverbesserlichen Optimismus gewichen, einem großen Gottvertrauen. Die Zeit im Orden war kostbar gewesen, aber sie war vorbei. Es schien ihr, als wäre sie aus einem langen Traum erwacht, hinausgetreten in die Sonne. Es ging ihr gut. Sie war keine gescheiterte Gottesbraut, sondern eine aufrechte, unerschrockene Frau, die in ein neues Leben fuhr, zu dem Mann, den sie liebte. Ihr alter, neuer Name war Elisabeth Aumann.

55

Patrick wischte sich den Schweiß von der Stirn. Er saß im Hof des Hospitals, der für Patienten nicht zugänglich war. Alle stöhnten über die Schwüle Ende November, die kleine Regenzeit war ausgeblieben. Eine Katastrophe. Die Bauern konnten die Saat nicht einbringen. Die Marktpreise für Mais, Bohnen, Yams und Maniok stiegen ins Unerschwingliche. Gott sei Dank gab es in Bethlehem ausreichend Wasser.

Patrick und Guidetta hatten den ganzen Vormittag operiert. Er musste sich ein wenig ausruhen, bevor es weiterging. Maggie war schon so lange fort. Patrick hatte gehofft, dass sich irgendwann sein Zustand bessern würde, aber die Qualen nahmen kein Ende. Tausend Stunden Schweigen lagen hinter ihm.

Nachts konnte er kaum schlafen. Erinnerungen an Maggie quälten ihn. Wie in einem lebendigen Spiegel sah er all die Momente vor sich. Doch langsam bekamen die Bilder erste Risse. Wenn nicht bald etwas geschah, würde der Spiegel zerbrechen. Am Anfang hatte er Maggies Abwesenheit körperlich so stark empfunden, dass er stundenlange Beklemmung fühlte. Die ersten Tage, als sie fort war, hatte er sich weinend an die Wiege gesetzt, bis Conzales sie wegbrachte. Kein Tag verging, an dem er nicht permanent an Maggie und Lilli dachte.

Immer wieder fragte er sich, ob er Schuld an der Tragödie hatte? Warum nur war er nicht da gewesen? Aber was hätte er tun können, was nicht auch Guidetta getan hatte? Sein Leben glich einer Achterbahn. Vielleicht war er ja unfähig, eine Partnerschaft zu leben? Es zeigte sich nicht das erste Mal, dass er versagte. Trauer und Verlust bestimmten sein Leben. Er fühlte sich einsam wie nie zuvor. Gewiss, da waren die Freunde, Menschen, die ihn zu trösten versuchten, aber er ließ niemand an sich ran. Mit einem Mal vermisste er seine Frau so heftig, dass er sich vor Schmerz krümmte. Die Zeit mit ihr war die beste seines Lebens gewesen. Ihr Fortgehen war, als hätte man ihn amputiert.

„Kommst du?"

Guidetta stupste ihn am Arm. Auch sie war verzweifelt gewesen über Lillis Tod. Immer wieder hatte sie sich gefragt, ob sie alles richtig gemacht hatte. Es gab wirklich nichts, was sie sich vorwerfen musste.

Vor drei Tagen war eine junge Frau nach einer missglückten Abtreibung eingeliefert worden. Sie war nicht mehr zu retten, verblutete unter ihren Händen. In solchen Momenten wurde sie aufs Schmerzhafteste mit ihrem eigenen Trauma konfrontiert.

Sie vergaß niemals, wie ihre Mutter sie damals zu der Abtreibung gezwungen hatte. Solche furchtbaren Erlebnisse setzten tiefe Narben. In letzter Zeit war ihr alles zu viel geworden. Obwohl der neue Arzt sich bewährt hatte, kamen sie kaum nach mit all den operativen Problemen. Schwester Anna fehlte überall. Sie hatte gehört, dass die Nonne endgültig aus dem Kloster ausgetreten und auf dem Weg zu Mark nach Australien war. Wie das wohl weitergehen würde mit den beiden? Im Grunde genommen hatte Mark sich mal wieder aus dem Staub gemacht.

„Komm, Patrick", sagte sie sanft, „wir müssen weitermachen."

Am späten Abend stand Patrick daheim im Badezimmer vor dem Spiegel, betrachtete seine geröteten Augen. Er fühlte sich ausgelaugt nach dem schwierigen Operationstag. Er sollte sich hinlegen, aber das Haus war ihm unerträglich. Er warf sich auf die Couch, war erstaunt, dass es heller Morgen war, als er erwachte. Er reckte und streckte sich, fühlte sich zum ersten Mal besser als all die Wochen zuvor. Der Schlaf hatte ihm gut getan. Er würde heute die Sonntagsmesse besuchen.

Die Kirche war wie immer überfüllt mit bunt gekleideten, fröhlichen Menschen. Die Gemeinde sang und tanzte. Ein afrikanischer Priester hielt die Messe. Noch gab es keinen Ersatz für den verstorbenen Pater Nikolas. Die Oberin, erfreut, Patrick zu sehen, nickte ihm zu. Sie sorgte sich sehr um ihn. Er war abgemagert. Seine Unfähigkeit, mit Lillis Tod umzugehen, machte sie betroffen. Auch Schwester Anna ging ihr ab. Sie hatte nicht geahnt, wie sehr sie diese Nonne vermissen würde.

Patrick tat es gut hier zu sein. Dieses Gefühl, dass es ihm besser ging, hielt an. Nach der Messe wartete er auf die Ehrwürdige Mutter. Er wollte Lillis Grab besuchen. Hoffentlich, hoffentlich, kamen sie wieder zusammen. Sie hatte sich erlaubt, Maggie zu schreiben, aber das behielt sie für sich.

„Es riecht nach Regen", meinte die Oberin, als sie durch den Klostergarten zu dem kleinen Friedhof gingen.

Plötzlich kam Wind auf. Er strich über die teilweise verwitterten Kreuze, bog Grashalme, ließ die Fächer der Kokospalmen klappern und fuhr durch die Wipfel der Bäume. Doch genauso plötzlich, wie er gekommen war, verschwand er wieder. Die Ehrwürdige Mutter sprach ein stilles Gebet an Lillis Grab, danach ließ sie Patrick allein.

Dieser setzte sich ganz in der Nähe auf eine Bank. Er spürte, wie die seltsame Leere der letzten Wochen sich nicht mehr so schmerzhaft anfühlte. Er sah hinauf in den Himmel, wo sich vereinzelt Wolken zeigten. In kürzester Zeit verwandelten sie sich zu grauen Gebilden. Plötzlich donnerte es. Wieder kam Wind auf. Bald jagten bedrohliche Wolkentürme über den Himmel. Erste Tropfen fielen, heftiger Regenschauer folgte. Patrick blieb sitzen, hielt sein Gesicht in den Regen. Kurz danach hörte der Tropenschauer auf, die Wolken verzogen sich, Sonnenstreifen durchbrachen die Wolkendecke. Patrick fuhr nach Hause, zog sich um. Danach aß er in der Brasserie bei seinen libanesischen Freunden zu Mittag. Nach dem Mittagessen lud er Mafunde zu einer Motorradfahrt ein.

Etwas unbeholfen, aber stolz saß Mafunde auf dem Beifahrersitz und klammerte sich fest an Patrick, als sie über Land fuhren. Mafunde trug seine Festtagsjacke die Maggie ihm geschenkt hatte. Patrick war froh, dass es Mafunde gab. Wenigstens der war ihm geblieben. Bald bogen sie von der Hauptstraße ab, durchfuhren weitläufige Kakao- und Palmenplantagen. Zufällig begegneten sie einem ehemaligen Patienten von Patrick bei der Palmweinlese.

Der Mann freute sich überschwänglich und lud sie ein, den bereits fertigen Wein zu probieren. Er reichte ihnen eine Kalebassenschale. Der Palmwein schmeckte köstlich. Mafunde hatte einen kleinen Schwips, als sie heimfuhren, und lachte immerzu laut vor sich hin.

Als sie am frühen Abend nach Lalimete zurückkamen, hielten sie am Marktplatz an. Überall flackerten Öllämpchen. Wenige Verkaufsstände waren noch aufgebaut. Sie setzten sich zu den Kindern und Erwachsenen, um dem Märchenerzähler zu lauschen.

Ein Schaf und eine Ziege fahren mit dem Taxi in ihr Dorf. Die Ziege steigt zuerst aus und sagt: „Meine Cousine, das Schaf, zahlt für mich."
Als das Schaf aussteigt, bezahlt es und wartet auf das Wechselgeld.
„Das stimmt so", sagt der Fahrer, „der Rest sind die Fahrtkosten für Ihre Cousine, die Ziege."
Seither rennt die Ziege vor jedem Auto davon, aus Angst, sie müsse nachzahlen. Das Schaf springt auf jedes Auto zu, um sein Restgeld zu fordern.
Tatsache ist, man überfährt immer nur Schafe, niemals Ziegen.

Alle lachten herzlich über diese Geschichte. Durcheinander riefen sie ihre Kommentare in die Menge.

Als Patrick an diesem Sonntagabend ins Bett fiel, spürte er zum ersten Mal wieder so etwas wie Zuversicht und Hoffnung. In dieser Nacht kam der Regen wirklich. Auf dem Weg zum Hospital am Montagmorgen jubelten und tanzten die Kinder noch immer im anhaltenden Regen.

Guidetta war erstaunt, wie frisch und fröhlich Patrick plötzlich aussah. Der Sex mit ihm war lange her. Toll war's gewesen, aber nicht so aufregend wie mit Mark. Damals hatte Maggie noch keine große Rolle in seinem Leben gespielt. Guidetta hatte ihren freien

Tag gestern am Meer verbracht und lange nachgedacht über sich und ihren Schutzpanzer, der ihr nach und nach zum Gefängnis geworden war. Viel zu oft hatte sie Liebe durch Sex ersetzt. Bevor ihr jemand zu nahe kommen konnte, lief sie weg. Du bist nicht gut genug – das war tief in ihr verwurzelt. So wollte und konnte sie nicht weiterleben. Und immer diese Schuldzuweisungen in ihr an die anderen …

„Nein, Guidetta, nein", sagte sie zu sich. „Es wird Zeit, dem Leben anders zu begegnen."

Und sie wollte diese heimliche Affäre mit dem verheirateten Mann nicht mehr. Auch der liebte seine Ehefrau und seine beiden Töchter. Es war an der Zeit, einen neuen Lebensabschnitt zu beginnen. Sie würde um Versetzung in ein anderes Land ersuchen und ganz ehrlich und wahrhaftig neu anfangen. Schließlich war sie eine tolle Frau. Sie hatte ein besseres Leben verdient.

56

Liebevoll umsorgt von ihren Freunden lebte Maggie nun schon viele Wochen in München.

Carmen hatte ihr ein möbliertes Appartement in Schwabing gemietet.

Immer war sie für Maggie da. Viel Trost auch erfuhr Maggie von ihrem Patenkind, dem siebenjährigen Michael. Jedoch die tiefen Gefühle von Heimatlosigkeit, Verlorenheit und Schmerz gingen nicht weg. Zwischen Verzweiflung, Bangen und Hoffen, lagen schlaflose Nächte. Einsam und elend in ihrer Müdigkeit, lief sie manchmal durch die dunklen, nebelverhangenen, frühmorgendlichen Novemberstraßen.

***

Lina war extra aus Frankreich gekommen und Anna hatte sie auf dem Weg nach Australien besucht. Doch auch diesen besten Freundinnen war es nicht gelungen, durch die Mauer zu dringen, die Maggie umgab wie eine steinerne Aura. Niemand kam an sie heran.

„So kann das nicht weitergehen mit dir!", hatte Carmen eines Abends ausgerufen, als sie nebeneinander vor dem Spiegel standen.

Ein müdes, trauriges Frauengesicht blickte ihnen entgegen. Überall hatten sich neue Kerben eingegraben. In diesem Moment fühle Maggie sich so, als sähe sie eine Fremde, und genauso empfand es Carmen. Es gab Abende, da zündete Maggie Kerzen für Lilli und Patrick an und las seine Briefe. Als sie den ersten in Händen hielt, hatte sie Angst gehabt, ihn zu öffnen. Er schrieb von seinem Leben, seinen Einsätzen, von den Menschen, die nach ihr fragten. Erst ganz am Schluss des Briefes wurde er persönlich.

„Ich frage mich allen Ernstes, Maggie, wohin unsere Liebe verschwunden ist? Wo ist sie hingegangen, diese Liebe? Hat Lilli sie mitgenommen in ihr Grab?

Glück und Glas, wie leicht bricht das. Dieser dumme Satz, wie wahr er doch ist.

Ich kann die Endgültigkeit dieser Trennung nicht empfinden. Du bist!!!! – meine Frau.

Tränen strömten über ihr Gesicht, als sie den Brief in eine Schublade legte. Zerbrechlich wie ein verletzter Vogel fühlte sie sich, als sei alle Kraft aus ihrem Körper gewichen. Eine verwelkte, erschöpfte Frau. Sie weinte um sich selbst, um die Eiskristalle, die ihr Herz bedeckten, und um das einstmals hoffnungsvolle Leben mit ihrem Mann.

Der triste November ging über in einen kalten, sonnigen Dezember. Sie hatte Arbeit bei einer Nachhilfeorganisation gefunden. Kindern bei den Hausaufgaben zu helfen tat ihr gut. Nach schlaflosen Nächten war es besonders schwierig, sich aufzuraffen. Jedes Mal, wenn sie es mit großem Energieaufwand geschafft hatte, ging es ihr ein wenig besser. Es gab Stunden, da blickte sie in die tote Natur, dachte an Afrika und fühlte, dass sie gar nicht hier sein wollte in dieser Kälte.

„Oh Erdenschwere, geh weg!", schrie ihr Inneres.

An manchen Tagen konnte sie nicht glauben, was sie getan hatte, und diese Gedanken streiften sie immer öfter.

Am Weihnachtstag rief Anna aus Australien an, um Maggie und ihren Freunden frohe Festtage zu wünschen.

„Geht's dir ein wenig besser, meine Liebe?", fragte sie. Ihre Stimme klang ganz nah.

„Ach Anna, ich bin immer noch betrübt", und Maggie erzählte von sich.

Anna hörte ihrer Freundin zu. Sie selber fühlte sich so glücklich, dass sie von sich gar nicht sprechen wollte. Fast schämte sie sich für ihr Glücklichsein. Sie musste irgendetwas tun, um Maggie aufzuheitern. Eine kleine Pause entstand. Plötzlich hörte Maggie Anna lachen.

„Übrigens, ich heiße jetzt doch Elisabeth, hast du das vergessen?"

Mein Gott, was war sie egoistisch. Maggie schalt sich, dass sie nur an sich dachte, an ihren Kummer. Verdammt noch mal, so konnte das wirklich nicht weitergehen.

Sie atmete tief ein und aus,

„Weißt du was, ich nenne dich Anna-Elisabeth. Ja?"

Maggies Stimme klang fast heiter.

„Warum nicht!", lachte Anna-Elisabeth ins Telefon. Wieder entstand eine kleine Pause.

„Und wie geht es euch beiden?"

„Mark und mir geht es gut, sehr gut. Er kann es nicht lassen, mich Anna zu nennen."
Wieder herrschte Stille zwischen ihnen.
„Maggie?"
„Ja?"
„Ich bin mir sicher, dass es einen Weg für euch gibt.

***

Kurz danach rief Filomena an, die dieses Jahr zusammen mit Conzales und der Familie in Portugal Weihnachten feierte. Mit wem würde Patrick Weihnachten verbringen, dachte Maggie. Ein seltsamer Gedanke streifte sie. Was wäre, wenn eine andere Frau in sein Leben käme?

Zu Beginn des neuen Jahres traf ein verspäteter Weihnachtsbrief der Oberin von Bethlehem ein. Lebendig schilderte sie, was sich ereignet hatte. Auf einem gesonderten Blatt schrieb sie in ihrer ganz eigenen, großen Schrift:

Wir dürfen niemals aufhören, nie, nie, nie, unserem eigenen Stern zu folgen. Manchmal folgt jemand seinem Stern und steht plötzlich da mit vermeintlich leeren Händen. War der Weg, dem Stern zu folgen, falsch? Nein. Es bedeutet nichts anderes, als dass man innehalten soll, still sein, letztendlich loslassen, damit neue Sternenwege an diesem Ort, der durchs Loslassen frei geworden ist, gefunden werden können.

Ihr Ehemann ist ein guter Mann. Wir sind unendlich froh, einen wie ihn in unser aller Leben zu haben. Ich habe das Gefühl, es geht ihm besser, was ich auch von Ihnen hoffe.

Die Worte rüttelten Maggie auf. Plötzlich hob sich der schmerzhafte Schleier ein wenig. Sie konnte wieder all das Gute zwischen ihnen spüren – doch gelang es ihr nicht, die Verkrustung zu lösen.

„So viel Zeit ist vergangen", schrie Carmen, „und du kompensierst noch immer alles mit Unglücklichsein, als hättest du das Leid der Welt gepachtet. Ich kann's nicht mehr hören!"

Maggie und sie waren in einen heftigen Streit geraten. Carmen wollte nicht mehr hinnehmen, wie unversöhnlich Maggie lebte.

„Ach, und du maßt dir an zu beurteilen, wann es mit meiner Trauer genug ist", schnaubte Maggie, dabei ging sie in Carmens Wohnzimmer erregt auf und ab.

„Darum geht es doch gar nicht!" Carmens Stimme überschlug sich fast.

Sie stellte sich ans Fenster, wandte Maggie den Rücken zu. Draußen begann es dunkel zu werden. Genauso dunkel fühlte sie sich auch. Das alles nahm sie mit. Carmen schüttelte den Kopf, schließlich wandte sie sich um.

„Begreifst du denn nicht, was du dir und deinem Mann antust, von deinen Freunden gar nicht zu reden?"

Carmen schlug sich mit der flachen Hand immer wieder an die Stirn.

„Ich tue anderen was an?", schrie Maggie. „Du spinnst, du hast sie ja nicht mehr alle. "

Sie zeigte Carmen einen Vogel. Dabei lief sie weiter hin und her.

Energisch fasst Carmen Maggie am Arm.

„Jetzt bleib endlich stehen, sieh mich an."

Mit trotzigem Gesicht folgte Maggie der Aufforderung, dabei schüttelte sie Carmens Arm ab. Wie zwei Kampfhähne schauten sich die Frauen an.

„Ich meine, dass es nicht gut sein kann, für den Rest deines Lebens zu trauern." Carmens Stimme klang gefasster. „Auch wenn es dir schwer fällt, es zu glauben. Die Zeit heilt alle Wunden, auch deine."

„Lass mich mit diesen abgedroschenen Phrasen in Ruhe."

Maggie schleuderte die Worte in den Raum. Carmen wusste sich keinen Rat mehr.

„Ich gebe auf", meinte sie resigniert. „Aber eines muss ich noch loswerden. Patrick hat mir geschrieben."

„Was hat er?"

„Du hast richtig gehört. Patrick hat mir geschrieben. Er will von mir wissen, wie es dir wirklich geht."

„Und das weißt du, ja?"

Zornig sah Maggie Carmen an, die ihrem Blick standhielt.

„Auf welcher Seite stehst du eigentlich?"

„Ach hör doch auf, Maggie, jetzt wirst du geschmacklos. Du bist seine Frau, er liebt dich, er sorgt sich um dich, im Gegensatz zu dir."

Carmen war es leid, sich mit Maggie weiter auseinanderzusetzen. Sie war jetzt nicht mehr wütend, sondern nur noch traurig.

„In deinen Ab-und-zu-Briefen schreibst du ja nicht, was wirklich mit dir los ist", fuhr sie fort. „Du gibst euch keine Chance. Alle sind schuld. Deine Eltern, Patrick, ich usw. usw., alle schuldig. Wenn du so weitermachst, gehst du vor die Hunde. Ich habe keine Lust mehr, dir in deiner selbstgerechten Zerstörungswut zuzusehen. Du bist nicht mehr die Maggie, die ich kannte."

In diesem Moment kam Michael angelaufen. Er blickte erstaunt von einer zur anderen, kuschelte sich an Maggie. Diese umarmte und drückte ihn.

„Meine Lehrerin hat geheiratet", erzählte er begeistert und entwand sich ihren Armen.

„Wir haben die Vogelhochzeit für sie gesungen. Dann haben wir große, rote Herzen gemalt, ausgeschnitten und an die Türe gehängt."

„Da hat sich eure Lehrerin sicherlich sehr gefreut?", meinte seine Mutter.

„Sehr, Mama, wirklich sehr hat sie das gefreut."

Angestrengt dachte er nach, dann fuhr er fort:

„Tante Maggie, weißt du, warum die Braut ein weißes Kleid trägt?"

„Sag du es mir."

„Ist doch klar. Damit der Bräutigam bei den vielen Leuten auch weiß, wen er heiraten muss." Seine kleinen Hände unterstrichen wichtigtuerisch das Gesagte.

Die beiden Frauen sahen einander an und lächelten. Die Begeisterung, mit der das Kind diese Geschichte erzählte, stimmte sie versöhnlicher.

„Was bedeutet denn eine Hochzeit überhaupt?", wollte Maggie wissen.

Er überlegte. „Eine Hochzeit ist so, dass dann ein anderer Mensch da ist und man nie mehr alleine sein muss. – Und jetzt gehe ich spielen." Mit diesen Worten lief er aus dem Zimmer.

Maggie wischte sich eine Träne fort. Dann warf sie sich in Carmens Arme. Diese hielt sie fest an sich gedrückt, beide weinten.

„Ich weiß, es ist an der Zeit, dass ich mich mit den ungeklärten Fragen meines Lebens auseinanderzusetzen beginne", schluchzte Maggie.

„Ja, Maggie. Weglaufen kann jeder, aber durchstehen, nach Lösungen suchen, das ist es doch, was zählt. Niemand will dir wehtun, wir sorgen uns nun mal um dich. Glaubst du, in meinem Leben ist alles großartig?"

Die beiden Frauen wischten sich die Tränen vom Gesicht. Carmen drückte ihre Freundin fest an sich. Vergessen war der Streit.

„Ich werde meine Sturheit ablegen und mir endlich Hilfe holen", versprach Maggie.

***

Ein neuer Brief von Patrick war gekommen, er hatte ihn wohl jemandem mitgegeben.

Meine liebe Maggie,

seit Wochen weht der trockene Wüstenwind. Die Sonne hängt am Himmel wie eine verschwommene Lampe in all dem Sandnebel. Wasserstellen, die aus den Zisternen am Berg gespeist werden, sind ausgetrocknet. Die Menschen leiden.

Wir haben für Bethlehem neue Röntgenröhren und ein neues EKG-Gerät. All das haben wir Conzales zu verdanken. Stell dir vor, dieser Verrückte hat sich eine Moto Guzzi in England bestellt. Mit der nächsten Schiffslieferung trifft sie ein.

Celine, unsere geschäftstüchtige Nachbarin, stellt zusammen mit anderen Frauen jetzt Seife her. Die Schwester Oberin hat ihnen ein Darlehen eingeräumt. Die überglücklichen „Unternehmerinnen" haben mir vier Stück Seife geschenkt. In manchen Nächten tanzen und trommeln sie noch immer für Lilli – und sie tanzen für deine Rückkehr.

Mit diesem Satz beendete er den Brief. Von seinen Gefühlen hatte er nichts geschrieben.

***

Plötzlich Anfang Februar ließ die Kälte nach. Ungewöhnlich milde Temperaturen hüllten das Land in eine Art Vorfrühling. Schneeglöckchen blühten in den Vorgärten, Bäume zeigten kleine Knospen. Draußen vor den Cafés genossen wintermüde Menschen die ersten wärmenden Sonnenstrahlen. Maggie setzte sich mitten unter sie und es war plötzlich so etwas wie neue Hoffnung in ihr. Der Schmerz hatte sich verwandelt.

Anna-Elisabeth rief hin und wieder aus Australien an, berichtete viel Interessantes von ihren neuen Leben.

57

Patrick saß auf dem Balkon seines Hauses, betrachtete ein Foto der hochschwangeren, lachenden Maggie. Miranda kam angerannt, kringelte sich zwischen seine Beine.

Kein Tag verging, an dem er nicht an seine Frau und an Lilli dachte. Nicht im Geringsten hatte er gewusst, wie sehr ihn Lillis Tod und Maggies Fortgehen in die Hölle reißen würden. Er hatte nicht nur sein Kind verloren, sondern auch seine Frau. Wie oft wohl mochte ihre kleine Lilli geatmet haben? Er legte das Bild umgedreht auf den Tisch. Maggie wusste nicht wirklich von seinen Ängsten, seiner Trauer, wie schwer es war, damit umzugehen. Er scheute sich, in seinen Briefen von diesen Gefühlen zu erzählen. Es gab noch immer Stunden, in denen er sich fragte, ob nach Afrika zu gehen richtig gewesen war. Voller Selbstvertrauen und Überzeugung hatte er diesen Weg eingeschlagen. Er blickte zum Himmel, Regenwolken waren aufgezogen, obwohl der große Regen erst nächsten Monat, im April, erwartet wurde. Alles war durcheinander.

Gerade gestern hatte er wieder einmal lange mit der Mutter Oberin gesprochen.

„Ich bin sicher, dass Lilli die bedingungslose Liebe ihrer Eltern spürt, wo immer sie ist", hatte sie ihm mit auf den Weg gegeben. „Dr. Stern, wer ein leidenschaftliches Leben will, muss Kummer und Tränen ertragen können."

Diese Gespräche taten ihm gut, die Zeiten, wo es ihm besser ging, häuften sich. Es gab Stunden, da schmerzte der Albtraum nicht mehr so sehr. Zum ersten Mal spürte er, die schwierigste Zeit hinter sich zu haben. Plötzlich begann es sanft zu regnen. Nach einer Weile wurde der Regen heftiger, wuchs sich aus zu einem Tropenschauer. Miranda knurrte, sprang auf, verschwand im Garten. Die nächsten Tage geschah das Gleiche. Warme Schauer reinigten die Luft. Die Blätter der Bäume glänzten in frischem Grün. Auf den Wiesen sprossen Wildblumen in allen Farben. Tiere wie Menschen konnten frei durchatmen, wurden von neuer Energie erfüllt. Die große Regenzeit war da.

***

Ende März kam der Frühling. Viel zu früh dieses Jahr, fast so, als würde München am Mittelmeer liegen. Die Trauerweiden ließen ihre schon grünen, langen Äste ins Wasser hängen, Kirschbäume begannen zu blühen. Mit diesem neuen Leben verwandelte sich auch Maggie. Eines Morgens wachte sie auf, fühlte, dass es ihr besser ging. Fast spürte sie eine Art Heiterkeit. Auf zutiefst schmerzhafte Weise hatte sie erkennen müssen, wie sie Wut und Verachtung ihrer Mutter für ihren Vater, weitergelebt hatte. Viel zu lange war sie das vermeintlich schutzlos ausgelieferte Kind geblieben.

An einem Freitag fuhr sie frühmorgens mit dem Zug zum Ammersee. Lange lief sie auf Patricks Spuren stille Wege am Ufer entlang. Es ging ihr gut an seinem See. Sie spürte, dass sie sich nicht mehr wehrte. Sie hatte das Trauma ihrer Mutter am Leben erhalten, sich darin verstrickt. Immer prägnanter, wie im Focus einer Fotolinse, zeigte sich diese Erkenntnis. Gewiss, Lillis Tod war schrecklich, aber Weglaufen war keine Lösung. Auf einer kleinen Brücke, die über einen Bach führte, blieb sie stehen, blickte auf den See hinaus, dessen Oberfläche sich leicht kräuselte. Sie straffte ihren Rücken, holte tief Luft. Erinnerungen stiegen auf an den Mann, den sie liebte. Sie sah die Linien um seinen Mund, wenn er lächelte, den Bogen, den seine Augenbrauen beschrieben, fühlte seine Aufrichtigkeit. Ein älterer Spaziergänger mit einem Hund an der Leine, der aussah wie Miranda, überquerte die Brücke. Der Mann zog grüßend den Hut, blieb bei ihr stehen. Der Hund beschnupperte sie. Maggie beugte sich zu ihm hinunter, kraulte ihn.

„Tiere können viel Trost spenden", sagte der alte Herr und ging weiter.

Versonnen schaute Maggie ihm nach.

Sie setzte sich in der Nähe der Brücke auf eine Frühlingswiese. Mit beiden Armen umfasste sie ihre Beine, blickte auf den See. Wind war aufgekommen. Sie strich sich die Haare aus dem Gesicht. Auf einmal wurde sie ganz ruhig, als hätte ein innerer Frieden sich unverhofft in ihr ausgebreitet. Sie sah ihn vor sich, ihren Mann. Sie dachte an die Träume, die sie miteinander geträumt hatten. Unter den Schichten aus Schmerz, die es immer noch gab, spürte sie, dass sie ihn mit der ganzen Kraft ihres Herzens liebte. Das, was Patrick für sie ausgemacht hatte, war nicht verschwunden. Das, was sie an ihm geliebt hatte, war nicht fort. Es war ein Wunder, dass er so lange mit ihr durchgehalten hatte. Als sie nach Hause fuhr, fühlte sie, dass sie endlich annehmen konnte, was passiert war, dass sie wahrhaftig begann loszulassen.

An einem der nächsten Abende lag Maggie auf dem Boden ihres Appartements und hörte afrikanische Musik. Es ging ihr gut. Lange schon war es her, dass sie sich so unbeschwert gefühlt hatte. Mit großer Zärtlichkeit dachte sie an Patrick, wie froh sie war, den Raum für ihn in sich wieder gefunden zu haben. Sie hatte in ihrem Kummer nicht begriffen, worum es in einer echten Partnerschaft ging, nämlich ums Zusammenhalten. Noch hatte sie mit niemand darüber gesprochen. Die Einsicht schien ihr zu zerbrechlich zu sein, wie ein kleines Pflänzchen, das man hüten musste.

Auf einmal war alles glasklar. Sie sprach Patrick nicht länger schuldig. Tränen liefen ihr über die Wangen. Diesmal waren es keine Tränen des Kummers um Lillis Verlust. Es waren Freudentränen, Tränen tiefer Dankbarkeit für diesen Augenblick, für die Liebe, die sie für Patrick spürte. Es würde einen neuen Weg zueinander geben. Sie würde zurückkehren zu ihm, sie war bereit dazu. Hoffentlich konnte Patrick ihr vergeben.

Später tanzte sie durch das Zimmer. So etwas hatte sie ewig nicht getan. Jung und unbeschwert fühlte sie sich, voller Energie. Auf dem Tisch stand ein großer Blumenstrauß aus orangefarbenen Tulpen; sie hatte ihn auf dem Nachhauseweg gekauft. Sie würde Patrick überraschen. Bald schon würde sie wieder die mächtigen Tulpenbäume in Lalimete bewundern können.

Maggie sprang auf, zog ihre dicke Jacke an, nahm den Wohnungsschlüssel, eilte zur Tür. Es war an der Zeit, Carmen davon zu erzählen.

58

Patrick kam früh am Abend von einem zweitätigen Einsatz oben im Norden zurück. Wieder einmal hatte es Schwerkranke und Verunglückte gegeben. Er durfte gar nicht daran denken, wie lange diese Menschen auf Hilfe hatten warten müssen. Dennoch, sie hatten helfen können – ein gutes Gefühl. Er nahm ein Bier aus dem Kühlschrank, setzte sich auf die Terrasse, trank einen großen Schluck. Obwohl er sich körperlich ausgelaugt fühlte, ging es ihm seelisch besser. Seine persönliche Welt schien nicht mehr täglich zu explodieren und in Scherben zu zerspringen. Die schmerzhaften Gedanken drehten sich nicht mehr im Kreis.

Der Tag, als Maggie von ihm fortgegangen war, erschien ihm manchmal unwirklich, wie ein Bild aus fernen Zeiten. In irgendeiner Weise war er zur Ruhe gekommen. Dennoch war seine Sehnsucht nach ihr ungebrochen. Manchmal stand er vor Maggies offenem Kleiderschrank, betrachtete und befühlte, was sie zurückgelassen hatte. Dann keimte Hoffnung in ihm auf. Immer öfter beschäftigte er sich mit dem Gedanken, zu ihr zu fahren, jedes Mal verwarf er ihn wieder. Er schrieb häufiger an sie als umgekehrt. Er erkundigte sich regelmäßig, ob jemand nach Europa fliegen würde. Denen gab er seine Briefe mit. Immer wieder hoffte er – vergeblich –, dass sie in den wenigen Briefen, die sie ihm schrieb, eine Andeutung von Rückkehr erkennen ließ.

Die Regenzeit war in diesem April so heftig über das Land gekommen wie seit Jahren nicht.

Die Tischplatte auf der Terrasse begann sich zu wölben wie eine Muschel. Die aus einem Stamm geschnitzten Sessel knackten, zeigten Risse. Im Bad hatten sich mehrere Kacheln gelöst. Kleidung trocknete nicht mehr. In einem Zug trank der Doktor die Flasche aus. Es war kühl geworden. Ihn fröstelte. Er stand auf, um sich einen Pullover zu holen. Im Wohnzimmer hielt er einen Moment inne, lauschte dem Regen, der ein seltsam hohles Geräusch verursachte, wenn er aufs Hausdach prasselte.

Hier wirkte alles so leer. Kurzerhand beschloss er, zu Conzales zu fahren. Er gab Mafunde Bescheid, der sich freute, dass der Docteur wieder besser aussah. Nicht mehr ganz so abgemagert. Dafür sah es im Haus ziemlich chaotisch aus. Mafunde verstand nicht, nach welchen Kriterien die Weißen Ordnung schufen. Die Madame Docteur fehlte überall.

Conzales saß am großen Esstisch, als sein Freud eintraf. Vor ihm lagen Fotografien mit Motorradbildern.

„Schau her, das ist sie", rief er begeistert und zeigte auf ein Foto. „Meine Moto Guzzi!"

An diesem Abend alberten die beiden Männer herum wie kleine Jungs. Sie schwelgten in der Vorstellung von rasanten Motorradfahrten, konnten sich nicht satt sehen an den Aufnahmen.

„Gott sei Dank ist Filomena nicht da und ich habe ihr auch nichts gesagt", meinte Conzales. „Die würde schimpfen, wenn sie das wüsste."

Er kratzte sich am Kopf, sein Gesicht zeigte einen verschmitzten Ausdruck.

„Ich habe mir gedacht, ich stelle das Motorrad bei dir unter. Dann merkt sie es nicht und du kannst es auch benützten."

Begeistert fuhr Patrick in der Nacht nach Hause. Eine Moto Guzzi, California, das war immer sein Traum gewesen, jetzt würde er Gelegenheit haben, dieses Motorrad zu fahren!

„Ja!", rief er laut, ballte die rechte Hand zu einer Faust und streckte sie zum offenen Fenster hinaus. Die Schiffsladung war eingetroffen. Spätestens nächste Woche würde Conzales dieses grandiose Kunstwerk abholen können.

Als er sein Haus erreichte, parkte er den Wagen draußen, vor der Gartenmauer. Im Hof schlief Mafunde, tief und fest. Neben ihm flackerte ein Lämpchen. Miranda, die ebenfalls dort lag, kam gelaufen, sanft mit dem Schwanz wedelnd. Sie tat keinen Mucks. Als Patrick die Haustüre aufsperrte, wurde Mafunde wach. Schlaftrunken kam er zur Türe.

„Es ist alles in Ordnung, Mafunde, leg dich wieder hin. Gute Nacht."

„Gute Nacht, Monsieur Docteur", antwortete dieser, legte sich in seinen bequemen Stuhl und schlief weiter.

Patrick machte Licht, Miranda lief ins Haus, fing an zu bellen, rannte aufgeregt herum. Er schloss die Türe hinter sich.

„Sei still, Miranda", mahnte Patrick mit fester Stimme.

Miranda knurrte, legte sich auf den Boden. Schließlich war sie ruhig. Patrick ließ sich rücklings auf die Couch fallen, warf die Slipper auf den Boden, verschränkte die Arme hinter dem Kopf. Wie schön könnte es sein, wenn Maggie jetzt da wäre, dachte er. Da war eine unendliche Sehnsucht nach ihr in ihm.

„Wir sind durch die Hölle gegangen Maggie, du und ich, wir hätten uns beinahe verloren." Warum nahm er nicht allen Mut zusammen und fuhr zu ihr? Was hielt ihn davon ab?

Unsanft weckte ihn Mirandas Bellen. Draußen wurde es hell. Er musste eingeschlafen sein. Der Hund lief aufgeregt hin und her.
„Ja, was ist denn los mit dir?"
Barfuß sprang Patrick auf, da sah er sie im Flur verschwinden: eine schwarze, dünne, nicht sehr lange Schlange. Entsetzt hielt er sich die Hand vor den Mund.
„Mein Gott!"
Er schlüpfte in seine Schuhe, schaute vorsichtig in den Flur. Die Schlange verschwand gerade am Ende des Flurs hinter dem großen Wäschekorb. Der Hund bellte wie verrückt, wollte ihr nachstellen.
„Komm sofort her, Miranda!", befahl Patrick.
Sie bellte jetzt auch ihn an.
„Sofort, hier her zu mir!"
Widerwillig folgte der Hund. Patrick riss die Eingangstüre auf und rannte mit Miranda hinaus.
Mafunde, der den Hof kehrte, dabei leise vor sich hin sang, erkannte sofort, dass was passiert sein musste. So verstört hatte er den Docteur noch selten gesehen. Aufgeregt schilderte Patrick ihm die Situation.
„Ich hole die Nachbarn", entschied Mafunde und eilte davon.
Es dauerte nicht lange, da kehrte Mafunde mit einigen Männern zurück. Allesamt waren sie mit großen Buschmessern bewaffnet. Die Männer gaben Patrick zu verstehen, dass er draußen warten sollte. Miranda war so aufgeregt, dass er sie am Halsband festhalten musste. Wartend standen sie miteinander am Gartentor. Kurz darauf hörte man von drinnen laute Stimmen und einen dumpfen Schlag, dann noch einen Schlag und noch einen. Miranda wollte sich losreißen, knurrte Patrick an. Es dauerte nicht lange und die Männer brachten die tote, in Stücke zerhackte Schlange. Lachend

zeigten sie ihm das Tier. Es hatte sich um eine gefährliche Speikobra gehandelt. Betroffen stand Patrick im Hof und sah ihnen nach. Mein Gott, nicht auszudenken, wenn die Schlange ihr Gift auf ihn oder Miranda gespritzt hätte.

Ihm war schleierhaft, wie die überhaupt ins Haus gekommen war. Noch immer aufgeregt, setzte er sich auf die Eingangsstufen. Da überlegte er hin und her, ob er es wagen könnte zu Maggie zu fahren, dann kam eine Giftschlange und hätte beinahe ... Was war er nur für ein Narr. Was hatte er zu verlieren? Er liebte Maggie. Er wollte wieder mit ihr leben, es gab nichts, was wichtiger für ihn war.

Starker Wind kam auf. Der Himmel verdunkelte sich. Vögel stießen schrille Schreie aus. Mafunde kehrte weiter den Hof und sang dazu, als ob es diese Schlange nicht gegeben hätte, während Miranda noch immer aufgeregt herumlief. Wieder begann es heftig zu regnen. Patrick hielt sein Gesicht in den Regen. Er hatte soeben eine Entscheidung getroffen: Er würde seine Frau zurückholen.

Mafunde hatte sich untergestellt, beobachtete Patrick. Sein Gesichtsausdruck sah anders aus als all die letzten Wochen, nicht mehr so leidend. Verrückt waren die Weißen schon, setzten sich mitten in den Regen und hatten Freude daran.

Als Mafunde den Doktor zum Auto begleitete, hatte der Regen aufgehört. Patrick drückte ihm einen Geldschein in die Hand.

„Geh mit allen, die geholfen haben, was essen und trinken. Sag ihnen, dass ich in der Aufregung vergessen habe, mich zu bedanken."

Begeistert nahm Mafunde den Geldschein in seine großen Hände.

„Oh Monsieur Docteur, grand merci."

Das Letzte, was Patrick im Rückspiegel wahrnahm, war ein lachender, stolz winkender Mafunde mit Miranda an seiner Seite.

Dieser würde im Haus, zusammen mit anderen Männern, alles noch mal genau durchsehen, ob sich nicht noch eine Schlange verkrochen hatte. Auf Mafunde war Verlass. Patrick bog in die Hauptstraße ein. Mit einem Mal war alle Müdigkeit der letzten Monate von ihm abgefallen. Er spürte wieder Zuversicht und Hoffnung.

59

Aufgeregt, eiligen Schrittes lief Maggie am Nachmittag durch den Hofgarten zum Reisebüro. Der Zauberfrühling des Aprils war nahtlos in den Mai übergegangen. Die Natur stand in voller Pracht, es roch nach Blumen, und Kräutern. Die Brunnen sprudelten wieder. Es hatte kurz gestürmt und leicht geregnet. Jetzt leuchtete der Himmel lavendelblau. Rosafarbene Schäfchenwolken erinnerten noch an die Schauer. Maggie fühlte sich wie neugeboren.

In den letzten Wochen hatte sie sich endlich mehr und mehr der bittern Wahrheit gestellt, die sie tief in ihrem Innern vergraben hatte: Niemand war schuldig. Weder ihre Mutter noch ihr Vater noch Patrick. Das hatte sie endlich begriffen.

„Es gibt kein Leben ohne Brüche. Auch die verheilten Wunden, Maggie, bleiben Teil unserer Geschichte. Trotz Vernarbung werden sie nicht aus unserem Gedächtnis getilgt", hatte die Mutter Oberin aus Lalimete geschrieben. „Reifen bedeutet letztendlich, immer wieder Abschiede mit ins Leben hineinzunehmen."

Als sie an einer Bank vorbeikam, hielt sie inne. Wie schön es hier war. Die Natur blühte in verschwenderischer Fülle. Sie nahm ein Taschentuch, wischte die Bank trocken, setzte sich. Allzu lange hatte sie auf die verschlossenen Türen gestarrt, die offenen nicht mehr wahrgenommen. Das war nun vorbei. Tief sog Maggie die reine Luft ein. Wie gut das tat. Ihre Gedanken eilten zurück zu

Matthias. Auch ihm hatte sie viel Schuld zugewiesen, damals, als er sie betrogen hatte. Er schien ihr heute nur noch ein schwacher Mann zu sein, der nicht imstande war, seine Versprechen zu halten. Matthias war nie Teil ihres Lebens gewesen. Mit großer Entschlossenheit, voller Sehnsucht und Zuversicht stand sie auf, setzte ihren Weg fort. Heimfahren würde sie, nach Lalimete. Sie liebte Patrick und er liebte sie. Tief innen fühlte sie auch, dass sie wieder ein Kind bekommen könnten, weil das Leben stärker war als der Tod.

„Einer muss zuerst durch die Türe gehen", hatte Anna-Elisabeth am Telefon gesagt. „Das heißt nicht, dass der, der als Zweiter geht, weniger wichtig ist."

Über Maggies Gesicht huschte ein Lächeln. Sie würde Patrick und die Menschen in Lalimete überraschen.

***

Patrick schob die schwere Moto Guzzi auf den Weg vors Haus. Die Maschine war eine Offenbarung. Er würde zu Conzales fahren, der ihm sein Flugticket nach München besorgt hatte, als er gestern Filemona vom Flugplatz abholte. Patrick beschloss, einen weiten Umweg über die Felder zu fahren, vielleicht sogar hinauf in die Berge, wenn's nicht zu rutschig war. Immerhin hatte es seit zwei Tagen nicht geregnet. Begeistert stieg er auf, startete den Motor, fuhr langsam los. Bald bog er auf die Hauptstraße, beschleunigte die Fahrt. Was für ein Fahrgefühl! Welche Herausforderung, sie zu beherrschen. Er kannte keine Frau, die solche Leidenschaft auch nur annähernd verstand. Deshalb durfte Filomena nicht wissen, dass die Maschine Conzales gehörte. Das blieb ihr Männergeheimnis. Seit er sich entschieden hatte zu Maggie zu fahren, fühlte sich sein Leben leichter an. Von nun an würde sich die Vergangenheit anders anfühlen. Eher wie ein leiser Schmerz, der für immer zu ihnen gehörte. Bald bog Patrick erneut ab. Froh fühlte er sich, wie er so durch die blühende Landschaft fuhr. Straßen und Wege waren gute Zuhörer.

„Du hast mir gefehlt, Maggie."

Er fühlte die Worte mehr, als dass er sie flüsterte.

„Ich will wieder mit dir reden, lachen, streiten. Bei dir sein."

Er dachte an Bayern, an den Ammersee, wo er geboren war, verlor sich für eine Weile in Erinnerungen.

Er war ungefähr zehn Jahre alt und hatte zusammen mit anderen Jungs ein Floß aus Kanistern und Reifen gebaut. Stolz waren sie damit weit hinausgepaddelt, bis plötzlich alle Kanister wegschwammen. Gott sei Dank hatten sie die Reifen.

Am See gab es einen großen Baum, mit riesigen, ins Wasser hineinragenden Ästen. Dort saß einer und warf Brotkrumen ins Wasser. Wenn die Fische angeschwommen kamen, warfen die anderen Kinder große Steine auf sie. Die Fische torkelten benommen, ließen sich leicht fangen.

Einmal hatte er im prasselnden Regen auf diesem Baum mit seinem Vater gesessen. Sie waren lachend ins Wasser gesprungen und zusammen hinausgeschwommen.

Ach Vater, ich habe auch keine Schuldgefühle mehr dir gegenüber, sinnierte Patrick. Es war so wichtig, sich auszusöhnen. Nicht nur mit einem Menschen, sondern mit sich selber, mit dem, was man Schicksal nannte. Lange Zeit, auch noch in der Beziehung mit Maggie, hatte er sich oft nicht liebenswert, ja wertlos gefühlt. Das war vorbei. Er hatte sein Leben wiedergefunden, sein neues. In ein paar Tagen würde er bei Maggie sein.

Er verlangsamte die Fahrt. Rechts ging es hinauf in die Berge. Dort oben gab es einen Wasserfall, man konnte weit über das Land blicken. Patrick bog in den schmalen Pfad ein. Das Nachmittagslicht schuf selten schöne Farben. Er beschleunigte. Die Maschine war ein Wunder der Technik. Es war ein nicht zu beschreibendes Gefühl, mit dieser Moto Guzzi in schwierigem Gelände zu fahren.

    Das große Tier stand so plötzlich auf dem Weg, dass Patrick nicht mehr ausweichen konnte. Beim Stürzen sah er Maggies lachendes Gesicht. Große Farne kamen auf ihn zu. Mächtige grüne Gestalten mit hoch erhobenen Häuptern umfingen ihn sanft und er wunderte sich, dass er gar nichts spürte.

1977

60

Maggie blickte auf das zerknüllte Taschentuch in ihren Händen, wischte sich die Tränen ab. Verzweifelt schaute sie in die Nacht hinaus. Der Flug nach Westafrika schien ewig zu dauern. Der schmuddelige Transitraum heute Nacht in Niamey/Niger beim Umsteigen in eine kleinere Maschine hatte nicht gerade zu ihrem Wohlbefinden beigetragen. Sie konnte sich Patrick nicht in einem Krankenhausbett vorstellen. Diesmal war der Doktor der Patient. Laut geschrien hatte sie, als sie die Nachricht von seinem Unfall erhielt. Sie fühlte sich hilflos. Nur ein einziges Mal hatte sie sich ähnlich gefühlt, das war, als sie Lilli verloren hatte.

Was würde sie im Hospital erwarten? Nichts war mehr wie zuvor. Vielleicht wäre alles nicht passiert, wenn sie nicht so egoistisch gehandelt hätte? Schuldgefühle plagten sie. Überraschen hatte er sie wollen, zu ihr kommen nach München. *Seine Frau zurückholen in ihr gemeinsames Leben.* Auch sie hatte Patrick überraschen wollen, als sie endlich, endlich gelernt hatte, sich – und ihm – wieder zu vertrauen. Das Schicksal durfte ihn ihr nicht wegnehmen! Sie konnte keinen weiteren Verlust ertragen.

„Meine Damen und Herren, die Landung erfolgt in etwa dreißig Minuten", ertönte die Stimme des Kapitäns.

Draußen hatte die Morgendämmerung den Himmel mit goldenem Leuchten überzogen, die Sonne ging auf. Plötzlich war der Tag da, aus den Schatten der Nacht geboren. Grün zeigte sich die afrikanische Landschaft beim Landeanflug. Hart setzte die Maschine auf, rollte aus. Als die Türen sich öffneten, legte sich feuchte, schwüle Luft um Maggie wie ein Saunaaufguss. In der Nähe der Landebahn blühten Bougainvilleen und Hibiskus in leuchtenden

Farben. Tief atmete sie den Duft Afrikas ein. Wie sehr hat sie es geliebt, hier anzukommen.

Maggie wartete auf ihr Gepäck, das ewig nicht kam. Du bist in Afrika, schalt sie sich. Als ob da je etwas schnell gegangen wäre. Afrikaner, Araber und drei blasse Weiße warteten mit ihr. Keiner schien so ungeduldig zu sein wie Maggie. Wenn sie doch schon bei Patrick im Hospital wäre! Diese Ungewissheit zermürbte sie. Endlich war es so weit. Maggie betrat, ihr Gesicht mit einer großen Sonnenbrille verdeckt, die Ankunftshalle. Eine dunkelhaarige Frau kam ihr winkend entgegen. Maggie blieb stehen, stellte ihr Gepäck ab. Da war Filomena auch schon bei ihr.

„Ach Maggie …"

In einer vertrauten, zärtlichen Geste nahm sie ihr die Brille ab. Filomena betrachtete ihre Freundin. Deren Mund wirkte verzagt, Fältchen hatten sich eingegraben. Große Verlassenheit lag in Maggies Blick. Und doch entdeckte sie unter all dem Schmerz die Schönheit eines Menschen, der liebt und geliebt wird.

„Und …?", Maggie sah sie ängstlich an.

„Es gibt Hoffnung. Patricks Zustand hat sich stabilisiert."

Maggie sog tief die Luft ein, atmete sie mit einem lauten Stoß aus. Sie begann heftig zu schluchzen. Filomena nahm ihre Freundin fest in den Arm. Eng umschlungen blieben sie so stehen, bis Maggie sich beruhigt hatte. Schließlich nahm Filomena ein großes Taschentuch, wischte ihr die Tränen vom Gesicht.

„Ich habe gar nicht gewusst, dass ich so viele Tränen in mir habe", seufzte Maggie.

„Du wirst sehen, alles wird wieder gut."

Maggie zuckte mit den Schultern, nickte.

„Hoffentlich!"

„Er wird bestens betreut. Tag und Nacht ist jemand bei ihm. Die Nonnen wechseln sich ab."

„Ich kann's kaum erwarten, bei ihm zu sein."

Maggies Stimme klang noch immer verzagt.
Filomena lächelte.
„Jetzt bist du ja da. Komm!"
Filomena drehte sich um, winkte einen Mann herbei, der abseits gestanden hatte. Es war Radschiff.

Kaum, dass sie die Ankunftshalle betreten hatte, entdeckte sie eine weiß gekleidete Nonne, die ihr zuwinkte. Wo war Patrick?
„Verhindert durch einen Einsatz oben im Norden", hatte Anna ihr erklärt.
„Aber ich bin ja da. Ist das etwa nichts? Was glaubst du, wie ich mich gefreut habe, als die Ehrwürdige Mutter mich mit Radschiff zum Flughafen fahren ließ. Und was deinen zukünftigen Ehemann betrifft, nun, den wirst du bald in die Arme schließen können."

Radschiff kam näher. Mit strahlenden Augen betrachtete er Maggie. Allah sei Dank, dass sie zu Docteur Patrick zurückgekommen ist. Diese Weißen soll einer verstehen. Da haben sie alles, was man sich nur wünschen kann, und was machen sie daraus? War schon schlimm genug, dass Schwester Anna und Dr. Mark aus Lalimete fortgingen. Dabei hatte ihm die Schwester einmal erzählt, dass Jesus ihr Bräutigam wäre und auch der von den anderen Nonnen. Egal, was gings ihn an. Er liebte die Nonnen von Bethlehem. Sie halfen ihm, wo sie konnten. Dass er manchmal etwas Benzin aus dem Jeep des Klosters herauszog und verkaufte, nun, stolz war er nicht darauf.
Maggie reichte Radschiff die Hand.
„Wie sehr freue ich mich, dich zu sehen. Geht es dir gut?"
Verlegen hielt er ihre Hand, blickte zu Boden
„Gott ist groß, Madame", sagte er und ließ ihre Hand los.
Er nahm das Gepäck, brachte es zu dem Jeep, den er vor dem Flughafen geparkt hatte. Die Frauen folgten ihm, stiegen hinten ein.

„Jetzt fahren wir nach Hause, Madame", rief er fröhlich, als er losfuhr.

Der Doktor war ganz verändert, als er ohne die Madame leben musste, dachte Radschiff. Diese Frau hatte so leuchtende, rötliche Haare. Gerne hätte er die mal angefasst, aber das gehörte sich nicht. Schade.

Sie fuhren durch eine blühende Landschaft. Die beiden Frauen hielten sich schweigend an den Händen. Alles war vertraut.

Wie verzaubert war sie gewesen, als sie ihren ersten afrikanischen Morgen erlebte. Als der Tag ganz plötzlich, aus einer kurzen Dämmerung heraus da war. Und wie es sie überwältigt hatte, die vielen dunkelhäutigen Menschen zu sehen, die majestätisch am Straßenrand dahinschritten. Kunstvoll waren die Haare der Frauen geflochten. Einige von ihnen trugen Schleier bis zu den Hüften oder bunte, verschlungene Turbane. Auf den Köpfen balancierten sie Lasten, auf dem Rücken trugen sie ihre Babys und an den Händen führten sie größere Kinder mit sich. Der Saum ihrer Tücher berührte manchmal das Gras.

Die Straßen waren noch genau so lebendig wie damals. Sie war es, die sich verändert hatte.

Filomena sprach als erste wieder.

„Was habe ich Conzales nicht alles vorgeworfen, wegen diesem blöden Motorrad! Als ob sie nicht um die Gefahren unwegsamer Pisten wüssten. Trotzdem müssen sie sich immer beweisen." Sie seufzte. „Conzales ist in meinen Augen zwanghaft, nicht nur, was sein Motorrad betrifft", dabei schlug Filomena sich mit der flachen Hand an die Stirn.

„Wenn Männer leiden, betrinken sie sich, schlafen mit anderen Frauen oder betäuben sich nach dem Motto, wird von selber wieder besser", fuhr Filomena fort. „Unsere Männer rasen mit Motorrädern herum."

„Ach Filomena", wandte Maggie ein, „Conzales ist genug gestraft, obwohl ihn keine Schuld trifft. Aus dem Leben kann man sich nicht raushalten, indem man sich so sicher wie möglich darin einrichtet. Das ist mir klar geworden."

Liebevoll sahen die beiden Frauen sich an. Schließlich legte Filomena Maggie den Arm um die Schultern.

„Trauer hat verschiedene Gesichter, es gibt unendlich viele Wege, mit ihr umzugehen. Ich weiß nicht wie ich reagiert hätte ... Ich bin jedenfalls froh, dass du dich entschieden hast, zurückzukommen."

Je näher sie Lalimete kamen, desto üppiger zeigte sich die Landschaft. Sie passierten Bananen- und Palmölplantagen, erste Ausläufer der Alou-Berge waren zu sehen.

Wie sehr liebe ich es, mit dem Fahrrad den Berg hinunterzusausen. Das ist meine große Freiheit, Maggie. Die Leute von da oben haben einen Namen für mich: Schwester Anna, die fliegende Nonne.

Ihre Freundin Schwester Anna, der die große Liebe begegnet war ... Es ging ihr gut in ihrem neuen Leben mit Mark in Australien. Wie sehr hatten die beiden für ihre Liebe gekämpft.

„Selbst wenn Wunden und Verletzungen heilen, bleiben sie Teil unserer Geschichte", hatte Anna-Elisabeth ihr kürzlich am Telefon gesagt. „Sie können vernarben, aber nicht aus unserem Gedächtnis getilgt werden. Alles, aber auch wirklich alles hat seine Zeit unter dem Himmel. All die Tränen, Maggie, die eine Frau in ihrem Leben weint – aus Liebe, Sehnsucht, Glück, Schmerz, Zorn, Verzweiflung, auch die haben ihre Zeit."

Radschiff verlangsamte die Fahrt. Das Schild *Lalimete* erschien am rechten Fahrbahnrand.

Radschiff bog in eine breite, rotsandige Piste ein. Bald erreichten sie die Missionsstation Bethlehem. Radschiff fuhr in den Hof, hupte, hielt neben den breiten Treppenstufen, die zum Haupteingang des Hospitals führten. Sie stiegen aus. Wie ein seidener Schirm spannte sich ein azurblauer Himmel über Lalimete, obwohl Regenzeit war.

Im Hof herrschte reges Treiben. Angehörige der Kranken saßen vor offenen Feuerstellen, bereiteten Essen zu. Der Geruch von Holzkohlenfeuer drang in Maggies Nase. Rhythmischer Doppelschlag der Fufu-Stampferinnen mischte sich mit dem Palavern und Lachen der Frauen in bunten Gewändern. Kinder spielten mit aus leeren Dosen gebastelten Autos, die sie mit langen Stöcken vorwärts bewegten. Alles war so vertraut, als wäre Maggie nie fort gewesen. Das Kloster, die Kirche, das Hospital.

Oben an der Treppe erschien die Mutter Oberin. Weit öffnete sie ihre Arme.

„Gott sei Dank, dass Dr. Sterns Frau zurückgekehrt ist", betete sie, als sie Maggie umfangen hielt. „Es gibt in der wahren Liebe nur ein Ja oder ein Nein, niemals ein Vielleicht."

„Bring das Gepäck bitte zur Pforte. Madame Maggie wird im Kloster wohnen", wies sie Radschiff an.

„Kommst du mit, Filomena?" Maggie streckte ihre Hand nach Filomena aus.

„Diesmal nicht. Ich wünsche dir viel Kraft."

„Danke Filomena, danke für alles."

„Wir sehen uns, Maggie."

Schweigend eilten Maggie und die Ehrwürdige Mutter im Hospital den langen Gang entlang. Vor der letzten Türe blieben sie stehen. Die Nonne betrachtete Maggie. Um deren Augen lagen tiefe, dunkle Ringe. Man sah ihr an, wie sehr sie litt.

„Er ist stark, Maggie", die Stimme der Oberin klang tröstlich. „Und Sie sind es auch!"

Sie öffnete die Türe, ließ Maggie den Vortritt. Das Erste, was Maggie erblickte, war Schwester Klara, die auf einem Stuhl saß und ein Buch in der Hand hielt. Sie grüßte nickend, stand auf, verließ den Raum. Maggie blieb mitten im Zimmer stehen, hielt sich erschrocken die Hand vor den Mund. Eiserne Krallen legten sich um ihr Herz. Sie nahm ihren ganzen Mut zusammen, als sie den Blick auf ihren Mann richtete. Patricks Augen waren geschlossen, er hing an vielen Schläuchen.

„Seit gestern atmet er selbständig", flüsterte die Mutter Oberin.

Wie in Trance trat Maggie an das Bett. Sein Anblick brach ihr fast das Herz. Sie beugte sich hinunter, um seine Hand in ihre zu nehmen. Stumm streichelte sie sie. Keine Reaktion!

„Wie dumm wir doch waren", flüsterte sie verzweifelt. „Wie dumm."

Sie musste ihm alles sagen, was sie belastete, in der Hoffnung, dass er es verstehen würde.

Die Ehrwürdige Mutter fasste an ihren Rosenkranz.

„Himmelsvater, du weißt und siehst alles. Ich kann nur hoffen, dass Maggie sich nicht in dieser Tragödie verliert", betete sie.

„Wir alle sind in Gottes Hand", flüsterte sie Maggie zu und ließ sie allein. Maggie setzte sich auf den Stuhl. Es tat weh, ihren Mann so zu sehen. Als wäre sie angefüllt mit steinernen Tränen, konnte sie nicht einmal weinen. Wie sollte sie all das aushalten? Diese Angst, diese erneute Qual?

Prasselnder Regen ließ sie am nächsten Morgen erwachen. Es war neun Uhr. Sie konnte es kaum glauben. Tief und fest hatte sie geschlafen, wie lange nicht mehr. Die Schwestern hatten sie in ihrem schönsten Gästezimmer untergebracht, mit Blick in den Klostergarten.

„Bleiben Sie bei uns, solange sie wollen", hatte die Oberin ihr angeboten.

Das nahm Maggie gerne an. An diesem Morgen konnte sie mit Dr. Weinstein sprechen.

„Patrick hat unglaubliches Glück gehabt. Der wird wieder, glauben Sie mir, Ihr Mann ist zäh."

Er betrachtete Maggie. Sie war eine hübsche Person. Verstanden hatte er ihre Flucht aus Lalimete nicht. Versteh einer die Frauen. Ob seine Frau auch dazu imstande wäre, ihn rigoros zu verlassen? Er verwarf den Gedanken. Schließlich war er froh, dass seine Familie jetzt mit ihm lebte. Ulf Weinstein war ein Familienmensch, die Familie ging ihm über alles. Er hatte sich vorgenommen, viel Zeit mit seiner Frau und den Kindern zu verbringen, aber die Pflichten fraßen ihn auf. Erst recht, seit Dr. Marrozzi nach Italien zurückgekehrt war.

Sie waren schlicht und einfach unterbesetzt. Patrick fehlte überall. Wir Männer sind schon seltene Wesen, dachte Dr. Weinstein, als er zu seinen Kranken zurückging. Wir nehmen unseren Beruf ernst, tun alles dafür – und dann sind wir auch noch kleine Jungs, die Spielzeuge wie Motorräder brauchen. Es würde ihn durchaus reizen, so eine Maschine zu fahren.

Lange Stunden saß Maggie am Bett ihres Mannes, hielt stumme Zwiesprache mit ihm. Obwohl er noch immer nicht wirklich reagierte, so war sie doch zuversichtlicher als bei ihrer Ankunft. Manchmal versuchte er die Augen zu öffnen, schlief jedoch sofort wieder ein. Als der Regen am Nachmittag aufgehört hatte, besuchte sie Lillis Grab. Sonnenlicht tanzte in den Blättern der Bäume. Weißgefärbte Wölkchen schwebten am tiefblauen Himmel. Die von Blumenduft erfüllte Luft wirkte mild und sanft. Noch immer tat es weh.

„Du fehlst mir, Lilli", sagte sie in die Stille hinein. „Jeden Tag. Ich werde nie aufhören, mir zu wünschen, dass du da wärst."

Sie schloss die Augen, lauschte dem Wind in den Baumkronen, dem Zwitschern der Vögel. Mit einem Mal fühlte sie so etwas wie Erleichterung. Als sie später an Patricks Bett saß, versuchte sie, ihm ihre Empfindungen zu schildern. Immer wieder streichelte sie seine Hände, sein Gesicht. Manchmal glaubte sie, eine winzige Regung zu spüren. So hielt sie es die nächsten Tage. Sie sprach sich viel Belastendes von der Seele. Manchmal kamen Besucher. Menschen, die auch ihre Freunde waren. Conzales erschien täglich, wachte so manche Stunde am Bett seines Freundes.

***

Der Tag kam, an dem sie sich imstande fühlte, ihr Haus aufzusuchen. An einem frühen Nachmittag begleitete Filomena sie dorthin. Miranda lief ihr schwanzwedelnd entgegen sprang an ihr hoch. Mafunde erwartete sie. In seinen Augen glitzerten Tränen. Lange hielt er ihre kleinen Hände in seinen großen und blickte auf den Boden. Schließlich öffnete er die Haustüre. Zögernd betrat Maggie den Salon. Alles wirkte so, als wäre sie nie fort gewesen. Sie ging zur Terrassentüre, öffnete sie weit, trat hinaus.

Der blühende Garten sah aus, als hätte der Regen ihn reingewaschen. Jasminbüsche erfüllten die Luft mit durchdringendem süßen Duft. Der Tisch lag voller Bougainvilleen zum Schmücken des Hauses – *Genau wie damals* – Mit der Hand strich Maggie über das verzogene Holz der Tischplatte. Sie hatten es über alles geliebt, auf dieser Terrasse zu sitzen.

Maggie ging zurück ins Haus. Mafunde hatte für alles gut gesorgt. Auf ihn war Verlass. Sie würde sich großzügig bei ihm bedanken. Vor der geschlossenen Türe zum Kinderzimmer blieb sie stehen. Sie zögerte. Filomena sah ihr in die Augen

„Traust du es dir zu?"

„Ja, obwohl es mich Überwindung kostet."

Da waren sie wieder, diese schmerzlichen Gefühle ... als hätte man ihr das Herz bei lebendigem Leib herausgerissen und sie gleichzeitig mit dem Fluch belegt, weiterleben zu müssen.

Filomena hätte ihr gerne geholfen, aber diesen Schritt musste Maggie von sich aus gehen.

Die eigenen Grenzen annehmen, Abschiede ins Leben hineinnehmen, auch das gehört dazu ...

„Du musst nicht."

„Ich will ... ich ..."

Entschieden öffnete sie die Türe, ging hinein. Sonnenlicht durchflutete das Zimmer. Nichts erinnerte mehr an das Drama. Wie sehr hatte sie sich gefürchtet, dieses Zimmer zu betreten. Immer wieder hatte sie sich gesagt, dass sie sich dem Schmerz stellen musste. Einem Schmerz, von dem sie geglaubt hat, dass er nie mehr aufhören würde. Filomena beobachtete Maggie.

Als Frau ahnte sie, dass Maggies Schmerz viel älter war als der Kummer über Lillies Tod. Sie spürte auch, dass Maggie langsam heilte.

Maggie setzte sich in den Sessel, sah ihre Freundin an.

„Du hast soeben einen großen Schritt getan", sagte diese, „du hast dich getraut."

Wie dankbar Maggie war für eine solche Freundin! Filomena hatte Recht. Es gab kein Leben ohne Brüche und Narben. Miranda kam angerannt, kringelte sich zu ihren Füßen ein. Sie streichelte den Hund, dann griff sie nach Filomenas Hand und schloss die Augen. Sie fühlte das Rauschen ihres Blutes, Filomenas Händedruck. Ihr war, als hätte sie heute den letzten Teil einer gefährlichen Brücke überquert. Es ging ihr tatsächlich besser. Viel, viel besser.

Stumm warteten die Nachbarinnen auf Maggie. Als diese aus dem Haus trat konnten sie nicht mehr an sich halten vor Freude. Celeste umarmte Maggie als Erste, die anderen Frauen folgten. Alle redeten durcheinander. dann sangen und tanzten sie für Maggies Rückkehr.

Maggie saß an Patricks Bett, erzählte ihm von diesem Tag. Sie beugte sich hinunter, legte ihren Kopf auf die Bettdecke in die Nähe seiner Hände.

„Ich will nicht ohne dich sein", flüsterte sie.

Auf einmal spürte sie seine Hand, die ihren Kopf ganz leicht anfasste. Abrupt setzte sie sich auf. Er blinzelte, seine Augen öffneten sich etwas, er sah sie unverwandt an.

„Maggie!" Heiser flüsterte er ihren Namen. Und dann noch einmal „Maggie …"

„Patrick!", rief sie aufgeregt. „Patrick, hörst du mich?"

Er nickte kaum merklich mit dem Kopf. Maggie legte ihre Hand in seine. Zart wie Rosenblätter, kaum merklich, spürte sie, wie er versuchte ihre Hand zu drücken. Gleich darauf war er wieder eingeschlafen.

Aufgeregt lief sie zu Lillis Grab. Im sanften Nachmittagslicht muteten die rötlichen Lilien fast golden an. *Die Toten sind die Schutzengel der Lebenden.* Patrick und sie waren imstande, schweres Leid zu überleben, das wusste sie jetzt. Sie war sich sicher, dass Lilli ihren Vater und ihre Mutter beschützte und ins Leben hatte zurückfinden lassen.

„Du wirst für immer unser Kind bleiben", flüsterte sie. Lilli war ihre Tochter und Patrick würde für immer Lillis Vater sein.

Epilog

Sommer 1985 – Bayern, Ammersee

Grün glitzerte der sonnenbeschienene See. Flach wie ein Spiegel lag er vor Maggie und Anna-Elisabeth. Die beiden Frauen hielten ihre Füße ins Wasser. Sonnenlicht malte silbrige Schattierungen ins Laub mächtiger Bäume, die das Ufer säumten. Ein Boot mit drei Personen an Bord tuckerte langsam auf den Landesteg zu.

Als Anna-Elisabeths Tochter Lilli vor vier Jahren geboren wurde, fühlte sie, dass alles richtig war. Mit Lillis Geburt hatte sich dieses Gefühl der absoluten Geborgenheit eingestellt. Die Gewissheit, dass Martin Taylor und sie zusammengehörten. Nun war sie Martins Frau.

Die Liebe zu Mark hatte einen anderen Weg genommen. Die Zeit damals mit ihm in Australien schien anfänglich aus hellem Sonnenlicht zu bestehen, aber die Schatten waren bald gekommen.

Das Boot legte an.

„Mama, Mama, wir waren ganz weit draußen", rief Lilli begeistert. „Onkel Patrick hat uns gezeigt, wo er als Junge Blödsinn gemacht hat."

Alexander sprang als Erster aus dem Boot, half Lilli fürsorglich beim Aussteigen, während Patrick das Boot festmachte.

Wie schön es war, Lilli und Alexander aufwachsen zu sehen.

Maggie betrachtete ihren Sohn. Er würde im Herbst in die Schule kommen. Überaus liebevoll verhielt er sich Lillie gegenüber, sie war wie eine Schwester für ihn. Er war jedes Mal begeistert, wenn er mit ihr zusammensein konnte. Leichter Wind war aufgekommen. Maggie schaute Anna-Elisabeth von der Seite an. Ein Windhauch blies ihr ein paar Strähnen ins Gesicht.

„Denkst du manchmal an Mark?"
„Oft!"
Anna-Elisabeth wandte sich ihr zu, strich sich das Haar aus dem Gesicht.
„Zwei Seelen wachsen erst zusammen, wenn man ihnen eine Heimat gibt. Wir konnten keine Heimat finden. Mit Martin dagegen hatte sie endlich ihren Frieden gefunden.

Niemand kann wissen, wie lang die Zeit ist, die man mit dem Menschen verbringt, den man liebt, hatte Schwester Kreszentia aus Alala geschrieben. Was zählt, sind Augenblicke, in denen man liebt, in denen man sich freut oder auch, in denen man leidet. Nichts ist jemals ganz klar. Kaum beugen wir uns über das Geschehen, werfen wir unseren eigenen Schatten darauf, obwohl wir wissen, wie verzerrt der sein kann.

Patricks Blick ging über den See. Drüben lag die Herrschinger Bucht, dort hatte er mit Britta gelebt. Wie weiße Farbtupfer unter einem azurblauen Himmel, zeigten sich die Segelboote an diesem späten Sommervormittag. An diesem See fühlte er sich geborgen und zu Hause. Seit vier Jahren lebten sie hier. Zweimal schon waren Maggie und er in Lalimete gewesen. Das letzte Mal hatten sie Mafunde besondere Schuhe mitgebracht, die er aber nie trug.
„Schuhe sind nur zu besonderen Gelegenheiten gut", hatte Mafunde ihm erklärt. „Wenn ich meine Füße immer einsperre, Monsieur Docteur, können sie die Erde nicht mehr fühlen."
In der Schneiderei hing noch immer ein großes Foto von Maggies Hochzeitskleid.
Anna-Elisabeth war nie mitgefahren.

Patrick sah die beiden Frauen am Ufer sitzen. Welch seltsame Wege das Leben ging. Es wurde vorwärts gelebt und rückwärts begriffen. Alle miteinander hatten sie Tragödien überstanden. Er wusste, dass, wenn auch Anna-Elisabeth Marks Spuren im Äußeren verloren hatte, die Zeit mit ihm doch umgewandelt war in eine beständige Erinnerung. Genauso wie Afrika immer in ihren Herzen bleiben würde.

Maggie sah ihren Mann auf sich zukommen. Er trug verwaschene Jeans und einen cremefarbenen Sommerpullover. Er sah genauso gut aus, wie damals bei ihrer ersten Begegnung am Schwertlilienteich. Sie lächelten einander zu. So viel Hoffnung hat uns zueinander geführt, voneinander fort und wieder zueinander, dachte sie. Ihre Liebe hatte geholfen, den Weg zurück in ein gemeinsames Leben zu finden. Es war ein gutes Leben, ein richtiges Leben, ein ausgefülltes Leben.

Wahre Liebe kommt und geht und kommt vielleicht wieder, hatte ihr damals die Oberin aus Bethlehem geschrieben, als sie geflüchtet war aus Lalimete. Je größer die Liebe, umso größer die Tragödie.

Maggie sah auf die Uhr. Es war an der Zeit, heimzugehen. Martin wurde erwartet. Gemeinsam mit ihren Kindern würden sie in ein paar Tagen zu Conzales und Filomena nach Portugal reisen.

Wie jedes Mal, wenn sie sich trafen, würden sie nicht aufhören können zu erzählen – von Lalimete und seinen Menschen, von Bethlehem, von den Alou-Bergen, von ihrem großartigen, gemeinsamen Leben in Afrika.

Ende